일본·중국 기행

Η έχει σαν κορυφή το αφόβορο κρυακτικό Πηγή, το Πνεύμα
σκιρτάει πάνω στο χαρτί, διαρρέομαι κι' ανοιγώ, τόσο που σου
ζέτω να σαι." Σαν ένα κρανίο που δοκει προ τωντας οτι νε
πυρα, γρικιωμέσα σε γαλήνη τε νηγαλιη νόμο οχι τη Γής να
ρωίζει." Σαλόγια ίσια που έγραψα πάνω σου για το Βύθα, τα νιο
Βαθύτατα ; με σένα. Σιω είμαι η Γής κι η αυρα η ντυπιμη μου ν
ο μαχίντας. Δεν έχω καμιαν ελπίδα, καμιά χαρά, καμιά χίμερα
Ξέρω, όμως ότι το δαμάσο σαιχτιδι του πάντη η ζωα ; το
πάνω στα χέρματα όπως εκείνες οι θερμές apparitions:— όν-
γονείκεης, θάλασσα, έντομα, ιδέες, είναι κανοι εφήμεροι που
ανεβαίνετε μέσα και το σταβροδρόμι των αιστε— μας διστύξω
Κι όμως χαίρομαι, αγαπω καραδέρα όπες εκείνες της γονιάς,
το αίμα μου για να ξαιτανέρωνε για να ζήσω μια στιγμή εκείνη
τη μια στιγμή, για να σωθώ απο την αθλιότητα, το ζευδερο
το βικτιο. Κρατω σκιγμη ότι κατάμέτο το κρανίου, το ξ
θα ουτρίβη ; τα έστω κύματα των σιοχημιω θα σέραξη
καικιώτατο να το αδιάσον. Μάχωμαι να/ω τη μετάιστα
κάθε προσωπι. , σινέρα των κιοντόντεα ινωθς στιγμης.
Αh Jenassin κωδέες λίγες είναι σε ύρες στε Λεντα! Αχ και
θα ρασαέω να /ζώω σας μεζίδας— για να μη σε ενοχαρές
κα ποτε για τη σικαση ή για τα λόγιαμε μα Να μαρτύσει
αμ/ζεστε τη ζωνίες ; να ; τη χαρέμες κρατατο ή συχα, ζιώ
μεδα στα ρίκλας, δα μια σηκίρα φρούτωμ, σαν ένα και—Θρέμ
Ξέρω, όμως ότι το δαμάσο σαιχτιδι του πάντη η ζωα ; το

일본·중국 기행

니코스 카잔차키스 여행기 | 이종인 옮김

일러두기

1. 번역은 모두 영어판을 대본으로 했다. 번역 대본의 서지 사항은 각 권의 〈옮긴이의 말〉에 밝혀 두었다.

2. 그리스 여성의 성(姓)은 남성과 어미가 다르다. 엘레니가 결혼 후 취득한 성 〈카잔차키〉는 〈카잔차키스〉 집안의 여인임을 뜻한다. 〈알렉시우〉나 〈사미우〉도 마찬가지로, 〈알렉시오스〉와 〈사미오스〉 집안에 속함을 뜻하는 것이다. 외국 독자들을 배려하여 여성의 성을 남성과 일치시키는 관례는 영어판에서 흔히 찾아볼 수 있으나 여기서는 그리스식에 따랐다.

3. 그리스어의 로마자 표기와 우리말 표기는 그리스어 발음대로 적되 관용적으로 굳어진 일부 용어는 예외를 두었다. 고대 그리스, 신화상의 인명 및 지명 표기는 열린책들의 『그리스·로마 신화 사전』을 따랐다.

이 책은 실로 꿰매어 제본하는 정통적인 사철 방식으로 만들어졌습니다.
사철 방식으로 제본된 책은 오랫동안 보관해도 손상되지 않습니다.

프롤로그　9

제1부 일본 — 1935　13
벚꽃과 마음　15
일본 선박 위에서　21
동방의 항구들　27
콜롬보　30
싱가포르　34
일본인 기독교도　39
상하이 — 저주받은 도시　46
배 위에서의 마지막 날들　52
벚꽃과 대포　58
고베　64
오사카　76
나라　91
자비의 여신　107
일본 비극의 탄생　112

118 교토
129 일본의 정원
134 일본의 다도
139 가마쿠라
142 무사도
148 도쿄
160 일본의 극장
169 일본의 예술
174 일본의 여자 ── 요시와라와 다마노이
180 게이샤
186 작별
193 후지 산

197 **히데요시**

207 제2부 **중국 ── 1935**
209 중국, 세계의 거북

베이징 217
자금성 222
중국인의 연회 229
황색 키르케 236
중국의 미신 244
중국인과 죽음 252
공주와 중국의 프시카레 261
기(氣), 검은 광기 268
중국의 극장 273
중국의 시골 마을 279
가장 값진 먹이 290

20년 후: 에필로그 297
1957년 303

영역자의 말 435
옮긴이의 말 449
니코스 카잔차키스 연보 457

프롤로그

 눈을 감고서 내가 알고 있는 나라의 풍광을 떠올려 보거나 소리를 들어 보거나 냄새를 맡아 보거나 손으로 만져 보기라도 할 때면, 사랑하는 사람이 옆에 오기라도 한 듯 나의 몸은 기쁨에 넘쳐 떨린다.

 한번은 어떤 유대인이 유대교의 랍비에게 이렇게 물었다. 「선생님은 유대인들이 팔레스타인으로 돌아와야 한다고 말합니다. 그것은 하늘나라에 있는 영적인 팔레스타인, 그러니까 죽어서 가는 우리의 진정한 고향을 두고 하는 말이지요?」 랍비는 손에 쥔 지팡이로 땅을 쿵 찍으며 벌컥 화를 내었다. 「그렇지 않습니다. 내가 돌아가고 싶은 곳은 돌과 가시덤불과 진흙으로 된, 우리 모두가 피부로 느낄 수 있는 진짜 팔레스타인의 땅입니다!」

 그렇다. 한 나라에 대하여 내가 간직한 추억도 정신적이거나 추상적인 물건이 아니다. 이제는 기억이 가물가물하지만 몸으로 겪은 수많은 즐거움이나 쓰라림 중에서 관념적이고 수정처럼 맑은 생각들만 상기한다면 얼마나 많이 허기를 느낄 것인가. 어느 나라를 다시 맛보려고 눈을 감을라치면 나의 오감이, 아니 내 몸에서 뻗쳐 나간 다섯 촉수들이 요란을 떨며 그 나라를 덮쳐서 내게로 끌고 온다. 현란한 색깔들, 갖가지 과일들, 여인들. 과수원과 좁고 지저분한 골목길과 빈민굴에서 나는 냄새들. 푸르스름하게 반짝이는 눈 덮인 대지. 작열하는 태양 아래에서 타는 듯이 뜨겁고 물결 모양의 모래밭이 펼쳐진 사막. 눈물, 절규, 노래, 멀리서 들려오는 노새들의 방울 소리, 낙타들, 삼두마차. 중국인들이 모여 사는 몇몇 도시에서 겪었던 코를 찌르는 듯한 역겨운 냄새는 내 콧구멍을 결코 빠져나가지 않을 것이다. 내가 손에서 영원히, 그러니까 내 손이 썩을 때까지 놓지 않을 것들이 있다. 러시아 부하라의 참외, 볼가 강가의 수박, 일본 소녀의 차갑고 섬세한 손……

젊은 시절 한때 나는 굶주린 영혼에 추상적인 개념들을 잔뜩 채우려고 애를 쓴 적도 있었다. 그 당시 나는 몸을 노예처럼 부려서 원료를 모아 정신의 과수원으로 가져와서는 꽃을 피우고 열매를 맺게 하여 사상(思想)으로 만들 의무가 있다고 믿었다. 정신의 투망에 여과되어 내 속으로 들어오는 세계가 육욕과 거리가 멀거나 냄새가 없고, 또 소리가 나지 않을수록 나는 인간의 최고 목표를 향해 올라가고 있다고 생각했다. 나는 기뻐서 어쩔 줄 몰랐다. 부처가 가장 위대한 신으로 내 안에 자리를 잡았다. 나는 목표를 달성한 본보기로서 부처를 사랑하고 존경했다. 오감을 부정하라. 마음을 비워라. 아무것도 사랑하거나 미워하거나 욕심을 내거나 희망을 두지 말아라. 천지는 한 호흡 간이니 그저 숨을 내쉬기만 하면 삼라만상은 저절로 사라지고 말리라.

그런데 어느 날 밤 나는 꿈을 꾸었다. 내 속에서 아직 사바세계의 미련을 벗어던지지 못한 미개한 종족의 기질이 꿈틀거리더니 배고픔과 갈증이 은밀하게 머리를 쳐들었다. 나는 일부러 미련을 떨쳐 버린 척했다. 온갖 도리를 깨우쳐 남아 있는 욕정이 하나도 없으므로 야비한 욕심이 일어나도 비웃을 수 있다고 나름대로 논리를 내세웠다. 그러나 실은 도로아미타불이었다. 나의 내장은 뜨거운 피와 진흙과 욕망들로 가득 차 있었다. 신이여, 찬양받으소서. 어느 날 나는 또다시 꿈을 꾸었다. 얼굴이 없는 여자의 초승달 같은 긴 두 입술을 보았다. 그 입술이 움직이며 나에게 질문을 던졌다. 「너의 신은 누구인가?」 지체 없이 나는 대답했다. 「부처입니다.」 그러나 입술은 다시 움직이더니 말했다. 「아니다. 에파포스[1]이다.」

나는 잠에서 벌떡 깨었다. 갑자기 엄청난 기쁨과 확신이 가슴에 넘쳤다. 시끄럽고 온갖 유혹이 가득하며 혼잡한 대명천지 밝은 낮에 미처 찾아내지 못했던 것을, 어머니같이 감싸 주는 태고의 칠흑 같은 밤에 발견했던 것이다. 그날 밤 이후로 나는 방황하지 않았다. 나는 나의 길을 걸었다. 또한 나와 나의 동족에게 생소하고 육신 없는 신들을 섬기느라 허비한 청춘을 벌충하려고 애썼다. 이제 추상적인 개념들을 변화시켜서 피가 도는 몸으로 재생시키고 영양분을 주어 길러야 되겠다. 내가 피부로 느낄 수 있는 에파포스야말로 진정한 나의 신임을 깨달았다.

그때부터 내가 접한 모든 나라들을 나는 두뇌가 아니라 촉감을 통해 알려고 했다. 이제 그 나라들에 대한 추억들이 머릿속에서가 아니라 손가락 끝과 살갗에 어려 있음을 알 수 있다. 그리하여 일본을 다시 마음속에 불러내자 사랑하는 여인의 젖가슴을 쓰다듬기라도 하듯이 나의 두 손이 바르르 떨린다.

[1] 에파포스는 제우스와 이오 사이의 아들로 나일 강변에서 태어났으며, 후에 이집트의 왕이 되었다. 그러나 이오는 펠로폰네소스 반도 동부에 자리 잡았던 아르고스의 후예이므로, 카잔차키스는 이 문맥에서 에파포스를 반신반인(半神半人)의 그리스인이라는 뜻으로 쓴 듯하다.

무함마드가 어느 신실한 친구 집에 찾아가 문을 두드리자 그의 아내인 자이나브가 달려 나와 문을 열어 주는 순간, 그만 바람이 불어와 그녀의 옷깃을 젖히는 통에 새하얀 젖가슴이 드러났다.

무함마드는 잠시 정신을 차릴 수 없었다. 그 순간 전에 사랑했던 여자들은 하나도 생각나지 않았다. 그는 손을 들어 신에게 감사했다. 「알라여! 내 마음을 이처럼 변덕스럽게 만들어 주시다니 정말 고맙습니다.」

포트사이드에서 극동으로 가는 일본 선박에 오르면서 나는 똑같은 감사의 기도를 올렸다. 나는 즉각 내가 전에 사랑했던 나라들, 정당하건 부당하건 그 어떤 지역에 대한 사랑을 깡그리 잊어버렸다. 그런 다음 새로운 사랑을 찾는 모험을 향하여, 멀리 떨어져 있는 미지의 땅을 향하여 나의 모든 것을 집중시켰다. 그 땅에는 몽골 인종들이 째져 올라간 눈을 조용히 치켜뜨고 저 매섭고 신비한 웃음을 짓고 있을 터였다.

이토록 변덕스러운 마음을 준 알라에게 감사를 올리자. 신선한 바람에게 제발 동양의 젖가슴이 조금이나마 드러나도록 가볍게 불어와 달라고 빌어 보자.

1938년
니코스 카잔차키스

제1부
일본 — 1935

벚꽃과 마음

 일본으로의 여행을 시작했을 때, 나는 단지 두 마디의 일본어를 알고 있을 뿐이었다. 벚꽃을 뜻하는 〈사쿠라〉와 마음을 가리키는 〈고코로〉. 이 두 마디만 알아도 충분하지 않을까…….

 근년에 일본이 기모노를 벗어던지고 벚나무 뒤에 숨겨 놓았던 대포와 칼을 드러내기까지 우리의 상상 속에서 반짝이는 일본의 통상적인 모습은 아주 멋진 것이었다. 반들반들하게 빛나는 붉은색 나막신, 기모노에 그려진 국화 무늬, 검은 머리를 빗는 상아빗, 감상적인 하이쿠가 쓰여 있는 비단 부채 등…….

 벚나무의 향긋한 꽃,
 매년 봄마다 네 모습 물 위에 어려 있구나.
 너를 꺾으려고 일어섰다가 예쁜 소매만 물에 적시었네.

 후지 산은 우리의 마음 뒷전에 사시사철 눈 덮인 자태로 우뚝 서 있었다. 보이지 않는 샤미센의 세 줄은 고요하고 느리며 절제된 슬픔이 밴 탄식을 토했다. 풍경, 기모노, 여자, 음악, 황혼…… 이 모든 것들이 우리 마음속에서 앞뒤로 움직이며 이 나라의 진지함과 우아함과 함께 어울렸다.

일본은 뭇 나라들의 게이샤였다. 쾌락과 신비가 가득한 이 나라는 먼 바다를 향하여 끊임없이 웃음을 지었다. 마르코 폴로는 이 땅을 〈지팡구〉라고 불렀으며, 아름답고 쾌락을 즐기며 황금이 가득한 나라라고 전했다. 일본은 온갖 상상을 불러일으켰다. 이 나라에 대하여 환상을 품었던 제노바 출신의 콜럼버스는 세 척의 범선을 끌고 이곳을 찾아 항해에 나섰다. 그의 오랜 스승이자 위대한 지도 제작자였던 토스카넬리가 그에게, 이 나라가 황금과 진주와 보석으로 만들어져 있다고 편지를 써 보내지 않았다면 어떻게 되었을까? 토스카넬리는 일본의 집들은 지붕과 대문이 황금으로 덮여 있다고 그에게 썼다. 이런 얘기를 듣고 이 욕심 많은 제노바인이 어떻게 잠을 잘 수 있었겠는가? 콜럼버스는 약탈을 하기 위하여 항해에 올랐다. 그렇지만 지팡구를 발견하지 못했다. 그와 지팡구 사이에는 아메리카라는 거대한 장애물이 가로놓여 있었다. 그로부터 50년이 지나서야 페르낭 멘데스 핀투라는 또 다른 포르투갈 모험가가 일본을 발견했다. 당시 그의 배가 일본 연안에서 암초에 걸렸던 것이다. 그곳에 정박해 있는 동안 그는 배에 실린 상품들을 비싸게 팔아 치우고는 짐칸에 황금과 비단을 가득 실었다. 이 배에 승선했던 늑대같이 야비한 선원들은 일본의 풍요와 높은 수준의 문명에 넋을 잃었다. 그들은 고향으로 돌아가 사람들에게 감탄하며 말해 주었다. 일본인들은 음식을 먹을 때 당시의 유럽인들처럼 손가락을 사용하지 않고 나무나 상아로 만든 두 개의 막대기를 쓴다고.

이 소식을 듣고 곳곳에서 허기진 모험가들이 앞 다투어 달려왔으며, 그들과 함께 선교사들도 종교적 상품을 갖고 입국했다. 그 선교사들 중에서 가장 먼저 온 사람이 성 프란시스코 사비에르였다. 그는 이 새로운 땅이 자신의 여생에 큰 위로를 주었다고 거듭해서 말했다. 한 발짝 더 나아가 일본인들은 세계에서 가장 높은 덕을 갖추었고, 가장 정직하다고까지 주장했다. 그뿐만이 아니었다. 일본인들은 배신하는 일이 없고, 명예를 그 어떤 덕목보다 앞세운다고 치켜세웠다.

수년 뒤에 교회가 들어섰고, 수천 명의 일본인들이 세례를 받았다. 평민들과 귀족들이 새로운 부처인 그리스도를 섬겼다. 그러나 유럽인들은 갓 발견된 나라에 기독교와 더불어 총, 매독, 담배, 노예무역 등을 들여왔다. 서구 문명이 점차 뿌리를 내리기 시작하면서 양심 없는 상인들, 프랑스풍의 해적들, 여자 유괴범들, 술주정뱅이들이 나타났다. 수천 명의 일본인들이 갤리선에 실려 먼 나라의 노예 시장에서 팔렸다. 이보다 더 나쁜 일도 있었다. 일본인들 중에서 기독교인들의 숫자가 늘자 그들은 고유한 덕성이었던 관용과 온유함을 잊어버리고 불교 신자들을 박해하기 시작했다. 불교의 사찰들에 불을 질러 잿더미로 만들었다. 세례 받기를 거부하는 자들을 끓는 솥에 집어넣었다⋯⋯. 끝내 일본인들은 이 꼴을 더 이상 참아 낼 수 없었다. 1683년 어느 날 — 그날이여 복 받을지어다 — 일본 땅 위에서 기독교도들과 유럽인들을 깨끗이 쓸어버리는 대학살이 벌어졌다.

배가 수에즈 운하로 진입할 무렵 나는 뱃머리 위로 몸을 굽히고 검푸른 바닷물이 갈라지는 모습을 보았다. 앞으로 색다른 감흥에 젖을 항해가 한 달 이상 계속될 터였다. 그러나 마음속에서는 벌써 바닷물에 스치는 가늘고 긴 일본의 몸체가 형체를 이루기 시작했다.

나와 가까운 곳에서 흰색 모자를 쓴 일본인 요리사 셋이 쪼그리고 앉아 작은 꽃이 핀 철쭉 화분을 바라보고 있었다. 그들은 말이 없었다. 그러다가 한 사람이 손가락을 뻗쳐 장미와 생김새가 비슷한 꽃들을 세기 시작했다. 손가락을 부드럽게 꽃송이에 하나씩 대더니 다음에는 꽃잎들로 옮겼다. 그런 다음 손을 거두어들인 후 한마디 하자 나머지 두 사람이 화분에 경배하듯이 고개를 숙였다.

요리사들의 몸짓에 배어 있는 사랑, 침묵, 집중. 이 배에 타고 있는 우리는 포트사이드의 수치스럽고 시끄러운 소리들과 격렬하고 과잉된 몸짓으로부터 벌써 꽤 멀어져 있었다. 나는 유럽의 첫 번째 사절 격으로 일본에 간 스페인 사람들과 포르투갈 사람들이 얼마나 야만적인 인상을 과묵한 일본인들에게 주었을까 하는 상념에 젖었다. 더불어 일본의 항구들이 폐쇄되고 침묵과 고요가 삐죽하게 솟은 알록달록한 지붕들 위를 다시 감쌌을 때 일본인들이 얼마나 평안했을까를 생각했다.

일본의 항구는 200여 년 동안 서양 오랑캐들에게 문을 열어 주지 않았다. 그러나 1853년 어느 여름날 아침 미국의 페리 제독이 일본에 나타났다. 그는 금빛 상자 속에 최후 통첩장을 넣어 가지고 와서 일본에 항구를 개방하라고 요구했다. 제독은 그 금빛 상자를 일본 고관인 사무라이에게 넘겨주면서 1년 후에 답변을 들으러 다시 오겠다고 말했다.

일본 내에서 큰 동요가 일어났다. 안 된다. 오랑캐들에게 우리의 신성한 땅을 다시 더럽힐 수 없다. 무덤에서 조상들이 들고일어나 외쳤다. 그러나 이듬해가 되자 페리는 육중한 군함을 이끌고 다시 와서 몇 발의 포탄을 쏘아 댔다. 일본 사람들은 사태를 알아챘다. 안전을 도모할 방법이 없었다. 흰둥이 악마와 어떻게 싸운단 말인가? 그들은 철갑선과 대포를 가지고 있었다. 그들의 배는 돛이 없어도 악마 같은 기계의 힘으로 풍랑을 헤치고 전진했다. 모든 상황이 오랑캐들 편이었다. 싸우면 무사할 수 없었다. 어쩔 도리 없이 일본인들은 항구를 열었다. 그러자 놀란 것은 정작 흰둥이들이었다. 그들의 눈앞에 펼쳐진 뛰어난 광경을 보고 넋을 잃어버린 것이었다. 봄에 활짝 꽃을 피우는 벚나무 숲, 가을을 형형색색으로 물들이는 국화, 친절하고 귀여운 여인들, 비단, 부채, 이색적인 사찰, 조각상, 그림 등 기쁨과 우아함이 넘치는 별천지였다.

삶에 찌든 데다 마음마저 좁았던 피에르 로티가 와서 보고는 언제나 처녀성을 지닌 이 땅을 제멋대로 해석했다. 깨지기 쉬운 골동품 같고, 우아함만이 있을 뿐 얼이 빠져 있으며, 여자들은 죄다 인형을 닮았고, 남자들은 피그미족같이 작으며, 여자는 기모노 속에 아무것도 걸치지 않았다. 이것이 로티의 해석이었다. 그 다음에는 낭만적 성향을 지닌 라프카디오 헌이 와서는 일본을 영원히 목가적이고 활력이 넘치며 절제된 감정을 지녔고 신비스러운 미소를 짓는 나라라고 서술했다. 〈일본의 진수가 무엇인지 알고 싶습니까? 그것은 아침 햇살 속으로 향기를 퍼뜨리는 산벚나무의 꽃입니다.〉 감미로움, 정교함, 침묵, 죽어 가면서도 웃음을 잃지 않는 남자들과 무조건 복종하는 조용한 깊이를 지닌 여자들…… 위대한 작가들은 이 나라에 관심을 가졌다. 누구나 일본을 방문하게 되면 어쩔 수 없이 그 작가들의 일본관(日本觀)에 영향을 받게 된다. 하지만 그들은 등뼈가 가느다란 왜소한 몸에, 그들의 상상력으로 빚어낸 이국적인 꽃이 장식된 기모노를 입히게 마련이었다.

그 기모노 자락을 조금 들추고 속을 들여다보기로 하자. 일본 여행에 나섰을 때 나는 사쿠라와 고코로라는 두 마디의 일본말을 알았을 뿐이었다. 그러나 지금 그곳으로 가고 있는 중에 이런 생각이 든다. 일본과 완전하게 만나고 싶다면 세 번째 말을 추가로 알아야만 할 것 같다. 그것을 일본말로 무엇이라고 하는지 아직 모르지만 영어로는 테러(공포 혹은 전율)라고 한다.

일본 선박 위에서

 문들은 바깥쪽으로 열리는 것이 아니라 안쪽으로 열린다. 선원들은 키가 작고 황색 피부에 과묵하다. 그들은 손을 더럽히지 않으려고 흰 장갑을 꼈다. 넘어진 나무나 문 또는 비계 모양의 이상한 글자들이 눈부신 흰색 바탕 위에 검은색으로 쓰여 빛을 발한다. 문 뒤나 계단 밑 혹은 밧줄 사이, 이런저런 구석구석에서 눈초리가 치켜 올라간 사람들의 시선과 마주친다. 마치 정글 속으로 들어온 양 질겁한다. 지금 나는 가시마 마루호라는 일본 선박을 타고 있다.

 배에는 여러 인종들이 섞여 있다. 갑판 위에서 셔플보드[1]를 즐기거나 바에서 탄산수를 마시는 영국인 남녀들, 우리가 떠나온 육지를 묵묵히 뒤돌아보고 있는 일본인, 카메라와 쌍안경을 걸친 한 독일인, 프랑스 여자 한 사람, 러시아인, 그리스도와 영국이라는 상품을 팔러 인도로 가는 영국 선교사들, 그 외에 엉터리 독일어로 쉴 새 없이 지껄이는 폴란드인 바이올리니스트 등이 있다. 배에서 지낸 지 하루밖에 안 되었는데도 우리 모두 이 바이올리

---

1 긴 막대기로 점수가 새겨진 반(盤) 위에 원반을 밀어 넣는 놀이.

니스트의 신상 정보를 알고 있다. 그는 도쿄에 먼저 가서 바이올린 학원을 연 뒤 나중에 여자 친구 스텐카를 데려올 셈으로 일본으로 가는 중이다. 금발에 정숙한 그녀는 그와 9년 동안 같이 살고 있는 더할 나위 없이 사랑스러운 여인이다. 그가 한 움큼의 사진들을 보여 주는 통에 우리는 그녀의 몸매를 속속들이 알게 되었다. 살롱에서 들려오는 축음기 소리가 고막을 찢을 것같이 시끄럽다. 우리를 가득 채운 고양이들이 갑자기 풀려난 직후 저마다 사방의 창문들을 뛰어넘기라도 하듯이 시끌벅적하다.

나는 갑판 위를 거닌다. 여행의 충실한 친구인 파이프로 담배를 피운다. 주고받는 몇 마디의 말들이 귀에 들린다. 여자들, 상하이, 음악, 그리스도, 무솔리니, 그리고 실론에서 보게 될 부처의 치아에 관한 단편적인 이야기들이다. 프랑스 여자가 비단 스타킹을 과시하면서 드러누워 일광욕을 즐긴다. 소음. 혼란. 혼돈. 누가 누구인지 아직 승객들의 얼굴들을 가려낼 수 없다. 그러니 그 누구에 대해서도 어떤 평가를 내릴 수 없다. 난생 처음으로 마주치는 시선, 처음 듣는 말들, 처음의 만남. 모두들 32일간의 긴긴 항해 동안 각자 자기와 가장 잘 어울리고 깊이 사귈 만한 사람을 찾고 있다. 승객들은 가벼운 공포에 휩싸여 있다. 그들은 무서운 호랑이 같은 외로움 앞에 주눅이 들었다.

바다는 조용하고 끈적끈적하다. 좌우로 물의 사막이 펼쳐져 있다. 파도치는 듯한 모양의 고요한 잿빛 모래밭에서 김이 솟아오른다. 사막의 가장자리는 노란 빛깔을 띠었다. 예전에 뒤돌아보지 않고 밤낮 앞으로만 똑바로 가고 싶은 갈망을 품은 적이 있었다. 끝 간 데 없이 펼쳐져 있는 사막을 보니 다시 그 욕망이 꿈틀댄다. 옅은 흥취가 일더니 사막 속을 헤매고 싶은 강렬하고 까닭 모를 열망에 휩싸인다. 술, 여자, 어떤 사상도 나의 마음에 그토록 위험하고 그토록 감미로운 감동을 준 일이 없다.

 하지만 사막을 누빌 용기가 없으므로 항해 내내 나는 욕망을 누르고 조용히 있어야 한다. 얼마나 논리 정연한 치유책인가! 내가 듣고 말한 모든 말들을 말끔히 없애기 위해서, 침묵이 내 마음속에서 담쟁이덩굴처럼 시원한 초록으로 퍼지게 하는 것이다. 그러나 사람들은 결코 조용히 있게 내버려 두지 않을 것이다. 그들은 양같이 가까이 붙어서 서로 기대려고 안달이다. 그들은 침묵을 두려워한다. 오로지 수다스러움만이 그들의 마음을 굳세게 해주는 것이다.

 홍해로 들어선다. 옴짝달싹할 수 없는 더위. 숨쉬기조차 어렵다. 여자들은 옷을 벗는다. 영국 남자들은 얼음 넣은 레모네이드를 마시고, 일본인들은 부채질을 한다. 시큼한 땀 냄새와 썩는 냄새가 난다. 폴란드 사람은 계속 지껄인다. 그는 찢어지는 듯한 새된 목소리로 느릿느릿하게 말한다. 내키지는 않더라도 모두들 귀를 기울여 듣는다. 이야기에 따르면, 그의 조상이었던 한 거구의 농부가 왕의 행차를 따라간 적이 있었다. 어느 날 왕이 탄 마차의 굴대가 부러졌다. 그 농부는 손가락을 굴대 대용으로 바퀴 속에 집어넣었다. 손가락은 뭉개져 버렸지만 그 덕분에 마차가 굴러갈 수 있었다. 왕은 그에게 백작의 작위를 주어 보상했다.

 독일인은 몸을 숙여서 홍해를 뚫어져라 바라본다. 말이 좋아 홍해이지 바다는 전혀 붉지 않고 파랗다. 왜 그럴까? 저 독일인 여행자가 발트 해를 떠난 까닭은 책에서 열대 지방의 신기하고 경이로운 것들을 읽었기 때문이었다. 그는 보고 싶은 것들이 나타나기를 기대하며 뱃머리에서 바다를 굽어볼 생각이었다. 책에는 어떻게 쓰여 있었던가. 입을 벌린 상어들, 돌고래 떼, 이색적인 바닷새들, 그리고 책을 읽을 수 있을 정도로 밝게 인광을 내는 밤바다 등. 그런데 지금 보이는 모습이라니! 흔해 빠진 바다 갈매기 몇 마리, 낮에는 파랗고 밤에는 검은 바다. 「벚꽃이라는 것도 마찬가지 아닐까요?」 그는 어느 날 저녁 나에게 물었다. 벚꽃이란 것도 실재하는 것이 아니라 그저 책에만 있을 뿐이며 요란한 포스터에서나 피어나는 것이 아닐까 걱정하는 표정이 역력했다. 나는 그의 조바심을 가라앉히려고 한마디 해주었다. 바로 이맘때 일본에서는 껍질이 윤기를 띠는 벚나무의 가지들이 꽃을 피울 준비를 한다. 수액이 가지 끝까지 올라가고 봉오리들은 부풀어 오른다. 우리가 그곳에 도착할 즈음이면 나무마다 속에서 모든 준비를 마친 성스러운 꽃들이 줄기에서 활짝 피어서는 벚나무 전체를 꽃으로 뒤덮을 것이다. 바로 여행 포스터에 그려진 것과 똑같은 모습으로.

점차 항해 초기의 혼란은 가라앉는다. 승객들은 이물로 모여들고, 아무 형태가 없었던 집단이 무리를 짓기 시작한다. 처음으로 뜻이 맞는 그룹들이 형성되고, 사람들의 습성을 구별할 수 있게 된다. 각자 한 그룹에 낀다. 영국 남자들은 작은 막대기 위에 밧줄로 만든 고리를 던져 넣는 게임을 즐기면서 조용하게 시간을 보낸다. 이따금씩 소란스럽고 알아들을 수 없는 소리가 나서 정적을 깰 뿐이다. 머리를 물들인 빈의 무용수는 남편을 만나러 자바로 가는 길이다. 그녀의 목소리는 거칠고 열정적이다. 지붕 위에서 우는 고양이 소리를 닮았다고 할까. 그녀는 털이 곱슬거렸던 애견 부비가 빈에서 일어났던 사회주의 혁명 운동 중에 죽은 이야기를 한다. 무시무시한 살육, 두 이데올로기 진영 사이의 무자비하고 피에 굶주린 투쟁…… 하지만 그 혁명은 그녀의 이야기 속에서 그저 작은 개 한 마리의 죽음으로 요약된다.

일본인 승객들은 두 그룹으로 나뉜다. 첫 번째는 일등과 이등 선실의 승객들로 영어를 할 줄 알고 셔플보드를 즐긴다. 두 번째는 삼등 선실의 승객들이다. 이들은 몇 시간이고 고양이와 놀다가 화분이나 바다를 바라보고 나서는 놀랍게도 쌀밥을 두 짝의 젓가락을 사용해서 먹는다.

한 과묵한 일본 노인이 고물에 서서 배가 지나가면서 내는 푸른 자국을 보고 있다. 나는 그와 말을 튼다. 그의 영어에 일본어 억양이 짙게 배어 있지만 어쨌거나 알아들을 수 있다. 그는 초인간적인 위엄을 갖춘 천황에 대해서 이야기한다. 「러일 전쟁 때였지요. 한 장군이 천황 앞에 나와 울면서 말했습니다. 〈천황 폐하, 나쁜 소식을 가져왔습니다. 우리의 가장 큰 철갑 전투함이 침몰했습니다.〉 궁궐 밖에 있던 사람들은 울음을 터뜨렸죠. 그 장군도 덜덜 떨었어요. 그러나 천황은 미동도 않은 채 침착하게 대답했지요. 〈그래, 침몰했군.〉 더 이상 아무 말씀도 없으셨습니다.

며칠 후 그 장군이 기뻐하며 천황에게 달려왔어요. 〈천황 폐하, 기쁜 소식을 가져왔습니다. 러시아 함대를 격침시켰습니다!〉 궁궐 밖에서는 사람들이 환호성을 지르며 기뻐 날뛰었지요. 장군은 의기양양해했고요. 그렇지만 천황께서는 여전히 침착하고 평온한 가운데 대답하셨지요. 〈그래, 침몰했군.〉 더 이상 아무 말씀이 없으셨죠.」

노인은 빛나는 눈으로 미소를 머금고 한동안 말없이 나를 보았다. 그런 다음 다시 바다로 시선을 돌리고 내가 모르는 일본어를 한마디 했다. 「후도신!」

「후도신이라고요? 그게 무슨 뜻입니까?」

「행복이나 불행이 닥쳐도 흔들리지 않는 마음을 지니라는 겁니다. 이것은 일본말로서 다른 나라에는 없는 말입니다. 순전히 일본제입니다.」

그날 저녁에 검푸른 빛깔의 새 한 마리가 아프리카의 산으로부터 날아와서 돛대 주위를 돌더니 〈치우, 치우!〉 하고 울면서 우리 머리 위를 두세 차례 지나갔다. 그러고는 아프리카를 향해 되돌아갔다.

지금까지 여러 날 동안 이 배 위에서 누리게 된 두 가지 큰 기쁨은 일본 노인과 대화를 나누는 것과, 검푸른 새가 찾아오는 것이었다.

동방의 항구들

꽃을 휘감는 열대성 덩굴인 부겐빌레아, 말로 형언할 수 없는 더러움, 거친 음성, 말싸움, 번쩍거리는 노란 눈, 타르 냄새가 나는 물통, 물고기와 썩은 과일, 조숙하게 부풀어 오른 가슴을 가진 부끄럼 없는 사춘기 소녀들, 굳이 말하지 않아도 알 수 있는 쾌락을 권하며 뒤따라오는 사내애들과 노인들, 모든 것에 배어 있는 지독한 땀내. 항구 전체가 열기를 받으며 자라난 동물의 냄새를 뿜어냈다. 동쪽의 항구들은 태초부터 이러했다.

나는 신에게 동쪽 항구들의 금단의 열매들을 맛보게 해준 데 대해 감사한다. 태어나 이런 항구들을 와볼 수 있으며, 인간의 가장 지독한 체취를 직접 맡아 본 것에 감사한다. 더불어 내가 도저히 들을 수 없었을 말들을 들으며, 그 말들이 얼마나 달콤한지 또 얼마나 거룩한지 느낄 수 있게 된 것에 대하여 감사한다.

눈, 입술, 손가락, 발가락을 진하게 색칠한 소녀들이 둥글고 향기 나는 과일들이 진열된 것처럼 꿈쩍하지 않은 채 앉아서 배들이 바다에 닻을 내리는 모습을 묵묵히 지켜보았다. 크노소스[1]

---

[1] 고대 그리스의 미노스 문명의 중심지.

에서 발굴된, 진흙으로 빚은 작은 조각상에는 자철(磁鐵) 조각이 박혀 있다. 불멸의 요정들인 이 동양의 여인들도 허리에 강력한 자석을 지니고 있다. 그들은 물리칠 수 없는 매혹을 지니고 배와 선원들을 끌어들인다. 그들은 거기 앉아서 호박씨나 땅콩이나 향기로운 껌을 와삭와삭 소리 내며 씹어 먹는다. 그들은 조용히 평화롭게 앉아서 소같이 되새김질을 한다. 선원들을 맞이하기 위해 몸을 움직이거나 소리를 치거나 손수건을 흔들 필요가 없다. 그들의 매력은 굳이 애쓰지 않더라도 배들을 끌어들인다.

바르셀로나, 마르세유, 나폴리, 콘스탄티노플, 야파, 알렉산드리아, 튀니스, 알제. 바닷가의 여인들인 햇볕에 탄 이 요정들은 지중해에서 수 세기 동안 앉아서 선원들을 유혹했다. 아니 선원들뿐만이 아니다. 과일, 인간, 사상, 도덕규범 등 이곳에 있는 모든 것들이 똑같이 탁하고 미적지근한 바다로부터 형형색색의 노후한 카이크[2]에 실려서 들어왔다. 배들이 요정들의 품에 닻을 내릴 때쯤이면 검고 소금에 전 피부의 선원들은 주색(酒色)을 오래 걸러 사나워져 있었다.

바나나, 멜론, 대추야자, 구주콩, 시트론,[3] 이 모든 것은 그 나무들의 그늘에서 성장했고, 그 향기를 호흡한 문명과 깊고 불가사의한 관련이 있다. 과일, 인간, 사상, 도덕규범은 모두 가족처럼 서로 닮았다. 이곳의 향기와 악취를 견디려면 이해할 수 있는 넓은 마음을 기르고, 대항할 수 있는 강한 정신을 닦아야 한다. 또한 충동을 엄하게 다스려야 한다. 그러지 않으면 동양 항구들의 모습이 견딜 수 없이 혐오스럽거나, 아니면 정반대로 그 강렬한 매혹에 빠져 들어 헤어 나오지 못하리라. 엄격하고, 순수하며,

---

2 보스포러스 해협에서 사용하는 작고 긴 노 젓는 배.
3 감귤의 일종.

냉정하고, 고결한 자는 이곳에서 아무것도 느낄 수 없으리라. 동양의 항구들이 규정하는 미덕의 경계는 사뭇 다르다. 악덕은 훨씬 더 크고 다른 이점들을 가진다. 이 항구들에 들어오면 문득 〈미덕〉이란 것이 인간의 본성에 위배됨을 쓸쓸하게 깨닫게 된다.

콜롬보

　이미 홍해를 통과하여 인도양으로 나왔다. 뭍을 며칠째 보지 못했다. 나른한 기운이 돛대 위에 내려앉더니 이내 갑판 위에 안개처럼 자욱하게 서린다. 지독한 더위이다. 숨쉬기가 힘겹다. 선창의 기관실에서 불을 때는 화부의 처지를 생각하고는 시원함을 느낀다. 가끔 통통하고 윤기 나는 돌고래 한 마리가 숨을 쉬기 위해서 뛰어오른다. 이따금 날치들이 끈적끈적한 바닷물 위를 화살처럼 낮게 난다. 승객들 모두가 더위로 맥이 빠져서 그늘만 찾아다니면서 축 늘어진 채 숨을 헐떡거린다. 콧구멍에서 냄새가 난다.

　인도인 이슬람교도 둘만이 위엄과 신체의 리듬을 유지하고 있다. 매일 아침 해가 뜰 때, 그리고 매일 저녁 해가 질 때 그들은 주름 잡힌 매트에 무릎을 꿇고서 기도문을 외운다. 그들이 신앙으로부터 얻은 생활 리듬은 진정 태양의 리듬이다. 그들의 몸은 해바라기 같아서 태양의 움직임에 복종한다. 배 위의 모든 사람이 썩어 문드러진다 할지라도 이 신실한 두 이슬람교도만은 부패를 견디고 또 물리칠 것이다.

　며칠째 낮과 밤이 단조롭게 흘러가고 뭐든지 썩는 듯한 느낌이 든다. 그러던 어느 날 저녁, 사람들의 얼굴이 빛난다. 다음 날 새벽에 실론의 유명한 항구인 콜롬보에 입항하기 때문이다.

구름은 어두운 자줏빛을 띠고, 태양은 음울한 심홍색이며, 하늘은 희뿌옇게 빛난다. 배는 항구로 천천히 수줍게 들어간다. 마치 터키인의 애첩처럼 잠자는 도시를 깨우기가 겁난다는 듯이 조심조심…… 샛별이 아직 머리 위에서 빛나며 도시에 내린 이슬같이 이제 막 지려는 듯하다. 아침의 첫 햇살이 이슬람교 사원의 첨탑에 비치고, 둥글게 생긴 작은 지붕은 장밋빛으로 엷게 물들었다. 바다 갈매기가 잠에서 깨어나고 한 떼의 까마귀가 하늘 위를 난다. 감미로운 아침, 신비감과 관능미가 충만한 시간에 뱃머리가 항구 속으로 조용히 미끄러져 진입한다.

항구의 어두운 심연으로부터 곤돌라 모양의 크고 긴 보트들이 줄을 지어 나온다. 보트들 위에는 마치 관 같은 긴 상자들이 실려 있다. 어느 보트든지 상자들 위에는 초콜릿 색 피부를 지닌 세 명의 남자들이 서 있다. 그들은 반라(半裸)에 흰색 허리끈을 두르고 긴 노를 유유하게 젓는다.

해가 솟는다. 집들이 빛을 받고는 웃는다. 사람들의 음성이 들리고 싸우는 소리도 난다. 도시가 잠에서 깨어나는 모습이다. 우리는 뭍으로 건너뛴다. 나는 부두를 오가며 걷는다. 거리들이 부채가 벌어지듯 내 앞에서 펼쳐진다. 어떤 길을 택할지 모르는 것이 여간 즐겁지 않다. 영국인 구역은 물건이 별로 진열되지 않은 〈겉만 번드레한 진열장〉 같다. 그 뒤에서 바나나 나무의 넓은 잎사귀들과 후추 냄새가 나는 토착민들의 체취를 찾아낸다. 나는 바퀴가 두 개 달린 인력거를 탄다. 인력거꾼은 넓은 발바닥으로 땅을 차며 달린다. 유럽인 구역이 벌써 뒤로 물러난다. 그곳을 벗어난 것이다. 꽃이 피는 여러 가지 나무들을 볼 수 있다. 매그놀리아,[1] 등나무, 자카란다,[2] 재스민, 파피루스…… 콧구멍, 눈, 귀가 한껏 열린다. 내 마음이 부풀어 오르고 꽃을 피우며 흉벽(胸壁)을 넘어 부겐빌레아 덩굴처럼 뻗는다.

우리는 잠시도 조용히 쉬지 않는 간교한 백인들로부터 빠져나온다. 이곳 사람들의 피부는 초콜릿 빛이다. 가슴, 허벅지, 장딴지 모두가 그렇고, 발은 맨발이다. 여자들한테서는 사향 냄새가 난다. 그들이 허리에 걸친 푸른색, 노란색, 주황색 옷들은 눈부시다. 볕에 그을린 가슴 속에는 그들의 영혼이 책상다리를 하고 앉아서 시원한 동굴 같은 뱃속으로부터 세상을 바라본다.

길 한가운데의 낮은 제단 위에 부처가 앉아 있다. 작고 익살맞으며 기분 좋은 인상의 불상으로, 행인들을 응시하며 미소 짓는다. 노란 셔츠를 입은 호리호리한 남자가 불상 앞에 무릎을 꿇고 앉아서 정답게 부처를 바라본다. 발목에 하얀 발찌를 찬 소녀가 계단을 올라가 부처의 작은 발 앞에 붉은 꽃 한 다발을 놓는다. 제단 너머 야자수 밑에는 몇몇 소녀들이 누워 있다. 소녀들은 뒹굴고 하품을 하며 빈랑나무[3] 열매를 씹는다. 입술이 짙은 오렌지색으로 물든다.

다정한 사람들, 검은 눈, 붉게 칠한 긴 손톱, 편안하고 똑바른 걸음걸이, 희미하게 불을 밝힌 작은 가게 속에서 빛나는 크고 하얀 이들. 작은 키의 스리랑카인이 나에게 다가온다. 길게 길러 등을 덮은 머리가 바람에 날릴 때마다 냄새를 풍긴다. 그는 영어를 조금 할 줄 안다. 초콜릿 빛 얼굴은 기쁨과 땀으로 젖어 환하다.

「루비, 사파이어, 터키석 좋아하시죠?」

이 섬에는 값진 보석들이 많다. 나는 보석을 무척 좋아하지만

---

1 목련의 일종.
2 능소화의 일종.
3 야자나무의 일종.

살 수 없다. 보석의 이름을 말하는 소리가 듣기 좋아서 반복하여 큰소리로 빠르게 말하도록 내버려 둔다. 모음이 많이 들어 있는 소리이다. 보석의 이름들이 길 위에 떨어져 깔린 돌들과 부딪쳐 부서진다. 내 두 손을 가득 채운 뒤 흘러넘치기라도 하듯…… 보석의 이름들을 말하는 소리로부터 충분히 쾌감을 얻자 머리를 좌우로 흔들어 보석을 원치 않는다는 의사를 표한다. 그러자 그는 비단을, 다음에는 진주를, 그다음에는 여자를 권한다. 이것저것 다 통하지 않자 나를 주의 깊게 바라보며 내가 흥미를 가질 만한 것을 추리해 본다. 갑자기 그의 눈이 번쩍인다.

「절을 좋아하시죠?」

나는 웃는다. 손을 뻗어 그의 어깨를 탁 친다.

「알아맞혔소! 그게 내가 바라는 것이오.」

사찰 입구에서 그의 붉은 손바닥에 작은 은화 한 닢을 내려놓는다. 나는 혼자서 작은 절로 들어선다. 눈은 침착해졌고 이마에도 긴장이 풀렸다. 희미한 가운데 사방의 벽에 늘어선 불상들이 보였다. 청동으로 빚은 신상들, 거칠게 생긴 천신들, 푸른 얼굴에 붉은 입, 뺨은 움푹 들어갔다. 확실히 이것들은 인간의 고질(痼疾) 내지는 열정임에 틀림없다. 방 뒷전에 흰색 휘장 뒤로 부처 하나가 가부좌를 틀고 유혹하듯이 미소를 짓는다.

그의 머리 위에는 열 개는 됨 직한 색색의 바람개비들이 붙어 있다. 이것들은 신성한 윤동(輪胴)[4]이다. 문을 통해 가벼운 산들바람이 불어오자 바람개비들이 돈다. 돌고 돌면서 실을 잣듯 인간의 욕망을 만들어 낸다.

---

[4] 기도문이 적혀 있는 바퀴 모양의 기구를 일컫는다.

싱가포르

 이곳의 사람들은 다르다. 땅의 얼굴이 완전히 다르게 변했다. 이곳에서는 우리의 조상이 절멸한 것처럼 느껴진다. 웃는 태도도 다르고, 말하고 먹고 울고 춤추는 방식도 딴판이다. 그들은 우리와 다른 동물의 자손이며 다른 흙으로 빚어졌다.

 항구에서 수많은 카누들이 우리를 둘러싼다. 각 카누에는 불그스름하고 노란 얼굴색에 광대뼈가 크고 눈이 둥글고 작은 말레이시아인이 한 사람씩 앉아 있다. 그들은 물갈퀴가 두 개 있는 노를 하나 잡고 오른편 왼편으로 번갈아 물속에 담그고는 멋진 솜씨로 저어 가볍고 화살처럼 빠르게 통나무배를 몰고 다닌다. 그들은 노의 뒷면으로 고무공을 치는 게임을 하면서 우리를 보고 웃는다. 두세 명의 영국 여자들이 붉게 상기된 표정으로 배의 측면에서 상체를 굽혀 그들을 보며 가쁜 숨을 몰아쉰다.

 이 땅에 발을 딛고 둘러본다. 아스팔트로 포장된 넓은 도로들, 수천 개의 구멍가게들, 황색의 살집 좋은 사람들, 집과 하수구에서 나는 지독한 냄새. 사람의 체취와 하수구 냄새를 구분하려면 고도로 훈련된 후각이 있어야 한다. 이국적인 과일들, 진지하고 과묵하기가 작은 공자(孔子) 같은 진흙탕에서 뒹구는 많은 아이들……. 여기저기의 오물 속에서 등나무같이 붉은 꽃송이들을 가득 달고 있는 천상의 푸른 나무.

여자들은 검은 바지를 입고 검게 빛나는 삼단 같은 머리를 등 뒤로 늘어뜨렸다. 얼굴은 옹이 없는 황색 나무를 파낸 조각 같다. 나이가 지긋한 여자들은 작은 암염소의 발 모양으로 변형된 발〔纏足〕로 비틀비틀 걸어간다. 반면에 돌이 깔린 길을 넓은 발바닥으로 유연하고 씩씩하게 남자처럼 활보하는 여자들도 있다.

한 가지 강렬한 인상을 주는 것은 개미 떼처럼 많은 군중이다. 사람들로 가득한 거리들은 강처럼 흐른다. 문득 아프리카에 사는 눈먼 개미들이 머리에 떠오른다. 개미가 떼 지어 급류처럼 흐르며 지나가면 마을들은 황폐해진다. 사람이 그 행로에 잘못 끼어들었다가는 금세 뼈만 남을 것이다. 백인이 이곳 사람들이 지나는 길에 들어서기라도 하면 똑같은 일이 벌어지고 말리라.

한 가지 더 인상적인 것은 사람들의 눈이다. 열정과 지성과 함께 백인에 대한 타는 듯한 증오심으로 가득 차 있다. 중국인 거리를 걷다가 뒤를 돌아다보는 순간, 수천 개의 눈들이 차갑게 쏘아보는 것을 알고 소스라치는 경우가 자주 있다.

그들의 증오심을 잊어버릴 수 있다면 한자로 쓴 간판들이 즐비한 거리를 지나는 즐거움은 굉장하다. 한자는 구조가 직관적이기 때문에 표현력이 풍부하다. 그래서 문자들을 이해하기 위해서 굳이 그게 무슨 의미인지 알 필요가 없다. 의미와 문자 자체가 일치한다. 문자들의 색깔들이 빚어내는 조화를 감상하는 것도 흥미롭다. 검은 바탕에 흰 글자, 푸른 바탕에 황금색 글자, 빨간 바탕에 검은 글자. 동양인 이곳에서 보는 색깔들은 따듯하고 상쾌한 느낌을 준다. 이 색깔들은 단지 시각만을 위한 것이 아니다. 청각, 미각, 촉각, 후각까지 모두 색깔들로부터 자극을 받는다.

황혼이 재처럼 떨어지기 시작한다. 여위고 푸르스름한 초승달이 군락을 이룬 야자수 뒤로 나타난다. 저녁 별이 야자수 잎에서 잎으로 굴러간다. 광장 안에는 노점들이 빼곡히 차 있다. 사내들과 여자들이 짚으로 지붕을 인 모옥에서 책상다리를 하고 밥그릇을 든 채 젓가락으로 밥을 먹는다. 두 개의 나무 막대로 마술사가 재주를 부리듯이 음식을 집어서 굶주린 입 안으로 넣는다.

나도 시장기를 느껴서 앉았다. 길게 머리를 땋은 한 중국인이 밥과 생선과 계란을 가져다주었다. 밥에서는 중국인의 몸 냄새가 나고, 생선은 진하고 미심쩍어 보이는 소스로 덮여 있으며, 계란은 악취를 풍겼다. 차를 달랬더니 살렙[1]과 수지같이 보이는 진한 액체를 가져다주었다. 결국 먹기를 포기하고 허기진 채 그대로 일어섰다. 오 동양, 동양이여, 당신을 견디기 위해서 도대체 얼마나 강한 마음과 위장을 지녀야 한단 말인가. 동양의 이 모든 모순들을 섞어서 높은 단계로 통합시키는 일은 얼마나 난해하고 고통스러운 과업인가. 동양의 진주조개처럼 상처를 승화시켜 그것을 값진 진주로 바꾸는 저 신비한 변신 과정은 얼마나 힘든 일인가.

이제 밤이 되고 등에 불이 켜진다. 문과 난간에 색색의 중국 등들이 달렸다. 상점들이 문을 닫고 악취도 수그러든다. 이윽고 밤의 꽃들이 나타난다. 여자들은 얼굴을 단장하고 머리에 기름을 발라 윤기를 낸다. 마지막으로 최근에 구입한 밝은 색 통 넓은 바지를 입고 빨간색, 노란색, 초록색 나막신을 신은 다음 거리로 나선다. 딱딱, 딱딱, 나막신 소리를 내며 걸어간다. 어디로 가는 것일까? 바로 공원이다.

거대한 공원, 붉은 등불, 거칠고 억센 소리가 나는 라디오. 손

---

[1] 난초과의 식물로 덩이줄기는 식용과 약용으로 쓰인다.

쉽게 맛보는 흥취. 갖가지 색칠로 멋을 낸 매점이 즐비하게 서서 담배, 땅콩, 장난감, 여자를 판다. 여자들은 춤을 추고 노래를 한다. 징이 울리면 얼굴에 덕지덕지 분을 칠한 여배우들이 작은 무대 위로 올라와 파도치는 듯한 몸동작으로 춤을 춘다.

머리 위에서는 별들이 빛나고 하늘은 고요하며 양털처럼 포근하다. 공원 뒷자리에 자리 잡은 대형 나이트클럽이 문을 열었다. 입구 위에 한 쌍의 푸른 용을 그려 놓았다. 빛을 내는 비늘, 사납게 움직이는 불꽃같은 혀가 인상적이다. 입구에 서 있는 영국인 흥행주는 열대의 태양에 그을린 피부에 거친 인상이었고, 독한 술과 스테이크를 즐겨 먹은 탓인지 짐승 같은 느낌을 준다. 아치형의 높은 문을 지나 중국인 매춘부들이 들어선다. 그들은 뱀처럼 호리호리하고 가슴이 밋밋하며 엉덩이가 튀어나오지 않았다. 한마디로 칼처럼 예리한 여자들이다. 걸쳐 입은 옷은 통이 좁은 데다 몸에 밀착되는 비단 드레스로 초록색, 주황색, 파란색, 검은색 등의 현란한 색깔이며, 허벅지까지 트여 있다. 걸을 때마다 훤히 드러나는 다리는 가늘면서도 탄탄하며 옻칠을 한 듯 윤기가 흐른다. 위험스러운 이 파충류의 몸뚱이 위에는 성난 코브라만큼이나 넓적하고 무섭게 생긴 가면을 쓴 얼굴이 붙어 있다. 꼬리가 치켜 올라간 눈으로 무표정하고 무관심 속에서 차갑게 바라보는 모습은 마치 뱀이 쏘아보는 듯하다.

실내의 반들반들 빛나는 마루 위에서 매춘부들이 춤을 춘다. 금발의 영국인 남자들이 환성을 지른다. 남자들의 눈빛은 흐릿하다. 황색 피부의 여자들은 남자들의 피를 쉬지 않고 빨아먹는다. 밤이 깊어 갈수록 여자들은 활기를 띠고 남자들은 천박해진다. 새벽이 되면 백인들은 모두 바닥에 나뒹굴 것이고, 황인종들은 포식한 흡혈귀처럼 그들의 목을 들어 올려 그들의 입술을 핥을 것이다.

  해가 이미 솟았다. 나는 피로하고, 즐거운 동시에 혐오스럽기도 하다. 진하고 탁한 앙금이 몸속에 쌓여 있는 듯, 마치 아편을 먹고 몽롱한 가운데 깨어나 막 떠나온 낙원에 대하여 향수와 공포를 함께 느끼는 듯한 묘한 기분이었다. 거리에서는 재스민의 향기와 하수구의 악취가 동시에 풍겼다. 이곳의 과일들은 구역질이 나면서도 동시에 향기롭다. 여자들은 유혹과 죽음을 함께 지녔다. 마찬가지로 이곳의 낙원은 나의 영혼을 매혹시키면서도 동시에 역겹게 만든다. 내가 보기에 이 모든 것이 세이렌[2]들의 소행이다. 호기심에 차고 품위가 있으며 세상의 어떤 유혹도 마다하지 않으면서 천박해지지 않으려는 자에게 세이렌들은 어김없이 이런 해코지를 한다. 두 가지 선택의 길이 있다. 하나는 몸과 영혼을 세이렌들에게 주고 썩어 버리는 것이다. 다른 하나는 세이렌들의 유혹에 한치도 굴복하지 않고 성자가 되는 것이다. 과연 어떤 길을 선택해야 할 것인가? 아직까지는 오디세우스의 계략[3]이 최선이다.

---

[2] 반인반어(半人半魚)의 바다 요정으로 아름다운 노래를 불러 뱃사람들을 홀린다.
[3] 세이렌의 노랫소리를 듣되 거기에 넘어가지 않는 것을 말한다.

일본인 기독교도

 중국 연안을 따라 항해한 후 지금은 홍콩으로 가는 중이다. 나는 여섯 사람과 더불어 탁자에 앉아 있다. 프랑스 여자와 젊은 피아니스트, 나폴리 출신의 아버지와 일본인 어머니 사이에서 태어난 잘생긴 혼혈아, 폴란드인 바이올리니스트, 런던에서 돌아오는 인도인 의사, 그리고 내 맞은편에 앉은 살이 찌고 나이가 지긋한 일본인 가와야마 씨.

 그는 작달막하고 좀 뚱뚱하며 진지하다. 그는 좀체 우리 대화에 끼어들지 않았다. 그는 웃지 않았다. 담배도 술도 카드놀이도 하지 않았다. 그러나 그가 손으로 탁자와 빵과 과일과 아이들을 만질 때는 늘 이상하면서도 육감적인 집요함이 눈에 띄었다. 말을 할 때면 입술을 노처녀처럼 오므렸다. 어투는 부드럽고 엄숙했다. 과일과 바다 갈매기, 일몰 등 자신이 유난히 좋아하는 것들을 볼 때마다 그는 두 눈을 감고 황홀경에 빠져 들었다.

 일본인들은 모두 손과 눈으로 사물들을 보듬는다. 그러나 그의 경우에는 당혹스러워하는 듯한 기미가 엿보였다. 그가 사물들을 쓰다듬을 때면 그런 행동이 마치 죄라도 되는 듯 남의 시선을 피하여 은밀히 서두르는 것이었다.

우리는 친구가 되었다. 그는 내 공책에 일본의 성스러운 산인 후지 산을 그려 주었다. 겨울에 눈으로 덮인 모습과 여름의 맑은 하늘 아래 우뚝 선 모습을 보여 주는 그림들이었다. 그는 자연에 관하여 박식하게, 그리고 감상적으로 이런저런 얘기를 했다. 햇빛에 따라 변하는 아름다운 풍경, 저마다 다르게 나는 새들, 제각기 특이하게 몸을 비틀고 꼬리를 움직이며 물살과 어울리는 물고기 등.

마찬가지로 그는 지식과 열정을 갖추고 자기 나라의 국민과 지도자, 시인, 화가, 농부, 어부들을 사랑했다. 말을 할 때 그는 특이한 몸짓을 했다. 그는 두 손바닥을 배에 힘주어 대고 천천히 위로 끌어 올리다가 얼굴 앞으로 활짝 펼쳐 보였다. 그 모습이 마치 배를 째고 내장을 꺼내 희생물로 바치기라도 하는 듯했다.

갑자기 머릿속으로 섬광이 스쳐 지나갔다. 그의 이상한 몸짓, 말, 엄숙함, 부드러움, 은밀한 육감(肉感) 등 모든 것이 한꺼번에 이해가 되었다. 나는 참지 못하고 소리쳤다.

「가와야마 선생, 당신 기독교도로군요!」

그는 미소 지었고 기쁨에 넘쳐 두 눈을 감은 후 성호를 그었다.

나는 기뻤다. 지구상의 여러 나라에서 나는 그리스도를 보았다. 내가 본 지상의 그리스도는 수단에서는 누더기를 걸친 가난한 농부였으며, 아르한겔스크 근처의 오두막에서는 늑대 가죽으로 만든 외투를 입은 라프족[1]이었다. 한번은 아토스 산의 성 그레고리 수도원에서 성모 마리아 상을 보았다. 그녀의 눈은 중국 여자처럼 갈색이고 치켜 올라갔으며 광대뼈가 튀어나왔다. 또 예전에 꿈에서 본 성모 마리아는 블라크[2] 부족의 소녀를 닮았다.

---

[1] 스칸디나비아 북부 및 콜라 반도 지역에 사는 사람.
[2] 남동 유럽에 흩어져 살며 로마 방언을 쓰는 부족.

그녀는 짧은 양모 외투를 입었고, 금화로 만든 목걸이를 걸었으며, 바닥에 징이 박히고 굽이 달린 붉은 양치기 신발을 신었다. 그녀는 산을 오르는 중이었으며, 아기 그리스도를 닮은 작은 어린애를 블라크 부족 특유의 바구니 속에 넣어 등에 메고 있었다. 자, 이번에는 기모노를 입고 국화가 만발한 정원에서 사도이며 막일꾼인 사람들과 함께 차를 마시는 성모의 아들을 숭배할 차례였다.

나는 운 좋게 만난 일본인 기독교도를 한참 동안 훑어보았다. 내세에 대한 믿음과 인내를 강조하는 기독교가 이승의 삶을 지극히 중시하는 영웅적 기질의 일본인을 만나 어떻게 변했는지 여간 궁금한 것이 아니었다.

내가 말을 꺼냈다. 「나는 일본의 자생적 종교가 조상에 대한 영웅적 숭배를 강조하는 신도(神道)라고 알고 있습니다. 신들은 일본 땅을 창조했으며, 그것을 죽은 조상들이 계속해서 재창조하고 있습니다. 선생님 나라의 자생적 종교는 땅에 대한 숭배입니다. 선생님의 위대한 조상 한 분이 말씀하신 대로 일본인은 굳이 기도할 필요가 없으며, 그저 일본 땅에서 사는 것만으로 충분합니다. 이런 식으로 일본인은 항상 기도 속에서 삽니다. 그렇다면 영토와 인종의 장벽을 부정하고 인간의 모든 희망을 이 세상 너머로 돌리는 종교가 어떻게 선생님의 영혼 속에 자리를 잡을 수 있었습니까?」

가와야마 선생은 눈을 감고 깊은 명상에 잠긴 듯했다. 잠시 후 그는 눈을 뜨고 미소를 지으며 말했다.

「일본인들의 정신은 단순하고도 복잡합니다. 불가사의하죠. 그 정신은 제 길을 따라 갑니다. 사정을 잘 모르는 유럽인들은 도무지 이해하지 못할 겁니다.」

「나는 유럽인이 아닙니다. 나는 유럽과 아시아 사이에서 태어났습니다. 나는 이해할 수 있습니다.」

그는 어쩔 줄 몰라 하며 통통한 두 팔을 쳐들었다. 「당신을 기분 나쁘게 할 생각은 없었습니다. 당신은 일본에 가서 사람들과 사귀려고 합니다. 그렇다면 일본인의 특징들, 특히 다음 세 가지는 마음에 새겨 두어야 합니다.

첫째, 일본인은 외국의 사상들을 쉽게 받아들입니다.

둘째, 그것들을 맹목적으로 받아들이는 것이 아니라 자기에게 맞게 동화시킨다는 겁니다. 동화력이 대단히 크죠.

셋째, 동화하는 과정에서 일본인은 그것들을 예전의 사상들과 조화시킵니다. 그렇게 함으로써 새로운 사상들과 예전의 사상들이 접합되어 하나의 조화롭고 서로 떨어지지 않는 전체를 이룹니다.

우리나라의 첫째가는 진정한 토착 종교는 신도(神道)였습니다. 조상들에 대한 숭배이지요. 그러다가 서기 552년에 갑자기 새로운 종교인 불교가 한국에서 건너왔습니다. 우리는 그것을 받아들였습니다. 그러나 저항이 없었던 것은 아닙니다. 불교가 우리의 혼 속에 뿌리를 내린 것은 우리가 불교를 그 전의 토착 종교와 조화시킨 뒤였습니다. 우리는 수 세기 동안 태양의 여신인 아마테라스(天照大神)를 섬겼는데 어떻게 하루아침에 부처를 지존으로 받아들일 수 있었겠습니까? 구종교가 신종교에 대항했습니다. 둘 사이의 투쟁이 3세기 정도 지속되었습니다. 그러다가 마침내 위대한 승려 구카이[3]가 나타나 해결책을 찾아냈습니다. 그것은 〈부처와 태양은 하나이고 동일한 신이다〉라는 가르침이었습니다. 신은 인도에서 부처의 인격을 가졌지만 일본에서는 아마테라스가

---

3 空海(774~835). 헤이안 시대 초기의 승려로 진언종(眞言宗)의 개조.

되었습니다. 이 교설(教說)에 따라 일본인들은 더 이상 저항하지 않고 신종교를 받아들였습니다. 왜냐고요? 신종교를 동화시키고 신도라는 예전의 종교와 화해시킬 수 있었기 때문입니다. 동일한 일이 지금 기독교에 대하여 일어나고 있는 중입니다.

기독교가 우리 마음에 와 닿는 것은 결코 그것의 이데올로기나 윤리나 의식 때문이 아닙니다. 단지 기독교가 희생이라는 사상에 기초를 두고 있기 때문입니다. (여기서 그는 다시 할복의 동작을 취했다. 힘을 들인 그 동작이 어찌나 생생하던지 나는 그의 내장이 나에게 튀지 않도록 머리를 뒤로 젖혀야 했다!)

바로 희생을 내세우는 점이 우리 일본인들을 매혹시키고 기독교도로 만듭니다. 희생이야말로 우리 민족의 지고한 열망입니다. 위대한 신 태양의 자손인 천황을 위하여 자신을 희생하는 것, 그리고 할복으로 명예롭게 자신을 희생하는 그런 열망 말입니다. 이제 기독교는 여기서 한 발자국 더 나아갑니다. 우리 자신이나 왕이나 민족보다 더 위대한 무엇을 위하여 희생하라고 가르칩니다. 그러니까 희생의 최고 경지인 인류를 위해서 희생하는 것입니다.」

「일본에 기독교도들이 많습니까?」

「일본 전역에 1,708개의 교회가 있고 25만 4천 명이 조금 넘는 신자가 있습니다. 그러나 우리는 일본인의 정신이 어떤 식으로 움직이는지를 압니다. 그래서 확신을 가지고 기다립니다. 우리는 우위를 차지하는 것보다 조화를 원합니다. 일본에서는 새로운 세계관이 종전의 세계관과 투쟁을 벌이는 법이 없습니다. 화합하여 둘이 하나가 되려고 애씁니다.」

그는 다시 눈을 감고 잠잠히 있었다. 나는 갑판으로 올라가 뱃머리에 기대어 바다를 보았다. 배는 시암 만을 지나서 홍콩으로 들어가는 중이었다. 눈앞에 나타나는 멋진 섬들은 마치 헤엄을 한참 친 후 벌거벗은 채로 햇볕에 몸을 말리는 것 같았다. 섬들 사이로 이국적인 중국의 정크선[4]들이 지나간다. 넓적하고 높은 고물은 타르를 발랐고, 날씬한 이물은 목마른 용처럼 물 위로 솟아 있었다. 달아 놓은 돛들은 거대한 박쥐의 날개인 양 펼쳐졌다.

몸통이 넓고 키가 낮은 배들이 우리가 탄 배를 둘러쌌다. 그 배들 위에서 어부의 가족들이 1년 내내 살았다. 아버지는 고물에 달린 긴 노를 한 개 저어서 배를 움직였다. 여자는 언제나 허리를 굽혀 빨래를 하거나 옷을 깁거나 요리를 하거나 아이들의 이를 잡았다. 큰아들은 벌거벗은 몸으로 선미에 서서 동전을 던져 달라고 소리쳤다. 던진 동전이 물속에 빠지면 그는 바다 밑으로 잠수하여 건져 올릴 태세였다.

나는 일본인 기독교도와 함께 홍콩으로 들어갔다. 중국의 도시에 입성하자 기분이 좋아졌다. 좁은 거리들. 검은색, 붉은색, 초록색의 상형 문자들이 쓰여 있는 깃발로 된 간판들. 바느질 또는 요리를 하거나 인도에서 웅크리고 앉아 있는 과묵한 여자들. 검은 비단 모자를 쓰고 듬성듬성 수염을 기른 관리들. 숨을 헐떡이며 생선, 쌀, 사탕수수를 운반하는 막일꾼들. 쉰 목소리들. 지상으로 흐르는 하수구에서 나는 중국의 구역질 나는 냄새. 갑자기 장막이 모두 걷히며 중국의 도시가 눈앞에 나타났다.

나는 저인망으로 훑듯이 시선을 사방으로 던졌다. 전경을 한눈에 둘러보고 나서 일본인 친구에게로 고개를 돌렸다. 그는 내 팔을 부드럽지만 놓치지 않을 만큼 잡았다.

「나를 따라오십시오. 홍콩에 큰 교회가 있습니다. 가서 예배를

---

4 바닥이 평평한 중국의 돛배.

드립시다.」 그는 겸손하게 말했다.

「저기 모퉁이에 과일이 잔뜩 있는 상점이 보이네요. 파인애플, 망고, 파파야, 포도. 나는 저쪽 길로 가겠습니다.」

그래서 우리는 헤어졌다. 저녁이 되자 산 전체에 불이 밝혀지고 매혹적인 홍콩의 밤 풍경이 보였다. 배로 돌아왔을 때 사다리에서 그 일본인을 만났다. 나는 행복한 마음으로 과일 바구니를 들고 있었다. 그의 손은 비었지만 얼굴은 기쁨으로 빛났다.

〈모든 길은 다 기쁨으로 통하는군요〉라고 그가 약간 짓궂게 말했다.

나는 묵직한 바나나 한 송이를 그에게 주고는 웃으며 대답했다.

「그래요. 하지만 과일이 있는 길이라면 더욱 좋겠지요.」

상하이 — 저주받은 도시

진흙탕의 바다. 양쯔 강이 내륙의 흙을 날라 와 바다를 몇 십 리나 흐리게 한다. 짙은 안개가 내리고 배는 경고용 고동을 울린다. 모두들 몸을 기울이고 눈을 크게 떠서 본다. 안개를 뚫고 유명한 지옥의 도시 상하이를 보기 위해서다.

나는 지도를 본다. 반점으로 얼룩진 여러 개의 구역들이 각기 다른 색깔로 구분되어 있다. 붉은색은 국제 공용의 상하이, 초록색은 프랑스인 구역, 노란색은 중국인 구역이다. 1843년 처음 개항했을 때 상하이는 늪과 갈대로 둘러싸인 초라한 어촌에 지나지 않았다. 백인들이 들어와 악마 같은 활동을 벌였다. 강을 준설하고 부두를 건조했으며, 공장과 은행, 증권 거래소, 마천루 등을 지었다. 그다음에 이상한 기계들과 상품들을 들여와 중국인들의 수요를 일으키고 그들을 고객으로 만들었다. 마침내 어촌은 거대한 도시로 탈바꿈했다. 소박하고 행복했던 어부들은 가난하고 굶주린 막일꾼들이 되었다.

동료 여행객 중 일본인 한 사람이 내가 지도를 펼쳐 놓고 상하이에 대해 열심히 공부하는 것을 보더니 익살맞게 웃었다.

「상하이가 가진 금단의 열매들을 서둘러 맛보려고 하지 마십시오. 세상에서 이보다 더 무서운 도시는 없습니다. 손을 대기라도 하면 독을 뿜어 댑니다.」

누군가 우리 뒤에서 야유하듯, 조롱하듯 웃었다. 침 두 방울이 내 귀에 튀었다. 나는 고개를 돌려 쳐다보았다. 누런빛의 푹 들어간 뺨에 흐리멍덩한 눈빛의 영국인 하나가 우리 얘기를 듣고 히죽 웃었다.

「세계에서 이보다 더 매력적인 도시는 없습니다.」

그는 떨리는 손을 뻗어 지도 위의 상하이 전체를 쓰다듬었다.

「여자 말이오? 아니면 위스키? 미국 달러?」 나는 집요하게 물었다.

「쳇!」 그는 경멸하듯이 말했다. 「여자도 위스키도 달러도 아닙니다. 〈중국의 공주들〉 때문에 그렇습니다. 우리는 상하이의 잘생긴 중국인 미소년을 그렇게 부릅니다. 부드러운 소파, 등불이 꺼지고, 긴 담뱃대에 불을 붙입니다. 현실이라는 장막을 거두어 버리면 진정한 세계, 바로 낙원이 눈앞에 활짝 열리고 우리는 그곳으로 들어갑니다……」

영국인의 흐릿한 눈이 한순간 밝아졌다. 그의 두꺼운 틀니가 빠져나오더니 입이 비뚤어졌다. 혐오와 분노가 내 속에서 끓어올랐다. 타락하고 퇴폐적인 인간의 영혼과 육체를 볼 때마다 으레 솟아나는 감정이었다. 나는 고개를 홱 돌리고 혼자서 뱃머리 쪽으로 갔다.

안개는 이미 걷혔고 해가 나왔다. 누런 흙탕물 너머로 드러누운 상하이가 눈에 들어왔다. 선박들은 온갖 깃발들을 휘날렸다. 공장의 높은 굴뚝이 보였다. 하늘은 연기로 흐렸다. 오른쪽에는 아직 오염이 되지 않은 논밭이 푸르렀다. 누가 알겠는가. 내가 귀국할 즈음이면 여기마저 시멘트와 철이 먹어 치웠을지. 무심결에 나는 손을 흔들며 작별을 고했다. 형형색색의 돛으로 날개를 삼은 용처럼 생긴 요상한 형태의 배들이 떼를 지어 지나갔다. 신화 속의 괴물처럼 보였다.

우리가 탄 배가 상하이에 발을 들여놓았다. 부교를 내리자 나는 잽싸게 뭍으로 뛰어내렸다. 부두를 가로질러 성큼성큼 걸어가서 사람들로 가득 찬 알록달록한 거리로 들어섰다. 무엇인가를 처음으로 보고, 냄새 맡고, 맛보고, 만지는 것보다 더 큰 즐거움은 없을 것이다. 은행과 사무소, 상점들이 늘어선 널찍한 유럽인 구역의 거리들을 빠른 걸음으로 지났다. 얼굴색이 붉은 영국인들, 살찐 프랑스 상인들, 비단과 차를 파는 몸이 부실한 힌두교도들을 지나쳤다. 교회, 병원, 도서관, 클럽 등 백인 문명의 온갖 위선적인 진열장들을 뒤로하고 걸어갔다. 마침내 나는 황인종들로 붐비고 진흙과 오물이 가득한 노란색 구역에 합류했다.

나는 눈을 뜬다. 기쁨에 겨워 큰소리를 치지 않을 수 없다. 이토록 풍요롭고 다양한 빛깔의 땅을 보리라고는 결코 생각하지 못했다. 신기한 흥분에 사로잡혔다. 어깨를 스칠 정도로 수많은 군중들 속에 섞이는 기분, 같은 실감개에 감겨 어디서 와서 어디로 가는지를 잊어버리는 느낌. 서서히 시야가 밝아지면서 사물들을 분별할 수 있게 된다. 꼬불꼬불한 좁은 길들, 중국 문자가 쓰인 기다란 깃발들, 담이나 지붕에 새겨진 푸른 용 조각상들, 독방 같은 조그만 상점들, 그 속에서 황인종들이 허리를 굽힌 채 나무를 깎고 가죽 제품을 만들고 불을 때고 요리를 하며 쇠고기, 돼지고기, 개고기 등 갖가지 고기들을 저민다.

손가락이 없는 문둥이들, 배가 불룩 튀어나온 벌거벗은 아이들, 꽉 끼는 검은색 바지를 입은 여자들, 거친 음성, 화려한 색깔들, 묘한 조화, 그리고 모든 것에 중국인의 고약한 냄새가 배어 있다. 견디기 어려울 정도로 강력하면서도 끈적끈적한 그 냄새. 모든 사람들 각자가 하나의 하수구이다. 저마다가 쌓아 올리는 오물은 엄청나다. 조상들은 수천 년 동안 오물들을 쌓아 올려서 평평하고 유연한 중국의 껍질을 형성했다. 나는 공포를 몰아내기 위해 느릿느릿 걷는다. 그래야만 이 놀랍고 무서운 광경을 즐길 수 있기 때문이다.

어두워진다. 위대한 음모자인 밤이 찾아온다. 은행, 공장, 사무실이 문을 닫는다. 유럽인들은 황소같이 머리를 숙이며 몸을 닦고 향수를 바른 다음 거리로 나선다. 중국인 구역에는 라오스풍의 등이 켜진다. 검은 용이 그려진 붉은 등불, 노란 풍뎅이가 그려진 푸른 등불이 빛을 발한다. 희미하게 불이 밝혀진 지하실에서는 구슬픈 재즈가 연주된다.

밤의 공작새, 매춘부들이 잠에서 깨어난다. 매춘부들은 번쩍이는 깃털을 활짝 펴고 손톱을 물들인다. 말 없는 황인종 하인들이 그들을 벨벳이 깔린 가마에 태워 나른다. 매춘부들이 가마에 올라탄다. 발을 들어 올릴 때 옆으로 터진 비단 바지 사이로 한순간 다리 전체가 하얗게 드러난다. 가마가 없는 매춘부들은 빠르게 걷는다. 힘차고 넓은 보폭의 걸음으로 성큼성큼 더러운 거리를 질러가는 품이 눈초리가 치켜 올라간 노란 대천사 같다. 그들은 서두른다. 이 나이트클럽에서 저 나이트클럽으로 이동하면서 말하고 웃고 병난 애들을 다루듯 남자들을 잠시 애무한다. 돈을 받으면 다시 문을 열고 나가서 가마에 올라탄다. 한 유흥가에서 눈부신 몸매를 번개처럼 번쩍이다가 이내 시무룩해져서 다른 사내들을 향해 발을 재촉한다. 그들이 장소를 옮길 때마다 깃털이 뜯기며 얼굴에 칠한 분이 지워진다. 그들은 화장을 고치고 머리를 매만진 후 밤의 행진을 계속한다.

희미한 불이 밝혀진 넓은 광장, 어디에서나 보이는 반원형의 낮은 문들, 수도원처럼 사방을 두른 높은 담들. 반라의 여자들이 기대어 손님을 부른다. 싸구려 화장비누와 화장수, 사람의 땀 냄새가 난다. 누군가가 창문을 열고 개숫물을 버린다. 쉰 목소리로 노래하고 웃는 소리가 들린다. 다시 날씬하고 눈초리가 치켜 올라간 알록달록한 귀신이 담에 기대어 손님을 부른다. 여기서는 몇 달러만 있어도 인간의 파렴치와 사악함, 그리고 무시무시한 쾌락을 만날 수 있다. 그러고는 사내와 계집(당신이 사내라면) 모두에게 염증을 느끼게 된다. 또한 이곳에서는 백인들이 얼마나 비천한지, 또 동양의 2대 독(毒)인 여자와 아편이 어떻게 백인들을 잡아먹고 타락시키는지를 볼 수 있다.

 상하이의 분위기에는 반(反)정신적인 것, 말하자면 명상과 사상과 순수함에 대한 지독한 적대감이 스며 있다. 그래도 콜롬보나 싱가포르의 경우에는 백인들의 타락에 어느 정도 봐줄 만한 구석이 있고, 또 그것이 기후 때문이라고 둘러댈 수 있는 정당성을 지닌다. 그 도시들은 모두 열기와 습기 속에서 숨쉬기가 곤란한 곳이다. 하루 종일 부채를 부쳐서 더위를 식혀야 한다. 열대성 나무들을 보면서 무기력에 빠지고, 열반에 들어가 우주 속으로 증발하여 삼라만상과 합일한다. 그리하여 나무나 구름이 되기도 하고, 나무나 구름의 그림자가 되기도 한다. 말하자면 자아를 상실한다. 그렇다고 하더라도 자아보다 훨씬 더 장엄하고 광대하고 영속적인 것 속으로 소멸하는 느낌이 있다. 그러나 여기 상하이에서는 비천해진다. 인간의 영혼보다 더 비루하고 편협한 괴물로 전락한다.

 저주받은 도시. 이것은 세계의 미래를 내다보는 한 예언자의 환상 속에 나타난 도시의 모습이다. 단언하건대, 이곳이 지금과 같은 진로로 계속 나아간다면 분명 저주받을 것이 틀림없다. 역사상으로 바빌론, 니네베, 이집트의 테베, 그리고 야만족 침입 직전의 크노소스 등이 모두 저주를 받았다. 황금과 성급한 쾌락에 대한 채워질 줄 모르는 갈망. 온갖 질병을 유발하는 매수된 쾌락에 대한 목마름. 인간적인 기쁨이나 이기적이 아닌 웃음은 어디에도 없다. 사람들은 먼 조상인 수퇘지와 암퇘지로 되돌아갔다. 상하이의 유럽인 거리를 지나노라면 정글 속을 지나가는 양 몸을 낮게 웅크리게 된다. 백인들은 신경이 곤두서 있고, 성이 나 있으며, 탐욕스럽다. 그들의 눈은 학살과 약탈의 기운이 번득이는 하이에나 같다. 그들은 뛰어가서 계단을 오르며 문을 노크한다. 또한 그들은 책상에 구부려 앉아 숫자를 적고, 전화를 하고, 전보를 보내고, 장사를 한다. 그들은 늑대들이다. 밤이 오면 그들은 돼지로 변한다. 발정한 배고픈 짐승들. 그들은 바삐 서두른다. 왜 그럴까? 종말을 감지하기 때문이다.

그들의 둘레에는 중국인들의 증오라는 거대한 벽이 버티고서 그들을 내려다본다. 백인들과 그 벽 사이는 점점 좁아진다. 그물로 짐승을 몰듯 벽이 그들에게 점점 다가온다. 조만간 위대한 응징의 순간이 올 것이다. 질 나쁜 백인과 황인종들에게 동시에 혐오감을 느끼는 공정한 마음의 관찰자는, 배고픈 독수리같이 초조하게 그 위대한 순간이 오기를 기다릴 수밖에 없다. 일단 도래하면 그 순간 땅 위에서 우리의 썩은 형제들과 못된 사람들이 말끔히 청소될 것이다.

배 위에서의 마지막 날들

배라는 밀폐되고 고립된 공간에서 사는 것은 수도원 생활과 같아서 큰 열정이 없다면 정말로 견디기 어렵다. 또한 모든 열정을 훌훌 털어 버리고 어제 상하이에서 만난 장님처럼 평온한 마음을 가지지 못한다면 역시 견디기 어렵다. 그 장님은 시끄럽고 지저분한 중국인 찻집에 앉아 있었다. 그곳에 있는 모든 사람들이 싸우거나 이를 잡거나 값을 깎는 등 수선을 피웠다. 그는 누더기를 걸치고 맨발인 채 머리를 곤추세우고 앉아 있었다. 그의 얼굴은 몰아의 경지에 빠진 듯 환히 빛났다. 마치 보이지는 않으나 청명하게 튀어 오르는 활력이 그의 머리 위로 지나가는 것 같았다. 강력한 열정을 품지 않았거나 모든 열정을 정복하지 못한 사람이 밀폐된 공간에 갇힐 경우에는 어찌할 바를 모르게 마련이다.

나는 배 위에서 여행객과 어울린다. 어느 때는 여행객들을 동정하다가도 눈빛이 굳어지고 사람들과 함께하기를 거부할 때도 있다. 승객들은 이제 해보지 않은 것이 없다. 남자들은 이런저런 여자들과 어울리고, 여자들도 남자들과 돌아가며 어울렸다. 승객들은 서로 소유한 물건들을 교환하여 사용했다. 가지고 온 야회복을 모두 입어 보았다. 온갖 이야깃거리를 서로 나누었다. 이제 그들에게 남은 것은 공허감이다. 그들은 바람 빠진 풍선처럼 밧줄에 매달려 있다. 바지나 윗도리나 헐렁한 겉옷 등이 빨랫줄에 매달린 듯 바닷바람에 부풀어 나부낀다.

영국 남자들에게는 활기가 남아 있어 셔플보드 게임을 더 한다. 그러나 이내 싫증을 느낀다. 갑자기 무리 중 하나가 일어서서 금니를 번쩍거리며 알아들을 수 없는 짐승 소리를 지른다. 그 남자의 기분이 좀 가라앉는다. 일본인들은 영자 신문을 있는 대로 모두 다 반복해서 읽는다. 그러고는 침묵과 체념이 어린 불교 수행의 자세를 취해 보다가 끝내 지루함을 이기지 못하고 하품을 한다. 사람들은 갑판 위에 열을 지어 누워서 이따금씩 딱딱 소리를 내며 악어처럼 턱을 벌린다.

미국인 무용수가 휴게실에서 연습을 한다. 이 〈소녀〉는 싱가포르에서 승선했다. 그녀는 마치 권태감이 갑자기 마음을 사로잡은 듯 발작적으로 점프를 한다. 머리는 아마포처럼 햇빛에 탈색되었고, 속눈썹이 없는 눈은 지쳐 있다. 색칠한 발톱은 육식성 조류의 발톱같이 피를 흘린다. 경험이 많고 여행에 익숙한 그녀의 발은 위아래로 움직이며 신호를 한다. 그녀는 뛰어오르고 작은 소리를 내면서 같은 동작을 반복한다. 그러나 누구 한 사람 그녀에게 관심을 가지지 않는다. 모두들 그녀의 가늘고 긴 다리와 통통한 무릎을 실컷 보았다. 오늘 아침 그녀는 붉은색과 초록색 체크무늬가 있는 헐렁한 바지를 입고서 아코디언을 들고 벤치에 앉아 발랄라이카[1]를 치듯이 연주했다. 그러나 아무도 그녀의 연주를 듣지 않았다. 그녀는 연주하며 소리쳤다. 헐렁한 바지는 텅 빈 방 안에서 푸르고 붉게 빛났다. 그녀가 불쌍했다. 그녀에게 다가가

---

[1] 기타와 비슷한 러시아의 삼각형 현악기.

서 친절한 말을 건네 볼까 생각했다. 그러나 나도 귀찮아졌다. 여행을 갈 때마다 가지고 다니는 단테의 책을 다시 들고 「지옥」 편의 지옥 속에 파묻혔다.

하품하며 떡 벌어지는 턱으로 상징되는 권태, 이것이야말로 생각 깊은 피렌체 사람 단테가 지옥의 가장 밑바닥에 놓는 것을 깜박 잊어버린 바로 그것이다. 단테의 끊임없는 망명 생활은 열정, 증오, 사랑, 욕망으로 가득했기에 그는 지속적으로 커다란 흥분 속에서 살았다. 그리하여 지옥의 정수인 권태를 맛보지 못했던 것이다. 진정한 악마는 권태감이라는 괴수이다.

우리는 일본말들을 힘닿는 대로 배웠다. 〈고맙습니다〉라는 뜻의 〈아리가토〉, 〈안녕하십니까〉라는 아침 인사말인 〈오하요〉, 저녁 인사인 〈곤방와〉, 〈일본 만세〉인 〈니폰 반자이〉, 〈태양〉인 〈다이요〉, 〈달〉인 〈스키〉 등. 그러나 이것으로 안심이 되지 않았다.

이물에 매여 있는 개가 황량한 바다를 보고 처량하게 짖었다. 그 소리에 몸이 부르르 떨렸다. 마치 사람의 목소리를 들은 것 같았다. 권태감 속에서 인간들과 동물들은 하나가 된다. 나는 이미 동료 승객들이 인간의 표정을 점점 잃어 간다는 사실을 깨달았다. 모두 다 원시적 조상 격인 동물들, 종족의 토템으로 되돌아간다. 어떤 사람은 돼지로, 어떤 사람은 앵무새로, 또 어떤 사람은 나귀로. 여자들은 암여우, 암말, 암돼지 등으로. 배는 우리를 등에 싣고 나르는 지옥의 괴수처럼 보이기 시작한다. 밤에 이 괴수는 푸르고 붉은 눈들로 가득 차며, 쇠로 된 시꺼먼 위장에서는 신음 소리가 난다. 낮이 되면 무수한 인간의 혀들을 지니고 말을 한다. 항구에 도착하면 조롱하듯 고동 소리를 내어 그곳 사람들을 불러들여 우리를 구경시킨다.

중국해가 거칠게 파도쳤다. 바다는 하루 종일 탁하고, 바닷물을 데운 목욕물에는 진흙이 잔뜩 들어 있었다. 그처럼 적대적이고 반항적인 바다를 본 적이 없다. 파도가 지닌 증오는 대단했다. 파도는 입에 거품을 문 채 말은 못 하면서 먹구름 같은 원한에 사무쳐 배를 때렸다. 배는 한숨을 내쉬고 삐걱거렸으며 머리를 세우고 다시 움직였다. 그러자 다른 파도가 몰려왔다. 집채만 하고 조용하며 누런 증오의 거품을 내면서 배를 갈겼다. 헤어날 길 없다는 생각이 들었다. 배가 난파될 날이 곧 올 것 같았다.

일본인들이 축음기를 틀었다. 백인 여자들은 황인 남자들과 춤을 추었다. 격렬한 미국 음악은 넋을 잃게 하고 야만적으로 매혹하는 느낌을 주었다. 황인 남자들이 벌써 백인 여자들을 품에 안고 달아난다는 생각이 들었다……. 나는 쌀로 빚은 미지근한 일본술을 조그만 잔으로 마셨다. 파이프 담배에 불을 붙이고 두 가지 피부색의 남녀 쌍들이 춤추는 모습을 바라보았다. 축음기에서는 현대 가수가 애상조로 달에 대한 노래를 불렀다. 그녀의 음성은 가늘고 냉정하며 단조로워서 욕을 하는 듯했다.

> 담홍색 물감으로 얼굴을 칠했다네 ―
> 라, 라, 라, 담홍색 물감으로.
> 하늘에 달이 떴네 ―
> 달의 얼굴에는 분을 발랐다네 ―
> 라, 라, 라, 엷게 분을 발랐다네…….

나는 혼자 파이프를 피웠다. 행복했다. 마음속으로 중얼거렸다. 〈행복이여, 지극히 높은 곳이나 아니면 지극히 낮은 곳에 있을 줄 알고 그대를 찾지만, 그대는 우리가 걷는 땅 위를 걸으며 귀여운 여자같이 우리 곁에 서 있다가 우리의 마음속으로 곧장

들어오는구나.〉

　허공을 뚫고 멀리 수평선 너머로 일본의 산들이 자태를 드러낸다. 한 달 동안의 여행 끝에 목적지에 도착했다. 모든 사람들의 마음이 가벼워진다. 피에 생기가 돌고 얼굴에는 인간적이고 의미를 알 수 있는 표정들이 떠오른다.

　일본인 승객들은 웃고 농담을 건넨다. 하나의 이야기가 다른 이야기를 끌어낸다. 황인들의 불가사의한 정신의 한 단면이 점차 밝혀진다. 그것은 웃음이었다. 웃음은 나에게 언제나 가장 위대하고 의미심장한 신들 속에 자리 잡았다. 거칠고 강건한 스파르타 사람들이 그 어떤 그리스인들보다 삶을 더 진지하고 비극적인 것으로 여기면서도 겔라노르(웃음) 신의 제단을 세운 이유를 나는 잘 알고 있다. 우리가 사는 동안 오직 자발적이고 순진한 웃음만이 인생의 공포를 중화시킬 수 있다(그저 중화시킬 뿐이지 절대로 극복하게 하지는 못한다). 공포를 극복할 수는 없다. 희극이 함께 태어나지 않았더라면 비극은 태어날 수도 없었다(희극 없이 인간은 절대로 비극을 감당할 수 없었을 것이다). 비극과 희극은 쌍둥이 자매이다. 삶의 비극을 느낄 줄 아는 자만이 웃음에 들어 있는 구원의 힘을 안다.

　근엄하면서도 부드럽게 말하는 일본인들은 지상의 다른 사람들이 생각할 수 없을 정도로 강한 책임감을 가졌다. 그렇기 때문에 그들은 진정 웃을 줄 안다. 일본인들의 마음에는 웃음의 샘이 철철 넘쳐흐른다. 그래서 오랜 세월 동안 아무리 유교와 불교의 수양을 했어도 웃음의 샘은 마르지 않았다. 아직도 일본의 이야기꾼들은 긴긴 겨울밤에 이 마을에서 저 마을로 다니며 행복을 퍼뜨린다. 지붕이 낮은 나무집들이 웃음으로 들썩댄다. 오늘 여기에서도 일본인들은 갑판이 들썩거릴 정도로 웃고 있다. 수평선에 그들의 근엄한 어머니, 일본이 나타났다. 조용하다. 아이들은 웃으며 어미를 반겼다. 모두들 생각나는 대로 농담을 했다. 마치 엄숙한 마음에서 터져 나온 억제할 수 없는 즐거움을 붙들어 매 두고 싶다는 듯. 그들은 마치 농담이 너무 재미있지 않느냐는 듯이 웃음보따리를 터뜨린다.

바다와 하늘이 만나는 수평선 위에서, 일본은 아침 햇살 속에 웃음을 띠고 빛을 발하며 점점 더 뚜렷하게 자태를 드러낸다. 갑판 위에서는 일본인들이 흥분하여 웃었다. 그때 나는 일본이 동양의 아프로디테가 되어 웃음 속에서 솟아나는 느낌을 받았다.

벚꽃과 대포

배는 향기가 나는 일본만으로 들어간다. 세계에서 가장 아름다운 바다 가운데 하나인 일본의 지중해[1]가 봄기운에 웃음을 가득 싣고 우리 앞에 품을 벌린다. 폭이 좁고 얕으며 상쾌한 바다는 말로 형언할 수 없는 멋을 지녔다. 940개의 크고 작은 섬들이 한쪽 끝에서 다른 쪽 끝까지 길게 펼쳐져 있다. 어촌들, 비로 인해 거무스름해진 작고 지붕이 낮은 나무집들, 화살같이 기다란 작은 배들, 뾰족한 밀짚모자를 쓴 어부들, 모래사장들, 바닷물에 뿌리가 젖어 있는 검푸른 소나무. 이것이야말로 멀리 떨어져 있는 푸른 나라 그리스가 아닌가! 나는 한순간 조국으로 돌아왔다고 생각하고 소스라치게 놀랐다.

청록색으로 빛나는 아침 바다 위를 배가 조용히 미끄러져 간다. 깨어난 바다 갈매기가 배고파한다. 다리를 늘어뜨린 황새 한 마리가 머리 위를 난다. 일순간 솜털로 덮인 흰 가슴이 빛나고, 나는 손바닥에 그 부드러움과 따스함을 느낀다.

매 순간 풍경이 바뀐다. 어떤 때에는 평화로운 푸른 섬들이 보

---

[1] 일본의 내해(內海)를 말한다.

이다가 얼마 지나지 않아 뜻밖에도 잿빛 화강암들이 나타난다. 깊고 파란 동굴들과, 그 멀리에는 하늘로 솟은 지붕과 붉은 문이 있는 신사가 꽃이 피는 나무들 속에 묻혀 있다. 어디서나 볼 수 있는 휴화산들. 지각 변동이 이곳에서 일어났음이 틀림없다. 땅은 조각났고 파도가 들이닥쳤으며, 이제 940개의 봉우리가 홍수 위에 남았다. 용암이 멎었고, 풀이 들판을 덮고, 남녀 인간들이 들어와 목초지에서 뿌리를 내렸다.

우리가 오늘 지나는 파란 바다는 일본 혼의 푸른 남상(濫觴)이었다. 이곳에서 태어나 햇볕에 살갗을 태운 호리호리한 바다 사람들은 조금씩 힘들여 일본을 정복하고 사나운 아이누족을 북단 해안으로 몰아내었다. 겁이 없는 바다 전사들은 반은 장사꾼에 반은 해적으로, 이곳에서 출발하여 풍요로운 중국의 여러 항구에 상륙했다. 그들이 돌아올 때 선창과 가슴에는 비단과 예술품, 신(神)들, 사상(思想)들 등 매우 값진 것들이 들어 있었다.

우리의 배는 일본의 에게 해에 해당하는 이곳을 조용하고 요염하게 항해한다. 그러나 옆으로 지나가는 작은 배들은 폭풍 속을 지나가듯 파도를 탄다. 해가 중천에 떴고, 해안은 햇살 속에 잠겼다. 선실 심부름꾼 소년이 흰 장갑을 끼고 오늘의 라디오 뉴스를 옮긴 인쇄물을 나누어 준다. 나는 이 땅이 병이라도 난 양 잽싸게 그것을 받아 일기예보에서 기온을 알아본다.

도쿄. 기상청 발표에 따르면 올해 벚꽃은 예년보다 이른 3월 말에 필 것이다. 일찍부터 날씨가 따듯했기 때문이다.

그 아래에는 이런 공고가 들어 있다.

우리는 군사 방어 구역으로 들어선다. 승객들이 사진을 찍는 것을 엄히 금한다.

꽃 피는 벚나무들의 아름다운 모습을 대포가 오염시키는 것을 보고 낭만주의자는 분개할 것이다. 현실주의자는 코웃음을 치고 입술을 씰룩거리며 위대한 현실주의자들인 일본인들이 어떻게 하여 벚꽃에 관한 관심을 갖고 전보를 보낼 정도로 겸손할 수 있는지 의아해할 것이다……. 나는 이 무시무시한 대조를 나의 내부에서 다시 조화시켜 보자는 생각이 들자 무척 즐거워졌다. 그 인쇄물의 문구에 의미를 부여하고 싶다. 폴란드인 바이올리니스트 쪽으로 고개를 돌렸다. 화가 치솟은 그에게 웃으며 말했다.

「얼마나 큰 행복입니까! 벚꽃을 볼 것이고 동시에 무서움에 약간 전율하기도 할 것입니다. 벚나무 뒤에는 대포들과 참호들, 화약과 가솔린이 숨겨져 있으니 말입니다!」

그가 일어섰다.

「그래요, 이 소문난 벚꽃이 모두 가면일 뿐이지 않습니까? 대포를 숨기는 데나 쓸모가 있는 것 아닙니까?」

「그래 그것을 몰랐단 말입니까? 삶이란 다 죽음의 위장 수단이 아닙니까? 가면만을 보는 자에게 재앙이 있으라! 가면 뒤에 숨겨 있는 것만을 보는 자에게도 재앙이 있으라! 완전하게 보려면 가장 아름다운 가면과 그 뒤에 숨겨진 흉측한 얼굴을 한눈에 직시해야 합니다. 그런 다음 마음속에서 그 둘을 조화시켜 아직 세상에 알려진 바 없는 새로운 합성물을 창조하며 삶과 죽음이라는 쌍둥이 피리를 거장같이 연주해야 합니다.」

가엾은 폴란드인은 금발 머리를 흔들었다. 그는 이해할 수 없었던 것이다. 위험한 전쟁 구역의 아름다운 해안을 보면서 나는 무거운 짐을 걸머진 일본의 어려운 운명을 가늠하기 위해서 계속 생각에 잠겼다. 이제 일본은 금이 가득한 신화적인 땅, 지팡구가 아니다. 꽃 피는 벚나무와 감각이 예민한 소녀들의 나라도 아니다. 그 소녀들은 찻주전자를 씻으러 문을 열고는 그만 눈 덮인 아름다운 경치에 넋을 잃기 예사였다. 〈세상은 온통 눈으로 덮였네. 어디서 찻주전자를 닦아야 하나?〉

목가적인 풍경은 이제 사라졌다. 일본은 문을 활짝 열었고, 서양의 바람이 밀고 들어가 소용돌이친다. 그래서 여러 가지 것들이 생겨난다. 공장, 자본주의, 노동자 계급, 인구 과잉, 의심……. 기계는 작동을 시작했다. 기계를 돌린 손은 그것을 멈추게 할 수 없다. 우리 시대의 무서운 악마들이 풀려났다. 그들을 만든 인간보다 더 뛰어나고 강한 악마들. 일본은 무도회에 왔으니 좋든 싫든 춤을 추어야 한다. 무도회에 합류했을 뿐만 아니라 이제 그 맨 앞줄에 서 있다. 세계의 춤은 일본 춤의 리듬에 좌우될지도 모른다.

그 까닭은 지중해가 더 이상 오늘날의 시대적 고뇌의 중심이 아니기 때문이다. 지중해는 고작 하나의 국지적인 바다가 되고 말았다. 세계는 넓어졌고, 지중해에서 일어나는 일들은 그 지역의 이야깃거리일 뿐이다. 세계의 중심은 태평양으로 이동했다. 이곳에서 태풍이 불고 우리 유럽의 문명을 집어삼킬 것이다. 네 개의 각기 다른 쪽에서 상반되는 이해관계가 여기에서 형성되기 때문이다. 서로 반목하는 네 개의 거대한 나라들이 서 있다. 중국, 소련, 미국, 일본. 거대한 게임, 미래의 전쟁이 이곳에서 벌어질 것이다. 패자들과 승자들에게 신의 가호가 있기를.

중국은 거대한 혼돈이다. 주저앉는 법이 없는 인간 용수철, 황색 개미들이다. 축축한 강바닥으로부터 진흙이 잔뜩 묻은 채로 오르다가 다시 가라앉고 또다시 오른다. 몇 년 전 3천만 명이 강에 휩쓸려 죽었다. 그래도 중국은 꿈쩍하지 않았다. 9개월도 지나지 않아 3천만 명 혹은 4천만 명이 진흙에서 올라와 빈자리를 채웠다.

소련은 세계에 새로운 사상을 전달한다. 새로운 사상이 늘 그렇듯, 그 발견자는 그것을 전 세계에 퍼뜨리고 싶어 한다. 소련은 피가 잔뜩 묻어 있는 붉은 깃발 아래로 모든 사람들을 불러 모은다. 망치와 낫의 상징적 의미는 이중적이다. 망치는 사람의 머리를 부수는가 하면 빌딩을 짓기도 한다. 낫은 옥수수 열매를 벨 뿐만 아니라 사람의 머리도 자른다. 부정적이든 긍정적이든 이 두 가지 임무를 모두 완수해야만 한다. 그렇지 않으면 과업은 절반만 완성되어 소득이 없다.

미국은 기계와 수량, 속도, 기록을 숭상한다. 미국에서는 시간이 돈이 되었으며 정신은 물질을 섬긴다. 처음에는 정신이 주인이었던 것으로 알았을지 모르지만 정신은 끝내 노예로 전락했다. 유럽이 시작한 것을 미국이 끝을 맺었다. 거인에 대한 숭배, 수량에 대한 숭배는 위험하다. 그것이 바로 퇴폐의 특징적인 증상이기 때문이다. 문명은 언제나 거대한 양(量)과 굉장한 규모에 빠져 죽게 마련이다. 거대한 도시들, 웅대한 극장들과 축제일들, 호화로운 건물들······.

일본은 태평양에서 넷째 가는 거인이다. 불가사의하고 운명적인 이 나라는 두 개의 대립되는 것들을 합쳐서 뛰어난 통일체를 만들어 내려고 애쓴다. 일본은 강건하고 자제할 줄 알며 무서운 다중 나선형 용수철 같은 동양적 정신과, 기술이 발전한 유럽 문명의 물질을 다루는 능력을 통합하려고 한다. 일본의 전통적 기사인 사무라이는 기모노 위에 무거운 철제 무기로 무장했다. 일본은 원래의 기질을 지키려고 애쓴다. 그들의 본바탕은 부드럽고 강하며 감각적이고 무자비하다.

 일본이 새로운 통합을 이루어 낼 수 있을까? 아니면 옛 정신을 상실하고 모든 벚꽃은 시들어 버려, 이 매력적인 나라가 기계의 노예가 될 것인가? 이 질문에 대하여 시간이 내릴 대답에 따라서 아시아의 미래, 곧 세계의 미래가 달라진다. 지금 일본은 위험한 기로에 서 있다. 한 갈래의 길은 거리낌 없이 서구 문명을 따라 기계에 대한 숭배를 강화하고 오래 간직했던 전통적 정신을 부정하는 것이다. 또 한 갈래의 길은 자신의 얼과 전통과 관습을 유지하는 것이다. 그리고 서구 문명을 단지 일본의 신비한 정신을 보호하는 실질적인 갑옷으로만 삼는 것이다. 그러니까 삶을 좀 더 뛰어나게 시각화하기 위해서 서구 문명을 수단으로 삼자는 것이다. 삶을 생생하게 드러나도록 구체적으로 만드는 것이 세계를 물질에 기초하여 인식하는 것보다 훨씬 더 훌륭하다. 세계를 물질적으로 인식하는 것은 세계의 타락을 동반하기 십상이다. 기계의 이용은 필수적이다. 물질에 관계되는 모든 잡다한 일을 끝내지 못하면 정신에 마음을 쓸 수 없기 때문이다.

 구원을 받기 위해서라면 일본뿐만 아니라 인류 전체가 완수해야 할 중대한 과업이 있다. 물질적 정복으로 인하여 거대해진 세계의 새로운 육신에 그와 비슷할 정도로 거대한 정신을 불어넣어야 한다. 유럽과 미국이 이 과업을 완수할 수 있다는 희망을 접어 버린 사람들이 많다. 일본이 할 수 있을까?

 몸서리나는 이런 의문을 품고 나는 태평양의 여왕이 사는 꽃 피는 나라에 발을 디뎠다.

고베

아침에 고베에 입항했다. 가벼운 구름이 봄 하늘을 덮었다. 공기는 습하고 석탄 냄새가 났다. 지붕이 낮은 목조 가옥들, 이들과 나란히 서 있는 높은 마천루에는 거대한 일본의 간판들과 깃발들이 달려 있다. 부두로부터 산자락까지 어디에나 높고 연기를 뿜는 굴뚝들이 있다.

나의 내부에서 두 개의 목소리가 싸움을 벌였다.

〈저런, 이 무슨 더러운 꼴인가! 봄 공기가 매연에 오염되다니. 서구 문명의 악영향이 뭇 나라들의 게이샤인 일본의 깨끗하고 웃음 짓는 얼굴에 이렇게 많이 번져 있다니. 인간의 마음, 그 신성한 새가 앉아 노래할 수 없는 세계에는 꽃나무 한 그루 남아나지 않겠구나!〉

다른 목소리가 조롱하듯 가차 없이 반박한다. 〈집어치우게나! 한탄은 그만 해. 불가피한 것에 항거하는 어리석은 짓 좀 그만둬! 새로운 현실에서 차가운 듯하면서도 단단한 아름다움을 찾아보게. 필요를 욕망으로 만들게나. 그래야만 물질의 노예로 전락한 세계에서 자유로울 수 있다네……〉

이슬비가 내리기 시작했다. 하늘은 흐려졌다. 이윽고 배는 방

수 외투를 입은 일본인 노동자들로 가득 찼다. 그들은 말없이 조용하고 신속하게 짐을 부렸다. 불필요한 동작을 찾아볼 수 없었다. 키가 작고 강하며 해에 그을린 남자들의 눈은 빛났고 힐끔힐끔 주위를 바라보았다. 나는 속으로 말했다. 〈행동이 참 빠르기도 하지. 이 황색 막일꾼들이 언젠가 파리, 런던, 뉴욕을 짐 하나 없이 비워 버리리라!〉

나는 서둘러 미국인 거리를 떠나 골목길로 들어간다……. 심호흡을 한다……. 라오스풍의 등이 상점마다 걸렸다. 이국적인 횃불 행진……. 알록달록한 불빛 속에서 웃고 있는 사내들의 얼굴이 빛난다. 인도에 잡다한 것들을 늘어놓았다. 장난감, 과일, 기모노, 나막신, 과자, 삶은 달걀, 호박씨, 땅콩……. 좁고 어두운 골목에는 꽃을 피운 나무 한 그루가 서 있다. 그 뒤로 작고 오래된 사찰 하나가 있다. 목조 건물 앞에 막대 향들을 피웠으며, 똑바로 서 있는 오래된 돌 위에 글자가 새겨져 있다.

여기에 신실한 구즈노키가 누워 있다.

이제 빗줄기가 굵어진다. 나는 잠시 꽃 핀 나무 밑에서 멈춘다. 쌍둥이를 포대기에 싸서 등에 업은 여자 걸인이 사찰의 문 앞에 서 있다. 모자(母子)는 서로를 단단히 묶었다. 그녀가 나에게 손을 내민다. 다른 손으로는 찢어진 종이우산을 들고 두 애들에게 받쳐 준다. 나는 손을 뻗어 그녀의 야윈 손바닥에 동전 한 닢을 놓는다.

여자가 웃는다.

「아메리카?」

「아니요. 기리샤(그리스).」

눈초리가 치켜 올라간 작은 눈을 크게 뜨고 나를 바라본다. 기리샤? 지구상에 그런 나라가 있다는 것을 그녀는 지금 처음으로 들은 것이다.

사찰의 작은 문 아래에 매달린 붉은 등불 밑에서 나는 그녀를 본다. 그녀의 주름진 얼굴과 썩은 이들……. 〈누이〉라는 뜻의 일본말을 알았다면 얼마나 좋을까! 그러면 좋은 말로 그녀를 도울 수 있을 터인데. 그녀가 받드는 신 부처는 이렇게 말하곤 했다. 「시주하는 돈으로는 한 사람을 7년간 먹일 수 있다. 그러나 좋은 말 한마디는 70년을 먹일 수 있다.」

비가 퍼부었다. 억수 같은 비가 붉은 등 위에도 떨어진다. 젖은 묘비는 빛났다. 여자는 우산을 내 머리 위로 뻗친다. 나는 그녀에게 가까이 간다. 우리 넷은 조용히 〈신실한 구즈노키〉의 묘 앞에서 찢어진 종이우산을 받쳐 들고 웅크린 채 비가 그치기를 기다렸다. 행복했고 젖은 대지에서 향내가 났다.

새벽에 잠이 깼다……. 일본의 도시가 밤잠으로부터 어떻게 깨어나는지 보고 싶어 안달이 난다……. 비가 내린 뒤의 순수한 공기……. 성스러운 마야 산은 검붉은 장미처럼 빛난다. 산기슭에는 하얀색의 고급 주택들이 자리 잡고 있었다…….

작은 가게들은 벌써 문을 열었다. 일본인들은 일찍 자고 일찍 일어난다. 그들은 태양의 리듬을 따른다. 몸을 씻는 데 긴 시간을 들이고 요란한 소리를 낸다. 강하고 역한 냄새가 나는 진한 주스를 마신다. 가짓수가 많은 절인 채소들과 큰 그릇에 담긴 쌀밥을 먹는다. 아내는 무릎을 꿇고 남편을 수발한다. 남편에게 나무 그릇에 든 여러 가지 음식들을 가져다준다. 옷 입는 것을 도와준다. 구두를 닦고 구두끈을 묶어 준다. 문을 열어 주며 깊이 머리를 숙여 조용히 경의를 표한다. 일본에서 남자는 아내의 섬김을 거만 떨지 않고 불쾌감 없이 받아들인다. 여자는 수치심을 느끼지 않고 남편을 섬긴다. 신을 길들이고 신과 함께 자는 여사제 같다.

이제 도시가 잠을 깬다. 나막신을 신고 걸어가는 소리가 난다. 농가의 딸들이 지나간다. 그들의 어깨에 가로로 걸쳐져 있는 긴 막대에는 채소와 과일이 가득 든 바구니들이 매달려 있다. 흔한 간이식당들이 문을 연다. 머리에 터번 모양의 모자를 쓴 요리사가 서서 그들을 기다린다. 가게의 간판들이 점점 뚜렷해진다. 용 모양의 글자들, 그 용들이 잠을 깬다. 어수선하게 보였던 간판 글자들이 단정한 모습을 드러낸다.

작은 절에는 아직 종이 등이 빛을 낸다. 아무 장식도 없는 초라한 법당. 목조 불상 하나가 법당 뒷전에 있을 뿐이다. 입구에는 신도들이 동전을 집어넣는 시주함이 놓여 있다. 나는 멈춰 서서 부처를 본다. 사랑스러운 스승. 희미한 불빛이 비치는 곳에서 그는 웃고 있다. 아몬드처럼 생긴 눈은 아래쪽을 바라본다. 사바세계의 헛된 소음을 다 듣는 커다란 귀. 막일꾼, 상인들, 여자들이 지나가면서 가끔 동전을 시주함 속으로 집어넣을 때 그 귀는 동전 소리를 듣는다. 그 귀는 어느 날 잿더미처럼 세계를 덮을 거대한 침묵을 듣는다.

불자(佛子) 하나가 잠시 멈춰 서서 손뼉을 세 번 친다. 신을 불러내어 자기 말을 들어 달라는 표시인 것 같다. 그는 동전을 시주함에 넣고 손을 합장하고 소원을 빈다. 그는 사업이 잘되기를 빈다. 부처에게 도와 달라고 빈다. 부처는 서늘한 어둠 속에서 음험하게 미소 짓는다. 고대 로마에서 점쟁이들이 골목길에서 서로 만날 때 웃는 것처럼 나도 부처를 보고 웃는다. 이제 걸음을 떼어 길을 걸어간다.

공장의 사이렌이 울리기 시작한다. 상당수의 여공들이 알록달록한 기모노를 입고 웃으면서 종종걸음으로 곁을 지나간다. 나는 머리를 돌려 한동안 그들을 바라본다. 그들은 웃기 시작한다. 나는 그들에게 명랑하게 소리친다.

「오하요 고자이마스(안녕하세요)!」

많은 수의 활기찬 목소리들이 내 인사에 응답한다. 「오하요 고자이마스.」

간이식당에서는 냄비들이 달구어지고 있다. 임시변통의 화덕들을 인도에 만들어 놓았다. 채소와 과일 장수들이 바나나, 사과, 대만산 배 등을 진열해 놓았다. 대나무 막대를 어깨에 걸친 짐꾼들이 항구 쪽으로 바삐 걸음을 재촉한다. 길에서 만난 친구들이 인사를 한다. 손바닥으로 자신의 무릎을 감싸고 고개를 깊이 숙여 세 번 절한다. 절을 하면서 머리를 들어 친구의 안부를 묻고 만난 기쁨을 표현한다.

세계에서 일본인들보다 더 정중한 사람들은 없는 것 같다. 정중함을 외부로 표현하는 그들의 형식은 고도로 양식화되어 있다. 일본인들의 유명한 웃음은 가면일지 모른다. 그러나 그 가면으로 인해 삶이 좀 더 기분 좋아지고, 인간관계가 좀 더 위엄이 있고 사랑스러워진다. 이것으로부터 나를 단련하고 자제하며, 모든 아픔을 내 속에 가두며, 나의 재난으로 인해 다른 사람을 성가시게 하지 않는 법을 배울 수 있다. 그리하여 가면은 서서히 얼굴이 되고, 단순히 형식이었던 것이 본질로 변한다.

가쓰 가이슈라는 일본의 사무라이가 이와 관련하여 도달하기 어려운 이상적인 경지를 몇 구절로 표현했다.

다른 사람들 앞에서 웃어라.

자신 앞에서는 엄숙하라.
고민이 있을 때 용감한 마음을 지녀라.
항상 즐거워하라.
칭찬을 받으면 무관심하라.
남이 욕을 하면 냉정해져라.

햇살이 이미 거리에 넘쳤다. 가게의 창문이 빛난다. 게이샤들이 옷을 벗고 잠을 잘 시간이다. 밤일이 끝났고 춤추느라 발은 지쳤다. 손가락들은 세 줄의 샤미센을 연주하느라 뻐근하다. 이제 옷을 벗고 쉰다. 허리끈을 푼다. 오비라고 부르는 허리띠를 푼다. 오비는 폭이 넓고 비단 안장처럼 등허리에 걸치는 장식이다. 향내 나는 기모노를 벗고 오렌지꽃으로 만든 화장수로 세수를 한다. 다다미방에 이불을 깐 후 눕는다. 매우 조심스럽게 목을 작고 딱딱한 베개에 올려놓는다. 높이 세운 모양의 머리를 망치지 않기 위해서이다. 게이샤들은 오래되고 그림같이 멋있는 전통에 따라 옷을 입고 머리를 손질한다. 그들은 모가스(*mordern girls*, 신여성)들처럼 유럽 패션을 따르지 않으며, 머리를 짧게 자르거나 유럽풍의 옷을 입거나 모자를 쓰는 법이 없다.

신여성들은 이들을 비웃는다. 「게이샤들은 오랜 전통을 따릅니다. 그렇게 해야 굽은 다리와 정수리의 털 없는 부분을 가릴 수 있기 때문입니다.」

그럴지도 모른다. 그러나 게이샤는 일본의 가면들 중 하나이다. 아마도 가장 감미롭고 가장 거짓된 아름다움에 속할 것이다. 게이샤가 거리를 걸어갈 때의 모습을 보자. 단정하고 갓난 어린애 같은 눈으로 웃음을 짓는다. 그 모습을 보는 순간 마음이 진정된다. 왜냐하면 도발적이고 거만한 눈빛을 지닌 경솔한 백인 여자들을 보는 것은 지겹기 때문이다……

사무실들이 문을 열었다. 긴장한 황색 손들이 온갖 것들을 움켜잡는다. 전화, 면화, 설탕, 철, 비단, 화학 제품, 선박 등등. 고베의 거대한 골칫거리들이 모두 잠을 깬다. 혼잡한 전차들이 종을 울리며 거리를 지나간다. 키가 작고 우아하며 아름다운 여자 차장이 입술에 영구적으로 응고된 미소를 띠며 표를 받는다. 그녀는 승객들에게 단조롭고 차분한 목소리로 인사한다.

「아리가토 고자이마스! 아리가토 고자이마스(고맙습니다! 고맙습니다)!」

인도는 남녀들로 넘친다. 모든 여자들은 아기들을 포대기로 싸서 등에 업는다. 여자들, 남자들, 아이들 가릴 것 없이 어린애들을 등에 업는다. 인간 캥거루들이 나막신으로 돌을 차며 돌아다닌다. 탁탁-탁탁! 탁탁-탁탁! 이것이 일본 거리가 내는 큰 소리이다.

나는 왔다 갔다 하며 앞으로 나아간다. 주위를 거닐면서 나의 임무를 수행한다. 유명한 풍자 소설 『나는 고양이로소이다』를 쓴 일본의 해학가 나쓰메 소세키를 줄곧 생각한다. 고양이는 사람들의 일상적인 모습을 일컫는다. 소세키는 평생 만담가로 살고 있다. 그는 당대의 들떠 있던 분위기 속에서 차분하게 침착함을 견지했던 통찰력 있고 세련된 동양인이다.

그가 말했다. 「인생은 무척 즐겁다. 차의 맛을 품평하고, 화단의 화초에 물을 주며, 그림이나 조각상 앞을 한가롭게 거닐고, 이야기하거나 우스갯소리를 만드는 것, 이 모두가 인생의 즐거움이다. 이런 즐거움들이 문학의 주제가 아니고 무엇이랴? 예를 들어 중산층인 어떤 사람은 장을 보러 가는 도중에 분명히 경찰서 앞에 멈춰 한 소년이 경찰에게 쥐를 맡기는 것을 보거나 허풍쟁이가 제 자랑하는 것을 엿듣는 데 시간을 보낼 수도 있다. 그가 진정으로 뭔가를 보거나 듣고 싶다면 허둥대어서는 안 된다. 허둥댄다면 그는 결코 아무것도 보지도 듣지도 못하고 시장으로 바로 갈 것이다.」

그 유머리스트의 말들을 되새기며 이런 식으로 어슬렁거리는 것이 여간 흐뭇하지 않다. 그렇다고 바쁘게 돌아가는 고베의 한가운데에서 어떤 죄책감을 느끼지도 않는다. 지구 위를 어슬렁거리며 걷는 도중에 보고 듣는 것이 나의 열정이기 때문이다.

1. 나날의 임무를 수행하면서 차분히 살아라.
2. 마음을 항상 순수하게 지녀라. 그리고 마음의 명령에 따라 행동하라.
3. 조상을 숭배하라.
4. 천황의 뜻을 네 것으로 삼아 이행하라.

이것이 일본인의 정신을 지배하는 네 가지 중대한 원칙이다. 일본인들은 형이상학의 거창한 문제들에 흥미를 갖지 않는다. 힌두교도들과 달리 그들은 자신의 인간성을 잃고 우주 속에 사라져버리기를 바라지 않는다. 세계가 어디에서 생겨나 어디로 흘러가는가 하는 것은 그들의 관심 밖이다. 광대한 사상의 지평선은 그들에게 희미하고 무익한 느낌밖에 일으키지 못한다. 그들은 시야를 좁혀 제한된 범위에서 완벽을 추구한다. 예를 들면 땅과 바다, 조상의 유골 더미, 나라의 탈곡장 등 매우 구체적인 것들이다. 일본인들에 있어서 인간의 단 한 가지 창조적이고 지고한 의무는 자기 민족이라는 좁은 세계 속에서 일하고 자신들의 재주를 발휘하는 것이다.

개개의 일본인에게 있어서 우주는 바로 일본이다. 그 우주 속에는 자신이 편히 머무를 곳이 있다. 그들의 조그만 체구는 용수철처럼 성급하고 보이지 않게 진동하며 날래게 움직일 준비가 되어 있다. 지칠 줄 모르고 차분한 그들의 정신은 자신들의 민족이라는 테두리 안에서 활동하는 가운데 궁극적 발전을 이룰 수 있는 모든 가능성을 찾는다. 일본인은 자신의 마음에 대한 신뢰를 지니고 있다. 마음은 개인적인 것이거나 자신의 것이 아니며, 또한 심장의 고동 소리를 내는 육체의 하루살이 조각에 지나지 않기 때문이다. 개인의 마음은 자기 민족 모두의 마음이다. 올바른 길을 찾아 자신의 행동을 규제하고자 하는 일본인에게 형이상학적 체제는 필요하지 않다. 일본인은 자신의 마음, 즉 그 민족의 마음에 귀를 기울이고 그 가르침에 따라 행동 계획을 세우면 된다. 이런 구체적인 확실성으로 말미암아 일본인들의 행동은 단순하고 민첩하며 확고하다.

일본인은 행동할 때에만 자신이 살아 있다고 느낀다. 두견새는 이렇게 노래한다. 〈태초에 노래가 있었다.〉 일본인은 말한다. 〈태초에 행동이 있었다.〉 일본인은 이 지상에서 행동이야말로 유일한 구원의 길이라고 믿어 의심치 않는다. 직업이 무엇이든 일본인은 자신의 역량으로 민족의 번영과 구원에 이바지할 수 있다고 확신한다. 일본인은 개인의 이해와 민족의 이해가 완전히 하나로 합쳐진다고 여긴다.

두 세대 전에 일본의 르네상스를 일으킨 위대한 메이지 천황은 여가 시간에 운문을 짓곤 했다. 일본인들은 모두 그가 쓴 기도문 같은 3행의 시를 외운다.

　　운명이 너를 무엇으로 만들건,

왕이든 짐꾼이든
죽을 때까지 그 일에 봉사하라.

  작달막한 일본인 실업가 한 사람이 오늘 오후 내내 나에게 자신의 공장을 두루 보여 주었다. 그곳에서는 분말로 된 모기약을 생산했다. 나와 얘기할 때 키가 작아 뒤꿈치를 들고 서 있던 그 실업가는 열정과 자신감에 넘쳐 있었다. 말하는 품이 자기 공장이 확장되고 번영함으로써 일본 전체가 영화롭게 되고 더 커진다고 생각하는 듯했다. 사업이 발전하고 잘되는 것은 자신의 개인적 야망이나 경제적 이해를 초월하는 일이었다. 그것은 조국과의 밀접하고 거룩한 합작의 결과였다. 공장을 짓고 원료들을 상품으로 만든 자신의 노력은 덧없는 것으로 치부하면서, 그는 민족 전체가 자신의 사업을 지켜보고 번창하게끔 힘을 써준다고 생각하는 듯했다. 그 덕분에 만족할 줄 모르는 이 실업가의 욕망은 개인의 욕심을 초월하여 신성한 의무로 승화될 수 있었다.

  공장을 나와서 그 실업가와 나는 저녁을 먹으려 한 음식점으로 갔다. 뜨거운 물에 적신 작은 수건을 받아서 먼지로 더러워진 얼굴과 손을 닦았다. 우리는 작은 잔으로 미지근하게 데운 술을 마시고 음식을 먹었다. 나는 말을 하지 않았다. 약간 피곤했다. 공장들은 모두 어느 정도까지는 흥미를 돋운다. 그 정도를 넘어서면 공장을 둘러보는 것이 피곤하고 흥미가 없어진다. 나는 인간이 어떻게 물질을 변화시켜서 그것이 인간에게 봉사하도록 만드는지 보고 싶다. 그러나 실업가나 상인의 주의를 끄는 것들은 전혀 알고 싶지 않다. 그런 것들은 쓸데없는 짐으로 여겨져 알게 되더라도 곧 잊어버리려고 애쓴다.

  이 능청스러운 일본인은 내 속의 불만을 알고 있다는 듯 행동했다. 나는 도저히 그런 세련된 재간을 부릴 수 없었다. 얼마 동안 잠잠히 있다가 과일이 나올 차례가 되었을 때, 뜻밖에도 그는 한숨을 쉬며 말했다.

「이 모든 일들이 본질적으로 마음에 들지 않습니다. 나는 일과가 끝나기를 초조하게 기다립니다. 사무실을 떠나 집으로 갈 수 있기 때문이죠. 집으로 가면 곧바로 목욕을 합니다. 그런 다음 기모노를 입고 맨발로 정원으로 나가지요. 풀을 뽑고 물을 주고, 꽃들이 자라는 모습을 찬찬히 지켜봅니다. 창가에 앉아 달이 뜨기를 기다립니다. 아내가 샤미센을 연주하면서 내가 좋아하는 시를 낮은 목소리로 노래합니다.

사랑하고 싶네,
사랑하고 싶네,
산에 핀 벚꽃아!
너밖에 없네.」

그는 잠시 이야기를 중단했다. 나는 이 다재다능한 실업가를 살펴보았다. 그 예민한 두뇌 회전과 신비하고 마술적인 정신력에 탄복했다. 그의 한숨과 한탄의 말이야말로 나를 사로잡았다는 것을 그가 의식했을까? 짧은 침묵 뒤에 그는 웃음을 지으며 내 잔에 술을 부어 주고는 말했다.

「오늘 밤, 우리의 위대한 여류 시인은 아키코입니다. 내가 무척 좋아하는 시를 썼습니다.

수천 년 동안 인류가 지은 집에
금 못을 하나 박는다!」

그는 괴상하게 웃었다. 절반은 열광적이고 절반은 비웃는 듯한 웃음이었다.

「이 시의 구절을 약간 바꾸어 내 것으로 만들어 보았습니다.

　수천 년 동안 인류가 지은 집에
　나는 작은 초록색 촛불을 밝히고 모기들을 쫓는다네.」

오사카

이른 아침 기차에서 탁한 물이 고인 논들을 본다. 벼 이삭이 돋아나기 시작했다. 문득 일본의 옛 시 한 수가 내 가슴을 아프게 파고든다.

> 비가 오나 해가 나나
> 진흙탕 논에서
> 꼽추처럼 굽힌 허리
> 농부들은 하루 종일 일을 하네.
> 주인님, 그 고생을 헤아려 주세요.

그러나 그들의 주인이었던 무사들과 다이묘들은 1868년까지 농부가 경작한 쌀을 수확했고, 머릿속으로 궁리하는 것은 단지 전쟁뿐이었다. 그들은 벚나무 가지를 청동 투구에 달고 싸우러 갔다. 일본의 르네상스 이후 기고만장하던 전사들의 처지가 달라졌다. 그들은 더 이상 농부들로부터 세금을 거두어들이지 못하고 국가로부터 연금만 조금 받았다. 그래서 사업을 벌여 보았으나 경험이 없고 노련하지 못해서 파산하기 일쑤였다. 다음으로 정치와 어학, 언론, 교육에 종사했다. 과거 영주의 신분에서 이제는 개혁주의자와 사회주의자로 변모하지 않을 수 없었다. 오늘날 일본의 좌익들은 대부분 무사들의 아들이나 손자들이다. 그럼에도 지상에서 천천히 움직이는 농부들의 운명은 변하지 않았다. 그들은 아직 비를 맞고 햇볕에 살갗을 태우면서 일하며, 진흙탕 같은 논에서 허리를 굽힌다. 그리고 밤에는 그들이 부르는 애수에 찬 노랫말같이 〈아직까지 일하고 있는 꿈을 꾼다〉.

기차는 만원이다. 일본인들은 여행을 무척 좋아한다. 일본인들은 멀리 떨어져 있는 절로 순례를 떠난다. 봄에는 벚꽃, 가을에는 국화, 8월에는 연꽃, 5월에는 등나무를 보러 간다. 그들은 최소한의 짐만을 가지고 다닌다. 그들이 묵을 여관에 잠옷, 슬리퍼, 칫솔까지 모든 것이 다 구비되어 있기 때문이다. 녹차가 가득 든 찻주전자가 항상 곁에 놓여 있다.

많은 남자들과 거의 모든 여자들이 아직 전통 의상을 입는다. 추울 때면 기모노를 여러 겹 입는다. 그래야 찬바람이 속으로 스며들지 않는다. 겨울에는 이 의상이 적당하지 않다. 소매가 넓어서 바람이 술술 들어온다. 기모노 자락이 수시로 열려서 다리가 찬 공기에 노출된다. 여자들은 비밀스러운 아름다움, 혹은 보기 흉함을 가리기 위해 아주 공을 들인다. 그러나 나는 어제 저녁 바람이 부는 속에서 상앗빛의 무릎이 사과처럼 빛나는 것을 보았다.

일본 민족은 매우 따듯한 기후 속에서 태어났음이 틀림없다. 어쩌면 남쪽의 말레이 제도에서 발원했을지도 모른다. 그렇지 않으면 일본의 의상과 집, 음식을 설명할 길이 없다. 일본의 집들은 동물의 우리 같다. 목조 건물로 밝고 시원하다. 벽 대신에 이엉과 병풍을 대용한다. 바닥에는 다다미를 깐다. 집에서는 맨발로 다닌다. 바깥 공기가 사방에서 들어온다. 작은 화로로 겨울의 혹독한 추위를 달래 보려고 하지만 허사이다. 일본의 전통적이고 관습적인 음식, 쌀밥이나 채소나 생선은 따뜻한 기후에서만 적합하다. 그들은 좀체 육류와 버터, 그리고 기름진 음식을 먹지 않는다. 일본인들이 키가 작은 이유는 아마도 그들이 이런 기후 속에서 그와 같은 음식을 먹기 때문일 것이다. 하지만 젊은 세대들은 육류와 버터를 많이 먹는 등 앵글로 색슨족의 풍습을 따른다. 그들의 신체는 벌써 변해서 키가 구세대보다 크고 힘도 세다.

나는 옆에 앉은 승객과 대화를 시작했다. 그는 산뜻하게 면도를 한, 쾌활한 인상의 약간 비만한 중년 남자였다. 그는 지난밤 푹신한 방석에 앉아 미지근하게 데운 술을 마시며 고베 게이샤들의 춤을 구경했을 법한 유복한 한량처럼 보였다. 그는 단조로운 집안 생활을 벗어나 자유로운 밤을 만끽하고 싶었으리라. 일본 속담에 이런 말이 있다. 〈가장 매력적인 여자는 친구의 아내이고, 다음은 게이샤, 그다음은 하녀, 마지막은 마누라이다.〉

그러나 나의 추측은 빗나갔다. 그는 영어를 조금 할 줄 알았다. 그는 사업가였고, 고베의 교외에 있는 개인 주택에서 살며, 오사카에 있는 회사로 통근을 했다. 그는 인구가 250만 명인 거대한 오사카에 대하여 이야기했다. 그의 얼굴이 자부심으로 훤히 빛났다.

「극동의 맨체스터, 아니 시카고라고 하는 것이 더 좋을 듯합니다. 굴뚝들을 보십시오. 그야말로 굴뚝의 숲입니다. 오사카는 면직물을 제조하여 전 세계로 보냅니다. 우리 도시에 6천7백 개의 공장이 있습니다. 말하자면 일본의 경제 수도이지요.」

말을 하는 그의 눈이 반짝였다. 그의 뚱뚱하고 부드러운 몸 속에는 지칠 줄 모르는 기운이 가득 차 있었다. 살아오는 동안 가끔 기운이 넘치고 열정적인 뚱보들을 만났다. 그들의 정신은 두껍고 알찬 근육 내부로 촉수를 뻗쳐 자양분을 흡수한다는 생각이 들었다.

그는 커다란 시가에 불을 붙이고 이야기를 계속했다.

「우리는 하루 종일 일합니다. 전화, 전보, 통계, 송장, 외환……. 그러나 밤에는 즐거운 시간을 갖습니다. 일본의 그 어떤 도시도 여기처럼 이렇게 많은 나이트클럽과, 한적하고 분위기 좋은 레스토랑과, 아름다운 게이샤가 없습니다. 오사카에는 무려 6천 명의 게이샤가 있습니다.」

나는 뚱뚱한 사람의 말을 재미있게 들었다. 그리고 그의 짧고 통통한 두 손을 경탄스럽게 쳐다보았다. 그 손은 돈을 벌고 게이샤를 어루만지는 법을 알고 있으리라.

「선생은 불교 신자입니까?」 애를 먹일 심산으로 나는 짓궂게 물어보았다.

그는 웃으며 익살스러운 표정으로 나를 쳐다보았다.

「물론입니다. 때때로 사업이 잘되면 절에 가서 부처님 발 앞에 꽃을 몇 송이 놓고 옵니다. 하나도 손해 볼 것이 없습니다.」

「세상은 오감이 만드는 환영이다. 눈을 뜨고 잠을 깨어 욕망의 그물로부터 해방되어라.」 나는 불경의 한 구절을 말했다.

「네, 알고 있습니다.」 한량 같은 사업가가 웃으면서 말했다. 「부처 당대에나 들어맞는 말씀입니다. 당시 사람들은 열대 숲에서 살았습니다. 그런데 부처가 오늘날 오사카에서 산다면, 확신하건대 그도 나와 같은 사람이 됐을 겁니다.」

나는 고개를 돌려 처음 본 사람처럼 그를 쳐다보았다. 나는 언젠가 목조 불상을 본 적이 있었다. 그 불상의 배는 크고 불룩 튀어나왔으며, 터져 나온 웃음이 입에서 통통한 얼굴 전체로 번져 있었다. 거기에서 다시 목과, 세 개의 주름이 있는 배와, 벌거벗은 다리를 통하여 뭉뚝한 발바닥까지 타고 내려갔다……. 이 욕심 많은 사업가가 나를 익살스럽게 바라보았다. 그가 아침에 목욕하고 몸에서 김을 내며 벌거벗은 채 책상다리를 하고 시원한 다다미 바닥에 앉아 있다. 아내가 녹차를 가져온다. 그때 그의 모습은 바로 온화한 부처와 똑같을 것이다. 그가 허상의 세계를 비눗방울을 보듯이 바라다본다. 차와 여자, 사업, 이 모든 것은 비눗방울처럼 곧 터져서 허공으로 사라져 버릴 것이다.

나는 오사카의 살찐 사업가가 건강하고 사업이 잘되기를 빈다. 잠시나마 그 사람 덕분에 불가사의한 동양의 정신 속에 들어 있는 물질적인 특성을 보고 느낀 데 대한 보답으로.

굴뚝의 숲과 거대한 매연의 도시 오사카 전체를 핏줄같이 연결하는 운하들. 1,320개의 다리들. 수많은 바지선들이 포대와 상자와 철과 목재를 싣고 흐름이 둔한 시커먼 물 위를 부지런히 오간다. 황색 피부의 노동자들과 막일꾼들은 빡빡 깎은 머리를 더러운 수건으로 동여매었다. 벌거벗은 웃통에서 흐르는 땀이 석탄가루와 섞여 엉긴다.

검은 베네치아. 아름다움과 감미로움은 전혀 느낄 수 없다. 도시는 지금 한창때를 구가하고 있다. 아직 때가 이르지는 않았다. 몇 세기 지난 뒤에 오사카는 분명히 오랜 세월에 찌들고 녹이 슬게 될 것이다. 부두도 황폐해질 것이며, 지금 보이는 마천루의 꼭대기까지 담쟁이덩굴이 휘감아 올라갈 것이다. 아름다움을 느낄 줄 아는 여행객들이 와서 보고는 파랗게 질린 채 삭막한 광경을 즐기리라. 오늘날 오사카는 아직 시퍼렇게 살아 있다. 거칠고 탐욕스러우며 부산하다. 어슬렁거리는 자들은 이곳에 붙어 있을 수 없다. 오사카는 살아 있는 정글 속의 호랑이 같다. 호랑이가 아무리 날렵하고 그 가죽이 아무리 아름답다고 하더라도 그것을 찬탄할 겨를도 힘도 없다. 살아 있는 야수는 잘 물기 때문이다. 거리에서 어정거리는 게으름뱅이와 시인에게 화가 있을진저.

밤이 올 때까지 기다릴 수 있는 인내심과 신중함을 지녀야 한다. 오사카는 발톱을 거두어들이고 운하들 위에서 사지를 뻗고 엎드려 평화스럽게 고개를 든다. 낮 동안의 사냥으로 지친 몸을 쉬며 하품을 하고 바다에서 불어오는 시원한 바람을 들이킨다. 호랑이가 휴식하며 소화를 시킬 때쯤 갖가지 등불이 빛나고, 전기와 네온사인의 광고들이 극장과 영화관, 나이트클럽을 밝히는 모습은 마치 흐르는 강물 같다. 닫혔던 문들이 열리고 새로 목욕한 남녀들이 고개를 숙여 손님을 맞는다.

사무실이 있는 거리들은 어둡고 황량한 반면, 흥겨운 뒷골목들은 색색의 비단 등불을 밝히고 행인들을 유혹한다. 사업가와 실업가, 노동자와 막일꾼들은 세수를 하고 머리를 빗은 뒤 옷을 갈아입는다. 낮 동안의 긴장되고 탐욕스러웠던 얼굴들이 다시 인간적인 표정을 되찾는다. 호랑이는 포만한 배를 운하 위에 깔고 시원스러워하며, 흐뭇한 기분에 눈을 반쯤 감는다.

종이로 만든 등에 불이 밝혀지고 여자들의 나막신 소리가 거리를 울리며 봄의 산들바람이 불어온다. 이때 일본은 인간의 내장을 뿌리째 드러낸다. 옛날 비잔티움 시대의 은자들이 신에게 붙여 주었던 이름인 〈자비로운 눈물〉을 이제 힘들게나마 억제할 수 있다.

내 조국에서 멀리 떨어진 이곳의 이국적이고 매력적인 사람들 틈에서 찾아낸 기쁨들은 감동적이다. 술집에 들어간다. 우아한 게이샤 세 명이 현란한 색깔의 멋진 기모노를 입고 하트 모양의 등불 아래에 앉아 있다. 얼굴에는 절대로 사라지는 법이 없는 차분한 웃음을 띠고 있다. 그들은 담배를 피우며 남자 손님을 기다린다. 손님이 들어오면 그들은 낮 동안 그가 치렀을 수고에 대한 치사를 웃음과 손과 입으로 가볍게 해준다. 내가 들어가자 게이샤들은 기다렸다는 듯이 일어나서 내 허리를 잡아 방석에 앉힌다. 바야흐로 무언극이 시작된다. 나는 일본어를 몇 마디밖에 모른다. 마음, 벚꽃, 고맙습니다, 해, 달, 값이 얼마입니까, 아니요, 네, 〈잘 먹었습니다〉라는 뜻의 〈고치소사마〉 등. 이 보잘것없는 어휘로 어떻게 말이 통할까? 그러나 가려고 일어났을 때 이 몇 마디로도 뜻이 통하고도 남음을 깨닫는다.

게이샤들은 매력적이다. 정말로 〈대접 잘 받았다〉. 예쁜 등불도 멋있다. 그러나 다음 날 아침 일어났을 때 내 영혼의 입술에 쓴맛이 묻어 있었다. 길을 잘못 들고 급한 임무를 저버린 것 같은 생각이 들었다. 우리는 건전한 사람이 순수한 행복에 복종할 수도 없고 복종해서도 안 되는 시대에 살고 있는 것이다.

기모노와 등불 뒤에서 성나고 절박한 목소리들이 수런대는 소리가 들린다. 헤어날 길 없는 나날의 일에 뒤틀리고, 굶주리고, 불안해하는 수많은 사람들이 쏘아본다. 그저께 재능을 구비한 고베의 실업가가 자기의 공장을 자랑스럽게 안내해 주던 것이 생각났다. 젊거나 나이 든 많은 여자들이 하루에 열두 시간 내지 열네 시간씩 일을 하는 작업장으로 들어섰을 때 나는 실업가에게 물었다.

「이들은 하루에 얼마나 법니까?」

그는 내 말을 듣지 못한 척 화제를 바꾸려고 했다. 그러나 나도 물러서지 않았다.

「여자 한 사람이 하루에 얼마나 법니까?」

그는 부끄러운 듯 목소리를 낮추어 대답했다.

「50센(錢)입니다.」

「얼마라고요?」

「50센입니다.」

나는 움찔했다. 최근에 발간된 일본 여성 노동자들에 대한 공식적인 의료 보고서가 문득 머리에 떠올랐다.

〈방직 공장에서 근무하는 노동자의 80퍼센트가 여성이다. 이들은 하루에 열네 시간 내지 열여섯 시간 일한다. 노동자들의 건강은 급속하게 악화된다. 근무한 지 1주일이 지나면서부터 체중이 줄어든다. 야간 근무는 특히 심신을 지치게 한다. 아무도 1년 이상을 버티지 못한다. 일부는 사망하고 일부는 병들어 직장을 떠난다. 수천 명은 집으로 돌아가지 않는다. 이들은 공장을 전전하거나 홍등가로 간다. 노동자 대부분은 질병을 앓거나 결핵에 걸렸으며……〉

나는 아침에 오사카를 본다. 매연을 뿜고 경적을 울리는 모습이 사람을 잡아먹는 배고픈 용이 잠을 깬 듯하다. 앞으로 수세기 뒤에 태어날 후세들은 오사카와 같은 도시들을 사람을 삼키는 신화 속의 괴물처럼 여길 것이다.

물질을 정복하는 인간의 능력은 대단하다. 그러나 산업적 정복은 인간의 정신적 발달과 조화가 이루어지지 않는다. 양자는 서로 적이 될 수도 있다. 강력한 적들에게 둘러싸여 살고 있던 일본에게 남은 유일한 선택은 산업화의 길을 가는 것이었다. 그 길로 들어서자마자 온갖 폐해들이 직접적이고 필연적인 결과로서 속출했다. 착취, 불의, 질병, 물질적 권력의 과잉 성장, 정신적 소양의 쇠퇴.

오늘 나는 하루 종일 공장들을 방문했다. 윙윙거리는 소리에 귀가 멍했고, 기계들과 말없이 일하는 창백한 여자들을 실컷 보았다. 온종일 나는 질문하고 적고 다시 질문했다. 질문들이 아무

소용없다는 것은 진작 알고 있었다. 숫자들은 꿈같이 변화무쌍하며, 재주 있는 자들은 이것들을 무수하게 조합하여 원하는 결론을 도출할 수 있기 때문이다. 내가 일본 여성 노동자라면 머리에 꽂는 하얀 빗에 검고 굵은 글자로 분노에 가득 찬 하이쿠를 적어 놓을 것이다.

숫자들은 말하리
내가 행복하다고
하지만 나는 날마다 더 창백해지고
오늘은 기침까지 나네……!

「여자 한 사람이 하루에 50센에서 1엔을 받는다고 했는데, 그렇게 굶주릴 정도로 적은 임금으로 어떻게 살 수 있습니까?」
 나는 공장 사무실에 앉아서 명석한 엔지니어와 차를 마셨다. 그는 지옥을 방불케 하는 공장 여기저기를 나에게 안내해 주었다. 그는 서두르지 않고 천천히 담뱃불을 붙였다. 그는 침착했고, 또 자부심이 강했다. 그는 부드러운 목소리로 말하기 시작했다.
 「당신도 여느 유럽인들처럼 사실들을 알게 되니 섣부른 결론을 내리는군요. 그러나 우리를 올바르게 판단하려면 일본의 실정을 도외시해서는 안 됩니다. 영국 노동자는 1주일에 영국 화폐로 2파운드를 법니다. 그 돈으로 가까스로 생활을 꾸려 갑니다. 그에게 익숙해진 생활을 하려면 비용이 많이 듭니다. 그의 옷, 신발, 집, 가구, 음식 등은 모두 값비싼 것들입니다. 음식을 가지고 비교해 봅시다. 영국인들은 평소 육류, 버터, 우유, 통조림을 먹습니다. 그렇게 먹지 못하면 살 수 없습니다. 그에 반해 일본인들은 천성적으로, 그리고 전통적으로 검소한 음식을 먹습니다. 채소,

생선, 밥을 먹는 것으로 만족합니다. 일본에서 생활하는 비용은 유럽이나 미국보다 비교가 안 될 정도로 적게 듭니다. 1엔의 구매력을 아십니까? 당신은 임시 체류자로서 호텔에서 지내고 쇼핑을 하지 않기 때문에 모를 것입니다. 1엔으로 여러 가지를 살 수 있습니다. 1킬로그램의 쌀, 정어리 통조림 한 개, 생선 5백 그램, 달걀 세 개, 바나나 다섯 개! 이곳의 임금을 받으면 영국인들은 굶어 죽을 것입니다만 일본인들은 살 수 있고, 그것도 잘 삽니다.

우리의 집들이 얼마나 검소한지 아십니까? 벽은 나무나 등나무로 두르고, 바닥에는 다다미를 깔며 이불 한 장을 덮습니다. 가구나 쓸데없는 장식은 필요 없습니다. 질박한 것이 취향에 맞습니다. 우리의 취향은 단순하고, 생활비는 저렴하며, 기후의 특성상 농작물의 소출이 많고 풍요로워서 가외로 필요로 하는 것들이 적습니다. 따라서 적은 임금을 지불해도 됩니다. 그렇게 함으로써 노동자의 요구를 만족시켜 주고 동시에 생산 원가를 크게 낮출 수 있습니다.

무엇을 생각하고 있습니까?」 내가 묵묵히 듣기만 하는 것을 보고 엔지니어가 물었다.

「위험에 대해서 생각합니다. 아주 큰 위험 말입니다. 모든 나라들이 일본에 대하여 시장의 문을 닫으면 어떻게 되겠습니까?」

「우리에게 문을 모두 닫는다는 것은 쉽게 일어날 일이 아닙니다. 우리는 중국이라는 큰 문이 열려 있기를 항상 기대합니다. 5억의 고객들이니까요······. 그러나 어려운 순간이 오더라도, 그 순간까지 우리는 그런 때가 오지 않을 것처럼 일합니다. 일하는 사람들 중에는 두 가지 타입이 있습니다. 한쪽 사람들은 이렇게 말합니다. 〈나는 내가 불멸하는 것처럼 일한다.〉 다른 쪽 사람들은 이렇게 말합니다. 〈나는 이 순간 죽을 것처럼 일한다.〉 우리는 전자의 방식을 따릅니다.

 다음으로 일본 근로자들은 기계에 대해서 무척 흥미를 가지고 있습니다. 기계에 관련된 것이라면 어떤 것이든 매력을 느낍니다. 기계를 좋아하는 마음은 백인들에게 뒤지지 않고 그들을 뛰어넘겠다는 경쟁심을 부추깁니다. 그들은 성실하게 일합니다. 그러한 성실함이 자존심일까요? 애국심일까요? 아니면 갓 개종한 신도의 열광일까요? 좋아하는 대로 갖다 붙일 수 있습니다만, 근로자들은 하루에 열두 시간 내지 열네 시간을 지치지 않고 성실하게 일합니다⋯⋯.」

「그러니까 당연히 당신은 이득을 취하고⋯⋯.」

 내 말에 엔지니어는 크게 웃음을 터뜨렸다.

「우리가 어떻게 하기를 바랍니까? 그들의 열정을 중지시키라는 겁니까? 우리는 이윤을 추구합니다. 우리는 실업가이고 사업가입니다. 무슨 은자나 박애주의자가 아닙니다. 모든 사회 계급들은 저마다 행동 규범이 있습니다. 그것을 침해하거나 다른 계급의 것과 바꾸면 큰일 납니다. 호랑이에게 풀을 먹이면 죽고 말 겁니다. 양에게 고기를 먹이로 주면 마찬가지로 죽을 것입니다⋯⋯.」

「그러나 모든 계급에 적용될 수 있는 인간의 일반적 행동 규범이란 것이 있습니다⋯⋯.」

「당연합니다. 그래서 우리는 그것을 준수합니다. 근로자들을 돌봅니다. 잠을 잘 자는지, 건강하고 튼튼해지도록 몸을 씻고 운동을 하는지를 지켜봅니다⋯⋯.」

「그건 더 많이 일하고 더 많이 생산하도록 만드는 데 목적이 있는 것이겠죠⋯⋯.」

 목이 굵은 엔지니어는 다시 웃었다.

「물론입니다. 우리는 윤리와 효용성을 결합시킵니다. 이것보다 더 완벽한 결합이 있을까요?」

만약 내가 부유한 일본 실업가였다면 나는 비단 종이 위에 붉은 글씨로 이런 하이쿠를 썼을 것이다.

지혜의 나무로부터 얻을 수 있는 훌륭한 과실은 무엇인가?
개로 하여금 파이에 손대지 못하게 하고서는
만족했겠거니 여기고 나의 손을 핥게 하는 것이다.

공장을 나와 신선한 공기를 들이마시고 나서 일본인에게 말했다.

「오사카에는 두 눈을 쉬게 해줄 조각상이나 중세 때의 성이나, 아니면 꽃 피는 과수원이 없습니까? 정신이 좀 산란해진 듯한 느낌입니다.」

「기계들과 숫자들 때문에 지쳤습니까?」

「기계와 숫자 자체가 아니라 그것들에 대한 인간의 믿음 때문에 그렇습니다. 세계의 미국화는 산업 문명이 소멸하지 않기 위해 어쩔 수 없이 통과해야 하는 과정이라는 것을 잘 압니다. 서글픈 일이죠. 당신의 조국은 이미 운명의 수레에 올라탔습니다.」

「그렇지 않습니다. 좀 더 인내를 가지고 좀 더 큰 사랑의 마음을 품으십시오. 그러면 당신이 〈로봇〉이라고 생각하는 그 사람도 조각상이나 성이나 꽃 피는 과수원 못지않게 상대방에게 기쁨과 휴식을 준다는 것을 느끼게 될 겁니다. 이 기계 같은 인간도 당신이 사랑하는 예술품 못지않게 끊임없는 투쟁이 낳은 비극적인 존재입니다.」

「그건 나도 압니다. 인간의 이야기란 언제나 비극적이니까요. 그러나 가끔은 그것을 잊어버리고 싶습니다. 그렇지 않으면 어떻게 웃음 지을 만한 힘을 낼 수 있겠습니까? 그리고 웃지 못한다면 삶의 고통스러운 모습을 어떻게 감당하겠습니까?」

그런 이야기를 하고 있을 때, 강에 둘러싸인 채 위압적인 모습으로 단단한 화강암 방파제 위에 세워진 성 하나가 눈에 띄었다. 나는 힘과 완고함을 나타내는 그토록 장엄한 건물은 본 적이 없었다. 일곱 개의 층들은 용수철처럼 포개져 있었고, 지붕들은 큰불이라도 만난 듯 갑자기 위로 솟았다. 파르테논 신전의 균형 잡힌 힘을 보여 주는 직선들이나 하늘로 올라가 사라지는 고딕식 교회 건물의 첨탑도 없었다. 여기에는 부풀어 오르는 선이 위로 솟아 있었다. 이 선은 저돌적으로 뛰어오르려는 의지 내지는 균형을 깼지만, 미처 밖으로 뻗치지 못하고 내장된 힘을 보여 주었다. 호랑이가 튀어 오르기 위해 몸을 웅크리며 긴장하는 순간을 나타냈다.

「이곳은 위대한 정신을 가진 인물의 집이군요!」 나는 탄성을 질렀다. 「누가 이걸 지었습니까?」

「정말로 위대한 인물이 지은 집입니다. 히데요시의 집이지요. 그는 일본의 위대한 나폴레옹이라고 할 수 있습니다.」

「히데요시의 집이라고요?」 나는 부끄러움에 얼굴을 붉히며 물었다. 그의 이름을 처음 들어 보았기 때문이었다.

「우리 역사상 가장 위대한 장군이었습니다. 그는 키가 작고 얼굴색이 검으며 괴물처럼 추했습니다. 사람들이 그를 왕관을 쓴 원숭이라는 뜻으로 〈사루멘 간자〉라고 불렀습니다. 그는 1536년 가난한 농부의 집에서 태어났습니다. 그의 육체적 정신적 활력은 믿기 어려울 정도였습니다. 그는 대단히 방탕했습니다. 밤마다 난잡한 연회를 벌였습니다. 그런가 하면 민첩하고 평온한 기질도 지녔습니다. 원대한 야망을 품었으며, 군사 부문에서 위대한 천

재였습니다. 그는 중국과 조선을 정복하고 광대한 제국을 건설하길 원했습니다. 그는 〈나는 중국, 일본, 조선 이 세 나라를 하나로 만들겠다. 그것은 담요를 개어 팔 밑에 괴는 것처럼 간단하다〉라고 말했습니다.

그는 또 조직을 편성하는 데 탁월한 수완가였습니다. 행정, 경제, 농업, 상업을 쇄신했습니다. 일본 항구에 처음으로 도래한 예수회원들과 유럽인들을 보호했습니다. 그는 기계와 총, 그 밖에 그가 좋다고 생각한 것은 무엇이든지 그 〈흰둥이 악마들〉로부터 구입했습니다.

이처럼 다재다능하고 무서운 사람이 어머니를 사랑하면서도 두려워했습니다. 그는 매우 자상한 아버지이기도 했습니다. 조선의 사절이 히데요시를 접견하고 난 뒤 기록하여 본국으로 보낸 보고서가 보존되어 있습니다. 그에 따르면 〈히데요시는 키가 작고 얼굴이 검으며 몹시 험악하게 생긴 사람이다. 그러나 눈은 타는 듯이 강한 빛을 낸다. 히데요시는 남쪽을 바라보며 세 개의 방석 위에 앉아 있었다. 히데요시는 인상적인 검은 옷을 입었다. 갑자기 휘장 뒤로 가더니 평상복으로 갈아입고 어린애를 팔에 안은 채 나타났다. 방을 앞뒤로 걸어다니자, 모두 그 앞에 무릎을 꿇고 바닥에 엎드려 절을 했다. 마침 그때 어린애가 똥을 쌌다. 히데요시는 시종에게 아기를 데려가 옷을 갈아입히라고 지시했다. 그는 방에 혼자 있는 듯 행동했다.〉

이것이 그 영웅에 관한 조선인들의 기록입니다. 그 보고서 밑에는 히데요시가 조선인들에게 준 답변이 기록되어 있습니다. 〈나는 일본을 평정했다. 나는 가난한 집안 출신이다. 그러나 어머니가 나를 잉태했을 때 해를 낳는 태몽을 꾸셨다. 점쟁이가 어머니에게 말했다.《태양이 비추는 곳이면 어디든지 이 아이가 다스릴 겁니다.》

나는 군대를 크게 모을 것이다. 그래서 중국을 정복할 것이다. 중국의 4백 개 현이 내 칼 아래 이슬처럼 스러지게 될 것이다.〉

그는 위대한 야망을 품었습니다. 죽음이 그를 쓰러뜨리지 않았다면 그는 그런 꿈을 실현시켰을 것입니다. 그의 꿈은 모두 산산이 흩어졌습니다. 그가 사랑한 아들 히데요리는 살해당했습니다. 새로운 가문이 권력을 차지했습니다. 히데요시가 임종의 자리에서 쓴 시들을 읽으면 몸서리가 쳐집니다. 그는 이미 비극을 내다보고 자신의 운명을 예언했기 때문입니다.

나는 이슬처럼 지네
이슬처럼 증발하네
오사카의 성도
꿈속에서 꾼 꿈일 뿐이네.」

나라

위대한 인물들은 우리의 정신을 살찌운다. 그들은 우리의 마음을 넓혀 준다. 그들은 그리스 로마의 지방색이 강한 경험, 히브리 야훼의 편협한 광신주의, 멀리 떨어진 다른 곳의 보편적인 생활까지도 모두 포용한다.

오늘 나는 오사카에서 옛 일본의 중심지였던 나라로 간다. 내 머릿속에서 구릿빛 피부에 원숭이 같은 얼굴을 한 히데요시의 위대한 영혼을 떨쳐 낼 수가 없다. 다양하고 극단적인 모순들로 가득하며 다재다능한 그의 정신은 내가 보기에 뛰어난 인간상이다. 호색, 어머니에 대한 지극한 공경, 아들에 대한 사랑, 동시에 무절제한 전쟁 욕구, 태평한 시대에 지칠 줄 모르는 활동, 마지막으로 임종의 자리에서 붓을 잡고 시 몇 구절 속에 평생의 결실을 〈꿈속에서 꾼 꿈〉이라고 읊은 일! 삶을 탐욕스럽게 정복하면서 동시에 모든 것이 꿈이고 이슬임을 의식하는 것. 이것이야말로 한 인간이 도달할 수 있는 최고의 경지이다.

나는 기차의 창밖을 바라본다. 내 마음은 봄철의 들판을 나비처럼 가볍게 날아다니며, 과거의 영웅들을 떠올린다. 이제 인류는 새롭고 폭이 더 넓은 르네상스를 맞을 때가 되었다. 첫 번째 르네상스와 더불어 인간의 정신은 확대되었다. 그리스와 신적인 미의 형식들을 알게 되었기 때문이다. 그다음으로 정신은 이집트와 인도의 문명을 경험했다. 지금은 우리의 지식과 마음의 범위를 넓혀서 중국과 일본을 품에 넣을 때이다.

대상을 보며 즐기는 것은 정신적 약탈 행위이다. 흙이 들어갈 때까지 눈은 약탈할 대상을 찾아 이곳저곳을 방랑한다. 나는 기차 안의 일본인 승객들을 둘러본다. 쾌활한 종족, 갓 목욕한 깨끗한 몸, 상아로 조각한 듯한 건강한 얼굴, 꼬리가 치켜 올라간 뱀 같은 눈. 단순하고 귀족적인 품성. 끊임없이 삶을 영위하며 많은 사랑을 하고, 천성적으로 예의 바르고, 예의를 격식화된 전통으로 만든 종족. 그들이 서로 인사를 나누는 광경은 아무리 보아도 싫증이 나지 않는다. 고개를 깊이 숙이며 인사하는 그들의 얼굴에는 종교적 제의에서 볼 수 있는 엄숙함마저 엿보인다. 그들은 소리치거나 무례하게 행동하는 일이 없다. 아직까지 나는 일본 사람들이 싸우는 것을 보지 못했다.

오사카의 어떤 다리 위에서 자전거를 탄 두 사람이 부딪쳐 돌 위에 곤두박질쳤다. 나는 싸움 구경을 하려고 멈춰 기다렸다. 그런데 두 사람은 일어나더니 옷에 묻은 먼지를 털고 모자를 벗은 다음 말 한마디 없이 인사를 나눈 후, 자전거를 타고 서로 제 갈 길을 가는 것이 아닌가. 전차 정류장에서 커다란 옷 보따리를 든 농부가 만원인 전차를 타려고 애쓰고 있었다. 차장이 그에게 안됐다는 표정을 지으며 조용히 말했다. 보따리를 든 그 남자는 고개를 숙인 후 전차에서 도로 내렸다. 일본은 사람으로 넘친다. 예절이 바르지 않았다면 이 많은 사람들이 함께 살아가는 것은 견디기 어려울 것이다. 기분 좋은 말과 착한 행동은 배의 양 옆구리에 붙여서 부딪칠 때의 충격을 최대한 부드럽게 하는 쿠션과 같다.

우리는 710년부터 780년까지 일본의 첫 번째 수도였던 신성한 도시, 나라에 가까워지고 있었다. 심장의 박동이 빨라지고 흥분되었다. 유명한 사찰들과 거대한 불상과 천 마리의 사슴이 사는 독특한 공원을 볼 예정이기 때문이다. 언제나 그랬지만 상상했던 그 이상을 볼 것이다. 나는 차창에 기대어 먼 곳에서 첫 대면하는 이국적 탑들을 야생 선인장으로 혼동하지 않으려고 눈을 부릅떴다.

조용하고 감미로운 땅, 한풀 꺾인 햇살이 충만한 부드러운 산들. 하늘에는 폭신폭신하고 눈같이 하얀 구름들이 지나가고, 검고 처마가 낮은 목조 가옥들 위로는 다리가 긴 황새들이 날아간다. 갑자기 기적이 일어난다. 이 처마가 낮은 집들 가운데에서 비에 젖어 검어진 지붕들 위로 장밋빛 원뿔 모양의 벚나무가 솟아 있다. 가장 앞서 핀 벚꽃! 부드러운 안개를 머금은 공기 속에서 만발한 꽃은 굉장히 아름답고 풍성하며, 처녀처럼 팔팔하고 쾌활하다.

그 벚나무를 보는 순간, 나는 멀리 북부 지방의 울름에 있는 거대한 중세 성당의 맞은편에 서 있던 늦은 오후의 일이 기억났다. 성당에는 벚꽃 대신 성인들이 만발했다. 그 성당도 지금과 마찬가지로 초라한 집들의 지붕 위로 불쑥 솟아올라 하늘 높이 닿아 있었다. 허름한 지붕과 대조적으로 성당은 밝고 화려했다. 내가 보기에는 마치 벚나무와 성당이 둘레의 모든 가난을 형언할 수 없는 부귀로, 그리고 인간과 하늘의 어두움을 빛으로 바꿔 놓은 것 같았다. 키가 작은 가난한 여자들이 강가에서 몸을 웅크리고 앉아 빨래를 하고 있었다. 아기들이 울어 댔다. 남자들은 허리를 굽힌 채 들에서 일했다. 조용하고 흐뭇한 표정을 지닌 이 사람들

중 아무도 높이 솟아 있는 벗나무에서 꽃이 피는 것을 보지 않았다. 벗나무는 한곳에 가만히 선 채 자신의 지고한 임무를 수행함으로써 마을을 두르는 어두운 곳을 거룩하게 만들었다. 그 임무란 바로 꽃을 피우는 일이었다.

등나무는 천진난만한 기쁨을 상징한다. 국화는 인내와 불멸을 표상하고, 진흙탕에서 순결하게 올라오는 연꽃은 덕을 상징한다. 벚꽃은 사무라이를 나타낸다. 그 까닭은 벚꽃이 단단한 가지 사이에 박혀 있으나 시들기 전에 땅에 떨어져 죽기 때문이다. 이는 사무라이가 치욕을 당하기 전에 죽는 것과 닮았다. 이런 까닭에 전쟁에 출전할 때 사무라이는 벚꽃 가지를 투구에 꽂는다.

나는 기차 창밖으로 손을 흔들어 뒤로 사라지는 벚꽃에게 작별을 고한다. 내가 벚꽃을 본 것과 마찬가지로 약 9백 년 전 어느 날 승려 교진도 틀림없이 벚꽃을 보고는 손을 뻗쳐 간청했을 것이다.

사랑을 나누자, 벚꽃이여!
세상에서 너밖에는
아무도 모른다네.

나라는 일본의 신성한 심장, 일본의 메카이다. 역사가 유구하고 풍요로우며 아름답고 고귀한 이 도시는 오늘날 큰 마을로 남아 있다. 왕들이 떠났고, 배들은 불탔으며, 마을은 과부 신세가 되었다. 손가락들은 다 없어졌고 반지만 남았다. 일본의 가장 큰 조상인 태양을 정점으로 8백만이나 되는 신도(神道)의 신들만이 자리를 지킨다. 매력적이고 차분하며 미소를 짓는 부처들이 컴컴한 목조 사찰들 속에서 가부좌를 틀고 앉아 익살스러운 표정을 지으며 신도들을 맞는다. 이 부처들도 남았다.

기차에서 뛰어내렸을 때 나는 깜짝 놀랐다. 남녀의 행렬이 깃발을 들고 북을 치며 나라로 이어지는 길을 올라갔다. 기차와 차와 수레를 타고 도착하는 사람들도 있었고, 걸어서 오는 사람들도 있었다. 한 모퉁이에 서서 요란한 색깔들과 시끌벅적한 소리와 오가는 군중들을 지켜보자니 나는 저절로 신이 났다. 나이 든 남자들과 젊은 사내들, 백 살도 더 되어 보이는 여자들이 멀리 떨어진 여러 벽지에서 왔다. 그들은 중세 사람들이 그러했듯 명소를 찾아 순례를 떠났다. 그들은 노란색, 주황색, 초록색의 깃발과 북, 긴 피리 따위를 가지고 있었다. 허리끈에 가죽 주머니나 비단 주머니를 찼으며, 그 끝에 두세 모금 분량의 담배를 넣을 수 있는 작은 통이 달린 담뱃대도 달았다.

「오늘은 벚꽃 축제일입니다.」 역장이 깊이 고개를 숙이고 나에게 설명해 주었다.

순례자들은 머리에 흰 수건을 둘렀다. 수건 위에는 꽃이나 글자를 수놓았거나 찍었다. 그것이 유명한 〈하나미 데누구이〉라고 부르는 꽃놀이 수건으로, 일본인들이 벚꽃 축제에 갈 때 머리에 쓰는 것이다. 이교도적인 기쁨, 봄기운, 웃음, 떠드는 소리. 뻐꾸기가 소나무에서 날아올라 울면서 나라 쪽으로 날아갔다. 그 뻐꾸기도 순례자이다. 부처의 발에 앉으러 갔을 것이다.

뻐꾸기가 날아간 궤적을 쫓고 있을 때 일단의 비구들이 걸어서 도착했다. 그들은 챙이 넓은 밀짚모자를 썼고, 노란색의 긴 승복을 입고 있다. 모두들 맨발로 어깨 위까지 올라오는 긴 지팡이를 짚고 있었는데, 그 꼭대기에는 작은 방울이 달려 있다. 말이 없고 침울한 표정에 시선을 내리깐 채 그들은 나라로 가는 길을 향해 걸어간다. 나는 노란 승복을 입은 승려들이 꽃이 핀 벚나무 아래에서 무엇을 찾는지 궁금했다. 아마도 그들은 벚꽃들이 얼마나 빨리 지는지를 보고 흡족해할 것이다. 그러면서 인생무상의 새로운 모습을 발견하리라. 이 승려들의 선배인 오코노 구마시가 9백 년 전에 이렇게 읊었다.

> 꽃 피는 벗나무
> 삶을 퍽도 닮았구나!
> 꽃 피는 것을 보는 순간
> 어느새 지는구나.

이것은 진실하지만 너무 비참한 인생관이다. 이해할 수 없는 신비의 한 단면만 언급했을 뿐이다. 한순간이 질적으로는 영원과 맞먹을 수 있다는 사실을 무시하는 인생관이다. 〈엄마 손을 잡고 눈먼 작은 아이가 벗꽃을 보러 온다〉라는 노랫말도 있다. 문득 긴 지팡이를 짚고 아래를 쳐다보며 길을 올라가는 승려들이 눈먼 사람들로 보였다.

나는 빼빼 마른 반라의 인력거꾼을 불렀다.

「도오(어디로 갈까요)?」 인간 말[馬]이 부드러운 눈으로 나를 뚫어지게 보면서 물었다.

「료칸, 솔롤리 솔롤리(여관, 아주 천천히)!」 나는 서툰 일본어로 대답했다.

나는 갖가지 색깔로 차려입은 순례자들이 모두 함께 웃고 노래하며 길을 오르는 광경을 보는 것만으로도 만족할 수 있었다. 침울한 종교를 쾌활한 일본인들이 용케도 빛깔과 꽃과 인간의 체취로 채웠다. 혹은 히브리인들의 고통의 종교가 파괴한 고대 그리스의 꽃의 축제가 지구의 반대편인 이곳에서 아직 성대히 치러지고 있다고나 할까.

사람들은 수레를 꽃으로 장식하고 황소에 화환을 매단다. 힘센 젊은 남자들과 아름다운 소녀들이 수레에 타고 게이샤처럼 아름다운 봄을 맞으러 간다. 그들은 춤추고 노래하고 술을 마시면서 나날의 걱정들을 잊는다. 삶이 원초적이고 흥취가 나는 본바탕을 드러낸다. 물이 다시 한 번 포도주로 바뀌는 것이다. 디오니소스가 그리스를 떠나 이 먼 해안으로 이주했다. 그는 기모노를 입고 손에 벚꽃을 들고 있다. 세 개의 거대한 코러스 — 노인, 장년, 젊은이 — 가 부활했으며, 이제 종족은 꽃과 함께 번성한다. 죽음을 면할 길 없는 삶은 이런 되풀이되는 축제에 의하여 지상에서 불멸의 의미를 지니게 된다.

「이랏샤이마세! 이랏샤이마세(어서 오세요! 어서 오세요)!」

주인 내외와 두 딸, 통통한 하녀가 여관 밖으로 나왔다. 그들은 땅에 닿을 정도로 고개를 숙여 인사하며 나를 맞는다. 인력거에서 내려 나도 세 번 땅에 닿을 정도로 고개를 숙이고 인사한다. 그런 다음 고개를 숙이느라 붉어진 얼굴로 방이 있는지 물었다.

「이렇게 누추한 곳에 와주셔서 큰 영광입니다. 손님께서는 매우 예절 바르십니다. 감사합니다!」

이 말은 간단히 요약하면 〈방이 있습니다〉라는 뜻이다.

방금 물청소한 조그마한 마당에 철쭉꽃 화분이 세 개 놓여 있다. 마당 가운데의 작은 화분에는 경이로운 것이 심어져 있다. 키가 두 뼘도 안 되고 사람의 팔뚝처럼 굵은 줄기의 난쟁이 벚나무이다. 요즈음 철에 어울리게 마당에서 제일 좋은 자리를 차지하고 있다. 마치 위대하고 거룩한 순교자로서 축일을 받기라도 한 듯하다. 마당 둘레에 방들이 자리 잡았다. 나는 신발을 벗고 계단 위에 가지런히 놓인 슬리퍼를 신은 다음, 다다미가 깔린 방으로 올라간다.

일본의 큰 매력 중 하나가 상상할 수 없을 정도의 청결함이다. 마루, 벽, 문 등 모든 것들이 반짝반짝 빛난다. 내가 묵게 된 다다미가 깔린 방에는 낮고 작은 탁자가 가운데에 놓여 있으며, 꽃 세 송이가 꽂힌 꽃병과 방석들이 있고, 꽃이 피는 것을 그린 그림 한 점이 벽에 걸려 있다. 방의 깨끗한 분위기에 내 가슴이 행복으로 넘친다. 간결하고 이교도적이며 쾌적한 작은 방, 바로 나의 취향에 맞는다.

책상다리를 하고 방석 위에 앉는다. 벽을 대신하는 병풍을 접으니 거리가 내려다보인다. 여관 사람이 찻주전자와 작은 도기 잔, 작은 접시에 깨끗이 손질한 호두를 내온다. 나는 차를 홀짝홀짝 마신다. 호두를 씹는다. 행복하다. 통통한 하녀가 보라색 기모노와 진홍색 나막신을 가져다주면서 고개를 숙이고 나에게 말한다. 「후로(목욕하세요)!」

목욕물이 준비되었다. 살을 델 듯이 뜨겁다. 일본인들은 뜨거운 물에 익숙하다. 큰 욕조는 바닥에 반쯤 박혀 있다. 욕조에 들어가니 더 바랄 것이 없을 정도로 행복하다. 기모노를 입고 나막신을 신고서 방으로 돌아와 차를 더 마신다. 열린 벽 너머로 순례자들을 본다. 그들은 북을 두드리며 길을 오르고 있다. 목불, 석불, 청동불이 나무에 둘러싸인 매우 오래된 절들에서 웃음을 지을 것이다. 이제 불상들을 보려고 서두르지 않는다. 나는 성급함, 초조함, 서두름을 극복했다. 매 순간의 단순함을 즐긴다. 〈행복이란 물과 같이 단순한 일상의 기적이다. 우리는 그것을 깨닫지 못할 뿐이다〉라는 생각이 든다.

일본에서 가장 큰 공원. 4천8백 제곱킬로미터에 이르는 면적, 수령이 수백 년 된 소나무, 전나무, 복숭아나무, 포플러, 버드나무. 흰색 지느러미를 가진 빨간색의 이국적인 물고기들이 무용수처럼 지느러미들을 펼쳤다 모았다 하며 헤엄친다. 비둘기, 황새, 백조. 무엇보다도 특별한 즐거움은 천 마리가 넘는 사슴들이 자유롭게 오간다는 것이다. 선하고 진지한 표정이 젊은 왕자들 같다.

사슴들은 자부심 강하고 두려움 없는 자태로 행인들에게 다가와 길게 찢어진 눈으로 바라본다. 매년 10월이면 뿔을 뿌리에서 자르며 큰 잔치가 열린다. 지금도 머리를 쓰다듬노라면 피가 말라붙은 사슴뿔의 밑동을 볼 수 있다.

탑들이 나무들 사이에 솟아 있다. 탑에는 날개 모양 위로 솟은 지붕이 층층이 여러 개 포개어져 있어 마치 날아가는 것처럼 보인다. 〈도리〉라고 부르는 신성한 문들이 푸르게 반짝이는 나뭇잎들 사이에서 빛을 발한다. 꼭 그리스 알파벳 파이의 대문자(Π)를 닮았다. 이 문들은 신도의 신성한 문들이다. 신도는 〈신의 길〉이라는 뜻이다. 구원을 받고 싶은 자는 마땅히 이 문들을 통과해야 한다.

조상들의 종교인 신도는 일본의 원시적인 종교이다. 처음에 일본인들은 가문의 조상들을 섬겼다가 다음에는 종족의 조상을 받들었으며, 마침내 공동의 아버지인 천황의 조상들을 숭배했다. 그들은 죽은 자들이 살아서 산 자들을 다스린다고 믿는다. 부모가 죽으면 그들은 가미사마, 즉 신이 되어 자손들과 항상 접촉한다. 산 자들과 희로애락을 함께 나누고, 산 자들을 돕고 격려하며 벌하고 보복한다. 허공은 사자들의 신령으로 가득 차 있다. 신령들은 파도와 바람과 불꽃을 타고 노닐며 온갖 조화와 능력을 부린다. 모든 조상들은 선하건 악하건, 존경할 만하건 아니건 모두 다 공중으로 올라가 신이 된다. 선하거나 악한 신들은 지상에 살았을 때 지녔던 성품들을 그대로 갖는다. 성공하려면 지상의 사람들은 반드시 선한 조상들에게 감사해야 하고 더불어 기도, 희생 제물, 춤과 음악으로 악한 신들을 달래야 한다.

따라서 모든 일본인들은 — 특히 천황들은 — 신들의 자손들이다. 이런 연유로 지금도 일본인들은 자신들이 지구상의 다른 어떤 나라 사람들보다 우월하다고 여긴다. 그들은 자기들의 나라가 신들의 나라라고 생각한다. 신들 중에서 가장 위대한 신은 태양으로 아마테라스 여신이라고 한다. 이 신은 천황 가계의 근원이다. 그 외 위대한 신들은 바람, 바다, 강, 불, 산 등 많은 수의 유명한 전사들과 영주들이다. 신도의 신들은 그 수가 8백만이다. 모든 기술 영역에는 제각각 후원자 신이 있다. 그는 그 기술을 사용하는 직업에 필요한 연장들을 가지고 있다. 대장장이, 목수, 석공, 어부들은 각자의 신이 있다. 아들이 아버지의 기술을 배우는 것은 종교적인 행위이다. 수호신을 설득하여 젊은 후계자를 보호해 달라고 성스런 의식이 거행되곤 한다.

신들은 천의 얼굴들을 가지고 있다. 찌푸리고 화난 얼굴만이 아니라, 명랑하고 익살스러우며 배가 불룩 나오고, 염주나 찻잔이나 술잔을 들고 호탕하게 웃는 얼굴이기도 하다. 충실한 추종자들과 사제들이 그 신들이 웃는 것을 보고는 같이 웃음을 터뜨린다. 신들은 자손들이 웃는 것을 보고 화를 내지 않을 뿐만 아니라 오히려 그들을 웃게 했다고 기뻐한다. 신성(神性)의 개념은 인간화된다. 신은 가정적이고 친근하다. 일본인들은 신에게 접근하기를 길들인 큰 코끼리에게 다가가듯이 한다.

복종, 희생, 기도, 이 세 가지는 신도의 기본적인 계명들이다. 신도 신자는 천황에게 절대 복종해야 한다. 그는 가장 위대한 신, 태양의 자손이기 때문이다. 조상신들에게 희생물을 바쳐야 한다. 조상이 돌아간 초기에는 묘와 제단에 실제의 술과 음식과 옷들을 올린다. 어느 정도 시기가 지나면 술 대신 이것을 상징하는 종이 띠로 싼 나뭇조각과 음식과 옷을 올린다. 끝으로 조상들에게 기도를 해야 한다. 기도하기 전에 반드시 물과 소금으로 몸을 닦으며, 단식과 액막이로 마음을 정화해야 한다.

자연에 깃든 모든 힘, 나무와 동물, 죽은 사람과 산 사람들로부터 일본 전체를 아주 단단한 통일체로 결속시키는 비밀스러운 유대의 끈들이 흘러나온다. 최근에 일본의 한 정치인은 이 오래된 신앙을 이렇게 표현했다. 〈우리의 모든 소유물은 다 조상들의 신령 덕분이다. 우리는 오직 조상들을 위해서 산다. 조상들만이 우리를 살게 해준다. 조상들을 위해서라면 우리가 바치지 못할 희생이란 없다!〉 1904년 러일 전쟁이 발발했을 때 장군들은 병사들에게 놀라운 선언문을 발표했다. 〈조상들을 위하여 죽는다는 확신을 가져라. 개죽음을 당한다는 의심을 버려라. 조상들의 신령이 항상 여러분과 함께할 것이다. 그분들이 여러분을 보호하고 감쌀 것이다!〉

이런 자랑스러운 신도의 의무관(義務觀)이 일본인의 영혼에 미친 심대한 영향을 깊이 느끼지 못한다면 일본인들의 정신을 이해할 수 없다. 이것을 깊이 느낄 때 비로소 일본인 각자가 품은 가공할 힘의 원천이 무엇인지 알 수 있다. 그때 비로소 일본인들이 왜 죽음에 대담하게 항거하고, 또 조국을 위해 죽음을 기쁘게 받아들이는지 깨닫게 된다. 그들에게 조국, 천황, 신, 조상, 자손은 떼어놓을 수 없는 불멸의 힘이다. 죽은 뒤 종족 모두와 하나가 되고 불멸한다는 것을 믿는데 어찌 죽음을 두려워하겠는가?

나는 신도의 붉은 문(홍살문)을 통과하여 공원으로 갔다. 우리 백인들도 이처럼 큰 신앙을 가진다면 엄청난 힘을 발휘할 수 있을 텐데, 하고 생각하니 몸서리가 쳐졌다. 우리 백인들은 한가하게 학자처럼 웃거나 지옥 같은 개인주의 속에서 맴돈다. 뿌리가 뽑힌 채 어울리려는 의지도 희망도 없다. 일본인들은 아마도 환상을 믿고 있는지 모른다. 하지만 그들은 결실이 많고 실제적인 커다란 결과를 이끌어 낸다. 반면에 우리는 아무것도 믿지 않으며 비참한 삶을 살다가 한번 죽으면 그것으로 끝이다.

이 공원에서 내 마음은 거칠어진다. 나는 나라로 간다. 작은 가게들에서 나라의 유명한 인형들을 팔고 있다. 신선하고 생동감이 넘치는 멋진 물건들이다. 단추, 담뱃대, 담뱃갑, 작은 신상들, 공원의 사슴뿔로 만든 지팡이를 파는 가게들도 있다. 승려들이 느린 발걸음으로 이 가게 저 가게를 돌아다닌다. 그들은 두 손으로 잡은 지팡이에 몸을 의지하고 시선을 땅속에 고정시키며 염불을 한다. 때때로 작은 종을 울린다. 하염없이 단조로운 염불 소리가 계속된다. 견디다 못해 한 가게 주인이 문을 열고 쌀 한 줌을 시주 자루에 넣어 준다.

나는 12세기 전 이 땅에서 번창했던 우아하고 경건하며 감각적인 문명을 되새긴다. 유럽이 모두 미개 상태에 머물러 있을 때 이곳의 귀족들과 영주들은 사기그릇에 쌀밥을 먹고, 황금 대야에 세수를 했으며, 정원의 화초 가꾸기와 꽃꽂이를 예술로 승화시켰다. 장인들은 정교한 조각상들을 만들었으며, 일부는 지금도 남아 있다. 그것들을 볼 때 마음에 감동이 인다…….

이제 일본의 파랑새, 일본의 얼은 나라를 떠났다. 다른 깃털을 붙이고 다른 곡조로 노래 부르며 날아가 오사카의 굴뚝 숲과 도쿄의 마천루 위에 둥지를 틀었다. 이곳에는 황폐한 둥우리만 몇 개 남았을 뿐이다. 나는 거창한 사찰 안으로 들어간다. 그곳에는 세계에서 가장 큰 청동상인 〈다이부츠(大佛)〉가 있다. 부처는 가부좌를 하고 연꽃 위에 앉아 있다. 높이가 16미터, 콧구멍의 지름이 약 1미터, 가운뎃손가락의 길이는 1.4미터나 된다. 이 거상을 조성하느라 구리 438톤, 밀랍 8톤, 금 392킬로그램, 수은 2천2백 킬로그램이 들었다. 조성 연대는 752년으로 나라가 영광의 절정을 누릴 때였다. 그때 이 땅에 전염병이 돌았고, 수천 명의 생명을 앗아 갔다. 사람들이 겁에 질려 있을 때 광신자들은, 돌림병이 생긴 까닭은 위대한 여신 아마테라스가 새로운 신인 부처를 신도의 영토에 들인 것에 화가 났기 때문이라고 말했다. 왕도 질겁하여 거대한 상을 만들라고 명했다. 그래서 이 거대한 신인 불교화된 아마테라스가 탄생했다. 두 가지 종교를 섞어서 아름다움과 힘으로 가득한 남녀 양성의 몸을 지닌 하나의 키클롭스[1]를 만들어 낸 것이었다. 이렇게 함으로써 새로운 신은 모든 것들을 원만하게 돌보게 되었다.

나는 가부좌한 괴물의 발 둘레를 한참 동안 개미처럼 돈다. 차분한 얼굴, 강물같이 넓은 미소, 산더미만 한 둥근 유두가 달린 넓은 가슴. 자그마한 몸집의 추종자들이 파도처럼 몰려와서 두 손을 세 번 마주친 뒤 대불에게 소원을 빈다. 절 입구에 있는 큰 향로에 짙은 연기가 오르는 향을 피운다. 교활한 승려들이 벤치에 앉아서 물건들을 판다. 잘 먹은 돼지같이 살집 좋은 자들이 있는가 하면, 여우같이 호리호리한 자들도 있다. 나는 진열된 상품들을 둘러본다. 소원들과 주문들을 적어 넣는 종이 띠, 종이와 주석과 우단 등으로 만든 부적, 돌과 사슴뿔과 상아로 만든 소형 불상들. 땀에 젖은 승려들이 물건 값으로 내는 동전들을 받는다. 대불은 그들 위로 솟아 있다. 법당 지붕에 닿은 불두(佛頭)는 승려들을 보고 웃음을 짓는다. 신비스러운 법열에 잠겨 합장하는 대

---

[1] 그리스 신화에 나오는 외눈박이 거인.

중들을 보고도 웃는다. 그는 만물이 모두 환상, 감각들이 지어낸 신기루임을 안다. 예불을 드리는 사람들도 예불을 받는 신도 존재하지 않는다. 살이 찐 승려나 마른 승려도 모두 존재하지 않는다. 산들바람이 불어오면 모든 것들이 사라진다.

나는 다시 거상을 본다. 마음은 떠나고 싶지 않다. 대불의 아름다움 앞에 벙어리가 된다. 조성 기법은 거칠고 황급하고 서투르다. 그러나 토착 신과 외래 신을 섞어 서로 떨어지지 않게 단단히 합성한 이 불상은 대단히 큰 중요성을 지닌다. 이 구리 덩어리에는 무엇이 되었건 외래적인 것을 일본적인 것으로 변용시키는 일본인들의 근원적이고 연금술 같은 능력이 각인되어 있다. 일본인들은 행동을 갈망하고 마음 밖 외부 세계의 존재와 가치를 믿는다. 이에 반하여 불교는 모든 것이 공허하며, 눈에 보이는 세계가 실은 허상이요 존재하지 않는다고 가르친다. 그렇다면 극단적으로 상반되는 일본인들과 6세기의 불교 전도자들이 어떤 관계를 맺을 수 있었을까? 〈마음속에서 모든 욕망을 없애라!〉고 부처는 외쳤다. 〈욕망을 강화하고 무슨 일이든 시작한 것은 반드시 끝장을 보아라! 근원적이고 불멸하는 세 개의 실재가 있다. 이것들은 합쳐져 하나를 이룬다. 그것은 가족, 조국, 천황이다!〉라고 일본의 조상들은 소리쳤다.

두 세력 사이에 무서운 싸움이 일어났다. 일본의 토착 신들은 자신들을 부정하고 파괴하는 외래 신을 쫓아내려고 봉기했다. 그러나 일본의 정신은 항상 무엇인가 여성적인 것을 지니고 있다. 그것은 외래의 씨앗을 원하고 받아들인다. 서서히 일본의 자궁에 외래의 씨앗을 수태하고 철저히 동화하는 일이 일어났다. 일본인들은 자신들에게 필요 없는 것들을 모두 솎아 내고 동화시킬 수 있는 것만을 받아들였다. 불교의 가르침으로부터 그들은 자연에 대한 애정을 취했다. 식물과 동물과 인간이 모두 하나이다. 모든 것들이 우리 마음의 뿌리에 의해 깊은 곳에서 하나로 합쳐진다는 교설을 받아들였다. 그들은 금욕주의까지, 그리고 불행과 죽음 앞에서의 냉정함, 아무리 마음이 아파도 입가에서 사라지지 않는 미소 또한 수용했다. 불교로부터 그들은 예의 바른 태도, 사회적 접촉에 있어서의 상냥함, 감수성 등을 받아들였다.

시들어 땅에 떨어진 낙엽아 춥지 않니?
낙엽아 내 너를 품에 안노라
태양이 떠서 눈을 녹일 때까지
낙엽아 내 품에서 너를 따듯하게 안으리!

하늘은 구름으로 덮였다. 대불의 청동 가슴이 어두워졌다. 내 주위의 순례자들의 얼굴이 모두 희미한 빛 속으로 잠겼다. 위로 치켜 올라간 눈들만이 전기를 가득 머금은 뭉게구름의 어둠 속에서 번들거렸다. 첫 번째 빗방울들이 떨어져 큰 고무나무의 두꺼운 잎을 세차게 때렸다. 나는 절에서 나와 향을 피웠던 향로 옆의 벤치에서 책상다리를 하고 앉았다. 고요함, 씁쓰름한 감미로움, 향내가 땅으로부터 솟아올랐다. 길고 싯누런 번갯불이 번쩍번쩍 빛나면서 나무의 우듬지를 핥았다. 반쯤 눈을 감은 나는 거의 무의식적으로 부처의 자비가 나에게 내려와 혀처럼 나의 관자놀이와 가슴을 핥는 느낌을 받았다. 동양의 현인이 한 말들이 부드러운 이끼처럼 고요하게 다가와 내 혼을 감쌌다. 〈잔치를 벌인 듯, 화창한 봄날에 높은 대에 오른 듯 모두들 기뻐한다. 오직 나만 담담하다. 기쁘지도 슬프지도 않다. 나는 아직 웃어 본 적이 없는 어린애와 같다. 모두들 필요 이상으로 재산을 가졌다. 나 홀로 가난하여

일본 — 1935 105

아무것도 가지지 못했다. 모두들 영특한데 나 홀로 어리석다. 파도가 나를 끌고 간다. 나는 떠나지만 머리를 쉴 만한 곳이 없네. 오 부처님, 자비로운 웃음 속에 내 자리를 마련해 주세요!〉[2]

---

2 노자의 『도덕경』 제20장을 작가가 고쳐서 인용하고 있다.

자비의 여신

나라가 잠에서 깬다. 아직은 속이 비치는 엷은 안개 속에 싸여 있다. 한 도시가 깨어나는 것은 사랑스러운 여자가 눈을 뜨는 것만큼이나 좋다. 나는 서둘러 거리로 내려가 이른 아침의 비밀들을 본다.

여관의 통통한 하녀가 내 방의 병풍을 거두고 아침 식사를 검은 나무 접시에 담아서 내온다.

「오하요 고자이마스! 안녕하세요!」

우리는 서로 고개를 숙인다. 여러 나무 그릇들의 뚜껑을 연다. 걸쭉한 노란색 국에서 지독한 냄새가 난다. 생선회, 절인 오이와 호박이 든 작은 컵, 큰 사발에 담은 밥. 필수 불가결한 녹차 주전자.

먹고 있는 음식 생각에 식욕을 떨어뜨리는 일이 없도록, 어제 오후에 나라의 유명한 박물관에서 본 것들을 떠올린다. 정교한 조각상, 비단 천 위에 그린 그림, 대단히 아름다운 도자기. 이 도자기들 중에는 티베트, 페르시아, 비잔티움같이 먼 곳에서 온 것도 많이 있었다. 호화로운 상자, 무기, 화장품, 6만 점의 보석, 황가의 보물들은 과부가 된 황후인 콤노가 8세기 때 국가에 헌납했다. 황가의 헌납과 관련된 문서가 아직 보존되어 있다. 〈나의 사랑하는 남편이 죽은 지 49일이 지났다. 그러나 그에 대한 나의 사랑은 나날이 커져만 가고 비통함 때문에 마음은 더 무거워진다. 땅의 신령에게 애원하고 하늘의 신령에게 호소하나 위안을 찾을 수 없다. 그리하여 나는 선행을 하여 천황의 신령을 기쁘게 해주기로 결심했다. 이런 연유로 나는 부처에게 이 보물들을 바친다. 이렇게 함으로써 천황의 신령이 평안하게 잠들 수 있을 것이다. 이 헌납이 그의 구원을 도와 그의 신령의 수레가 속히 극락정토에 도달하기를 빈다. 나의 남편이 부처님의 휘황찬란한 극락에서 천상의 음악을 즐기고 환영을 받길 빈다!〉

12세기 전에 한 여인이 쓴 사랑의 헌사들이 나의 마음속으로 파도처럼 파고 들어온다. 그 덕분에 나는 먹고 있는 음식의 역한 냄새를 잊었다. 흡족한 마음으로 다시 거리로 나선다. 공원은 황량하다. 사슴들만이 머리를 들고는 크고 선량한 눈으로 나를 바라본다. 나는 급히 지나간다. 작은 기차를 타려고 길을 재촉한다. 호류 사. 나라에서 한 시간 걸리는 이 작은 마을에 일본에서 가장 오래된 사찰이 있다. 나는 이곳의 한 비구니 절에 있는 일본 예술의 걸작품인 관음상, 자비의 여신상이 미치도록 보고 싶다.

비구니 절의 마당에 깔린 판석은 방금 청소한 듯 깨끗하고, 빨갛고 노란 꽃들이 심어진 화분들은 가지런히 놓여 있다. 상쾌함과 정적. 나는 입구에서부터 종종걸음으로 걷는다. 이 마당을 지날 때 걸리는 시간을 몇 달 혹은 몇 년까지 늘리고 싶은 심정이다. 검은 반점이 있는 주황색 털의 고양이가 아침 햇살을 받으며 난간에 앉아 작고 붉은 혀로 제 몸을 핥고 있다. 마당 뒷전에서 여자의 가벼운 예불 소리가 들리는 듯하다.

문득 시켈리아노스[1]와 함께 스페차이 섬에 있는 수녀원에 갔던 때가 생각난다. 그곳의 마당도 여기와 같았다. 빨간 꽃들이 화분에 심어져 있었고, 여느 때와 마찬가지로 이곳의 신과는 전혀 다른 신을 위하여 찬송가를 부르는 감미로운 여자의 목소리가 들려왔다. 우리 둘은 입구에 멈췄으며 가슴은 전율했다.

「이 꽃의 이름은 무엇입니까?」 우리가 물었다.

「불꽃입니다!」 수녀가 대답했다.

또한 아시시에 있는 성 클라라 수녀원의 마당도 이와 비슷했다는 것을 기억한다. 그곳에는 비둘기들이 있었고, 화분에는 바질이 자랐으며, 종은 가느다랗고 아주 맑은 여성적인 소리를 냈다. 그 소리는 맞은편에 있는 성 프란체스코 수도원의 둔탁한 소리와 합쳐졌다. 마치 남편이 아내와 몸을 섞는 것과 같았다. 이제 세상 끝에서 똑같은 마당, 똑같은 여자 목소리, 똑같이 전율하는 마음을 만나다니.

문이 열리면서 쾌활하고 통통하며 작달막한 여승이 나타났다. 나를 보고 웃더니 아무 말이 없었다.

「관음보살을 보고 싶습니다.」 내가 말했다.

그녀는 손가락을 입술에 대었다.

「크게 말하지 마십시오. 지금 예불 중입니다.」

그녀는 나를 주황색 고양이 옆 의자로 안내했다. 나는 그곳에 앉아서 기다려야 했다.

나는 의자에 앉아서 기다렸다. 맞은편 마당 구석에 있는 작은 벚나무에 꽃이 피었다. 부드러운 여자의 독경 소리가 벌이 윙윙거리는 소리와 합쳐졌다. 그리고 갑자기 나의 상상 속에서 꽃이 활짝 핀 커다란 벚나무로 변한 부처가 여자에게 사로잡힌 채 솟아올랐다.

---

1 Angellos Sikelianos(1884~1951). 현대 그리스의 대표적 시인으로서 운문으로 장시와 비극을 썼다. 대표작은 「생의 서정시」이다 ― 원주.

얼마나 오래 기다려야 할지 그 누가 알겠는가! 시간의 리듬이 바뀌었다. 1초가 한 시간처럼 흘러가는 것 같았다. 갑작스럽게 그 여승이 다시 나타나 나에게 머리를 끄떡였다. 독경이 끝난 것이다. 작은 법당은 비어 있었다. 우리는 새로 걸레질을 한 오래된 나무 계단으로 갔다. 나는 신발과 양말을 벗었다. 계단을 오를 때 몸속에서 기쁨이 용솟음쳤다. 마치 나의 발바닥이 수 세기 동안 윤나는 이 나무판자 위를 디뎠을 여승의 맨발바닥과 합쳐지는 느낌이 들었다…….

환하고 깨끗한 법당, 바닥에는 흰색 방석들이 놓여 있고, 꽃과 과일로 가득한 두 개의 큰 접시가 있었다. 뒷전에는 흰 비단 휘장이 드리워져 있었다.

「관음상은 어디에 있습니까?」 나는 안달이 나서 물었다.

여승은 웃으며 맨발로 성큼성큼 걸어갔다. 여승은 두 손으로 휘장을 열었다. 관음상이 향내 나는 어둠 속에서 빛을 내며 나타났다. 여신은 오른발을 왼쪽 무릎 위에 올려놓고, 왼손으로 오른발을 살짝 만지며, 오른손 엄지와 검지로 단단하고 앳된 뺨을 받친 채 자리에 앉아 있었다. 매력적이고 고결한 처녀, 육감적인 두툼한 입술, 청순하고 아름다움이 넘치는 치켜 올라간 두 눈. 이 관음보살은 행동으로 고통을 치유하는 그런 자비로운 여신이 아니다. 관음보살은 불행한 자들을 위로하기 위해 그들에게 가지 않는다. 꼼짝 않고 보좌에 앉아서 인간의 마음을 치유한다. 관음보살이 존재하고 관음보살을 본다는 것만으로도 충분히 고통을 잊을 수 있다.

그녀는 거대한 부처의 귀로 찬찬히 듣기라도 하는 듯 고개를 약간 숙인다. 마치 먼 곳에서 온 인간의 고통을 이해하는 듯한 자세이다. 부처의 딸, 관음보살은 웃고 있다. 고통 역시 환상이며 순간적인 꿈에 지나지 않으므로 곧 사라지리라는 것을 알고 있기 때문이다. 잠에서 깨는 순간 그 환상들은 산산이 흩어져 버릴 것이다. 그다음 우리 자신이 소멸하고, 세계는 우리와 더불어 함께 소멸할 것이다. 그리하여 고통은 물러가고 우리는 해탈하는 것이다. 부처여 찬양받으소서! 이 작은 자비로운 존재가 그토록 차분하게 웃는 까닭이 거기에 있다. 그녀가 자리를 뜨지 않고 또 손을 뻗치지 않는 까닭이 거기에 있다. 그녀는 자신의 승리를 확신한다. 어떤 승리냐고? 해탈의 승리이다.

나는 그렇게 당당하고 굳건하며 확신에 찬 자비의 여신을 마음속에 그려 본 적은 결코 없었다. 그 까닭은 나의 마음 전체가 불교 승려의 노란 승복에 감기는 것을 한 번도 원하지 않았기 때문이다. 오직 지극히 절박한 사람만이 그렇게 오만한 구원의 여신을 상상할 수 있는 법이다. 나는 그녀를 조각한 기적적인 손을 숭배하고 축복한다. 전하는 바에 따르면 이 관음상은 소토쿠 왕의 작품이라고 한다. 그는 일본 불교에 있어서 로마 제국의 콘스탄티누스 대제와도 같은 인물이었다. 그는 성자일 뿐만 아니라 위대한 입법자, 전사, 시인, 조각가이기도 했다. 그의 초상이 아직까지 비단 천에 남아 있다. 온화하고 당당하며 빛나는 얼굴. 이 관음보살은 진정 소토쿠를 닮았다.

시간이 다시 나의 머리 위에서 정지했다. 얼마나 오랫동안 무자비한 자비의 여신을 보았는지 모른다. 그저 기억나는 것은 내가 떠나려고 일어섰을 때 작달막한 여승이 여신의 팔에 몸을 기댄 채 바닥에 잠들어 있었다는 것뿐이다.

일본 비극의 탄생

가스가다이샤란 사찰은 무엇인가? 나라의 공원 끝에 있는 매우 오래된 목조 제단으로, 공원의 모든 사슴들이 그 신에게 헌납되어 있다.

입구에는 절을 표시하는 신성한 색깔로 된 큰 비단 제등(提燈)들이 있었다. 높이가 키 큰 사람만 했다. 색깔들은 주홍색, 흰색, 파란색이었다. 나무로 된 마루는 물처럼 투명했다. 한쪽에 붉은 옻을 칠한 탁자들이 여덟 개 있었다. 각각의 탁자 위에는 허리띠와 큰 방울이 달린 종이 하나씩 놓여 있었다. 다른 쪽에는 여덟 개의 등받이 없는 의자들이 있었으며, 그 위에 부채 하나씩이 올려져 있었다. 안쪽에는 네 개의 책 받침대들이 펼쳐진 고서들을 받치고 있었다. 바닥에는 거대한 일본식 하프인 〈고토〉가 짐승처럼 버티고 있었고, 여자 무용수 그림이 붙어 있는 넓은 비단 족자들이 벽에 둘러 쳐져 있었다.

이리저리 헤맨 끝에 공원에 도착했다. 사람 키보다 큰 석등들이 끝없이 열을 지어 있는 곳에서 길을 잃고 말았던 탓이다. 화강암으로 만든 석등들은 무겁고 인상적이었다. 줄지어 선 석등은 몇 시간이고 따라가도 끝이 보이지 않는다. 마치 줄지어 선 이국적인 나무들이 대리석으로 변모한 것처럼 보인다. 담쟁이, 이끼, 거미줄이 얼기설기 붙어 있어서 신성한 비문들이 보이지 않았다.

처음으로 이 절을 보았을 때 내 마음은 사슴처럼 뛰었다. 샘물이 나무들 아래에서 솟아 나오고 있었다. 매우 목이 마른 참이라 나무바가지를 물에 담갔다. 〈마시자. 우선 몸을 생각하자!〉 속으로 말했다.

물을 마셨다. 시원했다. 거지처럼 입구에 철버덕 앉아서 기둥에 몸을 기댔다. 탐욕스럽게 악기와 종, 그리고 머리를 늘어뜨린 소녀들의 느슨한 허리띠를 보았다. 소녀들은 머리를 무릎 사이에 파묻은 채 마치 바커스 신전의 여사제인 양 앉아 있었다. 나는 행복했다. 얼마나 오랫동안 이 순간을 기다렸던가! 나는 일본의 비극이 탄생한 이 신성한 터에 도착한 것이다.

의미심장한 종교적 비극이 세계의 한 곳에 있다. 고대 그리스의 비극처럼 이것의 뿌리도 신(神)의 뱃속이다. 이 비극 또한 춤으로부터 태어났으며, 극을 이끌어 가는 인물이 신-영웅이다. 이 비극은 〈노(能)〉라고 불리며 공연과 드라마를 뜻한다. 이것은 나라 공원의 끝자락인 이곳에서, 바로 신성한 춤을 일컫는 가스가라는 오래된 목조 사찰 안에서 태어났다. 큰 축제 때마다 승려들이 상상의 동굴이 있는 이 장소에서 우스꽝스런 춤을 추었다. 그것은 신화적인 동굴이었다. 태양의 여신인 아마테라스가 이곳에 숨었던 적이 있었다. 여신은 화가 나서 다시는 세상에 나오지 않으려고 했다. 그러자 신들이 모두 모여서 그녀에게 빌었다. 사람들은 어둠 속에서 고행을 하며 여신에게 소리쳐 탄원했다. 그러나 화가 잔뜩 난 여신은 다시 나타나 세상에 빛을 비추고 싶지 않았다. 그때 뚱뚱하고 쾌활한 여신 우즈메가 벌떡 일어나 높이 뛰며 익살맞게 춤을 추었다. 모든 신들이 보고 배꼽을 잡았다. 아마테라스도 그 춤을 보려고 나왔다. 그녀도 보고 웃음을 지었다. 그러고는 이내 화가 난 것을 잊어버리고 다시 하늘로 올라갔다. 밤이 끝나고 세상은 빛으로 가득 찼다.

가스가의 승려들은 축제 때 음악과 무언극 등으로 구성된 희극적 무용을 공연했다. 승려들은 사납거나 재미있게 생긴 탈을 썼으며, 경중경중 뛰다가 바닥에 넘어지며 신음 소리를 내고 술 취한 무용수를 흉내 냈다. 그들이 연주한 음악도 희극적이었다. 이 음악을 〈사루가쿠(猿樂)〉라고 불렀는데, 원숭이 음악이라는 뜻이다. 곧 춤과 무언극의 주제가 풍성하게 늘어났다. 지역적 신들의 역할이 무대에서 연기되었다. 특히 부처와 과거불(過去佛)[1]이 행한 기적들을 무대에 올렸다. 이윽고 부처는 이 무용극의 중심적 영웅이 되었다. 일본의 비극은 대중적인 춤, 원숭이가 외치는 소리들, 무언극으로부터 창조되었다. 연극이 시작되면 승려들이 모두 나와 함께 뛰어오르며 소리를 질렀다. 연극이 진행되면서 그런 소란이 조금씩 일종의 리듬을 띠었다. 뛰고 외치는 동작에 질서가 생기고 등장인물의 특징도 형성되었다. 끝으로 대사를 말하고, 그로써 연기 동작이 품위 있고 일관되게 구성되었다.

노의 형식이 발전한다. 이제 신이 말하고 다른 배역들은 신의 독백을 잠자코 듣는다. 성직자의 가면을 쓴 신은 홀로 춤을 춘다. 합창단원들은 무대의 오른쪽으로 물러나 수줍어하면서도 조심스럽게 그들이 보는 것들에 대하여 모두 말하고 신의 말에 대답한다. 대화가 이루어지기 시작하고 연극적 동작이 행해진다. 이때 새로운 인물이 무대에 등장한다. 신의 동료이자 하인인 인간의

---

[1] 부처가 지상에 오기 전 전생의 모습.

출현. 연극은 완벽해진다. 도약과 신음 소리와 웃음 등 뒤죽박죽 제멋대로 분출되던 힘으로부터 절제되고 신을 주인공으로 하는 제의 중심의 작품이 만들어진다.

대사를 말하는 대목에 이르렀다. 신이 말하고 인간은 들었다. 그러나 신의 독백은 단조롭고 재미가 없었다. 인간이 등장했다. 그리하여 신과 인간 사이의 영원하고 풍성한 대화가 시작되었다. 비극이 완성되었다. 기적이 일어났다.

위대한 극작가들이 출현했다. 그들은 대화에 생명과 열정을 불어넣었다. 코러스와 북과 피리 등 악기들의 위치도 정했다. 그들은 규범을 만들었다. 더불어 희극으로부터 비극을 가려냈다. 희극은 순수해졌다. 미친 말들을 뜻하는 〈교겐(狂言)〉이 태어났다. 비극의 대본은 고상한 양식에, 교양을 갖춘 사람들만이 알 수 있는 고대의 언어로 쓰였다. 희극의 대본은 서민의 언어로 작성되었으며, 일상생활의 풍자나 우스갯소리를 취해 주제로 삼았다.

누가 희극을 썼을까? 아무도 모른다. 무명의 서민들이 썼다. 그러나 일본에도 그리스의 아이스킬로스와 소포클레스에 해당하는 간아미와 그의 아들 제아미가 있었다. 14세기에 살았던 이 두 극작가는 무대에 혁명을 일으켰다. 그들은 음악가들과 시인들과 감독들과 무용수들의 힘을 합쳐 일본 연극의 음악과 연출 기법과 무대 장치와 코러스를 새로운 형태로 탈바꿈시켰다. 이 부자는 무대의 규범을 만든 걸출한 인물들이었다. 그들은 노의 새로운 전통을 수립했다. 그 이후부터 오늘날까지 종교적 제의인 노는 그 전통을 따랐다.

무대의 좌우 길이는 8.2미터, 앞뒤의 폭은 8.5미터가 되어야 한다. 무대는 객석 바닥보다 높아야 하며, 지붕은 신사(神社)의 지붕과 정확하게 같아야 한다. 네 귀퉁이에 있는 네 개의 기둥으로 지붕을 받친다. 무대 왼쪽에는 덮개가 있는 통로가 무대와 무대 뒤까지 뻗어 있다. 배우들은 모두 이 통로를 이용하여 무대에 등장하고 퇴장한다. 무대 뒷면에 늘어져 있는 무거운 막을 들어 올리면 큰 소나무 한 그루가 배경 막에 그려져 있는 것이 보인다. 이것은 노가 절의 옥외 소나무 아래에서 공연된 시절을 상징한다. 노의 황금 시기에 쓰인 1천 편의 비극 중에서 342편은 아직도 공연된다. 주제들은 신들과 귀신들과 악마들, 혹은 인간의 열정과 스릴 있는 모험이다. 점차 인간이 비극의 주제들 중에서 중요한 입지를 차지했으며 신을 대체했다. 노의 발전 과정에서 한 가지 특징은 신의 역할을 인간이 물려받아 연기한다는 것이다.

비극의 구조에는 일정한 리듬이 있다. 처음에 주연 배우의 상대역인 와키(脇)가 등장한다. 그는 승려이거나 왕의 고문이다. 그는 노래를 하며 몇 발자국을 걷는다. 그가 여행 중이라는 사실을 나타내는 몸짓이다. 어떤 지점에 도달하면 멈춰 서서 여행의 목적지인 절에 도착했다고 고한다. 그때 승려나 농부나 어부로 분장한 주인공이 등장하여 절의 모습과 신성한 전통을 말한다. 그러다가 갑자기 뜬금없이 사라진다. 그는 신이었나? 아니면 귀신 또는 전사였나?

와키는 초자연적인 존재의 출현으로 놀란 채 서 있다. 이때 사투리를 쓰는 농부들이 절에서 떠받드는 신과 영웅에 관한 이야기를 들려준다. 그들이 퇴장하고 와키가 다시 혼자 남아 노래를 부르기 시작한다. 노래를 끝내자마자 통로 뒤쪽에 쳐져 있던 막이 올라가며 주인공이 천천히 엄숙하게 다시 등장한다. 이번에는 실제 자신의 모습인 신이나 악마나 귀신으로 나타난다. 그는 가면을 썼으며 춤을 추기 시작한다. 그는 춤을 추면서 대사와 몸짓을 통해 자신의 혼과, 복잡하고 비참하며 영웅적인 과거사를 드러내어 보여 준다.

노에서 모든 동작은 단순하고 느리며 종교적인 장엄함으로 가득 차 있다. 그것들은 우울한 기분을 안겨 준다. 그리하여 비극 다음에는 언제나 희극을 상연하여 관람객의 마음을 돋우어 준다. 교겐이 무거운 마음을 다시 명랑하게 해주는 것이다. 이렇게 하여 원기가 회복된 덕에 두 번째로 상연되는 비극을 관람할 수 있다. 고대 그리스에서처럼 적어도 세 편의 비극이 상연되고, 전체 상연 시간은 하루 온종일 걸릴 수도 있다. 기독교인들이 그리스도의 수난절을 기념하는 예배를 밤새 드리듯이, 또한 고대 그리스인들이 디오니소스의 수난극에 참여하듯이, 불교도들도 부처의 수난에 같은 식으로 동참한다. 왜냐하면 부처, 그리스도, 디오니소스가 모두 다 영원히 수난을 당하는 인간으로서 하나이기 때문이다.

교토

 나라에서의 일은 끝났다. 지금 나는 여관의 방석 위에 앉아 있다. 가방은 이미 싸놓았다. 곧 귀족적이고 오래된 수도 교토로 떠난다. 이 작은 도시에서 내가 본 것과 즐긴 것을 모두 되새겨 본다. 정신이 풍요로워졌다. 마음이 순결해지고 고양되었다. 그것은 뛰어나게 아름다운 작품들을 보았기 때문이다. 또한 신성한 공원에 가서 앉아 보았기 때문이다. 그곳에서 고대 그리스의 열정적인 디오니소스의 누이가 솜털같이 부드러운 사슴의 눈을 가지고 태어났다. 바로 현란하고 신적인 속성이 가득한 일본의 비극이 탄생한 장소였다.

 오늘 밤에 도착할 교토, 과거 한때 천황이 거주하며 왕도(王都) 노릇을 했던 그 도시에는 과연 무엇이 나를 기다리고 있을지 무척 궁금하다. 여행은 넋을 빼앗기는 사냥과 같다. 어떤 새가 날아올지 전혀 모른 채 나아간다. 여행은 포도주와 같다. 무슨 환상이 마음에 찾아올지 모르고 마신다. 확실히 여행하는 중에 자기 안에 있던 모든 것을 발견한다. 원하지 않았어도 눈에 흘러넘치는 수많은 인상들 중에서 마음속의 욕구와 호기심에 더 잘 부응하는 것들을 선택한다. 사실상 별 의미가 없는 〈객관적〉인 진리가 존재하는 곳은 두 군데뿐이다. 하나는 사진기이다. 또 하나는 세계를 냉정하게 정감 없이, 그러니까 사물과 깊은 접촉 없이 보는 인간의 마음이다. 고통 속에서도 사랑하는 자는 자신이 보는 풍경, 어울리는 사람들, 마주친 사건들 등과 신비한 교감 속에서 대화한다. 그러므로 완벽한 여행가는 자신이 여행하는 나라를 나름대로 창조하는 법이다.

일본의 민요가 그 사실을 나보다 더 잘 표현하고 있다.

> 매화나무 작은 가지에서
> 매화나무 작은 가지에서
> 두견새가 꿈을 꾸었다네
> 밤에 눈이 오는 꿈을.
> 산과 들에는 정말로
> 하염없이 내리는 눈뿐이네.
> 다른 날 또 꿈을 꾸었다네
> 앉아 있는 매화나무 가지에 꽃이 핀 꿈을.
> 산과 들에는 정말로
> 꽃이 핀 매화나무밖에 없네.
> 꽃이 핀 매화나무밖에 없네.
> 꽃이 하염없이 떨어지네
> 매화나무의 꽃들이 땅에 떨어지네…….

왕좌에 앉은 듯 인력거에 앉아서 땀에 젖은 인력거꾼의 등을 쳐다본다. 그가 끌고 가는 작은 수레가 리드미컬하게 좌우로 움직인다. 인력거꾼이 그토록 힘들어하는 것을 보니 부끄러워진다. 나와 가방, 책, 과일 바구니 등 많은 짐을 끌고 가자니 여간 무겁지 않을 것이다. 넓은 발바닥이 젖은 길 위를 철벅거리며 부드럽게 내딛는 소리를 듣는다. 이들 막일꾼들은 대부분 결핵으로 일찍 죽는다.

우리의 임무가 무엇일까? 나는 땀이 흐르는 그의 등에서 눈을 떼지 않고 생각한다. 단 한 가지가 있다. 인류에게 더 좋은 것을 제공하지 못하는 자들에게만 막일꾼의 일을 담당하도록 최선의 노력을 기울이는 것. 비록 잠정적이라 할지라도 지금의 부당하고 비인간적인 위계질서를 대체할 올바르고 공평한 새 위계질서를 도입하는 것. 현재는 당연히 인력거꾼이 되어야 할 자들이 오히려 인력거를 타고 지시를 내린다.

정의는 모두가 주인들, 혹은 모두가 하인들이 되어야 한다는 것을 뜻하지 않는다. 정의란 천성이 하인인 자는 하인의 의무를 수행하고, 천성이 주인인 자는 주인의 의무를 이행해야 한다는 것을 뜻한다. 나는 인간이 불평등함을 확고히 믿는다. 만약 오늘날 한 정직한 사람이 현재의 세계 체제를 미워한다면 그 까닭은 주인과 하인의 구분 때문이 아니다. 그것은 오늘날의 주인들 중 주인 본연의 오래된 고상한 덕성을 잃고 스스로의 노예가 된 자들이 있기 때문이다.

역으로 가니 벚꽃 놀이를 하기 위해 오는 많은 순례자들과 다시 만난다. 봄마다 일본인들이 이런 시적인 흥취에 사로잡힌다는 것은 현재의 산업화 시대에서는 도저히 믿을 수 없는 일이다. 그들은 꽃이 핀 벚나무 앞에 서서 한참 동안 꼼짝도 않고 묵묵히 바라본다. 아무도 손을 뻗어 가지를 꺾거나 향기를 맡으려고 하지 않는다. 한번은 나라의 공원에서 꽃향기를 맡기 위해 까치발을 하고 선 적이 있다. 옆에 앉아 있던 두 일본인이 놀라 나를 쳐다보았다. 마치 꽃을 먹는 사람을 보기라도 한 듯한 표정이었다.

일본인들이 꽃을 좋아하는 이유는 향기 때문이 아니다. 완벽한 형태, 미묘한 색깔, 화병에 꽂혔을 때나 나뭇가지에 달려 있을 때의 건축학적 구조를 즐긴다. 그런 까닭에 〈꽃에 생기를 불어넣어 주는 예술〉이란 문자상의 뜻을 가진 〈이케바나(生花)〉¹를 위대한 예술로 승화시켰다. 교양이 있다는 소리를 듣고 싶은 일본인은 꽃꽂이에 관한 여러 가지 사항을 알아 두어야 한다. 꽃을 배열하는 법, 봄과 가을, 낮과 밤에 따라 방 안의 각기 다른 장소에 꽃을 놓는 법, 기쁨이나 고독감 혹은 명상과 가슴 저리는 향수 등의 특정한 감정을 나타내기 위한 꽃의 배열 방법 등……

　이것은 불교의 가르침이 끼친 깊은 영향에 기인한다. 삼라만상이 서로 형제 같은 사랑의 관계에 있으며, 외관상으로는 아름다운 색채를 띠고 있으나 본질적으로 무상하고 불쌍한 존재일 뿐이라는 것이 불교의 입장이다. 일본의 전설에 따르면, 꽃꽂이라는 감미로운 예술을 일본에 전수한 사람은 불교의 성인이었다고 한다. 어느 날 아침 이 성인은 태풍에 떨어진 꽃들이 절 앞마당에 쌓여 있는 것을 보았다. 그는 안타까운 생각에 고개를 숙여서 꽃송이들을 주워 팔에 안았다. 무릎을 꿇은 채 그는 한참 동안 꽃을 구리 화병에 배열했다. 그런 다음 꽃병을 부처의 발 앞에 놓았다. 부처는 흡족하여 입술을 움직이며 미소를 지었다.

　나는 온갖 색깔의 수많은 등불이 켜진 교토의 좁은 밤거리를 잊지 못할 것이다. 향긋한 대기 속에 휘파람 소리와 웃음소리가 났으며, 때때로 절에서 징 소리가 감미롭고 그윽하게 들려왔다. 갈대 울타리 안에서 여인의 슬픈 노래와 함께 샤미센의 딱딱하고 초조한 화음 소리가 들렸다.

1 꽃꽂이.

눈이 오는 밤
모두들 차를 마시는 밤
나를 사랑하신다면 제발 오세요…….

사포풍의 영원한 욕정을 나타내는 노래도 들려왔다.

길고 긴 밤,
금빛 꿩의 꼬리처럼 긴 밤,
독수공방 신세라니…….

나도 모르게 길을 잘못 들어 게이샤들이 사는 골목으로 들어갔다. 그곳에서 웃고 있는 늙은 여자들을 보았다. 그들은 나이 든 베테랑들로, 현역에서 떠나 이제는 문지기로서 일하며 남자 손님들을 맞아 신발을 벗겨 주거나 안쪽의 작은 문을 열어 주는 등 잔일들을 도왔다. 나는 열린 대문 앞에서 잠시 멈춰 섰다. 고개를 굽혀 작은 안마당을 들여다보았다. 화분에 심어져 있는 꽃들, 향기로운 나무 냄새, 폭넓은 세 개의 나무 계단 아래에 걸린 두 개의 큰 종이 등불……. 계단들 위에는 온갖 종류의 신발들이 가지런히 놓여 있었다. 게다와 슬리퍼들은 흩어져 있었다. 금빛 꿩의 꼬리같이 긴 밤에 이 게이샤들은 다행히 혼자 자지는 않을 것 같았다.

자정이 훨씬 지나서까지 나는 돌아다녔다. 눈을 감기가 여간 아쉽지 않았다. 이 모든 봄의 신기루가 도시의 야간 공연처럼 보였다. 도시의 대기에는 인간을 미혹시키는 신인 마라가 잠시 떠돌아다녔다. 그는 입김을 불 것이다. 그리고 모든 것은 사라질 것이다. 등, 절, 인간, 나막신…… 나는 신기루가 만든 건축물을 보기 위해 길을 헤맨다. 신기루가 아직 남아 있는 동안 보아야 하기 때문이다. 그곳은 헤이안쿄(平安京)로 〈평화의 수도〉이다. 794년 나라의 천황이 권력을 쥔 탐욕스러운 승려들을 피하여 이곳으로 왔었다. 결국 허사였다. 교토에 새로 건설된 궁전의 신하들도 번드레하고 음탕하기는 마찬가지였다. 중국식 복장, 후안무치한 낭비, 경건한 척하기, 방탕함 등 악의 꽃들은 전처럼 난무했다. 한 정직한 신하가 천황에게 올린 글에는 이렇게 적혀 있다. 〈승려들은 비인간적입니다. 그들은 종교에 관심이 없습니다. 첩을 두고 돈을 위조합니다. 훔치고 빼앗고 고기를 먹으며 계율을 모두 어깁니다.〉 귀족들은 한가롭게 시간을 보냈다. 시를 짓고 수수께끼와 퍼즐을 만들었으며 꽃꽂이를 했다. 그리고 벚꽃 놀이, 보름 놀이, 물놀이 등 놀기에 바빴다……. 겨울에는 나무를 꽃으로 덮었고, 여름에는 눈으로 덮었다. 개와 고양이를 무척 좋아하여 그것들에게 관직과 하인들을 주었다. 왕이 총애하는 고양이가 새끼를 낳으면 신하들은 비단 리본이나 금 쟁반에 담은 생쥐 등을 그 고양이에게 선물로 바쳤다.

밤에 이 도시의 거리들을 지나가면서 나는 어둠 속에서 연인을 보듯 거리들을 보았다. 모든 도시는 남성이 아니면 여성의 특성을 띠고 있다. 교토는 완전히 여성이다. 내가 이 도시에 관하여 중요하게 평가하는 것들은 사랑을 얻기 위한 모험담들, 스캔들, 낭비와 사치 등이다. 이들 모두가 신성하고 필요하다는 생각이 든다. 이 도시는 여자로서의 임무를 수행했다. 이 도시는 팜므 파탈의 방식으로 사람들의 발전을 도왔다. 그 방식들을 열거하면 사랑하기, 낭비하기, 사치의 정도를 최고로 높여서 궁극적으로 사치가 성스러운 것이 되게 하기 등이다.

이 도시의 거리를 이리저리 다니면서 나는 이 오래되고 죄 많은 도시의 본질과 사명을 깨닫게 된 것이 기쁘다. 이 도시는 일본의 정신을 최종적으로 창조하는 데 필수적인 세포를 제공했다. 내일 아침 나와 이 도시가 함께 잠에서 깨면 햇빛은 이 도시의 벗은 모습을 나에게 보여 줄 것이다. 그러면 나는 이 도시가 지은 죄를 모두 용서하고 사랑해야만 하는 이유를 알게 될 것이다. 사랑을 너무 많이 한 죄를 진 여자는 용서받아 마땅하기 때문이다.

사치 과다 또는 무절제 등으로 불리는 낭비에 복이 있기를! 문명은 사치를 필요하다고 느끼는 것, 그리고 단지 음식과 술과 잠과 여자만 있으면 충분한 동물의 상태를 벗어나는 것.〈날개 없는 두 발 동물〉이 밥을 바라듯 사치를 갈망하는 순간, 비로소 인간이 되기 시작한다. 세상의 좋은 것들, 일반 대중이 갖지 못한 것들이 사치이다. 그림, 조각된 꽃, 노래, 대중이 이해할 수 없는 관념. 사치는 뛰어난 인간에게 있어서는 가장 필요한 것이다. 마음의 외연을 한껏 넓히는 것, 바로 그것이 진정한 마음이다.

나는 천 년 동안 수도였던 이 도시의 화려한 궁궐들을 끊임없이 쏘다닌다. 나는 〈파랗고 시원한 방〉에서 멈춘다. 계단이 매우 기술적으로 놓여 있어서 멀리 떨어진 비와코 호수에서 바람이 불면 이 방이 시원해진다. 나는 그림들을 즐긴다. 새, 꽃, 강, 갈대 등이 그려져 있다. 조각상과 비문들과 황가의 휘장들을 쳐다본다. 휘장들은 세 가지 신성한 색인 붉은색, 흰색, 검은색이다. 벽에는 공자의 지혜로운 말이 적혀 있다. 〈왕은 바람과 같다. 백성은 풀과 같다. 바람이 지나가면 풀은 고개를 숙이는 법이다.〉[2] 바람은 지나갔으며 풀은 시들어 버렸다. 남은 것은 공자의 말뿐이다.

거미조차 살지 않는 황량한 궁궐들을 둘러보았다. 왕들은 죽었

---

[2] 『논어』 제12권 「안연편(顔淵篇)」 19장을 본뜻과 약간 다르게 인용한 것이다. 원래대로 인용하면 〈군자의 덕은 바람이다. 소인의 덕은 풀이다. 바람이 풀 위에 불면 풀은 반드시 쓰러진다〉이다.

다. 다만 신성한 황가의 문장인, 열여섯 장의 꽃잎이 달린 국화가 상아와 금과 나무에 조각된 형태로, 혹은 병풍과 부채에 그려진 형태로 남았다. 정원을 지나간다. 중국이나 일본의 정원보다 더 아름다운 모습은 세상에 없다고 생각한다. 그것은 인간이 도달한 지혜와 감수성의 최고봉이다.

「세상에서 가장 아름다운 정원을 만들어 주기 바라네.」 위대한 히데요시가 유명한 예술가 고보리 엔수에게 지시했다.

「그렇게 하겠습니다. 그러나 세 가지 조건이 있습니다. 비용을 아끼지 마십시오. 저를 재촉해서는 안 됩니다. 제가 알아서 끝낼 것입니다. 마지막으로 완성되기 전에는 보러 오지 마십시오. 당신이 변경하기를 바랄지도 모르고, 그럴 경우 원래의 계획을 그르치게 될 것이기 때문입니다.」

히데요시는 그 조건들을 수락했다. 그리하여 가쓰라 강과 니시야마 언덕 사이의 이곳에 아름다운 정원이 조성되었다. 바위, 하천, 다리, 나무, 관목 등 모든 것들이 매우 지혜롭게 자리 잡아서 형언할 수 없을 정도로 평온함이 느껴진다. 마치 신실한 신자가 되어 신전에 들어간 듯하다. 또한 자신이 부처가 되어 열반 혹은 무(無)로 들어선 것 같다. 이 정원에 일단 들어서면 삶의 환희나 죽음의 공포를 더 이상 인정하지 않는다. 열자(列子)처럼 인간의 해골을 집어 들고 말할 수 있게 된다. 〈나와 이 해골만이 삶도 죽음도 없다는 것을 진실로 안다.〉[3] 이런 환희는 오직 죽음으로부터, 그 위대한 정원사로부터 얻을 수 있을 뿐이다.

나는 박물관을 어슬렁거리며 일본의 회화들을 구경한다. 만족할 줄 모르고 각 선의 단순성, 힘, 형언할 수 없는 생략의 아름다

---

3 『열자』 제1권 「천서편(天瑞篇)」에 나오는 사생관을 인용한 것이다.

움에 감탄한다. 이것이 바로 진짜 예술이다. 공허한 수식이나 화려한 색이 없이 벌거벗은 모습. 나는 그것들을 뚫어져라 바라보며 스스로에게 다짐한다. 가노 단유가 그린 이 갈대들을 절대로 잊지 말자. 정교함, 얼마 쓰지 않은 은회색 물감, 검고 다소 단단해 보이는 선, 그리고 보이지 않는 수면 위에서 영원히 고개를 숙인 갈대……

다니 분초의 이 불을 결코 잊지 말자. 우리는 불을 듣고 화염을 보며 화상을 입는다. 이해가 안 간다. 갑자기 우리는 이 불을 보고 그 본질을 즉각적으로 깊이 느낀다. 무서워진다.

더 안쪽으로 들어가 본다. 벽에 걸린 초상화 한 점. 주황색 옷을 걸친 수도자가 앉아서 공(空)을 본다. 더 들어간다. 이번에는 승려 다섯이 붉은 옷을 입고 절의 난간에 한 줄로 앉아서 조용히, 그러면서도 단호하게 허공을 보며 웃고 있다. 자비의 여신인 목조 관음상이 수많은 손들을 지닌 채 구석에 서 있다. 모든 손은 각기 다른 동작을 취하고 있다. 밀고, 붙잡고, 쓰다듬고, 무엇인가를 가리키고, 애걸하고……. 그러나 중심이 되는 두 손은 굳게 합쳐져 기도를 드린다……. 정원, 신비한 서체, 다도회, 꽃꽂이. 이것들은 기쁨의 부드러운 샘이며, 백인들의 가슴에서는 솟아 나올 수 없다. 황인종은 우리보다 훨씬 더 섬세한 동시에 불가사의하게도 훨씬 더 야만적인 기질을 겸비하고 있다. 그들의 전통과 역사는 때때로 환상적인 감수성과 혹독한 잔인성으로 가득 차 있다.

오늘 내가 돌아본 불교 사찰 혼노 사에서 일본의 가장 위대한 전사이자 정치가이며 난봉꾼인 오다 노부나가가 1582년에 죽었다. 그는 높은 지혜를 지녔으며 술과 전쟁에서도, 쾌락을 즐기는 데에서도 견줄 바 없었던 위대한 인물이었다. 그는 인간들도 신들도 두려워하지 않았다. 거칠고 조용한 성격의 그는 신정 체제를 타파하고 나라의 평화와 질서를 회복하며, 인간을 신들로부터 구하고 싶었다. 그는 군대를 이끌고 교토 맞은편에 있는 가장 부유하고 신성한 사찰인 리에이잔으로 쳐들어갔다. 절이 위치한 곳은 아름다운 도시로, 막강한 권력을 지닌 종교적 중심지였다.「가서 태워라!」노부나가는 소리쳤다. 병사들은 벌벌 떨며 감히 나서지 못했다.「태워라, 이 땅을 정화해야 한다.」무서운 지도자는 재차 소리쳤다. 절은 재로 변했고, 수천 명의 승려와 여자들과 어린이들이 살육되었다.

어느 날 노부나가는 연회에서 친구인 아케치 미쓰히데의 머리를 잡고 철제 부채로 이마를 두들기며 조롱했다. 미쓰히데는 웃으면서 수모를 겪었다. 그 후 어느 날 밤 그는 동지들과 함께 노부나가가 사는 혼노 사로 갔다. 무서운 독재자가 창가로 나오자 수십 발의 화살이 날아와 꽂혔다. 노부나가는 기어서 안으로 들어갔다. 죽음이 찾아온 것을 알자 그는 아내와 자식들을 죽이고 할복했다. 그가 평소에 자주 한 말이 있었다.「사람은 태어나 한 번 죽는다. 인생은 짧고 세상은 꿈이다. 영광스럽게 죽자!」

노래를 불렀던 아름다운 목소리는 성대와 함께 사라졌다. 하프와 피리를 연주하던 손가락들은 춤추던 발과 함께 썩어 버렸다. 절에는 마음에 행복을 안겨 주는 그림들과 조각상들만이 아직 남아 있다. 종교적인 황홀감, 낙원 같은 차분한 분위기, 달빛을 향해 머리를 치켜든 수도자들, 안개처럼 땅 위를 지나가는 정령들. 더불어 삶에 대한 매우 예리한 관찰, 미세한 부분의 애정 어린 표현, 유머, 환희, 일상생활에 대한 사랑, 눈에 덮인 풍경 속의 금빛 수탉 등에서 보이는 아름다운 색깔들. 번쩍이는 갑옷과 안테나 같은 두 뿔이 달린 투구를 쓴 사무라이가 푸른 계곡에서 곤충인 양 나타난다……

이 그림들에는 깊은 신비가 담겨 있다. 암시적이고 강한 인상을 주는 가볍고 몽롱한 분위기. 실제와 아무리 비슷하게 보여도 이 그림들은 결코 자연의 복사물이 아니다. 표현하고 있는 대상을 통해 작가는 마음을 투사한다. 화가가 외형을 사랑한다고 생각하기 쉽다. 그러나 화가는 그 형태를 낳은 신비한 힘을 더 사랑한다. 화가는 보이지 않는 것을 자신이 부릴 수 있는 수단만으로 그린다. 보이는 것을 충실하게 표현하는 것이 화가의 유일한 수단이다. 〈사물의 리듬을 통하여 정신적인 생명을 표현하라!〉고 중국의 어느 성인이 말했다.

서양인이 추구하는 큰 기쁨은 스스로에게 임무를 부여하거나 자연의 힘을 복종시키는 것과 더불어 주위의 세계와 맞서는 것이다. 동양인들은 자신의 세계에 잠겨 개인의 리듬을 세계의 리듬과 조화시키는 것에서 지고의 즐거움을 찾는다. 오늘 나는 일본의 그림들을 보면서 두 인종 간의 깊은 내적 대조를 즐긴다. 일본 그림의 중심 주제는 그림 속에 그려져 있는 인간이 결코 아니다. 그것은 인간을 둘러싼 허공, 풍경, 인간의 영혼이 나무와 물과 구름과 접촉하여 얻는 교감이다. 형제애, 세계와 자신의 동일시, 더 멋지게 표현하자면 인간이 자신의 본향(本鄕)으로 회귀하는 것이다.

일본의 정원

2세기 전 일본에 한 위대한 무용가가 살았다. 한번은 그가 사찰 내에 있는 누각의 계단을 걸어 올라갔다. 이 누각에서 바라보는 경치는 여간 멋지지 않아 소문이 나 있었다. 그곳에서는 대단히 아름다운 정원도 볼 수 있었다. 계단의 맨 위에 올라섰을 때 무엇인가 편안하지 않은 느낌이 그의 얼굴에 나타났다. 그는 자신을 따라온 제자들에게 말했다.

「이상하구나. 여기에 하나가 빠졌어. 계단이 한 칸 더 있어야 하는데. 누가 가서 주지 스님을 모셔 오너라.」

주지가 왔다. 무용가는 스님에게 계단이 한 칸 없어지지 않았느냐고 물었다. 「30년 동안 이곳에서 주지 노릇을 했습니다. 처음 이 절에 왔을 때도 똑같은 계단이었습니다. 변한 것은 없습니다.」

「분명 계단 하나가 모자랍니다! 계단의 기단 부위를 파보십시오. 부탁입니다.」 무용가도 의견을 굽히지 않았다.

주지는 사람들을 시켜 계단 밑을 파게 했다. 정말로 계단 하나가 그곳에 묻혀 있었다. 세월이 흐르면서 땅속으로 묻혔던 것이다.

「나는 확신했습니다. 맨 꼭대기 계단을 오르자 완벽한 조화에 필요한 무엇인가가 빠져 있다는 느낌이 들었습니다. 계단의 높이와 정원의 경치 사이에 완벽한 조화를 이루기 위해서는 계단 하나가 더 필요했습니다.」

나는 교토의 중심지에 위치한 혼간 사의 작은 정원에 서 있다. 그 무용가의 예민한 감각이 내 마음을 괴롭히고 슬프게 한다. 그의 감각만큼 감수성을 기를 수만 있다면! 작은 정원을 바라본다. 거칠게 생긴 두 개의 바위가 아무렇게나 던져 놓은 것처럼 자리하고 있다. 물이 흐르는 두 개의 작은 도랑, 낮은 반원형 돌다리 둘, 몇 그루의 말라 버린 관목 등이 끝없는 사막 같은 인상을 준다.

「위대한 정원사 아사기리 시마노스케가 3백 년 전에 조성한 것입니다. 이 정원의 의미를 이해하십니까?」 몸집이 좋고 머리를 밀어 버린 정원지기 승려가 정원을 가리킨다.

「이해합니다. 피부가 두꺼운 서양인이라 둔하기는 합니다만.」

그 승려는 흡족해하며 웃었다. 그는 이야기를 시작했고, 나는 홀린 듯 그의 말을 들었다.

「예전의 정원사들은 우리가 작곡하는 것처럼 정원을 만들었습니다. 난해하면서도 복잡하고, 그러면서도 위대한 예술 작품을 창조한 것이지요. 초기의 위대한 정원사들은 승려들이었고, 중국으로부터 기술을 들여왔습니다. 그 후에 다도의 위대한 스승들이 이 기술을 전수받았습니다. 다음에는 시인과 화가들이 일을 맡았습니다. 그리고 마침내는 전문 정원사들이 태어났습니다.

모든 정원들은 각각 뜻을 지니고 추상적인 관념을 나타내야 합니다. 예를 들면 평안, 순수, 야성, 긍지, 영웅적 장엄함 등입니다. 이 관념은 주인의 혼뿐만 아니라 가문 또는 종족의 혼과도 상응해야 합니다. 개인의 가치란 도대체 무엇입니까? 그것은 순간적인 것입니다. 그에 반해 정원은 여느 예술품같이 영원성을 구비해야 합니다.

어떤 승려가 작은 정원에 신의 전능함을 새겼습니다. 어떻게 했겠습니까? 심원한 감수성을 발휘하여 바위들을 여기저기 불규칙적으로 기울게 놓았습니다. 그는 불교적 전통으로부터 이 생각을 따왔습니다. 승려 다이치가 언젠가 언덕에 올라가서 설법을 시작했습니다. 전설에 따르면 돌들이 점차 이끼로 인해 황색으로 덮이고 예불이라도 하는 듯 머리를 숙였답니다.

유명한 정원 중에는 나무 한 그루나 꽃 한 송이 없이 오직 돌만으로 조성된 것들도 있습니다. 돌과 말라 버린 시내, 물 한 방울 없이 모래만 있는 폭포 등으로 만들어졌습니다. 이들 돌의 정원들은 장엄함, 야성, 범접할 수 없는 신성 등을 표출합니다. 그리하여 승려는 광야로 물러나는 대신 도시의 한가운데로 와서 명상이나 구원을 위해 영혼에 필요한 사막을 만납니다.

또한 나무와 물과 상록수로 꾸며진 정원들도 있습니다. 이것은 수도자들을 위한 것이 아니라, 감미로운 삶을 즐기는 속세의 대중들을 위한 것입니다. 그런데 일본의 정원들 가운데 가장 유명한 것은 〈자니와(茶庭)〉라고 부르는 차의 정원들입니다. 이 정원은 다회(茶會)가 열리는 작은 방과 통합니다. 그 정원을 통해 투사하고자 하는 감정은 고립감, 명상, 시끄러운 속세로부터의 해방 등입니다. 이 작고 신성한 정원에 들어가면 가을날의 황혼 녘에 속세를 멀리 떠나 황량한 바닷가에 온 듯이 느껴집니다. 고독감을 투사하기 위해 정원에서 이끼를 길러 나무 둥치와 바위에 입힙니다.

우리나라의 가장 위대한 다인(茶人)은 16세기의 리큐입니다. 리큐는 또한 위대한 정원사이기도 했습니다. 리큐가 아직 도제 수업을 받고 있었을 때, 스승이 다회를 열 수 있도록 정원을 깨끗하게 쓸라고 지시했습니다. 리큐는 주의를 기울여 정원을 쓸었고, 마른 낙엽이나 쓰레기 하나 남겨 놓지 않았습니다. 청소를 끝내고 깨끗한 정원에 감탄을 하던 그는 갑자기 무엇인가가 빠져 있다고 생각했습니다. 그는 나무 한 그루를 잡고 흔들어 갈잎을 떨어뜨렸습니다. 그런 뒤 자리를 떴습니다. 스승이 와서 마당을 덮은 나뭇잎들을 보고 깨달았습니다. 깊이 감동한 스승은 제자의 머리 위에 손을 얹고 말했습니다. 「너에게 나는 더 이상 필요 없다. 네가 나보다 더 낫다.」

승려는 이야기를 중단하더니 서둘러 돌이 한 개 놓인 곳으로 갔다. 그날 수많은 신도들이 다녀가는 바람에 원래의 위치에서 조금 벗어나 있던 돌이었다. 「보입니까? 이런 식으로 놓으니까 얼마나 어울리지 않아 보입니까? 이것이 앞에 있는 다른 두 개의 돌을 가리고 있어서 시야를 좁게 만들고 있습니다.」

「그렇군요……」 나는 중얼거렸다. 이리도 심오한 것을 전에는 알지 못했다는 수치감에 마음이 울적해졌다.

극동의 정원사의 기술은 놀랍다. 그것은 경이로운 사랑이며 인내이다. 그저께 절의 마당에 서 있는 소나무 한 그루를 보았다. 줄기가 꼿꼿하게 곧았지만 가지들은 모두 줄기의 한쪽 방향으로만 휘어져 있었다. 잎들은 촘촘하고 곱슬곱슬하며 공작의 푸른 꼬리처럼 보였다.

「이 소나무는 어떻게 이런 모양이 되었습니까?」 나는 감탄을 하며 물었다.

「인내와 사랑으로 그렇게 만들었습니다. 매일 아침, 가지들이 아직 부드럽고 연할 때 우리가 가지와 잎들을 원하는 모습을 갖게끔 쓰다듬고 눌러 휘게 한 겁니다.」 한 승려가 대답했다.

오늘 정원에 관한 이야기를 들으면서 나는, 정원 조성에는 또 다른 멋진 예술이 있구나, 하고 생각했다. 그것은 핵심의 확장 혹은 외연이다. 다시 말해 작은 마음을 광대한 정원으로 만들고, 거기에 마음과 가장 어울리는 의미를 부여하는 것이다. 기쁨, 고독, 엄격함, 감각성, 평온함 등 어떤 마음이라도 상관없다.

이와 같은 나의 생각을 말하니까 그 승려는 고개를 흔들었다.

「선생의 말씀이 훨씬 더 어렵습니다. 맨 바깥의 정원부터 시작해 보죠. 둘레의 정원들이 먼저이고 다음이 마음입니다. 마지막으로 가장 어려우면서 가장 신비스러운 것, 나무도 돌도 사상도 없는 지극히 훌륭한 정원입니다.」

「공기만 있는 겁니까?」

「공기조차도 없습니다.」

「그런 정원을 무엇이라고 합니까?」

「부처.」

일본의 다도

 만일 나의 마음을 정원 모양으로 만들 수 있다면 나는 교토에 있는 료안 사에 있는 돌의 정원이 되고 싶다. 그 정원에는 단 한 그루의 나무도, 꽃 한 송이도 없다. 나무와 꽃은 높은 울타리 밖에 있다. 정원 전체가 모래가 많은 사막이고, 그 위에 열 개쯤 되는 작고 큰 돌들이 흩어져 있다. 이 정원을 설계한 이는 16세기의 소아미이다. 그는 새끼를 입에 물고 도망치는 호랑이로 이 정원을 표현했다. 실제로 이곳에 바위들이 늘어선 모습은 공포에 사로잡힌 듯 놀라서 달려가는 모습이다. 그래서 방문객의 마음속에는 호랑이라는 관념이 각인된다. 하지만 만약 내 마음이 료안 사라면 나는 그곳에 호랑이 대신 깊은 신심(信心)을 들여놓겠다.
 이런 생각을 하며 호텔의 작은 정원으로 내려갔다. 마침 정원사가 작은 매화나무의 가지들을 쓰다듬으며 휘어 매화나무가 축 처진 버드나무같이 인상적이고 멋진 형태를 갖도록 손질하는 중이었다. 나는 한동안 그곳에 서서 늙은 정원사의 가늘고 솜씨 좋은 손가락들이 그토록 사랑스럽게 자연을 길들이는 것을 보고 경탄했다. 자신의 일상적 임무를 수행하는 겸허한 장소에서 이 노인은 위대한 수도자들이 따랐던 것과 똑같은 규범을 따르고 있었다. 수도자도 이 노인도 자연의 힘을 자신들의 마음속에서 수립한 계획에 복종시킴으로써 힘겨운 승리를 이룩한 것이다.

초대받은 다회에 가려고 나섰을 때 해는 이미 중천에 떠 있었다. 가는 도중에 다도의 긴 전설 같은 역사가 떠올랐다. 아주 오래전부터 중국인들은 차를 약으로 사용했다. 중국인들은 차에 신기한 성분이 들어 있다고 생각했다. 예를 들면 신경을 안정시키고, 시력을 강화시키며, 마음을 진정시키고, 의지를 확고하게 해주는 효과 말이다. 깨어 있는 시간이 긴 수도승들은 지쳐서 실신하지 않기 위해 차를 마셨다. 차는 수행하는 데 도움을 주었다. 그래서 그들은 점차 차를 신성한 약초로 간주하기에 이르렀고, 엄격한 종교적 의례에 따라 마시게 되었다.

어느 날 차가 불교와 함께 중국으로부터 일본에 도착했다. 사람들은 차를 상류 계급의 사람들이 마시는 신성한 음료라고 생각했다. 몇몇 친구들이 모여 묵묵히 꽃이나 아름다운 그림을 보면서 조금씩 차를 마셨다. 심신이 가라앉는 듯한 기분을 느꼈다. 어렵고 힘든 인생의 한때에 차는 큰 위안거리였다. 외딴 정원의 뒤에 있는 작은 방에서 많아 봐야 다섯 명쯤 되는 친구들이 모여 앉아 신비스러운(당시까지도 그러했다) 차를 마시면서 신과 예술에 대하여 이야기하며 전쟁을 잠시 잊을 수 있었다. 이런 식으로 다도를 낳은 최초의 신성한 정취가 만들어졌다. 그 뒤로 위대한 스승들이 나타나 다도의 규칙을 세웠다. 예를 들면 차를 마시는 방이 겨울과 여름, 아침과 저녁에는 어때야 하는지, 다실이 있는 정원은 어떻게 꾸며야 하는지, 손님과 주인은 어떻게 행동해야 하는지, 차는 어떻게 끓이고 어떻게 마셔야 하는지, 어떤 대화를 나누어야 하는지, 신성한 교제에 영향을 주어서는 안 될 화제가 무엇인지······.

이런 오래된 예술의 역사가 기분 좋게 머리에 떠올랐다. 나는 니시진의 노동자들 구역을 통과하여 유명한 다회가 열리는 집의 대문 안으로 들어섰다. 다실을 일컫는 스키야까지 6미터가 못 되는 통로가 정원에 나 있었다. 그 정원은 예술품들로 이루어져 있었다. 돌, 키가 작은 나무, 석등 등이 매우 인상적으로 놓여 있어서 들어서자마자 지극한 고독감이 마음속에서 일렁이는 것을 느꼈다.

 통로의 끝에는 맑디맑은 물이 작은 샘에서 나와 흘러갔다. 손님들은 법식대로 몸을 굽혀 손과 입을 닦았다. 신발을 벗고 맨발로 세 개의 계단을 올라가서 노란 다다미가 깔린 단순하고 신성한 방으로 들어갔다. 휑하니 가구 하나 없는 방이었다. 단지 벚꽃이 든 화병 하나가 작고 낮은 상 위에 있었고, 구석에 있는 화로 위에서 찻주전자가 끓고 있었다. 가끔 작은 쇳조각을 주전자에 넣어서 물이 끓을 때 소리를 내게 만든다고 한다. 손님들은 그 소리를 들으며 아름다운 풍경들을 되살린다. 〈까마득하게 높이 걸린 폭포, 바위를 때리는 멀리 떨어진 바다, 갈대 위에 내리는 비, 바람에 바스락거리는 소나무……〉

 벽에 걸린 비단 족자에는 다도의 위대한 스승인 리큐의 그림이 실려 있다. 「그대가 지닌 다도의 비밀을 말해 주게.」 리큐에게 한 통치자가 요청했다.

 「겨울에는 방을 따뜻하게 준비하고, 여름에는 시원하게 마련합니다. 차의 맛을 잘 내기 위해 물을 적당히 끓입니다.」

 「그것은 누구나 알고 있지 않은가?」 통치자가 경멸하는 어조로 말했다.

 「이 원칙들을 알 뿐만 아니라 적용할 줄도 아는 사람이 있다면 나는 그의 발밑에 앉아 스승으로 삼을 겁니다.」

그 위대한 스승을 보며 그의 말들을 생각하고 있을 때, 문이 소리 없이 열리더니 검은색 고급 기모노를 입은 게이샤가 들어와 바닥에 이마가 닿도록 절을 했다. 뒤를 이어 그보다 젊은 조수가 등에 금색 매듭이 달린 검은색 기모노를 입고 나타나 말없이 고개를 숙였다. 두 사람 모두 자리에 앉았다. 첫 번째 게이샤가 물이 끓고 있는 주전자 앞에서 찻숟가락과 작은 잔들을 비단 헝겊으로 닦기 시작했다. 그 뒤로 약간 떨어져서 조수가 앉았다. 깊은 침묵. 들리는 소리라고는 신이 나서 춤을 추며 끓어오르는 물소리뿐이다.

　다시 문이 조용히 열리며 여덟 살에서 열 살쯤 되는 어린 여자아이들이 종종걸음으로 발을 끌며 들어왔다. 검은 매듭이 달린 화사한 붉은색 기모노를 입었으며, 얼굴은 가면처럼 짙게 화장을 했다. 소녀들은 각자 토기 접시를 하나씩 들고 있었다. 쌀과 꿀로 만든 계란 모양의 과자들이 그 안에 담겨 있었다. 이것을 먹는 사람은 1년 동안 병에 걸리지 않는다고 했다. 손님들 앞에 한 사람씩 서서 바닥에 이마가 닿도록 절을 한 뒤 토기 접시를 내려놓고 방을 나갔다.

　차가 준비되었다. 첫 번째 게이샤가 둥근 자기 잔에 따르면 조수가 각 손님 앞에 놓았다. 우리는 두 손바닥으로 잔을 받쳐 들고 한 모금씩 차를 마시기 시작했다. 진하고 푸른색을 띠었으며 떨떠름한 맛이 났다. 우리는 천천히 차를 마셨고, 주인 격인 나이든 게이샤는 다시 숟가락과 주전자 등 다구들을 천천히 닦기 시작했다. 그녀는 일어나서 깊이 머리를 숙였다. 조수도 그 뒤에서 절을 했다. 느린 걸음으로 두 사람은 문밖으로 사라졌다. 다회는 끝났다.

　나는 정원으로 나왔다. 다도의 침묵과 느린 리듬이 나의 피 속에 들어온 탓일까, 맥박의 리듬이 차분해졌다. 이때 뜻밖에도 과거 어느 날 정오에 미코노스 섬에 도착하여 병풍처럼 둘러싼 언덕 위에 있는 풍차가 햇빛을 받으며 서서히 돌아가는 것을 보았던 기억이 떠올랐다. 어떻게 하여 그 햇빛에 마음이 사로잡히게 되었는지 생각났다. 당시 풍차를 보는 순간, 죽어 가듯 힘없이 움직이는 그 모습이 얼마나 강렬하게 나의 피 속에 풍차의 리듬을 심어 넣었던지! 그때와 똑같은 식으로 지금 내 마음은 사로잡혔다. 나는 통로를 따라 빠르게 걸었다. 펄펄 살아 있는 거리로 나왔다. 인력거꾼들이 인력거를 끌고 달려가는 모습을 보았다. 공장에서 정오를 알리는 소리가 들려왔다. 노동자들이 떠들썩하게 소리를 내며 일을 중단했다. 니시진 구역에는 유명한 대형 비단 공장들이 있다. 악몽에서 도망치려는 듯 나는 급히 걸었다. 우리 시대에 있어서 다도는 마음속에 이는 공포에 둔해지기 위해서 먹는 마약과 같다는 생각이 들었다. 다도 덕분에 우리는 주위에서 인력거꾼들이나 니시진의 창백한 여공들을 하나도 보지 못하게 될 것이다.

가마쿠라

 교토와의 이별은 여간 가슴 아픈 것이 아니었다. 이곳 기차역에도 피 한 방울을 떨어뜨렸다.
 새벽이다. 대지가 웃는다. 작은 꽃들이 올망졸망 핀 복숭아나무들이 오래된 농장 안에서 빛난다. 기차 창에 기대어 고통을 당해 앙상한 일본의 몸뚱이를 본다. 용암으로 만들어진 산들, 사화산들 — 일부는 아직 연기를 뿜는다 — 지진에 땅이 갈라져 생긴 계곡들, 온천들. 일본의 비극적인 역사는 모두 돌들과 끓는 물과 화염으로 쓰여 있다. 대기가 청명하다면 그것은 엄청난 값을 치른 결과이다. 격렬한 대기권 기류들이 때때로 태풍을 일으켜 도시와 마을들을 뿌리째 뽑아 버린다. 그 덕분에 대기는 맑아진다.
 대지와 하늘이 진정되면 일본인들은 일어나 집과 절을 재건한다. 하늘은 개고 땅은 다시 꽃들로 가득한 새 가면을 쓴다. 일본인들은 사나운 꿈자리에서 깨어난 듯 기뻐한다. 악몽이 다시 찾아와 삼켜 버리기 전에 서둘러 즐기기라도 하는 양 일본인들은 신들이 희희낙락하는 모습을 나무와 돌에 새긴다. 또한 깃털을 뽑아 열일곱 자로 된 하이쿠와 서른한 자로 된 단가(短歌) 등 방랑자의 노래들을 쓴다. 더불어 붓을 잡고 안개처럼 쉽게 사라지는 세상의 아름다움을 그럴듯하게 그린다.

> 꽃의 색깔이 바래어 버렸네
> 그것을 감탄하는 순간에 허무하게도 그만,
> 이승을 지나가는 나의 신세!

일본의 위대한 여류 시인 오코노 구마시가 천 년 전에 불렀던 노래이다. 하지만 덧없음이라는 관념이 일본인들의 용감한 정신 속에서 변용된다. 그것은 운명론이나 체념에 빠지지 않고 기쁨과 일에 대한 강렬한 욕구, 그리고 지진이나 태풍이나 죽음이 오기 전에 이루어야 할 창조에 대한 갈망으로 바뀐다.

이런 까닭에 일본인들이 선택한 자신들의 최고의 상징으로는 떠오르는 태양, 국화, 잉어 같은 것이 있다. 태양은 지식, 친절, 용기 등 세 가지 덕성을 상징한다. 국화는 추위를 견디고 눈 속에서 핀다. 잉어는 마주 오는 강한 물살을 이기며 강의 흐름에 반해 상류로 거슬러 올라간다…….

일본인들은 절제할 줄 알고 활기가 있으며 용감한 민족이다. 창밖으로 고개를 내밀어 농부들을 본다. 무릎까지 흙탕물에 빠져서 논에 모를 심기 위한 준비가 한창이다. 일은 고되고 땅은 얼마 되지 않는다. 국토의 12퍼센트만 경작이 가능하며 아이들을 먹여 살리기에는 턱없이 부족한 땅이다. 농촌의 청년들은 시골을 떠나 도시로 몰려가 공장에서 일한다. 오늘날 일본은 중대한 고비를 넘고 있다. 영국도 이와 같은 시기를 19세기 중반에 겪었다. 영국은 주민들을 먹이기 위해서 그때 무엇을 했는가? 나라를 산업화 시켰다. 그대로 농업 국가로 머물러 있었다면 영국은 인구 과잉으로 바다에 침몰해 버렸을 것이다. 산업 국가가 된 덕분에 수용가능한 인구보다 세 배나 많은 주민들을 먹여 살릴 수 있었다. 일본은 같은 길을 가기 시작했다. 시골은 황폐화되고 공장들은 증가할 것이다. 가부장제는 끝장이 날 것이다…….

지금 기차는 멋진 비와코 호수를 지나간다. 땅이 하룻밤 사이에 가라앉더니 파란색으로 곱게 물든 물이 들어와 만들어진 호수가 오늘 햇빛을 받고 환히 빛난다. 어부들이 기차에 오른다. 미끼가 들어 있는 화살 모양의 어항을 들었다. 그들은 어항들을 호수의 제방에 대어 놓을 작정이다. 햇볕에 탄 피부에 얼굴빛이 선한, 명랑한 사람들이다. 어부는 최근까지 일본을 떠받치는 한쪽 기둥이었다. 다른 한쪽 기둥은 농부였다. 이제 또 다른 기둥이 웃음기 없는 얼굴을 하고 그들 중간에 끼어들어 그들을 밖으로 밀어내고 있다. 바로 노동자이다.

야만인들은 배가 고프면 숲 속으로 흩어져 귀신 쫓는 의식을 행한다. 그런 의식을 통해 사슴이나 들소 혹은 영양 등 맛 좋은 고기를 제공하는 동물들이 자신들을 가엾게 여기고 찾아와 쳐놓은 망 속에 걸려 위험에 처한 인간들의 먹이가 되어 달라고 빈다. 분명히 이들 어부들도 물고기에 대하여 똑같은 바람을 가지고 있을 것이다. 교토에서 그저께 〈물고기의 정령〉을 숭배하는 사람들의 행진을 보았기에 그렇다고 확신할 수 있다. 어부들은 어망, 노, 어항을 깃발처럼 들고 모여서 천으로 만든 오색의 큰 물고기를 흔들며 모두 함께 신-물고기에게 감사를 드리러 절로 갔다. 그 물고기 신은 고맙게도 몸소 어부들의 어망으로 들어와 일본인들을 먹여 살리는 고마운 신이었다.

무사도

 나는 가마쿠라의 간선 도로에 있는 음식점에 앉는다. 문은 열려 있다. 입구에 걸린 오렌지색의 폭이 넓은 헝겊 띠 위에 쓰인 검은색의 글자들이 이국적이다. 이슬비가 그치지 않고 내린다. 행인들이 가느다란 빗줄기를 가르고 황혼 녘의 거리를 민첩하게 오간다.

 격식을 차린 식사가 시작된다. 녹차, 빵 대신 한 공기의 밥. 나무 주걱으로 밥을 퍼서 공기에 한 번, 두 번 혹은 세 번 담는다. 「남자는 밥 세 공기가 적당량이고 여자는 두 공기입니다.」 일본인들이 하는 말이다. 걸쭉한 소스를 바른 튀김이 나온다. 유명한 일본 음식이다. 〈나베〉라고 하는 작은 프라이팬을 불 위에 얹어 가져온다. 우리가 직접 일본의 대표적 음식인 스키야키를 요리한다. 카프카스의 사슬릭과 그리스의 수블라키를 닮은 일종의 시시 커밥[1]이다. 프라이팬에 버터를 바른 뒤 얇게 저민 고기와 양파, 셀러리, 대순, 버섯, 토마토를 넣고 나무 주걱으로 뒤섞는다. 작은 사발에 계란을 깨뜨려 넣고 휘저어 섞는다. 프라이팬 위에 머

---

[1] 일종의 불고기 요리.

리를 살짝 숙인 채 재료들이 구워지는지를 살펴본다. 고기가 구워지면 곧 풀어 놓은 계란에 찍어 먹는다. 이어서 작은 사기잔에 미지근하게 데운 술을 따라서 마신다…….

여기저기 돌아다니느라 지친 몸을 공양한다. 위장 속에 들어앉은 나의 〈당나귀 동생〉을 동정해서 먹이고 물을 준다. 방금 우리는 불교의 열렬한 개혁자인 니치렌이 13세기에 『법화경』을 위엄 있게 설법했다고 전해지는 돌이 있던 자리를 보고 돌아온 참이다. 아름답고 상스러운 여인들이 야성미가 넘치는 일본판 사보나롤라[2]에게 미쳐서 자신들을 꾸짖는 설법을 자학적으로 즐기러 그를 따라다녔다. 마침내 그의 혁명적인 설법에 놀란 통치자가 그의 목을 베라고 명했다. 망나니들이 칼을 세 차례 들었으나 그때마다 천둥 번개가 칼을 산산이 부숴 버렸다.

나는 니치렌의 돌 앞에서 피로와 허기를 잊기 위해 가련한 육신에게 이 말을 들려주었다. 그러나 몸뚱이는 이를 거부했다. 내 말을 믿지 않았다. 몸은 믿기 위해서 보고, 듣고, 만지기를 원한다. 그런 불신 때문에 천국 가기는 글렀고, 흙 속에 남아 벌레들에게 먹힐 것이라고 나는 육신에게 종종 말해 준다.

음식점에서 나왔을 때 이슬비는 멎었고, 종이 등들이 불을 밝혔으며, 씁쓸한 아몬드 냄새가 대기 중에 퍼져 있었다. 나는 등불을 달고 있는 벚나무가 줄지어 선 길로 접어들었다. 그 길은 전쟁의 신을 모신 하시만 사로 이어졌다. 도쿄로 떠나기 직전이라 가마쿠라의 진정한 후원자에게 작별을 고하고 싶었다.

시커먼 어둠 속에서 소나무에 둘러싸인 절이 위협적으로 불쑥 나타났다. 위로 솟은 무례하게 보이는 지붕, 거칠게 색을 칠한 기

---

[2] Savonarola(1452~1498). 16세기 이탈리아의 종교 개혁가.

둥, 용의 조각이 달려 있는 장중한 문, 주위는 온통 황량했다. 이 오래된 절이야말로 진정 호전적인 이 도시의 심장부였다. 어둠 속에서 보는 절은 거구의 사무라이가 숲 속의 나무 밑에서 청동 뿔이 두 개 달린 무거운 투구를 쓰고 칼 두 자루와 비단 부채를 지니고 누워 있는 듯 보였다.

그 사무라이는 지금도 절 계단에 앉아 있는 요리토모의 신령이다. 지금 보이는 절 주변의 나무들은 그가 심은 것들이다. 그는 이곳에서 나라를 구할 목적으로 사무라이들로 편성된 무시무시한 부대를 만들 생각이었다. 성격이 거칠고 엄격했던 이 쇼군[3]은 사무라이 최고의 모범 중 하나였다. 그는 스파르타식의 엄격하고 간소한 삶을 살았으며, 신도와 불교와 천황을 열광적으로 신봉했다. 「간소하게 살아라. 그리하여 자신을 희생할 자세를 갖추어라. 우리의 천황은 신의 아들이다. 이 나라는 조상들의 뼈와 혼으로 만들어졌다.」 그는 영주들에게 이렇게 명했다.

그렇게 해서 이 절은 일본판 중세의 방랑 기사들인 사무라이들의 정식 모태가 되었으며, 전쟁의 신을 모시게 되었다. 용기와 절도와 의리 등의 덕성을 중시했던 그들은 위대한 업적을 이룩했다. 수도자인 동시에 전사로서 사무라이들은 엄격한 규율을 지키는 생활과 자기 부정을 통해서만 구원을 받을 수 있다고 믿었다. 〈네 마음속을 깊이 보아라. 그러면 부처를 찾을 수 있을 것이다!〉 몸과 정신을 닦아라, 뜻을 실천에 옮겨라, 생명이 아니라 명예와 의무를 최고의 선으로 삼아라. 사람의 정신과 견주어 보면 세계는 아무것도 아니다.

그들은 교토의 쾌락과 안락한 삶, 그리고 궁정의 권모술수를

---

3 막부의 최고 지도자를 이르는 말.

경멸했다. 자연히 황실의 의례와 호화로운 궁정 생활과 멀리 떨어져 살았다. 산과 험준한 계곡 등 변경에 건설된 그들의 성과 요새는 경계를 지키는 수호신처럼 우뚝우뚝 솟아올랐다. 내전이 벌어져 수 세기 동안 끊이질 않았다. 전투 경험이 없는 가난한 농민들은 영주에게 의탁하는 것 외에는 달리 피신처가 없었다. 주민들은 두 계급 — 토지를 소유한 귀족 계급과, 재산을 전혀 갖지 못하고 영주의 농장이나 공방에서 일하는 노예 계급 — 으로 나뉘었다. 귀족들의 일은 오직 전쟁이었다. 서민들은 무기를 다룰 자격이 없었다. 복종과 일을 사랑하는 것만이 서민들이 지녀야 할 최고의 덕목이었다.

나는 어둠 속에서 절을 둘러본다. 시즈카가 한때 요리토모 앞에서 춤을 추며 슬프고 목쉰 소리를 질렀던 단(壇)을 만진다. 열정, 사랑, 잔인함, 변경이 불가능한 혹독한 책무. 이것들은 죽음을 두려워하지 않는 새로운 유형의 인간을 탄생시킨다. 옛 일본인들의 덕성인 〈후도신〉, 즉 굳센 마음을 되살려야 한다. 매우 끔찍한 시련과 환란 속일지라도 냉정하고 요지부동해야 하며, 전투에 임해서는 〈장로들이 회의석에 앉았거나 승려가 자기 방에 있는 듯〉 침착해야 한다. 육신은 항상 죽을 준비가 되어 있어야 한다. 왜냐하면 조금이라도 나쁜 영향을 미치겠다 싶으면 정신은 육신을 가차 없이 던져 버릴 수 있기 때문이다. 적절한 때가 왔을 때 버리지 못한다면 육신은 아무 소용도 없다.

항상 준비하라. 이것이 사무라이의 큰 계명이다. 집 밖을 나서면 영영 돌아올 수 없다는 듯 행동하라. 그리하여 사무라이의 계명들은 점차 체계화되었고, 기사의 지침이라고 볼 수 있는 〈무사도(武士道)〉가 만들어졌다. 이것은 매우 엄격한 계율들로 일본인들이 숭상하는 덕목들이 우선순위에 따라 들어 있다.

1. 명예와 책임
2. 천황에 대한 무조건적인 복종
3. 대담성, 죽음에 대한 경멸. 어느 순간이든 죽을 각오가 되어 있어야 함.
4. 심신의 혹독한 단련
5. 친구에 대한 품위 있고 친절한 태도
6. 적에 대한 무자비한 복수
7. 관대함(인색함은 비겁함의 한 형태이다)

이 섬뜩한 계명을 품은 순수하고 불같은 성격의 돈키호테들이 일본 역사에 수없이 많이 등장했다. 실제로 계명을 저버리지 않고 실천하기 위해 사무라이들은 분투했으며, 그 덕분에 무사도는 하나의 새로운 종교로 격상되었다. 동시대의 일본인들은 전적으로 근대화된 기사들로 이루어진 새로운 세대를 만들어 세계사를 주름잡으려고 애썼다.

그러나 이 돈키호테들은 우스꽝스러웠다. 숭고한 비극적 이상을 실현하기 위하여 희극적 수단을 가지고 싸웠기 때문이다. 그들은 당대의 새로운 무기들인 대포와 총에 맞서 목창(木槍)과 목면(木面)[4]으로 대항했다. 지금 일본인들은 거대한 야망을 가지고 있고, 그것을 실현하기 위해 사용하는 수단들도 모두 근대화되었다. 그들이 앞으로 나아가는 모습은 정말로 참을성 있고 묵묵하며 투지에 차 있다.

재작년 만주에 진출한 일본 군대에 관하여 한 영국인이 작성한 보고서를 나는 결코 잊지 못할 것이다. 〈그들은 추운 겨울에 길도

---

4 나무로 만든 얼굴 가리개.

없는 산들을 헤치며 하루에 80킬로미터를 걸었다. 군인들은 천막이나 불도 없이 산에서 야영했다. 추위에 얼지 않으려고 옷 속에 짚을 집어넣었다. 그들은 오직 밥만 먹었으며, 때로는 생선과 육류를 먹었다. 쌀이 떨어지면 언 빵을 먹었다. 차나 커피도 마시지 않았고, 오직 물만 먹었다. 그들은 당시 20만 명의 중국 병사들에게 쫓기고 있었다. 그들은 악마처럼 싸웠다. 칭기즈 칸의 군대만이 그렇게 싸울 수 있을 것이다.〉

아시아의 새로운 돈키호테의 역사적 사명이 무엇인지 궁금하다.

도쿄

 마천루, 영국식 공원들, 예쁘고 작은 정원이 달린 목조의 두 가구 연립 주택들, 금붕어가 들어 있는 작은 수족관들, 파리의 패션, 비단 기모노, 남녀 영화배우들의 오래된 저속한 사진들, 백조의 노래를 연주하는 샤미센, 그 바로 옆에는 저속한 라디오 음악과 재즈, 빨강·노랑·파랑의 종이 등들, 폭포를 이룬 전깃불 같은 광고들, 짙게 화장한 게이샤들, 손에 라켓을 들고 성큼성큼 걷는 남자 같은 〈모가스〉, 사악한 미국풍에 물든 도쿄의 심장부인 긴자, 어두운 골목 어귀에서 호박씨를 씹으며 웃음 짓는 키 작은 여자들…….

 구식 일본인은 지등, 기모노, 샤미센 등 옛것이라면 무엇이든 지켜보려고 헛된 노력을 아끼지 않는다. 그러나 미국의 문물이 일으키는 지진은 그것들을 발기발기 찢어 버리고 놀란 일본의 하늘 위로 그네들의 틀에 박힌 끔찍한 생활양식들을 높이 쌓는다. 머지않아 어느 날이 오면 구식 일본인은 가장 값비싼 기모노를 입고 머리를 가장 곱게 땋아서 높이 올릴 것이다. 화려하게 화장을 할 것이다. 그리고 라디오에서 괴성이 흘러나오고 신식 여성들이 칵테일을 마시기 시작할 때, 그녀는 긴자의 인도에 앉아서 할복을 할 것이다. 부채에 슬픈 하이쿠 한 수를 남기고.

> 내 가슴을 열면
> 세 줄의 샤미센이 있을 것이다.
> 줄이 끊긴 채.

나는 요시로와 함께 걸어갔다. 요시로는 미국에서 공부한 신여성으로 지금은 여행사에서 일한다. 저녁이어서 긴자의 모든 등이 다 켜졌고, 수천 명의 남녀들이 긴자에서 매일의 일과인 산책, 〈긴부라〉[1]를 했다.

상쾌하고 관능적인 분위기. 인도에 줄지어 선 버드나무가 빛난다. 여자들은 잘 차려입었고 분을 발랐으며 곱게 화장을 했다. 미국식 옷을 입은 황색 피부의 멋쟁이들, 〈모보스 *modern boys*〉. 몸에 착 달라붙는 스커트를 입은 모가스의 야한 눈길. 여기저기 향내를 풍기며 지나가는 게이샤들. 그들은 전통 의상인 향기로운 기모노를 입고 용감하게 신식 풍조와 싸움을 벌이는 중이다.

함께 걸어가는 요시로는 키가 크고 심지가 굳으며 남자 같다. 나는 마지막 일본 여자가 기모노를 입고 어느 멋진 저녁에 할복을 할 때 부채 위에 쓸 하이쿠에 대한 이야기를 그녀에게 해준다. 이 신여성은 웃으며 아이러니컬한 눈빛으로 나를 본다.

「그 여자가 안됐다는 생각이 드세요? 할복을 하라지요! 그래야 우리가 탈출할 수 있으니까요. 할복을 하라지요! 총을 보고 활과 화살이 산산조각 나듯 말이에요. 또 펜을 보고 깃털이 부서지듯 말입니다. 쳇! 골동품들이라니! 차라리 모두 민속 박물관에 가서

---

[1] 긴자 거리를 산책하는 일.

좀약을 뒤집어쓴 채 진열장에 서 있으라고 하죠!」

그녀는 한동안 입을 다물었다. 그러나 속내는 화가 부글부글 끓고 있었고, 분을 삭이려 들지 않았다.

이윽고 화가 난 듯 그녀가 큰소리로 말했다. 「그것으로 충분해요. 서커스를 공연하여 관광객들을 불러들여서는 이곳을 어슬렁거리게 하는 짓일랑은 집어치울 때가 되었어요. 나이 든 미국 여자들이 사무실에 와서 이국적인 관광 거리를 알려 달라고 말할 때 얼마나 화가 나고 부끄러운지! 게이샤, 스키야키, 다도 같은 것들 말이죠. 일본 결혼식이나 장례식에 참석한다면 우리를 원숭이라고 생각하겠죠!」

나는 그녀를 진정시키려고 했지만, 그녀는 화가 머리 꼭대기까지 솟아 있었다.

「여자들이 얼마나 오랫동안 고통을 당했는지 모를 겁니다. 배고파도 적게 먹었습니다. 그것이 여자가 해야 할 도리였으니까요. 낯선 사람이 앞에 있으면 말을 해도 입을 반만 벌려야 했고, 웃더라도 천천히 낮은 소리로 웃어야 했지요. 얼굴은 참외처럼 길고 입은 비뚤어지며 무릎은 굽을 수밖에 없었죠. 아이 때부터 발을 묶고 뒤틀리게 만들었기 때문입니다. 운동 경기에 참여하지 못했고요. 밥은 먹되 고기는 아주 가끔밖에 먹지 못했습니다. 그렇다 보니 몸이 쇠약해지고 비틀어졌습니다. 사랑하는 사람과는 결혼할 수 없었고 부모가 좋아하는 사람과 결혼해야 했습니다. 남편을 숭배하고 그를 주인이라고 부르며 신발을 신겨 주고 또 벗겨 주어야 합니다. 더구나 남편이 첩을 두고 있다는 것을 알아도 전통적인 관습이기 때문에 어쩔 수 없었죠. 그저 〈조상들의 혼령들〉에게 복종하는 길밖에 없었어요. 어디 말씀 좀 해보세요. 〈자손들의 혼령들〉에게 복종하는 것이 더 좋지 않을까요?」

나는 동행을 기쁜 낯으로 쳐다보았다. 내 앞에 앉아 있는 여자는 어린애 같은 눈으로 조용하게 웃는 그런 일본 여자가 아니었다. 요시로의 눈은 여성 혁명의 첫 번째 불길이 타오르는 듯 빛났다. 물론 일본 여자들은 신비로운 동양적 매력을 상실했다. 하지만 그들의 눈이 관광객에게 보이려고 만들어진 것이란 말인가? 이 처녀는 과도기의 열정적인 세대로 확실히 기모노와 굽은 다리, 그리고 동양의 이국적인 매력을 몽땅 쓸어 내버릴 것이다. 나는 바로 눈앞에 있는 일본 여자의 미래를 보고 있었다. 이 처녀가 말한 것이 일본에 관하여 쓰인 학자들의 사회학 책들보다 더 가치가 있었다. 요시로가 무엇을 원하더라도 그것은 대단히 중요하다고 확신했다.

「정치에 관심이 있습니까?」 그녀에게 물었다.

「아주 많아요. 매일 일본 신문과 외국 신문들을 보지요. 우리나라는 위대한 사명을 지녔습니다. 지금 우리는 매우 험난한 시기에 있습니다. 그래서 우리나라가 무엇을 하며 어느 길로 가는지를 매일 살펴볼 필요가 있지요. 우리나라 사람들은 큰 책임을 지니고 있습니다.」

「무슨 책임입니까?」

「아시아를 해방시키는 일입니다. 중국, 태국, 인도 등 아시아 모두죠. 그들을 이끌어 가고 길을 여는 책임 말입니다.」

「당신들은 새로운 칭기즈 칸이 되는 꿈을 꿉니까?」

「칭기즈 칸의 꿈이 아니에요. 새롭고 근대적이며 더 국제적인 메이지의 꿈입니다. 구(舊)메이지 천황은 일본을 1868년에 해방시켰습니다. 신(新)메이지 천황이 아시아를 해방할 것입니다.」

「유럽과 미국이 그것을 원치 않는다면 어떻게 합니까? 그들이 아시아를 해방하는 데 흥미가 없다면 어쩔 겁니까? 그러면 전쟁입니까?」

그녀는 한동안 말을 멈추었다. 마치 일본 전체를 대표하여 결정을 내리기라도 해야 할 것처럼. 그녀는 속에서 신중하게 〈네〉와 〈아니요〉를 저울질했다. 눈썹이 모아지더니 비늘같이 위아래로 움직였다. 마침내 그녀는 머리를 들고 조용히 말했다.

「전쟁입니다.」

나는 몸을 부르르 떨었다. 일본의 관리 및 민간인들과 많은 이야기를 나누어 보았다. 그러나 그들의 응답은 이 신여성의 것만큼 중요하게 생각되지 않았다. 미래가 그녀의 입을 통해 말했다는 것이 마음속 깊은 곳에서 느껴졌다. 갑자기 그녀가 어느 술집 앞에서 멈췄다.

「더 이상 묻지 마세요!」 명령조의 말이었다. 「가벼운 술이라도 들죠.」 그녀는 지금까지 말한 것을 모두 후회하는 듯이, 더불어 조국의 비밀을 외국인에게 누설이라도 한 듯이 말했다.

우리는 술집에 들어갔다. 신여성들이 책상다리를 하고 앉아서 젊은 남자들과 같이 술을 마시고 이야기를 나누면서 웃고 있었다. 라디오에서는 요란한 소리가 들렸다. 누군가가 축음기에 옛날 노래들이 담긴 레코드를 올려놓았다. 가벼운 느낌의 일본의 옛 노래가 흘러나왔다.

「무엇을 노래하는 겁니까?」

「만날 그렇죠. 늘 사랑 타령이나 하고 있어요.」 그녀가 웃으며 대답했다.

그녀의 눈빛이 갑자기 험해졌다.

「나는 남자가 되고 싶었어요! 남자만이 완전히 자유로울 수 있으니까요. 여자는 자신이 어떻다고 말하건 상관없이 자유롭지 못해요. 우리 마음이 아무리 현대적이라고 한들 아주 낡은 팔[2]을 가지고 싸우고 있어요.」

도쿄가 내 앞에서 영화처럼 지나간다. 한없이 큰 도시. 수백만 명의 주민들. 세계에서 런던, 뉴욕 다음으로 큰 도시.

아사쿠사는 오래된 사찰인 관음사의 주변에 있는, 사람들이 많이 모이는 시끄러운 구역이다. 그곳을 천천히 지나가며 여신에게 예배를 드리러 가는 기분 좋고 흥겨운 낯빛의 사람들을 모두 마음에 새겨 두려고 애쓴다. 나무 계단들은 수많은 사람들의 발걸음으로 닳아서 반들반들하다. 입구에는 커다란 붉은 등이 두 개 걸려 있다. 폭이 넓고 깊이 파인 시주함에 신자들이 동전을 넣는다. 자비의 여신에게 뇌물을 바치는 것이다. 절의 입구에서 목조 짐승 두 마리가 웃으며 사람들을 내려다본다. 그 중 한 마리 밑에서 눈먼 노인이 악마의 눈을 피하게 해주는 부적을 판다. 백지 한 장을 깐 다음 한 어린아이의 손바닥에 잉크를 발라서 그 위에 놓고 누른다. 그렇게 하는 가운데 슬픈 음조의 목소리로 아이의 손바닥 자국이 신통력이 있다고 선전한다.

절에는 지등들이 희미하게 빛을 발한다. 약한 불빛 속에서 많은 남녀들이 멍석 위에 책상다리를 하고 앉아 중얼거리는 모습을 본다. 큰북이 리드미컬하게 둔중한 소리를 낸다. 둥! 둥! 둥! 때를 맞춰 사람들이 이마를 바닥에 대고 극락의 문을 열어 줄 주문을 중얼거린다. 나무묘호렌게쿄(南無妙法蓮華經). 나무묘호렌게쿄!

「저게 무슨 말입니까?」 나를 안내해 준 음흉해 보이는 승려에게 물었다.

그는 절름발이이고 호리호리하며 사팔뜨기에다 금니를 해 넣었다. 입에서는 술 냄새가 났다.

---

2 영어의 〈arm〉은 팔 혹은 무기라는 두 가지 뜻이 있다.

「〈묘법연화경에 귀의합니다〉라는 말입니다. 일종의 신호지요. 극락의 문을 두드리면 안에서 〈누군가?〉라는 무서운 목소리가 들려옵니다. 그때 나무묘호렌게쿄라고 말하면 문이 열립니다.」

「정말 그렇다고 믿습니까?」

음흉해 보이는 승려는 작은 사팔눈으로 나를 곁눈질하더니 웃으며 말했다.

「그렇고말고요!」

신앙심이 별로 없어 보이는 그 승려는 비웃으며 나를 쳐다보았다. 우리 둘은 함께 불신(不信)과 불경(不敬)에서 우러나오는 억지웃음을 지었다. 하지만 절에 모인 사람들은 법열에 들어 거의 구원을 받은 듯 얼굴에서 빛이 났다. 나는 누군지 기억나지 않는 현자의 명언을 생각해 내어 속으로 중얼거렸다. 〈구원을 받았다고 생각하면 구원을 받은 것이다. 그렇지 않다고 생각하면 구원을 받지 못한 것이다.〉

나는 복을 가져다준다는 향초와 부적, 붉은 종이를 사고는 서둘러 노기 마레스케 장군의 성스러운 집으로 간다. 말이 없었다는 이 위대한 장군이 나는 마음에 든다. 바삐 그가 살았던 집으로 가서, 그가 아내와 함께 1912년 어느 날 밤에 할복했다는 방을 본다. 구부러지는 일본의 철, 그들의 인내는 둥그렇게 휘되 부러지지는 않는다. 황량하고 작은 방. 위대한 메이지 천황의 관이 들려 나오는 순간, 노기는 아내와 그곳에서 할복 자살을 했다. 피로 범벅이 된 다다미에는 시구 몇 줄이 쓰여 있었다.

위대한 주군께서
신과 합치려 가신다네.

나 또한 불타게 그리는 마음으로
그분을 따라 하늘로 간다네.

　노기는 죽은 주군을 따라가서 그와 함께 민족의 선조들 속에 자리를 잡았다. 잠자리에서 남편을 포옹하는 일본 여자들의 마음속에는 노기 장군이 들어 있다. 그들은 앞으로 낳을 아들이 노기 장군 같기를 간곡하게 바란다. 강한 민족들에게 있어서 진짜 아버지는 영웅들이다. 영웅들의 혼령이 밤에 집으로 들어가 여자들과 동침한다. 살아 있는 아버지들은 그저 몸을 제공할 뿐이다. 죽은 영웅들이 혼을 심는다. 조상들이 그러한 힘을 가졌다면 그 민족은 틀림없이 강할 것이다.
　나는 저 너머에 있는 그리스의 우리 민족과 죽은 조상들을 회상했다……
　도쿄의 중심에 천황의 궁궐이 있다. 강으로 둘러싸인 성벽 뒤에 있어 보이지도 않고, 가까이 갈 수도 없으며, 신비로 가득 차 있다. 이 나라에서 천황은 신성한 인격을 지닌 사람으로서 정말로 하나의 금기이다. 아무도 눈을 들어 그를 바라볼 수 없다. 그는 언젠가는 죽게 되어 있는 보통의 인간이 아니다. 그는 신성(神性)과 권능을 지닌 하나의 추상 개념이자 상징이며, 하늘의 진정한 아들인 〈텐지(天子)〉, 즉 하늘의 왕인 〈텐노(天皇)〉이다. 천황의 혈통은 기원전 660년부터 지금의 124대 천황인 히로히토에 이르기까지 계속된다.
　몇 년 전 일본의 유명한 총리인 이토는 이런 황당한 글을 썼다. 〈천황의 보위는 하늘이 땅에서 분리된 순간에 세워졌다. 우리의 천황은 하늘의 아들이다. 그는 신성(神性)을 지닌 신성(神聖)한 존재이다. 우리 모두는 그분을 숭배할 의무가 있다. 그는 범접할 수 없는 분이시다.〉 또한 포트아서의 영웅인 히로세 다케오는 러일 전쟁 중에 이런 시를 썼다.

> 천황에 대한 우리의 의무는
> 하늘의 지붕처럼 끝이 없다.
> 조국에 대한 우리의 의무는
> 바다의 깊이만큼 헤아릴 수 없다.
> 의무를 이행할 때가 왔다!

군인들의 정신 교육을 위한 문답은 단순하고 강력하며 특징적이다.
「너의 지도자는 누구인가?」 하고 장교가 묻는다.
「천황입니다.」
「너의 군사적 의무는 무엇인가?」
「명령에 복종하고 자신을 희생하는 것입니다.」
「무엇이 위대한 용기인가?」
「적을 절대로 보지 않고 전진하는 것입니다.」
「무엇이 작은 용기인가?」
「쉽게 화내고 폭력을 행하는 것입니다.」
「사람이 죽을 때 무엇이 남는가?」
「그 사람의 영광입니다.」

신념이 일본인의 혼 속에 살고 있는 한 그 신념은 기름지고 위대한 과업을 이룩할 것이다. 망설임과 비난이 시작되면 신념은 미신으로 전락하고 수치스럽게 아무것도 낳지 못할 것이다. 그럴 경우 일본인의 혼이 아직 강하다면 다른 신념을 품을 것이다. 그리하여 다시 구원을 받고 업적을 낳을 것이다.

과학에서 〈가설〉은 비록 틀렸다고 하더라도 참된 자연법칙을 발견하는 모태가 된다. 그와 마찬가지로 〈틀린〉 종교적 혹은 정치적 노선은 위대한 문명을 탄생시킬 수도 있다. 다행히 과학적 가설이 모두 영원하지 않은 것처럼 정치적 노선도 모두 영원하지 않다. 때가 오면 이 둘(독단과 가설)은 모두 〈거짓〉이 된다. 그 까닭은 인간의 마음이 성숙하여 예전의 경계 영역에 들어맞지 않기 때문이다. 이제 과학은 전과 마찬가지로 거짓되지만 좀 더 넓고 기름진 가설들을 발견하고 그것을 〈진리〉라고 이름한다. 그 뒤에 또다시 새로운 자연법칙의 발견이 시작되고, 그것은 거짓으로 판명될 때까지 참인 양 행세한다. 얼마 후 거짓으로 드러나면 다른 가설이 그 자리를 차지한다. 더 높은 경지의 진리를 발견하기 위한 힘겨운 행진이 다시 시작된다. 일본의 새로운 정치적 노선이 무엇이 될는지 궁금하다.

일본의 한 지식인이 나에게 말했다. 「새 일본이 어느 방향으로 나아갈 것인지를 이해하기 위해서는 우리나라가 1854년 서구 문명에 문호를 개방하기 전의 상태가 어떠했는지를 알아야 합니다. 예전의 천황들은 수 세기 동안 교토의 궁궐에 갇혀 있었습니다. 마치 수도원에 들어가 있는 것과 같았습니다. 권력은 모두 강대한 쇼군이 장악했습니다. 쇼군들은 도쿄의 옛 이름인 에도에 있는 성에서 살았습니다.

나라는 3백 개의 영지로 분할되었습니다. 영주들과 다이묘들은 파산하였고 무력해졌습니다. 그들이 쇠약해진 까닭은 교토에 있는 궁정의 사람들이 게으르고 사치스러우며 방탕한 생활을 했기 때문입니다. 유명한 사무라이들은 허풍 떠는 불량배가 되어 술집과 게이샤의 집을 전전했습니다. 백성들은 계속 죽어 갔습니다. 허기, 내전, 지진과 화재 등으로 인해 살아갈 힘이 다 빠져 버렸던 것입니다. 기근에 관한 1783년의 공식 보고서에는 이렇게 쓰여 있습니다. 〈기근이 너무나 심하다. 5백 가구가 살던 마을에서 30가구만이 살아남았다. 나머지는 모두 죽었다. 개 한 마리의 값이 8백 엔이나 되고 쥐 한 마리는 50엔이다. 사람들은 시체를 먹으며, 죽어 가는 자를 해쳐 소금에 절여 굶어 죽을 경우에 대비하여 보관하는 자도 있다.〉

페리 제독의 〈흑선(黑船)〉이 1853년 어느 날 일본의 항구에 출현하지 않았더라면 분명히 사회 혁명이 일어났을 겁니다. 그때 일본은 당황했습니다. 사람들은 두 진영으로 나뉘었습니다. 당시 그들이 무엇을 할 수 있었겠습니까? 대항을 한다? 〈흑선〉에는 대포가 있었고, 그 배들은 돛 없이도 바람을 헤치며 나아갔습니다. 〈흰둥이 악마들〉의 힘이 훨씬 더 강했습니다. 우리는 문을 열었습니다. 그 이후로 일어난 일은 무엇이든지 다 논리적 필연에 따라 생긴 어쩔 수 없는 것들이었습니다. 우리는 큰 흐름에 빠졌고, 계속해서 그 흐름을 따라가야만 했습니다. 뒤로 돌아가는 것은 불가능했습니다. 다른 나라들이 멀리 앞서 있었기 때문에 우리는 그들을 따라잡아야 했습니다. 만약 따라잡지 못하면 패배하고 말 테니까요.」

일본인은 입을 다물고 생각에 잠겼다.

자신의 내부에 있는 모순들에 대하여 해명이라도 하듯 그는 침묵을 깨며 말했다. 「필연적인 것들에 대해서는 아무도 토론을 벌이지 않습니다. 필연을 인정하고 그것을 자유로 바꾸기 위해 최선을 다할 뿐이죠. 그것이 사람과 국가가 지닌 최상의 사명입니다. 지리적, 역사적, 경제적 필연들을 자유로 바꾸는 일 말입니다. 일본이 서구 문명을 수용하느냐 마느냐 하는 그런 문제가 아니었습니다. 서구 문명의 수용은 필연이었습니다. 우리에게 남겨진 문제는 단지 하나뿐입니다. 예전에 인도의 불교와 중국의 예술을 동화시킨 것과 같이, 과연 일본이 서구 문명을 동화시켜서 일본적인 모습을 띠게 할 수 있을까 하는 거죠. 많은 사람들이 그렇게 되기를 바랍니다. 두려워하는 사람들도 많습니다. 하지만 결과가 어떻게 될지는 아무도 모릅니다!」

그는 웃었다. 그러자 그의 가는 어깨가 떨렸다.

「이 모든 것들은 하찮은 논쟁입니다.」 그는 마침내 경멸하듯이 말했다. 「중요한 것은 논쟁이 아니라 행동입니다. 영국인들을 보십시오. 생각하는 것이 위험한 것임을 깨닫자마자 그들은 가죽으로 만든 펀치 백을 걸고 두들기기 시작했습니다. 혹은 두꺼운 방망이를 잡고 나무 공을 칩니다. 아니면 큰 공을 발로 찹니다. 그렇게 하여 그들은 생각 따위는 붙들어 매고 세계를 정복했습니다!」

일본의 극장

 신사의 성스러운 여자 무용수 오쿠니 — 그녀의 이름에 축복 있으라! — 는 1600년경 어느 날 신사를 떠나 거리로 나섰다. 교토의 유명한 광장에 멈춰 서서 종을 울리고 종교적인 노래를 부르며 춤을 추었다. 그녀는 더 이상 신과 사제를 위해 어두운 사원에서 춤을 추고 싶지 않았다. 오쿠니는 거리와 시장에서 상인과 어부, 장인들을 위해 춤추고 노래하기 시작했다.
 사람들은 기뻐했다. 다른 여자 무용수들도 종과 부채를 가지고 연인과 함께 왔다. 오쿠니의 애인 나고야 산자부로는 잘생긴 용모로 소문이 나 있었다. 이들은 한 패가 되어 광장에서 광장으로 옮기며 즉흥적으로 만든 춤을 추기 시작했다. 처음에는 종교적인 춤을, 이어서 희극적인 춤을 추었다. 그들은 이 춤 놀이를 〈가부키〉라고 불렀다. 이는 〈나는 흐트러지고 있다, 나는 바보짓을 한다〉를 뜻하며, 한자 그대로 풀이하면 〈노래와 춤〉이다.
 사람들은 이 새롭고 즐거운 재미에 흠뻑 빠져 들었다. 오쿠니와 그녀의 연인, 그리고 몇몇 여자 무용수들은 상설 극단을 만들고 무대를 세우기로 뜻을 모았다. 그들은 교토에 있는 가모 강변의 메마른 바닥 위에 소박한 무대를 세우고 북과 피리의 반주에 맞추어 춤과 노래, 무언극과 광대극으로 진행되는 첫 번째 공연을 했다.

결과는 대단히 성공적이었다. 그뿐만 아니라 에도와 오사카 등 큰 도시들이 다투어 이 극단을 초청했다. 도시의 노동자, 상인, 장인 등 시민들에게 가부키의 멋을 즐기게 해주고 싶었기 때문이다. 순회공연이 시작되었다. 더 많은 무용수들이 합류했다. 새 극장들이 생겨났다. 매일 저녁 일과 후 사람들은 시장에서 새로운 즐거움을 만끽할 수 있었다. 그러나 아름다운 여자 무용수들이 몰려들면서 자연스레 연애 사건들도 벌어졌다. 스캔들이 일어나기 시작했다. 공연 뒤 가모 강가의 메마른 바닥에서는 남녀가 사랑을 나누는 웃음소리와 교성이 낭자했다. 점잖고 정직한 시민들은 다리를 건너다가 기겁을 하기 일쑤였다. 마침내 1629년 공중도덕을 지키고 풍기 문란을 사전에 차단하기 위하여 여자들이 무대에 오르는 것을 금하는 무서운 법령이 공포되었다.

이에 따라 가부키의 새로운 시대가 시작되었다. 남자가 여자 역할을 할 수 있도록 가르치는 학원들이 문을 열었다. 그곳에서 여자같이 옷을 입고 걸으며 움직이는 법을 배울 수 있었다. 여자 역을 하는 남자 배우인 온나가타 중에는 〈여자보다 더 여자다움〉으로 명성을 얻는 자들도 있었다. 그들은 사생활에서도 여자처럼 말하고 행동했다. 그렇게 해야 여성의 어조와 여성다운 행동을 잊어버리지 않기 때문이다. 연기에도 규칙들이 생겨났다. 절반은 에로틱하고 절반은 희극적이었던 즉흥 연극과 놀이에서 예술로 거듭나기 시작했다. 가부키는 살아 있는 조직체가 되어 어디서든 자양분을 탐욕스럽게 섭취하여 소화했다. 오사카의 인형극 〈분라쿠〉에서 빠르고 뻣뻣한 몸짓을 따왔다. 종교적 제의의 분위기가 짙은 노의 장면으로부터는 장엄하고 화려한 의상을 도입했다. 노의 연기를 많이 채택하는 한편, 좀 더 대중적이고 빠른 리듬으로 다듬었다. 세 줄 달린 비파형의 악기인 샤미센을 공연에 사용하기도 했다. 이것은 1633년 남부의 여러 섬에서 들여왔다.

오쿠니의 자식이라고 할 수 있는 가부키는 무럭무럭 자라 힘이 세어졌으며, 거만을 떨던 노를 제치고 도시를 장악했다. 한편 노는 제례 의식의 타성을 버리지 못하고 꼭두각시로 전락했으며, 이것을 되살리려는 어떤 새로운 바람도 일어나지 않았다. 고상함과 장엄함, 기품만 따지다가 죽음을 맞고 있었다. 거리의 장난꾸러기인 가부키는 농담과 웃음거리, 서민들의 애환을 먹고 살았다. 체면을 중요하게 여기는 귀족들이 이 대중적인 쇼를 보러 가는 것은 죄를 짓는 것과 마찬가지였다. 그러나 밤이면 화려한 대저택이 드리우는 그림자가 그들의 행차를 가려 주었다. 그들은 어두운 거리를 뚫고 가서 이 새롭고 기이한 것을 관람하며 위안을 얻었다.

배우들 또한 용감했다. 모욕과 경멸을 당하고, 가난과 궁핍을 견디면서 그들은 하나의 문화를 창조했다. 가부키 배우들은 거지나 뚜쟁이나 부랑자와 같은 사회의 쓰레기 취급을 받았다. 그들을 경멸하여 〈가와라모노〉라고 불렀는데, 이는 강의 쓰레기란 뜻이다. 호구 조사에서도 그들에게는 동물처럼 특별한 번호를 붙여 기록했다. 그러다가 1868년 커다란 변화의 바람이 불어왔고, 위대한 개혁가인 메이지가 가부키 공연을 관람하는 데 동의했다. 그날 이후 배우들의 지위가 격상되었고, 오명을 씻게 되었다. 그제야 그들은 사회의 다른 구성원들과 동등해졌다.

일본에서 배우라는 직업은 과거는 물론 현재까지도 대물림된다. 대대로 아들이 아버지를 승계하여 연극의 명문이 형성된다. 위대한 배우였던 기쿠고로의 명문이 오늘날에도 건재하다. 6대 오노에 기쿠고로와 7대 이시와라 다스로는 큰 배우였다. 배우에게 아들이 없으면 다른 배우의 아들이나 수제자를 양자로 삼는다. 배우가 되려는 자는 어려서부터 예능을 익혀야 한다. 나는 여덟 살짜리 어린아이가 믿을 수 없을 정도로 우아하게 연기하는 것을 보았다. 훈련은 대단히 어렵다. 전통에 따라 목소리의 억양은 지극히 유연해야 하며, 몸짓은 양식화되어야 한다. 그렇다 보니 스무 살 이후에는 누구도 배우 수업을 시작할 수 없다.

가부키는 오늘날 번성하고 있다. 나는 극장 안의 무대 옆 한구석을 차지하고 앉아 막이 오르기를 기다린다. 이 연극이 자리 잡기까지의 우여곡절을 회상하니 가슴이 뿌듯하다. 분투와 모욕, 그리고 마침내 오쿠니의 영웅적인 아이가 얻은 빛나는 승리. 나라에 있는 신성한 춤의 절, 가스가 신사를 떠올린다. 제의용 석등과 높이 자란 검푸른 나무들에 둘러싸인 그곳에서 노가 태어났다. 교토에 갔을 때 나는 망나니 같은 가부키의 요람을 찾아 말라버린 강으로 갔었다. 가난한 여자들이 푸른 빛깔이 도는 물가에서 빨래판에 빨래를 내리치며 소란을 떨었다. 부랑자들이 누더기 옷을 말렸다. 귀여운 당나귀가 풀밭에서 풀을 먹고 있었다. 대기에는 비누 거품, 풀, 똥 냄새가 났다. 오쿠니가 이곳에서 춤을 추기 시작했을 때 가락에 맞춰 맨발로 스텝을 밟았던 지점을 찾아내려는 듯, 나는 이리저리 기쁜 마음으로 걸어 다녔다. 위대한 힘의 시원(始原)보다 더 큰 즐거움을 주는 것은 없다.

나는 스위스 알프스 산맥에 있는 론강의 발원지를 절대로 잊지 못할 것이다. 좁은 비단 리본만 한 파란 물줄기가 빙하 밑에서 머뭇거리며 앞으로 간다. 그것은 어디로 갈지, 무엇이 될지 모른다. 천천히 움직이면서 점점 커져 리본 같은 다른 물줄기들과 합류한다. 그것은 이제부터 결정을 하고 가야 할 길을 점점 넓게 파 나간다. 더 이상 두려워하거나 주저하지 않는다. 그것은 안다. 더 넓고 깊어지면서 마을을 적시고, 물레방아를 돌리며, 멜론 밭을 덮는다. 도시를 관통하여 두 부분으로 나뉘고 바다를 향하여 달려간다. 강은 자신이 갈 곳을 이미 알고 있다. 마찬가지로 나는 시루스 강에도 감탄했다. 아르메니아의 고원 지대에 있는 파란 호수로부터 거품을 내며 샘솟는 강이다. 그와 똑같이 위대한 문명들은 사람들의 소박한 대화 혹은 나날의 필요로부터 발원한다. 확실히 오쿠니는 그날 어떤 승려로 인하여 화가 났을 것이다. 아마도 그녀에게 애인이 생겼다고 승려들이 그녀를 질책했을 것이다. 신의 작은 게이샤인 그녀는 분통이 터져서 작은 종과 부채를 들고 말라버린 강으로 내려가 춤을 추었다. 그녀는 앞날에 대하여, 그리고 자신이 그때 창조한 문화에 대하여 아무것도 알지 못했으며, 또한 대수롭게 여기지도 않았다. 그녀는 분노로 인해 분칠한 황색 콧구멍에서 화염이 훨훨 타올랐던 그 순간만을 위해서 살았다.

인간의 혼은 하나의 경이이고, 진흙 같은 육체 속에서 솟구쳐 오르는 샘이다. 그것은 모른다. 어디로 가는지, 무엇을 바라는지, 어찌하여 높이 오르려는 불가사의한 충동을 지녔는지······.

벙어리같이 입을 다문 사람이 삭발한 머리에 검은 옷을 입고 무대 앞에 앉아 있다. 그는 두 개의 나무 딱따기를 들고 있다. 우리는 그와 함께 기다린다. 이제 그가 손에 든 딱딱이를 칠 것이고, 때를 맞추어 막이 오를 것이다. 지금 오후 3시이다. 유명한 극장 가부키자에서 공연이 시작되는 시간이다. 11시까지 일곱 편의 연극이 상연될 것이다. 높이 드리워진 노란 무대 커튼에는 일렬로 늘어선 검은색 칼들이 그려져 있다. 관람객들은 무대 근처 우단을 씌운 의자에 앉아 있다. 발코니에서 방석을 깔고 책상다리를 하고 앉은 관람객들도 있다. 1천5백 명을 수용할 수 있는 넓은 공연장이 가득 찼다. 4월 한 달은 모두 큰 배우였던 5대 오노에 기쿠고로의 영전에 바쳐졌다. 그의 서거 33주년을 기념하여 유명한 가부키의 대배우들이 그가 좋아했던 연극을 공연한다. 프로그램에는 이렇게 쓰여 있다. 〈4월에 도쿄에 있는 사람들은 행운이 있도다!〉

 입을 다문 사람이 두 손을 들어 올린다. 탁! 탁! 탁! 검은 칼들이 그려진 노란 커튼이 천천히 열린다. 돌이 있는 정원들, 성, 뒤로는 협곡과 강, 벼랑에 벚나무가 서 있다. 무대 오른쪽에는 검은 옷을 입은 세 남자가 난간에 앉아 샤미센을 연주한다. 이것이 극을 진행시키는 코러스이다. 풍경에 대하여 언급하고, 새로운 등장인물들을 맞이하며, 영웅들이 기뻐하거나 한탄하거나 춤을 출 때 반주를 한다. 무대 왼쪽으로부터 악단석을 지나 무대 뒤까지 좁은 통로가 나 있다. 이는 꽃이 핀 길이라는 뜻의 〈하나미치(花道)〉로, 배우들이 장엄한 비극을 보여 주고자 입장하고 퇴장하는 통로이다. 무대는 황량하다. 샤미센의 연주는 초조한 듯한 느낌을 준다. 갑자기 코러스가 공포에 질린 소리를 지르기 시작한다.「오! 오! 오!」무섭게 생긴 사무라이가 성(城)에서 나온다.

 그는 형언할 수 없을 정도로 무겁고 화려한 의상을 입었다. 헐렁한 검푸른 색의 기모노에는 불가사리 혹은 문어 같은 큰 무늬가 흰색으로 박혀 있다. 청동 투구에는 두 개의 뿔이 나 있으며, 곤충의 더듬이처럼 떨면서 반짝인다. 눈썹은 위로 치켜 올라갔으며, 입을 짙게 화장했다. 아랫입술의 오른쪽 끝에 바른 붉은 물감 때문에 입은 비뚤어지고 경멸하는 표정을 지은 것처럼 보인다.

 사무라이는 천천히 계단을 내려온다. 혼자만으로 무대를 꽉 채운다. 그는 천천히 무겁게 움직인다. 마치 자신의 엄청난 힘을 쉽게 조절할 수 없다는 듯한 동작이다. 또한 그 자신이 전위, 본대,

후위를 아우르는 부대 전체인 듯한 모습이다. 그런 만큼 움직임이 둔하여 겨우 부분적으로만 간신히 움직일 수 있을 뿐이다. 그의 하인들이 아주 공손한 자세로 사방에서 달려 나와 그의 기모노를 손보고 주름을 펴주며 칼을 가져다준다. 그들은 그의 손발이 되어 대신 움직인다. 권력을 가지고 그처럼 완벽하게 사람을 부리는 경우를 나는 본 적이 없다.

이자는 무서운 영주 쓰나이다. 그는 악마인 임파라키와 싸워 이겼으며, 임파라키의 팔을 잘라서 지금 망루에 보관하고 지키는 중이다. 그는 언젠가 악마가 찾아와서 자신의 팔을 되찾기 위해 싸움을 걸어오리라는 것을 알고 항상 준비하며 기다린다. 그의 나이 많은 숙모가 와서 악마의 팔을 보여 달라고 청한다. 통치자는 부하로 하여금 팔을 가져오게 한다. 그러나 그 여인은 숙모로 둔갑한 악마이다. 악마 역은 6대 오노에 기쿠고로가 연기한다. 악마의 동작을 기술하기란 여간 어려운 일이 아니다. 악마는 우아하고 지극히 절제된 자세로 바닥을 긴다. 흔들거리다가 용수철처럼 갑자기 튀어 오른다. 어쨌든 자신을 제어하며 갑작스럽게 발걸음을 옮기는 방식으로 매우 천천히 전진한다. 그러다가 별안간 거의 알아차리지 못할 정도로 부르르 떨고는 현기증이 날 것 같은 속도로 내달린다. 악마는 자신의 잘린 팔을 번개처럼 낚아챈 뒤, 칼과 부채를 들고 사무라이와 거친 싸움을 벌인다. 격렬하게 요리조리 몸을 피하는 모습은 정신이 혼미할 만큼 현란한 춤으로 표현된다. 마치 두 마리의 맹렬한 표범이 서로 싸우다가 갑자기 운우지정(雲雨之情)을 나누는 것처럼 보인다. 여기서 관중은 문득 힘과 아름다움이 최상의 경지에 도달했음을 깨닫는다. 표범의 절정. 이보다 더 높은 지점은 없다.

연극은 한 시간 정도 계속된다. 다시 입을 다문 사람이 두 개의 막대기를 딱딱 치자 무대에는 폭이 좁은 막이 내려온다. 휴식 시간. 나는 복도를 이리저리 돌아다닌다. 하나의 완전한 공동체라고 볼 수 있는 이 커다란 극장을 탐색한다. 홀에는 작은 상점들이 즐비하다. 카드, 장난감, 부채, 사탕, 기모노, 게다, 우산 등을 판다. 일식, 양식, 중국식 등 여섯 개의 식당이 들어서 있다. 치료실과 놀이방도 있는데, 장난감이 있는 놀이방에서는 부모들이 공연을 보는 동안 맡겨 놓은 아이들을 보모들이 돌본다. 나는 낯선 무대 뒤를 살펴본다. 그러나 눈에는 훌륭한 두 배우들의 날아다니는 듯한 동작이 선하다. 이 광경은 기억의 뿌리가 뽑히지 않는 한 지워지지 않을 것이다.

새 연극이 시작되기 전에 독특한 막간극이 상연된다. 막이 오른다. 무대 전체에 심홍색 우단이 깔렸다. 2백 명의 가부키 배우들이 검은 옷을 입고 무대에 나와 있다. 이들은 큰 배우인 5대 오노에 기쿠고로의 후손들과 친척들, 그리고 후계자들이다. 다들 예배라도 드리는 듯 바닥에 납작 엎드렸다. 명배우 가문의 전 가족이다. 이들은 한동안 꼼짝도 하지 않는다. 이윽고 큰 배우의 아들이 일어나 말하기 시작한다. 그는 자신의 아버지와 예술에 대한 신념, 전통을 보존하고 예술의 쇠퇴를 막으려는 간절한 소망 등에 관하여 이야기한다. 말을 마친 그는 다시 이마가 바닥에 닿도록 절을 한다. 이때 막이 내려온다.

다른 연극은 악마와 주술사 등 초자연적인 것들로 차 있거나, 아니면 인간 사회의 이야기를 상연한다. 자살하는 두 연인, 아이를 구하기 위해 자신을 희생하는 어머니, 수치를 당한 아버지의 원수를 갚는 아들. 문학적으로는 보통 수준의 평가를 받을 만하다. 그러나 일본의 연극은 극작가 개인의 창작 욕구를 해소하기 위해 만들어진 것이 아니다. 그것은 두 가지의 큰 목적을 지니고 있다. 하나는 관객의 눈에 즐거움을 주고, 다른 하나는 배우의 기예를 내보이는 것이다. 예술적이고 아름다운 무대 장치와 의상은 최상의 것이다. 배우는 무대의 주인이고 무대를 호령할 만한 자격이 있다. 도취와 절제. 자유와 양식화. 충동과 지혜. 가령 가부키 배우가 들고 있는 부채 하나만 자세히 눈여겨보아도 그 기술과 아름다움에 놀랄 것이다. 배우의 손에서 부채는 살아 있는 것으로 둔갑한다. 그것은 아름답고 도전적이며 위협적인 천 가지 얼굴을 가진 실체가 된다. 부채는 새가 되어 날개를 펴고 접다가 사라진다. 또한 번개가 되어 붉은색, 초록색, 파란색 빛을 마치 혼령인 양 번쩍번쩍 비춘다. 무대 위의 사무라이가 전투의 절정에서 별안간 붉은 부채를 머리 위에 펼치는 모습은 강렬한 인상을 준다. 마치 무서운 붉은 새가 갑자기 그의 이마에 앉아 그 머리로부터 불을 뿜어 대자 상대가 겁에 질려 도망치는 느낌을 준다.

이것은 굉장히 신비스럽고 형언할 수 없는 매력을 가진 아주 새로운 세계이다. 일본의 그림이나 조각이나 이국적인 사원들도 그렇지만, 일본 배우들의 연기를 볼 때 우리는 서양이라는 국지적 관점을 초월하여 어떤 보편적 느낌 앞으로 다가서는 듯한 인상을 갖게 된다. 우리는 백인들의 영역을 넘어서는, 좀 더 심원하고 위험한 세계가 있음을 알게 된다. 그 세계가 위험한 까닭은 더 우아하고 더 강력하기 때문이다. 그 깊은 의미는 우리로 하여금 기존의 틀을 깨뜨리라고 권유한다.

일본의 예술

위대한 화가 가노 단유는 3백 년 전 사람이다. 그는 산들바람에 갈대 하나가 휘어져 있는 풍경이나, 황새 한 마리가 물결 위에 비친 자기 그림자를 바라보는 광경 등 자연을 그렸다. 그의 그림 한 점을 보노라면 예술의 소박한 의미를 이해할 수 있다. 빈약한 도구들을 사용하여 색깔도 쓰지 않고 흑백의 음영만으로 그는 완벽한 예술을 형상화해 냈다. 이런 최상의 경지에 도달하는 것은 지극히 어려운 일이다. 만약 렘브란트가 이 진지한 화가를 알았더라면 그의 그림에 도취했을 것이다.

어느 날 한 사찰의 주지가 병풍 그림을 주문했다. 모두들 위대한 화가가 작품을 완성하여 감상할 수 있기를 초조하게 기다렸다. 마침내 가노 단유가 주지에게 병풍이 완성되었다고 알렸다. 주지는 제일 좋은 옷을 입고 내려왔다. 화가가 병풍을 펼치자 주지가 몸을 숙여 그림을 보았다. 수염이 긴 한 노인이 나무 밑에 앉아 주변 풍경을 바라보고 있었다. 노인 뒤에는 두 동자가 노인을 존경하는 듯한 자세로 서 있었다. 주지는 즉시 그 노인이 중국의 위대한 시인 이백(李白)이라고 생각했다. 예전의 화가들은 이백을 그릴 때면 언제나 등에는 술잔을 매달고, 앞에는 폭포수가 떨어지며, 시인이 그 폭포를 바라보면서 찬탄하고 서 있는 모습을 그렸다. 가노의 그림에도 술잔은 등장했다. 그러나 폭포는 어디에 있는가?

「그림 속 인물은 이백이 아닙니까?」 주지가 놀라워하며 물었다.

「그렇습니다, 이백이죠.」

「그러면 폭포는 어디 있습니까?」

화가는 말없이 걸어가더니 반대편 문을 열었다. 절의 정원이 나타났다. 돌들 사이로 작고 맑은 폭포수가 흘렀다. 주지는 그 의미를 깨닫고는 미소를 띠며 고개를 끄덕였다. 그런 다음 깊이 절을 하여 화가에게 감사를 표했다.

예술에 대한 일본인들의 이해를 이보다 더 생생하게 보여 주는 이야기는 없다. 일본의 예술은 자연과 따로 떨어져 있는 것이 아니라 서로 밀착되어 있다. 자연은 예술을 연장하고 완성한다. 신의 작업과 인간의 작업이 유기적으로 상호 보완함으로써 완전한 예술을 만든다. 그림과 조각상, 절은 허공에 저 홀로 서 있지 않다. 그것들은 강, 바위, 대기와의 심원한 관계 속에서 나타난다. 더 나아가 그것들은 조상들과 신비롭게 교감한다. 따라서 화가의 일필휘지, 사찰의 우아한 지붕, 배우의 몸짓과 외침은 일본 전체를 표현한다.

다른 어떤 이유보다도 이것 때문에 예술품의 완전한 의미를 알기 위해서는 그 작품이 탄생한 숲이나 강이나 언덕에서 그것을 감상해야 한다. 이곳에 머물면서 절들을 구경하는 동안 나는 이 단순한 진리를 분명하게 깨달았다. 나무들 사이로 신성한 홍살문이 보인다. 신사에 도착했다는 것을 알 수 있다. 신의 문을 지나서 이끼가 덮인 오래된 고목들이 길게 줄을 지어 선 곳으로 들어간다. 가슴에 이끼 같은 평화로움이 번진다. 앞으로 가서 석등들이 늘어선 곳을 통과한다. 신사의 앞마당에 다다른다. 오래되어 벌레 먹은 신당이 나무 사이로 빛난다. 반짝이는 계단을 맨발로 오른다. 키 작은 구리 솥에 수정같이 맑은 물이 흘러넘친다. 하늘에서 흘러가는 구름이 그 위에 비친다. 가벼운 산들바람이 불어 물결이 인다. 모든 자연적인 힘들이 인간의 간섭이나 제한을 받지 않고 자연스럽게 행세한다. 서늘한 구름과 살랑거리는 나뭇잎과 시원한 공기 속에서 자연의 진면목을 본다. 그리고 끝내는 내가 그런 진면목의 한가운데에 있다는 것마저도 잊어버린다.

이토록 단순한 방법으로 최고의 신비감을 느낄 수 있으리라고는 꿈에도 생각하지 못했다. 나는 이곳에서 신성한 벌거벗음을 대면한다. 벌거벗은 여자, 벌거벗은 물, 벌거벗은 신성(神性). 이것들은 모두 하나이다. 마음이 맑은 물로 흘러넘친다. 마치 신사의 입구에 맑은 물이 가득 든 채로 놓여 있는 솥 같다. 구름과 나뭇잎이 그 솥 위로 지나가듯 마음속으로 사랑과 사상, 기쁨, 두려움이 지나간다. 내장이 신선하고 시원해진다. 바나나 잎사귀를 활짝 펼쳤을 때 나타나는 연두색 속 같다.

신사의 마지막 제단에 가기 전 작은 전각 속에 굵은 나무 둥치를 깎아서 만든 거구의 괴물들이 서 있다. 이 용같이 생긴 조각상들은 화재나 지진, 홍수 등 자연의 힘을 나타낸다. 그러나 무섭지는 않다. 이들도 조상들의 혼령이요, 사람의 정신적 기력이다. 이들을 쫓아 버릴 수도 있다. 이들은 구원에 이르는 예비 단계이다. 이들을 넘어가 신성한 곳 깊숙이 들어가면 몰아적인 최고의 감정과 대면하게 되는데, 그것이 바로 구원이다.

신실한 일본인들은 확실히 이 감정을 나보다 깊이 느낀다. 이 감정은 일본인들의 전 생애를 지배한다. 나는 헛똑똑이들과 스스로 영리하다고 생각하는 사업가들로 가득한 내 나라로 돌아갈 것이다. 그러나 일본인들은 여기 남아 있을 것이다. 그들은 이 신사에 계속 올 것이다. 그리고 점차 자신의 속을 완전히 바꾸어 버릴 것이다. 그런 뒤 거리에서 사람을 만나면 전과 다르게 인사할 것이다. 그리고 그들이 나무나 돌을 조각할 때면 종전과 달리 새로운 생명의 입김을 불어넣을 것이다. 더불어 하루의 고된 일과가 끝난 저녁에 어느 집에나 딸려 있는 작은 뜰에 앉을 때면, 그들은 아내와 아이들을 새로운 눈으로 살펴볼 것이고, 또 피로를 풀어 주는 어둠이 도착하는 광경을 전혀 다른 시선으로 대할 것이다.

나는 여러 사원에 들르면서 일본을 이해하기 시작했다. 일본인들의 아주 작은 동작도 신사의 입구에 놓여 있는 솥의 반짝이는 물, 세계를 반영하는 물과 완벽하게 조화되어 있음을 안다. 일본인들이 이런 식으로 그림을 그리는 까닭은 그들이 꽃과 아이들을 대단히 사랑하기 때문이다. 일본인들의 입술 주위에 어린 미소는 지금까지 그저 신비하게만 보였다. 이제 그 의미를 비로소 제대로 가늠할 수 있다는 생각이 든다. 이제는 일본 여자들이 걸어갈 때 몸을 부드럽게 흔드는 이유가 무엇인지를 안다. 그들의 전체적인 매력이 못생긴 입과 굽은 무릎을 다 덮어 주고도 남는다는 것을 안다. 그들이 만든 자그마한 물건들, 가령 나무 상자, 칼, 작은 컵, 부채, 인형, 나막신 등에 깊은 멋과 사랑과 이해와 아름다움과 단순함이 깃들어 있다는 것을 안다. 내가 신사의 물 위로 머리를 숙이고 내 얼굴과 일본의 얼굴이 겹쳐지는 것을 보는 순간, 내가 일본에서 경험한 춤, 극장, 다회, 정원, 집 등이 진정한 일본적 의미를 띠고 내 마음에 다가왔다.

여러 해 전 어느 날, 나는 어떤 여자와 함께 몸을 굽혀 우물을 내려다본 적이 있었다. 뺨을 맞댄 두 얼굴이 잠시 어둡게 출렁거리는 우물의 표면에서 어른거렸다. 나는 문득 내가 그 여자를 사랑하고 있음을 깨달았다.

 나는 이제 정말로 일본을 사랑하는 것 같다.

일본의 여자 —— 요시와라와 다마노이[1]

「자식이 없는 사람은 인생의 〈오! 저런!〉을 모릅니다.」 어느 날 한 일본인이 나에게 해준 말이다. 나는 다른 곳에서도 이와 유사한 말을 들은 적이 있다. 언젠가 눈 덮인 험준한 산을 뚫고 지나가던 중 아토스 거룩한 산의 작은 암자 앞에서 한 은자를 만났다. 그의 거처인 동굴 안에는 두 개의 성상과 물 항아리 하나, 의자 하나가 있었다. 은자는 동굴 밖에서 몸을 떨며 앉아 있었다. 나는 그의 앞에 서서 몇 마디의 말을 나누었다.

「어르신, 지내기가 힘드시겠어요. 스스로 몸을 고되게 하시네요.」

「그렇다네, 젊은이. 나 자신을 고통스럽게 하고 있지. 그러나 이런 아픔은 아무것도 아닐세. 진짜 고통은 이것과는 전혀 다른 것이라네.」

「무엇입니까?」

「아이를 가졌다가 잃는 것이네. 그것이야말로 진짜 〈오! 저런!〉일세. 그것 말고 다른 〈오! 저런!〉은 없다네.」

---

[1] 일본은 1958년 공창(公娼)을 불법화했고, 그에 따라 요시와라와 다마노이의 매춘업은 철폐되었다 —— 원주.

그러나 오늘 도쿄의 비좁고 붐비는 구불구불한 거리에서 나는 또 다른 〈오! 저런!〉을 알게 되었다. 사람에게 수치를 주기 때문에 더 어둡고 무거우며 힘든 〈오! 저런!〉이었다. 짙게 화장한 얼굴들, 그 무서운 가면들이 문에 나 있는 작은 창 너머로 나타나 부른다……. 며칠 동안 나는 요시와라와 다마노이에 있는 이 무서운 동네를 보고 싶었다. 그러나 이 광경들이 나에게 극복하기 어려운 수치심과 공포감을 불러일으키기 때문에 계속 미루어 왔다. 사람들의 육체적 정신적 질병과 인품의 타락을 생각하면 나의 마음은 분노로 가득 찼다. 그것은 고통을 당하는 불행한 자들에 대한 분노가 아니었다. 그토록 한없이 추락할 수 있는 인간의 본성에 대한 분노이자 유혹을 이겨낼 수 없는 인간의 육체와 정신에 대한 분노였다.

그러나 오늘 밤 나는 마음을 단단한 매듭으로 묶어 놓았다. 택시를 탄 후 기사에게 작은 목소리로 말했다. 부끄러웠기 때문이다.

「요시와라요!」

도심의 시끄러운 거리들을 지날 무렵 이슬비가 내리기 시작했다. 색색의 우산들이 펼쳐지고 거리는 빛났다……. 집들의 높이가 점점 낮아졌고, 행인들은 줄어들었으며, 동네는 어두워져 갔다. 갑자기 지등의 불빛이 늘어나더니 택시가 멈췄다.

「요시와라입니다!」 기사가 빛으로 넘치는 끝없이 긴 거리를 보여 주었다.

거리로 들어가는 입구 가운데에 큰 아치인 유명한 구루와가 서 있었다. 오랜 세월 유랑 시인들과 돈 많은 난봉꾼들이 이것을 두고 수많은 노래를 불렀다. 수 세기 동안 요시와라는 매춘의 왕국이었다. 이 아치를 통해 수백 년 동안 사무라이와 예술가들과 보통 사람들의 즐거운 행렬이 지나갔다. 아치 위에는 의기양양하게 으스대는 말이 쓰여 있었다. 〈멀리 있는 자들아, 내 말을 들어라. 가까이 와서 보아라! 구루와를 통과하여라. 그 순간 네 앞에 낙원이 열릴 것이다.〉 지옥은 항상 이런 식으로 말한다. 그러나 수많은 발걸음에 닳고 닳은 이 문으로 들어가 보자. 돈을 주고 사랑을 살 수 있는 이 대중의 문을 넘어가 보자.

깨끗한 거리에 늘어선 술집, 이발소, 약국, 과일 가게…… 정직한 중산층 시민들이 과자 봉지를 들고 걸어간다. 모두 조용하게 걷는다. 수치스러움에 걸음을 재촉하는 일도 없이 마치 집에라도 가는 듯하다. 일본인들은 기독교적인 육체의 저주를 겪지 않았으므로 매춘 같은 손쉬운 쾌락을 죄로 생각하지 않는다.

나는 이런 분위기에 고무되어 그들과 함께 계속 움직인다……. 길 양쪽으로 문에 커튼을 단 작은 목조 가옥들이 줄지어 서 있다. 입구의 바깥으로 나와 울타리를 앞에 두고 기모노를 입은 일본인이 한 사람 앉아 있다. 행인을 유혹하는 〈호객꾼〉이다. 그의 옆에 나 있는 관같이 긴 창문에 여자들의 사진이 붙어 있다. 호객꾼이 소리친다. 「들어오세요! 사진을 보고 고르세요! 들어와 보세요. 요시와라 최고의 미인들이 있습니다! 들르세요! 1엔! 1엔입니다.」

젊고 늙은 한 무리의 남자들이 다가가 전시물을 신중히 살펴본다. 나도 그들과 함께 가서 본다. 좁다란 진열장 뒤에 대략 열 장의 여자 사진이 붙어 있다. 얼굴에 짙은 화장을 하여 모두 똑같아 보인다. 정교한 건축물 같은 머리 장식, 작고 순진한 두 눈, 굳게 다문 붉은 입 — 데스마스크, 견딜 수 없는 쓸쓸함…… 긴 관에는 푸르스름한 불이 켜 있다. 유리창 저쪽으로 여자들이 무명 천 위에 줄지어 앉아 있는 것을 몸을 구부리고 본다. 문득 물에 빠진 여자들이 깊고 푸른 바다 밑에서 나를 뚫어지게 바라보는 듯하다…….

장소를 옮겨 계속 간다. 다음 진열장은 보라색으로 빛난다. 문의 커튼이 움직이더니 한 여자가 짙게 화장한 얼굴을 내밀고 나를 향해 웃는다. 갑자기 다른 여자가 나타난다. 첫 번째 여자와 똑같이 생겼다. 그다음에 세 번째 여자가 역시 똑같은 얼굴로 나타난다. 그들은 개성들을 뭉개어 버리고 가면이 되며, 또 한편으로는 가면 뒤에 숨어 마음껏 여성의 성적 기능을 발휘하겠다는 속셈으로 그렇게 진하게 화장한 것 같다. 마치 동양인들은 특정한 사람과의 접촉을 원하지 않고 비인격적이고 동물 같으며 동시에 종교적이고 원시적인 쾌락을 원하는 것처럼 보인다.

나는 몇 시간을 걸으면서 여자들을 본다. 요시와라가 주는 두려움은 그런대로 견딜 만하다. 집, 여자, 목소리 등 이곳의 모든 것은 즐겁고 근심이 없어 보인다. 진짜 두려움은 또 다른 홍등가인 다마노이에 있다. 두 사람이 지나가기도 힘든 좁고 어두운 골목길, 진한 비누 거품과 시금털털한 냄새와 사람의 체취가 범벅이 된 지독한 냄새. 수천 호의 무너져 가는 오두막집들, 작은 문마다 달린 좁다란 창. 매 창틀마다 형언할 수 없이 비극적인 여자의 머리가 나타난다. 창틀의 넓이는 여자 머리 하나를 겨우 담을 수 있는 정도이다. 얼굴은 흙손으로 분장을 한 듯 매끈하다. 그녀는 지나가는 모든 사람에게 웃음을 날린다. 그녀의 미소는 말라 버린 분가루와 두껍게 바른 립스틱 사이에 박힌 결정(結晶)이다. 그녀는 움직이지 않고 자세를 바꾸지 않으며 밤새 꼼짝 않고 서 있다······. 때때로 감미롭고 부드러운 말을 속삭일 때면 입술이 힘겹게 달싹이다가 이내 다시 다물어진다······.

끝없는 남자들의 행렬이 지나간다. 그들은 하룻밤의 쾌락을 위해 여자를 꼼꼼히 살펴본다. 그들은 때때로 말을 한다. 대개 숫자이다. 50센, 30센, 20센. 다시 묵묵히 다른 집으로 가서 더 싼 가격으로 골라잡을 수 있는 상대가 없는지 찾아본다……. 한 술 취한 아버지가 여덟 살 정도 되는 아들의 손을 잡아끌고 간다. 아이는 유럽식 짧은 바지에 솜털로 만든 챙이 넓은 모자를 썼다. 어쩐지 가톨릭 신부를 연상시킨다. 아버지가 집집마다 가서 여자를 아이에게 보여 준다. 여자는 아이에게 웃음을 지어 보이면서 그를 부른다. 아이는 겁이 나서 울음을 터뜨리며 더 이상 가지 않겠다고 고집을 피운다. 아버지는 크게 웃음을 터뜨리고는 다시 억지로 애를 끌고 간다…….

나는 바삐 걷는다. 이 공포를 견딜 수 없다. 나는 나와 동무해 주고 격려해 주기를 바라는 듯 사과 두 개를 산다. 사각형 창에 나타나는 무서운 머리들을 일부러 힘주어 쏘아보며 무서워하지 않으려고 애쓴다. 머리들이 마치 중국의 고문 도구인 칼을 쓴 것 같다. 구멍 뚫린 무거운 널빤지를 죄인의 머리에 씌우고 잠근 칼. 죄인이 칼을 쓰고 있는 것처럼 이 여자들도 목에 문 전체를, 오두막집 전체를, 다마노이 전부를, 도쿄 전부를, 인류 전체를 쓰고 있는 것처럼 보인다. 부끄럽다. 마치 우리 남자들이 이 여자들에게 더할 수 없이 무거운 책임을 지운 것 같다. 또한 이 여자들이 전장의 가장 무서운 장소에서 싸움을 벌이고 있는데, 남자들은 창피하게 숨어 버리기라도 한 듯한 느낌이 든다.

별안간 나는 혐오감을 물리친다. 어떤 창으로 다가가 멈춘다. 나타나는 가면을 살펴본다. 얼굴에 하도 두껍게 분칠을 해서 나를 보고 웃을 때 페인트칠한 벽의 표피가 박리되는 것처럼 분칠이 갈라진다. 그러나 그녀는 분명 인간의 두 눈을 가졌다. 예전에 멀리 떨어진 북쪽 지방의 도시에서 우리에 갇힌 원숭이를 본 적이 있다. 원숭이는 손바닥으로 뺨을 감싸 쥐고 뭐라 말할 수 없는 슬픈 표정으로 나를 쳐다보았다. 이따금 원숭이는 기침을 했다.

원숭이는 인간이 우리 안에 불법적으로 가두었기 때문에 불평을 하고 있었던 것이다……. 무슨 이유로 나를 가두었나? 무슨 이유로? 사람을 닮은 원숭이의 슬픈 눈이 끊임없이 물었다.

슬픈 기억을 쫓아 버리려고 머리를 뒤로 젖힌다. 다시 내 앞에서 웃음을 짓는 여자의 머리를 찬찬히 본다. 나도 웃으려고 애를 쓴다. 여자가 용기를 내어 한마디 말을 한다. 나는 그 말뜻을 모른다. 그러나 어조는 매우 부드러웠고 애원하는 듯해서 우리 둘 사이의 벽이 무너진 것 같다. 실제로 작은 문이 살짝 열렸다. 나는 부지불식간에 초라한 다다미 위에 책상다리를 하고 앉아 있다. 휑한 벽에 걸려 있는 선원들의 그림 몇 점. 다다미 위에 펴진 요. 옛날에 이 여자들은 이 요를 등 뒤에 걸머진 채 거리를 걸었다고 한다…….

방 안이 차다. 여자는 무릎을 꿇고 조용히 내 앞으로 작은 화로를 밀어다 놓는다. 숯이 그 안에서 벌겋게 탄다.

게이샤

단테가 지옥에서 나왔을 때 그는 구부정한 허리에 창백한 입술, 험악한 눈빛으로 쏘아보는 듯한 눈을 하고 거리를 걸었다. 마치 무섭고 절망적인 장면들을 보기라도 했다는 듯한 태도였다. 다마노이에서 하룻밤을 지낸 다음 날 나는 도쿄의 거리를 단테처럼 걸었던 모양이다. 일본에서 오랫동안 산 친구가 내 어깨를 덥석 잡더니 웃으며 큰소리로 말했다.

「얼굴이 그게 뭐야? 다 해진 신발처럼 우울한 표정을 하고는. 꼭 웃음을 잃은 그 피렌체 사람[1] 같구먼.」

그에게 지난밤 나의 〈슬픈 도시〉 여행을 말해 주었다. 친구는 얼굴을 찡그렸다. 그는 20년째 도쿄에 살고 있었다. 일본어를 유창하게 구사하고, 이 나라를 조국처럼 사랑한다.

「그런 쓰디쓴 추억을 가지고 일본을 떠나면 안 돼. 오늘 밤 나와 같이 가세. 벌거벗은 영양처럼 지극히 순진한, 전혀 딴판의 여자들을 만나게 될 걸세. 우리 조상들이 그토록 사랑했고, 지혜로운 노(老) 소크라테스가 제자처럼 그 발치에 앉아서 사랑과 아름

---

[1] 단테를 이른다.

다움과 고상함의 의미를 배웠던 그런 여자 말일세. 향기로운 기모노를 입은 아주 멋진 접대부라네. 자네가 훌륭한 학생이라면 그들의 발밑에 앉아서 사랑과 아름다움과 고상함의 의미를 배울 수도 있을 걸세.」[2]

「나는 가면에 질렸어.」 나는 짜증이 나서 말했다.

「무슨 가면?」

「일본인의 얼굴들 말이야. 남녀를 불문하고 일본 사람들은 모두 가면처럼 웃어. 가면 뒤에 무엇이 숨어 있는지 알 수 없다네. 진짜 얼굴을 보고 싶어 죽겠네. 따듯한 살이 보이고, 웃고 화내고 나를 모욕하는 그런 얼굴 말일세. 가면은 더 이상 보기 싫다네.」

친구가 웃으며 말했다. 「가면은 없어. 좀 더 솔직하게 말한다면, 실은 얼굴도 없다네. 가면을 벗기면 아주 똑같이 생긴 가면이 나오네. 끝까지 계속 그렇다네. 인형 안에 인형이 있고, 또다시 그 안에 인형이 들어 있는 일본의 인형을 꼭 닮았지. 얼굴은 없네. 얼굴이 없는 것, 그것이 바로 일본의 얼굴일세. 철학적인 이야기는 관두세. 날이 어두워지는군. 어서 가지.」

큰 지등 두 개가 낮은 지붕에 달려 있다. 문은 열려 있다. 우리는 안으로 들어간다. 방금 쓸어 놓은 마당. 조그만 소나무가 화분에 심어져 있다. 돌 수반에는 물이 가득 찼고 노란 꽃들이 둥둥 떠 있다. 현관에 대여섯 명의 여자들이 나타난다. 그들은 줄을 지어 무릎을 꿇고 절을 한 다음, 일어서서 쾌활한 목소리로 인사말을 건넨다.

「이랏샤이마세, 이랏샤이마세(어서 오세요, 어서 오세요)!」

---

[2] 소크라테스가 제자처럼 그 발치에 앉아서 배웠다는 여자는 구체적으로 플라톤의 『향연』에 나오는 디오티마인데, 이 여자에게서 그는 사랑의 의미를 배웠다.

그들은 우리의 신발을 벗기고 부드러운 가죽 슬리퍼를 신긴 후 안내한다. 우리는 위층으로 올라간다. 광택을 낸 나무 마루가 빛나며 삼나무 냄새가 난다. 골방처럼 작은 방들을 병풍으로 가려 놓았다. 얇은 돗자리가 깔린 모든 방마다 낮고 작은 옻칠한 탁자와 부드러운 방석들, 그리고 화로가 놓여 있다. 걸개그림이 한 점 벽에 걸려 있고, 작은 꽃병에는 꽃 두어 송이가 꽂혀 있다.

우리는 책상다리를 하고 바닥에 앉는다. 사람들이 차와 쌀로 만든 과자를 내온다. 다음에는 술과 잣을 내어다 준다. 어린 소녀가 들어와 코가 돗자리에 닿도록 절을 한다.

「목욕 준비가 됐습니다.」 소녀가 말한다.

우리는 욕실로 들어간다. 단지 2분 동안 목욕한다. 그저 원기를 회복하는 정도에서 마친다. 그런 다음에 욕의(浴衣) 같은 가벼운 기모노를 일컫는 유카타를 입는다. 우리는 다시 책상다리를 하고 돗자리에 앉는다.

기쁨, 순수, 감미로움! 미지근하게 데운 술을 마시며 나는 인생이란 얼마나 단순한 것인가 하는 생각을 한다. 꼭 이 골방 같지 않은가. 사랑이란 얼마나 순진하고 신성한 접촉인가! 목마른 자가 마시는 물처럼 아무런 감상의 표출이나 꾸밈이 없다! 나는 이곳에서 사랑에 대한 고대 그리스인들의 이해가 어떤 심정에서 우러나왔는지를 생각한다. 나의 조상들은 여자에게 기쁨을 주고 여자로부터 기쁨을 받는 것은 결코 치명적인 죄가 아니라고 믿었다.

게이샤들이 우리를 둘러싸고 찬찬히 뜯어보며 웃음을 터뜨린다. 그들의 눈은 맑고 순수하며, 뻔뻔스러움이나 노골적인 감정 표시 같은 것은 전혀 없다. 마치 편안한 집에 찾아간 우리를 사랑하므로 파티를 열어 환대해 주는 듯하다. 나이 많은 게이샤가 일어난다. 그녀는 나이가 들어서인지 춤을 추지 않고 샤미센만 연주한다. 내 친구는 자신의 주위에 있는 나이 어린 게이샤들을 쓰다듬는다. 그가 말해 주기를 게이샤는 열다섯 살이 될 때까지 어린 무희를 일컫는 마이코로서 옷 입는 법, 화장, 춤, 말하기, 남자에게 호감을 주는 법 등을 배운다고 한다. 열여섯 살이 되면 완벽한 게이샤가 되어 자신의 임무를 수행한다. 초대받은 곳으로 가서 춤을 추고 샤미센을 연주하며 남자들을 즐겁게 하고는 화대를 받아 가지고 수양어머니에게 돌아온다. 수양어머니란 게이샤의 여주인을 말하며, 게이샤를 부모에게서 사거나 빌려서 먹이고 키우고 옷을 입히며 그녀가 받은 화대를 거둔다.

나이 든 게이샤가 구석에 앉아 샤미센을 무릎에 얹고 옷섶에서 삼각형의 상아 픽[3]을 꺼내어 샤미센의 세 줄을 퉁겨 보기 시작한다. 제일 어린 게이샤, 그러니까 게이샤 지망생이 춤을 추기 위해 벌떡 일어난다. 방의 한가운데 서서 우리에게 각각 조용히 무릎을 꿇고 절한다. 키가 작고 귀여운 소녀로, 벚꽃 문양으로 장식한 푸른색 기모노를 입었다. 춤이 시작된다. 연인에 대한 그리움을 표현한 조용하고 단순한 무언극이다. 가슴에서 편지를 꺼내어 읽은 후 다시 가슴으로 집어넣는 체한다. 그녀는 기다린다. 그러다가 갑자기 놀라며 연인이 나타난 것을 보았다는 표시로 탄성을 지른다.

춤이 멎는다. 소녀는 다시 경의를 표하고 이마가 돗자리에 닿을 듯이 절을 하더니, 가까이 다가와 앉아서 웃음을 짓는다. 샤미센 연주는 계속된다. 이제 나이 든 게이샤가 노래를 부른다. 방금 춘 춤의 주제를 노래로 이어 간다. 〈남녀로 만난 우리는 서로 합하여 뜨거운 불길과 험한 바다를 뚫고 죽음까지 넘어가겠네!〉

---

[3] 악기의 줄을 퉁기는 도구.

세 번째 게이샤의 뺨이 벌겋게 달아오른다. 나이는 스무 살 정도였다. 그녀는 자신이 제일 좋아하는 춤을 추기 위해 일어선다. 춤사위는 점점 빨라지고 격렬해진다. 연인이 왔다가 떠났다. 그녀는 즐겁고 만족스러운 기분으로 춤을 춘다. 연인과 함께 지낸 것을 추억하며 즐거워한다. 그녀는 금빛 연꽃 무늬가 커다랗게 수놓인 검은색 기모노를 입었다. 때때로 격정에 달했을 때 옷섶이 벌어져 속에 입은 붉은 가운이 내비친다. 춤이 끝나고 절을 한 다음 우리 가까이로 와서 앉는다. 거친 숨을 몰아쉰다. 우리는 함께 놀고 웃고 농담을 한다. 나는 친구를 통해 샤미센을 연주한 나이 든 게이샤가 살아오면서 무엇이 가장 기뻤는지를 묻는다. 그녀는 묵묵부답이다. 다시 묻는다.

「어떤 기쁜 일도 생각나지 않습니다. 슬픈 일만 기억납니다. 일곱 살이었을 때 아버지가 나를 팔았습니다. 빚을 많이 졌기 때문입니다. 팔리자마자 남자에게 호감을 얻기 위해 춤, 샤미센, 노래를 배웠습니다. 힘들었죠. 아주 고된 일이었습니다.」

나는 털이 복슬복슬한 고양이 같은 어린 게이샤에게 묻는다. 그녀는 화로를 쬐고 있다.

「너의 가장 큰 소망은 무엇이지?」

그녀는 얼굴을 붉히며 화롯불 위로 몸을 구부린다. 우리는 재촉한다. 하지만 그녀는 대답하지 않는다. 그때 가장 나이 든 게이샤가 부드럽게 쓴웃음을 지으며 말한다.

「시집가는 것이죠! 그 밖에 무엇이 있겠어요? 자기를 여기서 멀리 데려가 줄 남자를 만나는 것이죠. 그것이 우리 모두가 바라는 일입니다.」

분위기가 무거워진다. 나는 어리석고 절망적인 질문을 하여 이들을 화나게 한 것을 천만번 후회한다. 나이 든 게이샤가 샤미센을 무릎 위에 걸치고 노래를 부른다. 〈이곳에서 게이샤로 지낸 것도 벌써 수년. 그동안 연인을 기다렸네. 오늘 새벽 그가 꿈속에 왔네. 잠이 깨어 나는 울고 또 울었네. 지금도 울고 있네……〉

다른 두 게이샤가 튀어 오르듯 일어나 춤을 춘다. 격정적인 춤사위. 하등의 거만한 몸짓이 없는 조용하고 에로틱한 쫓고 쫓김. 마치 꿈속의 그 남자와 여자가 함께 자리하여 재미있게 놀고 있는 듯하다. 그들은 풀밭의 두 마리 염소처럼 순진하고 쾌활하게 놀고 있다.

사람들이 작은 술병과 굴을 다시 내왔다. 노란 돗자리가 깔린 작은 방이 고요하고 신비스럽게 빛난다. 붉은색의 작은 등이 가득한 절, 혹은 야간 법회를 여는 시기의 절 같기도 하다. 술과 굴과 화장분에서 풍기는 냄새가 땀방울 속에서 녹는다. 다음 날 새벽에 일어나니 젊은 두 게이샤가 무릎을 꿇고 이마가 돗자리 바닥에 닿도록 절을 하며 작별을 고한다. 우리는 꽃 피는 아몬드나무의 매우 달콤하고 쓴 향기를 손과 머리에 묻힌 채, 꽃이 만발한 정원에서 나온 듯한 느낌이다.

작별

 임무를 완수했다. 3천8백 개의 섬을 거느린 이 먼 태평양의 여왕 일본을 방랑하는 일이 끝났다. 보고 들었으며, 기뻐했고 슬퍼했다. 일련의 사건들에 대한 이야기가 모두 끝났다. 아직도 남은 것이 있는가? 작별을 고하는 것뿐이다.
 내가 본 것을 떠올린다. 슬픈 것: 오사카와 도쿄에서 보았던 여공들의 파리한 모습, 노동자 거주 구역, 자그마한 창문에 가면들이 나타났던 오싹한 다마노이. 기쁜 것: 나라, 교토, 조각과 그림, 정교한 정원, 노의 비극, 가부키 연극, 눈에 흙이 들어갈 때까지 기쁨을 줄 춤, 벚꽃, 어느 날 밤 춤을 춘 게이샤…….
 일본처럼 절정기의 고대 그리스를 연상시키는 나라는 세계 어디에도 없다. 고대 그리스에서 그랬던 것처럼, 과거의 일본에서 그리고 그 과거의 흔적이 아직도 남아 있는 오늘날의 일본에서는 일상생활에 사용하는 수제 용품들이 아무리 사소한 것일지라도 사랑과 아름다움으로 만들어진 멋진 예술품이 된다. 그런 제품들은 민첩하고 솜씨 좋은 손에서 나온다. 그 손은 아름다움과 단순함과 우아함을 갈망한다. 일본인들은 이것을 〈시부이(화려하지 않으면서도 차분한 멋이 있다)〉라고 한마디로 표현한다.

일상의 아름다움. 이것 말고도 그리스와 일본은 서로 닮은 것들이 많다. 두 나라의 종교 속에는 모두 즐거움을 추구하는 측면이 있으며, 신과 인간이 우호적으로 교류한다. 두 나라 사람들은 의식주에서 동일한 형태의 단순함과 아름다움을 간직했다. 자연을 숭배하는 제례 의식도 비슷했다. 예를 들면 그리스에는 〈안테스테리아〉,[1] 일본에는 벚꽃 놀이가 있다. 춤이라는 동일한 뿌리로부터 두 국민들은 똑같이 신성한 열매인 비극을 만들었다. 두 나라 다 몸으로 하는 운동에도 지적 목적을 부여하려고 애썼다. 일본인들에게 있어 활쏘기는 말하자면 몸의 운동을 통한 예배이다. 어째서 그럴까? 어느 일본인 체육학 강사가 나에게 그 이유를 이렇게 설명했다.

첫째, 활을 쏘기 위해서는 먼저 생각을 해야 한다. 화살을 쏘기 전에 생각하는 버릇은 누구든지 가지고 있다. 큰 도덕적 힘을 획득하려면 이 습관이 일상생활에 필요하다.

둘째, 활쏘기는 자제력을 강화시킨다. 사람의 삶에서 대단히 중요한 냉정함을 길러 준다.

셋째, 활쏘기는 우아한 동작을 만들어 준다.

고대 그리스인들은 그리스 문명에 들어간 최초의 재료들을 동방과 이집트로부터 받아 더욱 성공적으로 변형시켰다. 또한 기괴한 신들로부터 인간의 신성한 모습을 해방시키는 데 성공했다. 그리스인들은 끔찍한 신화, 잔인한 원시 종교, 초자연적인 것에 대한 공포를 새롭게 해석하여 인간을 숭고한 존재로 격상시켰다. 이와 똑같이 일본인들은 인도로부터 종교를 받아들였으며, 문명의 최초의 재료를 중국과 한국으로부터 도입했다. 일본인들 역시 자

---

[1] 꽃의 축제라는 뜻의 봄 축제로서 고대 그리스의 4대 축제 가운데 하나였다. 포도주와 죽은 사람을 위한 축제였다.

연적인 것들과 기괴한 것들을 성공적으로 인간화시켰으며, 사람의 눈높이에 맞는 종교, 예술, 행위 등 고유의 문명을 창조했다.

이것은 일본이 지닌 얼굴 중의 하나로 아름답다. 물론 다른 얼굴도 가지고 있다. 엄격하고 단단하며 단호한 얼굴인데, 이 얼굴은 소련의 얼굴을 되새기게 한다. 기계에 대한 숭배, 국가를 둘러싼 위험에 대한 인식, 서구를 따라잡고 뛰어넘으려는 결의 등은 두 나라 모두 같다. 더불어 산업에서의 비약적인 발전과 산업을 초월하는 비밀스러운 사상적 목표 등도 서로 같다. 구세주로서의 세계적 사명에 대해서도 같은 신념을 지녔다. 그리고 아시아 정복이라는 임무를 수행하려는 데 있어서 똑같이 초기 단계에 있다.

호리호리한 체구에 수퇘지 이빨을 가진 일본인 교사가 이렇게 말해 주었다.

「우리가 가르치는 역사가 약간 왜곡되었다는 것을 인정합니다. 예를 들어, 확인된 사건들을 말하지 않으며, 과학적인 목적도 가지고 있지 않습니다. 현재 역사 교육의 목적은 교훈입니다. 젊은 이들에게 조국과 민족을 위한 희생과 용기의 본보기를 주는 것입니다. 박식한 역사학자나 비평가는 우리에게 필요하지 않습니다. 희생할 준비가 되어 있는 용감한 사람들이 필요합니다. 이런 사람들을 반드시, 꼭 창조해야만 합니다. 그러지 않으면 패배합니다. 야마토다마시(大和魂)[2]는 두 기둥의 둘레를 돕니다. 첫째, 일본 혼은 밖으로부터 닥쳐오는 큰 위험을 느낍니다. 둘째, 안으로부터의 위대한 사명을 갖습니다.

위험: 무서운 적들이 우리를 둘러쌌습니다. 우리는 강해져야

---

2 〈일본 혼〉을 말한다.

합니다. 육군, 해군, 공군, 농업, 산업, 상업 등 모든 분야가 최고의 위치에 서고 가장 큰 힘을 가져야 합니다. 그러나 우리가 강해질수록 위험은 커집니다. 우리의 강력한 힘을 보고 적들도 자신들의 노력을 강화하고 우리에게 대항하는 동맹을 맺기 때문입니다.

사명: 우리에게는 아시아를 깨우고 해방시켜야 할 책임이 있습니다. 중국의 위대한 예언자인 쑨얏센(孫中山)[3]이 1924년 고베에서 말한 것을 잊지 않고 있습니다. 〈아시아의 인구는 12억입니다. 유럽의 인구는 고작 4억입니다. 모든 아시아인이 단결한다면 자유를 찾을 수 있습니다.〉 이 말을 결코 잊지 않을 것입니다. 우리의 책임은 막중합니다. 우리가 아시아의 머리이기 때문입니다.」

이 키 작은 교사는 말을 하면서 고개를 빼어 올린 수탉처럼 목을 위로 쭉 뻗었다. 그의 목소리가 거칠어졌다. 233,862명의 일본 교사들은 젊은 세대들을 모아 놓고 외칠 때, 이 교사처럼 목을 뽑아 올리고 소리칠 것이다. 〈더 이상 피그미가 되지 마라! 바보 취급을 받지 마라! 신체를 단련하는 운동을 해라! 키를 키워라! 고기를 먹어라! 강해져라! 정신과 몸과 마음을 단련해라! 기계, 비행기, 증기선, 대포, 공장을 보아라! 단단히 주의해라! 백인들보다 더 낫지 않으면 우리는 진다! 넓은 대지를 보아라! 조상들을 부활시켜라! 조상들의 명령에 복종해라! 침묵, 단련, 단호한 의지! 아시아는 우리 것이다! 세계는 우리 것이다! 니폰 반자이(일본 만세)! 일본이여 영원하라!〉

이렇게 일본 수탉이 목쉰 소리로 외치면 그 적인 소련은 가슴을 부풀려 똑같이 외친다. 이 두 수탉 사이에서 아시아는 수많은 병아리들을 불러 모은다.

---

3 쑨원(孫文)을 이른다. 중산(中山)은 쑨원의 호이다.

아름다운 옛 일본은 기모노와 등과 부채와 함께 사라진다. 힘센 새 일본은 공장과 대포와 함께 매일 아침 깨어나고 갈수록 사나워진다. 일본 국기의 떠오르는 해는 뜨겁게 달구어진 대포알을 닮았다. 과연 일본이 아름다움과 힘이라는 두 가지 기초 성분으로 어떤 합성물을 만들어 낼 수 있을 것인가?

일본의 젊은 예언자 이토 한니의 말을 들어 보자. 나는 이 젊은 이를 좋아한다. 그는 용감하게도 〈나〉를 말하고, 감히 스스로 자신의 민족 전체를 대변하려고 들기 때문이다. 〈새로운 동양주의〉라는 그의 복음이 지닌 순수성과 젊은이다움과 예언자적 대담성이 마음에 든다. 그가 말하는 것은 모두 값지다. 왜냐하면 목표를 향해 돌격하는 노선을 취한 일본이 혼란스러운 시기를 맞고 있는 때에 그의 말은 국민들을 계몽하고 있기 때문이다.

〈새로운 동양주의란 무엇인가? 우리는 동양의 발흥을 확신한다. 서구 문명은 썩었으며 얼이 빠져 있다. 세계로부터 질적인 가치를 휩쓸어 버린 자본주의의 물결 속에서 우리는 그런 사실을 극명하게 볼 수 있었다. 동양의 문명은 태평양보다 더 깊다. 그리고 아직 청춘의 봄을 구가한다. 오랫동안 기다렸던, 동양이 꽃을 피울 날이 왔다. 새로운 국제적 생활양식이 중국 대륙에 개화할 것이다. 일본의 어부와 중국의 농부 사이에 우정의 꽃이 반드시 피어야 한다. 동양의 두 큰 형제는 잠에서 깨어나 손에 손을 잡고 걸어야 한다.

동양에서 물질적 문명을 발달시키자. 그리하면 우리의 근로자는 일을 즐겨 할 것이다. 자본주의를 이용하되 삶을 행복하게 만들기 위해 필요한 시기만큼만 적용하자. 수천 명의 영혼들이 굶어 죽어 가는 판에 식량을 산더미처럼 쌓아 놓은 나라들은 얼마나 지독한 짓을 하고 있는 것인가? 이 세계로부터 빈곤과 궁핍을 몰아내자. 살〔肉〕 속에 정신이 들어 있듯 물질주의 속에 행복이 있다. 그것으로부터 예술, 종교, 노래들이 태어날 수 있다. 그러나 《우리의 시대》라고 불리는 혼돈은 물질주의를 꽃피울 수 없다. 우리는 생산력을 최대한도로 향상시키고 생산물을 모든 사람들과 함께 나누어야만 한다. 이것이 바로 새로운 동양주의의 희망이다!

들어라, 일본인들이여! 일본은 중국의 구원자가 될 수 있다. 마찬가지로 중국도 일본을 구할 수 있다. 중국이 하나의 민족으로 보다는 단지 고객으로서만 우리에게 흥미가 있다고 말하는 것은 옳지 않다. 중국인들은 위대한 민족이다. 그들은 매우 오래되었고, 그러면서도 진실로 새로운 국민들이다. 그들의 혼은 순결하다. 중국은 공산 국가도 파시스트 국가도 제국주의 국가도 식민지 국가도 아니다. 중국의 운명은 일본의 운명과 한데 묶여 있다. 만약 세계 전쟁에서 일본이 백인들에게 패한다면 동양은 모두 암흑 속에 빠져 버릴 것이다. 왜냐하면 서구의 어느 나라도 정의와 사랑의 의미를 알지 못하기 때문이다. 그러나 일본이 이긴다면 중국도 해방될 것이다. 영국이 지배하는 인도나 프랑스가 다스리는 인도차이나도 마찬가지로 자유를 얻을 것이다. 아시아 전체가 물질주의적인 백인 문명에서 해방될 것이다. 건방지고 자본주의적인 서구로부터 중국을 구하라! 대륙의 혼과 섬의 혼을 통합하라! 새로운 동양을 창조하라! 새로운 동양주의의 깃발에는 크고 붉은 태양이 있다. 이 깃발 아래서 우리는 동양과 인류의 행복을 위하여 싸울 것이다!〉

젊은 황인종 예언자의 이 말들이 내 기억 속에서 불꽃처럼 너울거린다. 지금 나는 고속으로 달리는 기차 안에서 일본의 풍경이 스쳐 지나가는 것을 본다. 무릎까지 담근 채 논에서 등을 굽히고 있는 왜소한 일본의 농부들을 쳐다본다. 벚꽃은 이미 시들었다. 다른 꽃나무가 꽃을 피우기 시작한다. 삶의 바퀴는 계속 돌아간다. 새로 잎을 틔운 등나무가 보라색 포도 덩굴처럼 늘어져 대기를 향기로 채운다.

기차 안에서 나는 창밖을 본다. 등에 아이를 업은 채 파리한 얼굴에 웃음을 짓는 일본 여자들에게 조용히 작별을 고한다. 나는 위대한 전사들을 대하듯 그들을 본다. 실제로 일본 여자들은 여행 포스터나 낭만적이고 피상적인 설명과 얼마나 다른가! 정교한 머리 장식을 하고 굽이 높은 나막신을 신은 우아한 자태의 인형들. 웃고 절하고 기모노를 입고 벗을 줄 아는 인형. 포스터에는 모두 인형들만 그려져 있다. 그러나 이곳에 오자마자 분칠한 가면 뒤에서 의지가 강하고 참을성이 많으며, 용감하고 과감한 사랑도 할 줄 아는 사람이 꿈틀거리고 있음을 알게 된다. 일본의 여가수가 부르는 민요에는 이런 가사가 들어 있다. 〈당신과 나는 한 가닥 솔잎의 반쪽들. 메마르거나 땅에 떨어지더라도 서로 헤어지는 법이 없네.〉 그녀의 외유내강은 허약함이 아니라 단련된 의지력에서 나온다. 강한 의지에 힘입어 그녀는 어떤 불행도 흔들림 없이 마주 대할 수 있다. 아무리 가난하고 불행하더라도 그녀는 불평하는 법이 없다. 훌륭한 전사가 전장에서 싸우다가 자신이 죽을 수도 있음을 받아들이는 것처럼, 그녀는 자신의 운명을 평온하게 받아들인다.

후지 산

 기차는 기적 소리를 울리며 산과 들을 뒤로하고 계속 앞으로 달려간다. 일본이 지나간다. 새파란 하늘에 구름이 흩어져 있다. 산과 해안이 투명한 대기 속에서 가볍게 웃는다. 일본만큼 그리스의 지형을 닮은 나라도 없다. 레이스 모양의 해안, 금빛 모래사장, 어촌, 사각형의 검은 돛이 달린 화살 같은 배. 나는 눈을 뜬다. 마음을 연다. 기억 속에 잡아 두기 위해 애를 쓴다. 선, 색, 얼굴, 기쁨, 슬픔, 이 나라에서 겪었던 근심, 사라져 버리는 환상적인 연극······. 일본의 풍경을 통일된 하나의 이미지로, 풍요롭고 단순한 하나의 사상으로 농축시키려고 애를 쓴다. 지금부터 10년이나 20년 후에 어떤 것들이 걸러져 남아 있을까 궁금하다. 풍성한 것들, 다양한 요소들을 도저히 하나로 통합할 수 없다.

 그런데 문득 해결책이 나타났다. 내가 갈구했던 윤곽, 모든 것을 수용할 수 있는 단순한 선. 그것은 하나의 구원이었다. 열차 안의 모든 승객들이 갑자기 일어난다. 모두 감동에 차 있다. 창문들이 열린다. 어머니들은 아이들을 높이 쳐든다. 손들을 오른쪽으로 뻗친다. 바로 저기. 모두들 환호한다. 「후지! 후지 산!」 나는 벌떡 일어선다. 수주일 동안 일본에 있었지만 성산(聖山)은 아직 보지 못했다. 그간 하늘은 흐렸고 비가 왔다. 성산은 짙은 뭉게구름 뒤에 숨어 있었다. 자, 오른쪽으로 몸을 틀어 보자. 머리를 약간 흔들어 보자. 그러면 눈 안에 행복이 충만할 것이다.

몇 초 동안 나는 꼼짝 않고 서 있었다. 어떤 것이 가장 큰 행복인지 모른다. 행복의 문 앞에 서서 〈마음이 내키면 들어가고, 그렇지 않으면 들어가지 않겠다. 나는 자유다!〉라고 말하는 것인가? 아니면 한시도 지체하지 않고 입구를 지나 그 안으로 들어가는 것인가? 행복해지고 싶었던 때가 실은 가장 행복한 때였던 것처럼 행복의 입구에서 어쩔 줄 모르고 안달하는 것, 그것이야말로 최상의 행복이라고 생각한다. 몇 초 동안 나는 몸을 돌려 보고 싶은 충동을 억제한다. 이것이 바로 궁극적이고 가면을 벗은 진정한 일본의 얼굴일 것이라고 추측한다. 그리고 이것이 나의 질문에 대해 해답을 주리라고 기대한다.

나는 몸을 돌린다. 하늘 높이 치솟았으며, 발끝에서 정상까지 순백의 눈으로 덮였고, 매우 단순하게 굽었으며, 아름다움과 힘으로 충만하고, 환상적이며, 평온하고 조용한 일본의 성산! 그 산이 사파이어같이 파란 하늘을 배경으로 아름다운 윤곽을 드러냈다.

어느 날 나는 이온 드라구미스[1]와 함께 그의 서재에서 이메투스 산을 보았다. 그는 상반되는 능력들과 고상한 근심들을 가득 품은 대단히 훌륭한 사람이었다. 비통한 마음에 두껍고 감각적인 입술을 굳게 다물고 있던 그가 몸을 돌려 나에게 말했다.

「이 산을 순수한 눈으로 매일 바라보았다면 내 인생은 달라졌을 걸세.」

일본인들은 순수한 눈으로 후지 산을 본다. 분명히 산을 보면

---

[1] Ion Dragoumis(1878~1920). 그리스의 민족주의 지도자이자 작가로, 카잔차키스의 작가 생활 초기에 커다란 영향을 미쳤다 — 원주.

서 그들의 혼은 엄격하고 절제된 후지 산의 윤곽을 잡아들인다. 이 산은 진짜 조상신이다. 이 조상신이 자기 형상대로 일본을 창조했다. 전설, 신, 동화, 무언극들, 일본인들의 상상력이 지어낸 이 모든 놀이 또한 조상신의 형상대로 만들어졌다.

일본의 어린이들은 모두 학교에서 도화지에 후지 산을 수없이 그렸다. 그렇게 함으로써 아이들은 힘과 아름다움을 조화시키는 굳세고 단순한 선을 어떻게 그리는지 배웠다. 일본인들은 후지 산의 리듬에 따라 자신의 손놀림을 단련하고, 조정하며, 완성시킨다. 나무, 돌, 상아 등으로 깎은 아주 작은 물건에서 후지 산의 품위 있는 형태, 다시 말해 불필요하고 무익한 곡선이라고는 하나도 없는 단호한 흐름을 알아볼 수 있다. 일본의 심장은 일본의 노래가 말하는 것처럼 벚꽃이 아니다. 일본의 심장은 후지 산이다. 꺼질 줄 모르는 불, 절제된 방식으로 순결한 눈에 덮인 후지 산이다.

아라키 사다오 장군은 임종을 맞는 어머니에게 후지 산을 그린 작은 종잇조각을 보냈다. 군인의 임무 때문에 어머니께 찾아가 뵐 수 없다는 뜻을 그렇게 표현한 것이었다. 최후를 앞둔 어머니는 확실히 그림의 의미를 금세 알아보았을 것이다. 후지 산은 일본인들의 내면적인 언어로 의무를 뜻하는 신성한 표의 문자였기 때문이다.

나는 후지 산을 본다. 가슴속에 큰 감응이 일어난다. 늘 하던 버릇대로 일본인들이 후지 산을 쳐다볼 때, 의심할 바 없이 그들의 마음속에 더 좋고 그윽한 감응이 일어날 것이다. 삶을 규제하는 최상의 존재로서 이런 산을 가진 나라는 확실히 위대한 나라이다. 힘과 아름다움을 합치시키는 나라, 조용하고 단호하며 위험한 나라 일본.

히데요시

히데요시[1]
중국으로부터의 의기양양한 귀환

신이 나타났다. 빛이 숲 속에서 활개를 친다.
숲은 큰 밤비에 몸을 씻은 창백한 모습이다.
뼈마디가 앙상한 여성적인 나라가 빛난다.
그녀의 내장 속 그물을 뚫고서
조상들이 뛰어오른다.
조상들은 가장 좋은 옷을 입고
히데요시를 마중하러 간다.
만개한 벚나무가 뿜어내는 격렬한 꽃바람이
그녀의 화려한 기모노 위로 감미롭게 분다.
급히 서두르는 바람에 드러난 그녀의 심홍색 나막신이
헐거워진다. 때를 맞추어 그녀의 발목이 환하게 빛나며
바다로 내려온다.
그녀의 상아 빗 위에 새로 새긴 찬란한 하이쿠는 태양을 향해 외친다.
〈천만번 환영합니다. 나의 임이시여,

---

1 이 글은 존 키올스John Chioles가 그리스어를 영어로 번역한 것이다.

5월의 모든 화염과 시원함을 다 드려 환영합니다.〉

그러나 제1사장[2]에 우뚝 선 그의 머리에는 아직 전쟁의 부스러기들이 그대로 묻어 있다. 그는 성대한 환영에도 아랑곳하지 않는다. 그는 돌풍에 몸을 굽힌다.

그는 키가 작고 광대뼈가 튀어나와 얼굴이 비뚤어졌고, 또 못생겼다.

그는 등을 구부려 승리의 날개로 세이렌을 낚아챈다.
여러 성들, 중국의 모든 비단들,
정원들, 중국의 하천들과 수박밭,
이 모두를 두 손에 쥐고도 그는 여전히 배고파한다.
아이들, 술, 여자들
이것들도 그의 절망적인 가슴에 타는 듯한 갈증을 유발할 뿐.
그는 내심 상상 속의 카라반과
덕과 명예를 칭송하는 신성한 옛이야기들을
겁주어 쫓아 버리곤 했다.
이제는 크게 웃으며 무릎 위에서 진실을 펼친다.
맑은 하늘의 여행길을 따라서
별들은 나왔다가 사라진다.
밤하늘을 보며 그는 거만하게 광기를 부리고
우스꽝스럽게 별빛을 꽉 껴안으며
파란색 비단 부채를 폈다가 접는다.
그는 목이 마르고 배가 고프다.
고독과 열정을 품고
그는 홀로 방황한다.

---

[2] 배의 이물에서 앞으로 돌출된 둥근 재목. 뱃머리에 뾰족 나온 부분.

어둠 속에서 침묵하며 서 있다.
기쁜 마음으로 그는 땅에서 가시가 달린 자유를 수확한다.
죽음의 심연 속에 둥지를 틀고 그곳에
자신만만하게 알들을 모두 숨겨 둔다.
영혼을 지키는 위병(衛兵)이 쫓겨나자
입법자는 아무 속박도 없이, 어떤 규율에도 얽매이지 않은 채
살아가고 또 다스린다.
뱃머리에 서서 그는 한쪽 어깨로는
가슴 뛰는 기쁨을, 다른 쪽 어깨로는
살찐 까마귀가 주는 공포를 느낀다.
땅에서는 큰 함성이 들렸다.
환호, 환영의 소리, 피리 소리,
바다를 통해 들려오는 소음들,
비둘기가 햇빛 속에 날개를 펴고
땅에서는 노란 개미 떼들이
비단으로 만든 깃발들을 흔든다.
나라 전체가
키 작고 멋을 낸 지도자를 열렬히 환영한다.
그의 족속은 콩팥에서 날개가 돋고
모든 살은 급하게 혼으로 변한다.
고양된 자들의 혼은 불이 되어
바다의 거품에 불을 지른다.
지치고 병든 그는
연모하던 해안으로 돌진하여
흙덩이를 잡더니 가루를 낸다.
침묵하는 그에게 보이는 해안의 개미 떼,

먼 산들, 벚꽃, 빈 하늘 —
갑자기 어찌할 수 없는 사이에
승리가 연기가 되어 사라진다.
구원을 받은 자들은 웃음을 짓는다.
영광과 명예와 정열을 뛰어넘는 고귀한 웃음을.
그들은 꿈도 망각한 평안함 속에서
즐거워한다.
〈시작하라!〉 눈썹을 찡그리며 그는
잔치를 벌이라는 신호를 내린다.
루비처럼 빛나는 그의 시선은
춤판에서 떠날 줄을 모른다.
그리고 굶주린 황소처럼 그의 시선은
청년들과 처녀들의 손과 발을 향한다.
문어의 촉수처럼 탐욕스러운 그의 뇌는
천천히 그리고 조용히 살을 삼킨다.
가슴들이 석류처럼 벌어지고
빨갛게 물든 과일나무 같은 심장들은
공(空)의 절벽 위에서 터진다.
죽음의 냄새인 재스민 향기가 난다.
가슴은 인간의 용기를 북돋운다.
쓰라리고, 행복하며, 수치스럽고, 비통한 여자들,
악취가 나는 여자들은 모두 주인에게 복종한다.
밤이 온다. 등불이 켜진다.
멋쟁이들, 무용수들, 귀부인들은 모두
궁궐의 연회장에 간다.
전선(戰船)들이 항구를 따라 항해하고

하녀들은 영주들이 히데요시에게 바친 선물인
음식과 금을 대령하고 있다.
그는 벌떡 일어선다. 겨드랑이와 콧구멍에서
고약한 냄새가 난다.
그는 붉은 옻을 상처에 바르고
넝마를 입었으며 맨발이다.
그는 가면처럼 서서 고개를 숙인 자들,
머리를 조아리는 자들,
호화로운 금 안장에 앉은 왕족들이 천천히 올라오는 것을 바라본다.
조상이 외치는 소리가 그의 내장을 가로지른다.
마치 벌거벗고 쉰 목소리를 내며
굶주린 군대같이 입술을 핥고 군침을 흘리며
수천 개의 목을 길게 내빼고 소리 지른다.
〈손자여, 우리를 위해서 먹고 품어라!〉
살찌고 얼굴이 거무스레한 종족은
손과 허리와 목을 흔들고
변덕스러운 마음은 공포에 두려워한다.
천 년 묵은 굶주림이 그의 내장을 옥죄고
조상의 군대는 히데요시의 관자놀이를 경련시킨다.
별들은 무정하게 지켜볼 뿐이다.
성스러운 후지 산이 그의 머리에 떠오른다.
혼은 조상들을 공격하고 쫓아 버린다.
또한 누더기를 깃발로 삼아 흔들고 손뼉을 치며
화를 내고 조상들을 저승으로 돌아가도록 몰아낸다.
그는 더 이상 먹거나 마시고 싶지 않다.

히데요시 203

그는 모든 희망과 이상으로부터 자유이다.
행복하다!
그는 더 이상 선량한 행동으로 신의 호감을 사길 원치 않는다.
신에게 도전이라도 하려는 듯이
그는 자신의 새로운 혼을 바람 한가운데에 두고서
바람에 흔들리도록 내버려 둔다.
그의 혼의 한쪽에서 땅이 울부짖는다.
신성한, 큰 취기가 그를 다그쳤다.
그는 불 켜진 궁궐의 안마당을 향해 폭풍처럼 큰 소리를 지른다.
서둘러 채찍을 휘둘러서
그는 여자들, 바이올린 연주자들과 영주들을 쫓아낸다.
그는 고함친다. 땅의 난잡한 잔치는 끝난다.
춤, 신들, 술, 촛불들이 모두 물러간다.
땅은 안개처럼 흩어진다.
땅은 우리의 상상과 마음의 딸이다.
땅은 위대한 건축가인 바람을 원망한다.
히데요시는 자기 방으로 건너온다.
순수한 빛이 고통에서 풀려났다.
그 빛은 히데요시의 검은 발자국을 피하여 가더니
마침내 심장의 신성한 잎사귀, 고독의 순결한 잎사귀에 닿는다.
난공불락의 성벽 안에 자리한 깊은 정원에는 물도, 나무 한 그루도 없다.
다만 시간을 엮어 짜는 거미와
차례차례 거리를 두고 놓여서
전선(戰線)을 만드는 돌이 있을 뿐이다.
수로(水路)들은 탄약병(彈藥兵)같이 빨리 내달린다.

흐르는 도중에 다른 수로를 보고 놀란 듯 몸을 비스듬히 기울인다.

호랑이 또한 산등성이에서 산등성이로 조용히 건너뛴다.

이빨로는 새끼 한 마리를 공처럼 말아서 물었다.

즐거워 머리를 흔든다.

감시를 하던 그가 깜짝 놀라서 호랑이를 잡는다.

〈오호, 똥 덩어리 같은 이놈아 잘 걸렸다.

먹을 것도 마실 것도 없다.

나는 파수를 보고 있다가 너의 종족을 쫓아내겠다!

나의 친구, 고독한 외침이여!

독수리 같은 자손도, 너를 뜯어 먹을 독수리도 없다.

잘 가라!

절벽 위에 자리 잡은 텅 빈 독수리 둥지, 오 내 마음이여!〉

제2부
중국 — 1935

중국, 세계의 거북

 내 친구 량커는 파란색 명주옷을 입고 테가 둥근 모자를 썼으며 검은색 공단 슬리퍼를 신었다. 그는 뱃머리에서 내 곁에 서 있었다. 우리는 함께 서서히 눈앞으로 다가오는 중국의 모래 해안을 보았다.
 비 오는 아침, 잿빛 하늘과 바다, 배고픈 바다 갈매기들이 머리 위를 맴돈다. 먼 곳을 바라보니 비가 갠 후 한풀 꺾인 봄볕 속에서 들판이 온통 에메랄드 색으로 빛났다. 〈중국, 중국……〉 속으로 콧노래를 부르는 중에 가슴이 뛰었다.
 중국의 정크선들이 나타났다. 붉은색의 고물은 널찍하게 위로 솟았고, 이물에는 용들이 조각되어 있었으며, 키 작은 황인종들이 덤덤히 밧줄을 타고 오르락내리락했다. 기묘하게 쌀쌀맞은 인상을 주는 어선 한 척이 우리가 탄 배를 스치듯 가까이 지나갔다. 두 중국인이 서서 팽팽히 당겨진 돛에 바닷물을 부었고, 다른 한 사람은 무릎을 꿇고 키를 단단히 붙들고 있었다. 한순간 그들의 하얀 이가 빛났으나 이내 파도 속으로 사라졌다. 배가 지나쳐 가기 전 이물에 조각된 용이 보였다. 몸통은 검은색에 주황색 선으로 윤곽을 그렸으며, 턱을 벌린 채 구부러진 혀에서 불을 뿜는 형상이었다. 툭 튀어나온 붉은 눈들은 탁한 바닷물을 응시하며 폭풍의 악령들을 위협했다.

량커는 가는 손가락으로 호박 구슬 하나를 문지른다. 치켜 올라간 눈이 웃고 있다. 배를 타고 오는 동안 나는 그가 손을 물에 담그고 호박을 천천히 쓰다듬는 모습을 자주 보았다. 「이렇게 하면 손가락 피부가 민감해져서 실생활에 많은 도움이 됩니다. 사랑, 조각, 과일, 귀한 나무, 견직물, 이 모든 것에 민감한 피부가 필요합니다. 사상까지도요!」

이제 그의 목소리가 다시 들려온다. 부드러운 저음에 약간 비꼬는 듯한 어조의 목소리이다.

「중국은 강이 싣고 온 진흙과 머리털, 뇌, 살 등 조상들의 재로 만들어졌다고들 합니다. 이런 천국에 도착하셨으니, 그래 무엇을 알고 싶습니까?」

「나는 알려고 여기에 온 것이 아닙니다.」 나는 조금 화난 어조로 말했다. 이 세련된 중국 노인의 목소리에 약간 놀리는 듯한 나른한 느낌이 들어 있었기 때문이다. 「나의 오감을 중국으로 가득 채우기 위해서입니다. 나는 사회주의자도 철학자도 여행가도 아닙니다.」

「그럼 당신은 무엇입니까?」

「나의 조상인 고대 그리스인들의 말씀에, 영혼은 모든 감각들이 동시에 작용하여 만들어진다고 했습니다. 나는 바로 그런 영혼입니다. 다섯 개의 촉수로 세계를 쓰다듬는 하루살이 동물 말입니다. 나는 이 임무를 힘껏 수행하고 있습니다. 그래서 야유나 실망도 두려워하지 않습니다. 중국은 나의 오감이 풀을 뜯어 먹을 수 있는 새로운 목장입니다.」

그 눈치 빠른 중국인은 호박 알 냄새를 맡고는 웃었다.

「호박을 손으로 문지르면 어떤 냄새가 나는지 아십니까? 내 손가락들에서 광채가 나는 느낌이 듭니다……」 그가 화제를 바꾸며 말했다.

우리는 아무 말 없이 앉아 있었다. 해가 조금 떠올랐고, 중국의 해안을 분명하게 볼 수 있었다. 첫 번째로 작은 집들이 나타났다. 땅 위에 진흙으로 지은 집들이었다. 그 너머로 펼쳐진 중국의 전체를 떠올릴 수 있었다. 광시 성, 후난 성, 쓰촨 성, 그리고 광활한 〈중국 평원〉. 길이가 1천 킬로미터, 폭이 5백 킬로미터나 되는 이 평원이 2억 5천만 명이 넘는 사람들을 먹여 살린다.

산은 단계적으로 높아진다. 중국의 표고는 서쪽으로 가면서 높아지다가 신비한 티베트와 만년설로 덮인 히말라야에서 절정을 이룬다. 산들 사이에 황허와 양쯔 강 같은 큰 강들이 흐른다. 북쪽에는 길이가 3천3백 킬로미터에 높이가 8~10미터나 되는 용이 국경을 수비한다. 만리장성, 달에서 보이는 유일한 인공 구조물…….

이 광대한 황색 탈곡장 위에서 5억이 넘는 사람들이 개미처럼 움직인다. 막일꾼, 관리, 상인, 어부, 농부. 변발을 한 이들이 있는가 하면, 삭발한 사람들도 있다. 북부 사람들은 키가 크고 뚱뚱하며 몽골족의 거친 피를 이어받았다. 남부 사람들은 병약하고 호리호리하며 뻔뻔스럽고 원숭이처럼 민첩하다.

제국, 민주주의, 공산주의, 혼돈. 심지어 장군의 지위도 사고판다. 장군들은 넝마를 걸친 오합지졸들을 알록달록한 꼬리처럼 끌고서 주둔지를 여기저기 옮겨 다닌다. 누구든지 돈을 많이 주는 자에게 붙는다. 일본의 엔, 영국의 파운드, 미국의 달러, 러시아의 루블, 어느 것이든 상관없다. 이 나라에는 국가도 종족도 언어도 종교도 없다. 뒤섞인 종족들. 중국인들은 모두 저마다의 노란 가슴에 수많은 혼들을 지니고 있다. 야만의 상태와 고상한 퇴폐, 노회한 고집과 원시적인 잔인성, 건조한 무신론과 불가사의한 종교적 편견, 견딜 수 없는 악취와 그 옆에 핀 재스민과 장미……. 광견병으로 침을 흘리는 입술들. 그 옆으로 세련된 옷차림의 한 나이 든 관리가 밝은 얼굴을 하고 지나간다. 이 중국인 관리는 모든 울음과 웃음의 곁을 지나왔으며 입술에 생명의 숨결, 웃음, 지혜의 정화를 담았으리라…….

지상에서 가장 영리한 벌레인 누에는 중국의 진정한 상징이다. 그 벌레는 아무것도 없고 단지 배와 입뿐이다. 뽕잎 위를 기어 다니며 먹고 배설하고 다시 먹는다. 두 개의 구멍을 가진 초라하고 더러운 튜브. 먹은 것들은 순식간에 모두 비단이 된다. 불쌍한 벌레는 능숙한 솜씨로 온몸에 고치를 두른다. 시간이 흐르면 그 벌레에게 희고 솜같이 가벼운 날개가 두 장 달린다. 중국인의 문화처럼 많은 시와 감수성을 지닌 문화도 없다. 중국인들처럼 흙으로부터 자신의 혼을 그렇게 완전하게 구원한 사람들은 없다. 무슨 수단으로? 그저 일몰을 보는 것, 혹은 중국의 한 현자가 말한 것처럼 만물의 리듬에 따르는 것, 혹은 누에처럼 먹을 수 있을 만큼 뽕잎을 먹고 배를 가득 채우는 것으로도 충분하다.

따라서 여기 있는 모든 것들은 정화된다. 왜냐하면 만물이 혼에서 생겨나 기름투성이의 형언할 수 없는 물질을 통과한 뒤 다시 혼으로 돌아가기 때문이다. 흙은 조상들의 썩은 몸을 함유한다. 대기는 물처럼 걸쭉하다. 왜 그럴까? 선하든 악하든 인간보다 더 높은 신비한 힘을 가진 존재들로 가득하기 때문이다. 원초적인 신적 실체를 일컫는 도(道)의 힘은 어느 곳에나 있으며 모든 것을 정화한다. 한번은 위대한 현자인 장자에게 누군가가 이런 질문을 했다.

「선생님이 말하는 도는 어디 있습니까?」

「세상에 도가 없는 곳은 없습니다.」

「정확히 어디 있는지 구체적으로 말씀해 주십시오.」

「개미에게도 있습니다.」

「그것보다 더 낮은 것에도 들어 있습니까?」

「그렇습니다. 이 풀에도 있습니다.」

「더 낮은 것에도 있습니까?」

「그렇습니다. 이 돌에도 있습니다.」

「그것보다 더 낮은 것에도 있습니까?」

「물론입니다. 똥과 오줌에도 있습니다.」[1]

우리는 보하이 만으로 깊숙이 들어갔다. 베이징의 항구인 톈진에 정박했다. 강의 흙과 쇠똥 사이에 들어선 지붕이 낮은 집들. 검은 바지를 입은 엉덩이가 큰 여자들이 흙 위에 앉아 아기들에게 젖을 먹이고 있다. 전족으로 까치처럼 절뚝거리는 여자들도 보인다. 맹꽁이처럼 배불뚝이인 어린아이 여럿이 넝마 차림으로, 혹은 알몸으로 진흙에서 뒹군다. 이에 상관없이 남자들은 집 입구에 앉아서 차분한 얼굴로 용변을 본다. 상한 생선이나 썩은 계란 같은 악취가 바다로부터 올라와 온몸을 덮는다. 대기에는 무어라 형언할 수 없는 걸쭉한 것이 들어 있다.

「후각이 괜찮습니까?」 량커가 웃으며 물었다.

「제 스스로 즐기고 있습니다. 후각이 기뻐합니다. 도는 어디에

---

[1] 『장자(莊子)』 22편 「지북유(知北遊)」를 약간 줄여서 인용한 것이다.

나 있습니다.」

내 친구는 한동안 조용히 있었다. 그의 노란 얼굴이 심각해졌다. 그의 세련된 모습, 눈의 발랄한 움직임, 입술의 생김새, 주름살이 없는 큰 이마 등에서 그의 종족이 이룩했던 고대 문화를 느낄 수 있었다. 그의 반투명한 살은 발생 과정의 절정에 달한 누에의 살처럼 전체가 비단이다. 잠시 후 얇은 입술을 연 그는 미묘한 장난기를 품고 말했다.

「당신의 오감이 중국을 탐색하고 더러움과 악취를 견디기 쉬울 것이라고 생각하면 안 됩니다. 더구나 헐벗음, 배고픔, 질병 등의 광경을 목격하고 견디기는 매우 힘듭니다. 또한 불의를 보고 참는 것, 백인들이 중국의 피를 빨아먹는 꼴을 보고 아무렇지도 않은 듯 웃는 것. 이것은 그렇게 쉬운 일이 아닙니다. 대단한 인내가 필요합니다. 기억나는 일이 한 가지 있습니다……」

그는 말하기를 주저하는 듯 멈추더니, 나를 힐끗 쏘아보고는 잠시 생각에 잠겼다. 그러고는 갑자기 결단을 내렸다.

「내가 젊었을 때의 일이 기억납니다. 당시 나는 파리에서 막 돌아온 참이었습니다. 공부를 다 마쳤고, 조국에 새로운 사상들을 전수하고 있었습니다. 이를 보고 나이 든 관료였던 아버지는 미소만 짓고 아무 말씀이 없었습니다. 하루는 아버지가 초청장을 받았습니다. 값비싼 붉은 종이 위에 검고 굵은 글자가 쓰여 있었습니다. 아버지가 나를 부르더니 말했습니다. 〈얘야, 가거라. 너는 파리에서 새로운 사상을 갖고 돌아오지 않았느냐. 이 연회가 너에게 큰 도움이 될 것이다.〉

나는 갔습니다. 여름이었습니다. 연회는 크고 호화로운 저택의 정원에서 열렸습니다. 손님들은 점잖은 관리들이었는데, 대부분 눈이 작고 입술이 감각적이며 고운 손을 지닌 노신사들이었습니다다. 이 연회는 잘 모르는 고위 관리에게 경의를 표하기 위한 것이었죠. 그는 부유한 노인으로 비단옷을 입고 커다란 루비를 박은 검은 모자를 썼습니다. 그를 문 맞은편에 있는 상석에 모셨습니다. 주인은 그를 바라보며 겸손한 자세로 의자에 앉았습니다. 매우 귀하고 조리법이 복잡한 요리와 원기를 북돋워 주는 술이 나왔습니다. 매번 우리는 노신사에게 절을 하며 건강을 위해 건배했습니다. 위엄 있고 세련된 그는 가운데에 있는 상석에 앉아 만면에 환한 웃음을 띠었습니다. 연회가 끝날 때가 되자 주인이 일어나 세 번 절을 하고 건배를 제의했습니다. 그는 수년 동안 하늘을 우러러 이 순간을 기다렸다고 말했습니다. 또한 그렇게 고귀한 분을 누추한 집에 모시게 된 것이 무한한 영광이라고 말했습니다. 덧붙여 그를 오늘 밤 눈으로 직접 보게 되어 무척 기쁘다고 말했습니다.

노인은 주인에게 감사의 말을 했고, 음식과 정원과 주인 및 손님들을 칭찬했습니다. 우리는 조금 더 머물며 꽃과 여자, 달에 대한 이야기를 나누었습니다. 우리는 일어섰습니다. 연회는 끝났습니다. 문들이 열렸습니다. 이미 자정이었습니다. 우리는 두 줄로 서서 노인이 그 사이를 지나갈 때 땅에 엎드려 절을 했습니다. 그의 호화스러운 비단 가마가 문 앞에서 기다리고 있었습니다. 노인은 정원을 지나 문에 당도하여 문턱을 넘으려고 발을 내뻗었습니다.

그 순간 손님 중 한 사람이 벌떡 일어나더니 칼을 꺼내어 번개같이 그의 머리를 베었습니다. 한순간 머리 없는 그의 몸이 비틀거리며 서 있다가 푹 쓰러지며 길 위를 굴러 도로의 한가운데까지 갔습니다. 참석자들은 절을 한 다음 노인이 들어 있기라도 한 듯 가마의 휘장을 내렸습니다. 주인은 깊이 절하고 문을 닫았습니다.」

 량커는 나를 보고 웃으며 말을 마쳤다.

「왜 그를 죽였습니까?」 나는 떨면서 소리쳤다.

「노인이 죽기로 결심했기 때문입니다.」 량커가 조용히 응답했다. 「그는 죽음으로써 조국의 퇴폐와 해외에서 새로운 백인 신(神)들을 들여오는 젊은이들에 대하여 항거하고 싶었던 것입니다. 그는 자신의 가장 친한 친구인 집주인과 그 자리를 마련했습니다. 모든 것은 전통적인 격식에 따라 진행되었습니다. 당신, 떨고 있군요. 마음을 굳게 먹으세요. 당신은 이제 중국에 도착했습니다.」

베이징

 베이징이 내가 보았던 세계에서 가장 아름다운 도시가 될 수 있을까? 어쩌면 나는 좋은 시절에 처음으로 그 도시를 스쳐 지나가며 보았을 뿐이다.

 황혼 녘이었다. 멀리 먼지가 자욱한 광대한 평원에서 베이징의 세 궁궐을 에워싼 흐릿한 성곽들이 갑자기 빛난다. 한족의 궁궐, 타타르족의 궁궐, 청나라 제국의 궁궐이 차례로 늘어서 있다. 거대한 성곽은 둘레가 33킬로미터에 높이가 14미터, 바닥의 폭은 20미터, 위의 폭은 16미터나 된다. 반쯤 무너진 누각들, 3층으로 된 성문들, 성문들의 지붕은 양쪽 끝이 위로 솟았으며 악령들을 물리치기 위해 문의 네 모서리에 청동 뿔이 달린 황소 머리를 달아 놓았다.

 옛날에는 황색 바탕에 푸른 용이 그려진 비단 깃발들이 이 문들 위에서 펄럭였으며, 금으로 만든 종들이 누각 위에서 기쁜 듯 울렸다. 오늘은 잡초가 우거진 폐허로 남아 있고, 배고픔을 참지 못하는 까마귀 떼가 시체 위를 날 듯 공중에서 선회한다. 중국은 풀, 폐허, 까마귀 천지이다. 돌들은 부서져 이리저리 뒹군다. 잡초가 석상들을 덮었다. 담쟁이가 누각을 타고 올라가 촘촘히 감싼다.

그렇더라도 지금은 봄날의 저녁이고, 성곽을 둘러 길게 줄지어 선 꽃 피운 아카시아 나무들이 향기를 뿜어서 중국의 죽은 시체들의 악취들을 잠재우려고 안간힘을 썼다. 형형색색의 살아 있는 군중들이 우리와 함께 이동하다가 아치형의 성문 밑에서 웅성거린다. 뚱뚱하고 눈초리가 치켜 올라간 티베트인들, 머리털이 텁수룩한 만주족들, 거구의 불가사의한 몽골족들, 호리호리하고 원숭이를 닮았으며 등 뒤로 변발을 늘어뜨린 한족들. 더불어 날씬한 발을 가졌고, 햇볕에 바싹 마른 몸과 이글이글 타는 커다란 눈을 지닌 사막 지대의 남녀들. 또한 먼지를 뒤집어쓰고 참을성이 많은 동양의 작은 당나귀들, 발굽이 넓고 혹이 두 개 달린 낙타들과 돼지들도 우리와 동행이다. 코르크로 만든 굽 높은 신발을 신고 머리에 종이꽃을 단 티베트 여자들과 발이 뒤틀리도록 위축된 이른바 전족을 한 한족 여자들, 독특한 의상을 입은 승려…… 이 모두가 우리의 동행이다.

꽃이 핀 아카시아가 우리 뒤로 처졌다. 어김없이 코를 찌르는 강한 향이 다시금 우리를 질식시켰다. 지린내 나는 오줌 냄새, 고약한 피마자기름 냄새, 시큼한 인간의 땀 냄새. 우리의 발바닥에서 먼지가 자욱이 일어난다. 거리와 사원들과 집들이 무너진다. 죽은 자들이 땅으로부터 흙더미처럼 일어난다. 중국의 썩은 살이 목으로 들어와 허파로 내려간다. 성문을 통과하여 사람과 동물이 제각각 길을 잡았을 때, 베이징의 또 다른 이국적인 환상이 나의 귀와 눈과 콧구멍을 채운다. 말라 버린 강바닥같이 끝없이 넓은 거리들. 사방에서 흘러 내려오는 좁고 구불구불한 개울물들과 골목들. 지붕이 낮고 군데군데 부서진 집들, 쇠와 구리를 두드려 물건을 만드는 시원한 작업장, 문에 장식한 레이스 모양의 우아한 조각들. 푸른 옷을 입은 수천 명의 남녀들. 푸르스름한 황금빛 황혼 녘의 하늘을 향하여 잡초로 덮인 탑이 거대한 선인장처럼 솟아오른다.

깃발들이 하늘을 치장한다. 기름한 빨갛고 검은 간판들 위에 신비한 마력을 지닌 굵은 글자들을 엮어 놓았다. 글자들이 마치 나이 든 지혜의 뱀들이 관능적으로 뒤섞여서 격렬하게 맞붙어 싸우는 어두운 정글이라도 되는 듯 보인다. 붉은 아카시아꽃들이 담을 타고 오른다. 가볍고 향기 나는 꽃송이들이 지독한 몸 냄새를 풍기는 아낙네들 위에 달려 있다. 그들은 모아 놓은 쓰레기 더미같이 작은 마당에 떼 지어 앉아서 아기들의 이를 잡아 준다. 막일꾼 둘이 늪지에서 떠온 물을 담아 놓은 통에서 물을 바가지로 퍼가지고 길 위에 뿌린다. 먼지는 이내 가라앉지만 대신 악취가 올라온다. 남녀들이 오가며 중국의 저녁 냄새를 들이킨다. 서구화된 한 섬세한 중국 아가씨만이 손수건으로 자그마하고 예민한 코를 가린다.

시원한 광장에 많은 사람들이 책상다리를 하고 앉아 있다. 그 한가운데에서 몸매가 호리호리한 한 소녀가 머리가 헝클어진 채 커다란 가위를 들고 있다. 그녀는 가위를 계속 접었다가 펴면서 노래를 부르고 느리게 춤을 춘다. 목소리는 거칠어서 하이에나가 울부짖는 듯한 알아듣기 힘든 화음이다. 땅에 엎드린, 머리숱이 없고 허리가 굽은 한 노파가 가늘고 긴 이상한 모양의 비파를 연주한다. 그 옆에서는 안경을 쓰고 회색 수염이 성글며 윗입술에 두세 가닥의 굵은 털이 난 노인이 돌 위에 앉아 경전을 읽고 있다. 노인이 부채를 부칠 때면 상체가 함께 리드미컬하게 움직이며 책 읽는 단조로운 소리는 탄식의 자장가가 된다. 그를 빙 둘러싼 여자들이 입을 헤벌리고 파리들이 달라붙는 침침한 눈을 겨우 뜬 채로 그가 책 읽는 소리를 경청한다. 무더운 더위. 길 건너 푸줏간에서는 주인이 상의를 벗어 소의 허리 고기 위에 걸쳐 놓는다.

바퀴가 두 개 달린 인력거를 끌고 달려가는 막일꾼이 숨을 헉헉거린다. 인도에는 상품들이 널려 있다. 석회 속에 오랫동안 넣어 둔 달걀, 온갖 종류의 절인 채소들, 신 과일. 그 옆에는 동화 속에서나 나올 법한 예쁜 가게들이 자리를 잡고 비단 등과 상아 부채, 푸른 보석, 우아한 그림이 그려진 도자기 등을 판다. 어둠 침침한 상점들에서는 속눈썹을 길게 하는 연고와 정력을 돋워 주는 약초들, 남자와 여자와 소년을 매혹시키기 위한 미약 같은 동양의 성인용품들을 판다.

거리에는 색색의 등이 켜졌다. 시장은 문을 닫았다. 보름달이 하늘에 떠 있다. 남녀노소의 중국인들이 저녁을 먹고 산보를 하러 나온다. 걸으면서 호박씨를 먹고 껍질을 뱉으며 기침도 한다. 앞사람의 뒤를 따라 걷는 모습이 개미 같다. 젊은 부부가 거리 한가운데에서 서로의 땋은 머리를 잡고 걸어간다. 이것이 중국인이 애정을 표현하는 가장 사랑스러운 자세이다. 짝짓기를 준비할 때 상대의 꼬리를 몇 시간 동안 붙잡는 전갈 같다.

옥외 음식점에서 식사를 끝낸 손님들이 이야기꾼의 둘레에 원을 그리고 앉아 있다. 아직 악취가 광장 전체에 퍼져 있다. 반라의 젊은 이야기꾼은 빡빡 깎은 머리에 눈빛이 불꽃같다. 이야기꾼은 이야기책을 펼친다. 몸짓과 목소리를 바꾸어 가면서 한 번은 여자의 음성을, 그다음에는 소년의 음성을 흉내 낸다. 그러다 보니 목소리가 노인의 음성처럼 무겁고 피곤해진다. 이야기꾼은 이야기에 나오는 모든 인물들을 다 연기한다. 재주를 넘고 예배를 드리며 울기도 한다. 이번에는 아마도 귀족 차례가 되었는지 목소리가 거칠어지고 비웃음을 띤다. 청중들은 이야기꾼의 말을 한마디도 놓치지 않고 듣기 위해 귀를 기울인다. 이야기에 몰입한 다수의 사람들이 감동하여 진땀을 흘린다. 고약한 땀 냄새가 역겨워 나는 자리를 뜬다.

오랫동안의 웅성거림. 노란 피부의 군중들은 호박씨와 달콤한 씨앗과 땅콩을 씹어 먹으며 등이 켜진 거리 주위를 걷는다. 바스락거리는 소리는 누에가 뽕잎을 갉아 먹는 소리와 닮았다. 벌써 자정이다. 나는 더 이상 망설일 수 없었다. 호박씨를 씹는 군중 속에 끼어들었다. 나는 길게 머리를 땋고 땅콩을 파는 사팔뜨기 중국인에게 다가갔다. 그는 영어를 조금 알았으므로 이야기를 시작했다.

「어느 나라에서 왔습니까?」

「그리스에서요.」

사팔눈의 중국인은 웃음을 터뜨렸다.

「왜 웃습니까?」 나는 화가 나서 물었다.

「당신네 남쪽 사람들은 서로 목을 따며 싸우니까요.」

나의 민족에 대하여 그런 수치를 느낀 것은 평생 처음이었다. 잠시 동안 웃는 이 중국인의 머리를 잡아채고 싶은 생각이 들었다. 그러나 나는 참았다. 그가 옳았기 때문이었다.

자금성

중국 송나라 때의 인물인 왕안석은 1천 년 전에 이렇게 읊었다.

> 한밤중.
> 집 안 사람들은 모두 자네,
> 모래시계도 멈췄네.
> 나는 잠을 이룰 수 없네,
> 바람에 흔들리는 봄꽃 때문이라네,
> 달빛에 꽃 그림자가 벽에 어리네,
> 내가 참아 낼 수 없을 정도로 아름답네.

그와 똑같이 이 봄밤에 나는 잠을 이루지 못한다. 달빛 아래에서 보는 꽃들이 견딜 수 없을 정도로 아름답기 때문은 아니다. 오늘 놀라운 것을 보았기 때문이다. 절대적 아름다움이 땅에서 올라와 꽃을 피우고 태양 아래 한순간 불멸할 듯 빛을 내다가 다시 땅으로 떨어진다.

힌두교 고행자는 눈빛으로 씨앗에서 싹을 틔우고 열매를 맺게 하며 마지막으로 썩게 만든다. 그것처럼 오늘 순백의 대리석 바닥에서 나는 뜻밖의 인간 승리의 시작과 끝을 보았다. 아직 눈꺼풀 안에 그 환상이 남아 있다. 일부러 잠을 청해 그것을 잃고 싶지 않다. 아카시아꽃이 피었다. 베이징은 노란 벌이 가득 찬 벌집처럼 웅성거렸다. 자금성의 성문이 활짝 열렸다. 두 마리 황소는 도금한 거친 뿔을 가지고 악령들이 신성한 장소로 들어오지 못하도록 쫓아 버리기 위해 용쓰지만 헛수고일 뿐이다. 몇 년 전 황제의 궁정이 아침 이슬처럼 무너지고 자물쇠가 부서지자마자 〈흰둥이 악마들〉의 악령이 황량한 궁궐들과 궁정을 마음대로 헤집고 다녔다.

작은 수레 인력거가 입구에 서자 나는 내렸다. 광대하고 신비한 경이가 내 앞에 펼쳐졌다. 넓은 대리석 계단, 가슴에 무거운 종을 달고 궁정의 광대처럼 웃는 작고 살찐 사자들, 동화에 나올 법한, 전체를 금으로 만든 궁궐들. 지금 그곳에서 살았던 왕들은 귀신이 되어 궁궐의 지붕 위에서 가볍게 움직인다. 혹은 그 지붕의 파인 홈 사이에서 비죽 고개를 내미는 풀이 되었다. 산산조각 난 높다란 궁궐 대문들과 현판이 달린 문. 현판에는 금색으로 세 글자가 새겨져 있다. 〈太和門(큰 행복의 문)〉. 솥 모양의 커다란 향로들이 숯을 피우는 일도 없고 향연을 피워 올리는 일도 없이 버려져 있다. 한 향로 안에서는 검은 띠가 있는 노란 말벌이 벌집을 짓고 있었다. 다리와 목이 긴 청동 황새. 대리석으로 만든 사나운 거북들. 날개가 달린 용 옆에는 긴 날개를 단 신비한 새인 불사조 봉황새가 있었다. 이 새는 황후를 상징했다. 청동 새 안에 향을 집어넣고 황제가 그 옆을 지나갈 때면 불을 붙였다.

유명한 정원도 버려져 있었다. 재스민, 장미, 붉은 아카시아, 국화는 그곳에 더 이상 없었다. 궁궐 대문들과 태화문에는 야생 식물들이 칭칭 감겨 있고, 야생 상추들이 바람에 흔들리고 있었다.

한때 황제의 여자들로 웅성거렸던 그 궁궐은 환하게 빛났다. 선홍색의 높은 담이 궁궐을 둘러쌌다. 담에 쓰인 상형 문자들이 해골 혹은 사람의 갈비뼈, 또는 갈기갈기 찢겨진 손과 발을 닮았다. 방들도 황폐했다. 벽들은 표면이 벗겨지거나 부서져 내리고 있다. 지붕은 금이 갔고, 노란색과 초록색과 파란색 타일들은 색이 바랬으며 조각조각 떨어져 나갔다. 넓은 방들은 박물관이 되어 매우 귀한 값진 유물들을 그 안에 쌓아 두고 있었다. 비단 바탕에 그린 그림들, 귀고리, 동 팔찌, 부채, 도자기로 만든 작은 여자 베개. 도자기에는 버드나무 밑에서 울고 있는 여인들을 그려 놓았다. 선반에 놓인 꽃병들은 여자의 유방이나 허리, 목 같은 정교한 형태를 지니고 있었다. 변색된 은거울, 화장품용 약연,[1] 초록색 목걸이, 비극적인 날에 영원히 꺼져 버렸던 수많은 양초들.

나는 느릿느릿 다니면서 살아남은 그림들을 오랫동안 즐긴다. 대부분은 비단 위에 그렸으며, 나무나 고급 종이 위에 그린 것들도 있다. 아름다움, 요염함, 부드러움. 가느다란 갈대들이 자라는 강. 이리저리 거니는 여자들을 태운 작은 배. 가지 끝에 새빨갛게 핀 작은 꽃들이 나무 전체에 불을 놓는 듯한 느낌을 주는 그림. 그러나 실제로는 불이 아니라 봄을 타오르게 하는 것이다. 몇 발짝 더 가니 비단 천 위에 바위, 구름, 작은 촌락, 풀밭에서 책상다리를 하고 앉은 땅딸막한 여자들을 꿈속에서 보듯, 안개처럼 가벼운 느낌이 들게 그렸다. 한 소녀가 들고 있던 꽃바구니를 부처의 발에 놓으며 부처를 바라보고 입술을 꽉 다문 채 소원을 빌고 있다. 굳이 말을 할 필요가 있을까? 부처는 소녀의 소리 없는 기원을 듣는다.

[1] 소형 절구.

한 도인이 바위 밑에서 미소를 짓는다. 금빛 꿩이 여왕처럼 서서 눈으로 덮인 끝없는 풍경을 바라본다. 나는 가벼운 정신적 도취에 빠진다. 마음은 고양되었고, 이제 더 이상 농부처럼 소리치지 않는다. 심안(心眼)으로 멀리서 출렁이는 가벼운 안개를 본다. 그곳에 사랑스러운 지상의 모든 형태들의 윤곽이 나타나고 한동안 빛을 발하다가 사라진다.

나는 풀밭을 지나간다. 이곳은 옛날에 궁녀들의 정원이 자리 잡고 화려함을 빛내던 유명했던 장소이다. 나는 가장자리의 가시덤불 속에서 대리석 정자를 찾아낸다. 이것은 아름다운 공주 향비가 사용했던 욕실이다. 둥근 지붕과 낮은 아치형 문들이 달린 이곳 역시 버려졌다. 물도 나오지 않고 거미줄만 무성하다. 나는 귀신처럼 이 궁궐 저 궁궐로 돌아다닌다. 모든 계단의 측면이나 모든 문의 위 등 많은 곳에 조각된 두 개의 영원한 상징들을 손으로 쓰다듬는다. 그 상징은 구름과 불로서 허무와 열정을 나타낸다. 불이 이 모든 경이들을 창조했다. 그러나 결국 불은 꺼지고 연기가 되어 구름 속으로 들어갔다. 기억하고 사랑할 수 있는 영혼만이 여기에 와서 구름을 원초적인 형태로 돌이켜 놓을 수 있다.「나는 시간과의 전쟁을 선포한다.」영혼이 이렇게 외치고 시간의 바퀴를 뒤로 돌린다. 그리고 모든 것들이 부활한다.

나는 천단(天壇)으로 오른다. 황제들이 일 년에 한 번씩 조상들에게 제사를 올렸던 곳이다. 이곳에 올라 보니 인간이 진실로 신성하며 신비하고 마력이 가득한 바퀴임을 느낄 수 있다. 인간은 마력을 사용하여 마음의 형상대로 물질을 창조한다. 평평한 제단의 네 귀퉁이마다 높은 대리석 문들이 있다. 각 문의 맨 위에 두 개의 상인방이 붙어 있다. 한쪽에는 구름이, 다른 쪽에는 불이 조각되어 있다. 넓은 계단을 올라가 역시 대리석으로 된 2층에 도달한다. 2층은 1층보다 평면이 좁은데, 여기에서도 네 모퉁이에 각각 문들이 있고, 각 문 위에는 두 개의 상인방이 놓여 있다. 다시 계단을 오르면 제일 높은 3층에 도달한다. 눈을 들어 사방을 바라보니 지평선까지 끝없는 평원과 베이징을 두르는 사막이 펼쳐진다. 머리가 하늘로 올라간 느낌이 들고, 네 개의 문에서 솟은 구름과 불의 날개들을 타고 영혼들이 사는 파란 우주 속으로 올라온 생각이 든다. 이곳에서 황제는 손만 뻗어도 조상들을 만날 수 있었다. 이 높은 제단에서 황제는 자기가 하늘의 아들(天子)임을 진정 느낄 수 있었다. 동시에 그는 백성들에 대한 엄청난 책임을 실감할 수 있었다.

나는 그날 하루 종일 버려진 궁궐들 안에서 귀신처럼 돌아다녔다. 그러는 동안 나는 무거운 책임을 진, 이 범접할 수 없는 우상의 비극적 운명을 되뇌었다. 황제의 인격은 너무나 신성하기 때문에 백성들이 그를 직접 만날 수는 없었다. 황제는 고립된 채 궁정 안에 있는 신성한 감옥에서 살았다. 일거수일투족은 모두 엄격한 격식을 따라야 했다. 봄철에는 동쪽 궁궐에 거주하며 푸른색 의상을 입었고 밀전병과 양고기를 먹었다. 여름철에는 남쪽 궁궐에 살며 흰옷을 입고 개고기를 먹었다. 겨울철에는 북쪽 궁궐로 가서 검은 옷을 입고 돼지고기를 먹으며 지냈다. 황제가 거주하는 궁궐 건물의 색은 착용하는 의상의 색깔과 같았다. 제물을 바치러 가거나 사냥을 하거나 전쟁을 치를 때 사용하는 수레들도 모두 같은 색으로 칠했다. 이처럼 어길 수 없는 법도에 갇힌 황제는 옷이 입혀지고 씻긴 다음 향수가 뿌려진 후 궁궐에서 궁궐로 옮겨 다니는, 말하자면 종교적 꼭두각시였다. 누구도 그의 눈을 볼 수 없었다. 황제를 보려면 몸을 굽혀야 했으며, 목 위로나 허리 아래를 보아서는 안 되었다. 황제에게 말을 하고 싶으면 입김이 닿지 않도록 귀한 옥으로 만든 조그만 판[2]을 입에 대어야 했다.

황제의 책임은 인간의 능력을 넘어섰다. 황제는 백성과 하늘 사이의 중개자였다. 나라의 성공과 실패가 모두 황제의 탓이었다. 황제가 덕이 있으면 곡식이 풍성하게 자라고, 소가 새끼를 많이 낳았으며, 강이 범람하지 않고, 전염병이 돌지 않았다. 중국에는 이런 종교적인 시가 있다.

  황제의 생각은 전능하다.
  말을 생각하면 말이 강건해진다.
  황제의 생각은 사납다.
  말을 생각하면 말은 전장으로 달려간다.

황제는 불가사의한 능력의 중심이었다. 자신의 안에 도사리고 있는 힘을 온 나라에 쏟아 부어서 풍작과 건강과 평화를 가져왔다. 매년 황제는 혼자 지단(地壇)에서 첫 번째로 흐르는 시내의 진행 방향을 표시했다. 햇과일을 제일 먼저 맛보았다. 땅에서 곡식이 나지 않으면 하늘에 중재하여 복을 내릴 힘이 더 이상 없다는 비난을 받았다.

최고 덕목은 다섯 가지였다. 관대함[仁], 정의[義], 품위[禮], 사리분별[智], 성실함[信]. 이 덕들이 흔들리면 그것은 황제의 능력이 쇠퇴했음을 뜻했다. 그는 중심에 있는 큰 바퀴였고, 2차적인 바퀴들은 모두 그의 리듬을 따랐다.

나는 계단에 피어 있는 들꽃과 국화를 그러모은다. 나의 발자

---

2 홀(笏)을 말한다.

국 소리가 궁궐의 빈방들 안에서 울리는 것이 들린다. 초인적인 기쁨이 마음속에서 싹튼다. 크레타 섬에 있는 메사라 평원의 봄이 생각났다. 그것은 정말 놀라운 광경이었다. 이른 아침, 해가 평원 위로 떠오르기 전 때때로 희미하게 밝은 지평선 위에 거대한 그림자를 볼 수 있었다. 마치 줄을 똑바로 맞추어 급히 행진하는 군대 같았다. 얼마 후 태양이 나오면 군대는 사라졌다. 크레타 사람들은 이슬과 함께 만들어졌다가 사라지는 이들을 가리켜 〈드로술리테스(작은 이슬)〉라고 부른다. 이들처럼 중국의 왕들은 땅으로 왔다가 사라졌다.

중국인의 연회

 회화, 조각, 시, 예절, 세련된 관능미, 물과 꽃과 여자에 대한 사랑 등이 중국 문명의 특징들이다. 그러나 역사가 오랜 이 국민들의 섬세함을 피부로 느낄 수 있는 곳으로 부엌만 한 곳이 없다. 고대로부터 지금까지 중국의 요리가 유명한 것은 생선과 고기와 달걀 및 채소를 정교하고 우아하며, 가끔은 수상한 조리 방법을 써서 변모시키기 때문이다. 예술 창작에서 최초의 감정은 작가의 마음속에서 질적으로 변화한 뒤 예술품으로서 밖으로 나타나게 된다. 이와 마찬가지로 음식 재료들이 중국 요리사의 뛰어나게 노련한 황색 손을 거치면서 모양과 질이 달라진다.

 일본에 있는 내 친구가 말했다. 「중국에 가서 식사에 초대를 받았을 땐 아무것도 먹지 않는 게 어쩌면 가장 현명한 태도일지 몰라. 만약 먹어야 한다면 그 요리에 무엇이 들어 있는지 절대로 묻지 말게.」

 늘 듣던 대로 중국인들은 놀라운 것들을 먹는다. 개, 고양이, 썩은 오리 알, 구더기와 지네로 만든 음식, 번데기 소스……. 나이 든 고위 관리인 베이하가 어느 날 저녁 식사에 초대했을 때 내가 얼마나 두려워했는지 상상할 수도 없을 것이다. 내 친구가 마침

베이하를 잘 알고 있어서 나를 위해 소개장을 써주었던 것이다.

「중국 음식점에는 세 종류가 있습니다.」 그는 호박으로 만든 긴 담뱃대로 담배를 피우며 말했다. 「콩안지(일반 식당), 로(樓), 탕(堂)을 말합니다. 첫 번째 것은 서민들이 자주 가고, 〈로〉는 좀 더 화려하고, 〈탕〉은 공식 만찬이나 리셉션, 결혼 피로연, 파티 등이 열리는 곳입니다. 우리는 〈로〉로 갈 겁니다. 그런데 로에도 돼지고기 요리로 유명한 곳이 있고 해산물, 특히 게 요리로 소문난 곳도 있습니다. 귀한 소스로 평판이 난 곳들도 있죠. 그 밖에는 음식점이 자리 잡은 위치로 이름을 얻은 곳들이 있습니다. 물 위나 정원 안, 혹은 높은 누각⋯⋯. 어디가 좋겠습니까?」

내가 가만히 있자니 그가 아주 점잖은 태도로 덧붙였다. 「늙은 관리와 식사하는 것이 지루할까 봐 미색으로 유명한 〈초가(草家)의 아가씨〉를 초대할 겁니다⋯⋯.」

「초가의 아가씨라고요?」 나는 궁금해서 물었다.

「베이징의 기생을 일컫는 말이죠. 푸저우에서는 〈하얀 얼굴〉이라 하고, 광저우에서는 〈진주〉라고 말합니다. 초가의 아가씨는 노래를 부르고 몇 마디 멋진 말을 한 뒤 자리를 뜰 것입니다.」

「고맙습니다. 완벽한 중국의 저녁이 되겠군요.」 나는 기분이 좋아서 말했다.

「〈완벽〉하지는 않습니다.」 그가 웃으며 말했다. 「중국의 저녁이 완벽하기 위해서는 다른 것이 하나 더 있어야 합니다.」

「그게 무엇입니까?」

「곧 알게 될 겁니다.」 수수께끼 같은 미소를 지으며 그가 말했다. 「당신네 유럽인들은 우리의 풍속을 보고 언짢아합니다. 하지만 오늘 〈뱀술〉을 먹고 아마도⋯⋯.」

「뱀술이라고요?」

「중국에는 마력을 가진 술들이 많습니다. 뱀술, 닭술, 원숭이술. 이들 동물의 피를 술독에 붓습니다. 그러면 술에 마력이 생깁니다. 뱀술을 마시면 용기가 나고 호기심이 강해집니다. 마셔 보면 압니다.」

벌써 뱀술을 먹었는지 해 지기 전 높은 테라스에 있는 음식점에 도착했을 때 나는 호기심으로 가득 차 있었다. 내가 맨 먼저 도착했기 때문에 베이하를 기다렸다. 사람들이 차와 재스민과 수박씨 소스를 내왔다. 향기 나는 차를 조금씩 홀짝거리면서 이리저리 뻗은 베이징의 외곽을 한 바퀴 내려다보았다. 전통적인 중국식으로 지어진 집들은 모두 단층이었고, 지붕 위로 솟은 나무들이 집들을 절반쯤 가리고 있었다. 그런 이유로 광대한 도시가 풀밭처럼 푸르게 보였다. 탑들과 자금성의 성곽만 우뚝 솟아 있었다. 성곽에는 노란색, 초록색, 보라색 타일이 붙어 있었다. 그 너머 저 멀리에는 사막이 있었다.

해가 지고 저녁 별이 검푸른 하늘에서 밝게 빛났다. 공기는 시원했고, 테라스 구석에 놓인 화분에서 철쭉꽃이 뿌리에서부터 꽃을 피웠다. 고요함. 조용하고 단순한 기쁨. 공자의 말이 생각난다. 〈세상에서 즐거움이 왜 그다지도 드문지를 이제 알겠다. 군자는 그것을 아주 높은 곳에서 찾고 소인들은 너무 낮은 데서 찾는다. 그러나 즐거움은 실제로 우리 곁에 있다. 결코 우리보다 더 높은 곳에 있지 않다.〉

난간에 나이 든 관리 베이하가 나타났다. 방금 목욕을 한 듯하고, 살이 찌고 승려같이 머리를 밀었다. 그를 따라서 검은 옷과 푸른 겉옷에 베레모 같은 모자를 쓴 손님들이 온다. 모두들 기분 좋은 얼굴에 웃음을 띠었다. 그들 뒤에 뚱뚱하고 내시처럼 연약해 보이는 수석 웨이터가 서 있다.

재스민 차와 자기에 담긴 수박씨가 나왔다.

「수박씨는……」 손님들 중 철학자가 말했다. 「수박씨는 중국인의 생활에서 중요한 역할을 합니다. 우선은 인내를 가르칩니다. 또한 오랫동안 동일한 동작(씨를 입에 털어 넣는 동작)을 하도록 만들어 신경을 안정시킵니다. 그렇기 때문에 농부들이 수박을 수확할 때 씨를 되돌려 받는 조건으로 수박을 이웃에게 줍니다. 수박씨가 없었다면 혁명이 얼마나 더 있다가 발생했을지, 그래서 중국의 역사가 어떻게 달라졌을지 누가 알겠습니까.」

관리가 손뼉을 치자 저녁 식사가 시작되었다. 우리는 풍습대로 상아 젓가락을 얇은 종이로 닦았다. 큰 접시에 담긴 요리가 순서대로 하나씩 나왔다. 젓가락으로 앞에 놓인 큰 접시에서 음식물을 덜어 각자의 접시에 담았다. 일본에서는 각자의 접시에 모든 음식을 한꺼번에 담아서 가져다주었다. 여기에서는 큰 접시에 담긴 음식을 각자가 덜어서 자신의 그릇에 갖다 놓고 먹었다.

나는 요리에 대하여 묻지 않고 묵묵히 먹기만 했다. 때때로 그들이 나에게 말했다. 「저것은 거북이 수프입니다. 작은 고깃덩어리가 거북이 발이죠. 저건 상어의 부드러운 지느러미입니다. 저것은 옻닭입니다. 이 버섯은 후추 소스에 찍어 먹습니다.」 다음에는 유명한 〈썩은〉 오리 알이 나왔다. 석회 속에 오래 넣어 두면 흰자와 노른자가 변해서 푸르스름하고 반짝이는 아교 같은 물질이 된다.

「용서하십시오.」 늙은 관리가 말했다. 「이 알들은 15년밖에 되지 않았습니다. 제일 좋은 것은 25년 된 것입니다. 그러나 쉽게 구하지 못하죠. 한번 드셔 보지 않으렵니까?」

「그렇게 하겠습니다. 아주 신선하군요.」 나는 웃으며 대답했다.

「그럼 담력을 기르기 위해 뱀술을 듭시다.」

우리는 작은 잔에 오래된 쌀술을 부었다.

「그리스를 위해 건배합시다!」 잔을 높이 들며 늙은 관리가 말했다. 「공자와 소크라테스는 인간의 논리라는 똑같은 얼굴에 씌운 두 개의 가면들입니다.」

술은 독했다. 향기도 없었고 목을 쓸어 내렸다.

「두 잔 더 건배합시다. 인간의 논리가 위험에 처했습니다.」

「그렇다면 더욱 좋습니다!」 시인이 말했다. 「술은 최상의 논리인 음악에게 자리를 내어 줄 테니까요. 공자가 얼마나 술과 여자와 음악을 사랑했는지 아십니까. 소크라테스와 똑같죠.」

유명한 방랑 시인 프랑수아 비용의 「알키비아드Alcibiade」가 생각났다. 비용은 시 속에서 알키비아데스를 여자로 등장시켰다. 웃음이 나왔다.[1]

관리는 다시 손뼉을 쳤다. 수석 웨이터가 곧장 달려왔다.

「초대할 사람이 있어! 아이를 시켜 종이를 좀 가져오게.」 관리가 요청했다.

웨이터는 장미가 인쇄된 종이를 급히 가져왔다. 그 위에 관리가 이름을 쓰고 서명했다.

「소문난 기생 〈황혼의 꽃〉을 초청했습니다.」 관리가 우리 모두에게 말했다. 「〈황혼의 꽃〉은 이제 젊지 않습니다. 그렇지만 좋아하실 겁니다. 지혜로운 데다 원숙하고 또 우아함을 겸비한 여성입니다.」

새 접시가 나왔다. 후식이었다.

「연꽃입니다.」 철학자가 말했다. 「그걸 드시고 조국을 잊어버

---

[1] 이 글의 소제목은 〈Chinese Symposium〉으로, 알키비아드는 소크라테스를 연모한 고대 그리스의 미소년 알키비아데스인데, 둘 사이의 동성애는 플라톤의 『향연』에 소개되어 있다.

리세요.」[2]

우리는 다시 술을 마셨다. 사물의 경계가 흐려지기 시작했다. 그때 귀신처럼 소리 없이 한 여인이 테라스의 끝에 조용히 나타났다. 얼굴에 분장을 했고, 칼이 선 것 같은 가는 눈썹에 기다란 초록색 귀고리를 했다. 많은 이들이 그 얼굴을 쓰다듬고 입을 맞추었을 것이다. 여러 사람의 손과 입술에 닳아 버린 여인의 얼굴은 녹아내린 듯한 느낌이었다. 문득 포르치운코아(이탈리아 아시시 평원의 성 프란체스코 수도원의 작은 예배당)의 대리석이 기억 속에서 되살아났다. 그 대리석도 수도원을 찾아오는 많은 순례자들의 입맞춤 때문에 닳아 있었다.

「〈황혼의 꽃〉이 오셨구나.」 늙은 관리가 말하고 고개를 숙였.

입맞춤을 많이 받은 그 유명한 여자는 앉아서 부채를 펼치더니 웃음을 지었다. 길고 치켜 올라간 두 눈이 천천히 움직이며 우리를 한 사람 한 사람 오랫동안 찬찬히 살폈다. 한참 뒤 그녀는 입을 열고 부드러운 목소리로 사막의 가락을 노래했다. 나는 그 노래가 사막의 낙타 몰이들이 무서운 고비 사막을 지날 때 부르는 노래가 아닐까 상상했다. 단조롭고 집요하면서도 아주 절망적인 노래. 인도에서 해가 질 때 불교 사원에서 예불로 부른다는 「호랑이의 노래」도 생각났다.

노래는 끝났다. 거칠고 피곤한 목소리가 멈췄다. 그녀는 가는 손을 들어 찻잔을 잡았다. 「만나 뵈어 반갑습니다. 오늘 밤은 더 이상 노래하지 않겠어요. 약간 피로합니다.」

머리로 손이 가더니 몸의 온기로 데워진 재스민을 우리에게 하나씩 나누어 주었다. 곧이어 우리는 그녀의 건강을 위해 건배했

---

[2] 호메로스의 장시 『오디세이아』 제9장에는 연꽃 먹는 사람들의 땅이 소개되어 있는데, 연꽃을 먹으면 모든 것을 망각하게 된다. 철학자의 말은 오디세우스를 빗댄 것이다.

다. 그녀는 자리를 떴다. 재스민 향기만이 우리와 함께 남았다.

「〈황혼의 꽃〉이 시들기 시작했군.」 외교관이 잠깐 동안의 침묵을 깨고 말했다. 「인생의 가을이 온 거야.」

「그때가 여자에게는 참 무서운 시기입니다. 마지막 연인이 올 때니까요. 죽음 말입니다.」 철학자가 말했다.

늙은 관리는 다시 수석 웨이터에게 고갯짓을 했다. 그는 또 한 번 장미 종이 위에 이름을 쓴 뒤 우리에게 몸을 돌리고 말했다.

「우리 식탁이 약간 우울해진 것 같군요. 여러분들이 허락하시리라 믿고 샨콘(相公)을 불렀습니다.」

치켜 올라간 눈들이 모두 빛났다. 내 옆에 앉은 시인이 설명했다.

「샨콘은 미소년을 뜻합니다. 고대 그리스인들은 그것을 어떻게 불렀는지 모릅니다. 여자들은 항상 약간의 쓴맛을 입에 남깁니다. 그래서 이어 부드럽고 마음씨 고운 소년들이 와서 노래를 불러 주고 춤을 춥니다. 그러면 쓴맛이 가시게 된답니다. 뱀술을 좀 더 먹고 용기를 내세요.」

중국인들은 일어나서 샨콘이 춤출 자리를 만들었다. 나는 잔을 채우고 기다렸다.

계단에서 팔찌가 찰랑거리는 소리가 들려왔다. 우리는 모두 고개를 돌려 그쪽을 보았다. 맨 위 계단에 화려한 수가 놓인 무거운 비단옷을 입은 소년이 나타났다. 몸매는 호리호리했다. 작은 얼굴에 짙은 화장을 했으며, 눈썹 끝까지 색칠을 했고, 얇은 입술은 부처처럼 미소를 머금었다. 늙은 관리는 감동을 받아 박수를 쳤다.

「자…….」 그는 나를 익살스럽게 쳐다보며 말했다. 「지금이야말로 〈완벽한〉 중국의 저녁입니다.」

황색 키르케[1]

중국어에서 〈계집 녀(女)〉변의 한자는 무려 135개나 된다. 그중 14개만 비교적 좋은 의미를 지녔고, 35개는 수치스럽고 천박한 뜻을 가지고 있다. 나머지 86개에는 특별한 의미가 없다. 〈계집 녀〉변이 〈방패 간(干)〉과 합치면(奸) 사악하고 비윤리적인 반역자라는 뜻을 지니게 된다. 〈계집 녀〉를 세 번 겹쳐 쓰면(姦) 간음, 음모, 부끄러움 등을 의미한다.

중국인들은 여자를 어둡고 신비로우며 남자를 잡아먹는 존재라고 생각한다. 〈열두 살이 되는 순간 여자는 밀수꾼의 소금처럼 위험하다〉고 중국인들은 말한다.[2]

오늘 좁은 거리를 지나가다가 한 여자가 산발을 한 채 지붕 위에서 울부짖는 것을 보았다.

「저 여자에게 무슨 일이 일어났습니까?」 내가 물었다.

「아무 일도 아닙니다. 그저 세상을 저주하고 있습니다!」 사람들이 답했다.

---

1 『오디세이아』 제10권에 나오는 마녀로 여기서는 남자를 매혹하여 돼지로 만드는, 즉 땅으로 내던지는 여자의 상징으로 썼다.
2 옛 중국에서 소금은 국가의 전매품이었으므로 밀수꾼의 소금은 불법이었다.

나는 그곳에 잠시 멈춰 서서 그녀를 쳐다보았다. 그녀는 손짓 발짓을 하고 동작이 거칠어지더니 마침내 힘이 다한 듯 소리가 멎었다. 그녀의 얼굴은 상기되어 핏빛이었고, 입술에는 게거품을 물었다. 날씨는 더웠다. 그녀는 더위를 식히려 부채질을 했다. 이것이 중국의 여자들을 사로잡는 광기의 한 형태이다. 그들은 평소 조용하고 순종적이며, 열심히 일을 하고 빨래를 하며, 이를 잡고 요리를 한다. 배에서는 노를 젓는다. 들에서는 땅을 파고 씨를 뿌리며 수확을 한다. 그러다 갑자기 광견병 비슷한 광기에 사로잡힌다. 몇 년 동안 화를 가슴속에 억눌러 삭여 오다가 갑자기 밖으로 분출하는 것이다. 이럴 경우 여자는 지붕 위로 올라가 온 세상을 저주한다. 한나라 고조의 황후인 여후는 조용하고 마음씨 착한 여자였다. 어느 날 갑자기 여후는 광기에 씌었다. 여후는 후궁인 척부인의 손발을 잘랐다. 이에 만족하지 못하고 척부인의 눈알을 빼고 귀를 잘랐으며, 펄펄 끓는 납을 목에 부은 다음 시체를 하수구에 버렸다. 그래도 화가 풀리지 않은 그녀는 마침내 궁궐 지붕 위로 올라가 세상을 저주했다.[3]

중국인들은 미인을 〈도시를 삼키는 자〉, 〈세계의 파괴자〉 혹은 〈악한 요정〉이라고 부른다.

북쪽에 한 여자가 있다
그녀를 보면 왕국을 잃는다
다시 한 번 더 보면 천하가 사라진다!

---

3 여후는 광기에 씐 것이 아니라 한 고조가 척부인 소생을 다음 황제로 세우려 하자 그것을 제지하는 과정에서 광포해지게 되었다. 척부인의 손발을 자른 것은 고조 사후의 일이다.

중국 — 1935

중국인들이 보는 미인의 기준은 무엇일까? 섬세한 코, 먼 산의 윤곽을 닮은 길고 얇은 눈썹, 가을철의 시냇물처럼 작고 맑은 눈. 사람들이 가장 많이 꼽는 중국 여자의 매력은 뺨의 보조개로서, 그것을 〈술의 보조개〉라고 부른다. 더불어 뺨의 홍조를 높이 사며 〈도취의 꽃〉이라고 한다. 그러나 뭐니 뭐니 해도 중국인들을 미치게 만드는 것은 여자의 발이다. 발이 가장 깊은 쾌락의 원천이다. 기독교 선교사들은 중국인 신도들에게 흔한 말로 〈유혹에 빠졌습니까?〉라고 묻지 않는다. 대신 〈여자의 발을 보았습니까?〉라고 묻는다.[4]

중국인들에게 가장 강렬한 관능적 욕구를 불러일으키는 것은 여자의 발이다. 발이 작으면 작을수록 황홀감은 커진다. 아마도 이런 이유 때문에 아주 오래전부터 여자들이 남자를 기쁘게 할 욕심으로 발이 자라지 않도록 어릴 때부터 발을 싸매기 시작했을 것이다. 몇 년 동안 많은 고통을 당한 뒤 점차 네 발가락이 가늘어지고 발바닥이 일어나며 뼈가 뒤틀리고 발 전체가 위축된다. 그런 뒤 여자들은 작은 비단 신을 신는다. 이 긴 준비 과정은 매우 고통스럽다. 어린 소녀는 아파서 울지만 그래도 꼼짝할 수 없다. 소녀의 얼굴은 창백해지고 눈은 휑해진다. 중국 속담은 〈전족을 가지려면 수많은 눈물을 흘려야 한다〉라고 말한다. 그러나 아름다워질 수 있다면 무슨 고통인들 감수하지 못하랴? 발이 작아지고 종아리는 가늘게 되며 허벅지와 허리는 부풀어 오른다. 그리하여 일어날 때 몸 전체가 뒤뚱거리고 넘어질 것같이 불안정한 몸매가 된다. 이제 전족을 완성한 여자는 중국적 아름다움의 최정상에 우뚝

---

[4] 과거 중국 남자는 성교 시에 여자의 작은 두 발을 들어 올려 그 발로 자신의 양쪽 귀를 쓰다듬거나, 그 발을 자신의 입 속에 집어넣고 애무하는 것을 성교보다 더 큰 쾌락으로 생각했다.

선다. 작은 발을 가지고 그녀는 남자를 사로잡을 수 있다.[5]

뒤틀린 발을 처음 보았을 때 나는 여느 뒤틀린 육신을 본 것처럼 심한 혐오감을 느꼈다. 여자들이 손을 펴고 몸을 앞으로 구부리며 비틀비틀 걸어가는 모습을 보면 곧 넘어질 것 같다는 생각이 들었다. 나는 불쾌해서 시선을 돌렸다. 그러나 점차 전족한 여자들의 이국적이고 슬픈 듯한 매력에 끌려가기 시작했다. 내 시선은 그들의 발에만 머물지 않고, 그들의 불안정하고 어린애다운 걸음걸이에도 미치게 되었다. 양팔을 벌린 채 약간 뒤뚱거리며 걸어갈 때 중국 여자는 자신의 모든 감정, 서투름, 망설임, 아름다움을 돌출시킨다. 강한 남자의 마음을 끄는 여자의 매력은 무엇보다도 연약함, 불안정함, 떨림이다. 남자는 여자의 신체에 있는 작은 흠 혹은 뒤틀림으로부터 변태적 쾌감조차 얻는다. 이 모든 것들은 최상의 지혜를 지닌 중국인들이 여자의 발을 그토록 부자연스럽게 뒤틀어서 성취한 놀라운 결과이다.

이로써 목가적 감상이나 모성적 부드러움을 완전 배제한 가장 위험하고 매력적인 타입의 고급 매춘부가 중국에서 만들어졌다. 이런 매춘부에게는 독한 마음과 남자를 도취시키는 독이 가득 들어 있다. 중국의 고급 매춘부는 차가운 달을 섬기는 진정한 여사제이다. 이곳에서 말하는 쾌락은 결코 백인들의 순진한 성애를 다룬 안내서가 설명하는 그런 것, 가령 육체의 기쁨, 서로 상대방을 보완하는 양성(兩性)의 결합, 행복 등이 아니다. 중국에서 말하는 쾌락은 양성 간의 원시적이고 무자비한 투쟁, 양성 간의 사

---

[5] 전족한 여자는 걸을 때 발이 작으므로 자연히 다리 사이에 힘이 들어가게 되고, 그리하여 여음(女陰)이 강하게 죄는 힘을 가지게 된다고 믿었다. 전족이 단순히 야만적 관습이라기보다 성적 매력의 한 가지 장치였다는 사실은 오늘날의 여성들이 불편한 하이힐을 계속 신고 다니는 것에서 미루어 짐작할 수 있다.

그라지지 않는 강한 적개심이다. 서로 적대시하는 이 무서운 두 세력이 세계를 창조하고 파괴하는 것이다. 다시 말해 남성은 자신의 머리를 하늘 쪽으로 치켜들고, 여성은 남성을 매혹시켜 휘파람으로 유인한 후 다시 땅으로 내던진다.[6]

나는 베이징, 난징, 항저우, 상하이 등의 거리들을 걷는다. 길을 걷는 도중에 나는 갈라진 혀를 밖으로 내민 채 몸에서 빛을 내며 머리를 위로 쳐드는 뱀 한 마리를 만났을 때처럼 깜짝 놀랐다. 중국 여자가 검은 비단으로 만든, 몸에 착 달라붙는 드레스를 입고 지나갔던 것이다. 드레스의 양쪽이 터져 있어서 걸음을 옮길 때마다 벌어졌다. 그 터진 틈으로 하얀 살이 빛났다. 그것은 무자비한 칼이었다. 그뿐만이 아니었다. 그 여자의 두 눈은 햇빛 혹은 달빛을 받아 번득였고, 차갑고 오만했으며, 남을 속이려는 듯 위로 치켜 올라갔고, 뱀의 눈만큼이나 매혹적이었다.

키르케는 확실히 중국인이었을 것이다. 이에 비해 백인들의 신화에 나오는 세이렌들은 무척이나 천진난만하고 어수룩하며, 사랑의 기술은 아무것도 모르는 초보자처럼 보인다. 세이렌들은 황색 키르케에 비해 서투르고 천박하며 행복, 스포츠, 황금 따위를 쾌락과 혼동하는 듯하다. 중국의 쾌락은 개인의 좁은 경계를 부수고 인간의 희로애락을 뛰어넘어 동물, 식물, 죽음을 아우르는 흙의 뿌리에까지 미친다.

---

6 카잔차키스는 여기서 남성과 여성의 섹스를 생물적인 것이 아니라 개념적인 것으로 파악하고 있다. 남성이 하늘을 향해 시선을 둔다는 것은 곧 인간이 자연의 협박을 피해 달아나면서 문명을 건설해 왔다는 뜻이고, 여성이 남성을 땅으로 내던진다는 것은 인간의 문명이 홍수, 지진, 가뭄, 전염병 등에 무력하다는 뜻이다. 여성이 달을 섬기는 여사제라는 것은 여성이 곧 변화무쌍한 자연을 상징하는 대표적 개념이라는 뜻이다. *moon*(달)-*month*(월)-*menstruation*(월경)은 모두 같은 어근에서 나온 말로, 곧 여성이 자연의 상징임을 뜻한다.

나는 중국의 도시에서 황혼 녘 강의 제방에서 꽃배를 탔던 일을 평생 잊지 못할 것이다. 꽃배는 떠다니는 창가(娼家)로서 꽃과 줄기 식물로 화려하게 장식한 창녀촌이다. 그곳에서 황색 키르케들이 물 위에 떠 있는 채로 살아간다. 담요와 돗자리, 방석들이 바닥에 놓여 있고, 그 위에 말없고 냉정한 황색 세이렌들이 누워 있다. 색을 칠한 입술이 마치 벌어진 상처 자리인 양 희미한 불빛 속에서 빛난다. 눈썹은 모두 밀어 버리고, 눈초리로부터 곤충의 더듬이처럼 칼 모양의 두 가닥 선을 위로 그려 놓는다. 짙게 화장한 얼굴은 모두 엇비슷해서, 마치 그 여자가 그 여자인 것처럼 보인다. 이곳에서는 하루살이 인생에 지나지 않는 개인의 가면은 부수어지고 여자들은 자신의 이름을 잃어버린다. 같은 화장품으로 화장한 얼굴들을 합성하여 신비하고 영원한 가면을 만든다. 이 배를 탈 때, 마치 강가의 동굴 속에 지은 고대의 사원으로 들어가는 느낌이었다. 그곳의 사람들은 검고 유방이 여러 개 달린 여신[7]을 섬겼다.

숨이 막힐 듯한 대마초 냄새, 피어오르는 가볍고 파란 연기. 이제 두 눈이 희미한 빛에 적응되어 흰 가면들이 늘어앉아 있는 가운데 몸매가 가늘고 뺨이 움푹 파인 중국인 몇 명이 담배를 피우는 모습을 분별할 수 있다. 물결이 숨을 쉬듯 위아래로 출렁거리는 바람에 배가 흔들린다. 여자 우상들의 목걸이와 귀고리, 팔찌 또한 흔들리며 어둠 속에서 번쩍거린다. 출렁이는 물결과 썩은 과일이 둥둥 떠다니는 탁한 강이 이곳 여자들의 일과 썩 잘 어울린다.

벌써 땅거미가 지기 시작했다. 갑판 위에 걸어 놓은 색색의 등

---

[7] 풍요의 여신인 아르테미스를 지칭하는데, 특히 에페소스의 아르테미스는 여러 개의 유방으로 유명하다.

이 불을 밝혔고, 온갖 깃발들이 밧줄에 달려 있었다. 배는 환히 빛났고 즐거운 잔치 분위기였으며, 첫 번째 폭죽이 소리를 내며 어두워진 하늘 위로 솟구쳐 올라갔다. 마치 고양이가 야옹하고 우는 듯한 목청으로 한 여자가 천천히 노래를 부르기 시작했다. 그 목청에는 나의 혼을 적실 만한 감미로움이 전혀 없었다. 그것은 어떤 동물의 신음 소리, 자칼이 달빛 아래에서 울부짖는 소리, 개가 구슬프게 짖는 소리였다. 남편으로부터 소리를 내어 말을 만드는 법을 배우기 훨씬 이전에 여자들이 가졌던 원시적인 목소리였다. 정신이나 마음보다 훨씬 더 나이 먹은 사람의 내장이 찢어지면서 개나 자칼처럼 소리치는 것이다. 그것은 저 오래된 키르케의 단순한 비법으로서, 모든 남자를 동물로 회귀시키는 것이다. 이것이야말로 여자의 영원한 비결이다. 모든 여자들 중에서 중국 여자야말로 남자들에게 그들의 가장 원시적인 형태, 감상과 덧칠이 완전히 배제된 노골적인 야수성을 돌려주는 것이다.

에로틱한 순간에 일본의 게이샤는 마치 병든 환자를 치료하듯이, 혹은 우는 아이에게 가슴을 열고 젖을 빨리기라도 하듯이 남자 위로 몸을 구부린다. 반면에 중국 여자는 전쟁에서 만난 불구대천의 적을 대하듯 남자 위로 몸을 구부린다. 조금도 남자를 봐주지 않는다.

꽃배에서 나와 나는 강의 제방을 따라 난 길을 걸어갔다. 중국의 옛 노래가 생각났다.

> 시원한 갈대 속의 독사의 입에서 나오는 독과
> 사나운 말벌의 날카로운 침은
> 경미한 상처를 줄 뿐이다.
> 가장 치명적인 독은 여자의 몸이다.

나는 여자의 육체는 독이 아니라고 생각했다. 그것은 남자를 누르기 위하여 위대한 우주적 힘이 사용하는 도구에 지나지 않는다. 이 힘을 거역할 수 있는 자는 아무도 없다. 그것을 거역하는 것은 신성 모독이다.

중국의 미신

 오늘 아침 비가 억수같이 내렸다. 거리는 텅 비었다. 중국인들은 불가사의한 이유로 비를 두려워한다. 역사책에서 자주 언급하는 바와 같이, 비가 오기 시작하면 전쟁을 중단했다. 또한 비가 오지 않았다면 더 많은 적을 죽였을 것이라고 기록되어 있기도 하다. 중국인들은 비가 올 때 하늘과 땅이 서로 몸을 섞는다고 믿는다. 이는 만물을 이루는 남성적 요소인 양(陽)과 여성적 요소인 음(陰)이 교접한다는 말이다. 따라서 누구든지 비가 올 때 밖으로 나가 그 둘 사이에 끼어들면 신성 모독이 된다.
 중국인의 매일의 삶은 진실로 고통스럽다. 보이지 않는 무서운 힘들이 자신을 둘러싸고 염탐한다고 생각하기 때문이다. 수탉이 지붕 위에서 울면 그 집에 불이 난다. 흰 꼬리가 달린 개가 집 안으로 들어오면 친척 하나가 죽는다. 식탁에서는 모두들 각자가 늘 사용하는 그릇만을 쓴다. 그릇이 바뀌면 여주인이 죽는다고 믿기 때문이다. 정해진 절기에 그들은 여우, 족제비, 돼지에게 제사를 올리고 말을 건다. 그 동물들을 부를 때 존칭을 붙인다. 왜냐하면 이 동물들이 인간의 삶에 신비한 영향력을 미친다고 생각하기 때문이다.

그들은 〈붉은 머리 오랑캐들〉이 거룩한 어머니인 대지의 배를 갈라서 석탄과 금속을 파가는 신성 모독적인 행동을 보고는 화를 내며 입술을 깨문다. 그 밖에도 오랑캐들은 전신주를 세워 조상들의 무덤에 그림자가 지게 만든다. 철로를 놓고 다리를 건설하며 공장을 지을 때 혼령들의 문제와 관련하여 지관(地官)과 상의하지 않는 등 대죄를 범한다. 이런 일보다 더한 일도 있다. 〈코쟁이들(백인종을 부르는 별명)〉은 어린 아기를 죽이고 눈을 파내어 감광판이나 필름으로 만들어 쓴다…….

중국인들은 신을 그다지 믿지 않는다. 그러나 무신론자가 되기보다는 신을 섬기는 편이 더 이득이 많다고 생각한다. 그들 생각에 만약 신들이 정말로 존재한다면 신에게 제물을 바치는 것은 좋은 일이다. 신이 없다고 해도 별로 손해 볼 것은 없다. 실제로 신이 존재하는 듯이 처신하는 것이 더 안전하다. 공자는 이렇게 가르쳤다. 「조상에게 제사를 지낼 때는 조상님이 자리에 함께하고 계신 것처럼 정성을 다하라!」 어떤 사람이 공자에게 물었다. 「조상들이 우리의 제사를 보기도 하고 기뻐도 합니까?」 공자는 자신의 의견을 말하지 않았다. 「내가 그렇다고 말하면 자손들은 재산을 전부 희생물로 조상에게 바쳐서 파산할 것이다. 아니라고 대답한다면 자손들은 모두 제사를 소홀히 하고 결국 무신론자가 될 것이다.」 도(道)를 주창한 위대한 신비론자인 노자는 공자의 논리를 비웃으며 그를 비난했다. 「마음을 깨끗이 비워라. 눈처럼 하얗게 만들어라. 자신의 지혜를 버리고 논리를 던져 버려라. 이승의 삶은 심연을 건너고 싶어서 백마가 공중에 뛰어오르는 것과 같다. 그러나 결국 떨어지고 말 뿐이다!」

중국인들과 신의 관계는 나에게 무언가를 주어라, 그러면 너에게 무언가를 주겠다는 식의 서로 주고받는 상업적 관계이다. 중국인들은 음식과 기도를 바치고 신전을 세운다. 그런 만큼 신도 그들의 사업을 도와야 한다. 그렇지 않으면 어떻게 할까? 사람들은 신을 벌한다. 신이 비를 내려 주지 않아서 곡식이 가뭄으로 타 죽으면 중국인들은 벽돌과 쇠를 달군 뒤 신을 그 위에 앉혀서 똑같이 태워 버린다. 때로는 사기를 쳐서 신을 속이기도 한다. 매년 섣달그믐날 부엌을 관장하는 신이 하늘로 올라가 그 가족이 하는 일을 보고한다. 그럴 때는 어떻게 할까? 그날 중국인들은 부엌신의 입술에 달게 만든 밀반죽을 바른다. 그러면 신은 입을 열지 못하고 아는 것을 하늘에 고하지 못하게 된다.

아기가 태어나면 작은 자루에 젓가락 두 벌, 양파 두 개, 숯 두 조각, 개와 고양이의 털 등을 담고 붉은 끈으로 묶어서 산모가 있는 집 대문에 걸어 둔다. 아기 아버지의 바지에 글귀를 써서 함께 걸어 놓기도 한다. 〈잡귀들은 바지 속으로나 들어가고 아기에게는 얼씬도 하지 말아라!〉 점쟁이가 신랑과 신부의 궁합이 맞는다고 말하기 전에는 결혼할 수 없다. 점쟁이는 신부의 옷을 짓는 날과 신부가 직접 수를 놓는 〈장수(長壽) 베개〉 만드는 날을 정한다. 중국에는 쥐, 소, 호랑이, 토끼, 용, 뱀, 말, 양, 원숭이, 닭, 개, 돼지 등 십이지에 따른 해가 있다. 점쟁이는 이 중 어느 동물의 보호를 받아 결혼식을 치러야 하는지를 결정한다.

중국인의 일생을 규제하는 두 가지 주요 미신이 있다. 하나는 〈풍수(風水)〉이고 다른 하나는 〈용(龍)〉인데, 이 둘이 중국인의 기쁨, 슬픔, 사업, 절기, 결혼, 탄생, 죽음 등을 주관한다. 풍수는 중국의 무시무시한 허깨비이다. 바람과 물이라는 뜻을 지닌 두 개의 상형 문자로 이루어졌고, 이는 〈터〉를 의미한다. 터의 귀신은 전능하고 복수심이 강하기 때문에 늘 그 뜻을 헤아리고 따라야 한다. 지관과 상의 없이 집을 짓거나 묘를 파지 못한다. 지관은 풍수가 무엇을 바라는지 알려 준다.

풍(風), 즉 바람은 보이지 않는다. 수(水), 즉 물은 보인다. 바람과 물은 행운이나 불행을 몰고 온다. 불쌍한 중국인들은 행운을 불러들이기 위해 무엇을 해야 할지 깊이 고민한다. 풍수의 뜻이 무엇인지는 예측하거나 이해할 수 없다. 풍수가 좋다고 한 터에 집을 지으면 행운이 굴러 들어온다. 반면에 다른 사람이 아무 허락도 없이 같은 터에 집을 지으면 풍수는 화가 나서 그 사람을 망하게 만든다. 그러나 가장 큰 걱정은 이런 것이다. 친척이 죽을 경우 풍수가 바라는 것이 무엇일까? 언제 장사를 지내야 하는가? 어디에? 어떻게? 풍수의 뜻을 조금만 어겨도 본인과 가족에게 망조가 들 수 있다. 왜 그럴까? 그것은 죽은 자가 산 자보다 더 열정적으로 살기 때문이다. 중국인들은 망자에 대하여 무덤덤하게 생각하는 일도 없고 감상적으로 추억하는 일도 없다. 망자는 예측할 수 없는 돌개바람을 몰고 오는 자이므로 제사와 기도로써 달래 주어야 수호자로 삼을 수 있다. 시체를 몇 주나 몇 달 동안 거적이나 나뭇가지로 덮은 초가에 임시로 두기도 한다. 친척들이 훌륭한 장사를 지내기 위해 필요한 돈을 모을 때까지 장례식을 미루는 것이다. 지관은 나침반과 거울을 들고 다닌다. 지관은 몇 시간, 혹 망자가 부자인 경우에는 며칠에 걸쳐서 묏자리를 찾아 다닌다. 묘 위에 별이 뜨지 않아야 한다. 묏자리 밑에 용이 살지 않아야 한다. 바람이 강하게 불지 않아야 한다. 흙의 색과 주위 산들의 윤곽, 특히 산 그림자가 보기에 편안해야 한다. 가장 중요한 것은 지형의 기(氣)이다. 묘의 우측으로는 호랑이의 기가 지나가고 좌측으로는 용의 기가 지나가야 한다.[1]

---

[1] 좌청룡 우백호를 이른다.

용은 중국의 또 다른 허깨비이다. 시선을 던지는 곳마다, 예를 들어 깃발, 대문, 자수, 그림, 대리석, 나무 위에 무섭고 환상적인 괴수가 보인다. 반은 악어이고 반은 뱀이며 다섯 개의 갈고리형 발톱이 달린 다리를 가지고 있다. 날개는 없지만 구름 속으로 날아 올라갈 수 있다. 이런 이유로 용은 높다란 것이면 뭐든지 다 상징한다. 산, 큰 나무, 황제…… 용은 힘의 상징이다. 물리적 현상들 중에서 규모가 큰 것은 모두 용이 지어낸 것이다. 화재, 홍수, 천둥, 지진…… 화가 나면 용은 꼬리를 흔들며, 이로 인해 땅이 흔들린다. 아니면 달과 해에게 달려가 입을 벌리고 달과 해를 삼킨다. 그러면 세상은 어두워지기 시작하고, 중국인들은 무서움에 떤다. 중국인들은 징과 북을 치고 폭죽을 쏘아 올린다. 용을 깜짝 놀라게 하여 해와 달을 하늘에 다시 뱉어 내도록 하려는 것이다.

때때로 용을 달래기 위해 중국인들은 힘이 아니라 기도와 간청을 하기도 한다. 홍수로 강이 넘치고 가뭄으로 논밭이 타면 마술사들은 뱀과 도마뱀을 잡아서 그것을 용이라고 선언한다. 뱀과 도마뱀을 우단 방석 위에 앉히고 그 주위에서 징과 북을 친다. 사람들은 바닥에 엎드려 경배한다. 용은 땅, 하늘, 강 등 어디에나 있다. 집 안에서 편히 사는 용들도 있다. 이런 까닭에 중국인들은 지붕이 위로 휘게끔 집을 짓는다. 그렇게 하면 용이 편안하게 똬리를 틀고 지낼 수 있기 때문이다. 중국인들은 땅속의 지맥들을 절개하고 광물을 채취하거나 다리를 만드는 것을 두려워한다. 얼마 전 한 고위 관리가 철로 건설에 반대하는 싸움을 벌이면서 놀랍게도 이렇게 주장했다. 「해외에서 기계를 도입하는 데 막대한 돈을 낭비하지 맙시다. 대신 고전 작품에 언급된 고대의 통신 수단들을 연구하는 데 돈을 쓰는 것이 훨씬 더 실용적입니다. 예를 들면 날개 달린 용이 끄는 수레 같은 것 말입니다.」

중국은 같은 마음속에 여러 가지 모순되는 특징들이 공존하는 불가사의한 나라이다. 편협한 논리, 매우 엄격하고 실용적인 정신, 동시에 보이지 않는 것에 대한 믿음, 악과 변덕과 질투로 가득 찬 초인적인 힘들이 서로 길항하는 것이다. 엄격하고 실용적인 정신을 가진 공자, 선악에 개의치 않고 작위를 경멸했으며 몰아의 경지에 들었던 노자.〈완전한 사람은 오래 산다고 하여 기뻐하지 않고 일찍 죽는다고 해서 슬퍼하지 않는다. 부유하다고 자만하지 않고 가난하다고 부끄러워하지 않는다. 그는 삶과 죽음, 부와 가난을 같은 것으로 생각한다. 사람들에게 화내지 않으며 혼령들을 두려워하지 않는다. 움직이는 법 없이 그의 마음은 천지를 활보한다. 세상을 활보하면서도 그의 마음은 움직임이 없다. 그의 마음은 완전함을 얻었다. 끝없는 바다는 뜨거워지지 않고서도 끓을 수 있다. 큰 강은 차가워지지 않고서도 얼 수 있다. 벼락이 산을 무너뜨릴 수도 있고, 바람은 겁을 주지 않은 채 바다를 들어 올릴 수도 있다. 완전한 인간은 바람을 타고 별을 향해 달려간다. 그는 생사를 염려하지 않는다. 선악은 더 말할 필요도 없다.〉

중국인의 혼은 풍요하다. 그리하여 서로 대비되지만 양쪽 다 감탄할 만한 문화를 풍부하게 참조했고, 또 정교한 문명을 만들어 냈다. 세계의 본질을 탐구하는 데 있어서 실제적이고 확고한 정신이 개입하지 않으면 무질서하고 지리멸렬한 생각만 낳는다. 반대로 실용적인 정신은 신비한 것에 대한 강렬한 욕구가 없으면 사상이 빈곤해지고 또한 멀리 내다보는 위대한 일을 할 수 없게 된다. 돈키호테와 산초에 비유될 수 있는 이 두 중국 혼이 세계를 창조했다. 이들은 중국의 위대한 지도자들이었으며 서로 협력했다.

나는 베이징의 불교 사원과 수도원을 돌아다닌다. 나는 이 오래된 신앙이 낳은 공(空)이라는 열매를 즐긴다. 어두운 구석에서 인류의 가장 위대한 지도자인 부처가 향연(香煙)에 둘러싸여서 미소를 지으며 광채를 발한다. 그의 육신 전체가 최고의 야망을 성취하고 혼령이 되었다는 느낌이 든다.

어느 날 베이징의 끝에 위치한 라마교 사원이 햇빛 속에서 청동 송아지처럼 한탄하고 신음 소리를 냈던 것이 기억난다. 북, 징, 피리, 염불 소리. 아침 예불 소리가 사원 밑바닥까지 울려 퍼졌다. 나란히 줄지어 놓여 있는 벤치에는 노란 승복과 가사(袈裟)를 걸친 동승들이 앉아서 염불을 외웠다. 한 늙은 승려가 어린 승려들 사이를 오가며 낮은 소리로 염불을 외웠다. 그는 얼굴에 주름살이 많았고 머리를 삭발했으며 노란 가사를 입었다. 그는 왼손에 검고 굵은 알로 만든 염주를, 오른손에는 향로를 들었다. 공중에는 매캐한 연기가 자욱했다. 종교적인 안개 속에서 불상, 그림, 조각 장식물, 살이 통통한 동승, 게으른 식도락가, 성실하지 않은 승려 등을 알아볼 수 있었다.

중국인들은 염치없고 향락적인 승려들을 사랑하지 않는다. 승려들을 풍자하는 신랄한 내용의 노래들이 유행한다. 향로를 손에 든 이 주름살 많은 원숭이가 중얼거리는 염불은 사람들이 그를 조롱하기 위해 만든 기도문처럼 들렸다. 〈부처님, 저를 불쌍히 여겨 주십시오. 이 궁핍한 중을 돌보소서. 이 사원을 떠나게 도와주십시오. 사람들이 신심을 잃어 더 이상 시주를 하지 않고 빈손으로 옵니다. 도와주십시오, 부처님. 더 이상 배고프지 않고 춥지 않도록 이 절을 떠날 수 있게 도와주소서. 아리따운 처녀와 결혼하고 이 승복일랑은 벗어서 던져 버리게 하소서!〉

사원의 한 법당에는 거대한 불상인 〈웃는 부처〉를 모셔 놓았다. 거대한 귀가 아래턱보다 밑으로 처졌고 호박같이 생긴 빛나는 머리보다 위로 솟았다. 90센티미터나 되는 배는 맨살이고 포만감으로 가득 찬 듯하다. 불상은 인간 두개골을 붉은 끈으로 꿰어 만든 염주를 들었다. 부처는 함박웃음을 지으며 그 승려의 염불 소리를 듣고 동승들을 바라본다. 사원의 열린 대문을 통하여 베이징을 바라본다. 그의 앞에 색색의 종이로 만든 기도 윤동이 허공을 빙빙 돌고 있다.

 다른 법당에 들어 있는 불상은 티무르[2] 같은 사나운 몽골인의 모습을 하고 있다. 달려 있는 검은 장식 술은 티무르의 뺨과 관자놀이와 콧구멍에 삐죽이 나 있는 털을 나타낸다. 이 불상은 웃지도 않고, 흥청망청 노는 신처럼 세상의 광경을 즐겁게 바라보지도 않는다. 걱정거리로 골치 아픈 인간들을 냉소적으로 바라보지도 않는다. 그는 중국을 습격한 위대한 정복자였다. 그의 두 손에는 신이 인간에게 준 지진, 화재, 홍수, 전쟁 등 온갖 선물이 쥐어져 있다.

---

2 Timur(1336~1405). 티무르 제국의 건설자.

중국인과 죽음

 어느 날 베이징의 한 좁은 길에서 셰익스피어 연극에서나 나올 법한 놀라운 광경이 내 눈앞에 펼쳐졌다. 떠들썩한 행렬이 지나갔다. 북과 화려한 깃발들. 키가 크고 건장한 두 중국인이 커다란 깔때기 모양의 긴 나팔을 불며 앞장서서 달려갔다. 그들 뒤에는 넝마를 입은 소년들이 두 줄로 나뉘어 흰 종이로 만든 모형 초를 들고 따랐다. 이 두 줄의 소년들 사이에 밀가루를 얼굴에 바른 힘없는 광대가 색칠한 종이로 만든 실물 크기의 소녀의 머리 모형을 들고 갔다. 광대가 걸음을 옮길 때마다 머리 모형이 허공에서 좌우로 리듬감 있게 움직였다. 광대의 뒤를 따라 녹색 옷을 입은 열여섯 명의 중국인들이 긴 관이 얹혀 있는 상여를 흥겨워하며 메고 갔다. 갖가지 색깔의 넝마를 걸친 이 행렬 뒤로 많은 수레들이 따라왔다. 그 수레들에는 흰옷을 입은 덤덤하고 굳은 표정의 여자들이 탔으며, 허공에서 손들을 바삐 움직였다. 그들은 나팔을 불며 매우 빨리 지나가더니 곧 시야에서 사라졌다.

 「이게 무슨 행렬입니까, 서커스단입니까? 아니면 가장행렬입니까? 혹은 광고 행렬입니까?」 나는 일행인 독일인 교수에게 물었다. 그는 베이징 대학교의 교수로 중국에서 12년 동안 살았다.

「아닙니다.」그가 웃으며 말했다. 「장례식입니다. 한 소녀가 죽었습니다. 소녀의 종이 인형을 보지 못했습니까?」

「장례식이라고요? 그렇게도 신이 났던데? 그리고 왜 저리 서두릅니까?」

「장례식이 끝나면 식사를 대접하기 때문입니다. 나팔을 불거나 녹색 옷을 입은 자들은 아마 며칠을 굶다가 오늘 처음으로 식사를 할 것입니다. 죽은 소녀의 친척들은 오늘 모아 놓은 돈을 다 털어서 근사한 음식을 대접할 것입니다. 친척들은 체면을 살리고 소녀의 영혼을 달래서 요괴가 되지 않도록 장례식을 후하게 치르는 것입니다. 평소에는 구두쇠였던 사람들이 두려움 때문에 아낌없이 돈을 쓰는 거죠.」

「중국인들은 그토록 죽음을 무서워합니까?」

「죽음은 전혀 두려워하지 않습니다. 중국인들이 두려워하는 것은 망자입니다. 중국인은 죽으면 엄청난 힘을 얻습니다. 모든 친척들이 망자 앞에서 벌벌 떱니다. 악마나 신 앞에서 떠는 만큼 말입니다. 중국인들은 사람이 죽기 전 그 사람을 널빤지 위에 올려서 방 안 침상에서 밖으로 내옵니다. 왜냐하면 방 안에서 죽은 영혼은 육신을 따라 떠나지 않고 침상에 들러붙는다고 믿기 때문입니다. 그렇게 되면 아무도 그 방에서 살 수가 없습니다. 그 영혼을 쫓아 버리려면 가구는 물론 방을 바닥부터 다 부수어야 합니다. 그래서 부득이하게 임종을 맞는 사람을 밖으로 내오고 가장 좋은 옷을 입힙니다. 다음에 그의 베갯잇 밑에 수탉을 상징하는 흰옷을 넣습니다. 때때로 진짜 수탉을 망자의 발에 매어 놓기도 합니다. 이 새는 저승에서 그에게 행운을 가져다줍니다. 그 까닭은 수탉과 행복은 발음이 같은 말이기 때문입니다. 관은 매우 중요한 역할을 합니다. 관 없이 묻히는 사람은 저주를 받습니다. 이런 사람은 분명히 요괴가 되어 산 자들을 해코지하게 됩니다. 그렇기 때문에 연로한 중국인들에게는 관이 가장 좋은 선물입니다.」

우리는 조용히 걸으면서 죽음에 관하여 이야기하고, 가게의 문에 걸린 알록달록한 조각들과 공중에서 흔들리는 붉은색과 초록색 깃발 간판들을 보았다. 대문이나 마당 앞이나 물이 조금이라도 있는 곳에서는 가난한 여자들이 빨래를 하고, 이를 잡으며 머리를 빗고, 아이들과 남편을 씻겼다. 그들을 보면 동정심이 솟아오르는 것을 억누를 수 없었다. 그들의 더러움과 궁핍함은 잠시 잊어버리고, 그들이 수행하는 어렵고 신성한 일을 존경하는 마음이 되었다. 이 불쌍한 노동자들이 없다면 사람들은 모두 이와 오물 속에 빠져 버릴 것이다. 그들은 인류를 시중드는 사람들이다.

하지만 나의 친구는 이런 광경에 익숙해져서 아무렇지도 않게 이야기를 계속했다.

「중국의 진정한 신은 부처도 공자도 도(道)도 아닌 조상의 망령입니다. 조상 숭배는 중국인의 가장 오래되고 단일한 종교입니다. 귀천하지 않고 지상으로 내려온 망자는 위험한 힘을 가지게 됩니다. 산 자들은 전멸당하지 않기 위해 그런 망자를 어르고 달래야 합니다. 망자와 산 자들 사이를 중개할 수 있는 자는 오직 아들뿐입니다. 아들은 매일 꽃, 음식, 기도의 희생물을 바쳐야 합니다. 아들은 선친이 밟았던 길을 평생 충실하게 따라야 합니다. 〈기성 체제를 거역하는 행위나 말을 하지 말라〉 공자의 가르침입니다. 〈조금이라도 올바른 길에서 벗어나면 회복할 수 없는 재앙을 맞을 것이다. 본인뿐만 아니라 전체 집안까지, 보이는 자와 보이지 않는 자 모두.〉」

나는 놀라서 그에게 말했다.

「보이는 자와 보이지 않는 자요?」

친구가 웃었다.

「중국인의 가족은 보이는 자들만이 아닙니다. 다시 말해 산 자만으로 구성되어 있는 것이 아닙니다. 보이지 않는 두 개의 층이 있습니다. 마루 밑 지하실에는 완전 무장을 한 조상들이 거주합니다. 마루 위에서는 아직 태어나지 않은 자손들이 기다립니다. 집 전체의 구원과 파괴는 산 자의 행동에 달려 있습니다.

남자 자손이 없는 집안은 불행합니다. 가문이 아예 없어집니다. 아들만이 제사를 올릴 수 있고 망자를 달랠 수 있기 때문입니다. 여자는 중요하지 않습니다. 여자는 그저 씨받이일 뿐 아무것도 아닙니다. 가족을 보전하는 영원한 요소, 불사의 생명은 남자에게 있습니다.

죽은 자들이 중국을 지배합니다. 죽은 자가 산 자보다 훨씬 더 중요합니다. 죽은 자는 죽지 않습니다. 죽은 자는 모든 사람의 내부에서 살고 지배하며 사람의 행동을 일일이 간섭합니다. 과거가 현재를 이끌고 미래를 창조합니다. 그렇기 때문에 중국인들이 이행해야 할 한 가지 최상의 의무가 있습니다. 그것은 경건하게 노인들의 말을 경청하며, 사소한 것일지라도 모든 격식을 지키는 것입니다. 격식은 공허한 형식이 아닙니다. 그것은 내면의 깊은 감정의 표현으로서 필수 불가결한 요소입니다. 다시 말해 혼이 뭉친 덩어리입니다.

격식이 없다면 내적 본성은 받쳐 줄 것이 아무것도 없기 때문에 결국 없어지고 맙니다.

죽은 자들의 뼈가 아니라 혼령이 중국의 기초가 됩니다. 조상 숭배가 흔들리는 날이 오면 중국은 망할 것입니다.」

「그렇다면 퍽 두렵습니다. 지금 나에게 말해 준 대로의 심성을 가졌다면 중국은 곧 무너질 것입니다. 〈과학의 빛〉이 얼마 안 되어 이곳에 도달할 테니 말이죠.」

「이미 도착했습니다. 그저께 한 중국 잡지에서 미국 대학에서 공부하고 갓 귀국한 젊은 과학자들이 국민들을 계몽할 목적으로 작성한 선언문을 읽었습니다. 들어 보세요. 〈우리 젊은이들은 실증주의자들이다. 우리는 조상들에게 바치는 한 바구니의 거룩한 제사보다 한 통의 거름을 더 좋아한다.〉」 친구는 갑자기 걸음을 멈추었다.

한 채소 가게에 많은 사람들과 경찰들이 웅성거리며 서 있는 것이 보였다. 어떤 사람이 상자 위에 올라서서 문 꼭대기에 매여 있던 밧줄을 풀었다.

「누군가가 목을 맸습니다. 분명히 복수심에서 그랬을 것입니다. 가서 보고 오겠습니다.」

잠시 후 그가 돌아왔다.

「그 사람은 일을 잘 처리한 셈입니다. 이 채소 가게 주인은 어떤 막일꾼에게 얼마간의 돈을 빌려 줄 때 저당 잡았던 그의 작은 집을 경매로 팔았습니다. 그 교활한 막일꾼이 복수하기 위해 어떻게 했겠습니까? 어젯밤 가게 앞에 와서 문에다 목을 맸습니다!」

「어째서 채소 가게 주인을 죽이지 않았습니까?」

「그는 바보가 아니었습니다. 채소 가게 주인을 죽였다면 그 자신과 가족은 곤란을 겪었을 것입니다. 벌을 받아 죄 많은 몸으로 죽게 될 경우 사람들은 그를 필요한 격식에 따라 장사 지내려고 하지 않았을 겁니다. 그러면 그의 혼은 영원히 고통당할 것입니다. 반면, 지금처럼 자살한 경우 채소 가게 주인이 모든 어려움을 당할 겁니다. 법정에 불려 가 막일꾼의 가족에게 보상금을 지불해야만 할 겁니다. 가장 중요한 것은 죽은 막일꾼의 혼령이 자신의 묘로 영광스럽게 내려올 수 있게 되었다는 것입니다. 그는 체면을 살렸습니다. 중국에서는 징벌을 피하려고 자살을 하는 일도 종종 있습니다. 여자들은 시어머니의 구박에서 벗어나려고 자살을 합니다. 남자들은 질투, 복수, 자존심, 가난 때문에 자살합니다. 거지를 기분 나쁘게 쫓아 버리면 다시 와가지고 대문 앞에서 자살을 하는 경우도 왕왕 있습니다. 그러면 그 집은 재판에, 벌금을 내야 하고, 수치까지 당하는 등 큰 낭패를 보게 됩니다. 또 이런 일도 있습니다. 두 상인이 다투다가 하나가 질 것 같다 싶으면 상대방의 가게로 가서 목을 맵니다. 그러면 그 상대방은 온갖 수모를 겪습니다. 또 다른 예를 들어 볼까요? 가령 어떤 자가 송사에 져서 재심을 요청했는데도 헛일이 되었다고 해봅시다. 그러면 그자는 상대방의 집 대문으로 가서 자살합니다. 송사는 다시 심의됩니다. 죽은 자가 자살로써 자신의 결백을 증명했다고 생각하는 재판관들은 거의 모두 망자가 옳았다고 판결합니다.

가장 흔한 자살 방법은 목을 매는 겁니다. 다음은 다량의 대마초를 먹는 것과 면도칼을 사용하는 것입니다. 적을 파멸시키기 위해 자살하는 사람들은 누구나 자살의 동기를 밝히는 유서 같은 것을 남겨서 책임질 자를 고발합니다. 그래서 중국인들은 상대방이 자살함으로써 복수할까 봐 여간 마음을 졸이는 게 아닙니다. 어느 날 밤 어떤 사람이 농부에게 강도 짓을 하여 지갑을 빼앗아 달아났습니다. 농부는 소리쳤습니다. 〈제발 봐주시오! 지갑을 돌려주시오!〉 그러나 강도는 더 빨리 달렸습니다. 농부가 다시 소리쳤습니다. 〈지갑을 돌려주지 않으면 나는 자살하고 말겠소!〉 그제야 강도는 놀라서 지갑을 돌려주었습니다.

우리가 보기에 중국인들은 매우 괴상하고 이해하기 힘듭니다. 우리와 전혀 다른 세상의 사람들입니다. 우리에게는 기초적인 덕목이 그들에게는 결여되어 있습니다. 예를 들면 친절이 그렇습니다. 중국인은 만사를 자신의 이해와 결부해 헤아립니다. 이득이 있을 경우에만 자선을 행합니다. 거리에서 넘어진다거나 타고 가는 수레가 부서지면 중국인들은 모여서 덤덤히 구경만 합니다. 웃기조차 합니다. 돈을 주고 요청을 해야 비로소 달려와 돕습니다. 길을 물으면 돈을 받기 위해 일부러 거짓말을 합니다. 친절이라는 뜻의 한자에는 감정을 표현하거나 마음 심(心)변을 갖는 글자가 들어 있지 않습니다.[1]

더불어 중국인들은 감사할 줄 모릅니다. 어떤 선교사가 눈먼 거지를 고쳐 주었습니다. 거지가 빛을 보게 되자마자 선교사에게 보상을 요구했습니다. 이제 장님이 아니어서 사람들이 동정을 베풀거나 구호 물품을 주는 일이 없어 살아가기 힘들다는 것이었습니다.」

교수는 고개를 돌려서 중국인들의 흥미진진한 생활 모습들을 조용히 쳐다보며 입을 다물었다. 나는 중국인들의 저 신비한 매력, 위험하고 파렴치한 호기심, 세상에서 이득을 얻고 싶어 하는 검은 욕망 등을 물리치기 위하여 온몸의 감각을 동원하지 않으면 안 되었다…….

내 친구는 침묵을 깨고 웃으며 말했다.

「얼마 동안은 중국에서 살기가 힘들 겁니다. 힘들고 위험합니다. 중국인들은 모질고 복수심이 강하며 인색하고 더럽습니다. 그럼에도 그 뒤로 신비로 가득 찬 중국 전체가 불쑥 얼굴을 내밉니다. 이곳 사람들은 깊이가 있습니다. 중국 사람들은 진흙과 오물에 뿌리를 박고 성장합니다. 뿌리가 깊어질수록 꽃은 높이 솟

---

[1] 마음 심변은 실제로는 〈忄〉자를 취한다. 가령 마음(心)이 죽어 버렸다(亡)를 합쳐서 바쁠 망(忙)이 되고, 마음(心)이 가버렸다(去)를 합쳐서 겁낼 겁(怯)이 된다. 친절(親切)이라는 한자어는 이런 〈마음 심〉변을 쓰지 않는다는 뜻이다.

아오릅니다. 꽃, 그러니까 중국의 문명은 형언할 수 없는 매력이 있습니다. 그 오물, 다시 말해 인간이 질적으로 변하여 혼이 되기 때문입니다. 그렇게 되면 인색함과 잔인함은 물러나고 우주와의 매우 부드러운 결합이 일어나는 것입니다.

그 결과 우리는 뜻밖의 광경을 봅니다. 중국의 도가 철학자인 장자는 정력적이고 계산적이며 논리적인 친구들에게 이런 명령을 내립니다. 〈무위 속에서 편안하게 살아라. 그러면 세계가 얼마나 멋진지를 깨달을 것이다. 뱀이 허물을 벗듯 겉에 있는 것들을 모두 던져 버려라. 지혜일랑은 입을 통해 몽땅 토해 버려라. 무한한 것과 노닐어라!〉 또 다른 대목에서는 이렇게 말합니다. 〈하늘 아래에 작은 낙엽보다 더 장엄한 것은 없다!〉 장자에게 임종이 닥쳐왔을 때 제자들이 장례를 호화롭게 치러 주고 싶다고 말했습니다. 그는 웃음을 터뜨렸어요. 〈땅이 내 관이고 하늘이 묘비가 될 것이다. 해와 달과 별이 내 무덤에 빛을 쏟아 아름답게 꾸밀 것이다. 너희들이 이것보다 더 훌륭한 것을 해줄 수 있겠느냐? 무덤도 만들지 말고 그대로 두거라. 나는 무덤을 원하지 않는다!〉 〈그러면 독수리가 선생님을 먹어 치울 것입니다!〉 제자들이 반대했습니다. 〈풍장을 한다면 독수리가 나를 뜯어 먹을 것이다. 매장을 하면 벌레들이 나를 먹을 것이다. 내가 독수리보다 벌레를 더 좋아할 이유가 있다고 보느냐?〉

중국인들은 자신들이 먹고 마시고 소유하고 싶은 것들을 탐욕스럽게 움켜쥐고 놓지 않습니다. 이런 중국인들이 놀랍게도 셰익스피어가 말년에 가서야 겨우 도달했던 저 높은 경지에 도달한 시인을 탄생시켰습니다.

꿈을 꾸었네, 나비가 된 꿈을 꾸었네.

문득 깨어 보니 나는 나비가 아니라 사람이네.
도대체 누가 꿈을 꾼 것인가?
내가 나비가 된 꿈을 꾸었나?
아니면 나비가 내가 된 꿈을 꾸었나?
아마도 둘 다 아닐지도 모른다네.
나는 〈내가 일어난다〉라고 말하네.
그렇게 말할 것이 아니라
〈내가 변했구나〉라고 말했어야 할까?[2]

또 10세기의 중국 시인 쑤쿵투는 이렇게 읊었습니다.

소나무 아래 오두막을 지어 보자
모자를 벗고서 시를 지어 보자
해 뜨고 해 지는 것을 잊어버리고.」

교수는 말을 마치고 아무 말 없이 한동안 묵묵히 걷기만 했다. 나에게 자신의 논지를 충분히 이해할 시간을 주겠다는 듯이. 그렇다, 질척한 진흙을 가지고서도 허공 중에 가볍게 뜨는 노래를 만들어 내는 능력, 바로 그것이 중국이라는 나라의 못 말리는 매력인 것이다.

---

[2] 『장자』의 「제물론(齊物論)」에 들어 있다.

공주와 중국의 프시카레[1]

단파오샤오 공주는 몸에 꼭 붙는 금빛 비단옷을 입고 초록색 긴 귀고리를 단다. 공주의 눈은 검고 슬픔이 가득하다. 공주는 궁궐에서 수년 동안 살다가 황가의 궁궐이 버림을 받자 정원이 딸린 외딴집으로 물러났다. 정원은 새로 만든 것으로 울타리에 둘러싸여 있었다. 공주는 손과 얼굴과 목에 여러 가지 로션과 방향제, 비전(秘傳)의 화장품들을 발라 피부를 촉촉하게 관리한다. 몸매는 가늘고 우아하며 아직도 위험하리만큼 아름답다. 공주는 사랑에 관한 책을 썼다. 현재의 중국 문학에 대하여 문자, 공주의 온화한 눈에 향수가 드리워졌다.

「우리에게는 이제 아무것도 없습니다. 우리의 창조적 능력은 제국과 함께 사라졌습니다. 젊은이들은 게으르고 염치가 없습니다. 더 이상 고전을 신뢰하지 않아요. 고전을 공부하지 않고, 책을 쓰더라도 상스러운 글로 씁니다. 사람들은 글다운 글을 쓰지

---

[1] Ioannis Psichare(1854~1929). 그리스 민중 언어의 지도자이며 소르본 대학교의 중세 및 현대 그리스어 교수였다. 1888년 그리스 민중 언어로 된 첫 번째 주요 산문집 『나의 여행』을 발표했다. 그 이후 민중 언어는 현대 그리스 문학에서 주된 언어가 되었다 — 원주.

않습니다. 말하는 식으로 글을 쓰지요. 우리의 오래된 정신적 모범을 무시하는 못된 지도자가 나타나 언어를 바꾸며 막일꾼이나 농부들이 말하는 대로 글을 쓰도록 강요합니다!」

나는 즐거웠다. 활기차고 날씬하고 원숙한 공주가 계속 말하도록 내버려 두었다. 공주는 향기 나는 담배에 불을 붙였다. 코와 입으로 연기를 내뿜는 공주의 모습을 보노라니, 문득 궁궐 입구에 있었던 정교하게 빚은 청동 새가 생각났다. 그 새는 황후의 상징으로 입에 향을 물고 있다가 천자가 지나가면 연기를 내뿜었다. 그와 마찬가지로 공주도 지금 화를 내며 담배를 피우고 있었다.

「어떻게 배운 사람이 서민들이 말하는 식으로 글을 쓸 수 있겠습니까? 어떻게 고상한 감정과 뜻 깊은 개념을 하인들의 언어로 나타낼 수가 있단 말입니까?」

놀랍게도 그 순간 나는 지구의 반대쪽 리버풀에서 그리스어의 전선을 방어하기 위하여 용감하게 싸우는 전사 페트로스 블라스토스[2]가 떠올랐다. 그가 공주의 말을 들었다면 얼마나 크게 웃음을 터뜨렸을까? 경멸스럽다는 듯이 작은 입술에 주름이 간 이 순수주의자요 〈인텔리 여성〉을 본다면.

「이것은 당신 나라에 어떤 자가 나타나서 플라톤의 언어가 아니라 농부나 어부의 언어를 사용하여 글을 써야 한다는 생각을 주창하는 것과 같은 얘깁니다. 당신은 그를 어떻게 하겠습니까?」

나는 웃었다.

「어떻게 하느냐고요? 그리스로부터 멀리 추방해야 합니다. 그

---

2 Petros Vlastos(1879~1941). 민중 언어 운동의 지도자. 해외에 살고 있는 부유한 그리스 가문의 아들로 태어났다. 인도 캘커타에서 태어났으나 아테네 대학교에서 법학을 공부했고, 나중에 영국에서 사업가로 성공했다. 그는 민중 언어만을 사용하여 시, 수필, 언어학 논문 등을 썼다. 이 때문에 카잔차키스는 블라스토스를 존경했다 — 원주.

를 모욕하고 〈매수된 자〉, 〈반역자〉라고 욕할 겁니다. 또한 아카데미에 얼씬도 못 하게 만들고, 굶어 죽게끔 모든 수단을 다 쓸 겁니다!」

「그러면 우리도 그 저주받을 후스[3] 박사에게 똑같이 해야겠군요!」 공주는 생기가 돌아 말했다.

재스민 향이 나는 차가 나왔다. 검푸른 저녁 빛이 큰 창을 통해 들어왔다. 유리창 너머로 피처럼 붉은 꽃이 핀 복숭아나무가 빛을 발했다. 소파에 앉은 공주는 흐려진 불빛 아래에서 밝게 빛났다. 그 모습이 저녁 별과, 금과 향기를 지닌 동양의 우상 같다. 그녀의 목소리는 따뜻했다. 나는 그녀가 열을 내며 중국의 언어에 관하여 말하는 것을 귀담아들었다.

「우리에게는 두 가지 언어가 있습니다. 문어와 구어이지요. 문어는 알파벳으로 표기되는 것이 아니고, 또 단어들은 그리스어처럼 표음 문자가 아닙니다. 우리의 문어는 수천 개의 표의 문자들로 되어 있습니다. 각 표의 문자는 하나의 사상이나 사물을 표현합니다. 최초의 표의 문자들은 몇몇 사물들의 개략적인 그림들이었습니다. 하늘, 땅, 사람, 가축, 개, 고양이, 소, 새, 나무, 물고기, 금속 등을 간단히 그린 것들이었죠. 그런 표의 문자가 전부 214개 있었습니다. 그러나 이들 표의 문자들은 엄청나게 많은 추상적 개념을 나타내기에는 적합하지 못했습니다. 문자의 시스템을 완벽하게 만들 필요가 있었습니다. 단어를 만드는 새로운 수단들을 발견해야만 했던 것이지요. 왜냐하면 갈수록 늘어나는 사물들을 모두 그림으로 그려서 표시한다는 것은 불가능했기 때문입니다. 그림으로 사과나무와 복숭아나무와 벗나무를 어떻게 구별할 수

---

3 胡適(1891~1962). 중국의 철학자이자 역사가로, 백화(白話)를 공식 문어로 정착시켰다.

있겠습니까? 또한 추상적인 개념들이나 감정들, 예를 들어 분노, 사랑, 희망 등을 어떻게 표현할 수 있었겠습니까? 이것은 매우 어려운 문제였습니다. 이 문제를 푸는 데 있어서 당신들처럼 알파벳이나 음절을 조합하여 글자를 만드는 방법을 우리는 생각하지 못했습니다. 그럼 어떻게 했겠습니까? 우리는 최초에 만든 214개의 표의 문자들을 조합하여 새로운 기호들을 만들었습니다. 물론 임의적으로 한 것이죠. 그러나 매우 편리하고 쉽게 알아볼 수 있습니다. 중국어에서 모든 문자는 각각 하나의 수수께끼와 같습니다. 그래서 배운 사람들만이 그것을 풀 수 있죠. 배움이 많을수록 더 많은 수수께끼를 풀 수 있습니다. 우리는 동물과 식물들을 몇몇 범주로 나누었습니다. 육식성 동물들은 개〔犬〕를 뜻하는 문자를 공통 부수로 삼아서 만든 글자로 표시했습니다. 마찬가지 방식으로 소〔牛〕의 문자를 공통 부수로 삼아 초식 동물들을 표시했습니다. 이어서 쥐〔鼠〕는 설치류 동물, 돼지〔豕〕는 후피(厚皮) 동물을 표시하는 식이었지요. 호랑이라는 단어를 쓰고 싶으면 먼저 육식성 동물들을 표현하는 공통적 표의 문자를 쓰고, 그 옆에 작은 기호를 붙여서 그 둘을 합친 것으로 표시합니다(犯).」

「동물이나 식물은 그렇다 치더라도 추상 개념들은 어떻게 합니까? 어떻게 그것들을 표현할 수 있었습니까?」

「매우 어려웠습니다.」 공주는 웃으며 말했다. 「그러나 여기에서 우리 민족의 지혜와 영리함을 엿볼 수 있습니다. 분노를 나타내기 위해서 우리는 마음〔心〕을 뜻하는 글자 위에 노예〔奴〕의 기호를 붙였습니다(怒). 한 지붕 밑에 두 여자가 있는 형상은 싸움〔鬪〕을 뜻합니다. 평형을 맞춘 저울을 든 손은 사관〔史〕을 의미합니다. 두 개의 비슷한 구슬은 우정〔珏〕을 의미합니다. 이제 우리가 서예를 회화와 동일시하는 이유를 아실 겁니다. 훌륭한 선비는 동시에 훌륭한 화가입니다. 우리 민족이 성숙기에 이르렀을 때 글자를 쓰는 일은 신성한 예술이었습니다. 붓을 잡기 전에 몸을 깨끗이 하고 새 옷을 입어야 했습니다. 팔꿈치가 종이에 닿지 않도록 팔을 종이와 평행이 되게 들어야 했습니다. 붓의 꼭대기가 코와 심장과 더불어 삼각형을 이루어야 했습니다. 매우 어려운 일이 아닐 수 없지요. 중국의 선비들은 겨울철에 땔감이 없으면 붓글씨를 쓰기 시작했죠. 10분 후면 땀에 젖었습니다. 화가 나거나 슬플 때 글씨를 쓰면 분노와 슬픔이 사라집니다. 처음에 214개였던 표의 문자들이 오늘날에는 수천수만 개 있습니다. 얼마나 놀라운 일입니까. 2백 년 전에 간행된 유명한 자전에는 44,449자가 수록되어 있지요. 그러나 아무도 그것들을 다 알지는 못합니다. 그저 배울 수 있을 만큼 배워서 사용합니다. 5천~6천 자 정도면 충분합니다.」

「구어는 어떻습니까?」

「그것은 간단합니다.」 공주는 경멸을 드러내며 말했다. 「구어는 450개의 단음절로 구성되었습니다. 각 음절마다 성조별로 또다시 나뉘어 글자 수가 총 1천6백 자입니다. 글자들을 발음이 같은 것들로 묶어서 동음군(同音群)으로 나누고, 혼동을 피하기 위하여 필요하면 의미가 유사하거나 반대되는 글자들을 조합하여 사용합니다. 보시다시피 구어에는 문어가 지닌 난해성, 미묘함, 품위가 없습니다. 어느 날 갑자기 후스라는 악마가 나타나더니…….」

같은 날 밤 작은 식당에서 나는 그 악마와 저녁 식사를 함께 했다. 후스 박사는 중국인들이 말하는 대로 글을 써야 한다고 생각한다. 공주에 대하여 이야기하면서 우리는 폭소를 터뜨렸다. 우리는 금세 친구가 되었다. 지구 양쪽 끝에 있는 두 나라의 국민인 우리는 동일한 생각을 가지고 있었기에 의기투합했다. 후스는 마흔다섯 살 정도로 생기가 넘치고 활력이 솟구쳤다. 안경을 쓴 그의 두 눈은 섬광을 쏟아 냈다. 그는 미국에서 철학과 언어학을 공부하면서 많은 것을 깨달았다. 그의 민족이 타락한 모습을 보고 나라를 구하기 위해 민족 자강 운동에 몸을 던졌다.

미국에서 돌아오자마자 그는 상하이에서 친구들과 함께「중국 언어 혁명 선언문」을 발표했다. 그는 고전 중국어(한자)는 오늘날의 삶에 쓸모가 없다고 선언했다. 선언서에 따르면 중국인들은 1천5백 년 동안 한자를 이해하지 못했으며, 그것은 정신 발달의 일대 장애물이었다. 조국을 구할 수 있는 유일한 언어는 대중적 구어인 〈백화〉뿐이다. 살아 있는 사람들은 죽은 언어로 자신들을 표현할 수 없다.「죽은 언어는 결코 살아 있는 문학을 창조할 수 없다.」

「1916년에 나는 더 이상 구어가 아닌 글로는 어떤 시나 산문도 쓰지 않겠다고 맹세했습니다. 우리는 몇몇 대학교수들과 다수의 학생들을 우리 편으로 끌어들였습니다. 순전히 구어만 쓰는 잡지 『청년』도 발행했습니다. 2년이 지나자 모든 성(省)의 젊은이들이 우리의 운동에 호응했습니다. 우리의 생각은 불처럼 중국 전역으로 번졌습니다. 1920년에 우리는 첫 승리를 거두었습니다. 교육부가 수천 년 만에 처음으로 초등학교 1, 2학년 교재에 구어를 사용했던 것입니다. 1928년에는 난징의 국민 정부가 구어를 초등학교 전 학년과 중등학교 하급생들에게 보급했습니다. 지난 5년간 발행된 모든 책의 4분의 3이 구어로 쓰였습니다. 승리였습니다. 2백여 권의 서양 서적을 고전 중국어로 번역한 바 있는 우리의 숙적 린쑤는 난감해합니다. 그는 단지 이렇게 주장할 뿐입니다. 〈고전 중국어로 글을 써야 한다고 생각한다. 그냥 그렇게 생각한다. 이유는 없다.〉」

후스는 환하게 빛나는 얼굴로 웃었다.

「당신은 어떻습니까?」 그가 나에게 물었다.

나는 그리스어 운동의 영웅적인 투쟁에 대하여 그에게 말했다. 프시카레, 팔리스, 팔라마스, 에프탈리오티스, 필린타스, 블라스토스 등의 이름이 중국의 작은 식당에 의기양양하게 울려 퍼졌다. 중국의 프시카레는 멀리서 울리는 우리의 투쟁의 메아리를 듣고 웃음을 지었다.

해외에서 오래 산 경험이 있고, 동일한 목표를 위해 싸우는 투사들인 우리 둘은 자정까지 담소를 나누었다. 마음이 통한 우리는 헤어지기가 싫었다. 그것은 마치 동일한 군대에 소속되어 있으나 전장은 멀리 떨어진 두 부대의 전령이 각자 승전보를 들고 와서 기쁜 소식을 나눈 다음 헤어지기 싫어하는 듯한 모습이었다.

기(氣), 검은 광기

중국 귀족들의 제례 법도는 3백 가지가 넘는다. 예의 규범은 3천 가지나 된다. 중국인과 장기를 두다 보면 졸(卒)을 움직일 때마다 일부러 경멸하는 어투로 말하는 것을 듣게 된다. 「쓸모없는 내 졸을 옮기겠네! 자네의 귀한 궁을 내 졸로 공격하겠네!」 중국 여자가 다른 사람에게 남편을 일컬을 경우 예의상 〈내 남편〉이라고 말하지 않는다. 그녀는 우회적인 호칭을 쓴다. 예를 들면 그 양반, 내 선생, 혹은 이발사인 경우 〈이발가〉, 채소 가게 주인인 경우는 〈채가(菜家)〉 등으로 부른다.[1]

낯선 사람이 방문하면 예의상 담배를 대접해야 한다. 중국인들은 담뱃갑이 비어 있어도 갑을 열어 담배를 권하는 시늉을 한다. 그러면 손님은 있지도 않은 담배를 꺼내는 척하고 콧구멍으로 가져가 냄새를 맡고는 재채기까지 한다. 이러한 예의와 격식 숭배는 물질을 준다는 구체적 행위보다는 마음속의 의도가 더 값지다는 믿음 때문이다. 직접적으로 표현하지 않고 에둘러 말한다는 것은 피곤한 일이다. 일종의 가볍고 미묘한 교제, 혹은 마음과 손

---

1 직업의 호칭들 중 끝에 집 가(家)자를 붙이는 경우가 많은바, 저자는 이것을 집이라는 뜻으로 직역하여 부른다.

동작을 절제하는 훈련…….

중국의 공기를 오래 마실수록 신비로움은 더 커져 가고 중국인의 사고방식은 더 알 수 없는 복잡한 것이 된다. 이쪽을 빤히 쳐다볼 때 원숭이 눈처럼 교활하게 움직이는 그 의뭉스러운 검은 눈은 무슨 의도를 담고 있을까? 중국인이 깊이 절을 하고 이쪽의 말을 경청할 때면 가슴이 떨린다. 왜냐하면 그의 침묵은 무섭고 사납고 조용한 힘으로 가득 차 있기 때문이다. 내 시중을 드는 웨이터를 본다. 나는 그보다 더 솜씨 좋은 손을, 더 은근한 공손함을, 더 날렵한 눈치 빠름을 다른 사람에게서 본 적이 없다. 그는 내가 요구하기 전에 내가 원하는 것을 예상하는 직관을 가지고 있다. 〈이렇게 성실하고 무엇이든지 하려는 하인이 있다면 얼마나 행복할까!〉 나는 속으로 말했다. 눈을 들어 그를 보며 미소 짓는다. 그 순간 나는 깜짝 놀란다. 그의 시선이 비수처럼 나를 찌른다. 중국인들은 조용하고 참을성이 많으며 공손하다. 마음속에 모든 모욕과 수치, 쓰라림을 모아 둔다. 그는 말을 하지 않는다. 자신의 생각에 어긋나는 짓은 조금도 하지 않는다. 당신은 그를 보고 〈이해하지 못했군〉 하고 말한다. 그러나 그는 모든 것을 이해하고, 모든 것을 듣고, 그것을 기억 속에 차곡차곡 쌓아 둔다. 그는 어느 날 당신에게 대가를 요구한다. 그 공격을 피할 수 없다.

처음으로 상하이에 갔던 때의 일이 기억난다. 항구까지 나를 태워다 준 인력거꾼에게 삯을 지불하려고 주머니에서 돈을 꺼냈다. 그는 두 손바닥을 벌렸고, 나는 그 안에 묵직한 구리 동전을 하나씩 떨어뜨리면서 그가 만족한다고 고갯짓을 할 때를 기다렸다. 손에 동전이 가득 차자 품속에 집어넣더니 그는 다시 손을 내밀었다. 한 영국인이 길을 멈추고 우리를 쳐다보았다. 나는 다시 그의 손에 동전을 떨어뜨리기 시작했다. 그러자 그 영국인이 화를 버럭 내며 인력거꾼의 배를 후려치면서 뭐라고 꾸짖었다. 인력거꾼은 땅에 넘어졌고, 고통스럽게 배를 움켜잡았다. 그러나 말은 없었다. 30여 명의 중국인들이 멈춰 서서 우리를 쳐다보았다. 「너무 많이 주었습니다.」 머리끝까지 화가 난 영국인이 말했다. 「그렇게 버릇을 들이면 안 됩니다.」

나는 웃으며 말했다. 「상관없습니다, 저 사람은 가난합니다.」

「아닙니다. 상관이 있습니다!」 영국인이 칼칼한 쉿소리로 말했다. 「문제가 됩니다! 선생이 중국에 있다는 사실을 잊지 마십시오!」

「저 사람을 때리기보다는 차라리 나에게 중단하라고 말했으면 될 텐데, 왜 그랬습니까?」

「그렇게 하지 않았다면 저자는 모욕하고 위협하려 들었을 겁니다. 내가 때려서 겁을 먹은 겁니다. 그래야만 했습니다!」

그래야만 한다! 저울의 한편에 5억의 중국인이 있고, 다른 편에 영국인 한 사람이 있다. 그러나 그런 대치 상태가 얼마나 오래 계속될까? 나는 우리 주변에 모인 중국인들을 보았다. 아무도 말하거나 움직이지 않았다. 그들의 얼굴은 가면처럼 미동도 하지 않았다. 인력거꾼은 몸을 추스르고 발길질과 주먹질, 모욕, 불공평, 웃음을 모두 모아 둔다. 그러다 어느 날 그의 화가 넘친다. 그때 가서 과연 백인들의 목숨을 구할 도피선이 제때에 항구에 들어와 있을지 궁금하다.

이런 식으로 중국인은 매일의 일상생활 속에서 분노를 모아 두고 입을 다문다. 그러다가 갑자기 눈이 흐려지고 광견병 같은 광기에 사로잡힌다. 아이들과 성인 남녀들이 쓰러져 거품을 무는 것을 가끔 볼 수 있다. 때때로 졸도하거나, 칼이나 돌, 끓는 물주전자를 들고 남편이나 시어머니를 죽이는 여자도 있다. 때때로 이런 극도의 히스테리로 인해 목이 막혀서 음식을 더 이상 삼키지 못하고 굶어 죽기도 한다. 이런 광기, 다른 말로 〈기(氣)〉가 다수의 중국인들을 종종 휘감는 일도 있다. 그러면 무서운 살육이 벌어지고, 백인 주인들은 위험에 처한다.

1920년 5월 20일 중국인들이 갑자기 〈기〉에 씌었다. 붉은 글씨들이 베이징의 모든 벽을 덮었다. 〈흰둥이 오랑캐들을 죽여라! 중국을 위하여 흰둥이들을 바다 속으로 던져 버려라!〉 수많은 대중들에게 선동적인 선언문들이 배포되었다.

「기독교는 우리의 신들을 모욕하고 부처를 경멸하며 천지의 화를 산다. 그런 까닭에 비가 논밭에 내리지 않는다. 그렇지만 8백만의 호전적인 혼령들이 내려와 조국에서 오랑캐들을 쓸어버릴 것이다. 명심해라! 흰둥이들을 죽이지 않으면 비가 내리지 않을 것이다!」

광분한 군중들은 소총과 권총, 칼, 쇠지레, 몽둥이 등 손에 잡히는 대로 무기를 들고서 외국 대사관들이 있는 구역으로 달려갔다. 그들을 보았던 사람들은 그들의 용기와 죽음에 초연한 모습이 굉장했다고 말한다. 그들은 행복을 뜻하는 복(福)이라는 글자가 쓰인 붉은 수건으로 머리를 동여맸다. 그들의 기세는 점점 흉포해졌다. 그들은 나무에 올라가거나 높은 곳에서 뛰어내렸다. 게거품을 뿜어내는 그들의 입술에서는 알아듣지 못할 주문들이 쏟아져 나왔다. 환각에 빠진 광신자 하나가 칼로 자신의 딸을 난도질하여 조각낸 후 충성스러운 추종자들에게 던졌다. 극도로 광분한 군중들은 총알이 심장을 찢어도 칼과 깃발을 들고 계속해서 돌격했다……

도시와 촌락을 가로지르고 때로는 강을 따라가면서 중국을 여행하는 동안, 나는 노란 개미 떼들을 두려움 속에서 바라보았다. 중국인들은 책상다리를 하고 앉아 눈꺼풀을 반쯤 뜬 채 대마초를 피운다. 그들은 땅을 파고 농사를 짓고 흰둥이들을 인력거에 실어 나른다. 이 짚에 모두 불이 붙어 세계를 화염 속에 빠뜨릴 날이 올 것이다. 소수의 막일꾼들뿐만 아니라 5억의 중국인들 모두가 갑자기 〈기〉에 씌게 될지 모른다. 그때 중국인들은 몽둥이나 녹슨 칼이 아니라 탱크와 비행기와 경험 많은 장군들로 무장할 것이다. 그리하여 그들은 세계의 운명을 변화시킬지 모른다.

중국인[2]이 〈검은 광기〉의 탱크와 비행기, 장군으로 돌변하는 날은 언제일까.

---

2 영어 원문에는 중국인이 아니라 *Japanese*로 되어 있는데, 앞뒤 문맥으로 볼 때 *Chinese*의 오자인 것 같다. 일본인으로 번역하면 문장의 흐름이 연결되지 않기 때문에 중국인으로 번역하였다.

중국의 극장

 귀부인 라우리는 오늘 90회 생일을 맞는 잔치를 벌인다. 라우리 부인의 증손자가 바로 지난번 늙은 관리가 베푼 연회에서 만난 외교관이다. 그가 오늘 아침 나를 찾아왔다.
「중국인의 가족 잔치를 볼 수 있는 멋진 기회가 있습니다. 제 증조할머니께서 90회 생신을 맞이하여 잔치를 벌입니다. 이따가 모시고 가서 할머니에게 인사시켜 드리도록 하겠습니다. 할머니는 가발을 땋아서 얹은 큰머리와 작달막한 전족을 하셨습니다. 할머니의 아름다움을 칭송하는 멋진 말을 잊지 마십시오. 매우 기뻐하면서 당신에게 비단 부채를 선사하실지도 모릅니다!」
 노(老) 귀부인의 저택은 엄청나게 컸다. 1층밖에 없었지만 터키식 대저택과 어딘지 닮아 보였다. 여느 중국인의 집과 마찬가지로, 대문에 병풍을 세워서 안마당을 들여다볼 수 없게 만들어 놓았다. 이것은 유명한 액막이라는 것으로, 악귀가 집 안으로 들어오지 못하게 막는 방패 역할을 한다. 악귀들은 오직 직선으로만 움직이므로 앞에 벽이 있으면 옆길로 가지 못하고 되돌아간다. 어떤 것들이 악귀일까? 지나가는 자들이 안에 있는 여자들을 들여다볼 경우 놀라운 힘을 가진 액막이가 그걸 막아 주었음이 분명하다.

우리는 병풍을 비켜서 정교하게 꾸민 드넓은 정원으로 들어갔다. 금빛 글씨들이 커다랗게 쓰인 폭이 넓은 붉은 천들이 집 안 구석구석에 걸려서 깃발처럼 나부꼈다. 갈대 이엉과 기둥 위, 벽과 창문과 나무 위 등 곳곳에 달려 있었다.

「저것들은 노부인께서 받은 축하 메시지들입니다.」 외교관이 설명해 주었다. 「쓰여 있는 말들을 볼까요? 〈영원한 젊음을 기원합니다〉, 〈고손자까지 보시기를 바랍니다〉, 〈자손이 많으신 부인께서 오래 사시기를 빕니다〉······.」

맨 먼저 노부인의 늙은 아들들과 손자들과 증손자들이 나와서 우리를 맞이해 주었다.

「노부인의 자손이 모두 여든두 명이나 됩니다!」 외교관이 낮은 소리로 말했다.

거실로 들어갔다. 큰 탁자와 작은 탁자, 휘장과 커튼, 의자와 긴 의자 등이 보였다. 일본의 단순함과 얼마나 다른가! 방석을 얹은 큰 의자에 노부인이 앉아 있었다. 키가 작고 피부가 노란 매력적인 부인으로 오그라든 사과 같은 얼굴을 하고 있었다. 증손자들이 타조 깃으로 만든 부채를 들고 노부인에게 부채질을 해주었다. 노부인의 발치에는 주름진 얼굴에 흐린 눈을 가진 나이 든 친구 두 사람이 앉아 있다. 새로 화장한 노부인의 두 눈은 환하게 빛났다. 부채가 일으키는 바람을 따라 곱슬머리가 이마와 관자놀이를 가로질러 리드미컬하게 흔들거린다.

외교관 친구가 오래된 나무 우상에게 하듯이 노부인에게 몸을 숙여 절을 했다. 그 자리에서 나를 소개했다. 「이 사람은 그리스인입니다. 특별히 할머니께 인사드리러 왔습니다.」

노부인이 무어라고 말했다.

「할머니께서 그리스인이 무어냐고 묻습니다.」 친구가 통역을 해주었다.

나는 속으로 말했다. 〈그분에게 말해 주세요. 그리스인들은 중국의 순수주의자들과 같은 유형의 사람들이고, 구력(舊曆)을 따르며, 지구의 맞은편에 사는 식인종들이라고요.〉

바로 그때 백파이프 같은 소리와 북을 세게 치는 소리가 들렸다. 내 친구는 뒷마당에 있는 문을 통해서 또 다른 큰 방으로 안내했다. 그곳에는 많은 의자들과 다수의 하객들, 그리고 무대 모양으로 막이 걸린 단이 있었다.

「이게 뭡니까? 극장입니까?」

「할머니는 극장에 가실 수 없습니다. 그래서 극장이 이리로 옵니다. 할머니를 웃게 해드리려고 약간의 희극을 상연할 것입니다. 그다음에 안뜰에서 식사를 하고, 악귀를 쫓는 불꽃놀이를 벌일 겁니다.」

차, 과자, 과일, 레모네이드를 담은 접시들이 오간다. 온갖 빛깔이 난무한 무대 앞에 검은 글자로 쓰인 팻말이 있다. 〈사실로 보건, 아니면 허구로 보건, 이 공연을 좋을 대로 생각하세요. 하지만 이런 것이 바로 인생입니다.〉

막이 열린다. 소녀 복장을 한 두 소년이 신이 나서 고양이 울음소리를 낸다. 긴 칼을 차고 머리에 깃털을 단 젊은이가 등장한다. 소녀들이(여장 소년들) 그에게로 달려가 껴안는다. 둘 중 누가 그의 마음을 붙잡을 것인지 사랑 게임이 벌어지기 시작한다. 하나는 몸매가 가늘고 황새처럼 발이 얇다. 다른 하나는 바다표범처럼 통통하다. 불쌍한 청년은 누구를 택할지 몰라 망설인다. 마치 배고프고 목마른 당나귀가 물을 마실지 풀을 먹을지 결정을 내릴 수 없어 망설이다가 굶어 죽는 것과 비슷하다. 통통한 소녀를 보면 호리호리한 소녀에 대한 욕정이 인다. 반대로 호리호리한 소녀를 보면 통통한 소녀에 대한 욕망으로 쓰라린 고통을 당한다. 마침내 좌절한 청년은 칼을 빼서 자살한다. 그리하여 그는 그 질곡에서 벗어난다.

배우들의 유연성과 아름다움은 이루 형언할 수 없다. 중국인들보다 더 유연한 몸을 가진 사람들은 아마 없을 것이다. 그들은 타고난 어릿광대요 곡예사이다. 그들은 중력의 법칙을 물리친다. 불구인 작은 다리로 외줄 위에서 힘 안 들이고 뛰어오르는 여자를 본 일이 있다.

「중국인들은 네 가지 큰 열망을 가지고 있습니다.」 친구가 말했다. 「도박, 쾌락, 아편, 극장이지요. 이런 열망들은 실생활에서 벗어나고 평범한 일상에 날개를 달아 주려는 욕심에서 우러나옵니다. 중국인은 궁핍한 현실의 삶에 대한 분노를 품고 있습니다. 그들이 과연 술에 취하는 것 말고 누릴 수 있는 즐거움이 무엇일까요? 부귀, 여자, 꿈, 시에 대한 희망에 <u>스스로</u> 도취하는 것입니다. 이런 까닭에 극단 패가 어떤 마을이나 도시들을 방문할 때면 모두들 일터에 나가지 않고 가게 문을 닫습니다. 사람들은 공연이 벌어질 광장에 멍석을 깔고 탁자와 의자를 갖다 놓습니다. 일상의 시름을 잊고 반쯤 눈을 감은 채 대사와 음악, 깃발, 신성하고 환상적인 무대에 넋을 잃습니다. 학교는 수업을 하지 않고, 인근 마을에서까지 아이들이 가장 좋은 옷을 차려입고 공연을 보러 달려옵니다. 극단 패가 머무르는 행운의 마을 사람들은 손님들을 기쁘게 맞아들이고 후하게 대접합니다. 닭이란 닭은 모두 잡고, 수박을 전부 땁니다. 1년 동안 저축한 것을 1주일 사이에 다 써버립니다. 그렇지만 중국인은 이런 낭비를 질책하지 않습니다. 공연을 관람하는 즐거움이 인색한 마음을 녹여 버리기 때문이지요.

사람들은 일상의 논리를 잊어버립니다. 왜냐하면 내부에서 그것과 다른 위대한 중국 혼, 불가사의할 정도로 정열적이며 동양적인 영혼이 벅차게 뛰어오르기 때문입니다. 이 혼은 모든 사물을 하나의 구경거리로 생각합니다. 중국인은 이 세상이 하나의 극장이며, 그곳에서 모든 사람이 각각 자신이 태어날 때부터 맡기로 정해진 역을 연기한다는 것을 알고 있습니다. 어떤 사람은 여자 역을, 어떤 사람은 남자 역을, 또 어떤 사람은 남녀 양쪽 역 모두를 연기합니다. 또한 어떤 사람들은 바보, 영웅, 거지, 아니면……」

친구가 계속해서 하는 얘기를 듣고 있는 동안, 중국의 거리들에서 보았던 수많은 광경들의 의미가 분명해졌다. 연극에 대한 열정은 중국인의 마음에 깊이 뿌리박혀 있었다. 두 중국인이 거리에서 싸움을 벌인다. 많은 구경꾼들이 신이 나서 달려와 싸움 구경을 한다. 싸움의 주역들은 자랑스럽게 관람객들을 보고 모자를 벗어서 하늘 높이 던지며 소매를 걷어 올린다. 공연이 시작된다. 싸움하는 자들은 모두 열정적으로 소리를 지르고 가슴을 치며 무릎을 꿇고 정의를 요구한다. 그러나 그가 정작 신경 쓰는 것은 정의보다는 마음속 깊이 박혀 있는 맹렬한 욕구, 즉 〈체면을 세우는 것〉이다. 다시 말해서 자신의 옳음을 입증하여 사람들의 박수를 받는 것이다. 언젠가 어떤 고위 관리가 교수형을 선고받았다. 그가 마지막 소원으로 무엇을 요구했겠는가? 그는 가장 좋은 옷을 입고 싶어 했다. 왜? 〈체면을 세우기〉 위해서였다. 이것이 그의 자긍심 또는 자존심이며, 그리스 사람이 〈필로티모〉라고 부르는 것이다.

휴식 시간. 노부인의 집 안뜰에서는 접시들이 오간다. 여자들은 환히 빛나고, 살이 드러난 무릎에서 섬광이 나온다. 황혼이 주황색 승복을 입은 동승처럼 열린 대문을 통해 조용히 들어온다.

다시 백파이프 소리가 나고 북이 울린다. 몹시 귀에 거슬리는 음악, 발정 난 고양이처럼 거친 소리를 내는 악기들. 나는 싫증이 나서 안마당의 구석에 앉는다. 그때 노부인의 발치에 앉아 있던 두 노인 중 한 사람이 부채를 들고 신선한 공기를 마시기 위해 나온다. 나를 보자 웃으면서 다가온다. 우리는 잡담을 나눈다. 그의 프랑스어는 이상한 옛날 말투이다. 알고 보니 그는 한때 파리에 주재했던 중국의 대사였다. 그에게 중국에 관하여 묻는다. 근래 마음을 어지럽히는 소식이 도착했다. 공산당이 북쪽 멀리 떨어진 쓰촨 성에서 베이징을 향하여 진군했다. 일본도 만주에서 베이징을 목표로 곧바로 남하하며 진군했다.

「두렵지 않습니까?」 나는 그에게 물었다.

그러나 그는 웃음을 짓는다.

「공산당은 순간적입니다. 일본 또한 순간적입니다. 중국은 영원합니다.」

그는 한동안 입을 다물었다가 말한다.

「코끼리의 주름진 살갗 속에 기생충이 많다는 것을 압니까? 새들이 날아와 앉아 살갗을 쪼며 기생충을 먹어 치웁니다. 중국은 그런 코끼리입니다.」

「다른 적들이 두렵지 않습니까? 훨씬 더 큰 적들 말이죠. 악귀나 홍수 같은 것은 어떻습니까? 몇 년 전 양쯔 강이 범람해서 3천만 명이 익사했지요.」

노인은 나를 보며 미소를 짓고는 어깨를 으쓱한다.

「3천만 명이 뭐 그리 대수입니까? 중국은 영원합니다.」

중국의 시골 마을

 중국은 영원하다. 끝없이 펼쳐지는 기름진 평원, 에메랄드처럼 푸른 봄, 은회색의 여름, 열정적이며 어머니같이 젖이 넘치는 나라. 수없이 많은 개미 떼. 파란색 무명옷을 입은 그 자식들이 몸을 숙여 어머니의 젖을 먹는다.

 쌀, 면화, 사탕수수, 뽕나무, 차(茶). 무거운 리듬에 따라 흐르는 거대한 강들이 중국을 적신다. 중국의 모든 것들은 조용하고 서서히 움직이며 화려한 장식 없이 단순하다. 이곳에서는 활활 타오르는 감정의 분출이나 성급하고 초조한 서두름은 좀체 찾아볼 수 없다. 그것들은 파괴와 창조에 대한 격렬한 욕망이 지배하는 열대 지역에서나 느낄 수 있을 것이다. 중국의 리듬은 끈기가 있고 심원하다. 또한 서두르지 않고 영원할 것처럼 흐른다. 그리고 빠르고 불안한 움직임은 순간적이고 진지하며 영원한 땅에 어울리지 않는다는 것을 안다.

 세대들이 계속해서 왔다가 간다. 인간과 흙과 물의 생산력은 모두 안정되고 되새김질하는 리듬을 품고 있다. 이 리듬에 맞추어 삼자가 평화롭게 협력함으로써 곡식을 산출한다. 중국의 진정한 신이 지혜롭고 완벽하게 평형을 갖추었으며 실용적 인물인 공자라고 생각하기 쉽다. 그러나 갑자기 놀라운 일이 일어난다. 중국인들이 갑자기 격분하여 지붕으로 올라가 게거품을 물며 세상을 저주한다. 이런 광기가 중국의 풍경을 압도한다. 회오리바람이 도시를 쑥밭으로 만들고 숲을 망가뜨린다. 강이 진로를 바꾸어 수천 개의 마을, 수백만 명의 사람들을 진흙 속에 익사시킨다. 공자의 침착한 가면 뒤에서 비웃으며 사납고 피를 핥는 신이 솟아오른다. 그것은 중국을 지배하는 으스스한 통치자, 바로 푸른 비늘을 가진 용이다.

그러나 대소동은 지나간다. 작은 사람들이 진흙으로부터 다시 나타나 오두막을 짓고 물길을 트며 흙을 판다. 산산이 부서졌던 가면을 손질하여 맞추니 다시 말끔해진다. 공자가 마치 아무 일도 없었다는 듯이 조용하게 미소를 지으며 나타난다. 공자는 인간이 인생의 심연에 대해 너무 깊이 생각하는 것은 인간에게 별로 이득이 되지 않는다고 가르쳤다.

나는 중국의 평원에서 오랫동안 방랑했다. 그러면서 중국인들이 중국을 만들기 위해 흘린 땀과 피가 흐르는 강들을 생각했다. 아주 오래된 노래들 중에는 조상들을 칭송하는 것들이 많다. 거친 사막을 누비고, 엉겅퀴를 불사르며, 날카로운 돌로 땅의 배를 갈라 씨앗을 심었던 조상을 찬미하는 것이다.

> 그 많은 엉겅퀴를
> 조상들은 어찌하여 불태웠을까?
> 자손들이 씨를 뿌릴 수 있도록 하려 함이네.
> 곳간을 채우세. 수레가 넘치도록 농사를 지으세!
> 풍년이네! 풍년이네! 태평가를 불러 보세!

『주례(周禮)』는 중국의 경전으로 예수 시대보다 천 년 이상 앞서 쓰여졌다. 놀랍게도 3천 년 동안 인간은 이 고전의 가르침에 따라 땅과 끊임없이 주기적으로 협력해 왔다. 만물은 흙에서 나와 흙으로 돌아간다. 우주는 자신의 꼬리를 물어 원을 형성하는 신성한 뱀이다. 만물은 신성하다. 모두가 다 이 거대한 뱀 안에서 변화하고 순환하기 때문이다. 머리와 꼬리가 하나로 합쳐진다.

땅에서 나온 것은 모두 반드시 땅으로 돌아가게 되어 있다. 땅은 그것들을 새로운 형태로 다시 키울 책임을 진다. 『주례』에는 악취가 나는 인분에 관한 놀라운 계명들이 들어 있다. 이 고전은 고약한 냄새를 풍기는 그것이 신성하다고 말한다. 〈농부들은 인분이 조금이라도 버려지지 않도록 주의해야 한다. 실로 백성의 구원이 그것에 달려 있다. 인분을 통에 받아 6일 동안 썩게 한 뒤 물을 타서 밭에 거름으로 준다. 매 포기마다 뿌리에 조심스럽게 넣어서 유실되는 일이 없도록 해야 한다. 인분의 효능을 알아서 절약하여 사용하면 풍작을 거둘 수 있고, 행복을 누릴 것이다.〉

바로 이 때문에 중국 땅 어디에서나 욕지기가 날 만큼 지독한 악취가 나는 것이다. 비록 우리 유럽인은 그것에 좀처럼 익숙해지기 어렵지만, 바로 이것이 중국의 특징적인 냄새이다. 정말로 비위가 강하든지, 아니면 도에 대하여 깊이 이해하고 『주례』가 말하는 것이 무엇인지 알아야만 중국에서 걸어 다닐 수 있다. 어느 날 나는 나의 심리적, 신체적 인내성을 시험할 겸 작은 마을에 갔다. 흙과 짚으로 지은 지붕이 낮은 집들이 끝이 보이지 않는 황토빛 평원의 한가운데에 옹기종기 모여 있었다. 집들 사이로 강이 유유히 흘러갔다. 반라의 남녀들이 허리까지 물에 잠겨 논에 줄 물을 통에 담아 날랐다. 돼지와 아이들은 신이 나서 흙탕 속에서 뒹굴었다. 벌레와 게로 들끓는 죽은 개 한 마리가 강가 한편에 썩은 채 버려져 있었다. 바로 그 옆에서 뜨거운 햇볕 아래 중국인들이 입을 벌리고 잠을 잤다. 드문드문 난 누런 이 사이로 파리들이 들락거렸다.

나는 코를 잡고 서둘러 나와 마을 한가운데로 갔다. 짚 멍석 위 여기저기 앉아서 열 명쯤 되는 중국인들이 대마초를 피웠다. 그들의 눈은 흐리고 야윈 손은 빛났다. 아무도 말이 없다. 그들은 영혼의 죽음 속에 행복하게 빠져 있었다. 끔찍한 가난과 궁핍 속에서 대마초는 구원으로 통하는 유일한 문이다. 종교, 사상, 섹스, 음주가 다른 사람들에게 구원인 것과 똑같다. 그들은 궁핍한 삶을 잊고 더 나은 세상과 합친다. 그들은 무서운 현실을 행복하고 천천히 움직이는 꿈으로 바꾼다.

죽음은 확실히 빠르게 찾아온다. 그러나 대마초는 그들에게 위안을 줄 여유를 가지고 있다. 이것은 그들이 이승에서 누릴 수 있는 유일한 기쁨인 셈이다. 이 기쁨을 놓친다면 그들의 삶은 끊임없는 고통일 것이 뻔하다. 대마초는 그들의 시요 꿈이다. 이것으로부터 그들은 자신들의 태어난 때를 저주하지 않는 유일한 순간을 얻을 수 있다. 어느 날 나를 태우고 가던 인력거꾼에게 물었다. 「어찌하여 대마초를 피웁니까?」 그는 작고 슬픈 눈으로 나를 보았다. 그의 눈은 벌써 흐려지기 시작했다. 「살아가는 것이 너무나 힘들어서요, 선생님.」

유령이라도 나올 법한 이 마을을 거닐며 나는 삶이 정말로 힘든 것이라고 생각한다. 이곳에서는 웃는 사람을 단 한 명도 찾을 수 없다. 화분에 심은 꽃나무 한 그루나 새 한 마리조차 없다. 집집마다 대문 밖에는 인분이 가득 든 통이 두 개씩 놓여 있다. 때때로 대문에 노란 피부의 사람이 나타나 똥통이 그대로 있는지, 이웃이 훔쳐가지는 않았는지 살펴본다. 통이 차면 굵은 막대기의 양끝에 달아 어깨에 메고 논밭에 가서 붓는다. 발가벗고 흙이 잔뜩 묻은, 꼭 두 발로 선 돼지 같은 아이들이 나를 둥글게 둘러싼다. 몇 명은 나를 비웃으며 손으로 내 몸을 만져 보기도 한다. 손에 돌을 든 아이들도 보인다. 그들의 시선에는 독이 가득 차 있다. 쳐다보는 것으로 사람을 죽일 수 있다면 아마도 나는 이곳에서 죽을 것이다. 굵고 검은 글씨가 쓰인 붉은 종이들이 담에 붙어 있다. 개구쟁이들이 그것들을 나에게 가리키며 찬찬히 나를 바라본다. 무슨 글귀인지 궁금하다. 몰래 한 장을 떼어 주머니에 넣었다. 난징에 갔을 때 내가 아는 중국인에게 그 종이를 보여 주었다. 「뭐라고 쓰여 있습니까?」 내가 물어보자, 그는 이렇게 대답했다. 「외국인들을 죽여라!」

마을에 있는 동안 이런저런 생각을 한다. 나의 인내를 시험할 기회가 여기에 있다. 공포를 이겨 낼지 지켜보자. 1~2년 정도 이 소름 끼치는 마을에 머물러 보자. 책도 종이도 잉크도 없다. 친구로부터 편지 한 통 못 받는다. 내가 사랑하는 것들을 모두 등져 보자. 진흙 속에서 살며 이 악취를 마셔 보자. 참을성 있게, 단순하게, 용감하게 해보자. 시험을 실행한 지 2년 뒤 세상으로 나왔을 때, 나는 짐승 아니면 성인이 되어 있을 것이다.

해가 진다. 넝마를 걸친 거지들이 거리를 어슬렁거리며 쓰레기를 뒤진다. 대문 안을 흘끔흘끔 들여다보기도 하며 먹을 것이나 훔칠 것이 없는지 찾는다. 아무것도 입지 않고 짚으로 허리 아래만 가린 자들도 있다. 어떤 이들은 넝마들을 모조리 무겁게 걸머지고 간다. 그들은 소유물들을 몽땅 가지고 다닌다. 무엇이든 주운 것들은 모두 허리춤에 찬다. 낡은 신발, 오이, 연필 깎는 칼, 깡통, 종. 남녀 노인들, 키 크고 목이 쉰 청년들, 7~8세의 벌거벗은 소녀들. 장님들은 일렬로 걸어간다. 그들은 무리를 지어 마을을 지나간다. 그들은 거리를 말끔히 치운다. 많은 사람들이 길 위에서 굶어 죽는다. 악취와 배고픔, 이 두 가지가 중국의 가장 큰 신이다. 공자와 노자와 부처도 이 두 신들만큼 신자들을 많이 갖지 못했다.

「불쌍하다고 여기지 마십시오!」 한 중국인이 나에게 말한 적이 있다. 「저들은 선생이 생각하는 것만큼 불행하지 않습니다. 그들을 알려면 꼭 밤에 보아야 합니다. 자려고 집에 들어갔을 때 말입니다. 그들이 어떤 웃음을 짓는지, 어떤 노래를 부르는지, 대마초를 피울 때 어떻게 사랑을 하는지 보아야 합니다. 그리고 얼마나 뜨거운 열정으로 밤새 노름을 하는지도 말입니다. 그들은 가지고 있는 모든 것을 걸고 노름을 합니다. 쌀 한 줌, 넝마, 여자, 아이들. 다 잃으면 손가락 하나나 자기의 살까지도 겁니다.」 지옥에는 나름대로 즐거움이 있다고 생각했다. 아마도 약간 더 뜨겁겠지만 낙원의 즐거움보다는 더 인간적이리라.

이미 밤이 되었다. 마을 한쪽 끝에서 작은 목조탑을 보았다. 오늘은 그 절에서 잠을 자기로 작정했다. 바나나 한 개와 사과 두 개가 있었다. 절의 계단에 앉았다. 절 뒷전의 한구석에 금칠을 한 작은 목조 불상이 보였다. 20여 개의 손들이 빛나는 해같이 그 불상을 둘러쌌다. 축복을 내리는 손들, 위협하는 손들, 기도하는 손들도 있다. 계단에 앉아 인간이 배고픔을 포만감으로 변화시키기 위해 얼마나 많은 수단들을 발견했는가를 생각하니 측은한 마음이 든다. 부처, 이 텅 비고 절망적인 허공이 수백만의 영혼들을 양육한다. 대마초도 일종의 불교적 현실 도피이다. 달리 말해서 꿈과의 조잡하지만 신속한 야합이다. 무아지경에 빠져서 〈싫은 나〉를 잊어버리는 방법에는 여러 가지가 있다. 그 첫 번째 방법, 다시 말해 무아지경으로 들어가는 가장 저급한 수단은 술과 대마초이다. 두 번째는 사랑, 세 번째는 사상, 네 번째는 신앙, 다섯 번째(가장 수준 높은 것)는 글로써 또 다른 세상을 창조하는 것이다. 각자가 알아서 자신의 방법을 선택해야 한다.

「무엇을 그리 골똘하게 생각하고 있습니까?」 갑자기 내 뒤에서 날카로운 목소리가 들렸다.

나는 고개를 돌렸다. 벌어진 입에 남아 있는 이가 딱 하나밖에 없는 절름발이 승려였다. 그는 영어를 조금 할 수 있었고, 우리는 얘기를 시작했다.

「우리 마을에는 무엇 때문에 왔습니까?」

「둘러보려고 왔습니다.」

「볼 게 뭐가 있다고! 먼지, 가난, 이뿐인데……..」

그는 법당으로 들어가더니 이내 번쩍이는 징을 들고 돌아왔다.

「돈이 있습니까? 이것을 팔겠습니다.」

그는 방망이를 잡고 징을 쳤다. 매우 감미롭고 깊고 잔잔한 소리가 울려 퍼졌다. 나는 귀를 기울인 채 소리가 천천히 잦아들면서 사라질 때까지 황홀감에 빠져서 들었다. 징을 잡고 쓰다듬었다. 상아같이 부드럽고 리드미컬하게 흔들렸다. 손에 들고 있으려니 이루 말할 수 없는 기쁨이 느껴졌다.

승려는 능글맞게 나를 쳐다보면서 자신이 던진 미끼로 일을 성사시켰다고 좋아하는 눈치였다.

「이것은 이 절에 있는 오래된 징입니다. 더 이상 이런 것은 만들지 않습니다. 옛날에 쇠를 주조하는 것은 종교적인 행위였습니다. 대장장이들은 모두 성직자인 수도승들이었습니다. 수도승들은 여러 가지 음양에 속한 금속들을 섞어서 단단한 쇠를 주조했지요. 소년들과 소녀들이 풀무질을 했습니다. 오늘날 대장장이의 지위는 추락했습니다. 더 이상 아무도 대장장이를 신뢰하지 않습니다. 징은 더 이상 만들지 않습니다. 이것은 수도승이 만든 것으로 오래된 징입니다. 사가십시오.」

「그렇지만 이것은 당신 것이 아니지 않습니까? 어떻게 마음대로 팔 수 있습니까?」

「그 징은 부처에 속합니다. 불경에 따르면 우리는 모두 하나입니다. 나는 부처입니다. 징은 내 것입니다. 사세요!」 의뭉스러운 승려가 대답했다. 나는 매우 기쁜 마음으로 징을 샀다. 그날 밤 징을 절의 멍석 위에 놓고 베개로 삼았다.

오랫동안 잠이 오지 않았다. 나는 중국의 물과 흙이 만드는 광대한 리듬, 겨울과 여름, 인간의 영혼 등에 대하여 생각했다. 그 리듬 소리를 들은 듯했다.

중국의 오래된 노래는 화창한 봄철의 명절들을 두고 읊고 있다. 〈봄이 왔다. 소년들과 소녀들이 꽃이 만발한 들판에서 달렸다.〉 소녀들이 소년들을 유혹한다. 〈우리 그곳에 가지 않을래?〉 〈그곳에서 오는 길이야.〉 소년들이 대답한다. 〈그럼 다시 한 번 더 가자!〉 〈그래 가자.〉 소년들이 말한다. 그들은 한 쌍씩 짝을 지어 사랑 놀이를 시작한다.

중국의 옛 현자들의 말과 같이 소녀들은 봄에, 소년들은 가을에 사랑에 빠진다. 이런 까닭에 그들은 봄에 약혼하고 가을에 결혼한다.

긴 겨울 내내 그들은 꼼짝 않고 지붕이 낮은 집 안에 처박혀서 기다린다. 영혼에 주름이 진다.

그러나 봄 냄새가 나자마자 굳게 닫혔던 대문들이 활짝 열리고 가슴들이 부푼다. 모두들 햇볕으로 나간다. 바야흐로 신성한 봄 잔치가 시작된다. 소녀들과 소년들은 부둥켜안고 달리며, 누가 제일 먼저 오는지, 누가 춤과 노래를 제일 잘하는지를 겨룬다. 그들은 온갖 음식물과 술을 잔치하는 곳으로 가져간다. 궁핍하고 인색한 중국인들은 봄이 되면 후해진다. 날개가 돋은 개미들[1]은 잔치를 벌이며 흥청댄다.

짝들이 결정되면 상징적인 큰 의식이 거행된다. 남녀들이 꽃이 만발한 들에서 부둥켜안기 전 소녀들은 반쯤 벗은 채 강으로 뛰어들어 이쪽 제방에서 저쪽 제방까지 헤엄친다. 강에서 헤엄을 치던 조상들의 영혼이 처녀들을 덮친다. 미래의 신부들은 불멸하는 사자(死者)들의 호흡을 몸으로 느낀다. 이리하여 조상의 혼은 처녀에게 수태를 시킨다. 소녀들은 그들이 선택한 청년들에게 몸을 주기 전 조상들에게 처녀성을 바친다. 조상들만이 그녀들을 수태시킬 수 있기 때문이다. 살아 있는 청년들은 일시적인 육신을 제공할 뿐이다. 그러나 조상들은 불멸의 것, 즉 혼을 물려준다.

봄이 지나가고 여름이 온다. 농사일이 시작되고, 다 자란 곡식을 베고 타작하고 수확한다. 이렇게 바쁜데 사랑 놀이할 시간이 어디 있겠는가? 그러나 풍성한 가을이 오고 곳간이 가득 차면 남자들은 시름에서 벗어난다. 그들은 단지 곧 닥칠 견디기 힘든 겨울만 생각한다. 길고 추운 밤에는 함께 있는 것이 좋다. 그래서 결혼식이 치러진다. 소녀는 청년의 손을 잡고 결혼 축가를 부른다.

> 살아서나 죽어서나
> 나는 당신의 짝
> 당신과 두 손을 맞잡고
> 백년해로 하고 싶네.

---

[1] 중국인의 상징적 표현.

살아서나 죽어서나, 전쟁 때나 평화의 시기에도 중국 여자는 수천 년 동안 그녀의 남편에게 매인 몸이 되어 성실하고 겁 없고 참을성 많은 반려자로 묵묵히 지내 왔다. 몇몇 노래에는 아픈 마음을 토로하는 나이 든 여자들의 목소리가 생생히 보존되어 있다. 갓 시집온 여인이었을지도 모르는 무명 시인이 수 세기 전에 뱉은 한숨이 살아남았다. 그녀는 한숨을 시로 엮어 놓을 시간이 있었기 때문이다. 그 시는 아직도 사람들의 마음을 아프게 만든다.

　안달이 난 장군의 말이 발굽으로 땅을 찬다.
　그의 어린 아내는 문기둥 아래에 서 있다.
　그녀는 손을 내밀어 그에게 비단 목도리를 준다.
　회색 자수가 들어 있는 붉은 목도리.
　「임이여, 얼마나 많은 사랑의 말을 이 자수 속에 엮어 놓은지 아시나요?
　장막 속에서 혼자 있을 때 그 말들을 읽으세요.
　하늘에 높이 뜬 보름달을 보거든
　나를, 그리고 나의 마음을 생각해 주세요.
　오래 지체하지 말고 빨리 나에게 돌아오세요.
　나의 가슴으로 돌아오세요!
　보름달을 보시거든
　달이 뜨고 질 때까지 밤잠을 이루지 못하는 저를 생각하세요.
　그리고 어째서 보름달이 화가 난 작은 여인처럼 보이는지를 헤아려 보세요!」

　멀리서 들리는 목소리, 무서운 전쟁의 포효, 관능적인 종소리가 중국인의 팔찌와 발찌에 남아 있다. 절 앞마당에 깔린 멍석 위에 징을 베고서 발을 쭉 뻗고 누웠다. 나는 중국이 조용히, 끊임없이, 그리고 감미롭게 콧노래 부르는 것을 밤새 들었다. 그것은 바람 한 점 없는 가운데 조용하고 감미로운 밤비가 광대한 평원을 촉촉이 적시는 그런 소리였다.

가장 값진 먹이

 이것은 성이 차지 않아 안달하고 서두르며 한 번 힐끗 본 결과였다. 하지만 그것은 빛이 되었으며, 한순간 나는 중국의 거대한 노란 몸을 보았다. 번갯불이 사라져 버렸다. 그러자 극동 아시아는 다시 암흑 속으로 가라앉았다. 무엇이 남았나? 정신적인 임무를 마쳤을 때마다 나는 상인처럼 소득과 손실의 명세서를 작성하고 싶어진다.

 이 모든 것 중에서 무엇이 남았나? 수많은 남자와 여자와 아이들, 비단 공장의 굉음, 잡초가 무성한 버려진 궁궐과 전족한 여자, 악취와 철쭉꽃, 사찰과 물 위에 떠 있는 매음굴, 재스민의 진하고 끈적끈적한 향기, 좋은 냄새와 악취 나는 인분.

 내가 만져 본 이 단단한 가면 뒤에 있는 길고 부드러운 얼굴, 격언, 슬픈 노래, 사라져 버린 목소리. 조용히 웃는 늙은 도인들이 책상다리를 하고 낭떠러지 끝에 앉아서 끝 간 데 모르는 벽공(碧空)을 응시하고 있다. 옛날에 그들은 진짜 바위 위에서 살며 피가 도는 입술로 웃었겠지만 현재는 비단 위에 그려진 그림으로 전락했다. 지금 그들의 입술은 약간 환상적인 황색의 붓질일 뿐이다.

내 두 눈은 가득 차고 영혼은 기뻐한다. 내 마음은 신중하게 체질을 하여 쓸데없고 위험한 것들을 망각 속으로 던져 버리고, 오직 무질서를 질서의 비좁은 틀에 맞출 수 있는 것들, 다시 말해 이치에 닿는 것만 보존한다. 마음은 일종의 상인이요 흡혈귀이며, 영혼이 위기를 맞아 난리를 겪은 여행으로부터 매번 이득을 얻으려고 애쓴다.

우리는 큰소리를 내지 못하도록 마음에 몇 푼의 동전을 던져 준다. 한편 욕심이 없고 고귀하며 서투른 영혼을 위해서는 가장 값진 먹이인 설화 석고[1] 부처를 마련한다. 나는 어느 날 이 부처를 베이징에 있는 한 사찰에서 보았다.

높은 계단을 올라가면 계단 꼭대기에 꾸며 놓은 정원에 도달한다. 법당의 높은 지붕 밑에 달린 종들이 달리는 양 떼처럼 감미로운 소리를 낸다. 조금 더 앞으로 나아간다. 지붕이 낮은 목조 건물이 눈앞에 솟아 있다. 어둠. 주위를 살펴보며 발걸음을 옮긴다. 아무것도 보이지 않는다. 몸이 시원해졌다는 것만 느낀다. 밖에는 작렬하는 태양, 자욱한 먼지, 거칠고 귀에 거슬리는 목청들. 상처가 있고 냄새가 고약한 거지가 따라온다. 길을 더럽히는 염치없는 사람들. 허공에 가득한 인간의 거룩하고 더러운 숨결. 문득 법당 안으로 들어선다. 향기롭고 조용하며 시원하다. 「단지 이것만으로도 부처가 뭔지 알겠어!」

그 순간 미처 보지 못했던 한 승려가 구석에 있었다. 그는 작은 전등을 켰다. 갑자기 법당 뒷전에서 지극히 생생하며 만면에 웃음을 띤 부처가 책상다리를 하고 나타났다. 이 불상은 부처가 한창 젊었을 때의 모습을 귀하고 투명한 설화 석고로 조각한 것이

---

[1] 매끄럽고 하얀 석고.

중국 ─ 1935

다. 심홍색 가사를 걸쳤으며 벌거벗은 통통한 가슴을 드러냈다. 어떤 조각도 이 불상보다 더 큰 기쁨을 주지 못했다. 그것은 기쁨이요 구원이요 자유였다. 내가 자신의 〈소아(小我)〉로부터 탈출했다는 의미에서 그런 것이 아니라 내가 나의 울타리를 부수고 무한벽공(無限碧空)과 합일했다는 의미에서의 기쁨이요 구원이요 자유였다. 춤과 음악과 별들이 가득한 하늘만이 줄 수 있는 그 기쁨을 여기서는 이 귀하고 움직일 수 없는 흙덩이가 안겨 준다. 이 부처를 보는 나에게 첫 번째로 가슴에 사무치는 감격은 헤엄치는 사람의 기쁨이다. 헤엄치는 사람은 두 손을 모았다가 앞으로 뻗친다. 다음에는 발뒤꿈치를 들어 발가락에 체중을 실은 다음 발가락 위에서 전광석화처럼 재빨리 몸의 평형을 맞춘 뒤 물로 뛰어든다. 이 짧은 순간에 그가 누리는 기쁨을 나는 이 불상을 보는 순간 느꼈다.

꿈속에서 투명한 푸른 물속을 소리 나지 않게 헤엄치는 듯하다. 보름달이 떠 있다. 나는 처음으로 부처의 가르침을 깨달았다. 열반이란 무엇인가? 절대적 소멸 아니면 우주와의 불멸의 합일일까? 2천 년 동안 철학자들과 신학자들은 열반의 의미를 찾기 위하여 논쟁하고 주석을 달며 분석하고 투쟁했다. 이 설화 석고 부처를 보면 마음에 확신이 넘친다. 바로 내가 열반에 산다. 소멸도 불멸도 아니다. 공간과 시간이 사라진다. 문제의 형태가 변한다. 그리하여 인간의 이성을 초월하는 최상의 형태를 취한다. 투명한 이 부처를 보면 육신은 시원해지고, 마음은 행복해지며, 정신은 혼돈 속에서 고요히 불을 밝히는 촛불이 된다. 지금까지 욕정들이 정신을 파괴했다. 그리하여 정신은 영광, 이해(利害), 사랑하는 사람들, 조국 등을 먹고 살았다. 그러다가 갑자기 이 불상을 보는 순간 정신은 사라진다. 정확히 말하자면 사라지는 것이

아니라 부처가 된다.[2]

나는 몇 시간 동안 미동도 하지 않으면서 이 설화 석고로 된 세계의 중심을 응시했다. 나는 스스로 인광(燐光)을 발하는 이 설화 석고 불상에 이르러 세계의 모든 빛과 인간의 모든 노력이 비로소 그 의미를 획득하고 평화롭게 마무리된다고 느꼈다.

내가 나왔을 때 해가 뉘엿뉘엿 지고 있었고, 하늘은 푸르스름한 황금빛으로 물들기 시작했다. 나는 잠시 절 안마당에 멈추어 서서 나무에 몸을 기대고 조금 전에 맛본 기쁨을 되새겼다. 나의 마음은 황금 풍뎅이 같았다. 새벽녘 백합화 속에 웅크리고 있다가 이제 꽃 밖으로 기어 나온 풍뎅이는 황금빛 꽃가루를 온몸에 뒤집어쓰고 있었다. 세계가 내 주위를 돌며 춤을 추었다. 별안간 마당 한가운데에 있는 알록달록한 대리석 받침돌이 눈에 띄었다. 초록색, 보라색, 하얀색, 장미색이 섞여 있었다. 나는 다가갔다. 받침돌에는 숨 막히는 사냥 장면이 조각되어 있었다. 멧돼지, 말, 개. 빛깔이 화려한 이 대리석은 예전에 설화 석고 불상의 받침돌이었다. 그러나 법당이 작아서 받침돌까지 안에 들여놓을 수가 없었다. 그래서 받침돌을 떼어 냈다. 그것은 지금 마당 한가운데에 박혀 있다. 그 위에 오직 허공이 올라서 있다. 이 허공이야말로 무(無)를 쪼아 만든 최후의 완전한 부처 상이 아니고 무엇이랴!

나는 불안한 마음으로 받침돌 위의 보이지 않는 존재를 오랫동안 바라보았다. 문득 그저께 한 중국인의 대저택에서 관람했던 실체가 없는 무성(無聲)의 연주회가 떠올랐다. 널찍하고 불빛이 희미한 방에 열 명쯤 되는 손님들이 조용히 앉아 있었다. 방 뒷전에는 회색 비단이 깔린 단이 있었다. 연주자들이 와서 인사를 하

---

[2] 부처가 된다는 것은 마음이 그 자체의 성질을 갖지 않는, 다시 말해 얼마든지 다른 어떤 것으로 변할 수 있는 공(空)이 된다는 뜻이다.

고 자리에 앉았다. 그들은 작은북과 〈친〉이라는 중국의 칠현금, 원시적인 형태의 수금 등을 들고 있었다. 〈세〉라는 25현짜리 대형 하프도 있었다. 두 소년은 긴 플루트를 들었다.

나이 든 주인이 두 손을 뻗어 박수를 치는 듯한 몸짓을 했다. 하지만 두 손바닥은 마주치기 직전에 멎었다. 그것이 놀라운 벙어리 연주회를 시작하라는 신호였다. 활들을 높이 들었고, 플루트 연주자는 악기를 입술 가까이에 갖다 댄 채 손가락을 구멍들 위로 빠르게 움직이기 시작했다. 활들은 줄을 건드리지 않고 허공에서 연주했다. 북채들은 북의 한가운데를 치기 바로 직전에 멎었다. 하프 연주자는 허공에서 손을 움직였으며, 때때로 멈추어서는 실체가 없는 소리를 황홀감에 젖어 경청했다. 아무것도 들리지 않았다. 마치 연주회가 멀리 피안의 어둠 속에서 진행되는 듯했다. 연주하는 음악가들과 정지된 침묵 속에서 움직이는 활들만 보일 뿐이었다. 나는 무척 당황했다. 주위의 손님들을 둘러보았다. 모두가 악기에 시선을 고정한 채 무언의 화음 속으로 깊이 빠져 있었다. 모두들 연주자들의 동작을 따라가며 각자 자기의 마음속에서 음악을 완성했다. 신호가 주어지자 모두 마음을 풀어놓아 미완의 것들을 완성했고, 희열을 정점으로 끌어올렸다.

소리 없는 연주회가 끝났을 때 나는 옆에 있는 손님에게 몸을 굽히고 질문을 던졌다. 그는 웃으며 말했다. 「훈련된 귀에는 소리가 필요하지 않습니다. 구원을 받은 영혼은 행위가 필요 없는 법이죠. 진정한 부처는 육신이 없습니다.」

그렇다. 진정한 부처는 육신이 없다. 나는 받침돌 위에 있는 허공을 쳐다보았고, 내 마음은 침묵 속에서 대담한 용기를 내어 보이지 않는 부처의 상을 만들었다. 수천 년 뒤 인간의 문명이 최고의 단계에 도달하면 이런 형상 없는 조각들이 광장에 가득 서 있을 것이라는 생각이 들었다. 먼저 조각상을 세우는 받침돌이 있고, 그 받침돌의 꼭대기 부분에는 조각상을 세운 사람의 이름이 새겨져 있으며, 그 위에는 아무것도 없다. 뛰어난 관람자는 자기의 눈으로 허공의 대리석을 사용하여 그 받침돌에 알맞은 상을 조각할 것이다.

보이지 않는 조각상, 무언의 음악, 나는 이것이야말로 진흙투성이의 육신이 피워 낸 최상의 꽃들이라고 생각했다. 이 꽃들은 사람이 자기 속에 웅크린 짐승을 쫓아냈을 때 피어날 것이다.

복되어라, 진흙 속의 중국! 이 나라는 장래 인류가 나아갈 길을 미리 알려 주는 세계 유일의 땅이다.

20년 후: 에필로그[1]

엘레니 카잔차키

오늘, 가랑비가 하루 종일 소리 없이 내렸다. 우리의 작은 황금빛 집은 이제 텅 빈 싸늘한 잠실이 되었다. 그것은 마치 기념비 같다. 명주실을 쉼 없이 자아내던 잠실의 주인은 사라졌다. 아, 그는 날개를 팔랑거리며 날아갔다…….

몰아치던 거센 폭풍이 멈춘다면 나는 오히려 그 틈새에 으르렁거리는 천둥소리와 우리 성채의 암벽에 부딪치는 파도 소리를 들을 것이다. 정적이 수의처럼 나를 감싼다.

저녁 8시. 나는 아무 곳이나 라디오를 켠다. 누군가 말하고 있다. 감정이 북받친 부드러운 음성으로 머뭇거리며 영어로 말한다. 그는 찰리 채플린이다. 니스 가까운 빌프랑슈 항구에서 그는 어부들의 작은 예배당을 본 적이 있었고, 그 예배당을 그림으로 그린 콕토에게 자신이 얼마나 그 예배당을 좋아하는지 지금 설명하고 있다. 채플린의 딸이 그의 말을 프랑스어로 통역한다. 채플린은 딸의 통역을 고쳐 주면서 이렇게 말한다. 「풍부한 감정, 그래, 풍부한 감정…….」 다시 피카소가 귀에 거슬리는 스페인 억양

---

1 니코스 카잔차키스의 여행 수첩에 적혀 있는 메모와 그 메모에 대한 엘레니 카잔차키의 주석과 설명을 합친 것이다 — 원주.

으로 말을 쏟아 낸다. 그는 자신을 명예시민으로 선정한 앙티브 시 공무원들과 교육부 장관에게 감사의 말을 전한다.

나는 갑자기 우리가 그곳에서 피카소와 함께 있던 때를 떠올린다. 그는 평소 신고 다니던 구멍투성이의 해진 모직 슬리퍼가 아니라 구두를 신고, 흑백 체크무늬의 아름다운 재킷을 입고 있었다. ……그는 작달막한 몸집에 동그란 검은 눈동자를 탐욕스럽고 교활하게 뱅뱅 돌리는 남자……. 로베르 상툴은 방금 우리를 떠난 위대한 작가의 목소리가 흘러나올 것이라고 알려 준다.

뒤이어 사랑스러운 목소리가 들린다.

로베르 상툴이 질문을 던진다. 「니코스 카잔차키스, 당신의 삶에 가장 큰 영향을 끼친 것이 단 하나 있다면 그건 무엇이죠?」

「꿈과 여행입니다.」 카잔차키스는 머뭇거리지 않고 대답한다.

그는 문장을 길게 이으려고 했지만 첫 두 마디를 말한 다음에 그만 그치고 만다. 전파를 처음 타므로 흥분하여 아직도 마음이 편치 않은 탓이리라.

그는 잠시 뒤에 얘기한다. 「그렇습니다. 고대 이집트 속담에 이런 말이 있어요. 〈평생 동안 이 세상의 물을 많이 만나 본 사람은 행복하다.〉」

그는 웃음을 터뜨리더니 감정이 북받친 듯 숨을 돌리고서 한꺼번에 말을 쏟아 낸다. 「그래서 나는 세상을 떠나기 전에 가능한 한 많은 물과 땅을 직접 보고 싶습니다.」

정말 그랬다. 니코스 카잔차키스는 마지막 숨을 거둘 때까지 많은 물을 보았다. 우리는 1주일 내내 우한[2]에서 충칭까지 1천5백 킬로미터에 달하는 누런 양쯔 강을 여행했다. 중국인들은 그 누구보

---

[2] 1949년 우창, 한양, 한커우 등 우한삼진이 합쳐져서 우한 시가 되었다. 니코스와 엘레니가 방문할 당시 1957년이었으므로 이하 한커우를 우한으로 번역하였다.

다도 우리를 〈시인들〉이라고 부르면서 세심하게 배려해 주었고, 또 양쯔 강 여행을 친절하게 안내해 주었다. 그들은 니코스 카잔차키스를 피곤하지 않게 하려고 세세한 부분까지 신경을 썼다. 우리는 중국의 가장 위대한 시인들이 음풍농월하던 유명한 풍경을 지나갈 예정이었다…….

그는 많은 물을 보았지만 여전히 갈증은 사라지지 않았다. 그는 크레타의 할아버지가 어느 날 화가 나서 그에게 야단치던 말을 절실하게 이해했다. 「갈증을 푸는 사람들에게 저주가 있을지니!」

물은 심지어 그의 마지막 말이었다. 물! 그는 더 많은 물을 원했다. 마치 운명의 여신이 그의 오만함을 벌주고 싶어서 그의 해갈을 훼방한 것 같다…….

우선 우리의 여행지를 하나하나 정리해 보자. 우리는 앙티브를 떠나 베른, 프라하, 모스크바, 베이징으로 향했다. 다음에는 중국의 우한으로 내려가고 충칭까지 양쯔 강을 거슬러 올라갔다. 우리는 해발 2천 미터의 대호수에 인접한 상춘(常春)의 도시 쿤밍에서 1주일을 머물렀다. 온천과 삼림을 돌아다녔고, 절벽 속에 파놓은 절에 올라가기도 했다. 다음에는 광둥으로 향했고, 거기에서 공교롭게도 왜소한 중국 의사가 카잔차키스에게 천연두 예방 주사를 놓아 주었다. 아테네에서 세 명의 교수들은 그가 원하는 만큼 예방 주사약을 많이 가져가라고 말했다. 우리가 곧 죽음을 만나게 되리라는 것을 조금도 의심하거나 우려하거나 인식하지 못한 채, 우리는 광둥에서 비행기를 타고 일본 도쿄, 교토, 나라, 가마쿠라로 갔다. 2주일 뒤에는 북극을 지나 알래스카로 갔다. 북극에서는 추락하여 빙산 사이에서 익사할 뻔했던 사고를 아슬아슬하게 피했고, 비행기는 커다란 손상을 입었지만 우리는 큰 탈이 없었다. 마지막에는 코펜하겐을 거쳐 프라이부르크로 갔다.

거기서는 아시아 독감이 우리를 기다리고 있었다……

「어떤 글을 쓰려고 하세요?」 나는 카잔차키스가 붉은색 수첩에 글을 쓰는 모습을 보고 물었다.

「이번에는 여행서를 쓰지 않겠어. 이 모든 글은 스토리가 될 거야.」

하지만 병원에서 기력을 회복한 뒤, 그는 이렇게 말했다. 「그래. 나는 〈20년 후〉라는 에필로그를 쓰고 싶어. 중국의 변화가 얼마나 크고 심층적인지 묘사하는 글이 될 거야. 통계 자료나 공장 따위에는 더 이상 흥미가 없어……」

아! 니코스 카잔차키스는 우리 곁을 영영 떠났고, 결코 다시 돌아와 자기 책상에 앉아서 글을 쓰지 못할 것이다. 우리는 다 자란 누에가 날개를 살랑거리며 날아갔다고 중얼거렸다……. 그리고 이제 제2의 산초 판자인 나는 그가 붉은색 수첩에 남긴 메모를 정중하게 베끼고, 우리의 마지막 여행에서 내가 기억하는 것을 첨가할 수 있을 뿐이다. 솔직히 말하면 나는 니코스 카잔차키스의 다정한 독자를 위해서뿐만 아니라 어느 정도는 나 자신을 위해 이 일을 하게 될 것이다. 그러면서 인생의 사랑하는 반려자와 손을 잡고 다시 길을 떠나, 중국과 일본의 마지막 여행을 그와 함께 한다는 환상에 잠긴다. 내가 감히 쓰고자 하는 이 어쭙잖은 글이 니코스 카잔차키스를 추억하는 기념비가 될 수 있기를.[3]

1957년 앙티브에서
엘레니 카잔차키

---

3 다음에 이어지는 메모에서 고딕체의 글은 카잔차키스가 쓴 것이며, 뒤에 추가된 명조체의 글은 엘레니가 쓴 것이다 — 원주.

1957년

베른

우리는 6월 5일 오후 8시 반에 앙티브를 떠나 베른으로 향했다. 우리는 베른, 모스크바, 베이징으로 갈 예정이다.

「이 여행은 알다시피 그에게 좋을 거예요!」 앙티브 서점의 아름다운 주인, 수 부인이 내게 말한다. 「사람은 두려워하면 그게 홍조가 되는 것 같아요. 두려워해서는 안 돼요. 나는 손금을 믿으니까요……」

아주 오래전에 오스트리아 고산 지대의 호텔 매니저인 어떤 수상가(手相家)가 카잔차키스의 현재, 과거, 미래를 점쳤는데 많은 과거의 사실을 알아맞혔다. 히틀러의 운명을 정확하게 예측했다는 그 수상가는 카잔차키스를 전혀 모르는 사람이었다. 그는 심지어 이렇게 말하기까지 했다. 「당신은 70세에 중병을 앓게 될 것입니다. 하지만 곧 회복해서 장수할 거예요.」 그의 발병 예언이 사실로 드러났기 때문에, 우리 부부는 그 예언이 우리에게 영향을 준 것이 아닐까 하고 생각했다.

친구들은 철도역에서 빨간 장미 다발을 우리에게 선물로 주었다. 베개 주위에서 장미의 달콤한 향기가 밤새 퍼졌다.

카잔차키스는 여행이 시작될 때 기분 좋다는 듯 말했다. 「좋은 징조로군.」

다음 날 아침 로잔에서 알프스 산맥을 보았다. 우리는 함께 식사를 했다.

6월 6일

베른의 베렌(〈곰〉) 호텔에 투숙. 저녁에는 크리소스 에벨피데스[1]가 도착했다.

우리는 베른의 구시가를 헤매고 돌아다녔다. 작은 상점의 둥근 아치 아래에서는 이루 말할 수 없는 금은보화가 빛을 발했다. 우리는 시계탑으로 갔고, 자연스럽게 〈곰 호텔〉로 향했다. 택시 기사는 예전에 관광객을 잃어버려 애를 먹었던 듯, 우리에게서 잠시도 시선을 떼지 않았다. 나는 카잔차키스가 피곤해한다는 것을 알고 걱정이 되었다. 우리의 여행은 아직 시작도 하지 않았는데.

6월 7일

중국 대사관, 비자 등등. 그리스 대사관: 대사는 마음이 편협한 극단론자. 그는 분명히 자신의 생각만이 옳다고 믿는 독선가이다. 냉소적이고 세상 모든 일에 혐오감을 느끼는 듯한 인물. 정말 악몽 같은 사람이다. 러

---

[1] Chrysos Evelpides. 카잔차키스의 친구이자 그리스 작가. 그는 이번 여행(1957)에서 카잔차키스 부부와 동행했으며 『인도 전통』, 『일본 진화』, 『중국 혁명』 등을 저술하여 카잔차키스에게 헌정했다 — 원주.

시아 대사관: 대단히 정중한 분위기. 정오에는 카지노에서 점심을 먹었다. 저녁에는 중국 대사관. 한 시간 동안 의자 하나 내놓지 않던 그리스 대사관과 달리, 중국 대사관은 얼마나 정중하고 또 정성스럽게 요리를 대접하던지……

나는 오늘 저녁 중국 속담을 하나 배웠다. 〈만약 당신에게 저고리가 두 벌 있다면 하나를 팔아서 장미를 사라.〉

나는 카잔차키스에게 바툼발 모스크바행 기차에서 만났던 그리스 여자 얘기를 꺼냈다. 특히 중산층이 지독한 가난을 겪던 시절인 1929년의 일이었다. 그 그리스 여자는 작은 상자를 좌석 밑에 놓아두었다. 마치 그게 너무 차갑거나 너무 뜨거워지면 안 되는 것처럼 그녀는 연신 허리를 숙여 상자를 어루만지며 살펴보았다. 기차는 계속 달려 바툼의 화창한 봄 날씨는 어느덧 모스크바의 설경으로 바뀌었다. 가을이었다. 「작은 상자에는 무엇이 들어 있나요?」 카잔차키스는 분위기에 도취하여 그녀에게 질문을 던졌다. 「오렌지인가요?」 나는 대답을 기다리지 못하고 미리 넘겨짚었다. 기차가 흑해의 오렌지 과수원들을 지나면서 오렌지를 몇 시간씩이나 보았기 때문에 나온 자연스러운 연상이었다. 「장미예요!」 그리스 여자는 미소 지으며 대답했다. 「장미요?」 「네, 전 재산을 잃어버린 친구가 있거든요. 볼셰비키가 그녀의 재산을 몰수해 갔죠. 가난한 마을인 바툼에서 뭘 가지고 갈 수 있겠어요? 내가 알기론 그 친구는 흰 장미를 좋아해요……」

카잔차키스는 탄식하듯 말했다. 「그녀도 중국의 속담처럼 장미를 좋아하는군요.」

베른의 중국 대사관은 대단히 아름답다. 대사관에는 꽃이 가득하고 부드러운 색채의 푹신한 중국 융단이 깔려 있다. 우리가 자리에 앉기도 전에 차와 중국 담배가 나왔다.

우리는 차를 마시면서 담배를 피우고 웃음을 터뜨렸다. 또 중국말을 처음 배웠다. 〈셰셰(고마워요)〉는 우리가 지난번 중국 여행에서 배운 유일한 단어였다. 외국인은 〈셰셰 니(감사합니다)〉나 그냥 〈셰셰〉만 말할 줄 알면 그걸로 충분하다. 하지만 정확한 발음은 결코 배울 수 없다. 우리가 만나는 중국인마다 다르게 발음했기 때문이다. 중국어와 영어는 이처럼 제멋대로 발음된다는 공통점을 가지고 있다.

6월 8일
우리는 그리스 상무관과 함께 점심 식사를 했다. 단순하고 선량하며 정직한 남자. 그는 가난한 고아 출신으로 각고면려 끝에 변호사가 되었다. 알바니아 전쟁에도 참전했다고 한다. 우리는 오후 4시에 취리히를 향해 떠났다.

우리 일행은 4명이었다. 중국 대사관의 새로운 친구가 철도역에 왔다. 철도원은 우리 각자에게 선로 대기 열차를 보여 주었다. 「이쪽으로!」 「아니요, 그쪽이 아니에요!」 「하지만 이쪽이 틀림없다니까요. 내게 4번이라고 했어요!」 「아니, 내게는 3번이라고 했는데!」

우리는 모두 시끌벅적 동시에 말하다가 분노를 터뜨렸다. 여행 가방을 들고 이 열차, 저 열차를 옮겨 다니던 우리는 침착하게 미소 지으며 우리를 바라보는 중국인을 의식하지 못했다. 우리도 가끔 미소를 짓지만 그래도 몸속에는 그리스인의 뜨거운 피가 흐르고 있다. 마침내 열차를 제대로 찾아내자, 우리는 웃음을 터뜨리며 손수건을 흔든다. 그러다가 독일에게 점령당했던 시절의 그리스 구두닦이 소년을 떠올린다. 「나흐 오모니아, 비테(오모니아 광장은 어느 쪽인가)!」 키가 큰 저음의 독일 병사가 구두 뒤꿈치를 달가닥거리면서 소년에게 물었다. 그러자 콜로나키의 어린 구두닦이 소년이 아주 진지한 표정으로 세 방향을 가리키면서 말했다. 「아이 시티르! 아이 시티르! 아이 시티르(악마에게로 가라! 악마에게로 가라! 악마에게로 가라)!」 「당케(고마워)!」 독일 병사는 그 소년이 지정한 방향 중 가장 편리한 〈아이 시티르〉로 접어들면서 말했다.

프라하

우리는 오후 6시에 취리히를 떠나 9시에 프라하에 도착했다. 중국 대사관의 대리 대사가 우리를 기다려 주었다. 우리는 고급 호텔 알크론에 투숙하여 멋진 방을 배정받았다.

6월 9일

프라하: 아름다운 도시. 아침에는 멋진 스테인드글라스를 자랑하는 성 자일스 교회로 향했다. 불꽃을 가득 그려 넣은 스테인드글라스는 특히 아름다웠다. 그다음에는 대주교 공관으로 갔다. 탁 트인 방에는 도금된 샹들리에, 화려한 금은보화가 눈부셨다. 맨발의 가엾은 그리스도!

다음에는 미술관: 고딕 양식의 아름다운 그림, 십자가에 매달린 그리스도와 성모 그림, 성상, 크라나흐, 브뤼겔, 렘브란트, 엘 그레코, 바사노 등······.

오후에는 훌륭한 도서관을 갖춘 오래된 수도원, 스트라초바에 올라갔다. 희귀본, 3천 권의 초기 간행본들, 소책자, 프레스코 벽화가 그려진 넓은 방. 매력적이고 박학한 꼽추 안내자가 이 모든 것을 완벽한 독일어로 우리에게 설명했다. 나는 그를 결코 잊지 못할 것이다. 그에게 나의 『성자 프란체스코』를 보내 주어야지. 절묘한 조망, 온실……. 오전에는 그리스 대사관에 갔다. 대사는 정중하고 친절하다. 대사 부인은 우리에게 커피를 대접해 주었다. 우리는 그의 자동차를 타고 미술관에 갔다. 우리는 호텔에서 쉬면서 저녁을 보냈다.

6월 10일

중국 대사관의 정원은 아름다웠다. 사람들이 모두 휴가를 떠났기 때문에 중요한 사람은 만나지 못했다. 피곤하다. 나는 오후에 휴식을 취했다.

6월 11일

『수난』 판권을 체코 출판업자와 계약했다. 그 책을 번역할 체코 번역자는 아주 상냥한 여성이었다. 오후에 우리는 그리스 국회의원들(곤티카스, 레모스와 일행)과 함께 그리스 유학생을 만나러 갔다. 그들은 좌익이기 때문에 그리스를 떠난 학생들이었다. 그들은 공학과 경제학 등을 전공하고 있다.

내 수첩에는 영화를 공부하는 크레타 사람, G. S.의 이름이 들어 있다. 그는 내게 4년 동안 공부했다고 말했다. 5년차가 되면 영화를 제작할 자격이 주어졌다. 교향악단을 이용할 수 있고, 또 국립 극장 소속의 배우를 마음대로 기용할 수 있었다. 제작된 영화의 상영 시간은 20분 이상이 되어야 했다. 그들은 그리스어로 된 영화를 졸업 작품으로 제작하기로 했다. 그리스 정부는 월 600크라운의 장학금을 이들 장학생에게 지급했다. 나는 그에게 임대료가 얼마인지 물어보았다. 매월 방세가 30크라운이고 하루 두 끼씩 한 달 식비가 175크라운이라는 대답이 돌아왔다. 또 오페라와 연극을 무상 관람할 수 있는 학생용 카드도 발급받았다.

그는 우리에게 이렇게 말했다. 「3월 25일, 우리는 솔로몬과 시켈리아노스의 시가 나오는 키프로스에 관한 아름다운 영화를 제작했습니다.」

그리스에 관한 이야기를 할 때면 그의 눈빛은 반짝였다.

나는 유학생의 아내들이 작은 아파트에서 우리를 기다리던 때의 감동을 아직도 기억하고 있다. 엄마 품에 안긴 아기, 요람에 앉은 아기, 아기들은 모두 그리스어로 조잘댔다. 그들은 터키 커피와 시럽에 절인 과일 등을 우리에게 대접해 주었다. 바로 그리스인의 전형적인 접대 방식이었다.

카잔차키스의 체코 출판업자는 이렇게 말했다. 「초판 1만 권은 1주일 사이에 팔릴 것입니다. 독자들은 좋은 책이 출판될 때마다 서점 밖에서 줄을 길게 서지요. 초판이 이틀 만에 매진되는 경우도 흔해요……」

카잔차키스는 이렇게 대답했다. 「이제 당신이 첫발을 내디뎠으니 다른 그리스 작가들의 작품들도 번역되길 바랍니다. 당신도 알다시피 그리스에는 훌륭한 작가들이 많아요.」

프라하의 상점에서 보았던 게 뭐더라? 화장품, 문방구, 옷감, 심지어 나일론 잠옷까지……. 보헤미아의 유명한 크리스털, 도자기, 그리고 골동품 가게에는 아름답고 색다른 물건들이 많았다. 은그릇, 만찬용 식기 세트, 레이스, 유리 식기, 그림…… 우리는 기념으로 소품을 구입했다…….

모스크바

6월 12일

프라하의 아침, 우리는 중세 시대에 연금술사들이 살았던 작은 집을 찾아갔다. 오후에는 비행기에 탑승하여 2시간 만에 모스크바에 도착했고, 작가 위원회의 환영을 받았다. 나는 모스크바를 다시 보고서 감동을 받았다. 모스크바 대학교의 고층 빌딩은 밤중에 검붉은 색으로 빛났다. 새로운 아파트 건물은 창마다 불이 환하게 밝혀져 있었다. 우리는 고급 호텔 메트로폴에 투숙했다. 호텔 직원들은 성의를 다하는 것 같았다.

(소련 작가 노동조합의 대표인 아플레틴이 공항에 나와 우리를 환영했다. 폴레보이와 예렌부르크는 아테네를 방문 중이었다.)

6월 13일

우리는 차를 타고 시내 관광을 했다. 모스크바는 엄청나게 달라졌다. 도시의 종교적 색채는 사라지고 교회의 황금빛 돔과 종소리도 없어졌다. 그 대신 거대한 아파트 건물이 들어섰다. 모스크바 대학교 캠퍼스는 그 자체가 하나의 도시이다. 테라스에서 보면 일대 장관이다.

오후에는 쉬고 저녁에는 인형극을 보았다. 놀라운 예술이지만 공연 시간이 너무 길었고, 나는 이런 공연을 별로 좋아하지 않는다. 자정에는 저녁 식사를 했다.

모스크바는 정말 많이 변했다! 뚱뚱한 수도사를 무척이나 닮은 붉은 턱수염의 마부가 이끄는 삼두마차, 거대한 황금 십자가에 황금 사슬이 늘어진 둥근 황금 교회 지붕, 자그만 목조 별장, 문 좌우에 그리스식 기둥이 서 있는 단층의 개인 궁전 등은 모두 다 사라졌다. 또 기적의 성모상인 블라디미르스카야와 함께 붉은 광장의 입구에 있던 작은 교회도 사라졌다. 성모를 위해 길게 늘어섰던 줄 대신에 레닌의 무덤에 참배하려는 줄이 늘어섰다. 아, 과

거의 불 켜진 촛불은 얼마나 엄숙했던가…….

카잔차키스도 이 모든 것을 기억했지만 아무 말도 하지 않았다. 그는 예전의 풍경이 혹시 남아 있는 게 없을까 열심히 둘러보았지만, 역시 마찬가지였다.

「과거에만 매달려 살 수는 없는 법이지. 그렇지 않아, 레노츠카?」 그는 내게 말한 뒤, 다시 생각에 잠겼다. 「나는 우리나라 학생들이 무료로 공부하고 식사하고 음료수를 마시고 잠잘 수 있는 대학교가 그리스에도 있었으면 좋겠어. 그렇게만 해준다면 이렇게 보기 흉해도 상관하지 않을 거요.」 그는 낮은 목소리로 말했다. 우리가 방금 보고 온 거대한 모스크바 대학교는 마치 미국인의 결혼 케이크처럼 보였다.

6월 14일

우리는 오전을 꼬박 지하철에서 허비했다. 따분하고 쓸데없는 사치, 다양한 색채의 대리석, 동상, 탁월한 환기 시설, 널찍하고 편리한 홀.

저녁에는 프로코피예프가 연출한 절묘한 발레를 감상. 제목은 〈로미오와 줄리엣〉. 뛰어난 음악, 멋진 색상.

우리는 울라노바의 공연을 보지 못했지만 그리 아쉬워하지 않았다. 스트루치코바는 대단하다! 그녀가 춤을 출 때면 마치 발이 공중에 떠 있는 듯하다. 교향악단의 지휘자는 파이에르였다. 내 생각에 이 발레의 아름다움과 화려함을 능가하는 발레는 없다. 아무리 열심히 내 기억을 뒤져 보아도 이와 비견할 만한 발레가 생각나지 않는다.

우리는 지하철 얘기를 다시 꺼내면서 그 사치스러운 시설에 불쾌감을 느꼈다. 카잔차키스는 웃으면서 말했다.

「나는 그런 화려한 지하철을 좋아하는 사람들이 많을 거라고 생각해. 이를테면 농부들이 먼 시골에서 생전 처음 모스크바로 왔다고 해봐. 염소 악취가 심한 장화에, 두툼한 새끼 양털 코트를 입은 그들이 지하철 구내를 돌아다니면서 이런 화려한 시설을 본다면 얼마나 기쁘고 자랑스럽겠어. 그들이라고 동상, 황금 거울, 흑백 대리석, 수정 샹들리에를 감상하지 말라는 법은 없지.」

나는 카잔차키스의 얘기에 토를 달면서 말했다. 「지하철은 상류층의 물건을 만져 보지 못한 사람들에게 씁쓸함을 달래 주는 한 가지 방법이군요.」 정말 그런 것 같다. 그들이라고 사치스러움을 누리지 말라는 법이 있나? 그들도 언젠가는 1900년대의 생활 방식에서 벗어나 유럽 사람들이 무척 좋아하는(혹은 좋아하는 척하는) 현대 예술을 음미할 수 있을 것이다.

우리는 오후에 쉬면서 글을 쓰라고 카잔차키스를 호텔에 혼자 남겨 둔 채 외출했다. 에벨피데스 부부는 러시아의 대규모 농업 박람회에 갔다. 나는 1928년에 본 적이 있었던 프랑스 인상파 그림들을 다시 보고 싶었다. 아직도 마티스의 「춤」과 「붉은 물고기」 그리고 청색 시대의 피카소가 전시되고 있는지.

혁명 전, 레닌그라드의 스추킨과 모스크바의 모로소프라는 두 상인은 개인적으로 열심히 명화를 수집했다. 내 기억이 틀리지 않다면, 동부의 중심지인 모스크바에 사는 모로소프는 현대 회화를 열심히 공부하면서 마티스, 피카소, 위트릴로, 고갱, 반 고흐 등의 그림을 많이 사들였고, 또 두 점의 멋진 마르케 작품을 구입했다. 현대의 수도인 레닌그라드에 살았던 스후킨은 고전 작품을 선호했고 코로, 바토, 푸생과 그 밖의 미술품으로 집을 가득 채웠다. 하지만 곧 혁명이 터졌다. 볼셰비키는 그림의 가치를 알아보고 소유주에게 집을 박물관으로 전환할 것을 요구했다. 혁명 정부는 그들이 박물관 내에 사는 것을 허용했지만, 일반 사람들이 찾아와 수집품을 감상할 수 있게 하라고 강요했다. 교양 있는 이 두 상인이 세상을 떠나자 공산주의자들은 미술품을 국고로 귀속시켜 모스크바와 레닌그라드의 대형 박물관에 전시했다. 나는 오늘 오후에 이 다정한 그림들을 다시 발견하고 가슴이 설렜다. 그림이란 정말 대단한 존재이다. 그것은 해외에 프랑스를 널리 선전하는 최고의 외교관이다.

6월 15일

오전에는 중국 대사관, 다음에는 크렘린 궁전. 궁전에는 성상, 정교한 황금 돔이 가득하고 부서진 거대한 구리종이 있었다. 한마디로 놀라운 곳이다. 엄청 화려한 크렘린의 보물들: 진주, 다이아몬드, 에메랄드, 황금 검, 자수품, 상아 옥좌, 황금 접시, 왕관.

카잔차키스와 파나이트 이스트라티는 1928년 크렘린 지하실에서 엄청나게 많은 보물들을 감상한 적이 있었다. 마치 마대 자루에서 밀이 쏟아지는 것처럼 많았다고 한다. 그 당시 영국 여성 언론인은 그 보물들을 보고 기절했다고 한다. 모스크바의 북풍이 몰아치자 추위가 우리의 뼛속까지 스며들었다. 그들은 세계 최대의 종, 최대의 대포, 그다음에는 나폴레옹의 작은 대포를 우리에게 보여 주었다. 카잔차키스는 톨스토이를 떠올렸다.

그는 이렇게 말했다. 「내가 볼 때 『안나 카레니나』와 견줄 걸작은 이 세상에 없어. 우리는 모두 죽겠지만 그 작품은 영원히 죽지 않을 거요.」

우리는 그리스 대사의 집에서 저녁 식사를 했고, 나는 사촌을 만났다.

이번에는 그리스 대사관이 카잔차키스에게 아주 좋은 인상을 주었다. 나는 대사관의 두 신사, P씨와 Ch씨가 자세히 설명하는 얘기를 그가 귀담아듣던 모습을 아직도 기억한다. 우리는 밤늦게까지 머물렀다. 카잔차키스는 한 여성이 따온 〈그리스〉 민들레에 크게 감동하기도 했다······. 또 어떤 사람들은 모스크바 주부들이 훌륭한 저녁 식사 거리를 마련하기 위해 여간 애를 쓰지 않는다는 말을 했다.

6월 16일
오전에는 레닌과 스탈린의 무덤으로 갔다. 끝없이 늘어선 줄. 추운 날씨에 비. 돔이 반짝거렸다.

우리는 저명한 시복자(諡福者) 바실리 대성당에 들어섰다. 성당은 휘황찬란한 색채와 동양적 상상력이 흘러넘쳤다. 사다리들이 사방에 세워져 있었다. 선남선녀들이 등을 구부린 채 어슴푸레한 불빛 속에서 계단과 구석 등에 조용히 페인트칠을 했다.

우리 여성들은 이미 상점에서 상당한 시간을 보냈다. 이제 시절은 바뀌어 물자를 절약해야 하는 때가 되었다. 1928년에서 1929년 사이에 넘쳐나던 값싼 과자들은 사치품이 되었고, 특히 초콜릿은 품귀였다. 산더미처럼 쌓여 있던 장미, 하얀 피스타치오 할바[2]는 다 어디로 간 걸까? 우리는 건포도가 든 케이크 불로크치를 먹고 마음을 달래려고 했다. 또 차가운 음료수 케피르도 한 병씩 마셨다. E씨와 나는 다양한 여성용 품목을 살펴보았다. 프랑스에서 가격이 1백 프랑인 실크 스카프가 여기에서는 1천 프

---
2 깨와 꿀로 만드는 터키 과자.

랑이었다. 남성용 구두 한 켤레는 8만 프랑, 프랑스의 열 배였다. 하지만 우리는 염가의 아주 뛰어난 음반을 구입했다. 우리는 또 자수품이나 오래된 쿠스타리[3]와 같은 기념품을 찾아다녔다. 1928년이라면 사람들은 손으로 아름답게 장식한 여성용 쿠스타리를 발견할 수 있었을 것이다. 러시아의 마지막 성상 화가들은 흑마를 탄 성 디미트리오스, 백마를 탄 성 조지, 겐네사렛 호수, 고기 낚는 사도들을 이런 나무 상자에 그려 넣었다. 우리는 아직도 이런 아름다운 상자 두 개를 집에 가지고 있다. 러시아 작가들이 선물로 그런 상자 하나를 내게 주었고, 모스크바의 그리스인들이 카잔차키스에게 또 하나를 주었던 것이다. 그 두 개는 예쁘기는 했지만 옛날 것에 비하면 아무것도 아니다. 이 두 쿠스타리에 새겨진 그림들은 러시아 민담에서 골라낸 낭만적인 장면들이다.

러시아 상점을 둘러보면서 우리는 선물로 받은 그런 쿠스타리조차도 아주 귀하고 값비싼 물건이라는 것을 알게 되었다…….

우리는 저녁에 볼쇼이 극장에서 공연하는「게인」이라는 발레를 보러 갔다. 하차투리안이 연출한 발레이다. 우리는 제때 예약하지 않았기 때문에 표가 없었다. E씨 부인은 극장 앞에 서서 행운을 기다려 보자며 이렇게 말했다. 「누군가 표를 반환할지 몰라요.」 우리는 오랫동안 서 있다가 마침내 원하던 표를 손에 넣었다. 공연은 역시 멋있었다. 동양 음악에 아르메니아 민담 이야기였다. 볼쇼이 극장은 항상 만원이다. 관람객들은 막간이 되면 오렌지나 아이스크림을 먹거나, 레모네이드를 마신다. 사람들은 옷을 잘 차려입기는 했지만, 1920년대처럼 흰 블라우스에 붉은 스카프를 걸친 사람은 없었다…….

---

3 나무 상자.

오후에 우리는 테트랴코프 미술관을 방문했다. 훌륭한 성상: 절묘한 블라디미르스카야 성모, 넓은 이마를 가진 성 니콜라스의 당당함, 크레타 사람 테오파네스, 성 디미트리오스의 모자이크, 불꽃같은 튜닉을 입고 백마를 탄 성 조지 등……. 한밤에는 레닌그라드를 향해 떠났다.

레닌그라드

6월 17일

우리는 아스토리아 호텔에서 아침을 보냈다. 화창한 날씨. 헤르미타지 박물관으로 직행. 22킬로미터에 이르는 길게 뻗은 방들, 전시되고 있는 1만 2천 점의 그림들, 창고에는 더 많은 그림들. 렘브란트, 크라나흐, 티치아노, 엘 그레코(「베드로와 바울」), 반 고흐, 마티스, 고갱, 세잔, 조르조네, 피카소……. 오후: 네바 강을 따라 멋진 산책. 바다, 어린이, 스포츠, 참 율동적이구나! 화려한 색채! 러시아 전국에서 올라온 깃발들. 나는 무척 기뻤다.

카잔차키스는 좋아하는 렘브란트의 그림, 「돌아온 탕아」를 즐거운 마음으로 다시 감상했다. 그는 정말로 넋을 잃고 그 작품 앞에 서 있었다. 나는 그의 피로가 서서히 가시는 것을 느꼈다. 그는 앙티브를 출발했을 때 매우 피곤해했다. 출발 전 그는 『오디세이아』 전체를 K. F.와 함께 하루 여섯 시간에서 여덟 시간씩 교정을 보아야 했다. 다음에는 파리에서 『성자 프란체스코』의 출판 기념식, 초대, 언론 기자들……「이런 게 영광의 본모습이라는 걸 미리 알았다면 나는 결코 영광을 바라지 않았을 텐데!」 카잔차키스가 중얼거렸다.

카잔차키스가 위의 메모에서 언급한 〈바닷가의 어린이들〉은 대축제를 준비하는 러시아 청소년들이었다. 현재 레닌그라드에는 거대한 스타디움이 건설되어 있는데, 그곳은 삼면이 바다로 둘러싸여 있고, 한쪽에는 끝없이 펼쳐진 초원에 잔디와 나무들이 있었다. 그곳에서 우리는 우연히 깃발을 들고 춤을 추며 체조하는 어린이들을 보았던 것이다……

6월 18일

오전에 비잔티움 박물관에 가서 노브고로드의 성상을 보려고 했다. 우리는 문이 닫힌 것을 알고 있었지만 제니아 K.는 한 가닥 기대를 걸었다. 그녀가 마법의 말 〈외국인〉을 들먹이면 알리바바는 우리에게 문을 열어 줄지도 몰랐다. 하지만 그것(마법의 말)도 약발이 다했는지 더 이상 통하지 않았다. 그래서 우리는 황제의 여름 별궁인 페트로파블을 향해 출발했다. 제2차 세계 대전 당시 독일인들이 별궁을 파괴해서 현재 궁전을 수리하고 있다. 오늘은 넵투누스, 바다 요정, 고르곤, 개구리를 도금한다. 그 동상의 입에서 뿜어져 나온 파란 물은 궁전의 테라스 아래로 흐른다. 우리 앞, 네 줄의 가로수 위, 바다 물결이 햇빛에 반짝거린다. 한 소녀가 우리에게 아이스크림을 팔았다. 값싸고 맛있는 아이스크림. 러시아 사람들은 아이스크림을 무척 좋아하며 여름과 겨울을 가리지 않고 먹는다.

6월 18일 오후

작가들. 우리는 그리스 문학과 러시아 문학에 대한 얘기를 나누었다. 작가들에게는 호감이 갔다. 나의 이야기: 러시아 작가의 의무는 유럽과 아시아를 통합하는 방법을 발견하는 것이다. 그리스 역시 마찬가지이다. 해결책은 세 가지가 있다. 첫째, 우리의 선조를 모방하는 것인데, 그것은 불가능한 일이다. 그러면 우리 자신을 원숭이로 만들 뿐이다. 둘째, 우리의 선조를 부정하고 현대 문학, 가령 프랑스 등을 모방한다. 이것은 아주 잘못된 작위적인 일이다. 셋째, 통합을 발견하는 것. 우리는 그리스의 전통을 계속 유지하면서 새로운 문제에 적응하여 현대 그리스의 표현을 발견하도록 노력해야 한다……. 나는 그들에게 나의 작품 『오디세이아』와 『수난』에 대해 이야기했다.

저녁에는 탁월한 피아니스트 리히터가 슈베르트와 리스트를 연주했다. 리히터는 키가 크고 금발에 얼굴이 못생겼으며 흥분을 잘 하는 성격이었다. 위대한 피아니스트. 우리는 한밤에 모스크바를 향해 떠났다.

우리는 레닌그라드의 〈백야〉를 결코 잊지 못할 것이다. 잠을 자려면 무척 힘이 들었다. 새벽에는 꿈을 꾸는 것 같았다…….

이번 여행에서는 모스크바보다 레닌그라드가 훨씬 더 마음에 들었다. 전에는 정반대였는데……. 레닌그라드는 우리에게 베를린을 연상케 했다. 엄격한 질서와 획일성, 하지만 독창성의 부재. 반면, 모스크바에서는 발걸음을 옮길 때마다 깜짝 놀랐다. 오늘날 모스크바는 재건되는 과정에 있고, 언젠가는 미국을 닮은 현대적인 대도시가 될 것 같다. 애석한 일이다. 하지만 이것 외에는 다른 길이 없는 듯하다.

모스크바

6월 19일

소련을 대표하는 언론인이 나를 찾아와 원자탄에 대한 글을 써달라고 요청했다. 우리의 젊은 여행 안내자 블라드는 베트콩이 전투기 대신 박쥐를 이용하여 공격하는 방법을 말해 주었다. 베트콩은 신관이 붙은 화약을 박쥐의 목에 매단 다음, 그 박쥐를 프랑스군이 살고 있는 집의 다락방 둥지로 보낸다. 그러면 곧 화약에 불이 붙어 그 집은 불타게 된다는 것이다.

또 다른 이야기: 베트콩과 그 동조자들만이 소금을 가지고 있다. 프랑스군은 소금을 먹었는지 알아보기 위해 사람들의 혀를 맛보았다. 만약 혀에 소금기가 있다면 프랑스군은 그들을 죽였다.

또 다른 이야기: 베트콩은 코끼리를 훈련시켜서 프랑스군의 야영지에 풀어 놓은 다음, 그 혼란을 틈타 공격한다.

나는 알렉시스 파르니스라는 젊은 그리스 시인을 만났다……. 그리스어를 할 줄 아는 젊은 러시아인 율리우스 모그디손이 라디오 방송 인터뷰를 위해 나를 찾아왔다. 나는 러시아에 대한 나의 인상을 얘기했다.

6월 20일

아침에는 고골리를 비롯한 여러 작가들의 무덤이 있는 공동묘지에 갔다. 저녁에는 러시아 작가들이 베풀어 준 열렬한 환송 만찬에 참석했다. 선물, 다정한 연설…… 오늘 G가 왔다. 즐거움…… 저녁 11시에 우리는 베이징을 향해 떠났다.

공동묘지에서 우리는 스탈린 부인의 무덤도 보았다. 러시아 사람들의 말에 의하면 스탈린이 아내를 죽였을 때, 그녀는 여전히 아름답고 젊었다고 한다. 나는 우리가 당국의 눈치를 보지 않고 자유롭게 대화할 수 있어서 기뻤다. 러시아 사람들은 자주 웃었다. 그들은 두려워하지 않는 듯했다.

그들은 체호프가 말한 일화를 우리에게 들려주었다. 〈보드카는 흰색이지만 이걸 좋아하면 코는 빨간색이 되고 성격은 검은색이 된다.〉

「당신 생각에 러시아에서 가장 중요한 젊은 작가는 누구입니까?」 우리는 러시아 문인회의 회장인 미하엘 야코블레비츠 아플레틴에게 질문을 던졌다.

「테트리안코프, 오베스킨, 안토노프 등입니다.」 그가 대답했다.

「러시아 작가들의 작품을 해마다 많이 출판합니까?」

「1934년에는 러시아 작가 84명의 작품을 출판했습니다. 1957년에는 9백 명의 작가들 작품을 9천 쇄 찍었고, 또 44개 외국어로 출판했죠. 파데예프는 54개 외국어로 번역되기도 했어요.」

「소련 작가들 가운데 고리키가 가장 유명한 것으로 알고 있는데요.」

「그래요. 1934년에도 출판물의 40퍼센트가 고리키의 작품이었죠……」

베이징[4]

6월 21일

오전 10시, 찌는 듯한 더위 속에서 우리는 베이징에 도착했다. 공항에서 꽃다발 환영. 베이징까지 오는 도중에 옴스크와 이르쿠츠크에서 기착했다. 공항에서 한 티베트 사람이 종교적인 춤을 추기 시작했다. 그는 율동에 맞춰 천천히 춤을 추었는데, 무겁고 조용한 춤사위가 마치 악령을 쫓아내는 듯했다. 우리는 베이징 호텔로 갔다. 점심 식사. 오후에는 차를 타고 시내를 돌아다녔다. 베이징은 참 많이 변했고, 또 타락했다. 거리에는 더 이상 손으로 돌리는 풍금도 보이지 않고 시끄럽게 떠들던 노란색의 인파도 없다. 풍부한 전기와 미국화의 물결 때문에 모든 도시들은 예전의 정취를 잃었다.

사마르칸트, 메카, 바그다드, 모스크바, 베이징 ─ 극동의 향

---

[4] 〈이곳에서 관광객은 볼거리가 거의 없지만 나에게는 옛 추억이 아주 많다네.〉 카잔차키스가 베이징에서 프랑스의 친구에게 보낸 엽서에서 ─ 원주.

기로운 꽃들! 꿈은 어떤 구체적인 현실보다도 더 생생하게, 또 거역할 수 없이 우리의 내면에서 구체화되었다. 영혼은 현실을 끈질기게 거부하고 부정한다. 우리는 내면의 비전을 지우고 꿈과 현실을 구분할 시간이 필요하다. 카잔차키스는 20년 전 중국 여행에서 돌아와 나를 다시 만났을 때 활기에 넘쳐 있었다.

그는 되풀이하여 말했다. 「아, 베이징이야말로 세계에서 가장 아름다운 도시야! 하지만 악취는 말도 못 해!」

그는 웃음을 터뜨리면서 마치 중얼거리듯 다시 말했다.

「그처럼 악취를 심하게 풍기는 도시는 세상에 다시없을 거야. 아침에 산책을 나가면 행상인이 노래로 도시를 깨워. 국수요! 국수! 만두요, 참깨 만두! 그다음에는 어떤 광경이 나타나는지 알아? 주민들이 개방된 하수구에 몰려들어 줄지어 앉은 채, 옆 사람들과 잡담을 나누며 웃기도 하고 즐겁게 담배를 피우기도 해. ……사원과 자금성 쪽도 사정은 마찬가지야……. 사방에는 굵은 한자를 쓴 깃발이 나부끼는데, 글자는 마치 어린애 머리통만 하게 굵게 쓰여 있어. 그리고 밤에는 하얀색, 검은색, 노란색, 파란색, 보라색의 수많은 등불이 불을 밝히는데…… 나는 가냘픈 불상을 보기도 했지. 그 불상은 이중 뱃살과 두툼한 볼이 없는 대신 아도니스처럼 멋진 모습이었고, 흰 벽옥으로 만들어져 있었어.」

카잔차키스는 베이징 얘기를 할 때면 먼 곳에 대한 노스탤지어가 내면에서 불타오르고 베이징에 다시 가보고 싶다는 거역할 수 없는 욕구에 사로잡히곤 했다. 단지 여행뿐만 아니라 아예 베이징에 가서 몇 년 동안 살고 싶어 했다. 그런 욕구는 거의 현실이 될 뻔했건만…….

오늘 카잔차키스는 마치 자신이 알고 있는 기억의 흔적을 찾으려는 듯이 이글거리는 시선으로 거리를 돌아다녔다. 변발, 힐끔

거리는 곁눈질, 화려한 비단옷을 입은 중국 미녀, 길게 늘어뜨린 염소수염에 번쩍이는 검은 옷을 입은 베이징 관리들은 다 어디로 갔을까? 낙타, 새끼 양털 옷을 입은 몽골 사람, 전족을 한 여자는 다 어디로 갔을까? 깃털이 잘린 큰 새처럼 아장아장 걸어 다니던 전족한 여자들. 통풍이 잘되는 현대 도시에는 교통 통제탑의 경찰관, 자동차, 두 줄로 서 있는 가로수, 수많은 자전거들이 우리 앞에 펼쳐져 있다. 이제 인력거꾼은 더 이상 볼 수가 없다. 그렇다! 자전거가 인력거까지 끌고 다닌다. 게다가 이 기이한 인력거꾼은 흰 장갑을 끼고 있다. 한 가지 다행스러운 점이 있다면 그들 대부분은 전시(戰時)에 파리, 쥐, 병균을 예방하기 위해 꼈던 흰 마스크를 벗어 버렸다는 것이다. 가끔씩 이 무더위에 입과 코를 흰 가제로 가린 외과 의사 같은 젊은이가 거리에 나타난다.

중국인은 이제 참 깨끗하다. 공원의 농민, 노동자, 공무원, 서기, 상인, 학생, 남녀 노인, 어린이들! 중국의 어린이들은 확실히 세계에서 가장 매력적인 아동이다. 아이들은 반바지를 입은 채 아이스크림을 손에 들고 여기저기를 돌아다닌다. 열여섯 정도밖에 안 되어 보이는 선생과 함께 어린이들은 호숫가를 산보하거나 박물관에 간다.

우리도 베이하이 공원으로 산책을 나갔다. 우리는 낙타 혹처럼 굽은 다리를 지나서 석탄 산에 올라갔다. 전설에 따르면 원의 초대 황제가 석탄이 떨어지는 것을 두려워해서 엄청나게 석탄을 쌓아 놓으라고 명령했기 때문에 만들어진 인공 산이다. 지금은 삼나무, 노송나무, 등나무, 미모사 등이 가득한 언덕이다. 봉우리에는 삼중 황금 지붕을 얹은 아름다운 탑이 있다.

왕 씨는 우리에게 다음과 같은 얘기를 들려주었다.「이 홰나무를 보세요. 1644년 4월 9일, 한족의 마지막 황제이자 명대 최후의 황제인 숭정제가 이 나무에 목매달아 자살했습니다. 반란을 일으킨 굶주린 농민군[5]은 이미 베이징 성문 앞에 이르렀지요. 황제는 황후에게 독약을 마시라고 명령한 뒤, 공주를 칼로 찔러 죽이고, 왕자는 준마에 태워 멀리 도망가게 했습니다. 그는 자신이 좋아하는 시인들을 초대하여(그 자신이 시인이기도 했는데 명시를 감상할 줄 알았습니다) 용서를 구한 뒤, 혼자 남아 조상들의 혼을 불러 그들과 얘기를 나누었어요. 시인들은 황제의 옷소매에서 이런 유서를 보았습니다. 〈경멸받아 마땅한 죄 많은 나는 신의 분노를 나의 머리에 불러들였노라. 나는 조상을 만날 면목이 없구나. 나는 면류관을 머리에서 벗고 머리카락을 산발한 채 반란군이 내 몸을 난도질하기를 기다리는도다. 다만 바라기는, 그들이 짐의 백성을 괴롭히지 않기를.〉 하지만 반란군은 승리를 자축하지 못했어요. 명나라에 충성하는 대신들이 야만족에게 도움을 청했기 때문이죠. 그 결과 만주족이 베이징에 들어와 나라를 통째로 집어먹었고, 1911년까지 중국을 지배했습니다.」

6월 22일

오전에는 천단에 갔다. 경이로움. 풍년을 기원하기 위해 중국의 초가집 형태로 만들어진 건물이다. 더 많은 경이로움이 주변에 있다. 자그만 사원, 구내, 메아리 현상, 월계수와 포도, 용, 불사조, 구름을 조각한 대리석 계단 등……

오후에는 호수 건너 아름다운 정원에 앉아 주변의 경치를 바라보았다. 시원한 미풍이 불어왔다. 중국인들이 뱃놀이를 했다. 중국인은 모두 깨끗했다.

---

5 이자성(李自誠)의 군대.

주최자이자 안내자인 중후한 중국 철학자 왕선스는 곧 니코스 카잔차키스를 좋아하게 되었다. 두 사람은 똑같이 자유, 시, 부처, 어디에서나 발견되는 불굴의 영원한 미를 숭배했다.

젊은 왕선스는 마치 아버지를 봉양하듯 카잔차키스를 성의껏 보살펴 주었을 뿐만 아니라, 무더위와 불필요한 수고에서 보호하려고 애썼다.

왕 씨는 그날 아침 은밀한 자부심을 갖고 우리에게 말했다.「제가 가장 좋아하는 곳으로 여러분을 직접 모시고 가겠습니다. 여러분은 완성도가 높고 완벽한 조화를 이룬 건축물을 보게 될 겁니다. 저는 어떤 사람도 지금까지 이런 완성도에 이르지 못했다고 생각합니다.」

「정말 그러네요!」나는 푸른 사원의 완벽한 건축미에 흥분하면서 외쳤다.

대리석 타작마당은 햇빛에 반짝거렸다. 사원 안에 들어서면 마치 신화 속의 공작이 꼬리를 활짝 펼친 듯이 청록색의 서늘한 빛이 스며든다. 그러면 관광객은 통나무로 된 거대한 목조 기둥 곁에서 느긋하게 쉬면서 사람이란 얼마나 하찮은 존재인가를 생각하게 된다. 하지만 일단 사원 밖으로 나가면 몇 시간이고 돌아다녀야 한다. 이런 성스러운 도취에 빠질 수 있는 또 다른 곳으로는 아마도 아테네 신전이 유일하리라. 구내에서 구내로, 대리석 계단을 올라가고 대리석 조각이 새겨진 층계를 오르내리면서 대리석 다리를 지나가다가 이 최고의 수학 공식 같은 정교한 건물 단지 내에서 관광객은 길을 잃는다. 그 건물 단지는 문득 인적미답의 설원, 원시 그대로의 태양이 내리쬐는 사막을 연상시킨다. 시선을 위로 향하면, 페르시아의 파양스 청색 도자기처럼 푸르고 드높은 하늘에 하얀 솜털 구름이 뭉게뭉게 흘러가고……

「아니, 정말 잘 온 게 아닐지도 몰라.」 카잔차키스는 왕 씨가 엿듣고 실망하지 않도록 낮은 목소리로 내게 말했다. 「당신은 이제 자금성을 제대로 감상하지 못할 거요.」

카잔차키스의 말은 늘 그렇듯이 옳았다.

6월 23일

자금성. 용, 불사조, 두루미, 구름을 조각한 대리석 계단에 멋진 지붕, 삼나무. 고대의 푸른 자기. 바람과 겨울 추위를 견뎌 내기 때문에 꿋꿋한 성격을 상징하는 대나무 그림. 겨울에 꽃 피는 매화나무, 성내는 낙타가 채색된 도자기, 비단 위에 그려진 그림…….

우리는 평화 위원회의 부위원장이 주최하는 오찬에 참석하여 교육부 차관과 함께 식사를 했다. 노신사인 차관은 우리가 저녁에 보게 될 연극에 대해 얘기해 주었다. 무척 정중하다.

저녁에 본 오페라의 조화와 율동과 화려함, 비단 의상은 경이로웠고, 음악은 가끔 비잔틴 음악을 떠올리게 했다. 중국의 대배우, 64세의 메이란팡은 미소녀의 역할을 연기했다…….

풍요로운 날. 이제부터 카잔차키스는 피곤이라는 단어를 붉은색 수첩에 두 번 다시 적지 않을 것이다. 그의 영혼은 즐거움에 뛰놀았고, 그의 육체도 영혼의 말에 귀를 기울이며 기뻐했다.

그가 중국에서 보고 들은 것을 직접 얘기해 주지 못하다니 정말 애석한 일이다. 나는 그의 놀라운 관찰력을 이렇게 간단히 설명하고 싶다. 〈경이로움〉은 우리에게 가끔씩 벌어지는 동어 반복의 현상이지만, 그에게는 그것이 매번 새롭게 경험되는 하나의 호박 묵주 알이다. 그는 손끝으로 부드럽게 〈경이로움〉이라는 묵주 알을 어루만지면서 그 알을 내려놓는다. 그리고 묵주를 돌려

전에 잡은 알을 다시 잡으면 마치 새로 잡은 알인 양 경이감을 느끼는 것이다.

그는 우리가 가는 곳마다 항상 내게 수첩을 꺼내라고 하면서 이렇게 말했다. 「메모해, 메모를! 메모하지 않으면 잊어버려!」 마치 이번 여행에서 메모의 주인은 오간 데 없고 메모만이 남을 거라고 내다보기라도 한 듯이…….

일본군은 베이징을 9년 동안 점령했다. 9년 동안 그들은 마구잡이로 약탈하고 방화했다.

20년 전, 카잔차키스는 그의 여행기에서 잡초가 우거진 왕궁 지붕, 빗장이 열린 문, 벌레 먹은 기둥을 묘사했다. 지난 몇 년 동안 중국인들은 해결할 난제들이 많았다. 그들은 6억 명의 인구를 먹여 살리고, 도로와 교량을 보수·건설하고, 홍수를 조절하고, 끔찍한 전염병과 싸워야 했다. 천연두, 발진티푸스, 콜레라, 역병 등이 척결해야 할 문제였고, 그보다 더 심한 병은 미신, 문맹, 쓰레기, 악취였다. 또한 왕궁, 공원, 사원 등의 문화유산을 관리해야 했다.

이제 베이징의 모든 것은 저 무수한 익명의 군중처럼 말끔하다. 사원과 왕궁을 수리하고, 벽을 재건하고, 문을 고쳤다. 잡초를 뽑은 지붕은 반짝반짝 빛난다. 박물관에는 작품들이 가득 채워져 있다. 삽과 괭이로 중국의 땅을 팔 때마다 그리스에서와 마찬가지로 오래된 문화재들이 발굴된다.

중국인은 심지어 그들 나름의 엘긴 백작[6]도 가지고 있다. 물론 백작 본인은 아니고 그의 아들이긴 하지만……. 엘긴 백작의 아들

---

6 Earl of Elgin(1766~1841). 엘긴 백작은 1803년부터 1812년까지 파르테논의 현존했던 메토프[조각 작품이 들어 있는 소간벽(小間壁)]를 대량으로 영국에 가져갔다. 그는 영국 정부를 대신하여 조각과 함께 그 메토프를 구입했던 것이다 — 원주.

은 영국 국왕의 명령에 따라 군대를 이끌고 중국에 들어와 대규모 파괴를 저질렀다. 그의 병사들은 중국 황제의 여름 별궁을 불태웠다. 그들은 약탈하고 많은 사람들을 죽였다. 하지만 이 영국인은 양심의 가책을 달래기 위해 매일 저녁 일기에다 이렇게 적었다. 〈나는 자기중심적인 이유 때문에 고대 문화를 파괴하는 사람들을 보며 개탄하지 않을 수 없다〉 혹은 〈이 나라를 서방에 개방함으로써 빈곤과 파괴를 초래하지 않도록 하느님께서 도와주시기를……〉

프랑스 귀족인 데르송 백작은 외국인이 모든 것을 산산이 부수고 먼지만 남았다고 기록했다. 〈황후의 큰 가방을 뒤진 병사들은 산더미 같은 비단과 문직(紋織)에 반쯤 정신이 나갈 뻔했습니다. 다른 병사들은 루비, 사파이어, 진주, 금은보화를 호주머니와 셔츠, 군모에 집어넣고 대형 진주 목걸이를 목에 걸었다……. 공병 대원들은 도끼를 가져와서 가구를 부수고 그 속의 보석들을 꺼냈다. 그 소중한 목재 가구는 아랑곳하지 않고 말이다……〉

또 다른 프랑스인도 있다. 유명한 작가이자 해군 장교인 피에르 로티는 1900년 베이징에서 영국과 프랑스 군대가 저지른 야만 행위를 비난한 불후의 문장을 남겼다. 그는 열강의 병사들이 사람들을 죽이고 약탈하고 불태울 때 베이징 교회에서 헨델과 바흐의 오르간 작품을 연주한 용기 있는 사람이었다.

나중에 베이징에서 중국 남부의 관문으로 여행할 때 우리는 피에르 로티, 엘긴 백작, 데르송 백작의 끔찍한 묘사를 자주 생각했다. 예수회, 개신교 등 여러 선교사들이 중국의 문화에 감탄하면서 묘사했던 글도 기억했다(물론 선교사들의 이야기는 다양한 친구와 적이 중국을 개화한다면서 몰려오기 전의 이야기이지만). 멋진 바스크 사람인 후크 신부는 친구와 함께 중국 전역을 여행했다. 그는 원래 티베트 사람들이 사막 한가운데서 죽으라며 내

쳤던 사람이다. 하지만 그는 중국 전역을 여행하면서 중국이라는 나라가 얼마나 명예와 편안함을 존중하는지 잘 알게 되었다.

후크 신부는 우리도 여행 중에 보았던 그 먼지투성이의 마을들을 진한 애정을 가지고 이야기한다. 그 마을들, 가령 이창 같은 마을은 후크 신부가 깊은 애정을 느꼈던 도시로서 양쯔 강을 따라 죽 늘어서 있었다……. 게다가 최근에 또 다른 선교사이자 철학 교수인 로버트 페인은 궁전과 사원이 있는 쿤밍과 그 도시 소재의 저명한 대학교(그가 전쟁 전에 재직했던 대학)를 존경과 사랑의 마음으로 묘사했다……. 하지만 우리는 규모가 크지만 시설이 빈약한 대학교와 가난한 도시를 보았을 뿐이다. 제2차 세계 대전 중에 일본군과 장제스 군이 모든 것을 불태워 잿더미로 만들었던 것이다. 심지어 충칭조차도 일본군의 공습을 150차례나 받았고, 나중에는 장제스 군의 공습까지 받았다……. 그러니 뭐가 남아났겠는가? 왕궁과 사원, 물건이 많은 옷가게, 마당이 있는 화려한 가정집, 박물관, 아름다운 공공건물은 종적도 없이 사라져 버렸다. 사방은 폐허뿐이다. 외국인, 다시 말해 몽골인, 일본인, 영국인, 프랑스인들과 마지막으로 중국인 자신들도 내전 중에는 가는 곳마다 파괴의 흔적을 남겼다.

옛날 선교사들은 대학교, 수많은 도로, 중요한 다리, 관개 수로와, 한때 백성의 어버이 노릇을 했던 이름 높은 관리들에 대해서도 언급했다. 하지만 야만족인 만주족이 베이징으로 쳐들어왔다. 그들은 소수 민족이면서도 5억 인구를 노예화했다……. 그들은 어떻게 중국을 지배했을까? 모든 정부 관리는 동일한 임지에 3년 이상 머물 수 없다는 제도에서 그들은 아이디어를 얻었다. 관리는 이 도시 저 도시, 이 마을 저 마을로 평생 동안 임지를 옮겨 다녔고, 자신이 태어난 고향에서 결코 다스릴 수 없었다. 따라서

〈백성〉에게 관심을 쏟지 못했다. 그 관리가 어디에 임명되든 그곳 사람들은 아무도 그가 누구인지 알지 못했다. 관리는 이렇게 모르는 사람들 사이에서 근무했기 때문에 수치를 모른 채, 마음대로 도둑질하고 거짓말을 할 수 있었다.

이 악마 같은 심리 작전은 성공을 거두었다. 한때 백성의 어버이였던 관리들은 결국 가난한 사람들의 최대의 적이 되었다. 그들이 관심을 기울인 것은 무엇이었을까? 그들은 횡령하여 돈을 모으고 노년을 잘 보내는 데에만 정신이 팔려 있었다.

최근까지 가난한 중국 농민들이 딸을 낳으면 돼지우리에 던져 버린 것은 공공연한 비밀이었다. 그들은 너무 가난해서 딸을 부양할 수 없었다. 그렇지 않으면 딸을 이웃 사람들에게 팔아 버렸다. 그들은 아직 기저귀를 차고 있는 딸을 이웃집 소년과 결혼시켰고, 그 딸은 나중에 성장하여 남편이 죽을 때까지 남편의 하녀 노릇을 했다. 중국에서 여성의 자살률이 높은 것은 이런 배경 때문이었다.

클로드 루아는 일찍이 그의 저서 『중국의 열쇠』에서 작은 마을의 이혼 법정에 참관한 경험을 적어 놓았다. 루아는 우리의 안내자 왕 씨의 친구인데, 왕 씨는 루아가 책 속에 쓴 내용이 사실이라고 말했다. 루아의 이야기는 이렇다. 이혼 법정의 재판관은 열세 살 난 아들의 손을 잡은 어머니와 얘기를 나누었다. 아들은 입을 헤벌린 채 놀란 표정으로 주위를 두리번거리고 있었다. 어머니와 아들 곁에는 며느리이자 소년의 아내인 젊은 여성이 있었다. 며느리를 지독하게 비난하는 모습을 보면서 사람들은 며느리가 이혼을 청구했다는 것을 미리 짐작할 수 있었다. 「작년 겨울 우리 아들이 감기에 걸렸을 때 며느리가 저 아이를 어떻게 했는지 아세요? 며느리는 온몸에 열이 펄펄 끓는 아이를 학교로 보냈답니다. 아들의 머리에 이가 들끓는데도 내버려 두어서 할 수 없이 내가 세탁비누로 아들의 머리를 감겼어요. 수박이 많이 나는 여름철이면 아들에게 수박을 너무 많이 먹여서 설사가 나게 했어요. 또……」 시어머니가 그렇게 불평불만을 줄줄이 늘어놓더니, 마지막으로 며느리가 이혼을 청구한 사실을 괘씸하다는 듯이 털어놓았다. 며느리는 열일곱 살 때 시집왔는데, 당시 남편의 나이는 아홉 살밖에 되지 않았다. 이제 며느리는 그녀를 사랑해 주는 젊은 남자를 만났고, 그 남자와 결혼하고 싶다는 것이었다. 시어머니는 그렇게 말하더니 고함을 빽 질렀다.「그렇게 많은 돈을 며느리에게 쏟아 부었는데도 며느리는 내 아들을 잘 돌보지 않았어요.」그러자 재판관은 이렇게 대답했다.「그렇다면 이제 며느리가 다른 데로 가고 싶어 하니 오히려 기뻐해야 하지 않겠어요?」시어머니는 그 무슨 부당한 소리냐는 듯이 이렇게 대답했다.「그 무슨 섭섭한 말씀을. 며느리에게 들어간 돈이 얼마인데요. 우리는 4년 동안 며느리를 먹여 주고 입혀 주었습니다……. 이혼해서 가버리고 나면 누구한테 그 돈을 변상받는단 말입니까?」

평화 위원회의 부위원장은 우리를 오찬에 초대했다. 듬성듬성한 긴 염소수염에 검은 비단옷을 입은 노신사가 우리를 환영해 주었다. 그는 서예가 겸 학자인 천수퉁이며 중국 의회의 부의장이기도 했다.

우리는 안락의자에 앉아 차를 마셨다. 벽에는 큰 그림들이 걸려 있었는데, 대부분 꽃 그림이었다. 왕 씨는 부의장이 개인적으로 소장해 왔던 활짝 핀 매화 그림 1백 점을 국가에 기증했다고 낮은 목소리로 우리에게 알려 주었다. 그들은 우리를 교육부 차관인 웨이슈엔 박사에게 소개했다. 차관은 우리가 그날 경극을 보게 될 것이라고 말했다. 그는 또 눈을 반짝거리며 우리에게 중국의 고대 시에 대해 얘기해 주었다. 친절하고 눈웃음을 짓는, 자그마한 키에 지혜로운 명판관 수파오친도 소개받았다.

그날 나는 메모하지 않았다. 나는 E씨가 니코스와 그 자신에 대해 중국인에게 말했던 것을 기억할 뿐이다. 중국인들은 깊은 관심을 가지고 멀리 떨어져 있는 나라 그리스(중국어로는 실라)에 대한 얘기를 경청했다.

오찬이 끝난 뒤, 교육부 차관은 화제를 경극 쪽으로 바꾸면서 이렇게 말했다.

「여러분은 행운아입니다. 오늘 밤엔 메이란팡을 보게 될 것입니다!」

메이란팡! 중국인은 깊은 사랑과 존경, 자부심을 느끼면서 이 이름을 말한다. 우리는 그에 대한 얘기를 너무 많이 들었기 때문에 기대가 큰 만큼 실망도 크지 않을까 우려했다……. 현역에서 물러난 64세의 노신사가 18세 소녀의 역할을 연기한다니…….

웨이슈엔은 이렇게 말했다. 「오늘 밤 그는 중국 고전 동화 중 1막만 연기할 것입니다. 그 내용은 이렇습니다. 18세의 공주는 고독한 생활에 싫증이 났어요. 공주는 자신을 위로하려는 여자 가정교사에게 투덜거리고는 정원으로 나가 꽃이 만발한 복숭아나무 사이를 거닐죠.〈공주님, 참으세요. 잘 참는 게 중요해요. 모든 건 때가 되면 나타나게 되어 있습니다……〉공주는 정원으로 가서 이 나무에서 저 나무로, 이 꽃에서 저 꽃으로 무심히 산책합니다. 그러다가 곧 싫증을 내고 벤치에 앉아 잠이 듭니다. 그때 꿈속에서 멋진 왕자가 나타나죠…….」

줄거리는 그처럼 간단했다. 하지만 우리는 저녁에 경극을 보았고, 그것은 우리 앞에 하나의 신세계를 펼쳐 놓았다…….

극장은 관객들로 입추의 여지가 없었다. 더위는 끔찍했다. 왕 씨는 그걸 알고 우리에게 미리 부채를 들려 주었다.

내 옆에는 어린 아들을 무릎에 안은 농민이 앉아 있었다. 뒤에는 여섯 자녀들과 함께 온 가족이 앉아 있었다. 극장 안은 누구 하나 말하는 이 없이 조용했다. 우리 주위에는 왕 씨의 낮은 목소리만 들렸다. 우리가 외국인이었기 때문에 아무도 왕 씨에게 항의하지 않았다.

극장은 세 편의 장편 연극 중 1막만 공연했다.

첫 번째 연극은 황제의 후궁 이야기였다. 몽골 정복자로부터 나라를 구하기 위해 그녀는 그 정복자에게 몸을 바쳐야 했다. 아주 아름다운 여자 배우가 그 후궁 역할을 맡았다. 정말 그처럼 아름다운 여자는 다시없을 듯했다. 무대 배경은 없고 황금색 커튼만 있었다. 그들은 가끔 옥좌 같은 의자와 탁자를 가져왔다. 자수를 놓은 의상들은 말로 다 할 수 없을 정도로 풍요롭고 다채로웠으며, 배우들은 입고 있는 옷으로 역할이 구분되었다. 모자에 여섯 개의 작은 기를 꽂은 배우는 장군이었고, 검은 줄무늬의 흰 모자를 쓴 배우는 관리였다. 다양한 색상의 천 조각으로 된 막대기를 든 젊은 배우는 말[馬]이었다. 우리는 처음 보아서 그런지 배우들을 제대로 구분할 수 없었지만, 중국인은 배우의 역할뿐만 아니라 성격까지 훤히 알고 있는 듯했다. 색깔도 나름대로 의미가 있었다. 붉은색은 용기, 검은색과 흰색은 비겁함, 무채색은 정직하고 고상한 성격 등등……. 중국 관객들은 배우의 양식화된 동작이 그 순간에 무엇을 의미하는지도 정확히 알고 있었다.

「저기 지금 발을 들고 있죠? 저건 집을 나선다는 뜻이에요……. 이제 발을 다시 들었어요. 저건 친구 집에 들어간다는 의미입니다.」 왕 씨는 될 수 있는 한 자세히 설명하려고 애썼다. 하지만 그의 설명이 없었더라도 연극은 볼거리가 풍성했고, 멋진 조화를 이루고 있어서 우리를 매혹시켰다.

오랫동안 단조롭게 흐느껴 우는 후궁의 울음소리는 사람들의 가슴을 찢어 놓았다. 그녀는 고국을 떠나고 싶지 않았으며, 남편을 사랑했다. 그녀는 가지 않게 해달라고 빌면서 모든 것을 아내에게만 미루는 남편의 수치심을 일깨우려 했다. 아무짝에도 쓸모없는 비겁한 남편은 왕 노릇도 제대로 하지 못하면서 왕좌를 지켰다…….

화려한 옷을 입은 소녀 합창단이 그녀를 조용히 둘러쌌다. 온갖 소년들이 공중제비를 돌면서 들어왔다가 나갔다. 일행은 결국 희생자를 수행하며 떠나기 시작했다. 국경에서는 몽골 왕의 파수병이 그녀를 기다리고 있었다…….

막간이 되자 관객들은 조용히 일어나 안마당으로 가서 아이스크림을 사먹었다. 왕 씨가 우리에게 아이스크림을 사주었다. 그의 가냘픈 손가락이 떨렸다. 마치 그 자신이 무대에 나서는 배우인 양 긴장한 표정이 역력했다. 우리가 이제 곧 등장할 메이란팡을 좋아하지 않으면 어쩌나? 그것이 그의 관심사이자 걱정거리였다. 그의 표정은 정말 창백했다.

메이란팡이 허리가 가느다란 공주 역으로 나타났을 때, 극장 안은 바늘이 떨어지는 소리가 들릴 정도였다. 우리는 그의 화색이 도는 둥그스름한 얼굴, 커다란 눈망울, 쌀알 같은 자그마한 치아, 칼 같은 눈썹, 잘 익은 복숭아 같은 뺨에 강한 인상을 받았다. 넷째 줄에 앉아 있어서 그의 얼굴을 자세히 볼 수 있었는데도 분장 속의 진짜 얼굴은 알아볼 수 없었다. 그것은 하나의 마법이었다. 어떻게 저리도 아름다울 수 있을까.

그의 흑발은 두툼한 술처럼 등에 치렁치렁 늘어져 있었다. 자수를 놓은 모자에는 금은보화가 가득했으며, 모자에 꽂은 두 개의 가느다랗고 긴 공작 깃털은 머리를 움직일 때마다 흔들렸다. 과연 저 배우를 남자라고 할 수 있을까? 이제부터는 차라리 〈그녀〉라고 부르기로 하자. 왜냐하면 그 말이 더 진실에 가깝기 때문이다. 그녀는 머리를 이리저리 갸우뚱거리면서 웃고 얘기하고 자그마한 발을 차올리며 무척 가느다란 중국인 목소리로 고음을 길게 끌면서 노래했지만, 결코 매력을 잃지 않았다. 우리는 나중에 여행을 하면서도 그녀의 목소리에 대해 두고두고 얘기했다……. 그녀는 아름다운 여인의 전형이었다. 당연히 그녀의 모든 동작은 우리가 파악하지 못했던 어떤 의미를 지니고 있었다. 한자를 읽을 수 있는 다른 관객들은 무대 좌우의 벽에 영사된 자막의 도움을 받았다. 우리는 그 자막을 읽지 못했지만 쉴 새 없이 설명해 주는 왕 씨가 있었다.

돌발적인 행동과 불꽃이 관객을 놀라게 하듯이 메이란팡의 섬세한 두 손가락은 우리를 놀라게 했다. 그의 넓은 옷소매에서는 항상 두 번째의 비좁고 긴 흰색 소매가 나타났고, 그 소매는 팔 전체를 덮고 발등까지 내려왔다. 그 흰색 소매를 순간적으로 또 다른 소매 위로 겹쳐 놓을 때 그의 아름다운 손이 드러났다. 그의 손가락은 너무나 표현이 풍부하고 생생하여 몸의 일부라기보다 독립적으로 움직이는 개체처럼 느껴졌다. 위대한 배우의 바로 이런 부분이야말로 얼굴보다 더 매력적인 것이다. 물론 얼굴도 아름답기는 하지만…….

우리의 공주는 네 벌의 옷을 겹쳐 입고 있었고, 그 옷을 하나하나 마법의 연꽃 잎사귀처럼 벗어던졌다. 첫 번째는 황금색 용을 그린 붉은 옷이었고, 허리에 입은 두 번째 치마는 물거품 이는 바다처럼 청록색이었으며, 세 번째는 꽃이 만발한 벚나무 가지를 수놓은 황적색 옷이었고, 네 번째는 등나무가 가득히 그려진 보라색 옷이었다…….

우리는 마당으로 나가 아이스크림을 다시 사 먹었고, 별이 총총히 빛나는 부드러운 밤하늘 아래에 서 있으니 한결 정신이 맑아졌다. 3막에서는 중국인에게 널리 알려진 다른 주연 배우인 한서창이 16세의 풋내기 시골 처녀 연기를 했다. 그런 쾌활함과 변덕이 어디서 나오는지 정말 의아했다! 모든 관객들은 그의 변덕에 웃음을 터뜨렸다. 이 배우 또한 60대의 노인이다. 일본군이 베이징을 점령했던 9년 동안 그는 결코 무대에 서지 않았고, 메이란팡처럼 수염을 길렀다. 그들의 친구이자 위대한 배우인 치우신팡은 일본군이 강제로 공연시킬까 봐 몸을 숨긴 채, 친구들에게 가짜로 사망 소식을 알리게 해서 자신의 무덤을 만들도록 했다…….

우리의 안내자 왕 씨는 너무 결백하여 타협을 좋아하지 않는다. 그렇기 때문에 그는 경극의 또 다른 유명한 배우인 마량렝에 대해 언급하지 않았다. 그는 일본군과 협력했던 것이다. 마량렝은 위대한 배우일지 모르지만 고상한 영혼이 없었다. 우리의 안내자 왕 씨는 존경할 수 있는 사람만 좋아했다. 마량렝은 결코 여성 역할을 연기하지 않았다고 하는데, 우리는 이틀 뒤 무서운 장군을 연기하는 그를 보았다. 걸을 때마다 땅을 진동시키는 무시무시한 영웅이었다. 그는 국민당과 공산당 사이의 내전 때 중공군이 승전하기 시작하자 홍콩으로 달아났고, 중국으로 돌아올 생각조차 못 했다.

하지만 마오쩌둥은 필요한 사람들을 용서할 줄 알았다. 그는 무력보다는 설득으로 사람들을 귀환시켰다. 마오쩌둥은 마량렝이 귀국하여 조용하게 살면서 중국 인민을 위해 연기에만 전념한다면 신변 안전을 보장하겠다고 설득했다. 현재 마량렝은 아내와 첩, 자녀, 손자들과 함께 베이징 도심에서 살고 있으며, 그를 헐뜯는 시중의 험담이 맞는다면 아편 담배를 피운다.

마량링만 예외적으로 용서받은 게 아니다. 마오쩌둥은 집권하자 수많은 적을 용서했다.

공식 리셉션 때 우리는 우연히 대만 정부의 지혜롭고 온화한 주(駐) 아테네 대사를 크게 칭찬했다. 중국인들은 그를 공격하지 않았을 뿐만 아니라 심지어 그의 좋은 점까지 말했다. 또 그가 원한다면 본토로 귀환해서 마음 내키는 대로 자유롭게 살 수 있다고 우리에게 약속했다.

6월 24일

오전에는 평화상을 수상한 노대가 치바이스를 방문했다. 아흔여섯 살로 귀가 어두워 말을 잘 알아듣지 못했지만 무척 호감이 가는 인물이다. 물건을 너무 아낀 나머지 모든 것을 이중으로 잠근다. 가난한 동네의 깨끗하고 시원한 집들도 방문했다.

대화가 치바이스는 건강이 좋지 않았다. 그럼에도 그는 우리를 정중히 초대했다. 그는 카잔차키스를 만나고 싶어 했다. 우리가 그의 집에 도착했을 때 그는 침상에 누워 있었다. 반쯤 열린 문 사이로 우리는 아들들이 침상에서 그를 공손하게 일으켜 세우고, 며느리들이 옷을 입히면서 매무새를 다듬는 광경을 볼 수 있었다. 그는 아름다운 검은색 비단옷을 입고 검은색 비단 모자를 쓴 채 우리 곁에 있는 상석에 앉았다. 듬성듬성한 수염을 길게 기른 그는 동양화 속의 바위 아래에서 묵상하는 현자의 모습 그대로였다.

가난한 농민의 아들로 태어난 치바이스는 농장 주인의 소에게 꼴을 먹이고 땔감을 모으면서 어린 시절을 보냈다. 그러면서도 그림을 배우려는 뜨거운 열정을 간직하고 있었다. 그는 가구 제작자가 되었지만 그 직업에 만족하지 못했다. 그는 인장을 파기 시작했고, 고향 마을에서 인장과 서예로 인기를 얻었다. 어느 날엔가는 인장을 새기다가 조각칼로 손을 베었고, 출혈을 과도하게 한 나머지 기절한 적도 있다고 우리에게 말했다.

그는 27세의 나이에 처음으로 화필을 들었고, 1957년 9월에 세상을 떠났다. 그는 수많은 그림들을 남겼다. 우리는 집집마다 항상 상석에 걸려 있는 그의 꽃, 새우, 곤충 작품을 보았다. 중국인은 그 어떤 화가보다도 그를 좋아하고 존경한다.

그는 친구들에게 다음과 같이 말했다. 「지금까지 70년 동안 그림을 그려 왔습니다. 그래도 나 자신의 그림에 대하여 확신이 서지 않아요. 나는 이 아름다운 세상에 존재하는 모든 동물과 식물과 곤충을 그리고 싶어요. 하지만 누가 나에게 용을 그려 달라고 한다면 잘 그리지 못할 것 같습니다. 용은 한 번도 본 적이 없으니까요.」

「그는 어떤 화파인가요?」 사람들이 카잔차키스와 함께 있는 치바이스를 사진 찍을 때 나는 왕 씨에게 물었다.

왕 씨는 이렇게 대답했다. 「그는 어떤 화파에도 속하지 않습니다. 그가 50대에 그린 그림은 30대와는 완전히 달라요. 70대의 그림 역시 50대의 그림과는 아주 다르지요. 그의 화풍은 완전히 독자적입니다. 그는 가느다란 벌레나 지극히 섬세한 동물을 일필휘지로 그립니다. 당신이 보고 아주 좋아했던 새우 그림 생각나시지요? 그의 모든 그림에는 그러한 생명에 대한 사랑이 넘쳐흘러요.」

「왜 그에게 평화상을 주었는지 설명해 줄 수 있나요?」

「물론이죠. 치바이스는 최고의 현대 화가일 뿐만 아니라 고결한 사람이기도 합니다. 일본군이 중국을 점령했을 때 그는 즉시 화필을 들어 이렇게 현판을 쓰고 집 대문에 걸어 놓았어요.〈치바이스는 관리에게 그림을 팔지 않습니다.〉

관리는 일본 점령군과 중국인 부역자를 의미합니다. 게를 그린 어떤 그림에서는 화제(畵題)를 이렇게 썼어요.〈당신이 얼마나 오랫동안 우리를 지배할 수 있다고 생각하는가?〉」

「당신 집을 한번 볼 수 없을까요?」 치바이스의 집을 나서자 우리는 왕 씨에게 물었다. 「우리는 보통 중국인의 가정집을 보고 싶어요.」

그는 이렇게 대답했다. 「좋습니다. 우리 어머님은 여러분을 기꺼이 맞이할 겁니다.」

왕 씨의 어머니는 집에 있었다. 그녀는 대단히 정중하게 우리를 환영해 주었고, 즉시 차와 과자를 내왔다. 거실에는 라디오와 축음기가 있었다. 곧이어 어머니는 거실의 다른 곳을 우리에게 보여 주었다. 중국인의 다른 집들과 마찬가지로 가운데 마당이 있고, 그 주위를 빙 둘러 방들이 있었다. 과거에는 이 모든 방들이 왕 씨 가족의 것이었지만 지금은 절반이 정부의 소유였다. 화분들과 조화를 이루고 있는 마당은 아주 깨끗했고, 구석에는 작은 나무가 심어져 있었다. 어린아이 둘이 자그마한 연못가에서 놀다가 우리를 보고는 쏜살같이 방 안으로 들어갔다.

「부인과 자녀는 어디에 있습니까?」 우리는 왕 씨에게 물었다.

「병원에서 근무하고 있습니다. 아내는 산부인과 의사인데, 원하신다면 아내를 보러 갈 수도 있습니다.」

「그녀는 일에 만족합니까?」

「물론이죠! 이번 달만 하더라도 150명의 아이를 받아 냈어요.」

매화나무는 중국의 영웅주의를 상징한다. 매화나무는 추위와 눈을 견뎌 내고 가장 먼저 꽃을 피우며 늘 아름다움을 간직한다.

저녁에는 모스크바 축제에 참가하기 위해 떠나기로 되어 있는 젊은이들의 공연이 있었다. 유연성, 우아함, 리듬, 색채. 공작 춤과 검무를 기억하라!

6월 25일

베이징에서 62킬로미터 떨어진 만리장성에 오르다. 경작된 평야, 신축 건물, 산맥, 2만 2천 킬로미터까지 뻗어 있는 장성의 정상에 서 있는 탑.

우리는 아름다운 정자에서 식사를 하고 명13릉으로 갔다. 정말 장관이로구나! 산으로 둘러싸인 계곡. 입구에는 거대한 대리석 거북이 비석을 등에 지고 있다. 이어 대로의 좌우에는 거대한 석상들이 서 있다. 사자, 코끼리, 낙타, 말, 문무 대신들. 그다음에는 통나무로 만든 24개의 거대한 기둥들과 함께 있는 대형 홀(서기 1400년).

베이징을 떠날 때 우리는 대규모 신축 아파트 건물 옆을 지나갔다. 두 줄로 늘어선 가로수들이 고비 사막에서 불어오는 모래바람을 막고 있다. 우리는 창문에 유리가 아니라 마분지를 댄 가난한 토담집을 지나갔다. 돼지들이 보였다. 어린아이들은 맨발이지만 잘 먹는 듯했다.

이곳의 풍경은 나에게 그리스를 떠올리게 했다. 밋밋한 언덕에는 몇 그루의 소나무만 있을 뿐이다. 만리장성은 선사 시대의 파충류처럼 작은 산을 오르내리고 있었다. 장성은 이곳에서는 보이다가 저곳에서는 보이지 않는다. 이 거대한 장성을 건설하기 위해 얼마나 많은 피와 땀을 흘렸을까…….

관광객 칸은 깨끗하고 편리했다. 우리는 식사를 하고 맥주와 레모네이드를 마셨다. 이곳에는 파리조차 없었다.

명13릉이 들어선 계곡은 40제곱킬로미터에 달했다. 우리는 거대한 무덤의 기둥들을 헤아려 보았다. 중앙의 기둥 스물네 개는 모두 통나무로 만들어져 있다. 색채는 붉은색, 푸른색, 초록색뿐이다. 타일은 황금색이다. 근처 밭에는 밀이 심어져 있다.

첫 번째 능에 가려면 흰색 대리석 문을 지나야 한다. 주두(柱頭)는 화염과 선인장 잎으로 장식되어 있다. 두 번째 문은 자금성처럼 붉으며, 그다음에 또 다른 붉은 문이 있는데, 안에는 비석을 등에 진 거대한 거북이 있다. 이제 눈앞에 기단과 대리석 난간을 갖춘 탑이 나타났다. 대리석 계단 앞에는 베이징 궁전과 마찬가지로 장미와 석류 화단이 설치되어 있다. 그리고 끝에는 그림 같은 큰 삼나무와 몇 그루의 노송이 있다.

마지막으로 우리는 능에 도착했다. 3층에 대리석 기단. 황금색 지붕과 하늘로 솟은 처마에는 실제 동물과 상상 속 작은 동물들의 형상이 줄지어 있다.

왕 씨는 이렇게 설명했다. 「모든 능의 지상과 지하는 정확히 대응됩니다. 우리가 아직 발견하지 못한 게 여전히 많아요. 하지만 언젠가 그것들을 발견할 것이라고 나는 확신합니다.」

떠날 때 우리는 문무 대신, 말, 낙타, 코끼리, 사자 등의 석상 옆을 다시 지나갔다. 그것은 명13릉 앞에 세워진 기이한 석상의 행렬이다. 우리는 흰색 대리석 문이 있는 출구까지 왔는데, 그 문은 그리스 대문자 파이(Π)의 형상이었다.

6월 26일

오전에 의사를 만남. 혈액 분석(양호, 4만 개의 백혈구). 오후에는 중국 총리와의 첫 번째 만남. 저우언라이는 세 시간 동안 연설했다. 다음에는 학술원 원장이자 훌륭한 학자인 궈모뤄를 만났다. 다음에는 정원에서 저우언라이와 이야기를 했다. 우리는 키프로스에 대한 얘기를 즐겁게 나눴다.

중국 총리의 연설을 제대로 이해하려면 우리는 중공이 이미 발전의 두 단계를 거쳤다는 것을 기억해야 한다. 첫 단계는 문학조차 정치에 종속되어야 했던 절대 공산주의 시대였다. 혼란이 표면화되기 시작하자 마오쩌둥은 자아비판의 신호, 이른바 3반(反), 5반(反), 천평, 즉 〈노선의 평등화〉를 지시했다. 그는 이렇게 선언했다. 「우리 눈에서 들보를 들어낼 때이고, 그런 다음에야 적의 눈에서 가시를 빼내는 방법을 알 것이다.」

하지만 인간은 백인종, 황인종, 흑인종, 홍인종을 막론하고 항상 똑같다. 상대방에게 당신의 새끼손가락을 내주면 당신의 팔을 먹으려고 들 것이다. 국익의 배후에는 늘 개인의 이기심이 숨어 있다. 어떤 사람들은 마오쩌둥과 저우언라이의 경우에는 그렇지 않다고 믿는다.

중공의 지도자들은 소중한 자유를 인민에게 주었고, 인민과 지방 지도자들에게 불평의 사유를 분명히 밝히도록 요구했다. 그러자 우익과 좌익의 두 과격파들은 적을 공격할 기회를 얻었다. 우익은 좌익을 공격했지만, 좌익 과격파는 반동주의자뿐만 아니라 자신들만큼 과격하지 못한 나이 많은 공산주의자를 비난했다. 만일 마오쩌둥과 저우언라이가 없었다면 이 혼란이 어떻게 끝났을지 아무도 몰랐을 것이다.

마오쩌둥과 저우언라이는 한시도 지체하지 않고 과격파를 비판하면서 아무 피해 없이 병소를 도려냈다.

이제 저우언라이의 연설을 들어 보자.

중국은 정치적 경제적으로 낙후된 농업국이자 빈국이고, 과잉 인구에 경작지가 비교적 적은 나라입니다. ……현재의 상황을 미루어 보면 알 수 있듯이 우리의 생활수준은 선진국과 비교해 볼 때 매우 뒤떨어져 있습니다.

우리나라의 인구는 6억입니다. 만일 전 국민의 구매력이 매년 1위안씩 증가한다면 국가의 구매력이 6억 위안이나 늘어난다는 의미이고, 결과적으로 정부도 6억 위안씩 국가의 상품을 증가시킬 것입니다.

따라서 우리는 매우 신중하게 서서히 발전해야 합니다……. 어떤 사람들은 농민과 노동자의 생활수준 차이가 크다고 말합니다. 그것이 과연 사실일까요? 우리는 당연히 격차가 있다는 점을 인정합니다. 하지만 두 가지 생활 상태를 비교할 때 농촌과 도시의 생활수준 차이를 잊어서는 안 됩니다……. 예전에는 대부분의 농민이 넝마를 입고 굶주렸습니다. ……이제 농민의 25~30퍼센트는 필수품을 전보다 더 많이 가지고 있고, 60퍼센트는 필수품을 많이 가지고 있으며, 10~15퍼센트 정도가 필수품이 부족합니다. 따라서 우리는 이들을 도와야 합니다.

앞으로 노동자의 임금을 결정할 때, 노동자가 농민 없이는 살 수 없다는 것을 이해시키기 위해 더욱더 신중을 기해야 합니다……. 농민의 생활수준이 향상되지 않는다면, 노동자는 자신들의 생활이 더 빨리 나아지기를 요구해서는 안 됩니다.

해방 직후, 우리나라의 임금 체계는 혼란스러웠습니다. 고임금과 저임금 사이에, 그리고 중요한 분야와 중요하지 않은 분야 사이에 격차가 컸습니다. 도제 제도와 관련해서는, 봉건의 악법을 버리는 게 옳지만 봉건법에도 일부 좋은 점이 있습니다. 예를 들어 도제 기간, 다양한 교육 기술, 도제에 대한 임금,

교사에 대한 급료가 그렇습니다. 우리는 이것을 주의 깊게 연구, 응용해야 합니다.

어떤 도제들은 거만을 떨었습니다. 그들은 기술적인 지식을 쉽게 얻을 수 있다고 생각하고, 힘들게 습득한 노인의 기술적 경험을 별로 존중하지 않았습니다. 또 가끔 자만심에 빠져서 나이 든 노동자의 의견을 요청하지도 않고, 그들에게서 뭔가를 배우지도 않았습니다. 이런 경향은 청년과 고령 노동자의 단결을 방해하고 장인과 도제의 관계를 망쳤습니다……. 우리는 이 젊은 노동자를 끈질기게 가르쳐야 합니다……. 우리의 노련한 노동자들은 국가의 보물입니다. 그들은 풍부한 기술적 솜씨를 가지고 있고, 또 원만한 정치적, 사회적 경험을 쌓았습니다.

마을에서는 젊은 농민이 노인을 공경하고, 노인의 경험을 겸손하게 배우도록 가르쳐야 합니다. 노인의 경험은 농토의 경작과 국가의 정치 생활을 위해 필요한 것입니다.

이제 교육 문제를 살펴봅시다. 중국은 대단히 낙후되어 있습니다……. 국민의 70퍼센트는 문맹입니다. 초등학생은 1949년 2천4백만 명에서 1956년 6천3백만 명으로 늘어났습니다……. 정부가 1951년부터 1957년까지 지출한 자금은 49억 위안에 이르렀습니다. 그 돈은 교육 예산 중 54퍼센트를 차지합니다. 그럼에도 우리는 여전히 만족할 수 없습니다……. 처음에 우리는 아무 실용적 근거도 없이 공립학교에 정원을 만들려 했고, 또 더 많은 학교를 세우기 위해 최대한 노력했습니다. 이제 우리는 지난날의 과오를 수정했습니다. 인민의 교육과 미래를 위해 대약진의 원칙을 정립했습니다. 〈백화제방(百花齊放) 운동〉과 〈온고지신(溫故知新)〉이 그것입니다. 우리는 인민의 독창적인 재능을 한층 더 키워야 할 것입니다.

우리는 인민의 의료와 보건 분야에서 지난 몇 년 동안 상당한 발전을 이룩했습니다……. 가장 위험한 질병인 역병, 콜레라, 천연두 등은 오늘날 통제 가능한 단계에 접어들었습니다.

그럼에도 불구하고 가끔 의사와 간호사 사이에 단합과 상호 존중이 부족하다는 문제가 발견됩니다.

만일 빈곤과 무지를 영원히 버리고 인민이 행복하게 살 수 있는 현대적 공업과 농업을 갖춘 사회주의 중국을 건설하고 싶다면 우리는 오랫동안 열심히 투쟁해야 합니다. 승리는 요 몇 년 사이의 문제가 아닙니다. 수십 년이 걸립니다……. 지도자부터 최하층의 사람들까지 열심히 일하고 근검절약하는 생활 방식을 선택해야 합니다……. 또 나이 든 세대는 젊은이를 도와, 끊임없는 노력을 통해서만 바람직한 삶을 얻을 수 있다는 것을 이해시켜야 합니다.

휴식 시간. 우리는 나무들이 서 있는 시원한 마당으로 가서 휴식을 취했다. 우리는 신선한 공기를 마시고 기분 전환을 한 뒤 돌아가 남은 연설을 들었다. 저우언라이는 이제 마지막 천평 뒤에 일어난 위기에 대해 연설했다. 천평 당시, 동지와 적을 불러들여 그들의 의견을 정직하게 그리고 명확하게 발언하도록 조치했던 것이다.

노동자 계급은 중화 인민 공화국을 지도하고, 공화국은 노동자와 농민의 협력에 바탕을 두어 운영되고 있습니다. 우리나라에서 권력은 인민으로부터 나옵니다……. 인민은 전국 인민 회의와 모두가 평등한 지방 회의를 통해 권력을 행사합니다.

우리의 체제는 국가의 사회적, 경제적 관계에 바탕을 두고 있습니다. 우리는 이 체제로 큰 승리를 거두고 사회주의를 수립했습니다……. 우리는 중국의 사회주의 건설을 완성하기 위해 이 체제를 계속 믿고 따라야 합니다.

따라서 선거 제도를 기초로 한 쓸모없는 소모전은 허용할 이유가 없습니다. 하지만 그렇다고 해서 우리가 정부 조직을 향상시키지 않아도 된다는 뜻은 아닙니다. 오히려 향상과 발전이 절실히 필요합니다. 우리나라의 사회 조직이 아직도 요람에 있다는 것을 잊어서는 안 됩니다.

우리 체제의 바탕은 민주주의와 독재입니다. 어떤 사람은 사회주의 혁명이 최후 승리를 거둔 뒤에까지 독재가 존재할 이유가 무엇이냐고 생각합니다. 그런 생각은 옳지 않습니다. 틀렸습니다. 왜냐하면 우리나라에는 우리와 싸울 기회를 엿보는 반혁명 잔재들이 여전히 남아 있기 때문입니다……. 우리 인민을 착취하던 계층 출신의 사람들이 여전히 남아 있고, 또 다른 사람들도 많습니다. 도둑, 사기꾼, 살인자는 법과 질서를 어깁니다. 게다가 매일 간첩과 끄나풀을 우리나라에 침투시키는 장제스와 미 제국주의를 잊어서는 안 됩니다.

이 자리에서, 우리 정부의 다양한 계층에서 관료주의가 여전히 심각하게 존재한다는 것을 강조합니다. 우리나라의 사회주의는 뿌리를 내린 지 얼마 되지 않았습니다. 정부 기구의 요원들은 여전히 낡은 사회의 관습, 특히 중산층의 사고방식에 오염되기 쉽습니다.

그들은 공산주의자와 비(非)공산주의자 사이에 벽을 세우고 참호를 판다고 우리를 비난합니다……. 그들은 공산주의자가 개인이든 조직이든 비공산주의자를 제대로 존경하지 않는다고 말합니다……. 이러한 비난은 분파주의자의 아주 잘못된 생각입니다. 아직도 국가의 일에 제대로 관심을 기울이지 않고, 심지어 자신들의 일에도 냉담한 비공산주의자 계층이 남아 있습니다. 그들은 공산당과 공산당원을 경멸합니다. 그렇지만 우리 공산당은 그들을 도우려고 합니다. 국가의 일에 무관심한 자와 공산당을 경멸하는 자들에 대해서는 커다란 관심을 기울여야 합니다. 그들을 뜯어고치기 위해 가능한 한 모든 노력을 다해야 합니다.

이런 경우를 살펴보면서 나는 한 가지 해결책을 알게 되었습니다. 먼저, 공산당원은 분파주의를 타파하기 위해 통일 전선 정책을 진심으로 따라야 합니다. 또 비공산주의자를 존경하고, 그들의 의견과 비판을 경청할 줄 알아야 합니다. 또한 그들의 기술적 능력과 경험을 통해 이익을 얻으면서 우리 자신을 향상시켜야 합니다.

우리가 왜 공산당〈노선〉을 수정하는 캠페인을 시작한 줄 아십니까. 그 목적은 관료주의, 분파주의, 주관주의와 투쟁하기 위해서입니다. 따라서 모든 생산적 비판이 지나치거나 비현실적이라고 하더라도 우리는 일단 그것을 환영해야 합니다.

하지만 우파는 내가 위에 언급한 삼악(三惡)이 인민의 독재에서 비롯되었다고 주장합니다. 우리는 이런 부당한 비난을 받아들일 수 없습니다. 사회주의는 전 인민, 특히 노동자 계급의 전체 이익을 위해 존재하는 것입니다. 사회주의 국가는 인민을 국가 조직과 행정에 참여시켜야 하고, 또 그렇게 할 능력이 있습니다. 따라서 사회주의 국가에는 관료주의, 분파주의, 주관주의 따위가 들어설 자리는 없습니다.

동지, 대의원 여러분! 1957년 2월 27일 연설에서 마오쩌둥은 이렇게 말했습니다. 「우리는 두 가지 갈등, 즉 적과 우리의 갈등 그리고 우리 내부의 갈등을 구분할 줄 알아야 합니다.」하지만 그 두 갈등이 서로 뒤섞여서 알아볼 수 없는 경우도 있습니다. 아직도 감시받고 있는 사람들이 노동을 통해 교정되고 〈새로운 인간〉이 된다면 그들은 복권되어 인민의 구성원이 될 수 있습니다. 반면, 현재 인민으로 대접받고 있는 개인이나 단체가 반사회적 사상을 고집한다면, 혹은 사회주의 개혁을 반대하고 사회주의 구조를 파괴하려고 한다면 그들은 인민의 적이 될 것입니다.

중산층에 소속된 우익들은 여전히 인민을 지지한다고 말하지만 실은 사회주의를 반대하고, 심지어 사회주의 이익에 반하는 행위를 저지릅니다. 이 때문에 정치적, 이념적으로 우파와 우리 사이에 분명한 선을 그어야 합니다. 진정한 애국자인 대다수 인민이 우파의 규범과 행위가 잘못이라는 것을 알아볼 수 있도록 반(反)우익 캠페인을 시작해야 합니다……. 우리는 그들을 고립시킨 뒤에 그들이 처절하게 반성하여 올바른 틀로 되돌아오기를 희망합니다……. 사회주의의 문은 그들에게 여전히 열려 있습니다. 하지만 소수의 우파는 반동적 견해를 고집하면서 올바른 틀로 복귀하기를 거부하고, 심지어 사회주의 국가에 반하는 파괴 행위를 저지르고 있습니다. 이런 자들은 할 수 없이 인민으로부터 제거해야 할 것입니다.

동지, 대의원 여러분! 국제적 상황은 사회주의에 유리합니다. 만약 우리가 당 주석 마오쩌둥의 훌륭한 원칙을 지킨다면 우리 중국 인민은 우파 및 반사회주의자와 투쟁하면서 여전히 강한 단결력을 힘껏 발휘하게 될 것입니다……. 우리가 노력을 기울여 국민적, 국제적 단결을 강화하고 끊임없는 투쟁과 근검절약으로 우리나라의 생산, 경제, 재건을 증강시킨다면 세계의 어떤 세력도 위대한 사회주의 사상의 힘찬 전진을 가로막을 수 없습니다.

저우언라이는 연설을 마친 뒤, 마당으로 나와 다양한 외국인 방문자들을 만났다. 먼저 일본인, 다음에는 영국인 등이었다. 그는 사람들과 어울려 화기애애하게 담소했다…….

카잔차키스는 저우언라이에게 키프로스에 대한 그의 태도를 바꿔 줄 것을 요청했다…….

나는 우익이 구체적으로 어떤 행동을 저질렀는지 왕 씨에게 물어보았다.

「그들은 우리 모두가 단결해야만 우리나라가 구원될 수 있다는 것을 아직도 모르고 있습니다.」왕 씨가 성실하게 대답했다.

나는 이 부분과 관련된 나의 메모를 다시 읽어 보았다. 유감스럽게도 의미가 명확하지 못했다. 그래서 나는 우리가 도착했을 무렵 중국을 떠난 유명한 우파 사회주의자이자 프랑스의 전 수상인 에드가 포레가 보고한 상황을 간략하게 인용하고자 한다.

〈3반 캠페인은 1951년에 시작되었고, 5반 캠페인은 그 직후 시작되었다. 그 캠페인은 어떤 운동이었을까?

3반은 공산당 당원에 관한 것이었다. 캠페인의 슬로건은 《관료주의 타도! 낭비 타도! 부패 타도!》였다.

공원, 대학교, 관청에서 확성기로 방송되었던, 세상을 깜짝 놀라게 하는 재판까지 벌어졌다…….《거물》일곱 명이 재판에 회부되었다. 그들 가운데 두 명은 사형 선고를 받았다. 그들은 모두 특혜를 누렸고 뇌물을 받았으며, 무능한 데다 경박하여 중형에 처해졌다.

5반은 사람들이 일반적으로 생각하듯이 대기업만 압박하는 것이 아니라 상인들을 직접 목표로 삼았다. 5개의 기본적 결함, 즉 선물 주고받기, 납세 기피, 국가 물자 절도, 태업, 열등 상품 판매 등을 타도하자는 것이다……. (당시는 한국 전쟁 중이었다.) 그것은 《불법 이득을 노리는 크고 작은 호랑이들과의 전쟁》이었다.〉

5반 캠페인은 확실한 성과를 얻었다. 그 운동으로 물가가 5퍼센트나 떨어졌는데, 상인들이 살아남기 위해 감추어 둔 재고를 기꺼이 내다 팔았기 때문이다.

우리는 중국에 도착하자마자 그 새로운 슬로건에 대해 듣게 되었다. 우리에게는 새로웠지만 마오쩌둥은 그것을 이미 몇 년 전에 제시했다. 〈백 가지 꽃을 피게 하고 백 개의 학파가 논쟁하도록 하자(百花齊放, 百家爭鳴)…….〉 1957년 4월, 「프라우다」는 천평을 보도했다.

곧 불평불만 분자가 등장하여 의견을 공공연히 발표하고, 피끓는 청년들이 거리로 쏟아져 나와 폭동을 일으키기 시작했다. 저우언라이는 곧 정책을 바꾸고 위에서 인용한 연설을 발표했다.

다음은 에드가 포레가 파악한 상황인데, 사람 좋은 왕 씨는 당연히 우리에게 그런 상황을 말해 주지 않았다.

6월 12일과 13일, 한양(후베이 성)에서 1천여 명의 학생들이 거리로 쏟아져 나와 노래를 부르고 반공산당 슬로건을 외치기 시작했다. 그들은 시청에 들어가 시장을 포박하려 했지만, 마침 시장이 그곳에 없었기 때문에 두 명의 시청 직원을 붙잡아 갔다. 당국은 교수들이 학생들을 말리지 않았을 뿐만 아니라 오히려 부추겼다고 의심했다.

6월 17일, 우리가 베이징에 도착하기 4일 전, 23세의 의대생이 베이징 의과 대학의 공산당 위원장에게 폭탄을 던졌다.

6월 25일, 우리가 도착하고 4일 후, 한 도시의 시장이 암살되었다. 6월 12일에는 7명이 암살되었다.

우리는 중국의 전국 농업 전시회에 갔다. 러시아인들이 대단히 사치스러운 전시관을 기증했는데, 러시아인들이 자기네 전시회에서 한 번 사용한 적이 있었던 건물이다. 우리는 그 건물과 거의 같은 전시관들을 나중에 다른 도시에서도 보았다. 손에 지시봉을 든 매력적인 중국 소녀들이 놀라면서 듣고 있는 병사와 농민에게 통계 자료를 설명해 주었다. 무게가 1.5킬로그램에서 2킬로그램이나 나가는 거대한 감자. 아름다운 둥근 가지. 그리스 상추와 같은 기다란 배추. 포도는 두 종류뿐. 작은 갈색 밤, 호박, 푸른 고추, 파인애플, 카카오, 그레이프프루트, 콩, 옥수수, 그 밖의 많은 농산물들…….

6월 27일

나는 오전을 병원에서 허비했다. 저녁에는 경극, 「손오공」을 공연했다. 손오공은 모든 권위와 싸우는 치열한 반항자로, 부처만이 그를 제어할 수 있다. 나는 중국인의 놀랄 만한 유연성과 조화, 우아함에 다시 감탄했다. 공중제비, 곡예, 춤, 노래, 명랑함 모든 게 완벽했다!

그렇다. 그 연극은 역시 멋있었다. 손오공과 다른 악귀들은 이중 삼중의 공중제비를 돌았다. 배우들은 계속 달리면서 손을 뻗어 무대 사방에서 마치 돌고래처럼 머리를 곤두박질쳤다. 한 사람이 다른 사람의 머리 위를 뛰어넘고, 많은 경우 네 사람이 공중제비를 돌았다. 숨도 쉬지 않는 듯, 아무런 소리도 내지 않고 재주를 넘었다. 손오공의 가발에서는 콩과 같은 굵은 땀방울이 흘렀다.

「저 놀라운 배우는 몇 살이나 되었습니까?」 우리는 왕 씨에게 물었다.

「아직 스무 살이 채 되지 않았습니다!」

왕 씨는 어린 배우가 우리에게 깊은 인상을 남겨 준 것이 자못 흐뭇하다는 눈치였다.

장추엔화는 15세 소년처럼 보이는 자그마한 남자로 원숭이처럼 날렵하다. 그는 나무와 바위를 아주 잘 탄다. 옥좌에서 뛰어내려 동굴로 들어간다. 그는 영생불멸의 복숭아를 훔쳐 단숨에 먹어 치우고 그 씨를 바닥에 탁 뱉는다. 하지만 무대 위에 씨가 보이는 것은 아니다. 어디까지나 상상 속의 복숭아와 씨일 뿐이다. 그는 웃음을 터뜨리면서 기뻐하고, 공중제비를 넘으면서 악귀와 싸운다. 배반하는 탐욕스러운 대신을 물리치지만 부처의 제자들이 그를 사슬로 묶는다…….

6월 28일

대학교. 베이징 교외에 있는 단층의 수수한 건물. 호감이 가는 교수. 여학생의 방. 한 무리의 매력적이고 미소 띤 얼굴의 여학생들이 우리를 빙 에워쌌다. 많은 학생들이 프랑스어와 독일어를 할 줄 알았다. 귀여운 여학생 푸루레는 내 손을 잡고 계속 부채질하면서 나에게 미소를 지어 보였다. 나는 푸루레를 결코 잊지 못할 것이다.

세상에서 가장 아름다운 연못. 푸르고 붉은색 지붕이 꼭대기에 차례차례 겹쳐 올라간 고층 탑…….

그렇다. 우리는 중국의 진면목을 결코 잊지 못하리라.

나는 카잔차키스가 건강상 소금을 먹지 못한다고 중국인 친구에게 딱 한 번 말했을 뿐이다. 베이징에서 홍콩까지 우리가 초대받아 간 곳마다 열 가지에서 스무 가지에 이르는 진수성찬의 요리가 나왔지만, 늘 소금이 들어 있지 않은 요리가 준비됐다……. 오늘 방문한 대학교도 마찬가지였다. 우리의 친구들은 카잔차키스가 올 것이고, 병을 앓고 있으므로 그를 피곤하게 해서는 안 된다고 미리 통지해 놓았다. 대학교 총장은 깊은 애정과 관심을 가지고 푸루레를 뽑아 카잔차키스의 당번 일을 맡겼다. 그에게 부채를 부쳐 주고, 그를 부축하여 앉을 때 도와주라고 각별히 지시했다……. 나는 고개를 돌리는 순간 이런 풍경을 보았다. 푸루레는 카잔차키스의 가슴에 고개를 숙이고 자그마한 손으로 그의 옷칼라를 열어젖혔다. 그리고 한 손으로 그 칼라가 가능한 한 많이 벌어지게 고정하고 나서 다른 손으로 그의 가슴에 열심히 부채질을 해댔다. 모두들 웃기 시작했다.

카잔차키스는 기분 좋은 어조로 말한다.「난 내가 아프지 않다는 것을 잘 압니다. 하지만 이런 대접을 받으니 정말 기분이 좋군요.」

러시아 사람들은 거대한 모스크바 대학교를 건설함으로써 소련 학생들에게 가능한 한 모든 편의를 제공하기로 결정했다. 그러나 중국인은 전혀 다른 원칙에 입각하여 무척 단순한 대학교를 건설했다. 대학교는 필요한 모든 것을 갖추었지만 사치품은 하나도 없었다. 가난한 먼 시골에서 올라온 학생들이 사치에 익숙해져서 고향으로 되돌아가지 않을까 봐 그런 식으로 배려한 것이다.

대학교를 우리에게 보여 주었던 교수는 이렇게 말했다.「모든 박사들이 대도시에만 모여 있으면 나라는 어떻게 되겠습니까? 지식이 한 곳에 정체되지 않겠습니까? 지식을 가진 사람들은 중국의 소도시와 마을로 부임해 가야 합니다. 그렇게 해서 중국 전역에 지식과 기쁨을 퍼뜨려야 합니다.」

그의 말이 옳다. 그래서 우리는 기숙사의 침대가 선실의 침대처럼 비좁아 보여도 놀라지 않았다. 물론 실험실과 도서관도 여전히 빈약하다. 모든 것을 무(無)에서 건설해야 했으니까. 하지만 대학교 공원은 높은 나무와 상록수, 꽃, 실개천 등으로 대단히 아름다웠다.

우리는 황후의 여름 별궁인 이화원에서 식사를 했다. 과거에 2층 극장에서는 동시에 두 가지 다른 연극을 상연했는데, 황후는 안경을 끼고서, 아래층의 연극을 보다가 싫증이 나면 눈을 들어 2층의 연극을 보았다.

식사를 마친 뒤, 우리는 산책하면서 칠을 한 조각 천장이 5백 미터나 이어지는 주랑과 석조(石造) 배, 호수를 보았다. 저녁에는 힘과 우아함과 유연성이 넘치는 곡예를 관람했다.

호수 밑의 터널을 따라가니 훌륭한 레스토랑이 나왔다. 우리는 그곳에서 맛있는 중국 음식을 먹었다. 우리는 전에 대접받았던 만찬이 생각났다. 그 만찬에서는 상어 지느러미 요리, 검게 삭힌 달걀, 부야베스, 라비올리, 젓가락을 대자마자 마치 유리로 만든 것처럼 바삭 부서지는 닭 요리, 돼지고기와 호박 껍질로 만든 수프, 푸른 고추, 갖가지 해초, 다양하게 절인 채소, 찐빵과 블랑망제 디저트, 파인애플 시럽 등이 함께 나왔다. 우리는 검붉은 포도주와 쌀로 만든 술을 마셨다.

우리는 재스민 화분이 가지런히 놓여 있는 호텔의 테라스로 올라갔다. 시몬 드 보부아르에 의하면, 유럽 투숙객들은 예전에 이곳에서 술을 마시고 내려와서 지나가는 중국인 경찰을 향해 오줌을 갈겼다고 한다.

아름답고 시원한 밤, 하늘에는 별들이 총총하고 대기 중에는 재스민 꽃향기로 가득했다. 중국인들이 중앙난방 시설을 하기 위해 세워 놓은 높은 굴뚝은 흉물스러웠다. 우리는 처음에 그것이 공장인 줄 알았다. 푸른 천단과 호수 곁에 보기 흉하게 들어선 굴뚝은 베이징의 경치를 다소 망쳐 놓았다.

우리의 안내자 왕 씨는 점점 우리에게 익숙해져서 곧잘 자신의 마음을 우리에게 열어 보인다. 그는 우리에게 대나무 얘기를 들려주었다. 흙 속에서 바위라는 장애를 만난 대나무는 그것을 이겨 내려고 애쓴다. 더 나아가 뿌리를 깊숙이 내려서 바위를 극복하려고 애쓴다. 중국 인민은 반드시 이 대나무같이 되어야 한다는 것이다.

그는 또 연꽃 얘기를 한다. 깨끗한 연꽃은 진흙에서 자라지만 티끌 하나 묻지 않는다. 중국 사람은 마땅히 이렇게 되어야 한다.

6월 29일

왕 씨가 오전에 우리 방으로 찾아왔다. 우리는 거리를 산책하고 조각품들을 보았다. 그들은 조각품 중 하나를 내게 주었다. 만져 보니 따끈따끈했다. 우리는 정오에 인력거를 타고 호텔로 돌아왔다.

우리는 왕 씨와 함께 또다시 산책에 나섰다. 대형 서점에서 수많은 잡지와 정기 간행물을 훑어보면서 탐독하는 청소년들을 보았다.

오후에는 라마 사원으로 갔다. 사원에는 파안대소하는 도금된 〈밀라레파〉 불상이 가득했다. 현판에는 이렇게 쓰여 있었다. 〈불성을 깨닫기 위해서는 마음을 닦아야 한다.〉

우리는 나중에 왼쪽 어깨에 황금색 겉옷을 걸친 정교한 백옥 불상을 보았다. 불상은 만면에 부드러운 미소를 짓고 있었다. 나는 불상에게 가벼운 농담을 던졌다. 「이제 그만 웃으세요, 눈가에 주름지잖아요.」 그리고 부처에게 작별을 고했다.

우리는 베이징에서 두 번째로 큰 직물 공장을 방문했다. 10만 개의 실감개, 2,436대의 직기에서 매일 24만 미터의 직물(개버딘 면직과 캐벗), 3만 6천 킬로미터의 실을 생산했다. 5백 대의 기계에 5천6백 명의 노동자와 2백 명의 수습생이 일하는 큰 공장이었다.

청결하고 시원한 분위기가 인상적이었다. 여성 노동자들은 관리자를 보고도 더 이상 두려워하지 않았다. 노동자들은 근무 시간에 따라 일하고 쉬는 시간에는 조용히 앉아서 책을 읽었다. 실마대에 드러누운 한 어린 소녀는 열심히 책을 읽는 중이었다. 이 소녀는 관리자가 곁을 지나갈 때에도 일어나서 차려 자세를 취하지 않는다. 그저 목례를 해 보일 뿐이다.

우리는 이어 노동자들의 자녀가 요람에서 놀거나 잠자고 있는 탁아소를 보았다. 이곳의 노동자들은 근무 시간이 끝난 뒤에도 본인의 희망에 따라 공부를 할 수 있다. 70개 학급이 있으며, 3천 명의 노동자들이 교육을 받는다. 학급은 초등학교부터 중학교까지이다.

우리는 기계가 러시아제인지 물었다.

「아닙니다. 기계는 국산이죠. 국산 기계를 사용하면 생산 비율을 더 높일 수 있어요. 요사이는 이런 기계를 수출까지 합니다.」

16세 미만의 소년은 일을 시킬 수 없다. 임신한 여성 노동자들은 56일의 휴가를 얻는다. 임신한 지 7개월이 되면 무거운 일을 덜어 주면서 가벼운 일을 시킨다.

우리는 여성 노동자들이 왜 만족하는지 비로소 알게 되었다. 그들은 예전에 아버지, 형제, 남편, 시어머니, 나중에는 아들의 영원한 노예였다. 말하자면 종신 노예 신분이었다. 중국 속담은 이렇게 말해 왔었다. 〈새벽에 암탉이 울면 재수가 없다.〉〈어리석음이 여성의 유일한 미덕이다.〉 남성은 그런 속담을 사실로 믿어 왔고, 여성을 결코 인간으로 대우하지 않았다. 억압받는 여성의 유일한 탈출구는 자살뿐이었다. 그렇지 않으면 오래 기다렸다가 자신이 시어머니가 되어 며느리를 괴롭히는 것뿐이었다.

6월 30일

겨울 별궁, 안마당, 정자, 도금된 향로. 도자기, 절묘한 그림, 색채, 섬세함. 청자…….

오후 내내 휴식. 나는 시몬 드 보부아르의 책을 읽었다. 중국에 관한 저서 〈20년 후〉를 완성할 계획을 세우다.

거북 점: 중국인은 거북의 껍질에 빨갛게 단 쇠를 갖다 대고, 그 껍질이 갈라지는 형상을 보며 점을 쳤다.

E씨는 만주로 떠났다. 카잔차키스는 독서를 끝낸 다음 왕 씨와 E씨 부인과 함께 재미있게 이야기를 나누었다. 나는 다시 큰 재래시장에 들렀다. 시장에는 서적, 의류, 패물, 절인 채소, 올리브 쿠피트, 산호, 옥, 부채, 은 제품, 향, 샌들, 납지(蠟紙) 우산, 그 외 각양각색의 물건들이 있었다.

황제는 정식 아내를 열세 명까지 둘 수 있었고, 마음이 내키면 더 많은 후궁을 거느릴 수 있었다. 후궁들은 모두 각자의 누각이 있었는데, 자그마한 궁전에는 높은 적색 담을 올리고 마당에는 타일을 깔았다. 우리는 천장만큼 높은 대형 장식장 몇 개를 보았다. 능라가 덮여 있는, 길이는 짧으나 폭은 넓은 침대와 옥으로 만든 유명한 축소 모형과 같은 조각된 옥좌…….

우리는 박물관에서 중국의 테라 코타를 보고 그리스의 테라 코타를 생각했다. 또 중국 꽃병은 흰색 바탕에 기하학적 검은 선이 그려져 있는 게 많다. 나중에 우리는 중국인들이 검붉은 색, 담녹색, 노란색 등을 자주 사용한다는 것을 알게 되었다. 우리는 다른 어떤 꽃병보다도 섬세한 조각에 푸르스름한 흰색을 고르게 칠한 꽃병을 가장 좋아했다.

우리는 작곡가이자 바이올리니스트인 마사충을 만났다. 그는 중국 내의 여러 음악 학교들을 관장하는 총학장이었고, 뛰어난 실내악을 많이 작곡했다. 우리는 그의 5중주 작품을 감상했다. 아주 감동적이었다. 그는 아마티 가문에서 제작한 바이올린으로 연주했다. 중국인은 유명한 바이올린을 만들지 않는다. 하지만 과거에는 아주 좋은 피아노를 만들었고, 심지어 수출까지 했다.

E씨 부인은 중국의 음악 활동에 깊은 관심을 보였다.

「중국에는 교향악단이 얼마나 있습니까? 음악 학교는요? 학생들이 졸업하려면 몇 년을 공부해야 합니까?」 등등을 물어보았다.

마사충과 그의 동료인 상하이의 음악 학교 교장 호루팅은 우리가 원하는 모든 정보를 알려 주었다. 「중국에는 60개의 악기로 편성된 교향악단이 두 군데 있고, 40여 개의 악기로 편성된 교향악단은 네 군데 있습니다. 상하이, 톈진, 우한 등의 음악 학교에서 학생들은 7년 동안 공부합니다. 만약 독주자가 되고 싶다면 5년을 더 공부해야 합니다. 음악가 조합의 회원은 588명입니다.」

우리는 소수 민족의 민요를 들었다. 그들은 바이올린 비슷한 악기인 얼후를 가리키면서 옛날에 공자가 연주했던 종류의 악기라고 말했다. 그 소리를 한번 들어 보고 싶다고 하니 그들은 얼후로 연주한 연안의 민요 음반을 우리에게 주었다. 그들은 또 비파라는 악기도 보여 주었는데, 줄이 두 개뿐이고 저음을 내는 그 악기는 류트를 연상시켰다.

대화는 이제 음악에서 연극으로 이어졌다.

「중국에는 얼마나 많은 아마추어 배우들이 있습니까?」

「많아요. 3만 명이나 되죠! 쓰촨 성만 하더라도 7천 명 정도 있습니다.」

「중국인이 연극과 음악, 시를 좋아한다는 건 오래전부터 잘 알고 있었지만 그렇게 많을 줄은 상상조차 하지 못했습니다.」

친절하고 성실한 왕 씨는 이렇게 말하며 끼어들었다. 「과거 중국에는 모든 사람들이 시를 짓던 때가 있었습니다. 황제와 대신을 비롯하여 거리의 청소부나 마을의 술주정뱅이까지 시인 아닌 사람이 없었습니다.」

마사충은 말을 덧붙였다. 「좋은 시절에는 여성까지도 시를 지었지요. 혹시 우리 중국의 옛 여류 시인 중 아는 분이 있습니까?」

「네, 몇몇 여류 시인들을 알고 있습니다. 그 시인들의 시 한두 편을 그리스어로 번역까지 했거든요.」

한밤에 홀로

부슬부슬 내리는 비, 맑은 공기는
서리 내린 버드나무를 처음으로 녹였다.
나는 복숭아나무를 보고 이미 느꼈다
내 마음에 봄이 왔음을.
술 한 잔에 내 생각과 시흥은 어지러웠다.
누가 나와 함께 눈물을 흘릴까?
그의 눈물을 내 눈물과 섞으면서.
화장은 지워졌다.
머리의 틀은 무겁기만 하구나.
그래도 황금색 자수 머리맡에서

옷을 이중으로 입고
누운 나는 머리핀을 만지작거린다.
가슴에 고독을 안고
헛된 꿈과 함께 쓰라린 우울함을 되씹는다.
밤이 깊어 가면서 나는 일렁거리는 촛불을
다소곳이 낮추어 놓는다.

— 리이엔

피곤

아, 꽃이 만발한 봄! 가을의 달이여!
호수 위에 떠다니는 꽃들!
당신은 어떻게 내 마음을 끌어당길 수 있었지?
내 마음은 밧줄 풀린 작은 배.
나는 더 이상 뼈마디나 피부의 감촉을 느끼지 못한다.
내가 정말 이런 느낌을 감당해 낼 수 있을까?

— 주수청

「나는 중국 작가들에게 내 책의 저작권을 주겠소. 그들의 정성을 어떻게든 되갚아야 하니까.」 카잔차키스가 내게 말했다.

「어떤 책이 그들에게 가장 흥미로울 거라고 생각하세요?」

「내 생각에는 『미할리스 대장』, 『수난』, 『그리스인 조르바』일 것 같아. 그럼 종이와 잉크를 내게 가져다주오. 그들에게 문서를 써주겠소.」

문서는 2분 만에 준비되었다. 카잔차키스는 중국 작가에게 세 소설의 판권을 주었다.

7월 1일

오전에 나는 시몬 드 보부아르의 책을 읽었다. 오후에는 불교 사원. 붉은 대청마루에서 흰옷을 입은 한 승려가 우리를 환영해 주었다. 우리가 자리에 앉아 차를 마시며 잠시 얘기를 나누고 있는데, 맑은 눈의 청년인 부주지 비쿠쑤찬이 미소를 지으면서 들어와 조용히 앉았다. 나는 불교를 대단히 좋아한다고 말했다. 가장 고결한 원리를 추구하던 젊은 시절, 불교에서 그것을 발견했다. 하지만 나는 그리스인이기도 하다. 보이는 세상을 믿고 좋아하는 한편, 보이지 않는 것을 제쳐 놓는다. 하지만 불교는 보이는 세상은 하나의 환상이라고 내게 가르쳤다. 따라서 아폴론의 사상과 부처의 가르침 사이의 투쟁, 세상을 좋아하는 동시에 〈nada(무, 혼돈)〉를 좋아한다. 그렇기 때문에 나의 청춘은 비극적이었다. 나는 투쟁했고, 아직도 통합을 위해 투쟁한다. 가시적인 것을 좋아하는 동시에 그것이 일종의 자기기만이라는 것을 알고 있다. 이렇게 세상이 덧없다는 것을 알면서도 열정과 애정을 가지고 세상을 좋아한다.

나는 이제 자유로운 눈으로 보고, 모든 것을 환영한다. 명상, 선행, 아름다움의 세 가지 길은 최고의 지혜를 가져다준다. 한 송이의 꽃조차 사람을 최고의 지혜로 이끌 수 있는 것이다.

비쿠쑤찬은 이렇게 말했다. 부처는 세상을 떠날 무렵, 연꽃 한 송이를 들고 바라보면서 미소를 지었다. 그의 제자들 가운데 한 사람만이 염화시중(拈花示衆)의 의미를 깨달았다. 그러자 부처는 그 제자를 후계자로 삼았다.

그때 나는 그에게 나뭇잎에 관한 이야기를 했다. 그리스도는 나무 십자가에 매달렸고, 그 후에 부활했다.[7]

---

[7] 여기서 카잔차키스는 한 그리스 신비주의자를 인용하고 있다. 그 신비주의자는 나뭇잎 하나에서 전 세계(그러니까 그리스도가 나무 십자가에 매달리고 부활한 것)를 볼 수 있다고 말했다 — 원주.

이어 나는 그에게 다음과 같은 전설을 말해 주었다. 소크라테스는 도시를 통치하는 법칙을 동양의 현자에게서 배우고 싶었다. 부처는 그에게 미소를 지었다. 소크라테스는 미소의 뜻을 깨닫지 못했고, 빈손으로 그리스에 돌아왔다.

깊이 있는 조용한 토론. 내가 서구인은 결코 진정한 불교 신자가 될 수 없다고 말했다. 부처는 모든 것을 부정하도록 지시하는 데 비해, 서구인은 모든 것을 정복하고 싶어 하기 때문이다. 나는 지혜의 세 가지 길에서 아름다움의 길을 따르겠다고 말했다. 그러자 비쿠쑤찬은 자리에서 일어나 어떤 영어 책 한 권을 내게 가져다주었다.

그는 이렇게 말했다. 「당신이 선택한 방법을 이 책에서 발견할 것입니다.」

우리는 헤어졌다.

「당신은 내가 처음 만나 본 그리스인입니다.」 그가 말했다.

그날 저녁, 경극. 또다시 감탄: 율동, 노래, 동작, 의상. 하지만 오늘 밤은 새로운 즐거움: 여주인공은 강을 건너려고 한다. 그녀는 노를 젓는 사공에게 손짓하여 배가 다가오도록 한다. 그러자 놀라운 무언극이 시작된다. 여인은 마지못해 배에 오른다. 그녀는 마치 진짜 배에 승선한 것처럼 흔들거리고 비틀거리는 동작을 해 보인다. 그것이야말로 경이였다. 이 양식화된 장면은 진짜 배를 무대 위에 올려놓았을 때보다 훨씬 더 사실적이고 표현이 풍부하다. 관객은 자신의 상상력을 발휘하는 것이다. 관객은 원하는 대로 형상을 만들어 내어 보이지 않는 것을 보이는 것으로 바꾸고, 그렇게 함으로써 자기 자신을 감동시키는 것이다. 진짜 배를 무대에 올려놓았다면 관객은 상상력과 감정에 제약을 받았을 것이다.

7월 2일

오전에는 휴식. 저녁에는 작가 협회에서 리셉션과 만찬. 교육부 장관이자 대학교수인 마오둔과 극작가, 시인 등이 참석. 음식이 풍성한 중국 만찬. 중국의 문학과 연극의 발전 등에 대해 화기애애하게 이야기했다.

에벨피데스 씨가 만주 여행에서 돌아왔다. 그는 아주 기분이 좋았다. 그는 자신이 본 것, 즉 집단 농장, 공장, 작업 방식 등을 중국과 중국의 발전에 관해 쓰려는 책에 포함시키겠다고 말했다.

7월 3일

베이징에서의 마지막 날. 내일 아침은 우리의 다정한 안내자 왕선스와 함께 양쯔 강 여행을 떠날 예정이다.

궁전의 그림: 섬세함과 감수성, 말, 낙타, 꽃, 정교한 대나무. 다음에는 명 시대. 후대로 내려올수록 퇴보, 모방, 허세.

중국 그림에 자주 등장하는 것 같은 소나무, 꽃이 만발한 월계수와 석류나무가 있는 멋진 구내. 많은 석류나무……

니코스는 저작권 기증 문서를 마오둔에게 넘겼다. 중국인들은 전혀 예상하지 못한 일인 듯 깜짝 놀랐고, 감동을 받았다.

왕 씨는 나의 귀에 대고 낮은 목소리로 이렇게 말했다. 「다른 작가들은 〈언제 얼마나 줄까?〉 따위의 저작권 문제에만 관심이 많죠……」

나는 그의 귀에 대고 속삭였다. 「그래요, 하지만 카잔차키스는 그런 사람이 아니에요.」

우리가 중국에 처음 왔을 때 나는 식은땀을 흘렸다. 도무지 중국인의 얼굴을 구분하지 못했고, 또 그들의 이름을 기억하는 것이 너무나 어려웠다.

「오늘 밤에 본 사람과 어제 본 사람을 구별할 수 있어요?」 나는 진짜 걱정이 되어 친구들과 카잔차키스에게 물어보았다. 「난 중국인과 일본인을 아직도 구별할 수 없어요…….」

카잔차키스는 웃어넘겼지만 그가 나보다 더 구별을 잘한다는 생각은 들지 않았다.

하지만 그날 나는 학술원 원장인 마오둔, 유명한 극작가인 샤옌 교육부 차관, 문학 출판물을 책임지고 있는 로서이 등을 금방 알아보고 정말 기뻤다.

「세 분은 모두 중국의 고리키 격인 루쉰과 함께 일했습니다. 루쉰은 56세의 나이에 세상을 떠났죠.」[8] 왕 씨가 우리에게 말했다.

우리는 중국인의 구어인 백화와 간자(簡字) 작업, 그리고 라틴어 문자 사용 등에 관해 얘기했다. 연극에 관해 담소하면서 연극이 고대의 전통을 그대로 답습하고 있는지 물었다. 또 공산당 정부가 작가들에게 창작의 자유를 얼마나 부여하는지에 대해서도 물어보았다.

「아니, 우리의 〈백화제방〉 정책을 모르신다는 말씀입니까?」

「물론 알고 있습니다. 하지만 작가들이 자유롭다는 것을 작가의 입으로 직접 듣고 싶어서요.」

그들은 이구동성으로 말했다. 「자유롭습니다. 하지만 예술을 위한 예술은 중국에서 더 이상 통하지 않습니다. 무엇보다도 우리는 한 가지 뚜렷한 목적을 가지고 있기 때문입니다. 우리는 글을 통해 우리 인민이 낡은 죄악, 편견, 미신, 무지, 노예근성, 두려움에서 탈피하여 앞으로 더 고귀한 삶을 누리도록 도와주고 싶

---

8 원문에는 36세로 되어 있으나 실제 사망은 56세이다.

습니다. 그리스 작가인 당신은 그리스에서 어떤 창작 목표를 가지고 있습니까?」

우리의 친구들은 질문이 많았다. 그들은 고대 그리스 작가들을 매우 잘 알고 있었지만 현대 그리스 문학에 대해서는 잘 알지 못했다.

다음은 내가 그날 저녁에 나눈 얘기를 수첩에 메모한 일부이다.
「중국의 작가들과 예술가들은 오늘날 어떻게 살고 있습니까?」
「우리 인민은 작가들을 대단히 좋아합니다. 작가들의 생활은 이제 안정되어 있습니다. 교육과 예술에 대한 관심이 커지면서 작가들의 수입도 많아지고 있어요.」
「중국 소설의 출판 부수는 어느 정도인가요?」
「6만 부에서 8만 부 정도입니다. 하지만 작품을 널리 알려야 할 필요가 있을 때에는 4백만 부를 찍어요. 국민당 시대에 우리의 최고 작가인 루쉰, 마오둔, 궈모뤄의 작품이 겨우 2천 부밖에 인쇄되지 않았다는 것을 생각하면 격세지감이 느껴지지요.」
「정부는 작가를 지원합니까?」
「경제적 어려움을 겪는 사람들에게 특별 보조금을 주고 있습니다. 재능 있고 뭔가 쓸 게 있지만 생계 때문에 그럴 수 없는 노동자, 서기, 공무원, 그 외 여러 사람들에게 특별 휴가를 줍니다. 현재 많은 작가들은 정부 인민 위원회의 대의원이거나 위원입니다.」
「해방 전에는 작가 생활이 무척 어려웠습니다. 다락방과 지하실에서 사는 비참한 생활이었습니다. 오늘날 작가들의 생활은 여유가 있을 뿐만 아니라, 우리 인민은 작가들을 예우하고 존경합니다. 만약 어떤 작가가 자기가 최고라는 정신없는 생각을 한다면 그는 여론의 분노를 살 것입니다. 우리나라에서는 누구나 평등하니까요.」

「중국 사람들은 어떤 작품을 가장 좋아하는지요?」

「새로운 인간을 묘사하는 작품, 과학과 예술의 새로운 정복을 알려 주는 작품, 사람들에게 아름답고 유익한 것을 창조하도록 격려하는 작품이죠. 중국의 독서 대중은 현대인의 모든 문제를 다루는 호방하고 폭넓은 문학을 좋아해요.」

「중국 사람들과 작가들은 외국 문학에 관심이 있습니까?」

「물론이죠. 중국인은 외국인의 중요한 미덕을 인정하고 모델로 삼고 있습니다. 예를 들어 2천 년의 전통을 이어 온 불교 예술, 19세기의 유럽 문학, 러시아와 고대 그리스 문학 등을 애호하고 있습니다. 1942년 마오쩌둥의 옌안 연설 이후 사회주의 리얼리즘은 중국 문학에서 가장 중요한 문학 운동이 되었습니다. 독서 대중은 리얼리즘에 위배되는 문학을 더 이상 좋아하지 않습니다.」

「중국의 문학 작가 총회에는 705명의 회원이 있고, 12개의 지방 협회에 전부해서 1,115명의 문하생들이 있어요.」

「완전한 것은 아니지만 지난번 통계에 따르면 1950년부터 1956년까지 문학 작품 2만 8,370종이 출판되었는데, 그 가운데 1만 8,347종은 창작이었으며 71만 1천 부가 판매되었습니다. 이 통계 숫자에는 1950년과 1951년 사이에 보급판으로 출판된 것은 들어 있지 않아요.」

「책값은 비쌉니까?」

「아니요. 우리는 해방 후 책값을 세 번이나 인하했습니다. 1953년에는 5퍼센트에서 10퍼센트, 1955년 5월에는 4퍼센트에서 20퍼센트, 1956년 4월에는 다시 한 번 8퍼센트에서 20퍼센트까지 내렸습니다. 책은 이제 1위안 이하이고, 그래서 누구나 책을 구입할 수 있죠.」

「중국에는 잡지가 많습니까?」

「베이징에만 14종이 있습니다. 외국 작가를 주로 취급하는 번역 잡지, 우리 문학을 외국인에게 알리려는 목적의 영문판 문학 잡지, 시 전문 잡지, 이론과 평론을 다루는 철학 간행물, 연극을 취급하는 월간 잡지, 미술 전문지, 인민해방군의 편지 등 제목을 보시면 알겠지만 다양한 전문 분야를 가지고 있어요. 이런 잡지들은 베이징뿐만 아니라 중국의 대도시와 지방에서 출판되고 있습니다.」

「당신은 마음 내키는 대로 자유롭게 쓸 수 있습니까?」

「그렇습니다. 우리 헌법은 이 문제에 관하여 분명하게 밝혀 놓고 있습니다. 하지만 작가가 사회주의를 거부하고 전쟁을 선전하거나 다양한 종족의 평등을 공격한다면, 달리 말해 공동의 이익을 훼손한다면 그는 자신의 의견을 자유롭게 표현할 권리를 잃게 될 것입니다.」

「물론 어떤 작가들은 이의를 제기합니다. 하지만 그들은 정직하고 또 선의에서 그런 이의 제기를 하는 것입니다. 또 어떤 경우에는 그들에게 단점이 있을 수도 있는데, 그것은 자유 토론을 통해 충분히 교정될 수 있습니다. 자유 토론은 곧 공개 토론을 의미하지요. 그런 반항 작가들과 뜻이 다른 작가들은 직접 그들에게 얘기합니다. 작가들은 대답할 권리가 있고, 만약 정당한 대답을 했다면 자신이 옳다는 것을 자유롭게 증명할 수 있는 거죠.」

「중국은 외국 작품을 많이 번역했습니까?」

「1957년 6월까지 46개 외국어로 된 4,258종의 미술과 문학 작품을 번역했어요. 먼저 번역된 것은 러시아와 소련 서적입니다. 이제는 세계 문학의 걸작을 번역할 계획을 세웠어요.

우리는 또 고리키, 체호프, 입센, 조지 버나드 쇼, 몰리에르, 칼리다사의 작품을 번역하여 출판했습니다. 대부분의 연극은 극장에서 상연되고 큰 성공을 거두었어요. 우리 인민은 비극과 희극을 모두 좋아합니다.」

「중국의 가장 유명한 소설가, 시인, 극작가는 누구입니까?」

「소설가로는 마오둔, 라오서, 바진, 류파이위, 저우리포, 자오수리. 시인으로는 쿠모조, 티엔쭘, 펑쉰, 쉬디산, 에미쓰아오. 극작가로는 궈모뤄, 라오써, 차오위, 샤옌. 문학계에서도 연장자들이 우리의 길잡이입니다. 연장자들은 경험이 풍부하고 젊은 작가를 잘 도와주니까요.」

「누구의 작품이 가장 많이 읽힙니까? 그것은 최고의 작품입니까, 아니면 최악의 작품입니까?」

「물론 최고의 작품이죠.」

「한자 서체를 간략화 시킬 계획이 있습니까?」

「중국은 이 문제를 아주 신중하게 연구하고 있습니다. 일부 글자는 이미 간략화를 시작했습니다. 그래서 어려운 표의 문자를 읽고 쓰는 것이 많이 쉬워졌죠. 하지만 라틴 알파벳의 채택에 대해서는 아직 어떠한 결정도 내려지지 않았습니다. 우리는 이것을 철저히 검토한 후에 결정해야 합니다. 전 국민이 이 문제에 대해 깊은 관심을 가지고 있습니다.」

「중국의 구어와 문어 사이에도 차이가 있습니까?」

「그렇습니다. 중국 사람들이 모두 방언을 쓰지만 글은 의사소통의 문자 수단인 반면, 말은 일상생활의 대화 수단이죠. 알파벳 문자의 경우, 문어와 구어의 표기는 그리 큰 차이가 없지요. 소리 나는 대로 글자를 적으니까요. 하지만 중국 글자는 표의 문자에 바탕을 두고 있어요. 한자의 80퍼센트는 표음과 표의가 반반 뒤섞인 글자이지요. 한자는 먼저 부수를 가리키는 부분이 있고, 그 의미를 확정짓는 부분이 있습니다. 다시 말해 의미와 범주를 동시에 표현하는 것입니다. 가령 파도를 의미하는 파(波)자는 삼수변을 갖고 있고, 다시 껍데기[皮]라는 의미가 있습니다. 이 두 부분이 어우러져서 비로소 파도라는 의미를 만들어 내는 거지요. 우리 중국은 오랫동안 구어와 너무 다른 문어를 써왔어요. 그 때문에 우리의 생각을 글로 쓰는 방법과 발음하는 방법에는 여전히 차이가 있습니다.」

「이제 모든 중국인이 이해할 수 있는 표준어를 정립해야겠군요?」

「물론이죠. 지금 우리는 표준어를 만들기 위해 노력하고 있어요. 한족이 많이 살고 있는 베이징 발음을 기초로 해서 말입니다. 한족의 문자는 같지만 발음은 지방마다 제각각입니다. 그래서 동일한 한자를 쓰면서도 서로의 말을 이해할 수 없는 경우가 생겨나고 있습니다.

베이징어는 이미 널리 사용되고 있습니다. 지난 2년 동안 우리는 한족 지역에 있는 초등학교와 중학교에 베이징어를 도입하자는 운동을 벌였고, 또 만족할 만한 결과를 얻었습니다. 소수 민족이 사는 중국의 다른 지역에서는 여전히 저마다 자기 민족의 언어로 말하고 글을 쓰고 있어요. 하지만 다른 중국인과 대화하기 위해 그들도 자발적으로 베이징어를 배우기 시작했지요.」

「가장 많이 읽는 외국 서적에는 어떤 것이 있습니까?」

「러시아 작품과 프랑스 작품이지요. 예를 들면 발자크나 모파상, 스탕달 같은……」

「외국 소설은 한 번에 얼마나 찍습니까?」

「보통 20만 부를 찍습니다. 단행본 이외에도 30만 부가 판매되는 문학잡지가 있고, 청소년을 대상으로 한 잡지들이 15만 부에서 20만 부까지 나오고, 또 병사를 대상으로 한 잡지들이 있습니다. 그 외에 전문적인 잡지들도 있는데 자연 과학에 6만 4천 부, 응용과학에 8만 7천 부, 의학에 3만 부, 교육자에 3만 9천 부, 미술과 서예에 1만 7천 부 정도를 찍습니다……」

우리는 왕 씨에게 훌륭한 중국 영화를 보여 달라고 요청했다. 그날 저녁, 그들은 특별히 우리를 위해 아름답고도 슬픈 영화를 상영했다. 그 영화는 샤옌의 각본에 러우선이 감독한 「새해의 희생」이었다. 우리는 치밀어 오르는 울음을 힘들게 참았다. 불쌍한 여인의 운명은 정말 끔찍했다. 그 여인은 자살함으로써 비참한 인생을 끝내든지, 아니면 살아남아 못된 시어머니가 되어 며느리에게 복수하는 악순환을 계속해야 했다.

나는 카잔차키스에게 물었다. 「중국의 시어머니는 왜 황금률을 따르지 않을까요? 〈다른 사람들이 자신에게 해주기를 바라는 것을 다른 사람들에게 하라〉라는. 그녀는 왜 자신이 며느리 시절에 겪었던 고통을 망각하는 것일까요?」

카잔차키스는 읽고 있던 책에서 시선을 거두어 조용히 나를 응시하면서 한숨지었다. 「인간의 마음이라는 것은 바닥이 없는 심연 같은 것이지……」

왕 씨는 그날 저녁 우리가 중국 영화를 좋아하는 것을 보고 기뻐하며 이렇게 말했다. 「두 분을 위해 〈흰 머리카락을 가진 소녀〉를 찾아내려고 합니다. 아주 오래된 중국 영화인데, 이걸 보고 울지 않은 중국인이 없었어요. 여러분도 마찬가지일 겁니다. 그 영화 필름을 발견할 수 있다면 좋을 텐데. 확실치 않아요……」

우리는 그가 찾아낼 것이라고 확신했다. 중국인은 부탁을 받으면 어떻게든 그것을 해주려는 경향이 있다. 우리는 프랑스에 있을 때 그런 말을 들었는데, 이제 그것을 직접 확인하게 되었다.

왕 씨는 며칠 사이에 「흰 머리카락을 가진 소녀」의 필름을 수배하여 충칭에서 상영했다. 하지만 우리는 운이 없었다. 영화가 시작되자마자 영사기가 고장났고, 결국 고치지 못했다. 두서너 명의 전문가가 왔지만 누구도 고장난 영사기를 수리하지 못했다. 결국 빈 홀에서 아이스크림을 먹으며 기다리다 우리는 호텔로 돌아와 잠을 잤다.

우한[9]

7월 4일

비행기는 오전 7시에 이륙했다. 날씨는 화창하다. 내려다보는 중국 땅은 장밋빛이다. 황허는 수많은 지류로 시작한다. 끝없는 평원, 드문드문한 나무. 양쯔 강은 물이 풍부한 호수와 함께 매우 광활한 모습으로 나타난다. 굽이굽이 흐르는 강물을 보면서 사람들은 용이 어떻게 태어났는지 알게 된다. 우리 밑에는 아름다운 흰 구름이 뭉게뭉게 피어 있다.

11시 30분 도착. 자동차를 탄 중국인들이 우리를 환영해 주었다. 우리는 끝이 보이지 않는 도로를 따라 차를 타고 갔는데, 길 양쪽의 푸른 나무와 보잘것없는 집, 폭 넓은 밀짚모자가 눈에 띄었고, 웅웅거리는 소음이 들려왔다. 우한에 들어서니 작은 집들이 엄청 많았다. 중국인은 〈조계(租界)〉를 우리에게 보여 주었다. 자본가들이 얼마나 잘난 척했는지, 영국인들이 중국을 떠날 때까지 어떻게 거들먹거렸는지, 그리고 그들이 중국을 어떻게 착취했는지 말해 주었다.

오후에 우리는 완공을 눈앞에 둔 유명한 다리를 방문했다(길이가 1천 7백 미터인 다리 위에서 1만 2천 명의 노동자들이 밤낮으로 일했다).

---

[9] 원문에는 한커우(漢口)라고 되어 있으나, 각주 2와 관련하여 우한으로 번역했다.

다음에는 송, 명 시대의 그림 전시회에 참석. 몇몇 그림들은 탁월했다. 풍경, 말, 초상화, 공작을 잡으려고 달려드는 야생 고양이, 땅바닥에 흩날린 깃털, 나무 꼭대기에 날아오른 공작. 죽은 나무 가지에 외로운 새 두 마리와 〈술 취한 바보〉라는 화가의 낙관.

조계 주위의 둑에 있는 공원의 간판: 〈중국인과 개는 출입 금지〉

다리 건설을 위해 큰 돌을 나르던 짐꾼들의 율동적이고 애처로운 가락을 결코 잊을 수 없다: 중국의 영원한 목소리.

우리의 친구 E씨 부부는 익숙한 코스인 톈진, 난징, 상하이로 여행을 하고 싶었을 것이다.

하지만 왕 씨는 카잔차키스의 은밀한 욕구를 짐작하고 우리를 위해 깜짝 쇼를 준비했다.

그는 어느 날 아침 익살맞은 미소를 지으며 이렇게 말했다. 「우리는 판에 박은 관광 코스는 따라가지 않을 것입니다. 우리는 대시인들의 길을 따라 여행할 겁니다.」

「속셈을 솔직히 말해요, 왕 씨, 솔직히!」 우리 모두는 이구동성으로 말했다.

「계획은 이렇습니다. 우리는 먼저 비행기를 타고 우한으로 갈 거예요. 그곳에서 배를 타고 충칭으로 거슬러 올라갑니다.」

「배를 타고 가는 데 며칠이 걸리죠?」

「6일이오. 처음에는 마음에 들지 않을 겁니다. 하지만 이창을 지나면 중국에서 가장 아름다운 풍경을 보게 될 거예요. 높은 절벽, 거대한 암벽, 그 사이로 강이 펼쳐집니다.」

「그다음엔?」

「그다음에는 충칭입니다. 그곳에서 비행기를 타고 상춘의 도시 쿤밍으로 가는 거예요.」

「윈난 성의 성도(省都) 말입니까?」

「그래요. 그곳은 해발 2천 미터에 자리 잡고 있습니다. 충칭의 찌는 듯한 더위를 겪은 다음이라 그곳에서는 아주 편안하게 쉴 수 있어요.」

왕 씨는 말을 멈추고 우리가 그의 계획을 마음에 들어 하는지 살펴보았다. 우리는 그 계획을 적극적으로 지지했다.

「브라보, 브라보, 왕 씨! 그다음에는 어떻게 하는 거죠?」

「그다음에는……」 왕 씨가 다소 맥 빠진 소리로 말했다. 「비행기를 타고 광둥으로 갈 겁니다. 우리는 거기서 헤어질 거예요. 하지만 여러분이 원한다면 국경까지 동행할 수도 있습니다.」

왕 씨는 우리가 베이징에 머무르는 동안만 우리를 안내하기로 되어 있었다. 우리는 그게 매우 섭섭했다. 우리의 온갖 요청을 다 들어주었던 왕 씨의 친절을 다른 사람들에게서 발견할 수 있을지 의심스러웠기 때문이다.

그는 우리를 위로했다. 「신경 쓰지 마세요, 공항과 모든 도시에서 여러분을 맞이할 수 있도록 사전에 연락을 보낼 것입니다.」

하지만 우리는 심란했고 그와 헤어지는 것이 두려웠다. 결국 그가 광둥까지 동행한다는 연락이 왔고, 우리가 원한다면 국경까지도 따라오게 되었다.

선량한 왕 씨는 내가 귀국한 후 제일 먼저 편지를 보내온 사람이었고, 또 니코스의 부음을 들었을 때는 프라이부르크까지 한걸음에 달려와 위로하고 싶다는 말을 전해 왔다. 그의 편지는 내게 용기를 북돋워 주었다. 〈나의 자매여, 고통을 견뎌 낸 쑨원 부인을 생각하세요. 당신은 혼자가 아닙니다. 중국인, 그리스인, 온 인류가 당신 곁에 있습니다……〉

비행기에 탑승한 니코스와 나는 양쯔 강이 어떻게 생겼는지 미리 상상해 보았다. 마음에 먼저 떠오른 이미지는 바다와 같이 넓고 푸른 볼가 강이었다. 강기슭에 깔린 흰 모래, 수박을 가득 실은 바지선, 빨랫줄에 널린 빨래, 지붕 위의 수탉, 이런 광경을 상상했다. 두 개의 대형 외륜을 갖춘 아름답고 편안한 배는 황제의 시대에도 붉은 융단을 깔고 있었다. 갑판에는 텁수룩한 수염의 농민들이 밤낮으로 호박씨를 씹으면서 껍질을 물 위에 내뱉었다. 닭, 염소, 돼지. 푸른 강에 반사되는 황금색 지붕. 어망을 끌면서 달밤에 노래를 부르는 어부. 그들은 거대한 물고기인 흰 철갑상어에서 검은 알을 채취하고 우리에게 숟가락으로 한껏 떠주었다.

「볼가 강 하면 파나이트 생각은 나지 않아?」

「파나이타키 — 그는 우리에게 그렇게 불러 달라고 했었죠. 그는 여행 중에도 항상 찻주전자에 꿀을 가득 담고, 호주머니에는 작은 올리브기름 병과 푸른 고추, 레몬을 가지고 다녔어요.」

러시아에 대한 추억은 거기서 멈추었다.

우한의 더위는 끔찍했다. 우리는 처음으로 다다미에서 잤다. 모든 게 깨끗했다. 파리도 모기도 보이지 않았다. 우리가 마시고 싶을 때면 우리 방에서 차를 준비할 수 있도록 호텔 곳곳에 있는 대형 보온병에 끓인 물을 담아 놓았다. 또 〈티엔 아멘〉 담배와 좋은 녹차를 상자에 놓아두었다. 그들은 1932년 대홍수가 터졌을 때 물에 잠긴 수위를 우리에게 보여 주었다. 그 높이는 1미터 반보다 더 높았다. 중국에서 홍수는 제일의 공적(公敵)이었다.

배는 24시간 뒤에 떠날 예정이었다. 일정은 이러했다. 다음 날 아침 일찍 공기가 아직 서늘할 때, 우리는 아름다운 호수를 방문할 것이다. 그곳에는 점심 식사를 하고 휴식을 취할 수 있는 고급 호텔이 있다. 오후에는 차(茶) 공장에 갈 것이다. 다음에는 우한에서 시간을 보낼 것이다.

퉁팅호는 무척 낭만적이었다. 분홍색과 흰색의 연꽃. 건너편 둑에 있는 탑. 우리는 먼 언덕에서 크고 아름다운 대학교를 볼 수 있었다…….

나는 홀로 비탄에 잠긴 채 하루 종일 앙티브 집에서 베이징의 향기로운 녹차를 마시며 중국 여행을 회상했다. 우리는 왕 씨와 함께 작은 상점으로 가서 차를 구입했다. 가게에는 저마다 다른 가격으로 팔리는 녹차가 가득 든 서랍이 바닥부터 천장까지 즐비했다.

안내자 왕 씨는 우리에게 충고했다. 「비싼 차는 사지 마세요. 전문가가 아닌 이상 그 차이를 알 수가 없어요. 이 상점에서는 이것을 구입하세요. 우리가 집에서 마시는 것과 똑같은 차예요.」

재스민 향을 풍기는 그 차는 몸뿐만 아니라 정신까지 맑게 한다. 나의 기억 속으로 즐거운 이미지가 생생하게 떠오른다. 그것은 차 공장을 방문했을 때의 일이었다. 그때 이런 생각을 했었다. 〈이렇게 많은 일을 공장에서 해야만 우리가 한 잔의 차를 마실 수 있는 거로구나…….〉

나는 수첩을 훑어보았다. 로도스 섬의 자수처럼 보이는 중국인의 서명이 들어 있었다. 그것은 양쯔 강 최초의 교량 건설을 감독했던 중국 기술자의 이름이었다. 그 이름은 요콴로이고 당시 34세였다. 다리의 길이는 1,650미터로 둥근 아치 아홉 개와 기둥 여덟 개를 자랑했다. 교량은 바닥이 이중으로 되어 있어서 한쪽은 철교이고, 다른 쪽은 자동차와 농민들이 다녔다(차량용의 넓이는 18미터, 농민용은 2.5미터). 교량은 원래 1958년에 완공될 예정이었으나 공사 기간이 앞당겨져 1957년 10월 1일 완공을 목표로

하고 있었다. 왕 씨는 나중에 프라이부르크로 편지를 보내어 완공 사실을 알려 주었다. 〈교량이 완공되었습니다. 우리는 추석을 잘 쇠었고, 월병을 먹었으며, 메이란팡이 연기하는 것을 또 보았습니다. 당신이 이곳에서 우리와 함께 그의 공연을 보지 못하다니 정말 유감이군요……〉

우리는 짐꾼의 구슬픈 노래를 묵묵히 들었다. 트럭과 기중기 등 현대인에게 필요한 모든 장비가 곧 이곳에 도착하여 불필요한 피땀을 더 이상 흘리지 않는다면 얼마나 좋을까 생각했다. 중국이 언젠가 부강해져서 스스로 강을 통제하고, 평원에 씨를 뿌리고, 산에 나무를 심고, 나아가 그들의 자녀를 건강하게 양육하고, 또 백인종이든 황인종이든 홍인종이든 그 어떤 인종의 침략자에게도 정복되지 않았으면!

박물관을 관람한 뒤, 우리는 강으로 되돌아왔다. 폭이 넓은 강은 세차고 탁한 물빛으로 흘러가고 있었다. 우리는 건너편 둑까지 우리를 데려다 줄 나룻배를 기다렸다. 가랑비가 내렸…….

중국 청년이 말했다. 「마오쩌둥이 지난해에 이 강을 헤엄쳐서 두 번이나 왕복했답니다.」

「그의 연세가 어떻게 되는데요?」

「예순셋입니다. 재작년에 그는 강을 네 번 왕복했습니다. 그가 양쯔 강에 대해 노래한 시를 아세요? 하나는 1947년에, 또 하나는 올해에 쓴 것입니다.」

청년은 우리에게 그 시를 낭송하기 시작했다. 나중에 왕 씨는 우리를 위해 번역해 주었다.

양쯔 강

1
중국의 대지 위에
아홉 지류를 가진 양쯔 강,
그 유연한 물길은
우리 땅의 남과 북을 갈라놓고,
뱀과 거북은
서로 끝없이 쳐다보고 또 쳐다본다.
저 까마득한 탑의 꼭대기에 선 나, 방랑하는 시인은
아래를 유유히 내려다본다…….   (1947년)

2
하지만 뱀과 거북은
자신들의 영원한 자세를 취하고,
미래의 이미지는
내 앞에서 그 모습을 드러낸다.
남쪽에서 북쪽 둑까지
남자들이 철교를 건설하는 모습을,
그들은 예전에 극복할 수 없었던 혼란이
이곳에 있었음을 곧 잊게 될 것이다…….   (1957년)

양쯔 강

7월 5일
오후 6시, 우리는 나룻배에 승선하고 출발한다. 비가 내린다. 거대한 강은 진흙투성이이다. 선창에 나온 중국인들은 비를 맞으면서 우리에게 손을 흔든다.

초록색으로 칠한 선실은 아주 깨끗하다. 엄청난 더위. 중국 음식은 맛있다. 보호자이자 친구인 왕 씨는 우리와 함께 있다. 아주 좋다. 나는 잠을 잘 잤다.

7월 6일

우리는 양쯔 강을 따라 항해한다. 온통 진흙이다. 뭍 가까이는 작은 마을, 푸른 나무들. 휴식. 독서.

카잔차키스는 우한에서 푸른 재킷을 잃어버렸다.
「걱정하지 마세요, 곧 찾아낼 테니까.」 주최 측에서 우리를 안심시켰다.
우리는 중국에서 물건을 잃어버린 적이 한 번도 없었지만 그래도 확신하지 못했다.
배가 막 출항하기 직전에 어린 중국 소년이 푸른 재킷을 깃발처럼 흔들며 달려왔다. 왕 씨는 우리에게서 받아 놓은 초콜릿을 기억해 내고 중국 소년에게 주었다. 소년은 순식간에 초콜릿을 다 먹어 치우고 입맛을 다셨다. 초콜릿은 우한에서 사치품이다.

7월 7일

일요일. 우리가 양쯔 강을 따라 내려가는데 비는 계속 내린다. 라디오는 지겹다. 나는 중국의 지루한 옛날이야기 책을 읽는다. 습기로 인한 끈적거림. 오후 5시 반, 우리는 작은 마을인 이창에 도착한다. 비가 퍼붓고 있다. 우리는 여기에서 자정까지 머물 것이다.

비 내리는 이창의 날씨. 우리는 카잔차키스에게 하선하지 말라고 설득했다. 왕 씨는 바짓가랑이를 걷어 올렸고, 두 개의 큰 종이우산을 찾아냈다. 우리는 하선했다. 그리고 폭이 넓은 층계를 한참 올라갔다. 꼭대기에 이르렀을 때 어린아이들이 우리의 모습을 알아보았다. 처음에는 어린아이들뿐이었다. 곧 우리는 마치 개미 떼에 둘러싸인 각설탕 같은 신세가 되었다. 수천 마리의 개미 떼. 우리는 짐짓 심각한 표정을 지어 보였지만 중국인의 미소는 매혹적이었다. 우리가 미소를 지을수록 그들은 더욱더 우리에게 몰려들었다. 곧 질식할 것만 같았다. 왕 씨는 슬그머니 걱정이 되었다. 그는 가냘픈 팔을 들어 올려 그들에게 흔들었다. 그는 우리가 알아듣지 못하는 말로 지시를 했다. 그러자 남자들은 여자에게서 물러섰다. 마치 우리가 펄펄 끓고 있는 가마솥이나 되는 것처럼……. 다행히도 큰길은 거기서 끝났다. 벽돌담 앞에 두 대의 인력거가 서 있었는데, 첫 번째 인력거에는 바퀴가 달려 있지 않았다. 왕 씨는 이 혼란을 겨우 수습한 후, 우리에게 인력거를 타고 배로 돌아가라고 말했다. 우리는 마지못해 그의 말을 따랐다. 우리는 이 산책에서 아무것도 제대로 보지 못했다. 다만 그들의 집이 목조 가옥이며, 전면이 개방되어 있다는 것만 보았을 뿐이다. 남자들은 러시아 사람들이 〈차이나야〉라고 부르는 곳인 커피 하우스에 앉아 담배를 피웠고, 거실에 있는 여자들은 옻칠을 한 낮은 식탁에 둘러앉아 마작을 하거나 차를 마셨다. 어린아이들과 청년들은 비를 맞으면서 거리를 걸어 다녔다.

 우리는 집의 내부를 흘깃 엿보았다. 어떤 집에는 네 개의 기둥과 모기장이 있는 대형 나무 침대가 있었다. 또 다른 집은 침실을 커튼으로 구분해 놓았다. 그 너머에는 담요와 걸상, 나무판자 틈새로 뒤편의 작은 정원 혹은 하늘이 눈에 띤다. 어떻게 하면 우리는 후크 신부의 열광적인 묘사를 떠올릴 수 있을까? 왕궁, 사저, 사원, 상점, 아름다운 호텔은 다 어디로 갔을까?

비는 계속 퍼붓고 있다. 우리는 모두 기분이 울적해졌다. 나는 카잔차키스가 처음으로 한숨짓는 소리를 들었다. 「고국의 샘물에서 길어 온 물을 한 모금 마셨으면······.」

중국인은 사람의 마음을 잘 꿰뚫어 본다. 주방장에게 한마디도 하지 않았지만 주방장은 우리가 흡족하도록 온갖 요리를 정성스럽게 마련했다. 주방장은 다른 사람들의 식사가 끝난 뒤에 우리를 식탁으로 불렀다. 탁자와 바닥은 방금 닦아 놓은 듯했다. 식당의 모든 것이 반짝반짝 빛났다. 아침저녁으로 그는 설탕에 절인 맛있는 과일과 마멀레이드를 우리에게 대접했다. 차는 내가 참 좋다고 말한 뒤부터 항상 우리 곁에 갖다 놓았다. 우연찮게도 재스민 향이 풍기는 차였다.

우리는 중국인의 신속함에 깊은 인상을 받았다. 아침에 빨랫감을 내놓으면 저녁에는 다림질한 옷을 방으로 가져다준다. 간단한 식사를 주문했는데도 30분도 안 되어 다양한 요리를 내놓는다. 요리는 뒤로 갈수록 더 맛있다. 중국 사람들은 손님이 요리를 남기지 않고 다 먹으면 좋아서 웃는다. 배의 요리사는 우리를 즐겁게 하기 위해 튀김을 만들어 주기도 했다. 우리는 모스크바의 웨이터가 생각났고, 저절로 웃음이 나왔다. 두 나라는 참으로 대조적이다. 모스크바의 웨이터들은 물 한 잔을 가져다주는데도 무려 한 시간이 걸린다. 그들은 전체 주문을 먼저 받아 적는다. 그리고 아주 느긋하게 천천히 움직이면서 모든 음식이 주방에서 나온 뒤에야 물을 가져다준다. 그것도 열 잔씩이나! 요청한 것은 겨우 물한 잔이었는데······ 〈네, 네, 갑니다〉라고 대답은 잘하지만 막상 물이 도착할 때쯤이면 손님은 너무 목말라 죽을 지경이 된다······.

왕 씨는 우리에게 열쇠를 주었다. 이제는 우리 마음대로 목욕을 할 수 있었다.

풍경이 서서히 달라졌다. 우리는 중국 시인들에게 깊은 인상을 주었던 가파른 암벽과 깊은 계곡에 아직 도착하지 못했다. 푸른 언덕의 봉우리에는 탑이 자주 보였는데, 예전에는 사원이나 개인의 별장이었지만 지금은 학교가 되어 있다. 문 위에 걸린 크고 붉은 간판이 학교임을 알려 준다.

우리는 큰 밀짚모자를 쓰고 부채를 든 농부들이 비좁은 길을 오르는 광경과, 어부들이 밀짚 돛을 올린, 선수가 아름답게 휘어진 배를 타고 둑에서 멀어지는 광경을 종종 보았다……

우리는 아직 어떤 물고기도 보지 못했다. 양쯔 강은 볼가 강과 닮지 않았다. 두 강이 모두 푸른 강으로 불리지만 이렇게 다를 수가 없다. 볼가 강은 흔히 바다에 비유된다. 반면 보아 왕뱀처럼 구불구불한 양쯔 강은 붉은색을 띠고 수심이 깊으며 폭은 좁다. 배는 이쪽 둑에서 저쪽 둑으로 향하고, 우리는 어느 쪽이 항로인지 짐작조차 할 수 없다. 마치 작은 호수를 끊임없이 항해하는 듯했다.

7월 8일

우리는 아름다운 골짜기에 접어든다. 언덕, 집, 푸른 나무, 바위, 아름다운 마을, 어부, 아름다운 돛을 가진 배, 좌우에 보이는 초록색 산. 풍경은 점점 거칠어진다. 높은 암벽은 헐벗었고 가파르다. 저녁에 우리는 작은 마을에 머문다. 엘레니와 E씨 부부가 하선하자, 유럽 사람을 처음 본 중국인들은 그들을 둘러싼다.

추옹시엔은 작은 마을이다. 아직 전기도 들어오지 않았다. 그들은 강에서 흙탕물을 양동이로 긷는다. 나는 그것이 식수가 아니기를 빌었다.

우리는 또다시 수많은 층계를 올라갔다. 우리가 꼭대기에 오르자마자 어린아이들이 우리를 쫓아왔다. 어린아이들, 십대 소년소녀들, 젊은 여인들. 모두 깨끗하다. 우리는 2분 만에 다시 포로가 되었다.

하지만 오늘 왕 씨는 단단히 준비가 되어 있었다. 그저께 나는 그에게 다음과 같이 말했다. 「우리가 중국인들을 만날 때 좀 도와주세요. 다시 하선하면 대여섯 명의 청춘 남녀를 선택해서 그들이 어떻게 살고 있는지 질문할 수 있도록 해주세요.」

오늘, 우리가 하선하자마자 왕 씨는 청년들 가운데 가장 나이 많은 사람을 골라 그에게 우리의 의사를 전달했고, 그 청년은 다시 마을 사람들에게 그 말을 전했다.

우리 여성들은 곧 작은 부채를 우리에게 부쳐 주면서 미소 짓는 처녀들에게 둘러싸였다. 그 처녀들은 자신들이 알고 있는 몇 마디 러시아 말로 우리가 러시아 사람인지, 또 그들에게 편지를 보내 줄 것인지 물었다. 우리는 그들이 말하는 세 마디 러시아 말, *pismó*(편지), *pisát*(글쓰기), *rúski*(러시아어)를 알아듣고 이렇게 대답했다. 「*Da, da, pisát*(네, 네, 편지를 보내 드리지요).」

우리는 아름다운 공원에 도착했다. 왕 씨가 부르자, 처녀들은 걸음을 멈추고 웃으면서 모두 동시에 입을 열어 뭔가 질문을 던졌다. 하지만 우리는 그들의 말을 알아듣지 못했다.

왕 씨는 이렇게 말했다. 「여러분이 함께 가고 싶은 사람을 선택하세요!」

「지금 고르고 있어요!」

우리는 곁에 있는 세 사람의 손을 잡았다. 호감이 가는 한 처녀는 머리를 땋았고, 공학을 공부한다고 말했다. 나머지 두 처녀는 부채를 가지고 있었다. 우리는 또 대여섯 명의 청년을 골랐다. 우리는 공원에 들어간 뒤 문을 닫았고, 군중은 밖에 남아 있었다. 이미 밤이었다. 달빛이 흐르고 꽃은 향기로웠다. 시청의 큰 방 앞에 있는 편안한 안락의자에 앉아 처음으로 이야기를 나누었다. 우리가 먼저 처녀들에게 질문을 던졌다.

「무슨 일을 하고 있어요?」

「전기 공학을 공부하고 있습니다.」

「지금 여름 방학 중엔?」

「학교의 건축 공사를 돕고 있어요.」

「그럼 당신은?」 우리는 마치 패션 잡지에서 걸어 나온 듯한 섬세하고 세련된 옷맵시의 처녀에게 물었다.

「저는 배우가 되는 공부를 하고 싶어요. 하지만 지금은 체조를 배우고 있답니다.」

또 다른 처녀가 이렇게 대답했다. 「저희는 모두 체조를 합니다. 베이징 축제에 누가 참여할지 결정하는 테스트를 받기 때문이죠.」

「당신도 학교 건축 일을 돕나요?」

「네. 올해 우리는 학교 건물을 짓고 있습니다. 지난해에는 도로 건설을 도왔어요.」

「어떤 도로입니까?」

「티베트 라싸까지 이르는 도로입니다!」(수천 킬로미터나 되는.)

「그 우아한 옷을 어디에서 구했어요?」

「어머니가 만들어 주신 거예요.」

「어머니의 일을 도와드리나요?」

「아니요, 어머니는 여기에서 멀리 떨어진 X의 공공 보육원에서 일해요.」

「당신도 어머니의 일을 도와드리나요?」 우리는 또 다른 처녀에게 물었다.

「네, 여름에 고향에 가면……」

「그럼 지금은 어디에서 살죠?」

「저희는 학교 기숙사에서 생활하고 있어요.」

청년들은 우리에게 자신들의 계획을 들려주었다. 그들은 농업 전문가와 엔지니어가 되기 위해 공부하는 중이었다. 그들은 우리에게 차라도 한 잔 대접한 후 질문하려 했으나 마음뿐이었다. 가난한 마을에 살기 때문에 차 대신 따뜻한 물을 내놓았다. 그들은 석유 등잔에 불을 밝혔다. 우리는 안에 들어가 장방형의 긴 탁자에 둘러앉았다.

그들은 E씨 부인이 바이올린을 연주한다는 이야기를 듣고 박수를 치면서 웃더니 자기들끼리 뭐라고 속삭였다. 2분 만에 그들은 바이올린을 가져와 손에서 손으로 옮겨 E씨 부인에게 건넸다. 바이올린은 아주 낡은 것으로, 현도 두 개밖에 남아 있지 않았다.

「연주를 부탁해요! 부디 연주해 주세요!」 그들은 한껏 미소를 지으며 큰 소리로 부탁했다.

E씨 부인은 그들을 실망시키지 않았다. 그녀는 느슨한 두 개의 현으로 그리스 국가를 연주해 냈다. 박수갈채가 터져 나왔다. 이제 우리는 그들에게 중국 국가를 노래해 달라고 요청했다. E씨 부인은 그리스에 대해 말해 주었다. 그녀는 많은 박수를 받았다.

우리는 세 처녀를 배로 데리고 갔다. 그들은 배로 가는 도중에 우리가 미끄러지지 않도록 우리의 손을 꼭 잡아 주었다. 어느 순간, E씨 부인은 자신의 호주머니에 작은 손이 들어와 뭔가를 넣어 주고 나갔다는 느낌을 받았다. 그녀는 확신했다. 과연 그녀의 느낌은 정확했다.

우리는 새로 사귄 처녀들에게 탄산수를 권했다. 또 그들의 이름을 적고 나서 편지를 쓰겠다고 약속했다. 그들은 탄산수를 한 번도 마셔 본 적이 없었다. 별로 좋아하지는 않았지만 재미있다는 듯 이마를 찡그리면서 탄산수를 마셨다. 그들은 계속 웃었고, 배에 승선하게 되어 매우 기분이 좋은 듯했다. 전에 배를 타본 적이 없었기 때문에…….

우리만 남게 되자 E씨 부인은 아까 호주머니 속으로 들어왔던 작은 손을 기억해 냈다. 그녀는 호주머니에 손을 집어넣어 무엇을 발견했을까? 익명의 선물인 작은 주머니칼이었다. 또 우리의 가슴에는 처녀들이 기념품으로 준 그들의 학교 배지(작은 핀)가 반짝였다.

양쯔 강은 세계 최대의 강 가운데 하나이다. 우리는 양쯔 강의 전 구간을 항해하는 것이 아니라 우한에서 충칭까지 1천6백 킬로미터만 둘러보고 있을 뿐이었다. 물살이 세찼기 때문에 노련한 선장이 필요했다.

안개가 낀 어느 날 아침, 왕 씨는 우리를 선교(船橋)로 데리고 가서 말했다.

「오래된 성벽이 있는 저 마을이 보입니까? 중국의 위대한 시인 두보가 2년 동안 살았던 곳입니다.」

전사

어린 시절은 북쪽의 도시에서 보냈고,
청춘은 전쟁터에서 잃었으며
내 몸은 말발굽에 짓밟혔다.
대지가 입을 벌려 나를 삼키려 할 때,

얼굴에 흘러내린 머리카락은 고슴도치와 같구나.
이제 흰 구름은
룽키 해협으로 달려가고
붉은 구름은 그 밑에서 흘러간다.
나는 고향에 돌아갈 날이 언제인지 알지 못한다.
아마도 풍티엔에 있는 아내를 두 번 다시 보지 못하리라.
현악기에 맞춰 노래하고 춤추는 아내,
몽골의 피리 소리에 따라 오열하는 아내,
그녀는 전쟁터에 나간 전사를 비난하는 노래를 부르리라.
아, 빗물처럼 흐르는 전사의 눈물!

초우 강에서

배는 강물 위를 빨리 항해하고 나는 몸을 굽혀 강물을 내려다본다.
구름은 하늘 위를 항해한다.
구름이 지나갈 때면 하늘은 강물 위에 반사되고
나는 강물에 떨어진 뜬구름의 모습을 본다.
그 모습은 마치 배가 하늘을 미끄러지며 항해하는 듯,
내 마음을 스치는 정인(情人)의 얼굴인 듯.

마음속의 집

사나운 불은 나의 생가를 불살라 잿더미로 만들고,
나는 고통을 가시기 위해 황금 배에 승선했다.
나는 조각된 피리를 들고 달에게 보내는 노래를 연주했다.
하지만 달을 아프게 만들었는지 달은 곧 구름에 가려졌다.

나는 산으로 되돌아왔지만 산은 나의 슬픔을 전혀 덜어 주지 못했다.
마치 내 어린 시절의 기쁨이
작은 집에서 불타 버린 듯하다.
나는 죽고 싶어서 바다 위로 몸을 굽혔다.
그 순간, 배를 탄 한 여인이 지나갔다.
그것은 물에 비친 달을 잘못 본 것이었을까.
만일 그녀가 원한다면, 나는 작은 집을 그녀의 마음속에 다시 지으리라.

왕 씨는 또 우리에게 2천3백 년 전의 대시인 굴원이 태어난 체쿠에이 마을을 보여 주었다. 우리는 유감스럽게도 번역할 만한 굴원의 시를 발견하지 못했다.

오늘 밤, 왕 씨와 다정하게 잡담. 나는 처음에 서먹서먹한 채 그와 얘기했다. 하지만 점차 그의 딱딱한 태도가 누그러졌다. 당초 우리는 서로 조심스러워했었지만 어느덧 마음을 터놓고 이해하게 되었다. 특히 그가 우리에게 대나무와 매화나무, 연꽃에 대해 열정적으로 얘기할 때는 더욱 그랬다. 이어 중국의 생활이 아직 혼란스러워서 비명에 가는 사람이 많다고 말했다. 그는 우리에게 중국 정부가 〈반동〉 마을을 어떻게 정복했는지 얘기해 주었다. 중국 남부에는 150만 명의 강도와 해적이 살고 있었다. 그들은 배를 타고 와서 해안에 상륙하여 포로를 붙잡아 간 다음, 포로의 귀를 베어 가족에게 보내고는 몸값을 요구했다. 이러한 민폐를 잘 알기 때문에 공산당 선전 요원들은 마을에 들어가면 가장 가난한 집에서 잠자고 머물면서 민정을 살폈다. 선전 요원들은 마을 사람들에게 현재의 어려운 상황을 이야기하면서 주민들을 단결시키기 위해 애썼다. 선전 요원들은 대민 공작에서 단번에 성공을 거두지 못하더라도 그 일을 위원회가 계속하도록 맡기고 다른 마을로 떠나갔다. 그들은 기지와 인내를 발휘하여 꾸준히 대민 공작을 펴나갔다. 그들은 모든 사람이 인간답게 살고 싶어 한다는 것을 잘 알고 있었다.

7월 9일

아름다운 풍경이 계속 이어진다. 푸른 배경의 작은 마을. 언덕의 봉우리에는 나무 한 그루. 갈매기와 비슷한 새가 두서너 마리. 배. 폭넓은 밀짚모자를 쓴 어부. 큰 나무 아래, 서낭당에는 수많은 남녀들이 더 좋은 미래를 위해 빌고 있다.

찌는 듯한 더위. 저녁에는 다소 서늘하다. 우리는 작은 마을에 도착했다.

어딜 가나 아이들과 어른들이 많다. 중국인들이 자녀를 많이 낳기 때문이다. 남자와 여자들은 허리까지 내려오는 물통을 양쪽 끝에 매단 막대기를 어깨에 짊어지고 강으로 내려간다. 통에 물을 긷고 무거운 발걸음으로 바위까지 올라와서 논과 가축에게 다가간다. 또 중노동의 영원한 소리, 중국의 한숨: 에이호! 에이호! 어린 소녀도 물통을 어깨에 짊어진 채 물을 나른다. 얼마나 힘든 투쟁인가! 얼마나 많은 개미 떼인가! 얼마나 가난한가!

마지막 마을은 로츠치였다. 최근에 건설된 많은 창고에는 수확물이 가득했다. 주민들은 풍년이 들었다고 좋아하며 말했다. 우리는 모두 하선하여 창고와 채소밭을 둘러보았다. 가지, 토마토, 호박, 고추 등이 있었다. 어린아이들은 벌거벗은 채 뛰어놀았다. 그들은 판잣집에 살고 있었다. 정말 가난하구나! 하지만 거리는 청결했다.

7월 10일

왕 씨는 저우언라이의 멋진 일화를 우리에게 이야기한다. 그의 열성, 자기희생, 인민에 대한 사랑. 저우언라이는 아무리 배가 고파도 인민이 굶주리는 한 먹지 않으려고 했다. 내일 아침이면 우리는 이 여정의 끝에 도착할 것이다……

「고향의 샘물을 마실 수만 있다면……」 카잔차키스의 한숨은 여전히 내 귓가를 맴돌고 있다.

「여보, 당신은 왜 그 말을 자꾸 하세요? 뭐가 부족하세요?」 나는 그에게 물었다.

그는 나를 보고 미소 짓는다.

「아무것도 아니야. 난 만족해!」

확실히 한숨짓는 사람은 그가 아니라 그의 내면에 있는 다른 사람이었다. 그의 운명이 뭔지 알고 있는 다른 사람.

우리는 주방장에게 좋은 선물을 주고 싶었다. 하지만 중국 사람들이 팁을 좋아하지 않는다는 것을 우리는 베이징에서부터 알고 있었다. 우리는 그에게 약간의 돈을 주면서 책이나 사서 보라고 말할 생각이었다. 그가 책을 많이 읽는 것을 보았고, 그를 위해 딱히 무엇을 준비해야 할지 난감했기 때문이다. 니코스는 주방장의 대답을 메모했다.

「팁의 시대는 지나갔습니다. 나는 배의 직원이지 승객의 종이 아닙니다.」

우리는 그에게 용서를 청했고, 그는 사람 좋게 웃었.

그는 이렇게 말했다. 「여러분은 단지 잘못된 관습을 배운 것뿐입니다. 괜찮아요!」

충칭

7월 11일

우리는 대도시 충칭에 도착했다. 여정의 종착점. 평화 위원회는 선창에서 우리를 환영했고, 더위는 숨 막힐 듯했다. 우리는 베이징의 천단을 떠올리게 하는 위풍당당한 호텔에 투숙했다. 사치스러운 궁전. 거실과 침실, 욕실에는 모두 융단이 깔려 있다. 과일, 담배, 종이와 봉투, 모든 편의 시설이 완비되어 있는 데다 동양적인 정중함과 서비스까지 갖추었다.

박물관: 구석기 시대의 바위에 새긴 조각, 정교한 말[馬]. 얼마나 우아한 개! 꽃병들…… 수많은 전시품 사이에 농민들이 입었던 누더기, 반대편 진열장 안에는 영주의 털 코트. 그리고 사방에는 영주가 사람들을 구타하고 고문하고 죽이는 데 사용했던 도구들. 또 저울추 ── 빌려 줄 때 사용했던 작은 저울추와 상환받을 때 사용하는 큰 저울추.

시인 이백이 생각난다. 높은 장화에 옷 잘 입은 비만한 남자. 그는 술에 취한 채 환관의 부축을 받으며 황제를 알현했다.

높은 정자에서

산에서 솟은 달은 하늘에 떠 있다.
달은 바다 표면에 떨어진 구름을 비추고,
바람은 수천 리 밖에서 으르렁거린다.
윈메르 관문에서 목메는 듯한 울음소리가 울려 퍼지고,
한족의 아들들은 대로를 전진한다.
타타르족은 푸른 바다의 해안에 도착한다.
옛날, 그들은 여기서 싸웠고 단 한 사람도 돌아오지 못했다.

모든 병사들은 지평선을 응시하면서 머나먼 고향을 찾고,
그들의 마음은 두려움과 전율에 휩싸였다.
어느 저녁 높은 정자에 오른 그들은 아무것도 보지 못하고,
다만 끝없는 고통의 가없는 길만을 내려다보았다.

젊은 여인

한 번도 비탄에 잠기지 않았던 그녀는
오늘 봄날에, 얼굴에 분을 바르고,
비취색 정자에 올라,
버드나무 가지에 싹튼 두 가지를 보면서 놀라 한숨짓는다,
남편이 전쟁터에 나갔기 때문.
국토는 폐허뿐, 보이는 것은
시체의 산과 피의 강.
이 화창한 봄날, 이 도시에서는
나무의 이끼와 초목만이 보인다.
꽃은 우리의 시대를 슬퍼하여 눈물을 흘리고,
새들이 훨훨 날아갈 때 내 마음은 두근거리고,
봉홧불은 세 번이나 하늘을 밝힌다.
남편의 편지는 황금
수천 냥의 가치.
아, 내 가슴속의 이 깊은 절망감.

7월 12일

숨 막힐 듯한 더위. 열대 특유의 녹음이 우거진 곳으로 소풍을 나갔다.
바나나나무, 레몬나무, 대나무와 초록색, 붉은색, 주황색, 노란색의 갈대

가 있다. 우리는 그곳을 지나가다가 마오쩌둥이 몇 년 동안 숨어 지냈던 집에서 걸음을 멈추었다.

차 안에서 나는 왕 씨와 깊이 있는 토론을 벌였다. 나는 정신적, 육체적 훈련인 금욕주의를 그에게 얘기했다. 그는 내 말을 듣고 감동한 나머지 큰 소리로 이렇게 말했다.「나는 당신을 존경합니다!」

마오쩌둥이 숨어 지냈던 작은 집은 언덕의 숲 속에 있었다. 반대편 언덕은 장제스 사령부였다. 당시 그들은 국공 합작으로 일본군과 싸우기로 되어 있었다. 당시 마오쩌둥은 18명의 참모를 거느릴 수 있었지만, 실제로 그의 집에는 부하 2백 명이 숨어 있었다. 그들은 비밀 아지트, 창문이 없는 다락방을 우리에게 보여 주었다. 마오쩌둥의 침대는 삼발이 위에 나무판자를 깐 것이었다. 책상도 있었다. 집 앞에는 사람들이 선악의 나무, 혹은 승패의 나무라고 부르는 큰 나무가 서 있었다. 그들은 여기에서 많은 인명 피해가 났다고 말했다……

도중에 그들은 우리에게 중국의 아우슈비츠를 보여 주었다.

또 저녁때 경극에서 우연히, 우리를 태우고 왔던 배의 사람 좋은 주방장인 류린을 만났다.

이날 밤 경극의 목소리는 어쩐지 유럽인과 닮았지만, 배우들은 베이징의 배우들과는 비교가 되지 않았다.

7월 13일

오전에는 작가 모임. 열 명 정도가 나왔다. 경극 단장인 노배우는 아주 호리호리한 외모에 잘 웃는 호의적인 사람이었다. 염소수염을 기른 70세 정도의 노인이었지만 겉으로는 170세는 되어 보였다. 나는 노예근성을 자유로 바꾸기 위해 평생을 바친 나의 노력, 나의 작품, 나의 투쟁에 대해 이야기했다. 나는 중국인의 기교와 유럽인의 야만주의 사이에 얼마나 큰 차이가 있는지 설명했다. 중국인은 젓가락으로 음식을 집어 입에 넣음으로써 젓가락과 일체가 된다. 유럽인은 포크로 음식을 찍어 강제로 입에 가져간다. 마오쩌둥이 혁명에 성공한 것은 젓가락 방법을 활용하여 일반 대중을 어루만지고 설득했기 때문이다. 따라서 중국의 혁명은 젓가락 혁명이라고 해도 과언이 아니다.

다음에 우리는 「죽어야 하는 자」(『수난』을 원작으로 한 영화)에 대해 얘기했다. 나는 자고로 일반 대중을 구하기 위해 먼저 싸우는 사람들이 십자가에 매달려 죽었다는 것을 말했다. 악은 처음에는 이기는 것처럼 보인다. 하지만 결국에는 선이 이긴다. 이것이야말로 정말 위대한 법칙이다. 구세주는 구원되고, 그리하여 일반 대중을 구원하는 것이다. 중국이 자유로워지기 위해 투쟁하는 모험도 결국 이런 과정을 거쳐 갈 것이다. 투쟁했던 지도자들은 수백 년 동안 죽음을 맞이했다…….

땅거미 질 때 비가 오기 시작했다. 서늘해졌다.

중국의 현대 시인들과 작가들은 전쟁과 혁명 중에 싸웠고 이제는 농민, 노동자들과 함께 집, 다리, 학교를 건설하고 있다. 그들은 육체노동을 하다가 잠시 쉬는 틈을 이용하여 글을 쓴다. 그들의 말은 돌로 바뀌고 새로운 중국의 초석이 되었다. 그들은 말과 행동이 노동 속에 하나로 융합되어 있는 완벽하고 완전한 시인들이다.

타일이 깔린 큰 테라스가 있는 오래되고 아름다운 집(파괴되지 않은 희귀한 집들 중 하나)에서 중국 여성들이 우리를 기다리고 있었다. 그들은 얼굴의 땀을 닦으라면서 뜨거운 물수건과 차, 부채를 내놓았다. 그들은 어슴푸레한 불빛의 방에서 우리를 둘러싸고 앉아 미소를 지으면서 우리의 질문에 대답할 준비가 되어 있었다. 해방 전에는 문제가 많았다. 여성은 가족과 남성의 노예였다.

봉건 시대에 비해 개선되었다고 하나, 장제스의 국민당 시대에도 세금은 과중했다. 공장 노동자들은 배고플 때가 많았다. 노동자들은 공장에서 잠을 자야 했다. 외출은 1주일에 두 번만 할 수 있었다. 또 외출할 때면 마치 도둑인 양 몸수색을 받아야 했다.

그 시절 여성들은 자녀를 비누 궤짝에 놓아두었다. 아이들은 거의 모두가 병들었고, 부스럼이 군데군데 나 있었다. 많은 아이들이 그런 식으로 죽어 갔다.

혁명 전에는 탁아소가 충칭에 열 군데밖에 없었다. 이제는 공장과 탄광에 설치된 곳을 제외하고도 3백 군데가 있다. 2만 명의 어린이들이 탁아소에서 재미있는 시간을 보낸다.

「여성의 책임은 무엇입니까?」 우리는 그들에게 질문을 던졌다. 그들은 다음과 같이 대답했다.

첫째, 유익한 가정생활을 꾸리는 것.

둘째, 가족이 이웃과 조화를 이루면서 함께 살아가는 방법을 발견하는 것.

셋째, 자녀 양육.

넷째, 우리의 노동에 필요한 것을 배우는 것.

「여러분은 지금 얼마나 많은 회원을 확보하고 있습니까?」

「7,189명의 직원들과 8천 명의 자원 봉사자들이 있습니다. 이 중 6천 명은 오로지 이웃 사람들을 돕고 보살피는 일을 하고 있습니다.」

쿤밍 ― 윈난 ― 부

7월 14일

우리는 10시 15분에 출발하여 정오에 도착했다. 해발 2천 미터의 고원. 이곳은 상춘의 날씨이다. 선선한 미풍, 아름다운 풍경, 푸른 나무들. 평화 위원회는 공항에서 우리를 기다리고 있었다. 그들은 우리에게 매우 잘해 주었다. 우리는 호텔에 가서 식사를 했다. 오후에는 산책을 했다. 아름다운 공원, 오리 떼, 고기를 잡고 되돌아오는 어선, 대나무, 만발한 아라비아 갈대.

상점, 개미 떼와 같은 어린이들, 즐겁지만 가벼운 피로.

〈예〉라는 소수 민족의 작가가 우리와 자리를 함께했다. 그들은 5백 개의 글자로 구성되어 있는 방언을 사용했었다. 하지만 이제는 로마자를 사용한다. 저녁에는 경극: 양쯔 강의 파도를 가라앉히기 위해 소녀를 희생하는 줄거리이다. 배우는 평범하다. 베이징의 경극과 같이 최고의 작품을 본 뒤에 평범한 연극을 본다는 것은 고역이다.

우리는 안개 속에서 충칭을 떠났다. 윈난에 발을 들여놓자마자 시원했다. 비행기를 타고 가다가 상공에서 수천 개의 작은 호수를 내려다보았다.

7월 15일

구름과 시원한 날씨, 해발 2천 미터에 와 있다는 것을 실감한다. 식물 연구소, 호의적인 소장, 1백 명의 과학자들은 윈난의 식물 연구에 헌신하고 있다. 정원, 온실, 커피와 기나나무, 중국인이 좋아하는 나무들······. 멋진 흰색 목련꽃은 마치 레몬 향을 풍기는 것 같다. 늪 가운데 하얗게 빛나는 연꽃.

좀 더 뒤쪽에는 커다란 용 모양의 정자. 안개가 약간 낀 공기는 얼마나 상쾌한가! 정자 한가운데에는 11세기(송나라)부터 내려온 높은 삼나무가 있다. 나는 처마가 위로 치올라 간 절묘한 지붕을 잊을 수 없다. 황폐한 타일 사이에서는 잡초가 자랐다.

식물원에서 우리는 봄의 달리아만큼 꽃이 만발한 동백나무를 보았다. 레이스 같은 갖가지 색의 기다란 베고니아. 3년생 나무처럼 키가 큰 토마토. 1천 년 동안이나 목숨을 간직해 온 희귀한 나무.

7월 16일

쿤밍 호수로의 멋진 산책. 우리는 점점 위로 올라가면서 푸른 언덕과 조용한 풍경에 이어 어선들이 가득한 호수를 보게 된다. 우리는 차에서 내려 바위를 오른다. 많은 계단을 오르고 초록 화염을 내뿜으며 책을 쥐고 있는 들새가 조각된 도교의 탑을 지나간다. 산 위의 용문(龍門), 이름하여 〈잠자는 미인〉이다. 양나라 무제가 이곳에 산 적이 있다. 용문은 고대의 시가에서도 언급된다. 그 위에는 삼청사원. 무려 9년 동안 바위를 파 들어가 만든 곳이다. 정상에는 〈박사의 지도자〉라는 누각이 있는데, 부처와 같이 도금된 청년의 모습이다. 한 손에는 먹물 병을, 한 손에는 붓을 들고 있다. 조각가 처우키앙쿠는 그 붓으로 작업하다가 붓이 부러지는 바람에 비탄에 빠져 자살했다. 그의 최고 목표인 붓이 부러진 이상 더 살아야 할 의미가 없었기 때문이다. 누각은 〈하늘에 닿는 사원〉이라고 불렸다. 박사의 지도자는 구름과 복숭아나무들로 둘러싸여 있다. 이 누각은 칼처럼 붓을 들고 달린다. 그 뒤에는 동물, 식물, 사람들, 성인들, 산, 나무……

돌아오는 길에 우리는 명승들이 살았고 불교 대회가 열렸던 유명한 불교 사원에 잠시 들렀다. 절에는 아름답고 거대한 불상이 있고, 벽에는 인간의 5백 가지 성격을 상징하는 5백 나한(羅漢)의 좌상이 새겨져 있다. 나한은 600년에 조각되었지만 다섯 번이나 파괴되었다. 현재의 좌상은 1927년에 만들어졌다.

마당에는 희귀한 〈탄〉이라는 나무가 한 그루 서 있었다. 그 나무는 8월이면 하얗고 큰 꽃을 피운다. 그 꽃은 오후 5시에 피고 7시쯤에 오므라든다. 마당은 명상하기에 아주 좋다.

평화 위원회의 부위원장은 건강해 보이는 남자이다. 처음엔 이 예순여덟 살의 노신사가 너무 허술하게 옷을 입고 있어서 농부로 착각했다. 그는 과거에 장제스 휘하의 장군이었다. 그는 이렇게 말했다. 「나는 예전의 정권에서는 잠을 잘 수도 먹을 수도 없었습니다. 인민이 굶주리는 모습을 보면서 너무 괴로웠기 때문이지요. 이제 인민은 더 이상 굶주리지 않아요. 나는 공산주의자가 아니지만 언젠가는 입당할 생각입니다.」

그는 딸이 여덟, 아들이 다섯인데 모두 대학교를 졸업했다. 그는 시인이기도 하다. 그는 50년 동안 시를 짓고 불교를 연구해 왔다. 그는 시 이야기를 할 때면 눈빛을 반짝거린다.

윈난 성 인구(1천7백만 명)의 32.55퍼센트를 차지하는 소수 민족을 위한 〈소수 민족 대학교〉는 큰 공원 안에 있다. 윈난의 소수 민족은 아직도 완전히 분류되지 못했다. 현재까지 파악된 것만 2백 개 부족이다. 〈예〉족은 20개 지파를 가지고 있다. 과거에 한족은 이들을 탄압하고 경멸했다. 그래서 〈예〉족은 생활 조건이 척박한 산속에서 살았다. 이제 새로운 중국은 그들을 친구와 협력자로 대한다. 이곳 대학교에는 가톨릭, 개신교, 이슬람교, 신도, 불교 등 모든 종파를 위한 사원과 교회가 따로 있다. 각 교파의 열성적인 신자들은 따로 식사를 한다. 그들은 따로 잠을 자고 세수를 하고, 그러면서 폭넓은 자유를 누린다.

그들은 무척 아름다운 민족의상을 입고 입구에서 우리를 기다리고 있었다. 공들여 손질한 머리에 보석, 목걸이, 팔찌, 자수 놓은 옷을 입은 아름다운 소녀들이었다. 티베트 사람들은 커다란 털모자를 썼다.

7월 17일

아침에는 눈부신 무지개가 호텔 창문의 맞은편 호수 위에 둥그렇게 떠 있었다. 비가 밤새 쏟아졌고 천둥까지 쳤지만 동틀 녘에는 태양이 떴다.

우리는 120킬로미터 떨어진 석림(石林)을 향해 출발했다. 땅이 무른 아름다운 곳, 푸른 나무가 우거진 황토. 남자와 여자들이 논에서 무릎까지 다리를 잠근 채 김을 매고 있다. 우리는 무척 아름다운 푸른 호수를 지나갔다. 서늘했다. 우리는 정자에 도착했고, 거기에서부터 석림으로 걸어 들어갔다. 세계에서 보기 드문 놀라운 광경. 거대한 검은 바위, 환상적인 모양의 커다란 석순(石筍), 달과 같은 풍경. 석림은 아이스킬로스와 「요한의 묵시록」을 동시에 떠올리게 한다.

진짜 미궁, 숲, 석화된 바위 속은 아주 위험해서 안내자가 없다면 쉽사리 길을 잃어버리게 된다.

우리는 저녁에 공식 만찬에 참석하여 평화와 우애에 대하여 이야기했다.

만약 누군가가 중국인의 겉껍질을 벗겨 낸다면 그 안에서 그리스인을 발견할 것이다. 반대로 그리스인의 겉껍질을 벗겨 낸다면 중국인을 발견할 것이다.

우리는 대단히 감동해서 서로 포옹했다.

7월 18일

어제의 악천후 때문에 어떤 비행기도 오늘 이륙하지 못한다. 우리는 이곳에서 하루를 더 쉬어야 한다.

휴식, 호수 주변의 아름다운 산책로, 수련, 헤엄치는 어린아이들. 모든 어린이들은 움직이기 편하게 바지의 단추를 잠그지 않았다. 구멍가게는 구색이 빈약하여 볼 것이 없다.

부위원장은 자신이 직접 쓴 시를 내게 주었다.

내일 아침에는 광둥, 그러면 신(新)중국의 긴 여행은 끝날 것이다.

톈헌은 기원전 3세기에 살았던 제(齊)의 군주였는데 한(漢) 고조와 싸우다가 패배하여 항복하지 않고 스스로 목숨을 끊었다. 그의 충성스러운 신하 5백 명은 군주를 버리지 않고 자유를 위해 죽는 게 얼마나 기꺼운지를 죽음으로 알리기 위해 군주와 함께 죽었다.

천처우의 사원에서 윈난 지방 평화 위원회의 부위원장인 차오청고는 1937년에 이런 시를 지었다.

> 모든 사람들은 가슴에
> 분노와 기쁨을 담고 있다.
> 황사는 산과
> 고대의 숲에서 일어난다.
> 불교 전도자들은 그들이 조각된 절 안에
> 헤아릴 수 없이 많고
> 톈헌의 용감한 5백 명도 또한 같다.

광둥

쿤밍에서 광둥까지 비행시간은 5시간이 걸렸다. 우리는 난닝에 착륙했다. 비, 더위, 습기. 우리는 경작된 황토, 네모반듯한 푸른 곡창 지대를 한참 지나갔다. 그것들은 중세 교회의 스테인드글라스를 떠올리게 했다. 이틀 전에는 태풍이 불어 닥쳤다. 그 때문에 우리는 침수된 마을과 도로만을 오랫동안 보았을 뿐이다. 홍수 구경하라고 일부러 카잔차키스를 깨울 필요는 없었다. 비행기에서 중국의 강을 내려다보면 그것은 하나의 놀라운 광경이다. 구불구불한 것이 마치 뱀과 같다. 중국 남부의 모든 마을에는 높은 망루가 있고, 파수꾼은 거기에서 수확물을 지킨다.

중국인이 붓과 종이를 가지고 기쁨과 슬픔을 이야기하기 시작한 이래 황허 강, 양쯔 강, 쑹화 강 등은 중국인의 상상력 속에서 사람을 삼키는 용의 형태로 등장했다. 이 탐욕스럽고 진정시키기 어려운 존재는 자신의 분노를 가라앉히기 위해 항상 새로운 희생자를 찾았다. 한족이든 아니든 그 어떤 통치자도 이 무서운 짐승을 붙들어 매기 위하여 진지하게 노력한 적이 없었다. 그들은 다만 연도(連禱)와 기도, 희생을 바쳤을 뿐이었다. 이런 수동적인 역할은 국민당 시대에도 여전했다.

나는 어린 시절 양쯔 강이 범람하여 4천만 명의 중국인이 위험에 처하게 되었다는 얘기를 들은 적이 있다. 4천만 명(프랑스의 전체 인구)은 적지 않은 숫자였지만 당시 중국은 먼 나라였다. 우리에게는 다른 걱정거리들이 있었고, 일상 속에서 해야 할 일들이 있었다.

하지만 광둥으로 가는 길에 범람한 평야를 지나면서 우리는 수재민들이 보따리를 옆에 내려놓고 길에서 자고 있는 모습을 많이 보았다. 우리는 그들에 대해 묻고, 그들에 관한 신문 기사를 읽었으며, 그들의 사정을 이해했다…….

지난여름 쑹화 강이 범람했을 때, 하얼빈은 다시 파괴될 위험에 처했다. 쑹화 강의 강물은 강둑보다 4미터나 높았다. 수위는 1956년의 홍수 때보다 58센티미터나 높았다. 강물은 22일 동안 아슬아슬하게 그 수위를 지켰다. 비는 쉴 새 없이 내렸고, 바람은 거세게 불었다. 새로 지은 댐은 힘겹게 물을 막아 내고 있었다.

그런데 기적이 일어났다. 하얼빈과 인접 도시의 모든 사람들이 물막이 작업에 나섰다. 집에 남은 사람들은 노인과 어린이들뿐이었다. 군인, 공장 관리자, 대학교수, 은행 임원 등 사무실에 꼭 있지 않아도 될 모든 사람들이 댐을 향해 달려갔다. 아내들도 나와서 남편의 옷을 빨거나 수선해 주면서 거들었다. 심지어 무용단의 단원들도 잠시 활동을 중단하고 물막이 작업에 자원하여 나섰다.

물막이 투쟁은 24일 밤낮으로 계속되었다. 24일 동안 사람들은 88만 5천 제곱미터의 흙을 나르고 강둑을 70센티미터나 높였는데, 어떤 곳은 1미터 이상을 높이기도 했다. 무려 30만 명의 남자들이 댐에서 일했다.

그래도 수위가 차올라 댐이 거의 무너질 지경에 이르렀다. 이제 재료가 떨어져서 모래주머니도, 기타 자재도 수중에 남아 있지 않았다. 그러자 1천여 명의 병사와 장교들이 물속으로 들어가 어깨를 나란히 하고 서서 인간 물막이 벽을 만들었다. 군인들은 다른 사람들이 갈라진 틈을 메울 때까지 6시간 동안 살아 있는 벽이 되었다. 여행 중에 보았던 그 사진들은 정말 감동적이었다. 중국인은 홍수와 싸웠던 또 다른 용감한 사람들을 연상시켰다. 네덜란드 사람들은 우리와 인접해 있기 때문에 우리는 그들의 투쟁과 승리를 잘 알고 있다. 하지만 중국에는 죽(竹)의 장막이 쳐져 있어서 우리는 눈을 감으면서 아무것도 모르는 체하기가 쉽다…….

7월 19일

우리는 오전 7시 반에 이륙하여 구름 위로 올라갔다. 화창한 날씨. 나는 피곤한 나머지 잠이 들었다. 비행기가 착륙하면서 절묘한 풍경, 강, 경작지, 황토, 누런 벌판 등이 시야에 들어왔다. 대단히 상쾌했다.

공항에서 평화 위원회 위원들이 우리를 환영해 주었다. 거대한 호텔, 12층에 있는 방. 발코니에서는 아름다운 주강과 정크선, 연락선, 멋진 전

경이 내려다보였다. 거리에 넘쳐나는 군중들.

오후에는 5천 석의 거대한 방과 무서운 동상이 있는 쑨원의 묘로 산책을 나갔다.

나중에는 강둑으로 갔다. 강 위에서 사는 가족들은 정크선에서 평생을 보낸다. 그들은 배 위에서 요리를 하며 심지어 밀짚으로 된 병아리 광주리까지 가지고 있다. 헤아릴 수 없이 많은 어린이들. 인구 2백만 명의 거대하면서도 생생한 도시…….

7월 20일

우리는 주강을 항해하는 나룻배를 탔다. 수많은 정크선, 사람들이 많았다. 무수하게 떠 있는 배 위에서는 6만여 명이 자녀들과 병아리 광주리와 함께 살고 있었다……. 모두 명랑하고 깨끗하지만 몹시 가난했다…….

오후에는 이슬람 사원인 광탑에 갔다. 이맘이 크리스털처럼 깨끗한 바닥에 무릎을 꿇고 가느다란 목소리로 기도하고 있다. 몇몇 신자들이 와서 그의 뒤에 무릎을 꿇는다.

절 입구에는 밀라레파의 목상. 절 안에서 노인이 큰북을 리드미컬하게 두드리고 있다. 그는 나중에 동종으로 걸음을 옮겨 쇠막대기로 치면서 기도했다. 비가 퍼붓는다. 나는 호텔에서 천연두와 콜레라 예방 주사를 맞았다.

광둥 강가에서 사는 사람들은 중국의 최하층민이다. 해방 전에는 육지에 올라갈 수도 없었다. 그들은 홍콩 물건을 밀수하면서 살았다. 정크선에는 어린이들을 위한 학교까지 있었다. 이제는 정크선과 육지를 연결하는 비좁은 목조 다리들이 많이 건설되었다. 정크선에는 화단이 많다. 개와 어린이들이 주변에서 헤엄을 치고, 여자들은 물을 길어 와 빛나는 구리 냄비에 부어 음식을 만든다. 정크선은 아주 깨끗하다. 우리는 또 밀짚 커튼 뒤에서 샤워를 하는 남자도 보았다.

현재의 정부는 이 사람들을 정크선에서 이주시키기 위해 노력하고 있다. 선상 가족들을 위한 작은 집을 많이 지었고, 또 땅을 할당해 주고 있다. 하지만 그들 중에는 선상 생활을 그대로 유지하고 싶어 하는 사람들도 많다.

전설에 의하면 원나라 때 왕이 왕비를 박대한 탓에 왕비는 남몰래 궁을 떠났는데, 그때 자신의 땅을 가지고 있지 않았던 가난한 사람들이 왕비의 뒤를 따랐다고 한다.

우리는 또 유럽인의 구역을 지나갔다. 아편 전쟁 때 영국인이 중국인을 학살한 장소도 보았다.

왕 씨는 이렇게 말했다. 「이슬람 신자들은 7세기 초 중국에 왔습니다. 광둥에 3천 명, 광둥 인근 지방에 6천 명, 중국 전체에 1천만 명이 있어요.」

신중국은 해외 동포와의 관계 개선에 대성공을 거두었다. 왕 씨는 해외 동포에 관한 이야기를 여러 번 감동적으로 말했다. 우리는 그리스의 해외 동포가 그리스에 기여한 큰 공로에 대해 말해 주었다. 오늘 그는 우리에게 언덕 위에 지어진 정원 도시를 보여 주었다. 그곳은 중국의 해외 동포가 집을 신축한 지역이었다. 해외 동포 대부분은 중국을 다녀가기만 할 뿐 아직 중국에 정착하지 않았다. 그들은 늙은 부모와 어린 자녀들에게 돈을 송금했다. 유감스럽게도 그들의 빌라는 전형적인 유럽풍이었다. 꼭 유럽의 도시에 온 느낌이다. 많은 나무들, 새로 조성한 공원, 수영장, 학교, 탁아소.

왕 씨는 우리에게 말했다. 「상상해 보세요. 예전에는 중국 남부의 모든 해안이 허허벌판이었어요. 배경이라고는 온통 모래뿐이었지요. 아주 메마른 땅이었어요. 이 땅은 노인에게 먹일 한 줌의 쌀도 생산하지 못했습니다. 또 가난이라는 골칫거리만으로는 충분하지 않다는 듯이 해적들도 창궐했었지요……」

중국 역사에서 그 어느 정부도 중국 남부의 운명에 관심을 기울이지 않았다. 이 때문에 중국 남부에서 이민을 떠난 사람들이 많았다. 그들은 가능하면 일본, 인도네시아, 자바 등 어디든지 갔다. 또 가는 곳마다 성공하고 부를 이루어 생활을 향상시켰다. 중국인들은 작은 것에 만족할 줄 알았기 때문에 그런 발전을 이룩할 수 있었다.

우리는 왕 씨로부터 이곳 사정에 대해 많은 이야기를 들었다. 해외 동포가 보낸 돈으로 정부가 지은 새로운 공장, 관개 수로, 인공 호수, 예전에는 불모지였던 이곳에서 이모작 대신 삼모작에 성공한 쌀 재배 등이 그런 얘기였다. 러시아의 볼셰비키가 백러시아인을 불구대천의 원수로 삼았다면 중국은 그와 정반대로 해외 동포를 우군으로 여겼다. 마오쩌둥 정부는 그들을 친구와 협력자로 삼았고, 이제 그들은 고국에 돌아와 살다가 죽기 위해 집을 마련하고 있다.

옛 중국의 색채, 소음, 향기에 향수를 느끼는 사람이라면 누구든 광둥행 배를 타라. 저녁이 되면 거리를 산책하라. 그다음에는 강가로 나가 보라. 그러면 전에는 보지 못한 장관이 눈앞에 펼쳐질 것이다.

날이 저물자 사람들이 거리에 쏟아져 나와 물건을 길바닥에 펼쳐 놓는다. 여기에 만년필, 저기에 구두, 좀 더 멀리 가면 잉크를 지우는 액체, 몇 걸음 더 옮기면 부채. 게다가 이렇게 외치는 소리들.「구운 호박씨!」「수박이오!」「튀김 사세요!」

사람들의 코에 진동하는 향기! 인력거는 이 군중 사이를 소리

없이 뚫고 지나가면서 아주 민첩하게 돌아다닌다. 살아 있는 게, 기어 다니는 벌레의 행렬처럼 모든 문마다 걸려 있는 중국의 기다란 간판들은 정말 이국적이다. 다채로운 등불, 그리고 바다 냄새를 풍기는 뜨거운 열기.

이 개미 떼 같은 군중은 또 어디로 가는가? 달의 공원과 갖가지 오락이 있는 광둥의 티볼리,[10] 〈대공원〉으로 향한다.

우리도 동전 몇 푼을 내고 입장하여 군중을 따라간다. 만약 관심을 기울이고 본다면 뭔가를 볼 수 있고, 반대로 관심이 없다면 아무것도 보이지 않는다. 우리는 현재 인기가 있는 노래를 듣는다. 여가수는 아주 매력적이다. 영화관에서 어떤 작품을 상영하는지 보기 위해 몇 걸음을 더 옮긴다. 그 영화가 마음에 들지 않아서 우리는 계속 걸어간다. 길 위에 나와 호객 행위를 하는 어릿광대는 더욱 흥미진진하다. ……우리는 모든 것이 보고 싶다! 이제 우리는 유명한 두 장기 선수 앞에서 걸음을 멈춘다. 두 선수는 며칠 동안 계속하여 장기를 둔 것 같다. 영사기는 이동하는 장기의 말을 스크린에 보여 준다. 구경꾼들은 입을 딱 벌리거나 혹은 웃으면서 장기판을 구경하고 있다. 하지만 우리는 장기에 관심이 없다. 우리는 가장 아름다운 조각 상아가 전시되어 있는 화려한 전시관으로 들어간다. 얼마나 섬세한 작품인가! 인간의 손이 이런 형태와 레이스, 수많은 작은 나뭇잎으로 우거진 나무와 쌀 한 톨 크기의 완전한 인간 상을 어떻게 조각할 수 있을까? 우리는 이런 멋진 유리 진열장 앞에서도 오래 머물지 않는다. 사람들의 흐름을 자연스럽게 따라갈 뿐이다. 우리는 우아한 찻집을 지나간다. 찻집의 테라스는 꽃이 만발한 등나무로 뒤덮여 있다. 이어 모

---

10 코펜하겐의 유명한 정원 — 원주.

피와 직물이 전시되어 있는 또 다른 전시관으로 들어간다. 복잡한 디자인과 풍부한 색채, 우리는 가지고 싶은 것을 고르면서 계속 구경한다. 우리는 마술사 앞에서 잠시 멈췄다가 다시 걸음을 재촉한다. 우리는 세 번째 전시관으로 들어간다. 여기에는 다양한 도자기와 중국 최고의 백자가 전시되어 있다.

우리는 계속 걸어 다녀서 머리가 좀 어지럽고 피곤하지만 다시 인파를 따라 강가로 간다. 흥미로운 시선으로 주위를 돌아본다. 피곤해 보이는 사람은 아무도 없다. 신경질적이거나 짜증난 사람도 없다. 모두가 침착하고 유쾌한 표정이다. 소년과 소녀들은 잠시 발길을 멈추고 오렌지 주스나 아이스크림을 산다. 할머니들은 땅콩을 먹는다. 아기들은 작은 혀를 날름거리며 시원한 수박을 먹는다. 빛이 가득한 강가에 도착하자 마치 7월 14일 파리의 센 강처럼 축제 분위기가 완연하다. 오늘 밤 빠진 것은 불꽃놀이뿐이다.

광둥의 여자들은 대부분 반짝이는 검은색 비단 바지와 높은 깃에 가슴을 여민 재킷을 입는다. 그들이 신고 다니는 나막신은 타일 바닥에서 탁탁 소리를 낸다. 여자들은 웃으면서 잠시 발길을 멈추고 여자 친구들과 얘기를 한다. 그들 모두가 연인을 기다리고 있는 것일까, 나는 알지 못한다.

아침 햇살에 어슴푸레하게 빛나는 정크선들 가운데 한 척에 승선했다. 우리는 30대가 넘어 보이는 한 여자와 얘기를 나누었다. 지금까지의 여정에서 우리는 충격적인 광경은 별로 보지 못했다. 대학교, 학교, 공장의 지도자들은 오늘날의 중국 여성들이 남성을 기피한다고 말했다. 중국 사회의 변화가 급격히 이루어지고 있는 데다 여성들은 그들이 겪었던 저 오래된 고통과 쓰라린 생활을 생생하게 기억하기 때문이다. 그들은 어머니, 언니, 숙모, 사촌이 들려준 얘기를 잊어버리지 않는다. 불쌍한 할머니, 지금까지 살아 계셔서 이 좋아진 세상을 구경할 수 있다면 좋을 텐데……. 또 결혼을 절대 하지 않겠다고 결심한 처녀들이 많다. 그들은 사랑에 속아 사랑을 믿고 결혼하는 여자 친구를 불쌍하게 생각한다.

7월 21일

나는 외출하지 않았다. 평화 위원회에 감사의 편지를 썼다. 삼판선과 정크선이 가득한 강가를 내려다보았다. 강물에 눈부시도록 빛나는 저녁 불빛.

평화 위원회의 부위원장은 우리를 위해 놀라울 정도로 맛있고 훌륭한 만찬과 푸짐하고도 귀중한 음식을 마련해 주었다. 식사가 끝날 무렵에는 상어 지느러미 탕이 나왔다. 잊을 수 없는 저녁.

우리는 호텔 방으로 올라갔고, 밤경치와 강의 야경에 한참 동안 감탄했다.

내일 아침 일찍 우리는 홍콩으로 떠날 것이다. 〈당신은 곧 헤어지게 될 알렉산드리아에게 작별을 고하라……〉[11]

지금은 박물관으로 바뀐 고대의 공자 사원, 우리는 이 박물관에서 대리석 등받이의 커다란 흑단 안락의자에 앉아 녹차를 마셨다. 중국산 고급 대리석이 안마당에 놓여 있고, 유리 서가가 그 마당을 둘러쌌는데, 서가 위에도 역시 정교한 옥 도자기가 놓여 있었다. 우리 뒤에는 자그만 연못이 있었다. 우리는 코르도바에 서조차 이보다 더 아름다운 테라스를 본 적이 없었다.

11 콘스탄틴 카바피Constantine Cavafy의 시 「신이 안토니우스를 버렸노라」의 마지막 행 — 원주.

박물관 관장은 이렇게 설명했다. 「1923년 국민당은 공산당과 손을 잡았습니다. 당시에 두 개의 학교를 설립했는데, 하나는 한커우의 군사 학교였고, 다른 하나는 이곳 사원의 농업학교였습니다. 마오쩌둥은 이 농업학교에서 한동안 학생들을 가르쳤습니다. 당시 열여섯 개 지방에서 올라온 327명의 학생들이 있었습니다.」

「마오쩌둥은 뭘 가르쳤지요?」

「중국 인민 혁명의 문제. 또 농민과 프로파간다의 문제.」

「저우언라이도 여기에서 가르쳤습니까?」

「그래요. 저우언라이는 군사 과정을 맡았습니다. 1926년 국공 합작은 깨어졌습니다. 학교는 폐쇄되었고, 공산당 군대는 한커우에 진군했어요. 1953년에는 그 농업학교를 기념관으로 만들었죠. 학생들과 교수들이 당시에 어떻게 살았는지 궁금하지 않으세요?」

우리는 명, 송, 당 시대의 다양하고도 절묘한 도자기와 희귀한 나무, 그리고 멋진 가구를 뒤로하고 기념관을 향해 갔다. 현재 중국의 지도자들이 먹고 잠자면서 살았던 목조 오두막이 곧 나왔다. 벤치, 나무 의자, 오래된 책상. 벽에는 죽은 사람들의 사진.

관장은 침착하게 말했다. 「대부분의 교수들은 죽었습니다. 당시 젊은 사람, 나이 든 사람 할 것 없이 일치단결하여 열심히 가르쳤지요. 공동 목표를 달성하기 위해 아무런 사심 없이 열심히 일했습니다……」

시간과 습기로 이미 누렇게 바랜 네 번 접은 작은 종이, 나는 거기서 니코스 카잔차키스가 쓰려고 했던 중국 관련 책의 간략한 개요를 발견했다. 책 제목은 〈20년 후〉로 되어 있었다.

I. 20년 전의 중국과 현대 중국의 차이.

1. 당시: 쓰레기, 전염병, 노천 하수구, 악취가 가득한 거리, 누더기를 걸친 많은 거지들, 짜증나고 위험한 환경. 정치적 무질서와 내전. 정부의 부패. 문맹, 가난, 봉건주의.

2. 현재: 깨끗한 거리, 철도, 옷. 전염병, 파리, 쥐가 없다. 거지가 없다. 인민의 열성 덕분에 공중위생과 교육 확산. 거지들은 농장에서 일하거나 병원 또는 구빈원에 있다. 기강이 서 있는 강력한 정부. 낭비나 사치가 없는 절약의 통치 강령. 금욕적.

II. 농업 개혁: 땅을 농민들에게 분배한다.

농업 공동체 혹은 〈코뮌〉은 여전히 시작 단계이다. 농민은 농업 기계를 사용할 때까지 발전하지 못할 것이다.

III. 산업: 산업이 중국에 의미하는 바를 알고 있기 때문에 산업화에 큰 노력을 기울인다. 인간은 여전히 중국의 기계이다.

펑텐. 양쯔 강의 다리. 댐.

IV. 재건: 학교, 병원, 노동자를 위한 집.

V. 중국 여성의 해방: 아버지의 독재는 더 이상 없다. 남편과의 평등권, 평등한 임금(과 일) —— 여성은 자신의 인격을 찾았다.

VI. 원칙, 질서, 결국 안전을 확신하는 감정, 기차 시간과 약속 시간 엄수.

VII. 개혁 방법: 대담함과 신중함의 적절한 균형.

강압이 아니라 교육과 설득. 인민이 정부 행동을 받아들이지 않는다면 그들은 행동을 바꾼다. 그들은 강압이 아니라 선전을 통해서만 성공할 수 있음을 알고 있다.

VIII. 모토: 미덕과 정직.

정직에 대한 일반적인 갈증. 팁은 사양한다.

IX. 정중함: 그들은 미소를 지으면서 우리를 환영했다. 그들의 마음속에 있는 평화의 비둘기. 평화 민족.

X. 전통은 이어진다. 후일에는 문자를 로마자로 바꿀 것이다.

홍콩

7월 22일

우리는 7시에 출발했다. 나는 다정한 친구이자 안내자인 왕선스에게 작별 인사를 하면서 감동했다. 그는 아주 예민하고 지적이고 정직하며 끈기 있는 남자였다. 나는 그를 잊지 못할 것이다.

홍콩에서는 다른 분위기. 골든게이트 호텔에 투숙, 서늘한 미풍이 쾌적하다. 바의 직원은 우리에게 아페리티프를 권했다. 허리가 유연한 영국 청년이 바의 카운터 위로 몸을 숙이자, 바텐더는 그에게 초록색 음료를 따라 주었다.

식탁에서는 옷을 잘 차려입은 중국인과 영국인들이 주사위 놀이를 했다. 친절하지도 않고 정중하지도 않은 쌀쌀맞은 표정. 중국의 고상한 미소와 담백한 표정은 어디로 갔을까!

기차는 아주 깨끗했다. 끓인 찻물을 든 직원이 자주 열차 안을 지나갔다. 왕 씨는 우리와 동행하면서 과자, 즙이 많은 여지, 파인애플이 든 바구니를 내밀면서 먹으라고 했다…….

왕 씨는 우리가 떠날 때 이렇게 말했다.「여러분은 비행기에 탑승할 때까지 중국의 손님입니다. 홍콩에서 우리 쪽 사람들이 여러분을 환영하고 돌봐 줄 것입니다. 원하는 것은 뭐든지 쾌히 요청하세요.」

하지만 우리는 다행스럽게도 홍콩에서 그리스 사람을 만났다. 그래서 정중한 중국인에게 더 이상 요청할 필요가 없었다.

7월 23일

아침에는 홍콩 섬. 사람들을 속이고 폭리를 취하려는 듯한 탐욕스러운 눈. 다리를 노출시킨 딱 달라붙는 옷을 입은 여성. 쌀쌀한 태도.

홍콩에 거주하는 사람 좋은 그리스 동포 그레고리 사라포글루가 우리를 환영하러 왔다. 그는 콘스탄티노플 출신이다. 나는 새 양복을 주문했다.

우리는 칼튼 호텔에서 호화로운 식사를 했다. 호텔은 좋은 곳에 자리잡고 있었다. 빛이 가득하고 다채로운 홍콩은 빛의 바다이다. 잊을 수 없는 도시.

7월 24일

그리스계 캐나다 사람이며 『타임』지의 특파원인 폴 추르무지스가 아침에 호텔로 찾아왔다. 우리는 중국과 그리스에 관한 얘기를 나누었다. 나는 중국에서 느낀 인상과, 신구 중국의 차이를 그에게 얘기했다. 나는 중국의 딜레마가 자유와 노예근성이라는 이분법으로 잘못 알려져 있다고 그에게 말했다. 신앙을 가지고 있는 사람은 자신이 자유롭다고 생각한다…… 자신의 신앙에 노예가 된 사람도 마찬가지로 자신이 자유인이라고 생각한다. 성 아우구스티누스의 다음과 같은 말을 생각해 보라. 〈주여, 나는 당신의 의지에 복종할 때만 자유롭습니다.〉 따라서 신앙이 없는 유럽인은 공산 국가인 중국의 노예들을 잘못 이해하고 있다. 그들은 신앙을 가지고 있기 때문에 노예가 아니다. 그들의 노예근성은 신앙을 그만둘 때 시작된다.

오후에는 그레고리의 차를 타고 홍콩 섬을 돌아다녔다. 장관, 푸른 언덕, 사람들, 정크선이 들끓는 어촌 애버딘, 어부들이 이곳에서 살고 있다니 매우 신기하다.

7월 25일

우리는 차로 홍콩을 일주했다. 아주 아름다운 경치. 저녁에는 그레고리가 우리를 페닌슐라 호텔의 만찬에 초대했다. 내일 우리는 일본으로 떠날 것이다.

홍콩은 우리에게 어떤 존재였을까? 참으로 자상한 해외 그리스 동포가 생각난다. 그는 신문에서 니코스 카잔차키스와 크리소스 에벨피데스가 홍콩에 온다는 기사를 읽고 전화를 걸어서 우리의 소재를 알아내어 찾아왔다. 마음에서 우러난 따뜻한 환영. 참으로 향기로운 터키 커피, 홍콩에서의 산책, 대화, 축제! 그의 매력적인 아내와 또 다른 매력적인 여자 X부인은 우리가 간단히 쇼핑할 수 있도록 도와주었다. 내가 〈간단히〉라고 말한 것은, 여기서는 모든 게 그런 식으로 이루어지기 때문이다. 양복 재단사는 남녀의 가장 우아한 정장을 24시간 안에 만들 준비가 되어 있다. 마찬가지로 제화점은 가장 좋은 구두를, 셔츠 제조업체는 가장 예쁜 셔츠를 아주 간단하게…….

홍콩이 들어선 작은 섬 빅토리아는 내게 커다란 달팽이 껍질같이 보였다. 구불구불한 도로와 그 옆으로 아슬아슬하게 빌라들이 들어서 있어서 그런 느낌이 더했다. 1839년 아편 전쟁 때, 홍콩은 영국에게 점령되었다. 홍콩의 넓이는 90제곱킬로미터밖에 되지 않는다. 팔을 바다로 쭉 뻗은 모습인 주룽 반도와 홍콩 사이에는 일의대수(一衣帶水)의 1마일 바다가 있다. 주룽은 손을 다시 뻗어 그 섬을 잡고 싶어 하지만 그다지 급한 것 같지는 않다. 주룽 뒤에는 신중국 전체가 버티고 있다…….

몇 킬로미터 안 되는 땅은 세계 최고의 인구 밀집 지역으로, 영국이 아직도 지배하고 있다. 또 독자적으로 화폐를 발행하기도 한다. 중공은 영국 영토를 삼키는 대신 현상 유지를 하는 게 유리하다는 것을 알고 있는 듯하다. 그래서 수많은 중국인들이 중공과 홍콩 사이를 왕래하는 것을 허용한다. 그렇게 왕래하는 사람들은 늘 짐 보따리를 들고 다니면서 걱정할 이유가 전혀 없다는 듯 미소를 짓는다.

「중공에서 도망쳐 온 피난민들은 은신처를 어떻게 찾아냅니까?」 우리는 그리스 안내자에게 질문했다.

「그런 질문은 하지 마세요. 아무도 몰라요. 유럽 사람이라면 죽었다 깨어나도 그런 은신처를 찾지 못할 거예요. 하지만 중국인이라면……」

그는 웃음을 터뜨린다.

「겨울에는 추워요?」

「네, 살을 에는 듯한 추위지요. 게다가 여름에는 아주 무더워요. 황소라도 죽일 정도로 살인적인 더위지요.」

「그래도 당신은 잘 살고 있네요. 게다가 홍콩을 좋아하고……」

「홍콩을 사랑하기 때문이죠. 하지만 제정신을 유지하려면 2~3년마다 잠시 해외로 나가 있어야 합니다. 그러지 않으면 머리가 돌지도 모르니까요.」

도쿄

7월 26일

비행기와 바다, 우리는 대만을 지나고 이어 모래 해안과 옥빛 바다로 둘러싸인 매력적인 작은 무인도들을 지나갔다.

오후 5시, 도쿄에 도착. 이 도시는 미국화되어 있다. 넓은 도로는 끝이 없고 빌딩은 단조롭고 평범하다. 나의 첫 번째 일본 여행과 차이점이 있다. 그것은 일본 여성이 좀 더 아름다워졌고, 이제는 다리가 구부정하지도 않으며, 아기를 업고 다니지도 않는다는 것이다. 또 치열을 교정하는 틀까지 해넣고 다닌다.

일본 사람들은 미국인에게서 비타민 먹는 법을 배웠다. 일본 여성은 키가 커졌다. 그것은 미국 여성이 어렸을 때부터 키가 큰 것과 비슷하다. 또 실내의 조명도 개선되었기 때문에 눈을 버릴 염려가 없어 더 이상 안경을 쓰지 않는다.

임페리얼 호텔은 아스텍 신전과 같다. 이 호텔은 미국의 유명한 건축가인 프랭크 로이드 라이트의 작품이다. 바닥에 깐 붉은 타일, 시원한 공간, 편리한 거실, 두 군데의 내부 정원과 작은 개울 및 다리는 일본식 전통을 따른 것이다. 지하의 쇼핑센터에는 도쿄 최고의 상점들이 들어와 있고, 고객의 통신 수요를 즉시 처리해 주는 실내 우체국이 있다.

방마다 보온병이 있는데, 중국에서처럼 끓인 물이 아니라 얼음물이 담겨 있다. 객실과 식당에는 에어컨 시설이 잘 되어 있어서 잠을 자려면 담요가 필요하고, 또 식당에 들어가려면 모피가 필요하다. 하지만 대형 홀과 다른 방에서는 선풍기를 틀어 놓았는데도 더위를 참을 수가 없다. 호텔의 공기는 무겁고, 호텔의 내부와 외부에서는 습기가 느껴졌다. 일본인은 고객이 호텔에 들어설 때 심한 기온 변화를 느끼지 않도록 에어컨을 조절해 놓았다. 홍콩에서는 이런 조절 조치가 없었으므로 30도라는 급격한 온도 변화로 인해 숨쉬기가 어려울 지경이었다.

임페리얼 호텔의 또 다른 특징이라면 꽃이다. 복도, 계단, 현관, 식당 등 어디에나 서너 송이의 꽃을 꽂은 꽃병이 놓여 있다. 가끔 꽃병은 가지 둘에 꽃송이가 하나이거나, 혹은 가지 하나에 꽃송이가 둘일 때도 있다. 우리는 그 꽃송이들을 한없이 감탄하며 부러운 시선으로 바라보았다. 우리가 그런 멋진 꽃꽂이를 할 줄 모르기 때문이다. 일본인의 말에 따르면 오늘날 도쿄에는 2천여 명의 이케바나 강사가 있다. 시간 여유가 많은 젊은 귀족 여성이나 화원 주인뿐만 아니라, 가난한 여성 공장 근로자들도 일을 쉴 때면 꽃꽂이 기술을 배운다.

우리는 꽃병 앞에 서 있다. 카잔차키스는 이케바나를 배우는 사람의 마음가짐을 내게 설명해 주려고 한다.

그는 이렇게 말한다. 「두 송이 꽃보다 작은 이 가지는 하늘을 상징해요. 중간의 꽃은 인간을 상징하고, 아래쪽의 꽃은 대지를 상징하지. 그래서 세 개가 합쳐지면 삼각형을 이루게 돼. 모든 꽃꽂이는 항상 삼각형을 만들어야 하고, 그 계절에 피는 꽃을 써야 해요. 이케바나의 엄격한 규칙을 따르는 동시에 항상 사람들로 하여금 자연의 순환을 떠올리게 해야 하니까……」

「일본인이 커다란 꽃다발을 집에 두지 않는다는 게 사실인가요?」

「사실이야. 일본인은 모든 꽃꽂이가 풍경과 조화를 이루도록 아주 신경을 많이 써. 이를테면 창가의 어떤 꽃꽂이는 바다를 바라보게 하고, 또 어떤 꽃꽂이는 산을 바라보게 하는 거지. 20년 전 여러 일본인 집을 방문했던 게 기억나는군. 그들의 집에는 기쁨과 정적, 정중함이 아주 충만했었지! 큰방에는 〈도코노마〉[12]라고 해서, 가장 아름다운 그림 앞에 서너 개의 꽃을 항상 보게 되어 있어요. 다른 방들은 아주 깨끗하게 정돈되어 있고……」

임페리얼 호텔은 철저하게 에티켓을 지킨다. 투숙객이 넥타이를 매지 않은 채 대형 식당에서 식사하는 것을 허용하지 않는다. 다행히도 호텔의 지하에는 또 다른 식당이 있었다. 우리는 거기

---

12 장식물을 놓아두는 공간.

서 중국에서는 전혀 먹지 못했던 뛰어난 유럽 요리와 신선한 고급 버터를 맛보았다.

7월 27일

산책. 저녁에는 대중들이 즐겨 찾는다는 나이트클럽에 들렀다. 한심하고 저속한 광경. 구름 낀 하늘에서 가끔 비가 내린다. 무더위.

일본인이 우리에게 추천해 주었던 나이트클럽은 저속하고 메스꺼웠다. 높은 부츠를 신은 키 큰 반라의 미국 여성들이 무대 위에 등장했다. 굵은 채찍을 든 카우보이가 그 여자들의 엉덩이와 허리에 채찍질을 하자 그들은 암말처럼 신음 소리를 내질렀다. 마지막에는 섬세하고 포동포동한 게이샤가 우아한 기모노 복장으로 무대에 나와 잠시 발걸음을 멈추었다가 나막신과 기모노를 잽싸게 벗어던지고는 연못으로 뛰어들었다. 일본인의 스트립쇼는 유럽인의 쇼에 비해 음란하지는 않았다. 우리는 마치 목욕하기 위해 옷 벗는 여성을 훔쳐보는 듯해서 부끄러웠다.

7월 28일

일요일. 아침에는 국립 박물관. 아름다운 목상, 항아리, 물병, 한국의 금관, 그림, 황금색 배경의 흰 양 떼. 오후에는 가부키. 매력적인 게이샤의 춤.

중국의 많은 꽃병과 찻잔, 접시, 식기를 보았다. 우리를 수행한 젊은 한국인은 우리가 한국의 아름다운 작품에 감탄할 때마다 기뻐했다.

가부키는 20년 전과 똑같았다. 공연은 오후 3시에 시작하여 밤

11시까지 계속된다. 나는 어떤 말을 덧붙일 수 있을까? 카잔차키스는 모든 것을 설명해 주었다. 무대는 전후(戰後)에 개편되었다. 붉은 우단이 깔려 있다. 완전히 유럽식이다. 무대의 넓이는 23미터였고, 상당히 깊었다. 무대는 회전한다. 왼쪽에는 가장 중요한 주인공이 출입할 수 있는 통로 겸 다리가 있다.

배우는 무대와 하나가 되기 위해 신체의 모든 동작과 위치를 연구한다. 그렇게 해야 전체적 효과가 눈부신 한 폭의 그림이 되는 것이다. 이따금 우리는 객석에서 들려오는 사나운 목쉰 소리를 들었다. 벨리구! 벨리구! 그 소리는 분명 미국말 〈베리굿 very good〉을 말하는 것이었으나, 그 외에 몇 마디 짧은 일본어는 알아들을 수 없었다.

우리는 도쿄의 샹젤리제인 긴자를 얼마 동안 돌아다녔다. 카잔차키스와 에벨피데스는 환영차 나온 그리스인, 일본 교수, 언론인들과 한담을 나눴다. 저녁에 카잔차키스는 호텔 방에서 일본의 현재 상황을 우리에게 설명해 주었다.

「3백 년 동안 일본은 전체 인구를 3천만 명 수준으로 유지하는 데 성공했습니다. 하지만 그들이 끔찍한 〈마키비〉[13]를 그만두자 인구는 곧바로 증가하기 시작했어요. 오늘날에는 9천만 명이 넘습니다. 정부가 아무리 조치를 취해도 매년 증가하는 이 인구를 먹여 살릴 길이 막연할 겁니다. 농업 생산을 증대하기가 무척 어렵습니다. 전 국토에는 경작되지 않는 땅이 아직도 많아요. 하지만 이런 빈약한 땅으로 무엇을 할 수 있겠습니까? 일본 국토의 16퍼센트만이 경작 가능하다는 것을 한번 생각해 보세요!」

「일본에는 천연자원이 없습니까?」

---

13 신생아의 코를 화장지로 틀어막는 짓.

「구리뿐이죠. 모든 원자재는 해외에서, 다시 말해 미국에서 대부분을 수입해요.」

「임금은 비싼 원자재를 상쇄할 만큼 확실히 저렴합니까?」

「전쟁 전에는 일본의 공업 제품이 세계에서 가장 저렴하다는 얘기를 자주 들었습니다.」

「일본이 아시아의 맹주가 될 것을 꿈꾸었다는 건 사실인가요?」

「일본 지도자와 천황이 그랬죠. 하지만 어떤 나라에서도 일반 국민들은 전쟁을 원하지 않습니다. 일본인은 아주 검소해요. 한 줌의 쌀만으로도 족하다고 생각합니다. 하지만 프랑스 속담처럼 〈말 타면 경마 잡히고 싶지요〉. 1896년에는 대만, 1911년에는 한국, 1932년에는 만주를 점령했어요…….」

「만주뿐인가요? 베이징까지 쳐들어가지 않았습니까?」

「베이징에 9년 동안 주둔했지요. 중국 전체를 영구히 점령할 계획은 결코 아니었지만 만주를 일본 땅으로 생각했어요. 그래서 다른 지역은 무자비하게 약탈하고 죽이고 파괴했지만, 만주에서는 대규모 자금을 동원하여 사회 간접 자본을 건설했어요……. 당시 일본은 아시아 전체에 수출을 할 수 있었습니다. 지금 한국은 일본을 배척하고, 홍콩은 일본과의 교역에 부정적입니다. 일본에서 면직물을 구입했던 인도는 이제 주된 경쟁자로 떠오르고 있어요. 일찍이 일본 수출의 20퍼센트를 차지했던 중국은 지금 그 어떤 일제 상품도 구매하지 않아요.」

「그럼 미국은?」

「그게 문제입니다. 미국이 과연 얼마나 오랫동안 일본을 도울 수 있을까요? 한국 전쟁 당시, 일본은 엄청난 돈을 벌었습니다. 군수 산업에서 매년 8억 달러의 소득을 올렸어요. 하지만 오늘날은 어떤가요?」

「일본 경제를 연구하는 사람들은 뭐라고 말합니까?」

「조선소 경기가 좋다고 했어요. 일본인은 최고의 고객인 그리스 선주들을 존경하기까지 합니다. 그들은 또 국가의 경제생활을 좌지우지하는 무섭고도 끔찍한 자본 세력인 재벌에 관한 얘기를 합니다. 종전 직후 재벌은 해체되었고, 2백~3백 개의 개별 기업으로 분산되었어요. 하지만 지금은 재벌이 다시 고개를 들고 버젓이 제 이름으로 시장에 나오고 있습니다. 미쓰비시, 미쓰이, 스미토모, 야준타 등등……」

「그러니까 일본을 민주주의 국가로 만들려는 미국의 계획은 실현되지 않았다는 얘기인가요?」

카잔차키스는 대답하지 않고 생각에 잠겼다. 미국과 함께 싸운 나라들 중 민주주의를 꿈꾼 나라들이 많았다. 하지만 마셜 플랜으로 원조를 받은 나라들 가운데 과연 몇 개국이 건전한 경제와 강력한 민주주의를 만들어 냈을까? 우리가 이런 주제로 계속 얘기하자, 카잔차키스는 마치 내면의 비전에 빠져 드는 것처럼 말 수가 적어졌다.

우리는 도쿄 시내를 돌아다녔다. 대공원의 호수 곁에 황궁이 있다. 황궁의 철문은 천황의 생일과 새해에만 열린다. 지금은 중세의 벽 뒤에 있는 오래된 소나무만을 볼 수 있을 뿐이다.

미국은 1945년 5월 1일에 일본 황궁을 폭격했다. 궁전의 안뜰은 철문만을 제외하고 남은 게 하나도 없었다. 전쟁 직후, 일본 국민들은 히로히토 천황에게 황궁의 재건을 건의했지만 천황은 이렇게 대답했다. 「왕궁보다는 국가를 먼저 건설해야 합니다. 나는 기다릴 수 있습니다.」

이제 궁전은 재건되고 대연회는 3층에서 열린다. 예를 들어 왕자의 성년식 같은 아주 중대한 행사 때에만 천황은 정식 예복을 입는다. 이럴 때면 수많은 사람들이 자원 봉사에 나서서 황궁의 정원을 깨끗이 청소한다.

공항에서 호텔까지는 차로 한 시간 반이 걸렸다. 우리는 도로변의 작은 집들이 모두 낮은 목조 가옥이어서 단조롭지만 그래도 아름다운 대로를 지나갔다. 여기저기에 매력적인 발코니를 가진 이층집이 몇 채 있었다. 마치 인형의 집 같았다. 또 식품점, 과일 상점, 찻집, 식당, 백화점, 골동품 상점들이 있었다. 붉은색, 파란색, 노란색, 흰색의 등불, 예쁜 간판들…….

대학촌이 자리 잡은 도쿄 교외의 푸른 언덕에는 부유층과 외국인들이 사는 아름다운 집들이 있다. 고독과 자연을 사랑하는 일본인들은 집이 나무에 가려질수록 더 좋아한다.

일본의 위대한 하이쿠 시인 마쓰오 바쇼가 3백 년 전에 노래한 시로는 다음과 같은 것들이 있다.

>새는 사라진 봄을 노래하고
>물고기 눈은 눈물이 가득하다.
>
>마가니 강은
>불타는 태양을 바다로 끌어들인다.
>
>봄 저녁:
>벚나무여! 벚나무에게 새벽은 헛된 것이다.
>
>일어나라, 일어나!
>잠자는 나의 나비여, 나는 너를 여자 친구로 삼겠다!

베짱이의 울음소리,
너의 끈기는 바위를 뚫는다.

나는 첫눈을 보았다.
그날 아침 나는 세수마저 잊어버렸다…….

정부 청사와 대형 백화점이 있는 도쿄의 도심은 혐오스럽다. 보기 흉한 고층 빌딩 옆에 매점과 파헤쳐 놓은 인도, 진흙과 완공되지 않은 빌딩, 볼품없이 바쁘게 움직이는 수많은 군중 사이에서 기모노를 입고 나막신을 신은 우아한 일본 여성들이 여기저기 서 있다. 고가 전철은 2분마다 사람들의 머리 위를 지나가고 거리 전체에 굉음이 울려 퍼진다.

긴자 좌우의 고층 빌딩 틈새 — 사람들은 여기에서 예전의 일본 도자기, 견직물, 우산, 나막신, 기모노, 인형 집, 유리창 안에 전시한 진짜 음식, 세잔 혹은 마티스의 오리지널 그림을 즐길 수 있다. 또 굵은 중국 국수를 떠올리게 하는 뜨거운 국수 포장마차가 있다.

택시는 아주 인상적이고 운전기사들은 무척 정중하다. 또 모든 기사들은 일종의 특공대이다. 〈예세*Yes, sir!*〉 손님이 뭐라고 말하든 〈예세!〉라고 말하고 무섭게 돌진하기 시작한다. 도로 한가운데를 마치 사생결단하듯 앞서 달리려고 한다. 도로에 파인 구멍, 돌, 배수구, 보행자, 고양이 등 그 어떤 것도 택시 운전사의 돌진을 막을 수 없다. 예세! 택시에 탄 손님은 목적지에 도착했을 때 아직도 살아 있는 게 기적 같기만 하다. 하지만 택시 운전사는 그런 식으로 운전하지 않으면 벌어먹고 살 수가 없다. 일본의 거리 번호는 그 어떤 논리도 따르지 않는다. 홀수 시스템도 짝수 시스템도 아니고 심지어 일련번호 시스템도 아니다. 일본 가옥의 번지수에는 집주인의 생일이 부여되는 경우도 있다. 그래서 5번지 다음에는 927번지가 될 수도 있고, 그다음에는 214번지가 될 수도 있다. 또 그다음 집은 느닷없이 48번지가 되기도 한다. 이러니 주소를 금방 찾아내기는 애초에 어려운 일이다. 대부분의 거리들은 심지어 번지조차 없다. 호텔 직원이 우리의 행선지를 종이에 그려 주고서야 택시 운전사는 간신히 우리를 그곳에 데려다 줄 수 있었다.

우리는 전화를 거는 데에도 똑같은 문제를 겪었다. 나는 카잔차키스의 일본인 출판업자에게 전화를 걸기 위해 아침 내내 세 명의 호텔 직원에게 커다란 폐를 끼쳤다. 당시 나는 너무 화가 났고 속으로 호텔 직원을 욕하기까지 했다. 나중에야 우리 친구들이 아무도 전화번호를 쉽게 찾을 수 없다는 것을 말해 주었다. 일본의 전화번호부 체계는 너무나 복잡해서 원하는 상대방과 통화하려면 대여섯 번이나 전화를 걸어야 했다.

교토

7월 30일

오전 9시 정각, 우리는 교토를 향해 출발했다. 2등석을 탔지만 열차는 깨끗하고 호화로웠다. 녹색의 풍경, 강, 자그마한 호수, 매력적인 조그만 목조 가옥.

사원 순례. 아름다운 지붕, 그림. 황금 장식을 갖춘 말, 날개를 활짝 편 수탉, 그 밑에 있는 나른한 병아리들. 다다미는 티 하나 없이 반짝인다. 정교한 석등.

열차 식당 칸의 음식은 푸짐하고 저렴했으며 맛도 완벽했다. 유럽식 요리. 일본인은 수탉을 대단히 좋아해서 지금은 예쁜 긴 꼬리를 가진 종을 생산한다고 한다.

우리가 본 일본 사원에 대해서는 언급하지 않겠다. 카잔차키스는 20년 전에 이미 일본 사원을 묘사했고, 오늘날까지 달라진 게 전혀 없다.

교토는 얼마나 아름다운가! 우리는 입김을 훅 불면 쓰러질 것 같은 인형의 집이 있는 비좁은 거리를 지나갔다. 수많은 넓은 석조 계단을 올라가는 도중에 많은 탑을 보았고, 공원에는 언제나 오래된 삼나무와 소나무가 있다. 서늘한 공기에 안개가 낀 저 아래의 교토 시내는 어슴푸레하고 벨벳처럼 부드럽다. 정상에는 무척 아름다운 피뢰침, 베란다의 천장을 둘러싼 아주 오래된 아름다운 그림이 있는 미요미즈 사원. 사원은 낭떠러지의 가장자리에 세워져 있다. 물이 바위 틈새로 흐른다. 저녁에 우리는 호텔의 테라스에서 일본의 현대 시인인 아츠오 오기의 「별과의 대화」를 읽었다.

별과의 대화

별이여!
당신은 창백하게 빛나는 붉은 물고기.
당신이 헤엄치고 있는 혼돈의 무한한 깊이를
내게 말해 주세요!

별이여!
끝없는 밤,
나는 적막한 평원에 서서 기지개를 그만두고

벌거벗은 채 당신의 말에 귀 기울입니다.

별이여!
나는 사랑에 빠진 부끄러운 몸을
눈물로 씻습니다.
벌거벗은 내 가슴은 갈가리 찢어져 있습니다.

별이여!
모든 사물과 온갖 생명체는 잠들어 있습니다.
당신의 비밀을 천천히 말해 주세요,
때가 되었음을!
오, 별들이여, 솟아오르는 빛
당신은 침묵을 지키는구나!

일본에는 8만 1천7백 개의 신사와 7만 3천5백 개의 절이 있다. 똑같은 건물에 가끔 신사와 절이 나란히 있다. 일본인은 신도 의식으로 결혼하지만 제사는 불교식으로 지내기도 한다.

1956년도 인구 조사에 따르면 일본의 신도 신자는 7,778만 327명이고 불교 신자는 4,771만 4,876명이다. 이에 비해 기독교 신자는 5십만 명밖에 되지 않았다.

7월 31일

아침에는 황궁에 갔다. 넓은 구내, 탁월한 소나무 그림.
나는 지붕 꼭대기에 야생 황금새가 있는 긴카쿠지를 오래 기억할 것이다.

황궁 안에는 늙은 소나무와 삼나무를 심은 무척 아름다운 정원과 은신처가 있다. 황궁은 지붕에 흰색으로 칠한 둥근 타일의 끝만 제외하면 지붕을 포함하여 모두 회색으로 칠한 나무들을 사용했다. 막부가 들어서기 전 교토에 있던 천황은 이곳 궁전에서 잠자고 식사하고 연구하고 조신을 맞이했다. 가장 큰 건물은 중심 입구 통로의 맞은편에 있다. 전면 계단의 오른쪽에는 둥글게 다듬은 오렌지 나무, 왼쪽에는 벚나무와 아름다운 석등이 있다.

금각은 연녹색 연못에 진짜 금처럼 반사된다. 그들은 금각의 정원이 일본에서 가장 아름답다고 얘기한다. 금각의 마지막 주인은 금각을 사원에 기부했다.

1천 관음상이 있는 사원은 일본 최대의 사원이다. 관음상은 마흔 개의 팔과 열한 개의 머리를 가지고 있다. 관음상 뒤에는 스물네 명의 제자들이 있다. 돈이 그들의 발밑에 수북이 쌓여 있다.

유감스럽지만 사원과 박물관은 어처구니없게도 오후 5시, 또는 오후 4시에 문을 닫는다. 여름에도 그렇다.

8월 1일

아침에 우리는 차를 타고 교토에서 나라로 갔다. 우리는 삼프린 사원을 지나갔다. 기적같이 서늘했다. 단순함, 다다미, 그림, 멋진 정원.

녹음이 우거진 세계, 매력적인 언덕은 녹차 농장으로 뒤덮여 있다. 우리는 작은 마을을 지나 나라에 도착했다. 예스러운 비좁은 도로, 사슴이 뛰노는 큰 공원. 신사에서는 예쁜 소녀가 신관 춤을 추고, 젊은 남자 두 명이 책상다리로 앉아 산투르를 연주하고 있다.

붉은 기둥, 붉은 문, 몇 백 년 묵은 나무들. 수많은 석등. 순례자는 종을 치고 손을 꼭 쥔 채 신의 이름을 큰 소리로 부른 다음, 기도문을 나무에 꽂는다. 무더위에 우리는 복숭아와 바나나를 먹었다.

정말 값싼 즙 많고 달콤한 복숭아를 먹으면서 우리는 원자 폭탄을 머릿속에 떠올렸다. 일본 사람들은 과일과 채소에 들어간 방사능이 점점 증가하고 있다는 사실에 두려워한다…… 우리는 히로시마에 가지 않기로 결정했다. 나는 특히 카잔차키스가 우려된다.

우리는 다행히도 종교 춤을 보게 되었다. 이제 중국과 일본의 연극이 어떻게 태어났는지 좀 더 잘 알게 되었다.

오후, 교토에 있는 다실. 뛰어난 정원과 샘물이 있는 매력적인 작은 집. 안경을 쓴 못생긴 게이샤가 우리에게 진한 녹차를 대접해 주었다. 나는 기분이 좋지 않았다. 20년 전, 역시 안경을 쓴 못생긴 게이샤가 차 대접을 했던 게 생각났기 때문이다.

우리는 그곳을 떠나 나무들 사이로 게이샤가 살고 있는 이웃집을 천천히 지나갔다. 한 남자가 소나무에 올라가 나무를 다듬으면서 나뭇잎을 닦고 있었다.

니조 성: 일본에서 큰 공원이 있는 가장 아름다운 성. 성은 넓은 베란다의 주변이 모두 회색으로 칠한 나무로 지어져 있다. 벽도 모두 칠했다. 황금색 배경에는 거대한 소나무가 있다. 한쪽 구석에 우뚝 선 소나무는 다른 쪽 끝까지 15~20미터 정도로 벽 전체에 뻗어 있다. 또 가지는 울퉁불퉁하고 잎은 아름답다. 좀 더 따라가면 황새 두 마리. 대나무 숲, 흰색 공작 한 마리. 야생 오리 두 마리. 꽃이 만발한 벚나무. 흰색 수염수리 한 마리. 눈이 덮인 산. 옆으로 드르륵 열리는 모든 문마다 도금된 공작, 뱀, 연꽃, 용이 나무에 조각되어 있다.

우리는 서늘하고 어슴푸레한 성안을 몇 시간 동안 돌아다녔다.

눈은 어둠에 익숙해져서 세세한 곳까지 알아보고 발은 서늘하고 두툼한 다다미를 밟고 다녔다.

우리는 빛나는 구리 그릇이 많은 작은 사원을 방문했다. 사원 내부의 소형 탁자들에는 쌀, 가지, 참외, 사과가 놓여져 있었다.

우리가 안내자에게 누가 저 과일들을 먹느냐고 질문하자 그는 웃음을 터뜨렸다.

도쿄

8월 2일
우리는 열차를 타고 교토를 떠났다. 녹음, 감미로움, 옅은 안개. 기차에서 미국의 16세 혹은 17세 된 청소년들이 만화를 보면서 낄낄거린다. 무섭고도 위험한 소년들.

오후에 우리는 외무부에 간다. 대형 식당에서 식사.

우리는 도쿄에서 가장 아름다운 식당 중 한 곳에서 식사를 하게 되었다. 우리는 공원 안의 작은 다리를 지났고, 푸른 언덕으로 올라갔다. 달이 버드나무 뒤에서 떠올랐다. 우리는 누각에 들어가서 구두를 벗었다. 아름다운 젊은 게이샤 세 명이 우리를 거들어 방석에 앉게 했다. 또 식탁 밑에 선풍기를 놓아 주었다. 일본 요리를 먹었는데, 확실히 중국 요리만큼 맛있지는 않았지만 그래도 정중한 대접을 받았다. 우리는 따뜻하게 데운 청주를 마셨다. 일본 사람들은 우리에게 중국에 대하여 많이 물어보았다. 그들은 조만간 중국과 무역 협정을 맺는 것 이외에 다른 해결 방법이 없다는 것을 알고 있었다.

미키모토 고기치! 미키모토! 일본 사람이라면 누구나 이 이름을 알고 있다. 세계에서 그와 거래하지 않는 보석상은 없다. 미키모토! 최고의 양식 진주. 천연 진주에 맞먹는 가치를 가진 유일한 양식 진주.

미키모토는 오늘의 사업을 일구기 위해 무척 노력했다. 현재 그는 1천6백 개의 기업에서 매년 1천만 달러의 소득을 올린다.

50년 전, 그는 양식 진주를 얻을 생각으로 안고 만에서 소규모로 직접 양식하기 시작했다. 오늘날 이 산업은 일본 전국에 퍼져 있다. 그는 비록 진주 양식의 아이디어를 최초로 구상한 사람은 아니었지만, 양식을 체계화하고 자신이 원하는 디자인과 색채를 달성하면서 완전무결한 수준까지 올려놓았다. 또 품질은 일본, 한국, 인도차이나의 다른 어떤 브랜드보다 월등하다. 3년 전 칸에서 미키모토 회사는 단편 다큐멘터리 영화를 우리에게 보여 주었다. 20세에서 50세까지의 여자들이 상어의 공격을 막기 위한 흰색 스카프를 쓴 채 1분에서 3분 정도 잠수하여 진주조개를 캤다. 오로지 3년이 지난 진주조개만 잡았는데, 미키모토가 그게 최적의 나이라고 말하기 때문이다. 그들은 진주조개를 큰 통에 집어넣고 적절한 것을 골라낸다. 그러면 다른 여자들이 자그마한 상아 구슬과 조그마한 살 조각을 모든 진주조개에 집어넣는다(어떤 살인지 정확히 모르지만 진주조개 살이라고 생각된다). 가장 힘든 일은 이 구슬을 진주조개가 금방 뱉어 내지 않도록 어느 정도의 깊이로 집어넣어야 하는지 정확히 알아내는 것이다. 너무 깊숙이 집어넣으면 구슬이 진주조개를 해치거나 죽일지도 모르기 때문이다. 이 외과 수술이 끝나자마자 다른 여자들이 그 진주조개를 통에 넣고 다시 깊은 바다 속에 놓아둔다. 줄에 묶인 통은 바다 속에 매달려 있다. 이렇게 심어진 진주조개는 3~4년 동안 바다에 있으면서 아름다운 진주를 만든다. 여자들이 정기적으로 잠수하여 심어 놓은 진주조개를 꺼내 달라붙은 해초와 보통 조개를 닦아 내고 다시 통에 집어넣는다.

긴자에 있는 미키모토의 본점에서 우리는 많은 유럽인과 미국인, 영국인 숙녀뿐만 아니라 그리스인 숙녀까지 만났다. 그들은 우리의 그리스어를 듣자마자 정중하게 우리에게 다가왔다. 이집트에서 온 그리스인이었다.

우리가 열차를 타고 도쿄로 되돌아가려고 할 무렵, 무서운 뇌우가 몰아쳤다. 우리는 첫 번째 열차를 놓쳤고, 두 번째 열차는 번개에 맞았다. 그래서 예정보다 2시간 늦게 도쿄에 도착했다. 우리는 호텔에서 세 남자(출판업자와 그의 두 친구)를 만났고, 또 아름다운 여자 둘(줄스 대신 Jules Dassin의 영화 「죽어야 하는 자」를 수입한 K씨 부인과 그녀의 딸)을 만났다. 우리는 잘 모르는 중에도 그들 모두가 일행이라고 생각하고 두 여자의 저녁 식사 초대를 받아들였다. 며칠 전에 그날 저녁의 출판업자와 식사하기로 약속되어 있었지만 일행이면 문제없겠지 하고 생각했던 것이다. 일본인들은 우리의 그런 오해에 화를 내지 않았고, 또 불쾌하게 여기지도 않았다. 어쩌면 내색을 하지 않은 것인지도 모른다. 일행은 기분 좋게 미소 지으며 석 대의 차에 나누어 타고는, 우리가 긴자에서 칭찬했던 매력적인 작은 일본 식당으로 가서 K씨 부인 일행과 식사를 했다. 식당에서는 왜 우리가 오지 않을까 하며 몹시 기다리고 있었다. 우리는 8시까지 도착할 거라고 말했는데, 정작 도착한 시간은 11시 무렵이었다. 우리는 많은 일본 요리를 먹었다. 그들은 한결같이 정성을 다하여 접대했고, 요리가 무엇으로 만들어졌는지, 또 어떻게 먹어야 하는지에 대해 설명해 주면서, 술잔에 계속 청주를 따라 주었다. 나는 낮은 식탁 밑에 선풍기를 틀어 놓은 채 먹었던 일본 요리를 결코 잊지 못할 것이다. 우리는 바닥의 부드러운 방석 위에 다리를 포개고 앉았다.

화제로 원자 폭탄 얘기가 나왔다. K씨 부인과 딸은 해마다 칸 영화제에 참석하는데, 2년 전 그녀는 「새들은 울 줄 모른다」라는 원자 폭탄에 관한 비극 영화를 출품했지만 언론에서 호평을 받지 못했다고 했다.

그녀는 「죽어야 하는 자」가 일본에서 대상을 받을 거라고 말했고, 사실 그 예언은 맞아떨어졌다. 카잔차키스의 소설 『수난』에 바탕을 둔 그 영화는 그해의 최고 영화로 평가되어 대상을 받았다.

우리는 정말 좋은 사람들을 만나기 시작했는데 일본을 떠나야 한다는 것이 섭섭했다. 그들로부터 많은 것을 배울 수 있을 텐데. 우리에게 좀 더 시간이 있었더라면 좋은 곳을 더 많이 볼 수 있었을 텐데.

그날 우리는 호텔 객실에서 다음과 같은 메모를 발견했다. 〈고노 교수로부터 전화가 왔습니다. 시간이 괜찮다면 그는 기꺼이 당신을 방문할 것입니다.〉

우리는 고노 교수에게 연락했고, 기쁜 마음으로 그를 만나 보겠다고 말했다.

우리는 호텔 응접실에서 고노 교수를 기다렸다. 뻣뻣한 칼라, 금반지, 커다란 진주 목걸이, 깃털 달린 모자, 베일, 예쁜 개 등을 자랑하는 유럽 사람들이 로비에 가득했다. 일본인 두 명이 수수한 검은색 상의에 나막신을 신고, 왼쪽 어깨에 자그마한 보따리를 둘러멘 채 로비에 들어섰다. 고노 박사 부부였다. 이제 일본의 문화가 처음으로 연꽃을 활짝 피웠고, 우리는 벌처럼 그 속으로 들어가 꽃술의 가장 달콤한 꿀을 맛볼 수 있었다…….

고노 교수는 대학에서 고대 그리스어를 가르쳤다. 그는 아테네에 일본 대사로 나가 있는 친구로부터 두 사람의 그리스 여행자를 만나 보라는 편지를 받았다. 그는 이미 그 전부터 출판된 카잔차키스의 모든 작품을 읽었다. 그는 또 『일본·중국 기행』을 읽었고, 이 책에 쓰인 일본어에 큰 관심을 가지고 있었다.

「〈후도신〉의 의미는 무엇입니까? 나는 그것을 계속 생각했지만 이해하지 못했습니다……」

역시 교수인 고노 씨 부인은 미소를 지으면서 머리를 갸우뚱했지만 그녀도 그 뜻을 알지 못했다.

카잔차키스는 20년 전에 일본으로 가는 배에서 그 말을 배웠고, 그때 얼마나 큰 인상을 받았는지, 또 그의 인생에 얼마나 큰 교훈이 되었는지 그들에게 말해 주었다. 고요함과 침착함! 행운과 불행을 맞이해도 흔들리지 않는 영혼!

고노 교수는 호주머니에서 종이와 연필을 꺼내 니코스의 말을 신중하게 경청하고 *Fu*, *Do*, *Shin*을 한자로 적었다. 그는 그 문자를 아내에게 보여 주고 부부가 잠시 연구하더니, 갑자기 환한 기색이 되어 다음과 같이 말했다.

「아, 이제 이해하겠습니다. 그래요, 알겠어요! 이것은 불교의 계명, *Fu*(不), *Do*(動), *Shin*(心)이군요. 바로 마음을 움직이지 않는 거예요. 아, 이제 그것을 알게 되어 정말 기쁩니다!」

그는 다시 미소를 지으면서 천천히 보따리를 풀어 탁자 위에 네모난 상자를 올려놓고 말했다.

「이것은 일본 과자입니다. 두 분께서 좋아하시기를!」

우리는 호기심에 끌려 곧바로 상자를 열고 들여다보았다. 그것은 어떤 속도 집어넣지 않은 채 달걀 노른자위로 만든 일종의 노란 칸다이프(잘게 썬 밤과 꿀이 든 그리스와 터키식 조각 케이크)였다. 마드리드에서 이와 비슷한 과자를 먹은 적이 있었다. 우리는 포크를 가져와서 친구들과 나눠 먹었다. 그사이에 출판업자인 고모이 씨가 통역과 친구들과 함께 찾아왔다.

우리가 웃고 먹으면서 입맛을 다실 때, 고노 부부는 붉은색, 초록색, 노란색의 반짝이는 색종이가 든 자그마한 사각형 상자를 열고, 아무 말 없이 어린이 같은 놀이를 하기 시작했다. 그들이 색종이를 접고 펼치고 꼬고 다듬고, 다시 접고 펼치고 꼬고 다듬고, 다시 펼쳤더니 작은 색종이는 그들의 손에서 자그만 공이 되었다. 서서히 형태를 취하면서 대리석 탁자 위를 지나가는 모습이 마치 물에 떠 있는 야생 오리, 안개, 수련, 일본 등, 전함, 어선 등을 연상시켰다. 우리는 손뼉을 치면서 종이 동물 시리즈를 모두 만들어 줄 수 없겠느냐고 물었다. 유럽에 돌아갈 때 가져가고 싶다는 말도 했다.

나는 니코스에게 물었다. 「유럽의 교수들 중 남들이 비웃을까 봐 염려하지 않고 낯선 사람들 앞에서 이런 어린애들 놀이를 천연덕스럽게 할 수 있는 사람이 과연 있을까요? 이 동양의 소박함은 큰 미덕이 아닐까요?」

닛코

8월 3일

나는 다시 한 번 거대한 나무들, 붉은 제단, 붉은 다리, 세 마리의 원숭이를 보았다. 또 폭포, 거대한 불상, 수많은 순례자를 보았다. 특별한 감동은 없다.

옛날 옛적 17세기 초에, 한 경건한 젊은이는 도쿠가와 막부의 위대한 창시자인 자신의 할아버지 도쿠가와 이에야스를 존경하고 숭배했다. 그는 부하들에게 공식 예복을 입고 무릎을 꿇어 시선을 내리깔지 않는 한 그 누구도 그의 할아버지 얘기를 꺼내지 못하도록 명령을 내렸다.

조상에 대한 숭배 외에도 도쿠가와 이에미츠는 아름다운 색채, 올바른 조각상, 꽃, 신화에 등장하는 새, 선량한 사람의 마음을 채울 수 있는 거라면 무엇이든지 좋아하는 듯했다. 할아버지의 명예를 드높이기 위해서 그는 당대 최고의 예술가를 데려와 많은 돈을 주고 자유롭게 놓아두었다. 예술가는 높은 나무, 폭포, 바위, 푸른 언덕, 새, 동물이 있는 천 년 묵은 숲에 도취되어 하리마 궁전을 건설했다. 할아버지를 위한 사원과 대영묘를 완공한 뒤 〈닛코(日光)〉라는 일본어는 장려함, 탁월함을 의미하는 〈겟코(結構)〉와 동의어가 되었다.

금으로 조각된 다채로운 제단, 반달처럼 보이는 아름다운 붉은 다리, 유명한 문을 가진 멋진 성문들, 세 마리의 원숭이 등이 있는 회색 지붕의 단순한 회색 궁전을 우리는 더 좋아했다. 이 건축물만으로도 히다리 진고로는 불후의 명성을 누릴 수 있으리라. 닛코의 일본인들은 전 세계에서 온 수많은 순례자가 그 건축물들을 보면서 즐기는 모습에 기뻐한다.

나무에 새겨진 이 예술적 비전은 제작 당시에 2천만 엔이 소요되었다. 이에미츠는 자신의 금고에서 건설 자금을 일부 내주었고, 그의 귀족 신하들은 훨씬 더 많은 돈을 냈다.

할아버지와 손자는 지금 두 개의 단순한 청동 대영묘 안에 나란히 누워 있다.

카잔차키스가 언급한 폭포는 히다리 진고로의 작품인데, 1백 미터 높이에서 떨어지는 인공 폭포이다. 우리가 산을 오르면서 본 호수는 아주 아름다웠는데, 그 이름이 〈주젠지〉였다.

가마쿠라

8월 4일

끔찍한 여행, 무더위, 먼지, 수많은 차. 수많은 순례자들이 가마쿠라에 몰려들었다. 이 거대한 불상은 아름답지만 나라의 대불(大佛)은 이보다 더 크다.

하지만 눈을 반쯤 감은 이 불상은 정말 아름다웠다. 부처는 어두운 절에 갇히지 않고 오래된 나무 아래에서 자유롭다! 태풍과 화재가 가마쿠라에서 맹위를 떨쳤다. 사원들은 불에 타서 잿더미로 변했고, 사람들 역시 한 줌의 재가 되었다. 하지만 말이 없는 부처는 1252년부터 똑같은 미소를 지으면서, 아마도 현세보다도 더 나은 미래를 반쯤 감은 눈으로 꿈꾸고 있는지도 모른다……

니코스의 붉은 수첩은 여기에서 끝난다. 나도 여기에서 우리의 여행을 끝낼 것이다. 다만 친애하는 독자에게 나의 재주 없는 글솜씨를 용서해 줄 것을 거듭 청한다. 이 정도 써오는 것도 여간 힘든 일이 아니었고, 또 글을 쓰는 중에 자꾸만 실패할지 모른다는 두려운 생각이 엄습했다. 하느님은 인간을 판단할 때 그 행동이 아니라 동기에 따라 판단한다고 한다. 독자 여러분도 내 글을 그런 식으로 판단해 주었으면 좋겠다. 내 글 솜씨를 보지 말고 니코스 카잔차키스를 기억하려는 그 선한 동기를 헤아려 주시기 바란다.

1958년 2월 26일
앙티브에서

영역자의 말
게오르게 C. 파파게오테스

니코스 카잔차키스는 현대 그리스 문학의 거장이며 20세기의 위대한 작가이다. 이것은 그를 숭배하는 그리스 사람들의 의견일 뿐만 아니라 알베르트 슈바이처, 토마스 만, 알베르 카뮈와 같은 사람들의 평가이기도 하다. 그리스는 역사적 시대정신과 유산은 물론, 현대인의 고통과 고뇌를 표현할 수 있는 작가를 그에게서 발견했다. 그는 많은 작품, 특히 대부분의 운문 비극에서 그러한 주제를 표현해 냈다. 인류의 모든 경험을 자신의 세계관 속에 아우르려는 욕구와 지식욕 때문에 그는 해외여행을 여러 번 떠나게 되었다. 그런 여행에서 그는 새로운 비전과 인상과 경험을 찾았고, 그 중에서 적당한 것을 선택하여 영혼의 욕구와 호기심을 충족시켰으며, 그렇게 하여 새로운 예술을 만들어 냈다.

그는 사상의 편력 과정에서 그리스 정교회, 로마 가톨릭 교회, 베르그송, 니체, 민족주의, 자유주의, 정신 분석, 불교, 사회주의, 공산주의, 레닌, 무솔리니, 슈바이처 등 현대의 으뜸가는 정신적·지적·정치적 운동과 그 지도자들을 알게 되었다. 이런 것들은 한때 그의 인생에 영향을 주었지만 그를 완전히 사로잡지는 못했다. 그는 그러한 다양하고도 모순적인 사상들로부터 지성의 자양분을 취하면서 자신만의 독창적인 세계관을 형성했다. 이 세계관은 그의 소설과 비극과 여행서에서 아름답게, 또 감동적으로 표현되어 있다. 「신을 구하는 자」와 『오디세이아』(이 장시의 18편과 21편에서 그는 불교와 기독교를 대비하고 있다) 같은 작품에서는 자신의 세계관을 자유롭게 직설적으로 토로하기도 했다. 그의 신념은 무덤에 새겨진 좌우명에 잘 요약되어 있다. 〈나는 아무것도 바라지 않는다. 나는 아무것도 두려워하지 않는다. 나는 자유이다.〉 그에게 있어서 자유는 지상의 모든 구속에서 벗어나는 과정이었고, 또 그의 인생은 그 자유를 달성하기 위한 한결같은 투쟁이었다. 그리고 우리는 그의 인생에서 〈고상한 열정〉에 온전히 바쳐진 모범적 사례를 발견하는 것이다.

카잔차키스는 1883년 2월 18일 크레타 섬의 이라클리온에서 태어났다. 폭넓은 여행을 하고, 또 마지막 12년 동안 자발적인 국외 방랑을 했음에도 불구하고 크레타 섬은 언제나 그의 정신적 고향이었다. 〈애향심〉은 그에게서 결코 떠나지 않았다. 그는 크레타의 농민 출신임을 자랑스럽게 생각했다. 그의 아버지는 『미할리스 대장』에서 미할리스 대장 역으로 이상화되었는데, 가게 주인 겸 농민이었다. 아버지는 강건한 체력에 원시적인 본능을 갖춘 비사교적이고 과묵한 남자였다. 카잔차키스는 아버지를 존경하면서도 두려워했으며, 신앙심 깊고 온순하고 순종적인 어머니를 무척 사랑했다. 작가는 자신의 양면적인 의지를 이러한 부모의 성격 차이 탓으로 돌렸다. 형제는 2남 2녀였는데, 손아래 동생은 어렸을 때 죽었다. 그는 고향에서 학교를 다녔다. 1897년 크레타 반란 때, 많은 크레타 섬 사람들은 가족을 키클라데스 섬으로 보냈다. 카잔차키스 가족은 낙소스 섬으로 건너갔다. 어린 카잔차키스는 프란체스코 수도사들이 운영하는 성 십자가 프랑스 학교를 2년 동안(1897~1899) 다니면서 프랑스어, 라틴어, 이탈리아어를 배웠다. 또 그 학교의 훌륭한 도서관에서 유럽 문학, 특히 프랑스 문학을 접하게 되었다. 고등학교의 마지막 2년 동안 그는 영어와 독어를 독학으로 공부했다. 그의 동창생들은 지금까지도 그를 대단히 부지런하고 머리가 좋은 학생으로 기억하고 있고, 프란체스코 수도회 교사들은 그가 큰사람, 아마도 추기경이 될 거라고 생각했다. 1902년부터 1906년까지 그는 아테네 대학교에서 법학을 공부한 후, 1906년 12월에 우수한 성적으로 졸업했다. 1905년, 아직 대학생의 신분으로 아테네의 일류 신문인 「아크로폴리스」에 아크리타스라는 필명으로 칼럼을 기고했다. 그는 이 신문사에서 평생 동안 존경해 마지않았던 위대한 민족주의자이자 민중어 운동의 지도자인 이온 드라구미스(?~1920)를 만났다.

법과 대학 상급생이었을 때 그는 첫 번째 에세이「병든 시대」를 발표했고, 카르마 니르바메라는 필명으로 처녀작「뱀과 백합」(일기 형식으로 쓴 95페이지 분량의 서정적 이야기)을 출판했다. 이 작품은 당시의 비평가와 칼럼니스트로부터 비교적 호평을 받았다. 그 책은 젊은 예술가의 열정적인 이야기인데, 주인공은 애인인 소녀와 완전한 의사소통을 할 수 없게 되자 마지막 밤을 함께 보냈고, 백합꽃이 가득한 밀실에서 꽃향기에 도취된 채 동반 자살한다. 가브리엘레 단눈치오의 『죽음의 승리』가 카잔차키스의 처녀작에 큰 영향을 미친 것으로 보인다.

1907년 희곡 선발 위원회는 그의 첫 희곡인 3막극「동이 트면」을 좋게 평가했다. 이 작품은 아테네에서 공연되었는데, 다소 논쟁의 여지가 있었다. 시동생과 사랑에 빠진 여성의 곤경을 동정적인 관점에서 묘사한 작품이었다. 극중의 여주인공은 이혼하기보다는 자살을 선택했다. 같은 해에 그는 또 다른 희곡, 「파스가」와 「얼마나 오래?」를 썼다. 1909년 이집트의 한 잡지는 카잔차키스가 쓴 〈희극〉이라는 제목의 단막극을 출판했다.

1907년 그는 여행을 시작하여 몇 나라를 제외하고는 유럽과 아시아에 있는 대부분의 나라들을 여행했다. 카잔차키스의 아버지는 그가 법과 대학을 졸업하면 이탈리아 여행을 보내 주겠다고 약속했다. 카잔차키스는 1907년에 여자 친구이자 인문학부 학생이며 작가이기도 한 갈라테아 알렉시우(1886~1962)와 함께 이 여행을 떠났다. 그는 아버지의 강한 반대에도 불구하고 1911년에 그녀와 결혼했고, 1924년까지 (장기 여행을 제외하면) 그녀와 함께 살았다. 그들은 1926년에 이혼했다.

그는 1907년부터 1909년까지 파리에서 철학자 앙리 베르그송 문하에서 연구하면서 상당한 영향을 받았다. 베르그송의 〈엘랑 비탈〉[1]은 카잔차키스 자신의 철학에서 의무를 다하는 헌신적인 인간이 육체를 정신으로 승화시키는 힘으로 작용했다.

파리의 한 소녀로부터 그의 겉모습이 니체와 닮았다는 말을 들은 후로는 한동안 니체를 연구하고 모방했다. 1908년 그는 「프리드리히 니체와 권력의 철학」이라는 제목으로 93페이지짜리 박사 논문을 썼고, 그 논문이 아테네 대학교의 법과 대학에서 통과되었으며, 1909년에 이라클리온에서 출판되었다. 카잔차키스의 전기 작가이자 친구인 판델리스 프레벨라키스가 지적하는 대로, 카잔차키스는 이 논문에서 자신이 흡수했던 니체 철학의 일부이며 그 자신의 작품을 한결같이 관통하는 이념과 지침, 유토피아 등

---

[1] *élan vital*. 사물을 장악할 수 있는 생명력.

을 간략하게 제시하고 있다.

파리에 있을 때 그는 아테네 신문과 잡지의 통신원으로 일하면서 1909년 아테네 잡지에 출판된 철학 에세이 「과학은 파산하였는가」를 썼고, 윌리엄 제임스의 이론에 영감을 얻어 실용주의에 대한 프랑스어 논문을 썼다. 하지만 나중에 이 논문을 파기했다.

1909년부터 1910년까지 민중 문학 잡지인 『누마스』에 페트로스 프실로레이티스라는 필명으로 첫 번째 소설 『부서진 영혼』을 시리즈로 발표했다. 이 소설은 파리에 유학한 한 무리의 그리스 학생에 대한 이야기이다. 주인공 오레스테스 아스테리아데스는 고상한 꿈을 꾸지만 그것을 구체화하려는 의지력이 부족한 이상주의자이다. 현실 생활과 맞서는 이상적이고 순진한 그의 투쟁은 파멸을 초래한다. 그의 비극적 종말에는 상냥하지만 나약한 여자 친구와, 과거의 영광과 향수에 짓눌린 노교수 고르기아스가 동참한다. 이 상징적 소설은 3부작의 1부로 의도된 것이었지만 나머지 작품은 결국 완결되지 못했다.

다음 해, 그는 그리스에서 가장 유명한 민요 「아르타의 다리」에서 영감을 얻은 니체식 희곡 「희생」으로 상을 받기도 했다. 이 희곡은 나중에 〈도편수〉라는 새로운 제목으로 마놀리스 칼로미리스의 첫 번째 오페라의 대본이 되었다. 이것은 그의 인생 탐구라는 주제를 표현한 첫 번째 작품이다. 희곡의 주인공은 대의명분을 추진하고 한번 시작한 것을 달성하기 위해 여성과 가정의 행복을 기꺼이 희생하거나 거부하는 과감한 인물이다.

그는 제1차 발칸 전쟁(1912~1913) 때 자원입대하여 엘레우테리오스 베니젤로스 총리 집무실에 배속받아, 총리 비서의 특별보좌관으로 임명되었다. 1911년부터 1915년까지 그는 윌리엄 제임스, 니체, 에커만, 레장, 마테를링크, 다윈, 부흐너, 베르그송의 주요 저서를 번역했고, 페식스 출판사를 위해 플라톤의 『대화』 6편을 번역했으며, 아내와 교과서 시리즈를 공저하여 상당한 수입을 올렸다.

1914년과 1915년 사이에 그는 친우이며 시인인 앙겔로스 시켈리아노스(1884~1951)와 함께 그리스의 고대 및 현대 성지를 체계적으로 순례했다. 두 사람은 그리스-기독교 정신을 작품에 재현하기 위해 전념했다. 이 여행에서 얻은 인상과 기록을 묶은 글들이 『모레아 기행』으로 출판되었다.

2년 뒤 그는 기오르고스 조르바와 함께 마니에 인접한 광산을 운영했지만 실패로 끝났다. 그는 이때 알게 된 조르바를 행동과 생명력의 표상으로 구상화한 소설 『그리스인 조르바』를 썼고, 이 소설을 통해 조르바를 불멸의 인간상으로 만들어 냈다. 광산 사업에 실패한 뒤, 그는 취리히에서 2년을 보냈다.

1919년 5월부터 1920년 11월 1일까지 그는 공공복지부의 장관으로서 그리스 난민을 카프카스로부터 본국으로 송환하는 일을 성공적으로 수행했다. 이때 난민 문제를 자세히 알게 되었고, 이 경험을 바탕으로 『수난』을 썼다.

1921년 그는 빈에서 불교를 집중적으로 연구하기 시작했으며 비극 『붓다』 집필에 착수했다(그 전에도 「오디세우스」, 「그리스도」, 「니키포로스 포카스」 등을 이미 쓰고 있었다). 부처는 그의 농민적 영혼에 다소 낯선 사람이었지만, 그가 좋아하는 예언자와 인류의 지도자로서 평생 남게 되었다.

1922년부터 1924년까지의 기간은 카잔차키스의 인생에서 하나의 전환점을 이룬다. 그는 열렬한 민족주의자에서 사회주의자로 전향한다. 패배해서 굶주리고 있는 독일, 소아시아의 재난으로 피 흘리는 그리스의 참상, 새로운 친구들의 영향력 등으로 인해 그는 이런 사상적 전향을 하게 되었다. 베를린에서 보낸 3년 동안 카잔차키스는 폴란드와 독일의 젊은 유대계 사회주의자와 지식인 서클 사이에서 카리스마적 지도자로 활약했다. 이 그룹의 젊은 여성들은 마치 힌두교 신자들이 크리슈나무르티 신을 숭배하듯이 그를 존경했다. (대부분의 처녀들은 1937년 스탈린의 숙청에서 처형되거나 독일의 집단 수용소에서 죽었다). 그동안 카잔차키스는 자신의 초공산주의(공산주의를 초월하는 사회) 이론을 개발했다. 그는 인민과의 돈독한 유대를 강조한 레닌을 존경했지만 일반적 마르크스주의의 원칙과 유물론은 몹시 싫어했다. 그는 공산주의자의 관료주의와, 수량과 통계에 몰두하는 비인간적 경향을 철저히 배격했다. 창조적 행동에 대한 인간의 헌신만이 〈신을 구한다〉는 그의 신념과, 그가 몸소 실천한 초공산주의 이론은 「신을 구하는 자」에서 구체적으로 표현되었다. 금욕주의자의 정신적 수련서인 이 책은 원래 1927년에 그리스 잡지 『아나예니시』에 발표되었고, 1945년에는 개정판이 나왔다. 카잔차키스의 세계관은 더 발전하여 보기 드문 예술 형태인 위대한 바로크 서사시 『오디세이아』로 구체화되었다. 〈우리 시대의 기념비적인 장시〉인 이 작품은 현대인의 고뇌, 신을 추구하는 그의 마음, 현대 세계의 사상적 갈등을 탁월하게 표현한다. 이 33,333행의 장편 서사시(17음절의 단장격 운문)는 초고를 일곱 번이나 고쳐 쓴 뒤에야 결정판이 나왔다(1925년 겨울~1938년 12월). 카잔차키스가 『오디세이아』를 작업하고 있던 13년 동안 그는 두 권의 프랑스어 소설(『토다 라바』와 『돌의 정원』), 네 권의 여행서, 수많은 비극, 『리디오 리디아 Lidio-Lidia』, 방탕하고 늙은 추기경에 관한 희곡, 「돌아온 오셀로」, 피란델로풍의 희극, 스물한 편 칸토의 대부분, 네 편의 대본, 그리스어로 자유롭게 개작된 40여 편의 아동용 고전, 엘레프테루다키스 대백과 사전 중 몇백 개의 항목, 기타 신문 잡지에 발표한 수많은 기사 등을 썼다. 또 단테의 『신곡』, 괴테의 『파우스트』, 후안 라몬 히메네스의 시, 그 밖의 스페인 서정시인의 시를 번역했다.

카잔차키스는 『오디세이아』를 완성한 뒤 어느 정도 마음이 느긋해졌다. 그는 1940년에 영국을 방문했고, 그리스가 나치에 점령되었던 기간 내내 에기나 섬에서 은둔하며 세계적으로 유명해진 소설 『그리스인 조르바』와 네 편의 비극을 썼고, 호메로스의 『일리아스』(훌륭한 고전주의자 야니스 카크리디스 교수와 협력하여), 마키아벨리의 『군주론』, 외르겐센의 『성 프란체스코의 생애』를 번역하고, 단테의 『신곡』을 다시 번역했다.

1945년 해방 뒤에 그는 공산주의자를 거부했던 군소 민주사회당들의 대표였던 소풀리스의 연립 정부에서 정무 장관이 됨으로써 정계에 잠시 입문했다.

1945년 11월 11일, 그는 방대한 작품을 완성하도록 그를 격려하고 협조해 주었던 충실한 동료이자 협조자인 엘레니 사미우와 결혼했다. 그녀는 19세기 그리스의 계몽적인 훌륭한 과학자였던 아펜툴리스 교수의 손녀였다.

1946년 6월 2일, 그는 영국 문화원의 방문 초청을 받고 영국으로 떠났다. 그는 세상을 떠날 때까지 그리스로 돌아가지 않았다. 1947년 5월 1일부터 1948년 3월 25일까지 11개월 동안 그는 유네스코 고전 번역부의 부장을 맡았다. 그 후 1948년 6월 프랑스령 리비에라에 있는 고대 그리스의 도시 앙티브에 정착하고, 여생 동안 저술 활동에 온 힘을 바쳤다. 마놀리타 별장에서 그는 전 세계적으로 자신을 유명하게 만들어 준 『수난』, 『미할리스 대장』, 『최후의 유혹』, 『성자 프란체스코』와 그의 서정적 자서전인 『영혼의 자서전』 등을 썼다.

1953년 백혈병에 걸린 그는 사망할 때까지 고통을 받았고, 독일 프라이부르크 대학 병원에서 하일마이어 교수에게 치료를 받았다. 그는 중국과 일본 여행에서 귀국한 직후인 1957년 10월 26일 프라이부르크에서 세상을 떠났다.

카잔차키스의 기행문은 새로운 문학 장르를 확립하여 그리스 현대 문학의 발전에 크게 기여했다. 기행 문학은 묘사적인 소품을 비롯하여, 한 나라의 위대한 사상가에 대한 철학적 에세이까지 광범위한 내용을 망라하고 있다. 이런 유형의 저술은 오늘날 그리스에서 인기가 높다. 현대 그리스에서 저명한 많은 작가들이 기행 문학을 체계적으로 개발하여 성공했지만 아무도 카잔차키스처럼 아름답고 깊이 있는 기행문을 써내지 못했다. 기행서 덕분에 그는 첫 소설이 출판되기 훨씬 전부터 그리스의 일반 대중에게 이름이 알려졌다. 그의 비극 『오디세이아』, 「신을 구하는 자」는 그리스 독자의 집중적인 관심을 이끌어 내지 못했지만 기행서는 인물, 장소, 사건의 충실한 재현, 짜릿한 묘사, 간결하고 깊이 있는 생각, 촌철살인의 금언 등으로 일반 독자들을 매혹시켰다. 이러한 기행서 각 편에는 작가의 성실성이 짙게 깔려 있다. 그는 자신이 접촉했던 사람들을 이해하기 위해 노력했고, 자신의 연구에 관련되면 그 나라의 역사를 최대한 거슬러 올라가 그 사람들의 행동 양태와 생활양식의 근원 및 발전 경위를 발견하려고 노력했다.

여행하는 동안 그는 민족, 국가, 종교, 문명에 상관없이 인류를 거대한 하나의 공동체로 묶어 주는 은밀한 맥락을 발견하기 위해 애썼다. 그의 말대로 〈인간 정신의 가장 큰 기쁨은 양쪽의 의견을 듣고 상반되는 견해의 상대적 가치를 깨달을 뿐만 아니라, 아주 심하게 대치하는 사상들로부터 완전한 통합을 이루어 내는 것이었다〉.

카잔차키스는 인간을 좀 더 이해하기를 열망했고, 다양한 현대 사회의 이면에서, 그 사회를 구성하는 인간의 다양성 속에서 유사성을 찾아내려고 애썼다.

그의 첫 번째 기행서는 1927년 이집트 알렉산드리아에서 〈지중해 기행〉이라는 제목으로 출판되었다. 그 책에는 그가 전해에 방문했던 지중해 국가에 대한 인상과, 무솔리니와의 인터뷰가 들어 있다. 스페인 부분을 빼고 예루살렘, 키프로스, 펠로폰네소스 항목을 더한 이 책은 1961년 아테네에서 다시 출판되었다. 프랑스어 판은 〈*Du Mont Sinai à l'île de Venus*(시나이 산에서 비너스 섬까지)〉라는 제목으로 1957년에 나왔다.

그는 1920년대에 소련을 네 번에 걸쳐 여행했는데, 이 경험은 『러시아에서 나는 무엇을 보았는가』(1928), 두 권짜리 『러시아 문학사』(1930), 프랑스어 소설 『토다 라바』(1931) 등에 영감을 주었다. 『러시아에서 나는 무엇을 보았는가』는 〈러시아 기행〉이라는 제목으로 다시 출판되었다.

1937년 그의 첫 번째 기행서에 들어 있던 스페인 관련 부분과 「Viva la Muerte(스페인 내전 연대기)」가 하나로 합쳐져 〈스페인 기행〉이라는 제목으로 출판되었다. 이 책은 곧 미국에서 출판될 예정이다.

그리스에서 가장 인기가 높은 여행서는 1938년에 처음 출판된 『일본·중국 기행』이었다. 여기에는 1935년(2월 22일~5월 6일) 극동 여행에 대한 그의 인상이 들어 있다.[2] 이 책의 아름다운 몇몇

---

2 그는 아테네 신문 「아크로폴리스」의 특파원으로 거기에 갔고, 『오디세이아』에 집어넣을 새로운 풍경과 동물상, 식물상을 둘러보기 위한 목적도 있었다.

장면은 1937년에 쓴 프랑스어 소설 『돌의 정원』에 많이 들어 있다. 1958년에 발간된 『일본·중국 기행』의 4판에는 에필로그가 추가되었다. 에필로그에는 카잔차키스의 마지막 노트, 〈20년 후〉라는 제목으로 중국에 대해 글을 쓰겠다는 계획 등이 들어 있다. 1957년의 마지막 극동 여행에서 남편을 수행한 엘레니 카잔차키가 그 노트에 상세한 주석을 달아서 그때의 정황을 비교적 소상하게 알려 주고 있다. 이처럼 에필로그가 추가된 증보판은 1962년 아테네에서 새롭게 출판되었다.

그의 마지막 여행서는 그리스에서 큰 성공을 거둔 『영국 기행』이다. 이 책은 1940년 위기의 순간에 영웅적 노력을 펼치는 영국을 묘사하고 있다.

카잔차키스는 또 『홀리데이』라는 잡지에 크레타 섬에 관한 두 편의 기사와, 그리스 잡지에 발표된 〈그리스 땅〉이라는 제목으로 일련의 기사를 썼다. 그리스를 무척 아름답게 찬미한 첫 번째 기사들은 이 책의 번역자(게오르게 C. 파파게오테스)가 편집한 『현대 그리스 독본』에 들어 있다. 「그리스 땅」의 상당 부분은 다소 가필되어 『영혼의 자서전』에 그대로 실렸다.

기행서의 주제를 몇 가지 들면 그것은 인간 심리, 생각과 행동의 주인공, 유물, 풍경, 지역과 주민 정서와의 상호 관계, 문명의 유한성, 인류와 여러 나라의 미래이다.

『스페인 기행』에서 카잔차키스는 스페인 사람들의 영혼, 열정과 nada(허무)의 양극, 그들의 열정적인 성격을 생생하게 묘사했다. 『영국 기행』에서 그는 스페인 사람과 상반되는 영국인의 수수한 성격을 아름답게 예시하면서 영국인의 〈신사도〉를 간결하게 그렸다. 〈신사〉는 자기 자신과 자기의 본능을 잘 통제하고 폭넓은 시각과 세계적인 사고방식을 가진 사람으로 해석되어 있다. 카잔차키스에 의하면 〈신사〉, 마그나 카르타, 셰익스피어는 원숭이에서 인간으로 진화하는 역사에서 인간이 쟁취한 세 가지의 위대한 승리이다. 인류의 미래에 대한 카잔차키스의 철학은 낙관적이다. 동양에 매혹된 그의 감정은 극동에서 에기나로 되돌아왔을 때 르노 드 주브날에게 보낸 편지에 드러나 있다. 〈동양에 대한 인상은 아직도 내 눈에 가득하고, 내 마음은 산산조각으로 부서지는 듯합니다. 내게는 유럽의 모든 것이 이제 재미없고 무미건조하고 무취하고 진부하며 또 슬퍼 보입니다. 나는 일본에서 아름다운 것을 많이 보았고, 중국에서 의미 깊은 인간적인 것을 많이 보았습니다.〉

이념은 그의 주된 관심사가 아니었다. 그가 존경하는 사람은 이런 사람이었다. 〈인생의 목표가 있고, 목표를 지키기 위해 희생할 준비가 되어 있으며, 힘의 한계를 초월하여 목표를 추진하는 사람.〉 그의 영웅은 그것이 무엇이든 인생의 목표에 전적으로 헌신하는 지도자들이었다. 21편의 칸토와 12편 대부분의 비극은 그리스도, 부처, 모세, 무함마드, 레닌, 단테, 니체, 셰익스피어, 레오나르도 다빈치, 콜럼버스, 칭기즈 칸, 히데요시 같은 행동적 영웅들의 투쟁을 묘사하고 있다.

그는 아주 종교적인 사람이지만 그 어떤 종교에도 속하지 않았다. 그는 신을 추구했고, 나아가 *maestro*(주인) 혹은 *duca*(지도자)를 추구했다. 그는 이런 마에스트로 혹은 두카를 그리스도, 부처, 레닌, 오디세우스에서 잇따라 보았지만 그 누구에게도 귀의하지 않았다. 그는 늘 일치 불가능한 것들을 일치시키려고 애썼다. 그가 말한 바 있듯이, 그의 작품의 중심 사상은 다양한 형태의 정치적, 종교적, 지적 자유를 달성하기 위해 투쟁하는 것이었다.

이 책에서 자유의 개념은 가끔 낯선 뉘앙스를 지니고 있다. 우리는 카잔차키스의 도전적 명제에 항상 동의할 수는 없지만 그 명제가 늘 생각을 자극하는 힘을 가지고 있음을 발견한다.

프레벨라키스가 말했던 3단계의 이념, 즉 귀족적 민족주의, 유토피아적 사회주의 혹은 초공산주의, 영웅적 니힐리즘을 겪은 뒤, 그는 보편적 휴머니즘, 곧 정신적 승화라고 불러도 좋을 법한 새로운 단계의 사상에 이르렀다. 모든 사람은 인류가 진보할 수 있도록 타인의 향상뿐만 아니라 자신의 향상을 위해 투쟁해야 한다. 삶의 모든 잠재력과 풍요로움을 양성하고 체험해야 한다. 우리는 〈고상한 열정〉을 위해 투쟁함으로써만 진보할 수 있다. 진보 운동은 우리를 지치게 할 수도 있지만 아직 발견되지 않은 잠재력의 실현으로 우리를 이끌고 갈 수도 있다. 카잔차키스는 자신의 작품을 통해 삶의 올바른 길을 따라가고 가파른 싸움을 계속해 나가는 우리 내면의 숨겨진 힘을 보여 주려고 노력했다. 앞으로 몇 세기 동안 우리 인류는 그의 작품에서 많은 영감과 용기를 이끌어 내게 될 것이다.

옮긴이의 말
이종인

객관적 상관물 objective correlative은 어떤 감정이나 관념을 표현하고자 할 때 그것을 에둘러 말해 주는 물건 혹은 대상을 말한다. 가령 비 오는 기차역에서 우산을 들고 서 있는 여자는 그리움을, 모파상의 단편 소설에 나오는 마틸드의 잃어버린 목걸이는 여인의 허영을 표현하는 객관적 상관물이 된다. 여행자가 중국이나 일본 같은 나라를 서너 달 정도 여행하고서 그 나라에 대한 인상을 쓰고자 한다면, 그는 이런 객관적 상관물을 앞세우면서 이야기하는 것이 더 편안할지 모른다. 왜냐하면 한 나라는 소국이든 대국이든 너무나 많은 것이 얽혀 있는 복합체이기 때문이다. 그런 복잡한 현상을 시네마스코프식으로 묘사하는 것은 현실적이지도 못하거니와 효과도 별로 없다. 이러한 접근 방법에 대하여 카잔차키스는 다음과 같이 말하고 있다.

여행은 포도주와 같다. 무슨 환상이 마음에 찾아올지 모르고 마신다. 확실히 여행하는 중에 자기 안에 있던 모든 것을 발견한다. 원하지 않았어도 눈에 흘러넘치는 수많은 인상들 중에서 마음속의 욕구와 호기심에 더 잘 부응하는 것들을 선택한다.

사실상 별 의미가 없는 〈객관적〉인 진리가 존재하는 곳은 두 군데뿐이다. 하나는 사진기이다. 또 하나는 세계를 냉정하게 정감 없이, 그러니까 사물과 깊은 접촉 없이 보는 인간의 마음이다. 고통 속에서도 사랑하는 자는 자신이 보는 풍경, 어울리는 사람들, 마주친 사건들 등과 신비한 교감 속에서 대화한다. 그러므로 완벽한 여행가는 자신이 여행하는 나라를 나름대로 창조하는 법이다.

— 일본 기행 중 〈교토〉 편

카잔차키스는 일본 기행에서 일본을 이해하는 키워드로 〈사쿠라〉, 〈고코로〉 그리고 〈테러(공포 혹은 전율)〉라는 세 가지 화두를 꺼내 든다. 그리고 이것들이 어떻게 서로 연결되는지를 구체적 사례들을 통해 설명한다. 가령 사쿠라 뒤에 숨겨져 있는 대포라든가, 후지 산 그림을 어머니에게 보내온 아라키 장군의 이야기라든가, 이런 것들을 제시하면서 겉으로는 평화를 말하면서도 속으로는 군국주의적 팽창(1930년대 중반)을 꿈꾸는 일본의 모습을 지적하고 있다. 또 중국의 경우에는 어떤 연회에 참석한 한 노인이 갑자기 연출된 자살을 실행하는 장면을 제시함으로써 중국의 개혁이나 발전이 얼마나 요원한 이야기인지를 여실하게 보여 주고 있다. 또 야채 가게 앞에서 자살한 사람의 모습을 내세워 중국인의 죽음관이 일상생활에서 어떻게 작용하는지를 구체적으로 보여 주고 있다.

이처럼 카잔차키스의 일본·중국 기행문은 작가가 본 독특한 인상만을 절도 있게 제시함으로써 한국 독자의 고정관념에 일격을 가하고 있다. 일반적으로 말해서 한국인의 머릿속에는 일본과 중국의 모습이 상당히 정형화되어 있다. 그 정형화는 중고등학교 시절 국사 교과서에 등장하는 일본과 중국의 모습에서 커다란 영향을 받았을 것이다. 그러나 그리스 사람인 카잔차키스의 관점은 우리와는 전혀 다른 관점으로 조율되어 있기 때문에 상당히 낯설다는 느낌을 준다. 나는 이처럼 낯설게 하는 카잔차키스의 문장을 번역하면서 송나라 휘종의 고사를 자주 생각했다. 송 휘종이 궁중 화가를 뽑는 시험을 치를 때 다음과 같은 제목을 써주고서 그에 어울리는 그림을 그리라고 했다. 〈꽃을 밟다가 돌아오니 나의 말[馬] 발굽에 향기가 가득하네.〉 1등으로 뽑힌 그림은 향기로운 꽃들이 만발한 초원을 그린 그림이 아니었다. 말은 곧게 뻗은 길로 걸어가고 있고, 두 마리의 나비가 그 발굽에서 날아다니는 그림이었다. 꽃과 향기와 초원은 근처 어디에 확실히 있지만 눈에 직접적으로 보이지 않게 그려져 있었다.

그러니까 이 고사는 부분을 가지고 전체를 말해야 훌륭한 작품이 된다는 것인데, 나는 특히 중국을 묘사한 카잔차키스의 여행기에서 이런 훌륭한 부분을 많이 발견했다. 그가 둘러본 중국(1935)은 열강에 일방적으로 침략당하여 제대로 반격도 하지 못하면서 자만에 빠진 병든 환자의 모습이었는데, 그는 이것을 일관되게 창녀와 아편 중독자의 이미지를 동원하여 묘사하고 있다. 나는 이런 부분을 번역하면서 몇 가지 이미지만을 가지고 쓰러져 가는 대국의 전반적 윤곽을 잘 묘사하는 그 솜씨에 박수갈채를 보냈다. 카잔차키스는 이러한 중국의 인상이 특히 강렬했는지, 20년 후인 1957년에 병든 몸임에도 불구하고 두 번째 중국 여행에 나섰다. 이 여행 직후 카잔차키스는 사망했는데, 그의 아내 엘레니는 카잔차키스의 여행 메모에다 자신의 주석을 붙여 이 책의 뒤에 에필로그라는 제목으로 보유편을 싣고 있다. 이 보유편에 나오는 카잔차키스의 메모에는 일본, 중국 여행과 관련하여 아주 주목할 만한 발언이 있다.

> 세상을 좋아하는 동시에 〈*nada*(무, 혼돈)〉를 좋아한다. 그렇기 때문에 나의 청춘은 비극적이었다. 나는 투쟁했고, 아직도 통합을 위해 투쟁한다. 가시적인 것을 좋아하는 동시에 그것이 일종의 자기기만이라는 것을 알고 있다. 이렇게 세상이 덧없다는 것을 알면서도 열정과 애정을 가지고 세상을 좋아한다.
> 나는 이제 자유로운 눈으로 보고, 모든 것을 환영한다. 명상, 선행, 아름다움의 세 가지 길은 최고의 지혜를 가져다준다. 한 송이의 꽃조차 사람을 최고의 지혜로 이끌 수 있는 것이다.
> ─「20년 후」 중 1957년 7월 1일의 메모

이처럼 이 세상의 아름다움과 허무함, 다시 말해 유(아름다움)와 무(허무함)를 통일시키려는 카잔차키스의 노력은 어떻게 보면 시시포스의 노력처럼 보인다. 하지만 우리가 이 발언에 주목하게 되는 것은 일본과 중국 기행문에 나오는 여러 에피소드들이 말하자면 그 유와 무를 통합하려는 시각에 의해 정돈되어 있기 때문이다. 〈삶이란 다 죽음의 위장 수단이 아닙니까?〉라는 말이 나오는 〈벚꽃과 대포〉편이 그렇고, 세계의 생성은 곧 창조와 파괴의 반복이라고 주장하는 〈황색 키르케〉편이 그러하며, 정원을 깨끗이 쓸었다가 다시 흩어 버리는 리큐의 이야기가 나오는 〈일본의 정원〉편이 그러하다.

유에서 무로 나아간다는 카잔차키스의 시각은 고대 그리스의 사상적 전통을 이어받은 것으로 보인다. 가령 플라톤의 『향연』에 나오는 디오티마의 〈사랑의 사닥다리〉를 연상시키는 것이다. 디오티마는 남녀 간의 육체적 사랑을 바탕으로 그 사랑이 점점 발전하여 추상적인 사랑(가령 애국심이나 초월에 대한 의지 혹은 해탈)으로 발전한다고 말하고 있다. 이것은 카잔차키스가 이 책의 〈프롤로그〉에서 밝히고 있는 것과 동일한 시각이기도 하다. 그는 〈젊은 시절 한때 나는 굶주린 영혼에 추상적인 개념들을 잔뜩 채우려고 애를 쓴 적도 있었다. 〔……〕 그 나라들에 대한 추억들이 머릿속에서가 아니라 손가락 끝과 살갗에 어려 있음을 알 수 있다〉라고 말했다. 다시 말해 추상적인 것으로 나아가는 길은 구체적인 것을 통해야만 가능하고 그 반대의 경우는 아니라는 것이다. 이것은 곧 유에서 무로 나아가는 디오티마의 사닥다리 그대로인 것이다.

그렇다면 이 아름다운 세상 ― 〈까마득하게 높이 걸린 폭포, 바위를 때리는 멀리 떨어진 바다, 갈대 위에 내리는 비, 바람에 바스락거리는 소나무〉 ― 에 대한 열정을 바탕으로 하여 허무를 향해 나아갈 때 그가 도달하는 최종 지점은 어디인가? 위의 메모는 그것을 〈최고의 지혜〉라고 말한다. 카잔차키스 자신은 그것을 위해 과거에도 투쟁했고 지금도 투쟁하고 있다는 것이다. 이렇게 말하는 카잔차키스는 얻기 불가능한 것(불사 혹은 최고의 지혜)을 얻으려는 고통에 적극적으로 뛰어들어 자발적으로 수난(受難)하는 그리스도, 부처, 디오니소스의 모습을 연상시킨다.

이 투쟁이라는 말에서 우리는 또다시 고대 그리스 사상의 한 자락을 엿보게 된다. 투쟁은 카잔차키스의 전 작품을 관통하는 주제이기도 한데, 간단히 말하면 〈헬레네를 위하여 싸운다〉라는 것이다. 이 말은 호메로스의 서사시 『일리아스』 제3권 155~158행, 〈트로이인과 아카이아인이 저 여인(헬레네)을 위하여 오랫동안 싸운다는 것은 놀랄 일이 아니오. 그 모습이 놀라우리만치 불사(不死)의 여신을 닮았으니 말이오〉에서 나온 것이다. 헬레네는 아름다움의 표상이며 동시에 최고의 지혜(불사)로 나아가는 길이다. 카잔차키스는 헬레네의 아름다움은 헬레네에게만 있는 것이 아니라 이 세상 모든 것, 그러니까 가장 평범한 한 송이의 꽃에서도 얻을 수 있다고 생각한다. 그래서 꽃을 노래한 일본 시를 인용하면서 이렇게 비판하고 있다. 《《꽃 피는 벚나무/삶을 퍽도 닮았구나!/꽃 피는 것을 보는 순간/어느새 지는구나.》 이것은 진실하지만 너무 비참한 인생관이다. 이해할 수 없는 신비의 한 단면만 언급했을 뿐이다. 한순간이 질적으로는 영원과 맞먹을 수 있다는 사실을 무시하는 인생관이다〉(일본 기행 중 〈나라〉 편). 이렇게 볼 때 아름다움을 통하여 인생의 총체적 신비를 향해 나아가는 것, 그것이 카잔차키스의 구체적 투쟁이었고, 또 〈헬레네를 위한 싸우기〉였다.

중국 여행을 마치고 유럽으로 돌아와 백혈병 치료차 독일 프라이부르크에 머물던 카잔차키스는 1957년 10월 26일 숨을 거두었다. 겸손한 카잔차키스는 죽기 3개월 전인 7월 1일자 메모에서 자신이 아직도 투쟁 중이라고 말했지만, 그 글을 쓰던 때는 이미 디오티마의 사닥다리에서 꼭대기 부분에 도달해 있었던 게 아닌가 하는 생각이 든다. 나는 카잔차키스의 다음과 같은 말에서 그것을 느낄 수 있었다.

몇 초 동안 나는 꼼짝 않고 서 있었다. 어떤 것이 가장 큰 행복인지 모른다. 행복의 문 앞에 서서 〈마음이 내키면 들어가고, 그렇지 않으면 들어가지 않겠다. 나는 자유다!〉라고 말하는 것인가? 아니면 한시도 지체하지 않고 입구를 지나 그 안으로 들어가는 것인가? 행복해지고 싶었던 때가 실은 가장 행복한 때였던 것처럼 행복의 입구에서 어쩔 줄 모르고 안달하는 것, 그것이야말로 최상의 행복이라고 생각한다.
— 일본 기행 중 〈후지 산〉 편

  이 책의 번역 대본으로는 1982년 Creative Arts Book Company에서 출간된 *Japan China*를 사용하였다.

니코스 카잔차키스 연보

1883년 2월 18일(구력)* 크레타 이라클리온에서 태어남. 당시 크레타는 오스만 제국의 영토였음. 아버지 미할리스는 바르바리(현재 카잔차키스 박물관이 있음) 출신으로, 곡물과 포도주 중개상을 함. 뒷날 미할리스는 소설 『미할리스 대장 *O Kapetán Mihális*』의 여러 모델 가운데 하나가 됨.

1889년(6세) 크레타에서 터키의 지배에 대항하는 반란이 일어났으나 실패함. 카잔차키스 일가는 그리스 본토로 피하여 6개월간 머무름.

1897~1898년(14~15세) 크레타에서 두 번째 반란이 일어남. 자치권을 얻는 데 성공함. 니코스는 안전을 위해 낙소스 섬으로 감. 프랑스 수도사들이 운영하는 학교에 등록. 여기서 프랑스어에 대한 그의 사랑이 시작됨.

1902년(19세) 이라클리온에서 중등 교육을 마치고 법학을 공부하기 위해 아테네 대학교에 진학함.

1906년(23세) 대학을 졸업하기도 전에 에세이 「병든 시대 I arrósteia tu aiónos」와 소설 「뱀과 백합 Ofis ke kríno」 출간함. 희곡 「동이 트면 Ximerónei」을 집필함.

1907년(24세) 「동이 트면」이 희곡 상을 수상하며 아테네에서 공연됨. 커다

---

*그리스는 구력인 율리우스력을 사용하다가, 1923년 대다수의 국가가 현재 사용하고 있는 그레고리우스력을 받아들이면서 그해 2월 16일을 3월 1일로 조정하였다. 구력의 날짜를 그레고리우스력으로 환산하려면 19세기일 때는 12일을, 20세기일 때는 13일을 더하면 된다.

란 논란을 일으킴. 약관의 카잔차키스는 단번에 유명 인사가 됨. 언론계에 발을 들여놓음. 프리메이슨에 입회함. 10월 파리로 유학함. 이곳에서 작품 집필과 저널리즘 활동을 병행함.

1908년(25세) 앙리 베르그송의 강의를 듣고, 니체를 읽음. 소설 『부서진 영혼 Spasménes psihés』을 완성함.

1909년(26세) 니체에 관한 학위 논문을 완성하고 희곡 「도편수O protomástoras」를 집필함. 이탈리아를 경유하여 크레타로 돌아감. 학위 논문과 단막극 「희극: 단막 비극Komodía」과 에세이 「과학은 파산하였는가I epistími ehreokópise?」를 출간함. 순수어 katharévusa를 폐기하고 학교에서 민중어 demotiki를 채용할 것을 주장하는 솔로모스 협회의 이라클리온 지부장이 됨. 언어 개혁을 촉구하는 선언문을 집필함. 이 글이 아테네의 한 정기 간행물에 실림.

1910년(27세) 민중어의 옹호자 이온 드라구미스를 찬양하는 에세이 「우리 젊음을 위하여 Ya tus néus mas」를 발표함. 고전 그리스 문화에 대한 추종을 극복해야만 한다고 역설하는 드라구미스가 그리스를 새로운 영광의 시기로 인도할 예언자라고 주장함. 이라클리온 출신의 작가이며 지식인인 갈라테아 알렉시우와 결혼식을 올리지 않은 채 아테네에서 동거에 들어감. 프랑스어, 독일어, 영어와 고전 그리스어를 번역하는 것으로 생계를 유지함. 민중어 사용 주창 단체들 중 가장 중요한 〈교육 협회〉의 창립 회원이 됨.

1911년(28세) 10월 11일 갈라테아 알렉시우와 결혼함.

1912년(29세) 교육 협회 회원을 대상으로 한 긴 강연에서 베르그송의 철학을 그리스 지식인들에게 소개함. 이 강연 내용이 협회보에 실림. 제1차 발칸 전쟁이 발발하자 육군에 자원하여 베니젤로스 총리 직속 사무실에 배속됨.

1914년(31세) 시인 앙겔로스 시켈리아노스와 함께 아토스 산을 여행함. 여러 수도원을 돌며 40일간 머무름. 이때 단테, 복음서, 불경을 읽음. 시켈리아노스와 함께 새로운 종교를 창시할 것을 몽상함. 생계를 위해 갈라테아와 함께 어린이 책을 집필함.

1915년(32세) 시켈리아노스와 함께 다시 그리스를 여행함. 〈나의 위대한 스승 세 명은 호메로스, 단테, 베르그송〉이라고 일기에 적음. 수도원에 은거하며 책을 한 권 썼으나 현재 전해지지 않음. 아마도 아토스 산에 대한 책인 듯함. 「오디세우스Odisséas」, 「그리스도Hristós」, 「니키포로스 포카스Nikifóros Fokás」의 초고를 씀. 10월 아토스 산의 벌목 계약을 위해 테살로니키로 여행함. 이곳에서 카잔차키스는 제1차 세계 대전 중 영국군과 프랑스군이 살로니카 전선에서 싸우기 위해 상륙하는 것을 목격함. 같은 달, 톨스토이를 읽고 문학보다 종교가 중요하다고 결심하며, 톨스토이가 멈춘 곳에서 시작하리라고 맹세함.

1917년(34세) 전쟁으로 석탄 연료가 부족해지자 기오르고스 조르바라는 일꾼을 고용하여 펠로폰네소스에서 갈탄을 캐려고 시도함. 이 경험은 1915년의 벌목 계획과 결합하여 뒷날 소설『그리스인 조르바*Víos ke politía tu Aléxi Zorbá*』로 발전됨. 9월 스위스 여행. 취리히의 그리스 영사 이안니스 스타브리다키스의 거처에 손님으로 머무름.

1918년(35세) 스위스에서 니체의 발자취를 순례함. 그리스의 지식인 여성 엘리 람브리디를 사랑하게 됨.

1919년(36세) 베니젤로스 총리가 카잔차키스를 공공복지부 장관에 임명하고, 카프카스에서 볼셰비키에 의해 처형될 위기에 처한 15만 명의 그리스인들을 송환하라는 임무를 맡김. 7월 카잔차키스는 자신의 팀을 이끌고 출발. 여기에는 스타브리다키스와 조르바도 끼여 있었음. 8월 베니젤로스에게 보고하기 위해 베르사유로 감. 여기서 평화 조약 협상에 참여함. 피난민 정착을 감독하기 위해 마케도니아와 트라케로 감. 이때 겪은 일들은 뒷날『수난*O Hristós xanastavrónetai*』에 사용됨.

1920년(37세) 8월 13일 드라구미스가 암살됨. 카잔차키스는 큰 충격에 휩싸임. 11월 베니젤로스가 이끄는 자유당이 선거에서 패배함. 카잔차키스는 공공복지부 장관을 사임하고 파리로 떠남.

1921년(38세) 1월 독일 드레스덴, 라이프치히, 예나, 바이마르, 뉘른베르크, 뮌헨을 여행함. 2월 그리스로 돌아옴.

1922년(39세) 아테네의 한 출판인과 일련의 교과서 집필을 계약하며 선불금을 받음. 이로써 해외여행이 가능해짐. 5월 19일부터 8월 말까지 빈에 체재함. 여기서 이단적 정신분석가 빌헬름 슈테켈이 〈성자의 병〉이라고 부른 안면 습진에 걸림. 전후 빈의 퇴폐적 분위기 속에서 카잔차키스는 불경을 연구하고 붓다의 생애를 다룬 희곡을 집필하기 시작함. 또한 프로이트를 연구하고「신을 구하는 자*Askitikí*」를 구상함. 9월 베를린에서 그리스가 터키에 참패했다는 소식을 들음. 이전의 민족주의를 버리고 공산주의 혁명가들에 동조함. 카잔차키스는 특히 라헬 리프슈타인이 이끄는 급진적 젊은 여성들의 세포 조직으로부터 영향을 받음. 미완의 희곡『붓다

Vúdas』를 찢어 버리고 새로운 형태로 쓰기 시작함. 「신을 구하는 자」에 착수하면서 공산주의적인 행동주의와 불교적인 체념을 조화시키려 시도함. 소비에트 연방으로 이주할 것을 꿈꾸며 러시아어 수업을 들음.

1923년(40세) 빈과 베를린에서 보낸 시기에는 아테네에 남아 있던 갈라테아에게 보낸 편지를 통해 많은 자료를 남겼음. 4월 「신을 구하는 자」를 완성함. 다시 『붓다』 집필을 계속함. 6월 니체가 자란 나움부르크로 순례를 떠남.

1924년(41세) 이탈리아에서 3개월을 보냄. 이때 방문한 폼페이는 그가 떨쳐 버릴 수 없는 상징의 하나가 됨. 아시시에 도착함. 여기서 『붓다』를 완성하고, 성자 프란체스코에 대한 평생의 흠앙을 시작함. 아테네로 가서 엘레니 사미우를 만남. 이라클리온으로 돌아와, 망명자들과 소아시아 전투 참전자들로 이루어진 공산주의 세포의 정신적 지도자가 됨. 서사시 『오디세이아 *Odíssia*』를 구상하기 시작함. 아마 이때 「향연 Simposion」도 썼을 것으로 추정됨.

1925년(42세) 정치 활동으로 체포되었으나 24시간 뒤에 풀려남. 『오디세이아』 1~6편을 씀. 엘레니 사미우와의 관계가 깊어짐. 10월 아테네 일간지의 특파원 자격으로 소련으로 떠남. 그곳에서의 감상을 연재함.

1926년(43세) 갈라테아와 이혼. 갈라테아는 뒷날 재혼한 뒤에도 갈라테아 카잔차키라는 이름으로 활동함. 카잔차키스는 다시금 신문사 특파원 자격으로 팔레스타인과 키프로스로 여행함. 8월 스페인으로 여행함. 독재자 프리모 데 리베라와 인터뷰함. 10월 이탈리아 로마에서 무솔리니와 인터뷰함. 11월 훗날 카잔차키스의 제자로서 문학 에이전트이자 친구이며 전기 작가가 되는 판델리스 프레벨라키스를 만남.

1927년(44세) 특파원 자격으로 이집트와 시나이를 방문함. 5월 『오디세이아』의 완성을 위해 아이기나에 홀로 머무름. 작업이 끝나자마자 생계를 위해 백과사전에 실릴 기사들을 서둘러 집필하고 『여행기 *Taxidévondas*』 첫 번째 권에 실릴 글을 모음. 디미트리오스 글리노스의 잡지 『아나예니시』에 「신을 구하는 자」가 발표됨. 10월 말 혁명 10주년을 맞이한 소련 정부의 초청으로 다시 러시아를 방문함. 앙리 바르뷔스와 조우함. 평화 심포지엄에서 호전적인 연설을 함. 11월 당시 프랑스에서 큰 인기를 얻고 있던 그리스계 루마니아 작가 파나이트 이스트라티를 만남. 이스트라티를 비롯한 몇몇 사람들과 함께 카프카스를 여행함. 친구가 된 이스트라티와 카잔차키스는 소련에서 정치적, 지적 활동을 함께하기로 맹세함. 12월 이스트라티를 아테네로 데리고 옴. 신문 논설을 통해 그를 그리스 대중에게 소개함.

1928년(45세) 1월 11일 카잔차키스와 이스트라티는 알람브라 극장에 모인 군중 앞에서 소련을 찬양하는 연설을 함. 이는 곧바로 가두시위로 이어짐. 당국은 연설회를 조직한 디미트리오스 글리노스와 카잔차키스를 사법 처리하고 이스트라티를 추방하겠다고 위협함. 4월 이스트라티와 카잔차키스는 러시아로 돌아옴. 키예프에서 카잔차키스는 러시아 혁명에 관한 영화 시나리오를 집필함. 6월 모스크바에서 이스트라티와 동행하여 고리키를 만남. 카잔차키스는 「신을 구하는 자」의 마지막 부분을 수정하고 〈침묵〉 장을 추가함. 「프라우다」에 그리스의 사회 상황에 대한 논설들을 기고함. 레닌의 생애를 다룬 또 다른 시나리오에 착수함. 이스트라티와 무르만스크로 여행함. 레닌그라드를 경유하면서 빅토르 세르주와 만남. 7월 바르뷔스의 잡지 『몽드』에 이스트라티가 쓴 카잔차키스 소개 기사가 실림. 이로써 유럽 독서계에 카잔차키스가 처음으로 알려짐. 8월 말 카잔차키스와 이스트라티는 엘레니 사미우와 이스트라티의 동반자 빌릴리 보드보비와 함께 남부 러시아로 긴 여행을 떠남. 여행의 목적은 〈붉은 별을 따라서〉라는 일련의 기사를 공동 집필하기 위해서였음. 두 친구의 사이가 점차 멀어짐. 12월 빅토르 세르주와 그의 장인 루사코프가 트로츠키주의자로 몰려 처벌된 〈루사코프 사건〉이 일어나 그들의 견해차는 마침내 극에 달함. 이스트라티가 소련 당국에 대한 분노와 완전한 환멸을 느낀 반면, 카잔차키스는 사건 하나로 체제의 정당성을 판단하기는 어렵다는 입장이었음. 아테네에서 카잔차키스의 러시아 여행기가 두 권으로 출간됨.

1929년(46세) 카잔차키스는 홀로 러시아의 구석구석을 여행함. 4월 베를린으로 가서 소련에 관한 강연을 함. 논설집을 출간하려 함. 5월 체코슬로바키아의 한적한 농촌으로 들어가 첫 번째 프랑스어 소설을 씀. 원래 〈모스크바는 외쳤다 *Moscou a crié*〉라는 제목이었으나 〈토다 라바 *Toda-Raba*〉로 바뀜. 이 소설은 작가의 변화한 러시아관을 별로 숨기지 않고 드러내고 있음. 역시 프랑스어로 〈엘리아스 대장 *Kapetán Élias*〉이라는 소설을 완성함. 이는 『미할리스 대장』의 선구가 되는 여러 작품 중 하나임. 프랑스어로 쓴 소설들은 서유럽에 자신의 존재를 드러내려는 최초의 시도였음. 동시에 소련에 대한 자신의 달라진 관점을 반영하기 위해 『오디세이아』의 근본적인 수정에 착수함.

1930년(47세) 돈을 벌기 위해 두 권짜리 『러시아 문학사 *Istoria tis rosikis logotehnias*』를 아테네에서 출간함. 그리스 당국은 「신을 구하는 자」에 나타난 무신론을 이유로 그를 재판에 회부하겠다고 위협함. 계속 외국에 머무름. 처음에는 파리에서 지내다가 니스로 옮긴 뒤, 아테네 출판사들의 의

뢰로 프랑스 어린이 책을 번역함.

1931년(48세) 그리스로 돌아와 아이기나에 머무름. 순수어와 민중어를 포괄하는 프랑스-그리스어 사전 편찬 작업에 착수함. 6월 파리에서 식민지 미술 전시회를 관람함. 여기서 『오디세이아』에 나오는 아프리카 장면의 아이디어를 얻음. 『오디세이아』의 제3고를 체코슬로바키아에서 은거하며 완성함.

1932년(49세) 재정적 어려움을 타개하기 위해 프레벨라키스와 공동 작업을 구상함. 여러 편의 영화 시나리오와 번역을 구상했으나 대체로 실패함. 카잔차키스는 단테의 『신곡』 전편을, 3운구법을 살려 45일 만에 번역함. 스페인으로 이주하여 그곳에서 작가로 살기로 하고 그 출발로서 선집에 수록될 스페인 시의 번역에 착수함.

1933년(50세) 스페인 인상기를 씀. 엘 그레코에 관한 3운구 시를 지음. 훗날 『영혼의 자서전 Anaforá ston Gréko』의 전신이 됨. 스페인에서 생계를 해결하지 못하고 아이기나로 돌아옴. 『오디세이아』 제4고에 착수함. 단테 번역을 수정하면서 몇 편의 3운구 시를 지음.

1934년(51세) 돈을 벌기 위해 2, 3학년을 위한 세 권의 교과서를 집필함. 이 중 한 권이 교육부에서 채택되어 재정 상태가 잠시 나아짐. 『신곡』이 아테네에서 출간됨. 『토다 라바』가 프랑스 파리의 『르 카이에 블루』지에서 재간행됨.

1935년(52세) 『오디세이아』 제5고를 완성한 뒤 여행기 집필을 위해 일본과 중국을 방문함. 돌아오는 길에 아이기나에서 약간의 땅을 매입함.

1936년(53세) 그리스 바깥에서 문명(文名)을 확립하려는 시도로서, 프랑스어로 소설 『돌의 정원 Le Jardin des rochers』을 집필함. 이 소설은 그가 동아시아에서 겪은 일들을 바탕으로 함. 또한 미할리스 대장 이야기의 새로운 원고를 완성함. 이를 〈나의 아버지 Mon père〉라고 부름. 돈을 벌기 위해 왕립 극장에서 공연 예정인 피란델로의 「오늘 밤은 즉흥극 Questa sera si recita a soggetto」을 번역함. 직후 피란델로풍의 희곡 「돌아온 오셀로 O Othéllos xanayirízei」를 썼는데 생전에는 이 작품의 존재가 알려지지 않았음. 괴테의 『파우스트』 제1부를 번역함. 10~11월 내전 중인 스페인에 특파원으로 감. 프랑코와 우나무노를 회견함. 아이기나에 집이 완성됨. 그가 장기 거주한 첫 번째 집임.

1937년(54세) 아이기나에서 『오디세이아』 제6고를 완성함. 『스페인 기행 Taxidévondas: Ispanía』이 출간됨. 9월 펠로폰네소스를 여행함. 여기서 얻은 감상을 신문 연재 기사 형식으로 발표함. 이 글들은 뒷날 『모레아 기행 *Taxidévondas: O Morias*』으로 묶어 펴냄. 왕립 극장의 의뢰로 비극 「멜리사 Mélissa」를 씀.

1938년(55세) 『오디세이아』 제7고와 최종고를 완성한 뒤 인쇄 과정을 점검함. 호화판으로 제작된 이 서사시의 발행일은 12월 말일임. 1922년 빈에서 걸렸던 것과 같은 안면 습진에 걸림.

1939년(56세) 〈아크리타스 *Akritas*〉라는 제목으로 3만 3,333행의 새로운 서사시를 쓸 계획을 세움. 7~11월 영국 문화원의 초청으로 영국을 방문함. 스트랫퍼드어폰에이번에 기거하며 비극 「배교자 율리아누스 Iulianós o paravátis」를 집필함.

1940년(57세) 『영국 기행 *Taxidévondas: Anglia*』을 쓰고 「아크리타스」의 구상과 「나의 아버지」의 수정 작업을 계속함. 청소년들을 위한 일련의 전기 소설을 씀(『알렉산드로스 대왕 *Megas Alexandros*』, 『크노소스 궁전 *Sta palatia tis Knosu*』). 10월 하순 무솔리니가 그리스를 침공함. 카잔차키스는 그리스 민족주의에 대한 새로운 애증에 빠짐.

1941년(58세) 독일이 그리스를 점령함. 카잔차키스는 집필에 몰두하여 슬픔을 달램. 『붓다』의 초고를 완성함. 단테의 번역을 수정함. 〈조르바의 성스러운 삶〉이라는 제목의 새로운 소설을 시작함.

1942년(59세) 전쟁 기간 동안 아이기나를 벗어나지 못함. 다시 정치에 뛰어들기 위해 가능한 한 빨리 작품 집필을 포기하기로 결심함. 독일군 당국은 카잔차키스에게 며칠간의 아테네 체재를 허락함. 여기서 이안니스 카크리디스 교수를 만나 호메로스의 『일리아스』를 공동 번역하기로 합의함. 카잔차키스는 8월과 10월 사이에 초고를 끝냄. 〈그리스도의 회상〉이라는 제목으로 예수에 대한 소설을 쓸 계획을 세움. 이것은 뒷날 『최후의 유혹 *O teleftaíos pirasmós*』의 전신이 됨.

1943년(60세) 독일 점령 기간의 곤궁함에도 불구하고 정력적으로 작업을 계속함. 『그리스인 조르바』와 『붓다』의 두 번째 원고 및 『일리아스』의 번역을 완성함. 아이스킬로스의 〈프로메테우스〉 3부작을 모티프로 한 희곡 신판을 씀.

1944년(61세) 봄과 여름에 희곡 「카포디스트리아스 O Kapodístrias」와 「콘스탄티누스 팔라이올로구스 Konstandínos o Palaiológos」를 집필함. 〈프로메테우스〉 3부작과 함께 이들 희곡은 각각 고대, 비잔틴 시대, 현대 그리스를 다룸. 독일군이 철수함. 카잔차키스는 곧바로 아테네로 가서 테아 아네모이안니의 환대를 받고 그 집에서 머무름. 〈12월 사태〉로 알려진 내전을 목격함.

1945년(62세) 다시 정치에 뛰어들겠다는 결심에 따라, 흩어진 비공산주의 좌파의 통합을 목표로 하는 소수 세력인 사회당의 지도자가 됨. 단 두 표 차로 아테네 학술원의 입회가 거부됨. 정부는 독일군의 잔학 행위 입증 조사를 위해 그를 크레타로 파견함. 11월 오랜 동반자 엘레니 사미우와 결혼. 소풀리스의 연립 정부에서 정무 장관으로 입각함.

1946년(63세) 사회 민주주의 정당들의 통합이 실현되자 카잔차키스는 장관직에서 물러남. 3월 25일 그리스 독립 기념일에 왕립 극장에서 그의 희곡 「카포디스트리아스」가 공연됨. 공연은 커다란 파문을 일으켰고, 우익 민족주의자들은 극장을 불태우겠다고 위협함. 그리스 작가 협회는 카잔차키스를 시켈리아노스와 함께 노벨 문학상 후보로 추천함. 6월 40일간의 예정으로 해외여행을 떠남. 실제로는 남은 생을 해외에서 체류하게 되었음. 영국에서 지식인들에게 〈정신의 인터내셔널〉을 조직할 것을 호소하였으나 별 관심을 끌지 못함. 영국 문화원이 케임브리지에 방 하나를 제공하여, 이곳에서 여름을 보내며 〈오름길〉이라는 제목의 소설을 씀. 이 역시 『미할리스 대장』의 선구적 작품이 됨. 9월 프랑스 정부의 초청으로 파리에 감. 그리스의 정치 상황 때문에 해외 체재가 불가피해짐. 『그리스인 조르바』가 프랑스어로 번역되도록 준비함.

1947년(64세) 스웨덴의 지식인이자 정부 관리인 뵈리에 크뇌스가 『그리스인 조르바』를 번역함. 몇 차례의 줄다리기 끝에 카잔차키스는 유네스코에서 일하게 됨. 그의 일은 세계 고전의 번역을 촉진하여 서로 다른 문화, 특히 동양과 서양의 문화 사이에 다리를 놓는 것이었음. 스스로 자신의 희곡 「배교자 율리아누스」를 번역함. 『그리스인 조르바』가 파리에서 출간됨.

1948년(65세) 자신의 희곡들을 계속 번역함. 3월 창작에 전념하기 위해 유네스코에서 사임함. 「배교자 율리아누스」가 파리에서 공연됨(1회 공연으로 끝남). 카잔차키스와 엘레니는 앙티브로 이주함. 그곳에서 희곡 「소돔과 고모라Sódoma ke Gómora」를 씀. 영국, 미국, 스웨덴, 체코슬로바키아의 출판사에서 『그리스인 조르바』 출간을 결정함. 카잔차키스는 『수난』의 초고를 3개월 만에 완성하고 2개월간 수정함.

1949년(66세) 격렬한 그리스 내전을 소재로 한 새로운 소설 『전쟁과 신부*I aderfofádes*』에 착수함. 희곡 「쿠로스Kúros」와 「크리스토퍼 콜럼버스 Hristóforos Kolómvos」를 씀. 안면 습진이 다시 찾아옴. 치료차 프랑스

비시의 온천에 감. 12월 『미할리스 대장』 집필에 착수함.

1950년(67세) 7월 말까지 『미할리스 대장』에만 몰두함. 11월 『최후의 유혹』에 착수함. 『그리스인 조르바』와 『수난』이 스웨덴에서 출간됨.

1951년(68세) 『최후의 유혹』 초고를 완성함. 『콘스탄티누스 팔라이올로구스』의 개정을 마치고 이 초고를 수정하기 시작함. 『수난』이 노르웨이와 독일에서 출간됨.

1952년(69세) 성공이 곤란을 야기함. 각국의 번역자들과 출판인들이 카잔차키스의 시간을 점점 더 많이 빼앗게 됨. 안면 습진 또한 그를 더 심하게 괴롭힘. 엘레니와 함께 이탈리아에서 여름을 보냄. 아시시의 성자 프란체스코에 대한 사랑이 더욱 깊어짐. 눈에 심한 감염이 일어나 네덜란드의 병원으로 감. 요양하면서 성자 프란체스코의 생애를 연구함. 영국, 노르웨이, 스웨덴, 네덜란드, 핀란드, 독일에서 그의 소설들이 계속적으로 출간됨. 그러나 그리스에서는 출간되지 않음.

1953년(70세) 눈의 세균 감염이 낫지 않아 파리의 병원에 입원함(결국 오른쪽 눈의 시력을 잃음). 검사 결과 수년 동안 그를 괴롭힌 안면 습진은 림프샘 이상이 원인인 것으로 나타남. 앙티브로 돌아가 수개월간 카크리디스 교수와 함께 『일리아스』의 공역을 마무리함. 소설 『성자 프란체스코 O ftohúlis tu Theú』를 씀. 『미할리스 대장』이 출간됨. 『미할리스 대장』 일부와 『최후의 유혹』 전체에서 신성을 모독했다는 이유로 그리스 정교회가 카잔차키스를 맹렬히 비난함. 당시 『최후의 유혹』은 그리스에서 출간되지도 않았음. 『그리스인 조르바』가 뉴욕에서 출간됨.

1954년(71세) 교황이 『최후의 유혹』을 가톨릭교회의 금서 목록에 올림. 카잔차키스는 교부 테르툴리아누스의 말을 인용하여 바티칸에 이런 전문을 보냄. 〈주여 당신에게 호소합니다.〉 같은 전문을 아테네의 정교회 본부에도 보내면서 이렇게 덧붙임. 〈성스러운 사제들이여, 여러분은 나를 저주하나 나는 여러분을 축복합니다. 여러분께서도 나만큼 양심이 깨끗하시기를, 그리고 나만큼 도덕적이고 종교적이시기를 기원합니다.〉 여름 『오디세이아』를 영어로 번역하는 키먼 프라이어와 매일 공동 작업함. 12월 「소돔과 고모라」의 초연에 참석하기 위해 독일 만하임으로 감. 공연 후 치료를 위해 병원에 입원함. 가벼운 림프성 백혈병으로 진단됨. 젊은 출판인 이안니스 구델리스가 아테네에서 카잔차키스 전집 출간에 착수함.

1955년(72세) 엘레니와 함께 스위스 루가노의 별장에서 한 달을 보냄. 여기서 그의 정신적 자서전인 『영혼의 자서전』을 쓰기 시작함. 8월 카잔차키스와 엘레니는 군스바흐의 알베르트 슈바이처 박사를 방문함. 앙티브로 돌아온 뒤, 『수난』의 영화 시나리오를 구상 중이던 줄스 다신의 조언 요청에 응함. 카잔차키스와 카크리디스가 공역한 『일리아스』가 그리스에서 출간됨. 어떤 출판인도 나서지 않았기 때문에 비용은 모두 번역자들이 부담함. 『오디세이아』의 수정 재판이 아테네에서 엠마누엘 카스다글리스의 감수로 준비됨. 카스다글리스는 또한 카잔차키스의 희곡 전집 제1권을 편집함. 〈왕실 인사〉가 개입한 끝에 『최후의 유혹』이 마침내 그리스에서 출간됨.

1956년(73세) 6월 빈에서 평화상을 받음. 키먼 프라이어와 공동 작업을 계속함. 최종심에서 후안 라몬 히메네스에게 노벨 문학상을 빼앗김. 줄스 다신이 『수난』을 바탕으로 한 영화를 완성. 제목을 〈죽어야 하는 자 Celui qui doit mourir〉로 붙임. 전집 출간이 진행됨. 두 권의 희곡집과 여러 권의 여행기, 프랑스어에서 그리스어로 옮긴 『토다 라바』와 『성자 프란체스코』가 추가됨.

1957년(74세) 키먼 프라이어와 작업을 계속함. 피에르 시프리오와의 긴 대담이 6회로 나뉘어 파리에서 라디오로 방송됨. 칸 영화제에 참석하여 「죽어야 하는 자」를 관람함. 파리의 플롱 출판사가 그의 전집을 프랑스어로 펴내는 데 동의함. 중국 정부의 초청으로 카잔차키스 부부는 중국을 방문함. 돌아오는 비행 편이 일본을 경유하므로, 광저우에서 예방 접종을 함. 그런데 북극 상공에서 접종 부위가 부풀어 오르고 팔이 회저 증상을 보이기 시작함. 백혈병을 진단받았던 독일의 병원에 다시 입원함. 고비를 넘김. 알베르트 슈바이처가 문병 와서 쾌유를 축하함. 그러나 아시아 독감이 쇠약한 그의 몸을 순식간에 습격함. 10월 26일 사망. 시신이 아테네로 운구됨. 그리스 정교회는 카잔차키스의 시신을 공중(公衆)에 안치하기를 거부함. 시신은 크레타로 운구되어 안치됨. 엄청난 인파가 몰려 그의 죽음을 애도함. 훗날, 묘비에는 카잔차키스가 생전에 준비해 두었던 비명이 새겨짐. *Den elpízo típota. Den fovúmai típota. Eímai eléftheros*(나는 아무것도 바라지 않는다. 나는 아무것도 두려워하지 않는다. 나는 자유다).

옮긴이 **이종인** 1954년 서울에서 태어나 고려대학교 영어영문학과를 졸업했다. 한국 브리태니커 편집국장과 성균관대학교 전문 번역가 양성 과정 교수를 역임했다. 폴 오스터의 『폴 오스터의 뉴욕 통신』, 크리스토퍼 드 하멜의 『성서의 역사』, 프랭크 로이드 라이트의 『자서전』, 존 르카레의 『팅커, 테일러, 솔저, 스파이』, 앤디 앤드루스의 『폰더 씨의 위대한 하루』, 줌파 라히리의 『축복받은 집』, 조셉 골드스타인의 『비블리오테라피』, 스티븐 앰브로스 외의 『만약에』, 사이먼 윈체스터의 『영어의 탄생』 등 1백여 권을 번역했고, 번역 입문 강의서 『전문 번역가로 가는 길』을 펴냈다.

일본·중국 기행

발행일	2008년 3월 30일 초판 1쇄
	2024년 11월 10일 초판 7쇄
지은이	니코스 카잔차키스
옮긴이	이종인
발행인	홍예빈
발행처	주식회사 열린책들

경기도 파주시 문발로 253 파주출판도시
전화 031-955-4000 팩스 031-955-4004
홈페이지 www.openbooks.co.kr 이메일 literature@openbooks.co.kr

Copyright (C) 주식회사 열린책들, 2008, *Printed in Korea.*
ISBN 978-89-329-0799-4 04890
ISBN 978-89-329-0792-5 (세트)

이 도서의 국립중앙도서관 출판예정도서목록(CIP)은 서지정보유통지원시스템 홈페이지(http://seoji.nl.go.kr)와 국가자료공동목록시스템(http://www.nl.go.kr/kolisnet)에서 이용하실 수 있습니다.(CIP제어번호 : CIP2008000558)